아사
별
리

아사벼리 1

초판 1쇄 찍은 날 | 2011년 03월 11일
초판 2쇄 펴낸 날 | 2015년 10월 29일

지은이 | 이지환
펴낸이 | 서경석

편집책임 | 조윤희

펴낸곳 | 도서출판 청어람
등록번호 | 제1081-1-89호
등록일자 | 1999. 5. 31
어람번호 | 제5-0281호

주소 | 경기도 부천시 원미구 심곡동 163-2 서경B/D 3F (우) 420-822
전화 | 032-656-4452 팩스 | 032-656-4453
http://www.chungeoram.com
E-mail | chungeoram@chungeoram.com

ⓒ 이지환, 2011

ISBN 978-89-251-2456-8 04810
ISBN 978-89-251-2455-1 (SET)

※ 파본은 구입하신 서점에서 교환하여 드립니다.
※ 저자와 협의하여 인지를 붙이지 않습니다.
※ 이 책은 도서출판 청어람과 저작자의 계약에 의해 출판된 것이므로,
　무단 전재 및 유포·공유를 금합니다.

이지환 장편 소설 1

아사벼리

序 · 9
제1장 · 17 | 제2장 · 51 | 제3장 · 91
제4장 · 123 | 제5장 · 157 | 제6장 · 195
제7장 · 243 | 제8장 · 281 | 제9장 · 329
제10장 · 363 | 제11장 · 403 | 제12장 · 443
제13장 · 487 | 제14장 · 543 | 부록 · 584

『옛적에 오직 밝달나라만이 있었다.』
—해란국의 《사기》 밝달본기 중에서—

『……세월이 하 흘러, 그때가 언제인지도 모르던 아득한 옛날, 하늘호수에서 비롯된 환인의 무리가 있어 광활한 대지를 탐내어 내려오시니, 밝달나무 아래 신시를 세우고 새로운 때를 시작하시었기에 이를 일러 개벽(開闢)이라 하였는데.

어느 날 하늘아비들 모여 이르기를, 텅 빈 땅이 허전하다. 하늘과 땅의 정기를 모아 육신을 만들자. 스스로 생각하는 마음이 형상을 만드니, 오늘날 이 땅에 사는 모든 생명들, 사람이라 불리는 열두 무리는 광명한 빛의 후손일레라.

하늘 무리 중 으뜸으로 늠름한 한 아들이 있어, 땅 무리 중 으뜸으로 광명하고 자비로운 한 여인을 사모하였음에, 이에 화신(化身)하여 가까이하였더라.

아름다우신 고마의 여인이여, 하늘의 씨앗을 받았노라. 열 달 채워 태어나기를 바람 닮아 자유롭고 비를 닮아 온유하고 구름처럼 넉넉한 아드님이라. 하늘아비의 뜻을 받들어 땅의 나라를 밝히었다. 백산 단수 아래에 단을 마련하고 제를을 흠향한 후에 크게 소리치니,

"사람을 이롭게 하소서[弘益人間]!"

이리하여 이날부터 사람들의 밝달나라가 탄생하였다.

단뫼의 자손들이여, 자랑하라. 우리는 밝달의 무리들 중 으뜸이노라.』

—단뫼국의 《고신기》 1장 中에서

『천지간 뿌리는 오직 하나이니
밝은 빛으로 세상을 다스리는 자 있어
그분을 일러 환인(桓因)이라 하더라.
밝달나무 아래 신시를 세우고
널리 인간을 이롭게 하는 뜻을 펼치니
희고 밝은 빛의 인도에 따라
열두 무리가 이 세상 각처로 나아가도다.
세월은 흐르고 천기는 흩어지니
사해동포 한 뿌리의 열두 가지는
각기 제 갈 길로 나아가네.
오호라, 밝달세상은 피로 물들고
갈라진 솥발처럼 나눠지도다.
뉘가 있어 이 혈류(血流)를 멈추고
하늘호수로 돌아갈거나.』

序

헤아리기조차도 어려운 억겁의 세월, 그것을 증명이라도 하듯이 석비(石碑)는 청푸른 이끼로 덮여 있었다. 이제는 학자들이나 겨우 읽어 내릴 수 있는 고어(古語), 신시의 가림토 문자로 써져 있었다. 그 문장은 더없이 처연한 탄식이었다.

 손톱 끝으로 세월의 더께를 걷어내며 석비에 새겨진 글을 한 자 한 자 낭랑하게 읽어 내리고 있는 그 사람. 이제 겨우 칠팔 세 남짓한 어린 소년이었다. 두어 마장 뒤, 그를 태우고 온 흑마가 투레질을 히고 있었다. 빨리 달리자 주인을 재촉하는 신호였다. 그럼에도 소년은 전혀 서두를 것 없다는 얼굴로 용을 쓰며 석비의 글씨를 읽어 내리기에 여념이 없었다.

 "오호라, 밝달세상은…… 피로 물들고……."

머리에는 시린 밤처럼 검푸른 두건을 두르고 같은 색의 장포를 입었다. 그의 눈은 옷 색과 닮아 심해(深海)처럼 검푸르고 깊었다. 빛을 담은 눈동자가 마지막 줄 '하늘호수'란 글자에 멎었다. 바로 그때, 작은 몸이 번쩍 허공으로 들려 올려졌다.

"읽지도 못하는 글을 유심히 보고 있느냐?"

"하지만 읽었는걸, 아버지."

"장하구나. 네 어찌 이 어려운 가림토 문자까지 배웠을까?"

"그래야 아버지 아들이지."

영리하고 일찍 철이 들었다 하나 아직은 어린 나이였다. 다정한 아비 앞에서 어리광부터 부렸다. 소년을 들어 올려 어깨에 앉힌 사람은 건장한 청년이었다. 대견한 아들의 말에 싱긋 웃었다.

그는 성큼성큼 걸어 주인을 부르는 말 가까이로 다가갔다. 아비 또한 소년과 마찬가지로 쪽빛 두건에 청푸른 장포를 입었다. 다른 점이 있다면 얼굴 아래쪽까지 천으로 가리어, 매처럼 날카로운 눈만 내놓았다는 것이다.

"아버지, 우리가 지금 가는 곳이 하늘호수이지요?"

"그렇단다. 자, 보아라."

아비는 이제 막 해가 떠오르는 쪽을 가리켰다.

그들이 선 곳은 천 장 단애 끝. 눈 아래로 끝이 없는 산줄기가 맥을 이루며 뻗어가고 있었다. 산맥의 마지막 즈음, 하얀 광채가 눈을 쏘았다. 황홀한 광경이었다.

끝이 보이지 않는 광대한 호수가 거기 있었다. 호수 끝을 이어 아득하게 펼쳐진 놀라운 광경이라니.

말로만 듣던 황금기와를 댄 집들, 거대한 궁전과 신전. 끝도 보이지 않게 창대하고 높아, 줄기에 구름을 얹은 채 하늘을 뚫은 것은 말로만 듣던 바, 그 밝달의 신목(神木)이겠지. 하늘아비들이 천계와 소통한다는 길이 바로 그것이다.

백옥과 청옥으로 만든 누루들이 우아한 공작처럼 날개를 펼친 자태를 뽐내고 있었다. 푸르른 숲과 너른 들판을 적시며 유유히 흐르는 강물도 보석 박힌 띠처럼 눈부시게 흐르고 있었다.

모래산이 대부분인 나라, 단뫼의 소년에게는 숨 막히는 경이였고 눈물 나도록 부러운 나라였다. 티 한 점 없는 호수에서부터 얼룩 한 점 없는 창천으로, 오색 꼬리를 치켜 올린 난(鸞)새들이 빛나는 날개를 털며 가맣게 치솟아오르고 있었다.

앞으로 서너 날만 더 가면 목적지인 저곳에 도착할 것이다. 그들은 이미 일 년 넘게 멀고 힘든 길을 헤쳐 왔다.

"신시란다."

"신시?"

어린 소년의 눈동자가 반짝거렸다.

"우리 단뫼국의 시원(始原)인 곳이지. 아니, 천하의 모든 나라들이 바로 저곳에서 시작되었다."

"저렇듯이 아름답고 풍요로운데, 어째서 우린 저곳에 살지 못하는 거죠, 아버지?"

"하늘아비들이 노하셨거든."

단뫼국의 담궁*이자 사곤의 아비 단목유성이 한숨을 쉬었다. 이제 신시 영역으로 근접이나마 할 수 있는 사람들은 오직 한 무리. 목숨을 해치는 무기 대신 저울과 자를 선택한 단뫼의 자손들뿐이었다.

천하를 이룬 열두 무리들 중 오직 그들만이 피의 소용돌이 속에서 한발 벗어나 있을 뿐이었다. 본디 하나였던 열한 무리들은 그 기억일랑 까마득하게 잊고 서로 죽고 죽이는 혈투의 전쟁을 수백 년 내내 계속하고 있었다.

"사람이란 본디 다르니, 그 다름을 인정하여 서로 보듬고, 서로 보우한다면 무슨 걱정이 있으랴? 한데 다들 어리석어 아무도 알지 못하는구나."

아득한 옛날, 한 해 한 번 신시의 밝달나무 아래에서 모든 무리들의 수장이 모여 하늘아비들을 위해 흠향하던 것은 아득한 전설일 뿐이다. 한 가지에서 뻗어나간 열두 가지들은 아비들이 바란 대로 서로 화합하지 못하고 어긋난 길을 걸어가고 있었다.

첨예한 이해관계에 따라 오늘은 적이던 나라가 내일이면 친구가 되고, 오늘 벗이던 나라가 내일이면 적이 되어 피를 흘렸다. 천하를 이룬 열두 개의 나라는 수천 년을 지나며 이합집산을 거듭해 왔다.

작금의 현실이란 네 개의 나라를 맹주로 하여 갈기갈기 찢겨져 있었다.

서로 물어뜯고 죽이지 못해 안달함이니, 피에 젖은 자손들은 영원히 아비들의 고향으로 돌아갈 길을 잃었다.

중도를 표방하고 피의 전장에서 다소 벗어난 단뫼의 자손들 또한 노염을 사기는 마찬가지였다. 신시 본령에는 들어가지도 못했다.

*담궁: '버금가는 지배자'란 뜻으로 만들어낸 말이다. 단뫼국에서는 '왕의 남편'을 일컫는 말이다

성문 아래에서 까마득히 높은 하늘아비들의 풍요함을 바라보기만 하고는 돌아와야 했다.

"하나 사곤, 하늘아비들은 말씀하셨다. 언젠가 사람들이 다툼을 멈추고 나누어진 무리가 본디의 한 뿌리로 묶이는 날, 하늘호수가 열리고 새로운 개벽이 온다 하였으니."

어린 소년의 눈동자 속으로 순결하고 순백한 땅, 아름다운 하늘아비들의 밝달나라가 똑똑히 담겨졌다.

"보아라. 저토록 아름다운 땅을 두고 구차한 무리들이 쪼잔스레 게걸스럽게 다투고 있다. 기억하거라, 사곤. 너의 운명은 그들처럼 초라한 땅강아지가 아니다."

"음, 난 으뜸 단뫼의 가장 큰아들이니까."

"그렇다. 큰 나라 단뫼의 첫째이자 빛의 자손이니, 너는 땅의 사람으로 신시의 문을 여는 첫 아비가 될 것이다."

"응, 아버지."

어린 소년은 깊이 맹세했다. 아침을 닮은 낭랑한 목소리로 서원했다.

"석비에 적힌 대로 내가 천하의 혈류를 멈추게 할 거야."

"암만, 반드시 그래야지."

아비가 아들의 머리를 대견하여 쓰다듬었다.

"그것이 너의 소명이다. 사곤, 밝달의 으뜸 자손, 단뫼의 태궁*으로 태어난 너는 반드시 갈라진 열두 무리들을 이끌고 저 하늘호수로 돌아가야 한다."

---

*태궁:단뫼국에서 황통을 이을 태자를 의미하여 만든 말

"음, 아버지. 반드시 내가 하늘문을 열 거야. 신단수 아래 가서 소리칠 거야. 아버지가 하듯이 두 손을 번쩍 들고, 땅의 첫 아비가 그러하듯 서원하기를 '세세연년 사람을 이롭게 하소서!' 하고 소리칠 거야."

"장하기도 하지! 이렇게 뜻이 크니 훗날 너는 반드시 신시와 환의 대륙을 잇는 징검다리가 될 것이다. 땅의 역사가 끝나는 날까지 땅의 큰아비로 이름을 날리게 될 것이다."

단목유성이 아들을 번쩍 안아 말에 태웠다. 그도 따라 훌쩍 말등에 올랐다. 며칠 전부터 계속하여 당부하였던 말을 다시 되풀이하였다.

"저곳에 도착하면 너와 아비는 한동안 떨어져 있어야 한다 하였거니, 잘 지낼 수 있느냐? 너를 믿어도 되겠느냐?"

무한히 뜻이 크고 창천이거니와 바다와 같이 넓은 혜지를 지닌 아들이다. 아비는 이 거룩하고 장한 아들을 신시 본령의 스승께 맡기려 긴 길을 지나왔다. 단목 가문의 후계자는 대대로 아사달의 심처에서 땅의 아비들이 익히는 국선가의 선도를 익혀야 했다. 단목유성 그가 그러했고, 그 아비가 그러하였듯이. 이제 이 아이가 그의 대를 이어 천하를 보우하는 일을 떠맡아야 하는 것이다. 어린 어깨에 너무 큰 짐을 지우는 것은 아닌지. 장하면서도 근심스러웠다. 사곤이 작은 어깨를 쭉 폈다. 당당하게 선언하였다.

"단목사곤은 이제 어린애가 아닌걸!"

"오냐, 오냐. 그렇지."

"뜻이 큰 자는 마음과 행동도 커야 하는 법이라고 가르쳐 주셨으니, 제 할 일 알아서 제대로 할 것입니다. 걱정 마셔요."
　흐뭇하게 미소 짓는 아비를 바라보며 조숙한 어린놈이 눈을 반짝였다.
　"그래서 난 색시도 키 크고 가슴 큰 여자를 얻을 것입니다. 우리 어머님처럼요."
　푸핫하하, 커다란 웃음소리에 놀란 새들이 푸드득 날갯짓을 하며 하늘로 날아갔다. 아비와 아들이 탄 검은 말이 쏜살같이 사라진 바로 그 자리였다.
　이날로부터 이십 년 후, 수만 리 떨어진 해란국 정곡성의 들판에서 이야기는 다시 시작된다. 단뫼의 큰아들 단목사곤이 제 소원대로 가슴 크고 키 큰 그의 반려를 만나던 날의 아침이다.

"연(緣)은 급환(急患)이다. 느닷없이 찾아오기 때문이다."
곰곰이 헤아려 다시 말씀하셨다.
"정(情)이란 큰 도둑이다. 남김없이 빼앗아가기 때문이다."

인간사 복잡하나 산하는 무심하다. 세월이 구비구비 흘러, 천하는 바야흐로 무르익는 계절. 어디를 둘러보아도 푸른 물이 들 것 같은 신록으로 가득하다. 언제 봄이 왔던가 했는데, 어느새 시간은 초여름의 길목인 푸른 누리 달*(5월)로 접어들고 있었다.

창창창.

검이 부딪치는 맑은 소리가 청푸른 숲을 뒤흔들었다. 청아한 메아리로 부딪히고 있었다.

정곡성을 내려다보는 북산의 빈터 안이었다. 좋은 사냥터라 종종 사람들이 찾아오는 그곳에서 싸울아비 복장을 한 두 명의 청년들이

*밝달세상의 달 이름과 계절:마지막 장에 있는 참고자료 참조. 전부는 아니나 대부분의 나라들이 신시의 하늘아비들이 만든 대로의 월력을 사용하는 것으로 설정함

시퍼런 날이 선 검을 들고 대련을 하고 있었다.
 한 사람은 짙은 보라색 도련을 친 두록색 저고리에 청색 고(袴). 또 다른 한쪽은 수수한 갈색 민소매 포(袍) 아래 흑색 저고리를 받쳐 입고, 고동색 고를 입었다. 둘 다 싸울아비이니, 종아리까지 올라오는 가벼운 가죽 버선화를 신었고 이마에는 산군(호랑이)을 수놓은 백색 띠를 감고 있었다.
 두록색 저고리를 입은 이가 든 것은 낭창낭창한 연검이었다. 상승의 쾌검을 익혀, 속도가 빠르고 경쾌했다. 휘두르는 검처럼 골격도 섬세했다. 단정하고 우아한 인상을 가졌다. 바람이 땀방울이 구르는 이마를 부드럽게 쓸고 지나갔다. 옷자락도 바람에 흩날렸다.
 그를 상대하는 자는 키가 좀 더 크고 실팍한 어깨를 지녔다. 굵은 눈썹과 대충대충 빗은 듯한 모습이 누가 보아도 영판 사내. 구릿빛 굵은 팔뚝에 퍼런 심줄이 돋았다. 그가 든 것은 제 모습 닮은 뭉툭한 장검이었다. 대범하고 느리나 강맹했다.
 고목을 휘감는 독사라고나 할까? 하나는 묵직했고 또 하나는 날카로웠다. 맞부딪치는 검들은 주인들의 기력만큼 내내 호각지세였다. 두 개의 검이 서로의 기를 담고 닿았다가 풀어지고 합쳐졌다가 밀어내는 시늉을 오래하였다.
 얼마나 흘렀을까? 오랜 동안의 대련으로 슬슬 지쳐 갔다. 두 사람의 입술 사이로 단내가 터지고 훅훅 더운 기가 새어 나왔다.
 발동작이 둔해진 탓일까? 장검의 무게를 이기지 못한 듯, 굵은 눈썹을 한 사내의 팔목이 잠시간 흔들렸다. 그때를 놓치지 않고 시퍼런 검기가 살모사처럼 고개를 바짝 세운 채 그를 휩쓸어갔다. 사정도 보아주지 않고 목젖을 향해 달려오는 벗의 검세에 한 발 두 발, 저절로 물러서게 되고 말았다. 그럼에도 봐주는 것이라고는 없다.

계속해서 밀려오는 검기를 피하다, 피하다 결국은 짙은 눈썹의 사내가 엉덩방아를 찧고 말았다.

"졌다!"

검을 내동댕이치고 가쁜 숨을 내쉬었다. 연검을 거두어 돌돌 말아 허리춤에 간수하는 벗을 원망스레 올려다보았다.

"넌 도대체 인정사정이란 없구나, 아사벼리."

"일단 검을 들은 다음에야 마음을 단단히 먹어라 가르쳐 준 건 너 아니었더냐?"

두록색 저고리 자락이 다시 바람에 날렸다. 한 손을 들어 이마의 땀방울을 닦으며 그가 바닥에 나동그라진 친구를 놀렸다. 짐짓 엄숙한 눈동자로 을렀다.

"적당히 할 요량이었다면 애초에 그만두어라. 대련이 어디 아기들 장난질이냐?"

"오늘 한번 적당히 보아주었더니 말이야, 어지간히 의기양양해 하는군."

눈썹 짙은 사내가 불만스레 투덜거렸다.

"건방진 소리! 네 실력이 모자란 탓이나 하렴."

그러면서 승리한 사람은 땅에 나동그라진 사내에게 손을 내밀었다. 영차, 소리를 내며 그가 몸을 일으켰다. 엉덩이에 묻은 흙을 툭

툭 떨었다.

정곡성에서는 최고의 싸울아비 중 한 사람으로 손꼽히는 불유였다. 그런 그를 가볍게 이겼다. 날마다 게으름 피우지 않고 검술에 정진한 보람이 이날서야 나타난 모양이다. 오랜만에 아사벼리의 입술에 미소가 떠올랐다.

두 사람은 약속이나 한 듯이 하늘을 우러러보았다.

"날이 좋구나. 슬슬 더워질 때이다."

"그래야 곡식이 익지."

"작년과는 달리 올해는 아직 큰 난리가 나지 않았으니 오랜만에 사람들이 편안한 얼굴이더라."

불유의 말에 아사벼리는 고개를 끄덕였다. 그들의 나라 해란국은 지금 천하의 패권을 놓고 뭇 나라들과 쟁패 중이었다. 삼 년 동안 한 번이라도 전쟁을 일으키지 않으면 군주의 치욕이라는 말이 돌 정도로 어지러운 시대였다.

작년만 하더라도 해란국은 북쪽에서 내려온 무후의 이방인들과 두 해에 걸친 대규모 전쟁을 간신히 치러냈다. 그럼에도 승부를 보지 못했다. 욱일승천하는 기운으로 몰아치는 새로운 맹주 무후국을 상대하기에는 역부족이었다. 결국은 국경선의 성 두어 개를 내어준 채 싱겁게 휴전에 동의하고 말았다. 한때 천하를 휘둘렀던 해란의 이름이 부끄러울 지경이었다.

끝내지 못한 승부, 노골적으로 땅 욕심을 드러내는 무후의 욕심이 환히 읽혀졌다. 하여 싸움터와 가깝든 멀든 해란국 전역은 일촉즉발의 긴장감이 내내 감돌고 있었다. 언제 터질지 모르는 화약을 이고 있다고나 할까?

벼리가 다소는 어두운 얼굴로 불유를 돌아보았다. 성주의 자식인지라 정보가 좀 더 빨랐던 것이다.

"잘은 모르되, 아버님 말씀이 있었다. 안심할 것만은 아냐."

"음?"

"이곳은 워낙 외지고 궁벽하니 세상 돌아가는 소식이 좀 어둡지만 말이다. 이내 재작년보다 더 큰 난리가 있을 거란다. 마루한*께서 무후의 야만인들을 아예 씨를 말릴 작심을 하고 계시다 하였어."

"그래?"

"이레 전에 재상께서 은밀하게 도착하셨잖아."

불유가 고개를 끄덕였다. 재상을 호위하러 은밀히 움직인 군사를 그가 지휘했었다.

"큰 싸움 준비라, 성의 재물 창고를 비우러 오신 모양이다. 그분께 전해 듣기를 우리의 새 마루한께서는 용맹하고 의기가 높으신 분이라 한다. 패배의 치욕을 잊지 못하심이니, 기어코 빼앗긴 성을 찾고 그들을 국경선 밖으로 몰아내겠다고 신단 앞에서 맹세하시었단다."

"그렇군."

"어차피 예전같이 우리 성의 사람들이야 군량미와 병사들만 보내주고, 하명이 떨어질 때까지 기다리는 여분 신세이기는 하지만 말이다. 큰 난리가 나면 어디든 백성들이 살기 어려워지는 건 마찬

---

*마루한:해란국의 왕을 일컫는 말이다

가지, 근심이다."

불유가 벼리의 말에 동의의 뜻으로 고개를 끄덕였다.

도성 사무란과 이곳 정곡성은 무척이나 거리가 멀었다. 거의 해란의 끝과 끝이라 말할 수 있을 정도였다. 게다가 정곡은 해란과 마고국의 국경을 지키는 길목의 요지에 위치해 있었기에, 멀디먼 타지에서 벌어지는 전쟁에 군사들을 징발당하는 일도 거의 없었다.

또한 이곳은 해란이 동해 바다로 나가는 전초기지이기도 했다. 자체적으로 기른 해병도 강한 편이라, 천하가 전부 어지러운 이때에도 이상하리 만큼 평화와 번영을 누리고 있는 형편이었다.

이러한 정곡성의 번영은 인품 어질고 알뜰하며 부지런한 성주 딜곡의 덕치(德治)에 상당히 많이 빚진 것이기도 했다. 벌써 30년째 이 성을 지키고 있는 그는 해란의 으뜸가는 충성스런 신하요, 백성에게는 신망을 받는 좋은 영주이기도 했다. 이런 덕분에 정곡성은 대륙의 동쪽에서는 가장 번화한 곳으로 이름 높았다.

어느새 태양은 중천을 훌쩍 넘었다. 아침나절 내내 격렬하게 움직였던지라, 시장기가 함뿍 들고 있었다.

"천하만사 식후경. 난리는 난리이고, 점심은 점심이지. 밥이나 먹자꾸나."

두 사람은 천천히 나무 그늘을 찾아 들었다. 말등에 매달고 온 식곽을 열었다. 검은깨가 뿌려진 주먹밥을 나눠 씹으며, 불유가 떠온 물을 마시며 점심을 마쳤다.

"돌아가자."

"그래야지."

청솔가지에 묶어놓은 말고삐를 풀었다. 바람처럼 훌쩍 말등에 오른 후 사랑스럽게 목을 툭툭 두들겼다. 길이 잘 든 흑마 두 필이 '히이힝!' 하고 기운차게 울었다. 두 마리의 말이 이내 앞서거니 뒤서거니 하며 검은 안개처럼 산길을 달려 내려가기 시작했다.

"다녀오십니까?"

"어서 오십시오!"

창을 엇갈려 세워 들고 성문을 지키던 병사들이 두 사람을 알아보았다. 절도있게 외치며 들어갈 수 있게 창을 제대로 세웠다. 두 사람은 성문을 들어서며 한쪽으로 줄지어 들어서는 행렬을 힐끗 눈여겼다.

복장만 보아도 모래밭을 건너온 단뫼국의 장사치들이라는 것을 알 수 있었다. 시끌벅적하니 짐들을 이고 지고, 산더미 같은 짐수레를 끌고, 또는 등짐 가득한 말을 모는 이들이 벌써 사흘째나 줄을 지어 성문을 들어서고 있었다.

단뫼국 특유의 청푸른 두건으로 머리와 얼굴을 가리고 눈만 내놓았다. 밤낮으로 모래바람이 부는 메마른 사막을 건너오려면 저런 복장으로 얼굴을 보호해야 할 게다. 같은 색의 장삼과 몸에 꽉 끼는 검정색 고의 아랫단은 종아리까지 오는 가죽 감발로 친친 감겨 있었다.

저런 모습으로 그들은 천하를 떠돌아다녔다. 천하의 뭇 나라들이 서로 죽이고 죽고 하는 이 난세에도 오직 그들만이 유유자적이었다. 어느 나라도 피해갈 수 없는 피의 바람에서 한발 벗어나 각 나라를 잇는 교역의 징검다리 역할을 하며 표표히 움직였다.

 언젠가 아사벼리는 정곡에 들어오는 단뫼의 장사치들을 보며 그런 생각을 한 적이 있었다. 이렇게 전쟁이 오래 계속되면 싫든 좋든 뭇 나라들은 피의 바람에 몰려 서서히 멸망해 가는 수밖엔 없다. 그럴 때에 저렇듯이 남 일처럼 장사치 시늉이나 하며 곁다리 서서 핏물을 피한다.

 비겁한 돈벌레라는 비난을 들으면서도 온전히 나라와 백성의 목숨을 보전하는 단뫼국의 군주야말로 진정 지혜로운 자라고. 나중에 궁극적으로 승리하는 자는 저들이 아닐까 하고.

 아무도 경계하지 않는 단뫼의 대상(大商)들 행렬을 아사벼리만 복잡다단한 눈으로 바라보는 중이었다. 당장 곁에 있는 불유만 하더라도 내내 태평한 소리뿐이었다.

 "단뫼의 대상들이 들어왔군. 오랜만에 큰 장이 서겠다."

 "천하에 큰 난리가 나서 이리 어지러워도 장사치들은 여전하단 말야."

 "그러니 누릴 수 있을 때 자그마한 즐거움이라도 잔뜩 누려야 하지 않겠나?"

 "조만간 우리하고 무후가 큰 전쟁을 벌인다는데 싸울아비치고 너는 참 태평하구나. 이런 난세가 오직 저들 배만 불리는 게다. 아직 모르겠느냐?"

 말다툼 아닌 말다툼, 이러고저러고 이야기를 주고받으며 따각따각 말을 달렸다. 귓전으로 요란한 뿔피리 소리가 들려오고 있었다.

 대(大) 광장에 단뫼의 장사치들이 개미 떼처럼 움직이고 있었다.

천하의 진귀한 산물이 그득한 파오(천막)들이 벌써 수십 채나 세워져 있었다. 댕댕거리는 북소리며 챙강거리는 자바라* 소리, 이국적인 방울소고 소리도 들렸다. 정곡성의 점잖은 사내들 가슴을 울렁거리게 만드는 소리였다. 거의 벌거벗다시피 한 이국의 무희(舞姬)들이 춤을 춘다는 신호였기 때문이다.
　내외하는 풍습이라, 겹겹이 겹쳐 입어 속살은커녕 손목 한 번 보기 힘든 해란의 여인들과 달리 단뫼의 여인들은 정열적이고 대범하였다. 제 속살 다 내어놓고 춤을 추면서도 부끄러운 줄 몰랐다. 오히려 그것을 제 자랑이요 매력이라 여긴다 하였다.
　하니 점잖은 해란의 사내들이야 저절로 침이 마르고 눈이 돌아가는 것은 당연지사. 참으로 천하는 넓고 풍습은 갖가지라 할 것이었다.
　불유가 방울소고 소리가 들리는 쪽으로 고개를 돌렸다가 이내 벼리를 돌아보았다. 은밀한 미소가 입가에 스며 있었다. 사정하듯이 제안했다.
　"한잔하지 않을 테냐?"
　"으흠, 또 홍월루로?"
　방앗간을 참새가 그냥 지나가랴. 출출한 김에 술 한잔 걸치며, 눈보신도 하잔다는 말이었다. 싱긋 웃으며 되묻는 벼리의 시선에 순박한 사내의 얼굴이 그만 불그스레 물들었다.

---

*자바라: '바라'라고도 한다. 접시 모양의 얇고 둥근 한 쌍의 놋쇠판으로 되어 있다. 중앙의 불룩하게 솟은 부분에 구멍을 내고 끈을 꿴 뒤 그 끈을 손에 감아 양손에 한 짝씩 잡고 서로 부딪쳐서 소리를 낸다.

"너도 사내라 이 말이군."

곧은 벗의 시선을 끝내 받기가 영 민망하다. 불유의 시선이 허공으로만 맴돌았다.

"어여쁜 꽃이 피어 있는데, 어찌 벌 나비가 날아들지 않을까? 이해한단 말이지."

"흠흠."

마음 넓은 벗의 말에도 어쩐지 좀 민망하다. 그가 다시 헛기침을 했다.

"하나, 걱정이구나. 날이면 날마다 기루에 나가 산다 하니, 그 비용이 만만치 않을 것이다. 한갓 싸울아비 녹봉으로 감당하겠더냐?"

정곡을 찔린 불유의 얼굴이 더 시뻘게졌다.

마음은 하루 내내 따끈따끈, 아랫목처럼 절절 끓고 있었다. 한데 안타깝게도 빈털터리 신세였다. 벌써 이레나 가보지 못했다. 그사이 변심했으면 어쩌나? 오늘은 어찌하든, 비굴하나 벗에게 빌붙어서라도 가보아야지, 작심하였던 것이 들켰으니 어찌 망신스럽지 않으랴.

홍월루는 정곡성에서 가장 유명한 주루였다. 경국지색이라는 미인들이 수십 명 포진하였다. 술맛 좋기로도 유명하였다.

그런 홍월루에 새 꽃봉오리가 피었다. 몇 년 전부터 명성을 날리기 시작한 아리따운 기녀가 있었으니, 꽃분네라 하였다.

이름도 어여쁜 데다 시서화(詩書畵)며 가무며 어디 하나 모자란 데가 없는 절색의 가인(佳人)이었다. 하여 정곡성뿐 아니라 인근의 주변 성들에서조차 난다긴다하는 풍류남아들이 애간장을 태우고 있었다. 사내 마음이야 장난감처럼 한 손에 쥐고 쥐락펴락, 사뭇 제 맘대로 홀린다 하는 명성이 있었다.

사람 눈이야 다 똑같은 것. 여인 보기를 돌같이 하던 불유조차 그녀에게 마음이 기울어 버렸다. 은근슬쩍 드나들기 십여 차례, 말로는 하지 않으나 은근히 정분을 엮는 데 성공한 듯싶었다.

도도하다 소문난 꽃분네도 사실은 계산속이야 빠르다. 사내답고 미목수려한 데다, 벌써 천호장* 자리까지 차지한 불유를 눈여겨 웃음을 던졌다. 그럭저럭 두 사람이 정인이라고 소문이 난 것은 두어 달포나 되었다.

"이리 오너라!"

삼 층으로 이루어진 홍월루에는 해도 채 지지 않았는데, 벌써부터 풍악 소리가 장하였다. 홍등을 단 솟을대문 앞에서 불유가 소리쳤다. 제일 먼저 말구종이 뛰어나오고, 이내 구르듯이 분단장한 붉은 옷의 어멈이 달려나왔다. 좋아라 하며 짤각짤각 손뼉까지 쳤다.

"아이고, 천호장님! 오마나, 오늘은 근위대장님도 함께 오시었네! 듭시구요. 어서 듭시구요."

두 사람은 구종의 시중을 받아 말에서 뛰어내렸다. 소매가 찢어져라 어멈이 팔을 끌어당겼다. 그러면서도 입은 한시도 쉬지 않았다.

"제가 청란루에다 얌전하게 술상 보아놓았구요, 꽃분네 년이야 하루 종일 거울만 바라보며 이제나저제나 오시기만을 기다렸구요.

*천호장:천호(千戶)의 군사를 움직이는 장교의 호칭이다

네네네."

"흠, 말이야 번드레하지만 말야, 손님 득실거리는 주루에서 일등 기녀를 가만히 놓아둔다? 웃기지 말라고 하지! 대낮부터 이 방 저 방으로 내돌렸을 테지."

모르는 척 벼리의 한마디에 어멈의 속이 움찔하였다. 안 보는 새, 눈을 세모꼴로 하고 입을 삐죽였다.

'허면 부르는 데 많은데 가지 말라 할까? 홍, 말만 번드레하지 전 낭 풀 생각은 아니 하고 인색하게 구는 주제에, 감히 어디서 우리 꽃분네 아씨를 독차지하려는 게야?'

하나 상대는 성주의 금지옥엽인 데다 근위대장이었다. 또 한 사람은 정곡의 소문난 부호의 아들에다 군사들을 실제로 움직이는 천호장이 아닌가. 비위를 거스리게 해보았자 좋을 것이 하나도 없었다. 까딱하다가는 주루의 문을 닫아야 할 사태가 생길지도 모른다. 기생 어미가 두 사람을 괄시하지 못하는 가장 큰 이유였다.

'아유, 어쩌나! 오랜만에 단뫼의 상인들을 잡아 돈푼이나 만지려고 하였더니 말야, 이거 훼방을 받았는걸.'

말이야 꽃분네가 불유를 기다린다고 하였지만 사실이 어디 그런가? 지금 그녀는 돈냥께나 풀려 작심하고 들어온 단뫼의 장사치 품에 안겨 있었다. 한몫 단단히 잡으라고 내내 일러둔 터였다. 한데 정분이 난 불유가 들어섰으니 꽃분네의 오늘 장사야 애초에 파장이 난 셈이었다.

'대신 누구를 들여보내야 하나? 그 장사치도 꼴에 계집 보는 눈은 있어 여기 오기만 하면 꽃분네를 찾지 않았난 말야. 잘못하면 소

동 일어나겠는걸?'

이거 참 고민스럽다. 어멈이 문을 닫고 나가며 이맛살을 찌푸렸다. 종년을 불렀다. 넌지시 귀띔하였다.

"청란루에 천호장님 오셨다구 아씨더러 기별하는데 말야, 먼저 받은 손님 눈치채이지 않게 잘하구. 알겠지? 빨리 술상부터 들여오구."

"예, 마님."

술상이 들어왔다. 먼저 술 한 잔씩을 나누어 마실 즈음 사박사박 비단 치맛자락을 끌고 걸어오는 소리가 들렸다. 장지문 바깥으로 투명한 그림자가 떠올랐다. 얄쌍한 비단으로 만든 미인도인 양 불유가 그리워하는 정인의 모습이 비추어졌다. 은방울 같은 목소리가 아뢰었다.

"나리, 꽃분네이옵니다."

"듭시게. 오늘따라 영 수줍게 구는 것이 필히, 오랜만에 보는 정인더러 앙탈하는 마음이겠지!"

호탕하게 말하는 벼리의 목소리에 문이 살며시 열렸다.

칠흑 같은 머리타래를 빗어 올려 금 빗을 꽂고 단아한 귓불에는 황금 귀고리를 달았다. 홍색 색동 치마에 아른아른 비치는 속바지는 다홍빛, 허리까지 내려오는 노란 저고리의 소매부리며 깃동, 치맛자락에는 진부 다 꽃수가 놓였다. 치맛자락에도 휘황찬란한 옥충석*의 날개 껍질로 수놓아 발을 움직일 때마다 자르륵 자르락 하는

---

*옥충석:딱정벌레처럼 생긴 곤충으로 날개는 얇고 단단하며 무지개 색으로 빛이 난다. 날개를 떼어내 의복의 장식으로 쓴다

소리가 청아하게 울렸다.

가히 한 성을 기울인다 찬사를 받을 만한 가희(佳姬)였다. 불유의 정인인 꽃분네였다. 살포시 무릎 꿇고 고개 숙여 인사하였다.

"소녀, 두 분을 뵙습니다."

"새삼스레 내외하는 것을 보니 필히 외인인 나를 꺼려함이네. 자리를 비켜주어야 하는 것이 아니냐?"

"술값을 네가 낸다 하여 놀림이 자심하구나."

불유가 입을 쑥 내밀었다. 핫하거리는 웃음 가운데 비단 소매 안에서 하얀 손이 뻗어 나왔다. 백합 같은 섬섬옥수가 쪼르르 미주를 따랐다.

"오다 보니, 기루가 흥청망청하더구나. 돈냥께나 쥔 단뫼의 장사치들이 들었나 보구나."

"대인께서 이해하여 주소서. 큰 장사치들이 입성하였는데, 기루가 적막하다 하면 어미가 노염을 타옵니다."

불유가 술잔을 다시 청하였다. 그러면서 걱정스레 창밖을 바라보았다.

"내가 그것을 모를까? 하나 홍월루의 으뜸인 네가 이 방에만 잡혀 있으면 어찌할까? 다른 방 손님들이 노염 타겠다."

"아이, 어찌 그런 말씀을 하셔요? 소인이야 천호장님만 기다리는 망부석 신세올시다."

꽃분네가 살짝 눈을 흘겼다. 원망스레 토라지는 척했다.

듣기 좋으라 하는 말인 줄은 알고 있다. 그럼에도 사내의 입은 헤벌레해졌다.

"내 참! 아직도 짝 하나 없는 내 마음을 싱숭생숭하게 만들 참이더냐? 술이나 마시렴!"

벼리가 눈을 부라렸다. 꽃분네가 상글거리며 그의 잔에도 술을 따랐다.

"근위대장님께서는 새삼 왜 이러셔요? 고개 한 번만 돌려도 정곡의 모든 여인네들이 자지러진다는 소문이 장하옵니다."

"하나 무엇하랴! 여인들은 자지러지되 사내놈들은 날 무엇 보듯 피하기만 하는데."

벼리의 자탄에 불유가 흥, 하고 비웃었다.

"어지간한 사내야 눈 아래로 깔고 보며 무서운 검을 휘두르는 사람이라, 누가 우리 근위대장을 감히 곁에 두고 싶을까? 언제쯤이면 네가 그 남복을 벗고 아낙네의 도리를 다할까 내, 걱정이구나."

"아서라. 이미 접은 욕심이다."

벼리가 술잔을 단숨에 비웠다. 탁, 하고 놓았다. 흔쾌하게 웃는다 하는데도 어쩐지 그 표정이 쓸쓸하였다. 남장하였고, 싸울아비로 이름 높았으되 그녀가 여인이라는 것을 모르는 이는 아무도 없었다.

그럼에도 꽃분네조차 제 정인과 허구한 날 밤낮으로 붙어 다니는 벼리를 투기하지 않는다. 경계조차 하지 않는 것은 그녀의 자신감이거나 동정심이다. 저런 못난 얼굴에 흉측한 검상까지 가지고 있고, 뭇 사내보다 더 우락부락한 저 여인을 누가 탐내랴 하는 의기양양함이었다.

매일 당하는 그 일이며 시선인데, 어찌 이날은 그것이 매서운 가시같이 더 뾰족하게 찌를까?

불유의 시선이 울적하게 변했다. 벗의 눈길 안에서 벼리의 손이 버릇처럼 다시 왼쪽 볼의 검상에 가 닿았다.

"이 얼굴에 여인네 옷을 입고 분단장하여 연지 칠하고 나가볼까? 아서라! 웬 미친놈이 나타났다 하여 당장 군졸들이 잡으러 올 것이다."

"……네 얼굴에 그 상흔을 남긴 자, 찾아내면 내가 찢어 죽일 것이다!"

불유가 이를 갈 듯 맹세했다. 벼리는 말없이 잔에 채워지는 술을 바라보았다. 말 못하는 말이 목울대까지 넘어왔지만 억지로 술과 함께 넘겨 버렸다.

그는 내 어미란다, 불유.

하여 절대로 그 이름을 말하지 못하는 것이다. 아비의 여인이었다. 피야 섞이지 않았으나 인간의 의리로 어미가 된 자다. 자식 된 도리로 어찌 먼저 허물을 말하랴.

제 배로 낳은 아들을 위하여, 전처의 딸인 벼리를 죽이려 덤벼들었다 하지. 비수를 들고 어린 소녀의 목을 찌르려 하였는데, 갑자기 유모가 나타나는 바람에 실패했다. 놀란 손에서 미끄러진 칼날이 여린 볼을 그어버렸다.

생명은 구했지만, 여인의 생명이라는 얼굴에 평생 지워지지 않는 험한 상처가 남아버렸다.

계모가 살인까지 저질러서 지키려 하던 이복동생은 어미의 정성에도 아랑곳없이 열 살 때 열병으로 죽었다. 그녀도 아들 따라 저승으로 간 지 어느덧 십여 년이 지났다.
 인생이란 그다지도 허무하고 인간의 집착과 욕심이란 그다지도 덧없는 것이었다. 다시 되새겨 아파하거나, 분노하거나, 괴로워하기에도 쓸쓸한 세월, 쓸쓸한 사연이었다.
 "그만해라."
 생각하면 할수록 쓰디쓴 과거를 억지로 잘라 버렸다. 불유의 눈을 똑바로 바라보며 단언했다.
 "알다시피 이 볼의 상흔은 내가 만든 것이다."
 다시 한 번 단호하게 벗에게, 자신에게 다짐했다. 아비가 죽은 후 처를 어질다고, 사랑스럽다고 기억한다면 그 추억만이라도 지켜주어야 한다 마음먹었다.
 그것이 자식 된 도리, 아들이 되지 못하여 아비에게 실망을 안겨 준 그녀, 아사벼리의 가혹한 의무였다.
 "잊었느냐? 스승께서 이르시기를, 여인의 한계를 극복하고 오직 검도에만 정진하려면 세간의 미련일랑 씻어내야 한다 하셨다. 오욕칠정(五慾七情)을 벗어나려 내가 선택한 상처이다. 하니 다시는 말하지 말아라."
 "잘난 척은…… 그래, 다 잊고 오늘은 코가 삐뚤어지게 마시자꾸나!"
 쪼르르 다시 술잔이 채워졌다. 인생의 모든 쓰디쓴 맛이, 아스라하게 젖어드는 모든 비애와 슬픔이 목을 타고 넘어갔다.
 바로 그때였다. 바깥에서 시끄러운 소란이 벌어진 듯했다. 무엇인가 우당탕탕 부서지고 나동그라지는 소리가 들렸다. 날도 채 저물지 않았는데, 취객들이 시비질이라도 하는 모양이었다.
 퍽퍽, 주먹질하는 소리에 '아이고, 대인!' 하고 애원하는 소리며 '놓지 못하겠던?' 하고 버럭버럭 억지소리를 지르는 사내의 목청이 방 안에까지 선연하게 새어 들어왔다.
 "쯧쯧, 여하튼 술만 들어가면 개차반이 된다니까. 사내들이란!"
 벼리는 혀를 찼다. 그러거나 말거나 불유와 꽃분네는 서로에게 취해서 몰래몰래 손을 잡고 사랑놀음질에 바쁜 눈치였다. 아무래도 저놈, 이 밤에는 예서 자고 간다 하겠구먼. 자작자음, 이만해서 자리를 피해줄까 이러는 중이었다. 바깥의 분란은 진정되기는커녕 점점 더 격화되는 분위기였다.
 우탕탕탕, 꼴사나운 소란은 더 가까워지고 있었다.
 "요 방인가? 아니구먼. 끄윽!"
 "아이고, 대인! 대인, 진정하시구요, 아씨가 몸이 아파 나가신 거라니깐요."
 "요년, 거짓말하지 말아라. 한 식경 전까지 내 무릎 앞에 앉아 수작질했는데 갑자기 웬 병 핑계냐? 네가 딴 방으로 빼돌린 게지?"
 "진정하시와요. 제가 모셔 오겠사와요."
 "우리 어여쁜 꽃분네. 꽃분네야, 어디 갔니? 끄윽, 어이 취한다."
 "아이쿠, 대인!"
 "꽃분네야! 너 거기 있는 게지? 썩 나오지 못하겠느냐?"
 장지문 바깥으로 기생 어미와 꽃분네를 청하는 손님이 다투는 소리가 들렸다. 소동을 부리는 사내가 찾는 사람이 꽃분네라는 것이 밝혀진 셈이다. 방 안의 세 사람 얼굴이 동시에 굳어졌다.

"나가보아야 하지 않느냐?"

"상관치 마십시오. 항시 있는 일이니까요."

마음에 걸렸다. 이 바쁜 날, 이 방에만 머물러 있어 나중에 꽃분네가 어멈에게 당할 사정이 안타까워, 불유가 한마디 하였다. 그러나 꽃분네는 고개를 흔들었다. 붉은 입술이 단호한 선을 그리고 있었다.

"징글맞은 사내들이야 아주 지긋지긋합니다. 설마 천하의 천호장님이 계신 이 방까지 침입하겠습니까?"

"오냐, 걱정 말아라. 내가 어멈에게 말을 잘하여주마."

그때였다.

"아이고, 아이고! 그 방은 아니 되신다니까요, 아이고 대인, 그만 하시와요!"

벌컥 문이 열렸다. 말릴 사이도 없었다. 이미 취한 모양인지, 얼굴이 불그스레 변한 채 한 손에 술병까지 든 사내였다. 칠칠맞게 검푸른 장포 앞섶이 다 벌어졌다. 술이 흘러 바지 자락 군데군데에도 얼룩이 졌다. 머리에 심청빛 두건을 감은 것으로 보아 돈냥께나 들고 주루에 들어온 단뫼의 장사치인 모양이다.

몸가짐이 워낙 흐트러지고 하는 짓이 방탕하여 그렇지, 평상시 만났다 하면 잘났다 하여 다시 돌아볼 만하기는 했다. 짙은 눈썹 아래 해란의 사람과는 다른 검푸른 눈동자가 신비로운 인상이었다. 키까지 헌칠하여 문 앞에 섰는데, 한참을 올려다보아야만 했다.

돌연히 침입한 사내가 씩 웃었다. 딱 붙어 앉은 불유와 꽃분네를 노려보며 쿡쿡거렸다.

"오호라! 요기 있었구먼. 감히 날 속이려 들어? 어림없지! 내가 눈 벌겋게 뜨고 있는데 버젓이 딴 놈을 받아? 요년!"

방 안에 앉은 벼리와 불유의 얼굴에 동시에 분노의 빛이 서렸다. 곁에 앉은 꽃분네의 얼굴도 파랗게 질렸다. 어찌할 바를 몰라 하는 얼굴이었다.

벼리와 불유는 쯧쯧 하며 고개를 흔들었다. 마치 그 사내가 그림자라도 되는 양 무시하며 한가로이 말을 주고받았다.

"요즈음 주루에는 개도 드나들던가?"

"그런가 보이."

"세상이 하도 험하니…… 하기는 주루도 격이 떨어진들 어찌하겠던?"

"그나저나 어떤 무뢰배 놈이 참 철이 없어 주루의 예절도 모르고 험하게 구는 것인가? 내 한번 나서서 버릇을 가르쳐 줄까 하네."

"암만. 주인 말 못 알아듣는 개는 몽둥이찜질이 제격이지."

알아서 물러가라 경고한 셈이었다. 그러거나 말거나 취한 놈 귀에 그런 점잖은 말이 제대로 들려올 리가 만무했다. 방 안의 두 사람 말이야 귓전으로 흘려들으며 바락바락 고함질이었다.

"꽃분네 너, 당장 나오지 못하겠느냐? 아까까지만 해도 내 무릎에 앉아서 온갖 아양 다 떨더니 말야! 에잇, 지조도 없는 창기(娼妓) 같으니라고. 아까 받아간 금전일랑 다 내놓아라!"

앞에서 대놓고 창기라 모욕하니, 이런 모욕도 달리 없었다. 그만 꽃분네의 얼굴이 새빨갛게 달아올랐다. 옆에 앉은 불유의 눈썹도 획 하니 치켜 올랐다. 저절로 손이 허리춤의 검에 가 닿았다. 당장에라도 벌떡 일어서 그 사내의 목을 칠 기세였다.

"아서라."

벼리가 그를 제지했다.

"모처럼 정인을 보아 좋은 이 자리에서 어찌 귀한 검을 휘두른단 말이더냐? 내게 맡겨라."

하루 내내 씁쓸하던 기분을 단번에 해결할 좋은 기회였다. 성으로 돌아가면 '또 싸움질을 하였다니?' 하고 아버님의 잔소리를 들을 테지만.

벼리는 느릿느릿 일어났다. 문 앞에 버텨 서서 술 취해 제가 무슨 말을 지껄이는지도 모르고 분탕질 치는 놈의 앞에 섰다. 뭐냐는 듯 노려보는 그자의 멱살을 잡고 질질 마당까지 끌고 나온 다음, 사정없이 내동댕이쳐 버렸다. 개구락지처럼 흙바닥에 휙 처박힌 놈이 고개를 발딱 들고 고함 고함을 쳐댔다.

"어어, 이놈 좀 보게! 사람을 막 치는구나!"

"취하여 개 노릇을 하는 자야, 이리 대접받아 마땅하지!"

"오호라, 한번 해보자는 거냐, 이놈! 좋았다, 어디 붙어보자."

예상외의 일이 일어난 것은 그다음이었다. 술에 취하여 몸도 채 가누지 못하는 자라 여겼다. 남의 방을 예사로 침입하여 시비질이나 부리는 개차반인 줄 알았다. 손가락 하나로도 감당할 수 있는 하찮은 무뢰배로 여겼는데, 뜻밖에도 몸을 일으키며 단번에 허리춤의 검을 내뽑는 솜씨가 예사롭지 않았다.

어느새 다가온 반월형의 검이 독 오른 뱀처럼 가슴을 휘감아왔다. 아차차, 하는 사이에 저고리 고름이 툭 잘리고, 옷자락이 흉하게 너덜거렸다.
"이 무례한 놈!"
방심하다 단단히 허를 찔린 셈이었다. 천지분간하지 못하고 제멋대로 휘둘러 대는 취한 자의 검인지라, 어디로 튈지 가늠조차 할 수 없었다. 거의 땅에 닿다시피 몸을 낮추어 다시 달려드는 검날을 피했다. 그러면서 허리춤의 검을 빼들어 눈앞으로 달려드는 검을 막았다. 빠각각, 소리를 내며 두 개의 검이 강하게 맞부딪쳤다. 타다닥, 불꽃이 튕겼다.
처음에는 단순히 건방진 자의 버릇을 고쳐 줄 작정이었다. 한데 어느새 이것은 정식으로 검을 든 대적이 되어버렸다.
강하게 내려치는 벼리의 검을 잘도 막아내며 단뫼의 사내가 킬킬댔다. 게슴츠레한 눈을 들어 벼리의 가슴께를 징글맞게 훑었다. 옷고름이 잘려져, 저고리 자락이 펄럭였다. 싫든 좋든 봉긋한 가슴골을 단단히 싼 하얀 천이 드러날 수밖에 없었다.
"오호, 너! 수컷인 줄 알았더니 암컷이 아니냐?"
"이, 이 천박한 놈!"
귀에서 하얀 연기가 날 정도로 분개했다. 그러나 사내는 나불나불 잘도 약을 올리고 있었다.
"큭큭, 암컷더러 암컷이라 하는데 무엇 잘못되었느냐? 허면 남장 계집이라 불러주랴?"
잘도 막아낸다. 잘도 나불댄다. 검을 휘두르는 솜씨 못지않게 입도 기름칠한 듯 어찌 그리 미끄러운지, 한마디 한마디 내뱉는 말마다 아주 사람의 염장을 뒤집었다.

어느새 술 취한 기색은 사라지고, 눈빛이 더 짙어진 그가 다시 벼리의 약을 올렸다.

"정곡성은 이상하군. 암컷이 싸울아비 복장에다 검을 휘두르니 이것, 못쓰겠다. 이곳에는 사내가 그리 없더냐?"

"이, 이 후레자식 같은 놈! 그 더러운 입을 닥치지 못하겠느냐?"

"하하하, 내가 후레자식인 건 어찌 알았느냐?"

"뭐, 뭐라고?"

"내 어미가 아비를 알지 못하는 여러 자식을 낳았는데, 우리나라 풍습이야 당연한 일. 그중 하나가 바로 나란다. 다른 욕을 찾거라. 후레자식이라서 오히려 자랑스러운 나다."

격장지계. 마음을 동요시켜 손을 무디게 하려 하였는데, 먹혀들지 않았다. 벼리는 이를 앙다물고 험상궂게 그를 쏘아보았다. 기름질 칠한 저 입을 찢어놓고 싶었다.

"왜 나를 보니 마음이 동하느냐? 검날 말고 다른 데를 대어보려느냐?"

다시 사내가 킬킬거리며 조롱했다. 벼리는 이를 악물고 두 손으로 검을 움켜잡았다. 죽여 버릴 테다, 이놈! 기를 담아 힘차게 검을 휘둘렀다.

사내의 목줄을 댕강 끊어버릴 듯이 강하게 후려쳤다.

작정하고 시작하니, 감히 누가 벼리를 이길 수 있으랴? 승부는 서서히 드러나기 시작했다. 날카로운 검세에 이기지 못하여 밀리기 시작한 것을 느꼈는지, 사내의 눈썹 또한 위로 치켜 올라가기 시작했다. 상대의 분노가 심상치 않음을 그도 짐작한 듯했다. 아까와는 달리 입도 나불대지 못하고 땀까지 뻘뻘 흘리며 그녀의 독 오른 검날을 피해내기 바빴다.

이윽고 사내는 벼리의 검을 피하다 못해, 마당 끝 연못이 있는 쪽까지 밀려가고 말았다. 건방지고 멍청한 저놈을 반드시 흙탕물 속에 처넣어주리라, 작정하며 벼리는 더 강하게, 손속에 인정을 두지 않고 계속 검을 휘둘렀다. 기어코 그를 궁지에 몰아넣었다.

이만하면 검을 던지고 엎드려 빌거나, 제 주제를 알지 못하고 계속 까불다가 연못 속에 빠지거나, 둘 중 하나였다. 한데 사내의 행동이 묘했다. 갑자기 긴장하던 표정을 싹 지우고 그다지 서두를 것도 없다는 얼굴로 연못가 축대 위에 위태로이 섰다. 물을 등지고 킬킬거렸다.

"더 상대하여 주고 싶으나, 네 솜씨를 충분히 보았으니 만족한다. 이만 하자꾸나. 즐거웠다, 암컷인 싸울아비!"

입질하는 것도 기름칠이 잘잘 흐르더니, 도망치는 솜씨도 그에 못지않게 재빨랐다. 등을 돌리기가 무섭게 물속으로 뛰어든다 했더니, 그대로 물 위에 둥둥 떠서는 그녀를 조롱하듯이 노려보았다.

"무력답수(無力踏水)!"

일순간 벼리의 입에서 경악의 신음 소리가 터져 나왔다.

언젠가 스승에게 들은 적이 있다. 전설의 밝달 신시에 가면 하늘아비들이 익히는 천상의 무공이 있다 하였다. 믿기 힘들었으나, 하늘아비들이 절정의 공력을 쌓게 되면 일신의 기를 감추어 자연과 일치하는 수준에 도달하게 되어, 물을 밟고서도 둥둥 떠 있게 된다 하였다.

해란의 싸울아비라 하면 마침내 이루고자 하는 절정의 무공 중 하나가 이렇듯이 눈앞에 실제로 펼쳐지게 될 줄이야. 마구잡이로 취하여 불한당 행세를 하고 있던 그 사내가, 벼리의 검에 쩔쩔매는 시늉을 하던 그 사내가 사실은 일신에 최상의 무공을 감춘 고수였다니.

그녀의 고함 소리에 사내가 씩 웃었다.

"싸울아비 계집! 무력답수를 알다니, 제법 눈이 밝구나. 그럼 다음에 보자꾸나."

그 말이 끝나기가 무섭게 날렵하게 발끝으로 물을 차고 사내가 제비처럼 날아올랐다. 단숨에 높은 담을 뛰어넘어 자취를 감추었다. 잠시 멍해져 있던 벼리 또한 몸을 날려 그가 사라진 담 쪽 위로 올라섰다. 그러나 아무것도 보이지 않았다. 그사이 어디로 사라진 것인지, 검푸른 옷을 입은 그 사내의 흔적은 자취도 찾아볼 수 없었다. 저물어가는 하늘 아래, 벼리의 두록색 옷자락이 바람에 날렸다.

"더러운 놈."

벼리는 빼들고 있던 검을 허리춤의 검집에 다시 넣었다. 팔짱을 끼고 그 사내가 사라졌음직한 골목길을 노려보며 이를 갈았다.

"다시 만나면 뼈를 갈아줄 터이다. 잘도 도망쳤겠다? 흥, 어디 두고 보자. 단뫼의 파오를 다 뒤져서라도 네놈을 잡아내고야 말 터이니."

어차피 그가 정곡성에 들어와 있는 이상, 근위대장인 그녀의 이목을 피할 수는 없었다.

"이날의 수치와 빚을 반드시 갚고야 말겠다. 더러운 사내놈."

그가 잘라 버린 옷고름 대신 이마의 띠를 풀어 옷자락을 여몄다. 이런 수치, 이런 망신은 처음. 대범하자, 침착하자 마음먹어도 손끝이 바들바들 떨렸다.

심지어 아버지에게도 보여주지 않은 속살에다가 가슴가리개까지 드러나고 말았다. 그가 여인이라는 흔적을 난생처음 보는 외간 사내에게 보여주고 말다니. 하물며 그자가 다른 녀석도 아니고 입질 더럽고 비열하기 짝이 없는 단뫼의 놈팡이 놈이라는 데서 벼리의 분노는 더해지고 있었다. 자신도 모르게 손이 검집에 꾹 닿았다.

'찾아내면 삭신의 뼈를 자근자근 밟아줄 테다, 건방진 장사치 놈.'

이런 기분으로 불유가 있는 방으로 돌아가기가 싫었다. 한참 정분이 나, 둘만이고 싶은 정인들을 방해할 수도 없는 노릇. 이만하고 사라져 주어야만 할 것 같았다.

어찌할 바를 몰라 하며 기생어미며 점소이*가 주변에서 서성거리고 있었다. 벼리는 전낭을 풀어 불유의 술값을 계산하고 미련없이 그곳을 떠났다. 집으로 돌아가면 제일 먼저 이 찝찝한 기분을 거두기 위해 욕간부터 하리라 결심하면서.

벼리가 사라진 지 일각쯤 흐른 후였다.

아까 자취를 감추어 흔적없이 사라졌던 단뫼의 그 사내가 모습을 드러냈다. 기루의 담 옆에 서 있던 고목의 푸른 잎 사이에서였다.

우뚝 솟은 나무의 우듬지 끝에 서 있었으므로, 그는 벼리가 기루

---

*점소이:주점(酒店)에서 일하는 심부름꾼[店小伊]

의 문을 나서 따각따각 말을 타고 가는 모습을 환히 볼 수 있었다.

"오랜만에 마음 끄는 자를 보았다. 사내인 줄 알았는데, 계집이라…… 흠."

휘청휘청 부러질 듯 가느다란 가지 하나에 몸을 지탱했다. 그런데도 떨어지기는커녕, 마치 땅 위에 서 있듯 균형을 잡고 서 있다. 일신에 감춘 무공이란 벼리가 짐작한 대로 예사롭지 않다 할 것이다. 아까의 술기운이야 씻은 듯 사라지고 검푸른 눈동자 속에는 매처럼 냉철하고 차가운 빛만 남아 있었다. 선명한 선을 그린 입가에는 싱긋 짓궂은 미소가 잠겨 있었다.

"오랜만에 해란에서 쓸 만한 인간을 보았다. 제법 탐이 나는군. 이 맛에 장사를 한다니까."

그는 정곡성에 들어온 단뫼의 대상을 이끌고 온 우두머리였다. 고개를 휙 돌려 눈 아래 정곡성 전체를 휘둘러 살폈다. 고개를 끄덕끄덕했다.

"기껏 국경 근처의 허름한 성인 줄 알았는데, 정곡성이야말로 해란의 작은 수도요 마지막 보루다."

그의 눈썰미라, 참으로 대단하다 할 것이다. 정체가 무엇이길래 이렇듯이 한눈에 모든 것을 파악하는 것일까?

그의 눈에 비친 정곡성은 말 그대로 거대한 보루였다.

한쪽은 절벽, 깊은 계곡으로 삼면이 둘러싸인 언덕에 우뚝 솟은 영주의 성은 그야말로 철옹성. 수만이 들이쳐도 수십 년은 버텨낼 수 있을 듯싶었다.

그 아래쪽 백성들이 모여 사는 거리는 마치 해란의 도성 사무란처럼 질서정연한 계획에 따라 만들어져 있었다. 해안가의 부두에는 천하 각지에서 모여든 배들이 그득하게 정박해 있었다. 활기차게 날아오르는 갈매기들, 그 아래로 고기잡이를 마치고 어선들이 노을을 끌고 돌아오고 있었다.

봄날 늦은 오후, 정곡성의 모든 것이 모자람없었다. 외각에 위치한 농경지에는 한창 푸름이 절정이었고, 과수원에는 붉고 하얀 봄꽃들이 가득했다. 그곳에서 생산되는 과실들은 배에 실려 마고국이며 더 멀게는 〈미친 현자의 섬〉에까지 팔려 나갈 정도였다. 한참 새 풀이 나는 목장에는 한가롭게 가축들이 뛰놀고 있는 것이 그대로 보였다. 그 바깥으로 세 겹의 외성이 튼실하니 서서 정곡의 모든 것을 감싸 안듯 버티고 서 있었다.

'위치한 곳은 철통 요지이되 사통팔달이다. 바다와 통해 있고, 모든 길들이 여기서 끝이 난다. 국경이라 해도 마고국과는 큰 산맥으로 갈려져 있으니 설사 동맹이 결렬된다 해도 직접적으로 위협받지는 않는다. 끼고 있는 들판은 드넓으며, 산과 바다의 산물은 풍부하니, 이는 도성 사무란보다 천 배는 나은 지형이다.

그가 천하를 떠돌며 살펴본 지세에 따르자면 이곳 정곡은 짝을 찾기 어려울 정도로 명당이었다. 같은 나라의 반대편, 사무란성의 불안함과 혼란함이 이곳에서는 이상하게 느껴질 정도였다. 더없이 평화롭고 넉넉해 보였다.

'나라면 사무란을 버리고 이곳으로 천도한다. 어차피 사무란은 무후와 맥국의 표적. 결국은 맥없이 무너지고 말 테지. 물론 내가 그 일에 일조를 하겠지만 말야. 더 늦기 전에 알맹이를 빼돌려 이곳

에 와서 다음을 준비할 텐데.'
　그가 누구인가? 천하를 사고파는 단뇌의 태궁이다. 태어나서 서른 해가 지난 지금까지, 지금껏 말등에 몸을 싣고 표표히 떠돌았다. 천하 곳곳을 살피고 돌아다녔다. 세상을 읽고 천기를 살피며 인심을 헤아렸다. 한눈으로도 세상 만물과 사람 인심을 헤아리고 가치를 매기고 버릴까 얻을까를 계산할 수 있다.
　'참으로 좋은 곳이다. 이 정도의 철옹성을 감히 누가 나서서 함락시키랴? 이곳을 치고 들어오는 데는 결국 바닷길뿐인데, 무후 놈들이야 바다 안에서는 돌멩이에다 얼치기. 해란의 싸울아비들은 십 년 동안 바다에서만 놀아라 해도 크게 웃을 놈들이다.'
　그는 고개를 끄덕끄덕했다.
　"해란의 마루한이 여기서 진을 치고 자리 잡으면 누구도 건드리지 못한다. 흠, 그에 따라 전세가 제법 장기화될 수 있겠는걸?"
　그가 입맛을 다셨다. 망국의 치욕으로 기울어간다 말하는 해란에 이런 힘이 아직도 숨겨져 있었다니, 해란은 아직 명운이 남아 있는가?
　"불모라 일컬어지는 벽지의 성이 이 정도라니 예상외의 일인걸? 하물며 저런 인재가 숨어 있었다니."
　국운(國運)이야 인걸(人傑)이 이끄는 법. 해란의 마루한이 어떻게 처신하는지 앞으로 두고 보면 이 나라의 운명을 알 수 있을 게다.
　"하긴 이렇게 성을 꾸려간 성주 딜곡이 여전히 바깥으로 치우쳐 외면당하고 있다는 건, 해란에게 희망이 없다는 말이기도 한데. 대체 누가 있어 그를 보필하여 이 정도로 성을 꾸려왔단 말인가?"

가슴속에 솟구치는 의문일랑 천천히 풀어갈 일이었다. 아직 시간은 많다. 그가 이곳에 들어온 지 이제 겨우 이틀째이다.
'난 역시 운이 좋단 말이다.'
그가 싱긋 웃으며 다시 고개를 돌렸다. 그의 시선은 이미 까만 점으로 변한 벼리의 모습에 가 박혀 있었다.
"의기가 굳고 맑다. 처음 볼 정도로."
검을 휘두르는 기운을 보면 알 수 있다. 잠시간의 대적으로도 사곤은 알 수 있었다. 태양처럼 청명하고 광휘로운 기운이 그대로 전해지고 있었다. 하물며 여인의 몸으로 그를 위협할 정도로 무공이 뛰어나니, 제 목숨은 제가 지킬 수 있단 뜻이다. 사내에게 매달려 사랑과 목숨을 구걸하는 유약한 여인들을 그는 가장 경멸하고 있었다.
칭칭 하얀 천으로 묶었어도 감춰지지 않던 색정적인 가슴의 선을 생각하자 꿀꺽 침이 넘어갔다.
비록 얼굴에 여인으로서는 치명적인 흠인 상흔이 있어 그 아름다움이 좀 가려지긴 했다. 하나 강인하고 섬세한 골격에다가 미루나무처럼 훌쩍한 키가 멋졌다. 순하나 긍지 높은 기품이 서린 모습은 사곤이 만난 여인 중에 가장 강렬한 인상을 남겨주었다. 그가 시전한 무공에 경악해 깜짝 놀라 살짝 벌어지던 붉은 입술이 아직도 생생했다. 한갓 여인의 매력에 이리도 마음이 흔들린 적은 난생처음이었다.
사곤의 마음은 어느새 여인의 몸으로 싸울아비 복장을 한 그 여인에게 함빡 기울고 있었다. 스스로 은근히 놀랄 정도였다. 그런데

기묘한 것은 색다른 이런 기분이 썩 싫지는 않다는 것이었다. 나이가 들어가니 자연의 이치라, 이제는 반려를 찾아야 할 때가 도래한 모양이었다.

'이런 궁벽한 곳에서 보물을 발견했으니 만 리 길 넘어온 보람이 있단 말이지.'

천하를 제 것으로 만들려는 야심 말고는 다른 뜻이 없던 사내가, 한 여인만을 심기에는 너무 넓다 여긴 가슴에 처음으로 담은 그 존재.

'하나 아직은 떫어.'

사곤은 고개를 저었다. 제가 여적 계집인지도 사내인지도 모르는 여자. 제 속에 어떤 보물이 들었는지도 모르고 진흙 껍질에 싸여 있는 계집. 제가 얼마나 귀한 보물인지도 모르고 어울리지도 않는 싸울아비 노릇이나 하고 있는 모습이라니.

어떤 자도 그를 얻을 순 없다, 스스로 자신의 존귀함을 자각하기 전까지는. 그녀의 문을 열 사람은 가장 먼저 그 여자의 가치를 알아본 사곤 자신이 될 작정이었다. 물건에 임자 있나, 먼저 찾은 자가 임자인 게지. 흐뭇한 미소가 새삼 그의 입술에 떠올랐다.

'장사 중에 가장 큰 장사란 역시 사람장사. 사람을 얻으면 내 손 쓰지 않아도 천하가 제 발로 걸어들어 오는 법.'

싸울아비 옷을 입은 계집, 두고 보자꾸나. 사곤은 경쾌한 발걸음으로 다시 홍월루의 담을 넘어 들어가며 중얼거렸다.

"결정했다. 반드시 너를 얻고야 만다."

사곤은 잠시 멈춰 서서 매 같은 눈으로 꽃분네가 시중들고 있는 별당을 바라보다 이내 아까 자신이 술을 마시던 방으로 다시 스며 들어 갔다.
 자음자작. 철철 넘치게 술을 따라 단숨에 들이마셨다. 그녀가 다시 그를 찾아올 때까지 기다려야 할 것이다. 그는 그녀에게 볼일이 있었다. 그것도 아주 긴요한 볼일이. 아까 방해를 받지 않았다면 이미 끝났을 일이었다.
 '기다리는 동안 모자란 잠이나 자볼까?'
 태평스런 사내는 한 잔 술을 또 마셨다. 그 자리에 대(大)자로 드러누워 눈을 감았다.

第二章

"한쪽으로 치우친 정은 원망을 만들고
함께 취한 정은 즐거움을 이루나
지나치게 쏠린 정은 몹쓸 집착을 이루나니,
지혜로운 자들이여, 항시 중용을 명심하라."
환인께서 웃으시며 말씀하셨다.
"어리석어라. 정(情)의 길에 중용이 어디 있는가?
누구에게도 마음없는 무정(無情)이라 하거라."

어느덧 정곡의 산과 바다에 어둠이 살포시 내렸다. 성안 곳곳에 꽃이 피듯 등불이 내걸리기 시작했다. 높은 언덕에 우뚝 솟은 영주의 성도 한 다발 횃불을 피우듯이 높은 망루에서부터 밝은 등불이 내걸렸다.

얼마나 시간이 흘렀을까? 이미 야심한 밤이라, 불이 꺼진 지 오래.

홍월루의 별각.

흥청망청 놀아대는 취객들의 소란함도 이곳 별각의 담 너머까지는 미치지 못하였다.

어둑하고 인적없는 누루의 회랑을 한 미인이 걷고 있었다. 등불도 없이, 사박사박 비단 옷자락이 끌리는 소리조차 행여 누구에게 들릴세라 조심하는 눈치였다. 사내가 앉아 있는 방문을 살며시 열었다.

"어머나, 주무시고 계시네."

원망 같은, 한숨 같은 목소리였다. 기다리지도 않고 벌써 잠이 들어버린 사내를 미인은 문가에 우두커니 선 채 마냥 바라보기만 했다.

창가에 놓인 대황촉 불이 밝게 타오르고 있었다. 눈물을 흘리는 초는 이미 반 토막이었다. 누가 빼앗아갈세라 술병을 움켜쥔 채였다. 사내는 대자로 뻗어 코까지 골고 있었다. 흐트러진 옷차림에 베개도 베지 않았다. 그럼에도 태산처럼 크고 바다처럼 넓어 보이는 기품은 변함없었다. 문 앞에 선 여인이 오직 한 마음 주어 하늘로 모시는 분. 간절하고 안타까운 그 마음 담아 이름을 불러보았다.

"태궁, 쇤네이옵니다."

대답이 없다. 깊이 잠이 든 듯 오히려 코 고는 소리만이 더 높아졌을 뿐이다. 그만 입술에 미소가 흘렀다. 평상시 범접하기 어려운 분의 위엄보다는 장난꾸러기 같은 모습인지라, 오히려 살가운 정이 더 느껴졌다.

"많이 기다렸사옵니까?"

대답이 없음에도, 이렇게 자꾸만 말을 걸어보는 여인네 이 마음. 한 번도 그녀를 돌아보아 주지 않는 것이 야속하여 울컥 눈물이 날 것 같았다.

천호장 불유가 아무리 다정하게 대하여주어도 소용없었다. 그가 그녀의 몸과 미모만을 탐하는 자는 아니라는 것을 알고 있어도, 순박한 그 마음 전부를 그녀에게 주고 있음을 알고 있어도 꽃분네의 마음은 오직 하나. 하늘 같은 사곤에게 묶여 있었다.

그리워만 하였다. 이리 가까이 뵈올 수 있어 너무 좋아서, 바라만 보아도 행복해서 움직일 수 없었다. 행여 이분이 눈이라도 떠버리면 이렇게 마음껏 바라보는 일조차 할 수 없는 조바심에 심장이 떨렸다. 살며시 다가앉는 발걸음이 사뭇 위태로웠다.

꽃분네는 조심스레 사내의 곁에 앉았다. 축 늘어진 머리를 들어 제 무르팍에 살며시 올려놓았다. 깊은 잠에 빠진 사내의 얼굴 위로 달달 떨리는 섬섬옥수가 닿을 듯 말 듯 가만가만 맴돌았다.

기원하옵나니…… 꽃분네의 눈동자에 아스라한 별이 돋았다.

잠시나마 편안하시기를, 내 옆에서 편안한 잠을 주무시기를, 마음껏 아름다운 이분의 얼굴을 바라볼 수 있기를, 달큰한 숨결을 가까이에서 느낄 수 있기를…….

"으음…… 음. 저런, 깜빡 잠이 들었군."

야속한 님이시여……. 채 일다경도 지나지 않았는데 그가 그만 눈을 떴다. 가까이 다가와 있는 여인의 얼굴을 올려다보며 싱긋 웃었다.

"왔구나."

"네. 곤하시면 이리하고 더 주무십시오."

"나야 편안하지만 네게는 못할 일이구나."

제 뜻은 아니었다 해도 잠시나마 무릎에 신세지게 된 것조차 미안해하는 얼굴이었다. 정인이었다면 서로가 당연했을 그 일인데, 정중하게 인사하는 그 말이 왜 이리 서러움인지. 미소 짓는 꽃분네의 입술이 처연하게 아래로 떨어졌다.
 그 사내, 단뫼의 사곤이 몸을 일으켰다. 퍼질러져서는 코까지 골았던 스스로가 좀 민망한 표정이었다.
 "일은 다 끝났느냐?"
 "예. 쇤네의 일이 일인지라…… 좀처럼 잡고 놓아주지 않아서 태궁을 이리 많이 기다리게 하였나이다."
 "되었다. 사람 눈을 피하자면 너도 본분을 다해야 했겠지."
 기다렸노라, 말 한마디 하셨다면 덜 슬플까?
 사슴 같은 꽃분네의 눈동자가 잠시 흔들렸다.
 아니다. 그런 말을 들어버리면 헛된 바람이 더 커져 이 작은 가슴이 터져 버릴지도 몰라. 이내 차오르는 물기를 감추고자 타오르는 촛불 심을 자르는 척 몸을 반 돌이켰다. 무엇을 기대했는지…….
 '아서라, 꽃분네. 넌 이분의 '단 한 사람'이 아니다. 천하대계를 이루시려는 이분의 하찮은 도구에 불과하다.'
 스스로도 모를 슬픔에 자꾸만 손이 바들바들 떨렸다. 애달픈 여심일랑 모르는 무심한 그 사내. 매정하게도 성급하니 묻기부터 했다.
 "그래, 어떠하냐? 이리저리 이곳 사정은 알아보았느냐?"
 "그저 손님들이 술자리에서 하시는 이야기를 주워들은 것뿐이옵니다."
 "그게 진짜 알짜배기이지."
 사곤이 내뱉었다. 정좌를 한 채 계속하라는 눈빛으로 그녀를 바라보았다. 두 사람의 거리는 겨우 한 무릎 떨어져 있을 뿐이었다.

하여 밀담을 나눈다 해도 바깥에서는 절대로 들리지 않을 터였다.

"어리석은 인간들이라니…… 저들이 술자리에서 편안하니 내뱉는 이야기를 낱낱이 주워듣고 있는 귀가 있다는 생각은 꿈에도 하지 못하지. 하여 내가 너를 이곳에 박아둔 것이다."

"쇤네의 목숨일랑, 처음부터 끝까지 태궁의 것입니다."

꽃분네의 목소리가 나지막하나 야무지게 새어 나왔다.

다섯 살 어린 소녀는 천하를 휩쓴 병화(兵火) 중에 부모를 잃었다. 피골이 상접한 채 어미의 해골 곁에서 죽어가던 차였다. 그때 이글거리는 태양을 가린 누군가가 다가와 번쩍 안아주었다. 먹지 못해 까맣게 타버린 입술에다 감로 같은 물을 넣어주었다.

[나랑 같이 갈 테냐? 다시는 굶지 않게 될 것이다.]

살기 위하여, 믿음직한 그 손을 꼭 잡았다.

그날로부터 십오 년이 지났다.

거리에서 굶어 죽는 수밖에 없었던 천애고아는 어느새 십전십미(十全十美)의 방명을 날리는 천하의 미기(美妓)로 성장해 있었다. 눈짓 한 번이면 무엇이든 가질 수 있는 자리에 올랐다. 은애한다 하며 목숨 걸고 쫓아오는 사내들도 부지기수였다.

그럼에도 꽃분네는 한곳에 머물지 않았다. 서슴지 않고 웃음을 팔고 춤과 노래를 팔며 천하를 떠돌았다. 오직 구명지은의 은혜를 입은 그분을 위해, 그분의 천하대계를 위하여. 그녀가 이 자리에 올라서게 된 것도 다 그분의 배려였고 안배였기 때문이다.

"이 며칠 전, 재상 카낙이 사무란에서 왔다는 소식입니다."

"그렇구먼. 한데 재상이 여기까지 왜 온 것인가?"

"소인이 듣잡기로 내년에 해란의 마루한이 큰 전쟁을 준비 중이라 합니다. 물자와 군자금을 징발하기 위하여 은밀히 움직인 것 같사옵니다."

"그렇군. 비록 형식적이긴 하지만 무후와 현재 화친 중이니 대놓고 전쟁을 준비하기란 그럴 게다. 허면 예서 얼마나 내간다더냐?"

"그것까지는 확실하게 듣지 못하였사오나, 성의 동고(東庫)에 든 곡식을 전부 내가고, 서고(西庫)의 식량을 팔아 자금을 마련한다는 소문이 있더이다."

"흠."

사곤이 한 손으로 턱을 문질렀다. 그가 깊은 생각에 잠길 때면 이런 버릇이 있다는 것을 알고 있다. 꽃분네는 아무 말도 하지 않고 그가 다시 물을 때까지 기다렸다.

"한데 꽃분네, 이곳의 성주란 어떤 인품이냐?"

"네에? 그것이 무슨 말씀이온지……?"

"상궤로는 다소 이해가 되지 않아 하는 말이다."

"하문하여 주십시오."

"내가 알기로 정곡성의 성주는 이곳에서만 삼십 년이 넘게 머물렀다고 알고 있다."

"그렇습니다."

"제아무리 충성을 다한다 하여도 인간의 마음이란 간사한 법이지. 내내 궁벽한 지방에 묶여 있으면서, 공적은 인정받지도 못하고 의무만 강요당하며 잊혀진 채 있던 사람이다. 이런 때 새삼 질 것이 뻔한 전쟁 준비라……. 도성의 어려움에 동참하라고 다시 강요당하여, 가진 것을 다 내놓아야 하는 형편인데 그가 순순히 명령에 따르는 것이 좀 이상하구나."

"그것이 이곳 성주의 덕망이겠지요. 선대의 마루한 시절부터 충성심으로 이름이 높았다지요. 변방의 적을 일선에서 막아라 하여 이곳으로 보내진 사람이라 합니다. 하여 해란에서는 이리 말한다지요."

"무어라고?"

"'해란의 싸울아비들이여, 지혜를 보자 하면 카낙을 부르고, 충성을 받자 하면 딜곡을 부르라' 고 말입니다."

"그렇군."

이런 자가 마지막 보루로 버티고 있다. 사곤은 재빨리 계산을 마쳤다.

'무후는 다음 전쟁에서 이기되, 원하는 대로 단번에 해란을 멸망시키지는 못한다. 이 전쟁은 피아간(彼我間) 피를 말리는 장기전이 될 것이다.'

사자는 병들고 늙어도 사자. 마지막 기운을 떨치고 일어나 천하를 호령하면 산천초목이 벌벌 떤다지. 지금 병들고 지쳤어도 아직 해란은 천하의 맹주 중 하나였다.

'무후로서는 더 치명적인 일격이 필요하겠군. 이를 전해줄 필요가 있다.'

사곤은 재빨리 자신이 들은 바, 긴요한 일만 양피지에 간단히 적어 내렸다. 이 서간을 받을 사람만이 알아볼 수 있는 수결을 마치고 돌돌 말아 손에 쥐었다. 벌떡 일어서서 창의 장지문을 열었다.

누가 들으면 날아가는 밤새가 울부짖는다 했을 것이다. 기이한 휘파람 소리를 길게 내뱉었다.

얼마나 시각이 흘렀을까? 하늘에서 황금빛 덩어리 같은 것 하나가 땅으로 직선을 그으며 떨어졌다. 날카로운 부리와 형형한 눈빛을 빛내는 매 한 마리였다. 사곤의 팔목에 와 앉았다. 그 매의 발목에는 멀리는 날지 못하도록 황금사슬이 감겨 있었다.

천 리를 단번에 날아 반드시 제집으로 돌아간다는 동금준매였다. 먼 곳에 기별을 전하는데 알맞아 단뫼의 장사치들은 천금을 주고 이 매를 사서는 길들였다. 긴요한 전통(傳通)의 수단으로 사용하기 위해서였다. 방금 적은 양피지 조각을 매의 발목에 매달린 은합에 매달았다. 힘차게 허공으로 날려 보냈다.

"자, 가거라! 네 주인에게 알려주어라. 천하가 깜짝 놀랄 일이 시작될 게다."

지금껏 자유를 옥죄던 사슬이 풀렸다. 무거운 족쇄를 떨친 후라 황금준매는 훨훨 허공을 치솟아 어둠 속으로 사라져 버렸다. 사곤의 짐작으로 아마 사흘 후이면 세로맥아는 그의 서신을 받아볼 수 있을 것이다.

"고생하였다. 나는 돌아갈 터이니 너도 좀 쉬거라."

더 이상은 미련 하나 없이 깨끗했다. 제 볼일을 마치자마자 틈 하나 주지 않고 돌아서는 사내라니. 그를 바라보는 꽃분네의 눈에 원망이 출렁였다. 깊은 안타까움과 서러움으로 물결이 졌다.

그가 걸음을 옮길 때마다 더 멀어지는 등을 바라보았다. 물기 젖은 눈 안으로 희미한 그분의 모습이 비쳤다. 언제 다시 볼까? 이렇게 헤어지면 언제 다시 만날 줄도 모르는데.

 어디서 그런 용기가 났을까? 꽃분네는 자신도 모르게 발딱 일어났다. 막 문을 열려 하는 사곤의 허리춤을 두 팔로 꽉 안아버렸다. 젖어가는 얼굴을 그만 실팍한 뒷등에 묻어버렸다.

"가지 마시어요!"

"어찌 이러느냐?"

"오래도록, 죽도록…… 그리워하였습니다."

"무슨 짓을 하자는 거냐?"

"천한 소녀에게도 진심이 있는 법입니다."

"그래서?"

"다시 뵈온 지 세 해 만입니다."

 참자, 참자 하는데도 살얼음 같은 눈물이 배어나 버렸다. 원망은 아니라 하는데 원망이 되어버렸다. 앙탈은 없다 하였는데 독한 앙탈이 되어버렸다. 외사랑을 앓고 있는 여인의 마음이란 이렇듯이 긴 눈물부터 흐르는 장마철이었다.

"긴긴 밤, 많은 날들 뭇 사내의 비위를 맞추면서, 그래도 꾹 참고 웃으며 즐거이 살았나이다."

"한데?"

"오직 한 분을 위한다는 명분을 가슴에 새기면서…… 그리하면…… 이 몸을 한 번은 돌아보아 주실까 하여……. 태궁, 그리워하고 그리워했습니다. 닿지 못할 분을 감히 마음에 품어 골병이 들었나이다."

 제 등에 꼭 붙은 채 죽어라 옷깃을 잡고 있는 여인의 손을 더 큰 손가락이 가만히 떼어냈다. 사곤이 꽃분네를 향하여 천천히 돌아섰다.

그다지 노여운 빛은 아니었다. 다만 호기심, 혹은 약간의 놀람이 서려 있었을 뿐이었다. 그녀가 바란 바, 아주 작은 욕망의 불길조차 없는 무심한 눈동자 앞에서 여린 마음이 산산조각이 났다. 그녀에게 있어서는 천하 전부인 이 사내, 하나 그 사내에게 자신은 결코 의미가 되지 못할 것임을 알아버렸기에.

"네 마음속 사내가 나란 말을 하는 참이더냐?"

"언젠가는 천하를 얻으실 태궁이시옵니다. 저같이 보잘것없고 이미 짓밟힌 하찮은 풀꽃이야 어디 곁눈질이라도 하시겠습니까? 하나 짓밟힌 풀꽃이라도 살아가려면 태양 빛이 필요한 법이지요."

꽃분네의 눈에 다시금 맑디맑은 눈물이 찰랑거렸다. 속앓이하여 병이 된 마음을 전하는 이 순간, 볼을 타고 못난 눈물이 하염없이 흘러내렸다.

"앞으로의 세 해, 아니, 그 열 배인 서른 해라도 살아나갈 수 있게, 한줄기 빛이라도 나누어주신다면 하고 바라는 이 마음이 가당찮은 욕심일까요? 정녕 큰 욕심일까요?"

사곤이 입술을 위로 치켜 올렸다. 미소 같은 것이 살짝 어린 듯도 싶었다. 그러나 그것은 거절. 여인은 휘영청 감긴 달빛같이 처연하게 서 있었다. 그녀를 바라보는 시선은 얼음이 서린 듯 동요함이란 하나도 없었다.

"웃기는구나, 꽃분네. 네 스스로가 보잘것없고 하찮다 말하면서, 감히 천하의 주인이 될 나의 발길을 가로막느냐?"

"태, 태궁."

"스스로를 아끼지 못한 자가 어찌 귀한 사람을 얻을까? 나를 얻으려면 너부터 오롯이 강해지고 가장 귀해져야 한다는 것을 몰랐더냐?"

"……그렇다면 태궁께서 말씀해 주십시오. 제가 귀하다고 말해 주시면, 저는 귀한 여인이 될 겁니다."

"내가 말하지 않아도 꽃분네, 너는 천하에서도 보기 드문 가인(佳人)이다."

"하나 태궁께서 은애하지 않는 계집입니다. 어찌 귀하다 할까요?"

그가 가만히 고개를 흔들었다.

"사람은 제 스스로 귀해지는 것이다. 충분히 아름다운 네가 어찌 이리 모자라다 앙탈하느냐?"

이제는 온화하게 풀어지는 표정이 더 뼈아팠다. 누이처럼, 벗처럼 다정하되 결코 그녀가 바라는 은애지정은 아니었기에.

"꽃분네, 한 사내로서 네 정에 감사하나, 단호히 거절한다. 미안하지만 너는 내 꽃이 아니다. 네가 귀하지 않아서가 아니다. 우리의 인연이 닿지 않았다."

"태궁, 제발……."

촉촉하게 젖은 눈이, 파르르 떨리는 입술이 다시금 원망과 간청을 담고 그를 불렀다. 그럼에도 사곤은 흔들림 하나 없었다. 무정. 미움도 아니기에 더없이 슬픈 거절이었다.

"네가 몰라 하는 말이겠지. 꽃분네, 사람의 정은 시시한 것이 아니다."
 사곤의 곧은 눈이 꽃분네의 젖은 눈동자를 응시했다. 그녀가 바라던 열정 대신 너무나 온유하고 부드러운 시선이 그녀를 감싸고 있었다. 그래서 더 원망스러운 눈빛. 그 아래서 거절당한 여인은 가늘게 찢어지는 속울음을 삼켰다.
 "지금은 아니나, 나에게로 향한 미혹의 안개가 걷히는 순간이 올 것이다. 그때가 되면 너를 위해 마련된 진정한 사내가 나타날 게다. 그를 위하여 네 순정을 아무에게나 하찮게 나누지 말아라."
 미인의 소매 깃이 눈물에 젖었다. 그 사이로 사내의 굿굿한 목소리가 이어졌다.
 "인간사의 기본이 바로 그러한 진정(眞情)이니, 사람 마음 하찮게 여기고 헛되이 희롱하는 자는 반드시 필멸(必滅)이다. 내가 천하를 떠돌며 익힌 것이 있음에랴. 바로 사람의 마음이 천하이다."
 "태궁, 아옵니다. 원대한 뜻을 아옵니다. 한데 그런 분이 소녀의 작은 마음 하나 담아주지 않으십니까?"
 안 되는 줄 알면서도 어리석은 미련은 질겼다. 여인은 다시 한 번 무력한 눈물로 호소하고 있었다.
 "우리가 같은 마음이 아니라면 애초부터 단번에 잘라주어야 자비롭다 하는 것이다. 꽃분네, 네가 용서해다오."
 간절히 바라는 진정(眞情)을 허락지 못해 미안하다. 사랑을 거절한 자가 사랑을 구하는 자에게 깊이 허리를 굽혔다.
 "십오 년 전에 널 구해주며 말하였기로, 너를 아름다운 계집으로서 탐냄이 아니라 하였다. 천하를 살피는 또 하나의 내 눈과 귀가 되라는 뜻이었다. 네가 원한다면 그것을 계속하되, 아니라 하면 너는 지금 이 순간부터 자유다. 네가 원하는 대로 하거라."

머리로는 이해하나 마음으로는 받아들이지 못했다. 견뎌내기 힘든 파애(破愛)의 슬픔에 무너졌다. 연모지정을 거절당한 여인이 푹 하고 바닥에 쓰러졌다.

하나 가슴 저리는 가녀린 울음소리를 전혀 듣지 못한 얼굴이었다. 하늘 닮은 눈빛을 한 그 사내는 망설임없이 돌아섰다. 성큼 방을 나섰다. 달빛을 등에 진 채 문을 빠져나가 이내 어두운 그늘 안으로 흔적없이 스며들었다.

잔월(殘月)이 무척이나 쓸쓸한 밤이었다.

사흘 후, 벼리는 단뫼의 장사치들이 장사판을 벌린 파오 앞에 서 있었다.

명목은 물건을 고른다는 것이었지만, 사실은 그를 희롱한 괘씸한 자를 탐문하려는 속셈이었다.

만나기만 해봐라, 단번에 요절을 내고 말리라 새삼 작정을 하며 이리저리 눈을 돌렸다. 물론 무력답수의 경공을 시전하는 사내를 만나, 이길 자신은 없었다.

하나, 그 무례한 놈을 그냥 두기에는 도무지 자존심이 허락지 않았다.

한데 이상한 일이었다. 벌써 하루 내내 탐문을 하고 다녔어도, 찾으려는 자는 머리카락 한 올도 보여주지 않았다.

'들어온 장사치들이래야 뻔한 것 아닌가. 땅으로 꺼진 건가, 하

늘로 솟은 건가. 그놈을 아는 자가 아무도 없다니.'
　이상한 일이었다. 벼리가 묻고 다녀도 하나같이 그런 자를 알지 못한다 고개를 흔들었다.
　[키가 헌칠하고 두건을 쓴다굽쇼?]
　[수염이 짧고 검술이 뛰어나다굽쇼?]
　[사흘 전에 홍월루에 들어 술을 처먹고 나자빠져 있었다굽쇼?]
　[혹시 저놈 아니랍니까요?]
　손짓하여 가리키는 자들을 살펴보니, 설명에는 부합하였으되 그놈은 아니었다.
　이제 보아하니 단뫼의 장사치들이야 다들 똑같은 차림이었다. 두건을 쓰고 하나같이 검청빛 눈동자에 키가 헌칠하였다. 젊은 사내들은 다 수염이 짧았고, 반월형 검을 허리춤에 찬 채 느닷없이 흔들어대어서는 시비를 가리는 실력들이었다.
　참으로 이상한 일이었다. 분명히 눈으로 보고 뇌리에 각인하여 기억을 하여두었다. 한데 시간이 흐르고 생각하면 할수록 점점 더 그 사내 얼굴이 모호해지는 것이었다. 아니, 애초부터 벼리가 기억한 그 사내의 얼굴이란, 이리저리 서성이는 단뫼의 사내들 보통 모습과 흡사한 것이, 제 특징을 가진 사내는 아니란 것이었다.
　'무력답수를 시전하는 실력이니 그놈, 소문에만 듣던 무형술까지 익힌 자가 아닐까?'
　하늘아비들의 신기막측한 무공을 말씀하시면서 귀동냥한 것에는 무형술이라는 것도 있었다.
　[그야말로 선인(仙人)들의 경지이니, 인세에서는 찾아보기 힘든

무공이라 할 것이다. 그중 하나가 무형술이니, 마음만 먹으면 제 얼굴과 신체를 자유자재로 변형시킬 수 있다 한다. 천하의 누구도 그를 기억하지 못함이니, 몰래 스며들어 사람을 위해하고도 유유히 사라질 수 있는 최상의 기술이라 할 것이야. 하여 특히 마고국의 살수들이 반드시 익히고자 하는 무공이란다.]

그런 자라면 쉬이 찾을 수가 없겠지. 기껏 시간을 내었는데, 오늘도 허탕인 셈이다. 벼리는 훅 하니 한숨을 들이쉬며 돌아섰다.

성으로 돌아가 검술 연습이라도 한 번 더 하는 게 나을 듯싶었다.

"대인, 여기 한번 보고 가십쇼!"

장사치들의 호객 소리를 뒤로하고 막 말을 타려 할 때였다. 그의 발길을 사로잡는 목소리가 쨍하니 들려왔다.

"천하에서 가장 좋은 검만 모아놓았습니다. 보기 드문 명검이올시다. 한번 보고 가십쇼."

천하의 명검? 저절로 고개가 돌아갔다.

벼리는 좋은 검이라면 자다가도 벌떡 일어나는 습성이 있었다. 아무리 수련을 거듭한다 해도 타고나길 여인이다 보니 사내들과 겨루는데 아무래도 불리했다. 하여 신체적인 조건을 보완해 줄 수 있는 좋은 무구에 대하여 알게 모르게 집착을 하는 편이었다.

성안의 방 하나는 무기고라 해도 좋을 만큼 각양각색의 무기들이 걸려 있었다. 천금을 아끼지 않고 천하 각처에서 구해온 것들이다. 그런데도 또 좋은 검이라 하니 저절로 발길이 그쪽으로 움직여지고 있었다.

장사치의 너스레만은 아니었다. 정말 그 천막 앞과 안에는 천하

각처의 명검이란 명검은 다 모아놓은 듯, 온갖 모양과 크기와 재질의 검들이 다 모여 있었다.

뿐만 아니라 쥬신의 각궁, 〈미친 현자의 섬〉에서 흘러나온 듯한 이름 모를 신형 무기, 겉에 융과 비단을 댄 길이 잘 든 안장, 번쩍번쩍 빛나는 갑주며 방패 등……. 당장 이 집만 털어도 전쟁 한 번은 치를 수 있을 만큼 대단한 상품을 구비하고 있었다.

처음에는 정신없이 구경에 빠졌지만 슬슬 스며드는 어떤 생각에 가슴이 선뜻해졌다. 벼리는 물끄러미 다시 한 번 그곳의 무기들을 노려보았다.

'비록 성으로 들어온 무기 장수는 이 한 사람이며, 소량이되, 이런 것들을 상품으로 갖춘 상인이라면……?'

싸울아비의 예리한 직감이었다. 저절로 이맛살이 찌푸려졌다.

'원한다면 어떤 것이든지 이들을 통해 구할 수 있다는 뜻이 아닌가? 심지어 적국의 무기라도…….'

싫든 좋든 이들이 옮겨오는 무기들이 정곡의 대장장이들이 생산하는 무구보다는 훨씬 우수하다. 아버지 딜곡도 종종 이들 상인에게서 무구를 사들여 정기적으로 무기고를 보충하곤 했다.

하나 냉정하게 생각해 보면 이건 굉장히 두려운 일이 아닌가? 결국 단뫼의 장사치들은 난세를 이용하여 이 나라 저 나라를 은밀하게 돌아다니며 무기장사로 금전을 벌어들이는 가증스런 작자들에 불과했다.

'반드시 경계해야겠다. 내 짐작이 맞다면…… 천하의 난세가 계속된다면 훗날의 유일한 승자는 우리 해란도 아니요, 숙적 무후도,

맥국도 아니다. 오직 단뫼만 남는다.'

이런 무기로 무장하고 있으며, 피의 바람에서도 벗어나 있어 국토와 인재를 온전히 보존하고 있다. 벼리는 불안한 한숨을 천천히 내뱉었다.

장사를 핑계대고 천하를 떠돌며 각처의 정보를 손에 쥐고 있지 않는가. 무엇보다도, 보이지는 않으나 가장 큰 힘인 금력을 지닌 나라였다. 천하 각국도 큰 금전이 필요하면 단뫼의 장사치와 거래를 하지 않을 수 없었다.

'하물며 신시의 무공을 익힌 수상한 놈까지 묻어 들어와 있다. 단순하게 장사만 하는 자들이라면 그런 자가 왜 묻어온 것인가? 반드시 단뫼의 상인들을 경계해야 한다고 아버님께 건의해야겠다.'

침묵한 채 무기들을 내려다보고 있는 벼리를 두고 상인은 그가 무엇을 고를까 갈등하고 있는 것으로 생각한 듯했다. 호들갑스럽게 이것저것을 내놓으며 권해주었다.

"응월도이굽쇼, 이것은 그 소문 자자한 용천유검입니요. 우리 늠름한 싸울아비께 아주 딱 맞는 상품입지요, 네네네."

주인님과 아버님이 놀라시게 나도 한번 멋드러진 흥정을 해보자. 마침 두 분이 자리를 비운 터였다. 잠시 잠깐 전을 지키게 된 어린 장사치는 신이 났다.

입에 침이 마르도록 선전을 해대며 내놓은 것은 단뫼국 특유의 기형도(奇形刀)였다. 반월형의 멋들어진 모양에 칼등에는 보기에도 무시무시하게 갈고리 진 비늘이 몇 개나 돋아 있었다. 그것은 아마도 적의 심장을 후벼 파는 데 치명적인 살상력을 발휘할 것이다.

또 하나는 벼리가 선호하는 유형으로서 시퍼런 강철을 벼려, 단순하고 우아하게 만든 기능적인 검이었다. 섬세하게 세공된 검집은 황금입사로 승천하는 용이 휘감겨 있었다. 두 가지 다 예사로운 것은 아니었다.

상인이 검을 빼들자 시퍼런 날에 얼굴이 그대로 비추일 정도였다. 눈에 보이지 않는 검기가 그대로 느껴졌다.

"마음에 든다."

"그렇습니까요? 저흰 언제나 최고만 준비합지요. 헷헤헤. 그럼 이것으로……."

벼리는 고개를 저었다.

"아니, 네 등 뒤에 놓여 있는 저것."

아직은 덜 자라 수염도 나지 않았다. 촐랑거리던 장사치가 벼리의 손끝을 따라 고개를 돌렸다. 그만 얼굴이 시커멓게 변해 버렸다.

'아차차! 치우는 것을 잊어버렸다.'

벼리가 가리킨 것은 실내의 탁자에 놓인 상자 안에 들어 있었다. 파오의 문 자락이 위로 치켜 올려져 있어 실내가 드러나 보였던 것이다.

'큰일 났다.'

상자 속의 검은 팔려고 내놓은 것이 아니었다. 주인께서 쥬신에서 이천 납*이나 주고 은밀하게 사들인 물건이라 알고 있다. 몹시

---

*납:단뫼의 화폐 단위. 대부분의 나라에서 통용된다. 10납은 오늘날 순금 1냥으로 계산할 수 있음. 순은 10냥은 1정으로 표기하고 가치는 4납으로 환산. 1납은 현재 돈으로 약 20만 원 정도로 설정하였다

아껴 틈만 나면 손질을 하곤 했다. 아까까지도 이곳에 앉아 상자를 열고 흐뭇하게 어루만지다가 잠시 자리를 비운 상태였다.

"저건 파는 물건이 아니굽쇼."

"장사치가 팔지 않는 물건이 어디 있나?"

벼리는 만류하는 장사치를 밀치고는 파오 안으로 들어갔다. 탁자 위 상자 안에 든 한 쌍의 검을 내려다보았다. 하나는 장검, 또 하나는 단검이었다.

첫눈으로 보아도 진귀한 물건이었다. 가슴이 두근거렸다.

"보아하니, 벽옥으로 만든 손잡이에 봉황이 새겨져 있고, 검집은 교룡의 갑피로 만들었으며, 길고 짧은 것이 한 쌍이라, 이것은 분명 전설에나 나오는 봉황일월검(鳳凰日月劍)이 분명하다. 좋은 것을 찾아냈군."

"소, 손님, 이것은 팔 물건이 아니구먼요. 저희 주인께서 아끼시는……."

"천 냥을 주고라도 갖고 싶은 물건이니, 흥정을 해보자구나."

"한 번만 보아주십쇼, 제가 마음대로 처분할 수 없는 물건입니다요."

"네 마음대로 할 수 없다면 주인을 직접 만나지. 가서 네 주인을 찾아오너라."

"안 되는데……."

"다시는 정곡성에서 장사를 하고 싶지 않은 모양이지?"

짐짓 목소리를 깔고 협박 아닌 협박을 해주었다.

단뫼의 서툰 상인이 어쩔 줄 몰라 하며 벼리의 고집스런 얼굴과 근위대장의 표식이 박힌 말안장을 번갈아 바라보았다.

게으름 한 번 피다가 갑자기 날벼락을 맞은 셈이다. 이럴 때 침착한 주인어른이나, 산전수전 다 겪은 아버님이 계셨다면 무사히 넘어갔을 텐데…… 아직은 한몫을 하기에는 다소 힘이 부치는 어린 장사치는 제 머리를 두드렸다.

정곡성의 근위대장이 남장한 성주의 딸이라는 것을 모르는 사람이 어디 있을까? 게다가 성주는 애지중지하는 그 딸의 말이라면 바다를 땅으로도 메운다 하지 않던가? 하여 장사를 하지 못하게 만들겠다는 말이 허언(虛言)이 아니라는 것을 눈치챈 듯싶었다.

물론 평상시의 벼리 같으면 절대로 이런 비겁한 짓은 하지 않을 것이다. 하나 싸울아비로서 모처럼 피를 끓게 만드는 명검을 보았다. 파는 물건이 아니라는 말 한마디로 단념한다는 것은 바보 멍청이나 하는 짓이다.

어디 한번 누가 이기나 버티어 보자꾸나. 시위하듯이 팔짱을 낀 채 무뚝뚝하게 장사치를 노려보았다.

"가서 주인을 데려오래두."

"하지만 이 물건을 사람 눈에 보였다는 것을 주인께서 아시면 전 죽습니다요."

"너는 감추었으되, 내가 멋대로 상자를 열어 물건을 보았다 하면 되지 않느냐? 흥정은 내가 할 터이니 넌 주인만 내 앞에 대령하여라."

"참말 그리 말씀해 주시렵니까?"

"해란의 싸울아비는 한 번 뱉은 말일랑은 죽어도 번복하지 않는다."
긴가민가 정말이냐는 듯, 소년이 벼리의 눈치를 살폈다. 벼리는 약조라도 하듯이 고개를 끄덕여 주었다.
"하면 잠시만 기다리십쇼."
소년이 휑하니 달아났다. 대낮부터 여전히 시끌벅적한 주점가 쪽으로 달려가는 것을 보아하니 주인이란 자는 그곳에서 흥정을 하고 있는 모양이었다.
벼리는 다시 상자 속의 검을 내려다보았다. 손을 뻗어 단검 쪽을 들어 손에 쥐어보았다. 그의 체온과 합일되는 듯한 기이한 느낌, 무엇인가 찌르르 뇌리를 울리는 그런 느낌이었다. 정말 말도 되지 않는 소리이지만, 그 검이 그를 기다렸다는 느낌이 들었다. 그를 반기고 환영하고 있었다.
오랫동안 헤어져 있다가 다시 만난 짝처럼, 검의 기운과 벼리의 영혼이 공명했다.
'넌 내 것이다.'
그 순간 그는 확신했다. 터무니없는 예감이었으되 더없이 강렬했다. 그는 이 검을 가지게 될 것이다. 이 검은 그와 그가 사랑하는 사람을 지켜주는 평생의 애검이 될 것이라는 예감이었다.
천천히 검신을, 검집을 애틋하게 쓸어보았다.
'선설에나 나오는 검이 이렇듯이 인세에 나타났다면, 결국 내가 아는 전설은 전부 진실일 수도 있다는 말이 아닌가? 어쩌면 내가 가보지 못한 저 멀리, 스승께서 항시 그리워하시던 땅에 진정 하늘아비들께서 사는 꿈의 신시가 있을지도 모른다.'

전설에 이르기를 처음 개벽의 시절에, 하늘아비와 혼인하여 땅의 아비를 처음 낳으신 '고마의 여인'이 있었다 한다. 고귀하신 아드님을 잉태한 여인을 지키기 위하여 하늘아비가 하늘에서 떨어진 유성을 한 손으로 잡아챘다. 그렇게 하여 땅에는 존재하지 않는 하늘의 철 덩어리를 잡아 열화산에서 백날을 달군 후에, 태산을 거꾸로 들어 다시 백날을 두들겨 한 쌍의 보검을 만들었다 전해진다.

 그것으로도 모자라 하늘아비는 만장 바다 아래 사는 심해의 교룡을 잡아 검집을 만들고, 은애하는 마음을 담아 신시의 초록 옥을 캐내어 봉황을 새긴 손잡이를 만들었다. 아드님이신 땅의 아비에게는 장검을, 사모하는 여인에게는 단검을 선사했다.

 이렇게 하여 하늘아비의 신물인 두 개의 검은 두고두고 고마의 여인과 땅의 아비를 지키고, 널리 사람을 이롭게 하기 위해 휘두르는 활검으로 천하에 이름을 떨치게 된 것이다.

 "그것이 바로 이 봉황일월검(鳳凰日月劍)이다. 그는 이것을 어디에서 구했을까?"

 "쥬신의 싸울아비가 아사달로 들어가는 경계의 석비에 박힌 것을 빼냈다 들었소만."

 굵직한 목소리가 벼리의 혼잣말에 대답해 주었다. 벼리는 고개를 돌렸다. 단뇌국 사내들이 다 그렇듯이 청남빛 두건을 쓴 사내가 장막을 들추고 들어서고 있었다. 기다리는 손님의 얼굴을 보고는 흠칫했다. 놀란 건 벼리도 마찬가지였다.

 동시에 벼리는 본능적으로 단검을 움켜쥐고 벌떡 일어섰다. 그의 목젖에 칼날을 들이댔다.

"마침내 찾았군, 너란 놈."

"흠, 원수는 외나무다리에서 만난다더니."

"날 능멸한 자는 반드시 죽인다!"

"글쎄올시다? 그전에 네 허리춤을 조심하는 게 좋을걸?"

벼리의 단검이 그의 목젖을 겨누고 있었지만, 어느새 빼들었던 걸까? 사내의 반월도 역시 당장 베어낼 듯 벼리의 허리춤에 닿아 번쩍이고 있었다.

"이렇게 되면 다시 무승부인 것 같은데?"

"제, 제길…… 너란 놈은 정말!"

이를 갈면서도 어찌할 도리가 없었다. 이미 이 사내의 실력을 한 번 보았다. 솔직히 단판 승부, 확실하게 이길 자신이 없었다. 붉으락푸르락하는 벼리의 표정을 바라보며 사곤이 씩 웃었다.

"이거 정말 큰 인연인 것 같소만, 그새 내가 그리워 이리 찾아오신 게요? 암컷인 싸울아비."

"너 이놈!"

"이놈?"

사곤의 이맛살이 찌푸려졌다. 한쪽 입꼬리를 치켜 올리며 냉랭하게 비웃었다.

"어찌 이리 내내 막가는 말씀을 하시는 게요? 해란국의 싸울아비들은 몹시 점잖다 하더니 말이야. 이거 말이 너무 험한 것 아니오?"

"네놈이 점잖지 못하면서 어찌 나더러 점잖게 굴어라 하는 게냐?"

"군자란 무릇 소인배와 다툴 적에도 대인의 풍모를 잃지 않는다 하였소이다."

가능하다면 놈의 입을 확 찢어버리고 싶었다. 그날도, 이날도 기름칠한 입질이야 어찌 이리 똑같은지!

"이만하면 수인사는 끝난 것 같으니, 그만합시다. 그대가 나에게 원하는 게 있다 들었는데?"

사곤이 벼리의 손에 들려 자신을 노리고 있는 단검을 바라보았다. 다시 씩 웃었다. 제 목줄에 시퍼런 칼날이 들이밀어져 있는데도 태연하게 웃는 사내라니, 처음 보았다. 그가 손가락 끝으로 칼날을 살짝 옆으로 밀어냈다.

"단번에 봉황검을 고르셨다? 역시 눈이 밝단 말이야."

"내게 넘겨라. 허면 네놈의 무례함을 용서해 주지."

딱 잘라 요구하는 벼리더러 사곤이 어림없지 하는 표정을 지어 보였다.

"별로 내키지는 않지만 뭐, 흥정은 붙이고 싸움은 말리랬다지? 앉으시지, 암컷인 싸울아비. 평화롭게 앉아서 검을 거두고 어디 한번 흥정해 볼까요?"

약은 놈. 소유권이 어디에 있는지 분명히 밝히려는 동작이었다. 슬쩍 검이 든 상자를 제 앞으로 끌어당겨 놓는다. 네가 들고 있는 내 검을 내놓아라 하듯이 손바닥을 펼쳐 앞으로 내밀었다.

잠시 망설이다가 벼리는 들고 있던 단검을 돌려줄 수밖에 없었다. 아무리 탐이 난다 하더라도, 아직 그 검들은 그의 소유가 아니었다.

"천하에 단 한 쌍밖에 없는 봉황일월검이지. 그 가치야 싸울아비들이 더 잘 알 터."

"알고 있다. 내게 팔아라. 원하는 만큼 금으로 지불하겠다."

"글쎄, 나도 몹시 소중하게 여기는 물건이라서 말이다. 파는 물건이 아니란 말이지."

사내의 눈은 거짓이 아니라고 분명히 밝히고 있었다.

"실상 내가 주점에 간 것도 이 검들에 알맞은 갑옷을 만들기 위해서였단 말이지. 내가 패용할 작정이었거든."

벼리는 잠시 망설이다가 허리춤에 찬 주머니를 통째로 사곤 앞에 내던졌다.

"금 오십 냥이 들었다. 계약금 조로 일단 이를 지불하고 내일 아침에 다시 대금을 완불하겠다. 오백 냥을 내지."

여느 사람이라면 환장하고 덤벼들 터인데도, 그는 영 떫은 표정이었다. 한 재산이 든 주머니를 보고도 별로 내키지 않는다는 표시였다.

벼리는 두 팔로 탁자를 짚은 채 그에게 몸을 기울였다. 단도직입적으로 물었다.

"얼마를 바라느냐?"

"글쎄, 아직 팔지 말지도 정하지 않았다니깐."

"원하는 게 있다면 말해라. 내게도 천하의 명물이라 알려진 검들이 많이 있다. 대금이 적다 하면 값을 더 올려, 칠백 냥을 주마. 거기다가 네가 원하는 내 검 아무것이나 두 자루를 끼워주지."

"흠."

사곤이 한 손으로 턱을 어루만졌다. 잠시 고민하는 척했다. 속으로 큭큭 하는 웃음을 억지로 삼키면서.

비록 봉황일월검이 큰 보물이기는 했으나, 애초에 만들어지기를 여인이 사용하는 검이었다. 하여 사내인 그로서는 별로 필요치 않았다. 게다가 검을 사려는 사람이 벼리라는 것을 알고 난 후에는 적당한 수준에서 넘겨줄 생각도 없지 않았다.

한데 이 순진하고 멍청한 자를 보았나. 팔 사람은 한마디도 하지 않았는데, 제 스스로 짐작하여 사는 사람 저가 멋대로 값을 천정부지로 올리고 있었다. 그만큼 이 검에 대해 욕심을 가지고 있다는 뜻이었다.

"이봐, 왜 이렇게 이 검에 대해서 집착하나?"

"……음 뭐, 좀 우습게 들릴지는 모르겠으나……. 여하튼, 내가 이것을 가지고 싶다. 이상하지만, 이 검이 나를 원하고 있다는 생각이 든다."

"오호, 그래?"

"하여 간절히 이것을 원한다. 팔아다오."

"물건이야 원하는 자에게 넘어가는 것은 당연지사, 좋다."

이럴 거면서 아까는 왜 버틴 거지, 할 정도로 시원시원한 대답이 새어 나왔다. 좋아라 하면서 상자를 끌어당기려는 벼리의 손을 사곤이 탁 쳤다. 찬물을 끼얹었다.

"단, 조건이 있다."

"조건?"

"그래. 네가 그 조건을 들어준다면, 이 검을 오백 냥에 넘기지."

"무, 무슨 조건인데?"

"들어줄 것이냐?"

"조건을 들어보아야 받아줄 것인지 말 것인지 대답할 수 있지."

"싫으면 말아라."

"아니, 그러니깐…… 이게 참 아니꼽긴 하지만, 뭐…… 좋다. 들어주마, 네 조건."

설마 제깐 놈이 내 목숨을 바라겠어? 될 대로 되어라. 벼리는 한숨을 내쉬었다. 자포자기하듯이 고개를 끄덕였다. 벼리가 이렇게 남에게 주도권을 빼앗긴 건 정녕 처음이었다. 아무것도 모른 채 그에게 당하고 제멋대로 당하는 게 그렇게 기분 나쁠 수가 없었다. 속수무책으로 말려들고 있었다. 입만 기름칠한 줄 알았더니, 손도 기름칠을 하고 있었다.

풀 죽은 모습이 좀 불쌍하였나? 그가 얄밉게 웃었다.

"별로 어려운 것은 아니다."

"그게 대체 무어냐니…… 헉!"

너무 놀라 벼리는 딱 굳어졌다. 언제 다가왔을까? 사곤의 손이 벼리의 머리를 묶은 띠를 풀어버린 것이다. 그것으로도 모자라, 상투를 고정시킨 동곳까지 빼버렸다.

거리를 오가는 해란의 뭇 여인들처럼 허리까지 내려오는 아름다운 머리카락이 아래로 쏟아져 내렸다.

싸울아비로 살기를 맹세한 이후, 누구의 눈앞에서도 풀지 않았던 머리카락이 지금 낯선 사내 앞에 드러나 버렸다. 석상처럼 굳어진 벼리의 모습이라니. 강하나 단아한 선을 그린 하얀 얼굴을 감싼 것은 윤기 나는 검은 비단실. 달을 감싼 어둠처럼 흘러내리고 있었다.
　사곤이 씩 웃었다.
"미인의 긴 머리는 검은 폭포라 하길래."
"이, 이!"
"이것이 내 조건이다."
　밀쳐 내려는 손이 허공중에서 딱 멎었다. 사곤이 천천히 벼리의 손을 잡아 탁자 위에 내려놓았다.
　말하지 않아도 알고 있다. 느낄 수 있었다. 머리카락을 풀어버린 것으로 벼리는 이 사내가 처음부터 자신을 오직 온전한 여인으로만 보고 있다는 것을 확실하게 알게 되었다.
　두 사람의 눈동자가 허공의 같은 지점에서 동시에 멈추었다. 눈 두어 번 깜빡일 정도의 짧은 시간이었으되, 잊지 못할 연(緣)이라 하는 것으로 두 사람이 묶이기에는 충분한 시간이었다.
　숨 쉬는 것도 잊고, 저들의 자리도 잊고, 신분과 시간도 잊고.
　오직 그녀만 바라보는 남자와 그 남자에게 보여지게 된 여자.
　이렇듯이 서로에게만 집중된 응시.
　찰나이지만 영원.
　아픈 속앓이의 시작이 될, 인연(因緣).
　벼리로서는 뭐라고 말을 하고 싶은데 입이 떨어지지 않았다. 너무 큰 놀라움에 눈만 휘둥그레 뜬 채였다. 담대하고 용감한 그라도, 이런 경우에는 어떻게 대처해야 하는지 알지 못해 움직일 수조차 없었다.
　사곤이 빙그레 웃었다. 벼리의 얼굴 아주 가까이 입술을 가져왔다. 다정한 손길처럼 나지막이 소곤거렸다.

"너무 순진해."

"뭐라고?"

"게다가 귀엽게시리 둔하기까지 하다지."

"이, 이놈! 뭐, 뭐하자는 수작이냐?"

"글쎄, 내가 어떤 수작을 할 것 같으냐?"

내가 어찌 알아? 벼리의 눈에 분명 그런 글자가 쓰여 있었음이 분명했다. 사곤이 킬킬거렸다.

"생각해 보아라. 사내와 계집이 단둘이 호젓한 곳에서 하는 일이 무엇인지……."

"누가 계집이란 거냐? 허튼짓을 할 양이면 네놈 목이 당장 날아갈 줄 알아!"

사곤이 혀를 찼다. 재미있다는 표정이 역력했다.

"허 참! 이거, 하도 오랫동안 싸울아비 노릇을 했더니, 이젠 제가 계집인지 사내인지도 잊어버렸나 보군."

"이 무례한 놈 좀 보소! 닥치지 못하겠느냐?"

참는 데도 한계가 있는 법, 마침내 벼리는 발딱 일어나 고함치고 말았다.

"더러워서, 이놈의 검을 안 사고 말지. 겨우 이깟 검 한 개 두고 별 지랄 맞은 수작질이라니!"

"흥분도 잘하시는군. 목석인 줄 알았는데."

여유만만. 사곤이 검이 담긴 상자의 뚜껑을 탁 닫았다. 귀찮은 것을 내버리듯 벼리 쪽으로 던져 주었다.

저깟 것 안 사고 말지, 고함쳤어도 또 사람의 인정상 그런 것이 아니다. 벼리는 본능적으로 허공중에 손을 뻗어 그 상자를 받아 들었다.

"네 것이다."

"안, 안 산댔지!"

"정말?"

"……아니, 솔직히 정말 갖고 싶다."

벼리는 한숨을 푹 내쉬었다. 치사하고 더럽지만 포기하기 힘든 욕망을 마지못해 인정했다. 빌어먹을 단뫼의 장사치라니. 파는 주제에 사는 사람으로 하여금 은혜를 입은 듯 만들었다. 문득 화가 나서 고개를 마구 흔드는 벼리의 얼굴 주위로 검은 폭포라 이름 붙인 긴 머리타래가 부드럽게 찰랑거렸다. 사곤이 킥킥거렸다.

"나머지 대금은 내일 아침에 보내라. 일 할은 감해주지. 요새, 명검 특별 판매기간이거든."

놈에게 당한 이상한 짓은 어리둥절하였고, 또 불쾌하였지만, 뭐 탐내던 검이 들어왔으니. 그것도 일 할이나 할인해 준다는데.

기분이 좀 나쁘지만 또한 좀 좋았다. 거래를 잘한 것 같기도 하고 또 영 손해 본 것 같기도 하고……. 참으로 요상한 이율배반이었다.

"너, 말이지! 검을 팔아준 것은 감사하되."

"감사하되?"

"네놈이 한 짓은 잊지 않는다! 남의 머리채를 함부로 훑은 죄는 언제든 갚아주고 말 것이다."

툭툭하게 내치는 벼리의 말에 얄미운 사내는 계속해서 빙그레 미소만 짓고 있었다. 두 손을 위로 들어 보였다.

"오냐, 마음대로 하려무나. 어찌하다 보니 어여쁜 빚을 졌다. 내 언젠가는 너의 소원을 반드시 하나는 들어주마."

그가 먼저 파오의 문을 활짝 열었다.

"근위대장님께서 나가신다. 배웅해 드려라!"

그만 떠나라는 뜻이었다. 벼리는 검이 든 상자를 소중하게 안고 그를 지나쳤다.

"잠깐."

뭐냐? 묻듯이 턱을 치켜든 벼리의 주머니에 사곤이 아직도 제 손에 들고 있던 동곶과 띠를 넣어주었다.

"제 물건을 잘 챙겨야지. 하긴 정표로 남겨주면 더 좋겠지만 말이다."

대답 대신 한 번 째려보아 주고 파오를 나왔다. 기분 같아서는 각권으로 정강이라도 부러뜨리고 싶었다. 하지만 무력답수를 시전하는 놈이 아닌가?

슬쩍 피하기라도 한다면 엎어져서 망신당하는 쪽은 그가 될 것 같아 부글거리는 속을 꾹 참아야만 했다.

'제길, 음험한 놈. 능구렁이 같은 놈.'

말안장 주머니에 검이 든 상자를 매달며 혼자 씩씩거렸다. 체면상 대놓고 상욕은 할 수 없었지만, 그저 참으려니 열불이 터져 견딜 수가 없었다. 결국 입속말로 웅얼웅얼 욕설을 퍼부었다.

등 뒤로 누군가의 시선이 느껴졌다. 여전히 문가에 사곤이 서 있는 것이 분명했다. 뒤통수가 따끔거렸다.

'다시 만났을 때, 한 번 더 터무니없는 수작질을 한다면 두고 보아라! 아예 뱀 모가지를 치듯이 네놈 모가지를 두 동강 내버릴 테다, 단뫼의 장사치 놈.'

그때 등 뒤에서 놀란 목소리가 들렸다. 벗의 목소리가 그를 불렀다.

"벼리…… 너냐?"

"아, 불유!"

벼리가 돌아설 때 사곤이 풀어버린 머리타래가 햇살을 받아 반짝거렸다. 가는 금실처럼 우아하게 흔들렸다. 불유 이하, 말에 올라탄 너덧의 동료 싸울아비들이 멍한 얼굴로 벼리의 낯선 모습을 바라보고 있었다. 친기대 부대장인 현목도 제 상관의 멍청한 모습에 기가 찬 얼굴 표정이었다.

"네 꼴이 그게 뭐냐? 대체 왜……?"

벼리가 험상궂게 눈썹을 치켜뜨자 불유의 입이 컥 막혔다.

먼 바다에서 푸르른 바람이 다시 불어왔다. 검은 비단같이 긴 머리타래가 또다시 찰랑거렸다. 강인하나 섬세한 얼굴의 흉터를 가리며 아른하게 반짝거렸다.

벼리가 두 손으로 머리타래를 여미어 상투를 틀었다. 익숙하게 동곳을 꽂고 건을 두른 후에 돌아서서 불유 이하 동료를 협박했다.

"이날 있었던 일을 발설하면 너희들 전부 다, 반 죽여놓을 테다!"

"아니, 그러니깐, 누가 너를 이런 꼴로……."

"입 닥치래두!"

사곤은 이리저리 주변을 살피며 노려보는 불유의 시선에서 한 발 슬쩍 비켜났다. 감히 누가 내 벗을 위해한 것이냐? 노려보는 눈이 살기를 띠고 있었다. 기침을 하는 척하며 턱을 가린 수건을 코까지 끌어당겨 얼굴을 완전히 감춰 버렸다.

"가자!"

벼리가 파오 앞에 매어둔 말등에 휙 하니 올라탔다. 문 앞에 선 사곤 쪽은 일별하지도 않았다. 오만하게 고개를 치켜든 채 그곳을 떠났다. 이내 불유들이 탄 말도 벼리의 말을 뒤따라 질주하기 시작했다.

"순진하기는……."

사곤은 히죽 웃었다.

"유유상종, 저 녀석이나 어울리는 놈들이나 똑같거든."

도무지 제 속을 감추지 못하는 바라, 내장 속까지 환하게 다 보였다. 남복(男服) 속에 감추어진 제 벗의 아름다움을 비로소 인지한 것이다. 순진한 놈의 얼이 빠진 것이 분명했다.

'하지만 누가 훔치게 내버려 둔다더냐? 어림없다.'

성으로 올라가는 길을 너덧 마리의 말이 먼지를 일으키며 달려가고 있었다. 검은 말에 올라탄 벼리의 뒷모습을 바라보았다.

'싸울아비로 수련을 한 자라, 앙앙대고 투기하고 계집의 얕은 수작질일랑은 아예 모를 테지. 눈동자가 맑으니 한 번 정을 주면 일생을 간다. 훗흐. 역시 내 눈은 밝아.'

제 것으로 얻고자 결심한 상품에 대하여 충분한 정보를 수집하는 것은 당연한 일이었다. 간간이 가짜가 진짜 행세를 하는 경우도 있었기 때문이다. 사곤이 주막으로 간 것은 아사벼리에 대한 이야기를 주워듣기 위함이었다.

"뭐, 여자래두 말이지, 어지간한 남정네들 백 놈 덤벼들어도 못 당하지, 아마?"

"그러니 믿음직하지, 근위대장을 하는 거라우."

술 한 잔에 헤프고 너그러워진 입들이 줄줄이 말을 쏟아냈다.

"성주가 첫 번째 혼인하여서 얻은 딸인데 말이지, 그럼 그럼. 이내 죽어가지구, 그럼. 그래서 다시 혼인을 한 거지."

"두 번째 부인에게서 아들을 봤기는 했지만 어려서 죽었어. 딸두 하나 더 낳았는데, 작년인가 혼인해서 다른 성으로 떠났지."

"이건 나만 아는 소문인데 말야, 근위대장 그 얼굴 상하게 한 건 말이지, 그게 계모가 그랬다는 게야."

"어허, 무슨 소리! 우리 근위대장께서 무공의 극성에 다다르기 위하여 스스로 얼굴에 흠집을 냈다는 건 천하가 다 아는 사실이거든."

"에잉! 그것을 누가 믿어?"

"내 말이 맞다니깐!"

"이봐, 이래 봬도 나는 그때 성안에 살던 찬모에게서 들은 이야기라구!"

"어찌 되었건, 여인의 몸으로 얼굴이 그렇게 되어버렸으니, 혼인을 하지 못하는 것은 사실이지."

"하지만 덕분에 성주님이 편안해하시잖아."

"그건 그렇지."

이쯤 해서 추임새를 한 번 넣어줄 필요가 있는 법이다.

"흠 많아 짝도 찾지 못하는 딸은 애물단지라, 왜 성주가 편안한 가?"

"안살림을 도맡았지, 무술 뛰어나 근위대장이라 목숨도 지켜주지, 지혜로우니 성주님 일에 많은 도움을 준다잖아. 좋은 딸이 아니라 좋은 조력자라 부를 만도 하지."

"거만하지도 않구. 그이가 근위대장이 되고 나서는 행패 부리는 젊은 놈들이 많이 줄었다니까."

"그건 그려."

"게다가 정도 많아요. 배다른 동생이 혼인할 적에 그 준비를 제가 다 했다잖아. 많이 아껴주구. 그래 가지고, 우리 솔담 아가씨가 시집가면서 얼마나 울었는데."

"우리의 자랑거리라니깐. 천하의 그 어떤 싸울아비도 우리 벼리 님 앞에서는 꼼짝 못해!"

표현은 다르나 확실한 것은 하나, 그가 이 성의 주민들에게 많은 사랑을 받고 있다는 사실이었다. 윗사람의 풍모를 지니고 있으며, 높은 자의 권리보다 의무를 먼저 아는 자라……. 더욱더 마음에 들었다. 그가 고른 여자는 좀처럼 보기 드문 참된 인간이라는 뜻이었다.

'쿡쿡, 가슴도 풍만하고 엉덩이도 투실하니 잠자리도 즐거울 터이며, 아이는 쑥쑥 잘도 낳을 것이란 말이지. 하물며 순진하기까지 한지라, 놀려먹는 재미도 대단하단 말이지. 쓸 만하다. 다음 대 환제를 낳을 자다, 저 녀석.'

사곤의 입술이 단호하게 앙다물어졌다.

"내 반드시, 너를 얻으리라. 하여 봉황일월검을 내어준 것이다."

만금을 주고도 구할 수 없는 보검을 건네준 것은 일종의 혼약, 사곤이 벼리에게 준 정표였다.

어디를 가든 하늘의 신물(神物)인 봉황일월검은 그의 반려를 지켜줄 뿐만 아니라, 그녀의 안위를 그에게 알려줄 것이다. 검을 넘겨줄 때 그 안에다 진기를 심어두었다. 앞으로 그녀가 위험에 처하면 그도 감응하게 될 것이다. 만 리 밖에 있어도 날아올 수 있게.

'내 반려라 정한 자, 싸울아비 아사벼리. 한 두어 해 더 기다리다 보면 저절로 익어가겠지? 푸핫하하. 몸 간수 잘하고 기다리렴.'

그로부터 열흘 후, 사곤을 비롯한 단뫼의 상인들은 정곡성을 떠났다.

그럴 리야 없겠지만 자꾸만 뒤가 끌렸다. 혹여 벼리가 성벽 위에 서 있을까 하는 헛된 기대 때문이었다. 천하 어디를 가든 아무것에도 걸림없이 훌훌 떠나던 그로서는 기이할 정도로 묘한 집착이었다.

모르는 척하고 어제 그녀에게 아랫것들을 시켜 선물을 또 보냈었다. 일월봉황검을 시전하는 무공비급을 전해주게 했던 것이다. 하여 그 보답으로 배웅쯤은 해줄 줄 알았는데, 코빼기도 볼 수 없었다.

하긴 처음부터 좋은 사이가 될 수 없는 인연이었지만 말이다. 악감정으로 얽혀 칼부림으로 만난 사이가 아닌가. 사곤 저라 하면 고개부터 흔들고 있다는 것은 알았지만, 그래도 섭섭한 것은 섭섭한 것이었다.

천하에서 제일가는 단뫼의 태궁이라, 사곤 자신이 아닌가? 그런 그가 구애(求愛)의 신호를 보냈으면 욕설이라도 좋으니 응답을 해주어야 그것이 도리인 거다.

'흥, 무심한 것이 매력이니 한 번 보아주기로 할까?'

하지만 다음에 그들이 다시 만나게 되면 그리 쉬이 무시하긴 힘들 것이다. 그리 만들 작정이었다. 세월 따라 연은 깊어지고, 연 따라 정도 깊어지는 것이 인지상정.

사곤은 고개 돌려 마지막으로 정곡성을 돌아보았다.

입 거칠고 무뚝뚝하나 매혹적인 그녀를 한 번 더 보고 싶었으나, 지금은 이루어질 수 없는 사치스런 꿈이었다. 여타 다른 계집들과는 아주 다른, 자꾸만 눈이 가고 마음이 가는 묘한 여자. 여자의 몸으로 해란의 으뜸 싸울아비라니, 기가 막히단 말이지. 그는 입맛을 다셨다.

내년에 돌아오면 또 한 번 더, 체에 치지 않은 곡식같이 거칠고 왈왈거리고 대적거리하려는 그녀를 만나주마.

'내년에 다시 보지, 아사벼리.'

그러다가 문득 이상한 예감에 사곤은 다시 몸을 돌이켰다. 성벽에 서 있던 가냘픈 인영이 사곤의 시선을 느꼈나 보다. 흠칫하더니 숨듯이 그늘 아래로 몸을 감추었다. 그가 바란 사람. 홀쩍 키가 크고 갑주를 입은 여자는 아니었다.

'꽃분네.'

사내의 선명한 입술 위로 안타깝고도 연민스런 미소가 서렸다. 사모하기를 그만두지 못한다 하더니. 미련 맞은 정이 네 불치의 병이로구나. 사곤은 한숨을 쉬었다.

'하여 나는 오직 너에게 무정할 도리밖에 없다. 내 반려는 네가 아니다. 사내의 정은 이리저리 함부로 뿌려대는 것이 아니기에.'

마지막 수레가 굴러 나오자 삐걱삐걱 소리를 내며 외성의 거대한 문이 닫혔다.

이른 아침빛을 받으며 사곤을 비롯한 단뫼의 상인들이 서서히 멀어져서는 이내 붉은 사막으로 스며들었다. 먼먼 산맥을 넘고 강을 건너고 사막을 지나는 새로운 고행의 시작이었다.

第三章

"천하는 지금 어떤 형국이냐?"
"사방에서 일어난 자들이 동시에 다투니
일곱의 목이 이리저리 왔다 갔다 하는 형세입니다."
환인이 탄식하였다.
"어지럽구나, 어지럽구나."

한 해가 속절없이 흘러 보우하는 달(1월)이 지났다.

대보름의 불놀이가 끝난 후 며칠 지나지 않아, 해란국 전역의 높은 봉우리에 불길이 다시 솟았다. 봉화가 치솟아오른 것이다. 마침내 거병하라는 신호였다.

잠시 멈추었던 전쟁이 다시 시작되었다.

해란의 마루한이 삼 년 전 패배의 치욕을 씻고자 금빛 갑주를 입고 분연히 일어선 것이다.

그렇게 하여 아주 짧았던 평화의 시절은 끝났다.

전국 각처에서 모인 이십만의 대군을 이끌고 출전한 지 어언 넉 달째. 하나 그사이 휴식을 취하며 서슬 푸른 전열을 정비하고 있던 무후의 군사들도 만만치 않았다. 물고 물리는 혈투가 연이어 벌어졌다.

치열한 전투는 푸른 누리 달(5월)에 이르러서도 끝나지 않았다. 그러나 처음이 있으면 끝이 있는 법. 처음에는 백중지세로 보였던 전세는 밀고 밀리는 가운데, 슬슬 승부가 드러나기 시작했다.

여름의 극성이었다. 원귀의 아우성 같은 거친 폭우가 쏟아지는 그런 날 하루.

동이 트려면 아직도 멀었다. 뇌성벽력 내려치는 새벽, 거친 폭우마저 쏟아지고 있었다. 하여 핏물은 벌겋게 씻겨 내를 이루고 흘렀다. 피아를 구분할 수 없는 처절한 백병전(白兵戰)은 끝없이 계속되고 있었다.

번쩍 시퍼런 번개가 쳤다.

인간들의 참혹한 피를 슬퍼하듯 빗줄기가 다시 땅을 내려쳤다.

산 자보다 죽은 자가 더 많은 대지 위, 차가운 검날 아래 또 하나의 목숨이 생기를 잃고 쓰러졌다. 목과 분리된 몸뚱이가 툭 하고 엎어졌다. 고운 정인을 놓아두고, 어린 아기의 고사리 손을 채 떠올리기도 전에, 홀로 남은 아낙과 아기들이 얼마나 슬피 울까, 이제 다시는 그 생각도 하지 못할 머리통이 떼구루루 굴렀다. 채 감지 못해 부릅뜬 눈동자 위로 무심한 빗줄기가 여전히 내려 퍼부었다.

도련 계곡.

해란국과 마고국, 무후국. 천하를 나누고 있는 패자(覇者)의 나라. 솥발처럼 선 세 나라의 국경이 잇닿은 곳이다.

칠흑 같은 낮과 밤이 바뀌기를 거듭하니, 어느덧 사흘 낮과 사흘 밤이 지났다. 두고두고 해란국의 마루한 가람휘의 치욕으로 기록되게 될 그날, 해란의 싸울아비들은 숙적 무후의 군사들에게 철저히 도륙당하고 유린당하고 있었다. 처절한 패배였다.

훗날 천하를 놓고 끝내 단뇌와 대적했던 무후와 과거의 맹주 해란국의 운명은 이날 명암이 갈라졌다.

그날의 대전을 훗날 사가(史家)들은 〈도련 계곡의 전투〉라고 이름 붙였다.

그날의 치명적인 패배 이후, 해란은 무후에게 사통팔달한 길을 뺏기고, 도성 사무란도 포기한 채 후퇴해야만 했다. 서남쪽 변방의 해안, 정곡으로 수도까지 옮겨야만 했다. 삼십여 년 후, 이날의 패배로 국운이 다한 해란국은 수백여 년간 유지했던 패권을 포기하고 욱일승천하는 단뇌의 속국으로 전락하고, 이내 병합되어 이름으로만 남게 되는데.

'이젠 끝인가?'

핏물 흐르는 옆구리를 움켜쥐고 가람휘는 절망적인 눈빛으로 야속한 하늘을 우러러보았다.

가람휘, 해란의 젊은 마루한은 그런 이름을 가졌다.

아름다운 이름에 걸맞게 지혜롭고도 용맹하니, 약관 스물다섯, 피 끓는 나이라 해란이 받은 패배의 치욕을 잊지 못했다.

하물며 삼 년 전, 대(大) 마루한이 무후의 칼날 아래 숨을 거두셨다.

아무리 혼군(昏君)이라 비난받고, 지금껏 쌓아둔 해란의 부유함을 씨까지 말린 자라 하나 가람휘에게는 단 한 분인 아비, 생을 주신 분이셨다.

살부지수이니, 어찌 한 하늘을 이고 같이 살까? 대군을 이끌고 호호탕탕 전쟁을 일으켜 적을 섬멸하리라 하며 도성을 떠나온 차였다. 혼인한 지 겨우 한 해도 채 되지 않는 어리고 어여쁜 마린*을 놓아두고, 말달려 떠나온 전장.

하나 간악한 적들이 준비한 함정에 빠지고 말았다. 개전한 후에 두어 번 작은 승리에 취한 나머지 가증스런 간자의 말만 믿고 너무 깊이 적진까지 들어온 것이 실수였다.

뼛골 깊이 자탄하고 탄식하고 후회하면 무엇하나, 이미 일은 글러 캄캄한 나락 속으로 빠져 버렸는데. 젊은 마루한은 스스로의 성급함과 무지함에 후회하며 비통하게 눈물을 흘렸다. 가능하다면 혀를 깨물고 자결하고 싶었다. 희망이란 어디에도 보이지 않았고 구원은 결코 오지 않았다.

'내 나이 어리고, 경험이 부족해, 이토록 어리석었다. 현명한 재상의 말도 무시하고 뛰쳐나온 결과가 바로 이러한 것이었다.'

패배가 보이는 전쟁. 패배할 수밖에 없어도 검을 휘둘러야 하는 전쟁. 죽음을 앞에 두고도 도망조차 칠 수 없는 일방적인 살육. 마루한을 비롯해 해란의 싸울아비들 눈에서는 전부 다 피눈물이 흘렀다.

속절없이 지고 마는 꽃처럼 장렬하게, 서럽게, 어리석게 죽어가는 해란의 자손들. 불행한 싸울아비들이여 나를 용서하라. 이 모든 것이 나의 죄이다.

핏물과 빗물이 범벅되어 흘렀다. 그럼에도 가람휘는 이를 악물었다. 다시 선혈 흐르는 장검을 휘둘러 다가오는 적의 목을 베어 넘겼다.

"오라! 다 오너라!"

---

*마린:해란국에서 왕비를 일컫는 말이다

쉬어버린 목청을 돋워 다시 고함질렀다. 지칠 대로 지치고 낙망하여 힘 빠진 병사들과 같이 순사(殉死)하자 고함질렀다.

"해란의 자손들에게 패배란 없다! 자, 오라!"

고립무원. 이제 그의 곁에는 겨우 이삼백 명의 병사들이 함께일 뿐, 끊임없는 물결처럼 몰려드는 적병들의 수는 헤아릴 수조차 없었다. 끝내 죽거나 사로잡히거나, 둘 중 하나. 그러나 우린 지지 않는다. 가람휘는 다시 검 손잡이를 쥔 손아귀에 힘을 주었다.

"내가 그대들을 죽음에 몰아넣었으니, 나 또한 죽음으로 그대들과 함께하련다. 해란의 싸울아비들은 절대로 항복하지 않는다!"

"만용이십니다, 마루한. 제발 피해주십시오!"

"만용이래도 좋고 어리석다 해도 좋다. 나는 가지 않는다."

친위대들이 울부짖으며 혼자만이라도 후퇴하기를 강권했으나 마루한은 영 요지부동이었다. 같이 죽자, 같이 죽으련다 말하는 마루한의 그런 마음을 어찌 모르랴.

짧다 하되 긴 것이 삶이라 하였다.

'후회는 없다.'

가람휘는 나지막이 중얼거려 보았다.

못난 군주라 해도 믿고 저승까지 함께하려는 충성스런 사람들과 함께하는 길이라 외롭지도 않구나.

하나 인간이기에 어찌 완전하게 의연하랴. 그 또한 군주이기 전에 한 사내, 한 아들.

오직 하나 가슴 미어지는 일은 마냥 기다리고 있을 내 어머님. 굳센 사내의 눈에서 다시 더운물이 번져 났다.

그만큼 더 서러운 일은, 미안한 일은, 초조하게 기다리고 있을 아련나. 나의 어린 마린이여.

가람휘는 목에 건 단검을 으스러져라 움켜쥐었다. 마치 그것이 행운을 불러오는 부적인 양, 기적을 만들어주는 신물같이.

혼인하던 날, 더없이 사모하는 여인이 그에게 예물로 준 이것. '일편단심, 항구여일'이라 새겨진 글귀는 바로 그들의 사랑이 아니었으랴?

이제 겨우 열아홉 된 어린 새 각시. 지금쯤 동당동당 간을 졸이며 지아비의 무사귀환을 치성드리고 있을 텐데. 가람휘는 막무가내 오열 터지는 입술을 악물었다.

채 말도 못하고 눈물만 글썽글썽해서는 내내 그의 옷깃을 붙잡고 놓지 못했다. 떨리는 목소리로 기다린다, 내내 기다린다 말했었지. 이내 무사히 돌아올 것이다, 지아비의 헛된 거짓말에 고개 끄덕이며 애써 웃으려 하던 아름다운 얼굴이 핏발 선 눈동자에 박혀 지워지지 않는다.

'미안하다, 아련나. 나는 결국 그대에게 다시 돌아가지 못할 것 같구나.'

돌아간다 했던 맹세는 결국 이렇게 거짓말이 되어버렸다. 혼인하여 한 번도 그대에게 거짓말한 적 없었는데, 반드시 지켜야 하는 약조만은 이렇게 어겨 버렸다.

'어리석은 그대의 지아비는 이렇게 죽는다. 나 없는 이 세상에, 여리고 작은 그대를 홀로 두고 떠나면, 가슴 아파 어찌할까? 사랑하는 그대만 남겨두고 저승길 홀로 가는 나를 용서하거라, 아련나.'

그가 흘리는 피눈물은 군주의 슬픔이자, 한 여인의 지아비로서 흘리는 통한의 증거였다.

바로 그때였다. 잠시 비 그친 후, 해 뜨는 하늘 한구석이 살짝 열리던 바로 그 순간이었다. 믿을 수 없는 희망의 고함 소리가 저 멀리서부터 메아리치기 시작했다.

"원군이다!"

"정곡의 싸울아비들이 왔다!"

땅을 울리고 하늘을 깨우는 소리였다. 우레 같은 말발굽 소리. 동시에 우는 아이라도 울음을 그친다는 공포의 신호음이 시작되었다. 명적 소리. 비단 폭이 찢기는 듯한 날카롭고 예리한 국궁의 파열음과 더불어 밀려들던 적병들이 갑자기 픽픽 쓰러지기 시작했다.

환한 햇살 아래 가람휘는 하늘을 까맣게 물들이는 화살들을 보았다. 저 멀리 언덕 위에서 새로이 나타난 싸울아비들이 물결치듯 드러누워 강한 활을 당기고 있었다. 적의 측면에서는 뾰족한 창날 형을 이룬 기병들이 일사불란하게 움직이며 적의 견고한 편대를 하나하나 무너뜨리고 있었다. 측면에서, 후면에서 거센 파도처럼, 너울치듯 달려들어 잡아 찢고 베어 넘기고 갈라 버리는 군사들, 늠름한 말을 탄 싸울아비들이 장엄하게 달려오고 있었다.

시위 당기는 소리, 요란한 말발굽 소리와 함께 적을 섬멸하라 고함지르는 소리가 메아리쳤다.

해란의 싸울아비들 중에서 가장 강하다 이름난 정곡성의 사내들이었다. 그러나 도성 사무란과는 너무 멀리 떨어져 있고 변방의 수비를 담당하는 마지막 보루이기에 이번 전투에는 소집되지 않았다.

그러나 전황은 예상대로 되지 않았다. 해란의 병사들은 이기기는커녕, 패퇴를 거듭했다. 마지막 전투에서는 이젠 마루한의 목숨마저 위태로울 정도로 위급하다 하는 기별이 날아가니, 가만히 있을 수 없는 노릇이었다.

 마루한의 생명과 동족을 구하기 위해 일만의 싸울아비들이 이틀 밤낮을 달려온 것이다.

 '우린 이제 살았다.'

 가람휘는 그만 그 자리에 주저앉고 말았다. 끝내 의연해야 한다는 것은 알고 있었지만, 저절로 다리의 힘이 풀려 버리고 말았다. 살았다는 기쁨, 안도감. 사랑하는 사람에게로 돌아갈 수 있다는 희망으로 그만 주책 맞게 다시 눈물이 났다.

 마루한만이 그런 것은 아니었다. 쫓기고 쫓겨 그만 가련한 짐승 노릇이 되어버린 강한 사내들이 동시에 어헝어헝 통곡하고 있었다.

 잠시 후, 가람휘는 억지로 일어섰다. 주먹으로 눈물을 훔쳐 내며 검으로 땅을 짚었다. 엄히 명령했다.

 "일어서라, 해란의 싸울아비들아. 마지막으로 힘을 내자. 아무리 동족이라 하나 너희는 마루한의 친위대들이다. 우리가 어찌 남에게 목숨을 구걸하겠더냐?"

 그는 검을 들어 하늘을 베었다.

 "가라! 가서 저들에게 우리의 무서움을 마지막으로 보여주자꾸나!"

 와아! 소리 지르며 그를 둘러싼 병사들이 다시 힘을 차렸다. 검을 빼들고 그들을 짐승 몰 듯 포위했던 적들을 향해 다시 달려들었다.

정곡의 무리를 이끌고 온 구원의 으뜸 장수는 거대한 검은 말을 타고 있었다. 은빛 빛나는 갑주 차림으로 종횡무진 적진을 누비며 거침없이 적의 목을 베어 넘겼다. 그러면서도 한편으로는 포위당한 채 절명의 순간을 맞이했던 마루한에게로 날 듯이 달려오고 있었다.

"마루한, 무사하십니까?"

바람처럼 뛰어내려 피투성이가 된 가람휘 앞에 무릎을 꿇었다. 가람휘는 주먹으로 피와 눈물에 젖은 얼굴을 훔쳤다. 가능한 한 의연하게 웃으려 애를 썼다.

"무사하다. 일어서라. 시급하니 예를 차릴 필요 없다."

"망극합니다."

아주 잠시 가람휘와 군장의 눈이 마주쳤다.

은빛 투구를 쓰고 갑옷을 입어 흡사 전신(戰神)처럼 보이는 사내였다. 무척 검어 순하나 의지 깊어 보이는 눈동자가 밤처럼 많은 이야기를 품고 있는 듯싶었다. 우뚝한 콧날, 선명한 선을 그린 입술이 계집처럼 붉었다. 사내답다기보다는 오히려 여인이라 불러도 될 만큼 섬세한 외모였다. 그러나 안타깝게도 하얀 볼 한쪽에 보기 흉한 검상이 남아 있었다. 전쟁터 곳곳을 누빈 용맹의 상징이겠지.

"감히 소장이 마루한의 안위를 묻습니다."

"무사하다. 이날 몇이나 왔는가?"

"일만의 무리를 모았습니다."

목소리도 사내치고는 가늘었다. 억세디억센 싸울아비치고는 참 특이한 사내였다. 용맹하고 지혜롭다 하면 겉보기로는 유약하다 해도 으뜸이 되는 것이지. 마루한은 그리 생각하며 고개를 끄덕였다.

"그래, 일당백이니……. 충분하다. 이날, 내가 너의 구명을 입었다."
"구명이라니 당치 않습니다."

수로는 비록 압도적이되 이미 사흘 밤낮을 싸워 지칠 대로 지쳤다. 적들은 너무나 쉽게 모서리 무너진 두부모처럼 원군의 말발굽 아래 짓이겨지기 시작했다. 저 언덕 위, 전황을 지켜보던 적들의 성벽에서 깃발이 솟았다. 후퇴하라는 군호였다. 썰물 빠지듯이 적들이 말머리를 돌려 도망가기 시작했다. 누가 보아도 싱거울 정도로 쉬이 끝난 승부였다.

바로 그때였다. 고개를 돌려 전황을 살펴보던 마루한의 입술 사이로 가늘게 비명이 흘렀다.

그를 둘러싼 모든 사람의 시선이 따라갔다. 똑같이 안타깝거나 놀란 신음 소리가 터졌다.

"청수 장군께서!"

"저런……!"

선봉대로 마루한의 지척에서 지금껏 싸운 백전노장이었다. 피칠갑이 된 채로도 그래도 무사하였다. 마루한이 계신 곳으로 말달려 오던 중이었다. 그러다 그만 적의 검날에 말다리가 베어졌다. 낙마하여 바닥에 뒹굴었다. 주변에는 전부 다 적들, 백발의 노장은 이제 한 마리 벌레처럼 그들의 말발굽 아래 짓이겨질 지경에 처해 있었다.

"이랴얏!"

누가 채 말릴 사이도 없었다. 가람휘가 쏜살같이 달려나갔다. 바로 지척에서, 온 넋을 다해 그를 보필하고 충성을 다한 사람을 그냥 죽게 내버려 둘 수는 없다. 절박한 생각에 이것저것 헤아릴 여유가 없었던 것이다. 잠시 멍해져 있던 주변의 군사들도 정신을 차렸다.
"마루한을 호위하랏!"
"나를 따르라! 마루한을 다치게 하면 안 된다!"
일제히 해란의 싸울아비들이 말머리를 돌렸다. 빛살처럼 빠르게 따라붙었다. 제 목숨 내어놓고 단신 돌파하는 마루한의 뒤를 따랐다. 가장 가까이 그를 호위한 사람은 물론 원군으로 온 정곡의 장수였다.
제일 먼저 청수 장군 곁으로 온 마루한이 구를 듯이 말등에서 뛰어내렸다. 온몸으로 노인을 감싸 안았다. 한 손으로는 두 사람을 향해 달려오는 검들을 막아냈다. 빛살처럼 시퍼런 검광(劍光)을 허공중으로 흩뿌렸다.
'더없이 아름답고 빛나는 분이시다.'
가슴의 박동이 사뭇 급해졌다. 그를 구하려 함께 몸을 날린 장수, 정곡의 벼리는 마음속으로 부르짖었다.
이날, 그 눈에 비친 마루한은 붉디붉은 심장을 태양처럼 품은 사내였다. 제 생명도 아랑곳하지 않고 충성스런 부하를 구하기 위해 적진을 향해 달려가던 모습은 감동스럽다 못해 장엄했던 것이다. 저런 주군이라면 누가 목숨을 내놓지 않으랴?
어찌하여 싸울아비들이 그를 그토록 따르는지 비로소 증명되는 순간이었다. 마루한은 결코 제 사람을 헛되게 죽게 하지는 않는다는 것을 몸으로 보여준 것이기에. 사흘 밤낮을 버텨낼 수 있었던 이유, 열세에도 불구하고 해란의 싸울아비들 어느 누구도 도망치지 않았던 이유를 비로소 보았다.
벅찬 감동으로, 눈물 흐르는 감격으로.

'드디어 만났다. 반드시 지켜 드린다.'

제 목숨일랑 버릴 각오를 한 채 벼리는 적병 앞에 단신으로 맞섰다. 두 분의 영웅을 지키려 마침내 일월봉황검을 뽑아 들었다. 적들의 검광이 사방에서 독사처럼 날아들고 있었다. 절체절명의 순간이었다.

'무엇보다 두 분의 안위가 급하다. 인정사정 볼 것 없다. 살(殺)!'

생각은 빠르고 동작은 더 빨랐다. 정곡의 으뜸 싸울아비 아사벼리의 검이 땅과 하늘을 향해 비상했다. 양손에서 아침햇살 같은 눈부신 광채가 사방팔방으로 뻗어나갔다. 하늘과 땅을 쪼개고 적의 심장을 얼려 버리는 듯했다. 서릿발처럼 냉혹한 고함 소리가 터져 나왔다.

"일월광휘! 유성혼참!"

하늘을 가르고 바다를 베어내는 검술이 펼쳐졌다. 사악한 것들을 먼지로 만들고 영혼까지 날려 버리는 파천의 검날 아래 그들을 위협하는 모든 것이 사라져 갔다. 산산조각 가루가 되었다.

춤을 추듯이, 하늘을 날 듯이. 바람과 같이 너무나 부드럽고 우아한 움직임으로 해란의 싸울아비 아사벼리는 검을 움직였다. 이것을 무아지경이라 하였나. 죽음을 두려워하지 않고 사모하는 주군을 지키려 혼신의 힘으로 맞섰다. 시퍼렇다 못해 눈이 부신 빛살이 검날을 타고 공기를 갈랐다. 살을 베어내고 뼈를 잘라냈다. 허공을 자르고 시간을 날리고 살기를 지워갔다.

어느새 중천(中天).

천천히 벼리는 핏물 흐르는 검을 든 손을 늘어뜨렸다. 이미 아뜩하니 멀어진 적들을, 허겁지겁 도망치는 병사들을 바라보았다.

이겼다.

그분을 지켰다.

묵묵히 땅을 내려다보며 오직 생각은 그것 하나. 진공 상태가 된 귓전으로 나지막한 목소리가 들렸다. 그를 깨우고 있었다. 마루한의 거룩한 옥음이었다.

"돌아서라."

벼리는 천천히 몸을 돌이켰다. 온몸에 핏물을 뒤집어써, 은빛 갑주까지 혈채로 번쩍이고 있었다. 한 무릎을 꿇고 고개를 숙였다. 나의 맹세를 지켰다. 우리의 마루한을 구했다.

"고개를 들라."

망극하게도 눈이 마주쳤다. 그분은 늠름한 싸울아비들이 호위한 그 속에서 거대한 말에 전신(戰神)인 양 우뚝 앉아 있었다.

붉은 태양을 옆얼굴로 받으며 선 마루한의 아름다운 모습. 해란에서 가장 높고, 유일한 심장이기에 그분의 모습은 감히 범접할 수 없을 만큼 장엄하고 위대하였다. 적어도 벼리의 눈에는 그렇게 보였다.

가슴 가득히 들이치는 햇살 같은 것. 벼리는 그분의 인자한 눈빛 아래서 뜨거운 심장이 두근거리는 것을 느꼈다. 생애 처음 느끼는 감동의 붉은 심박이었다.

"장하다."

"당치 않습니다, 마루한."

"어찌 이리 겸손할까?"

그가 훌쩍 말에서 뛰어내렸다. 손을 내밀어 벼리의 손을 꽉 잡았다.

"너는 내 구명의 은인이요, 해란의 용맹을 이은 자다. 이름이 무엇이냐?"

"벼리, 아사벼리. 정곡의 미천한 싸울아비올시다."

"아사벼리, 너에게 이날부터 내 목숨을 맡기련다. 받아줄 것이냐?"

"그것이 무슨 말씀인지……?"

"그대를 친기대장으로 삼겠다. 이날부터 너는 내 벗이다. 내 그림자이고 오른팔이 될 것이다."

"마, 만세, 만세! 일신의 무한한 광영이옵니다. 마루한, 목숨 바쳐 지켜 드릴 것입니다."

친기대장이 된 것보다 더 기뻤다. 미천한 그를 두고 위엄 높으신 마루한께서 목숨을 내맡기셨다. 벗이라 불러주셨다.

'망극, 망극하옵니다. 마루한.'

벼리는 감격으로 젖은 눈을 들어 먼저 말머리를 돌려 달려가는 아름다운 주군의 모습을 바라보았다. 늠름하고 아름다우신 분, 나의 마루한. 따스하고 덕 많은 우리의 주군. 저분이 바로 그의 주인 가람휘. 죽는 날까지, 목숨 바쳐 충성할 단 한 사람이다.

정곡의 으뜸 싸울아비, 신의 높은 아사벼리가 깊이깊이 맹세했다. 혼백과 육신 전부를 저분을 위해 바치겠다고.

그렇게 한 사내가 벼리의 마음에 깊이 심어졌다. 생애 처음, 존모(尊慕)라 부를 수 있는 것이, 사랑이라 부를 수 있는 것이, 혹은 충성심이거나 연정이라고 부름하는 것들이, 사람과 사람 사이에 벌어지는 모든 선열하고 순수하고 붉은 것들이 뿌리로 깊이 박혔다. 아사벼리의 사내, 받들어 마음에 담은 단 한 분의 주인.

'내 평생 충성을 다하고, 죽음으로 지켜야 할 그분을 드디어 만

났다.'

그녀도 말에 올라탔다. 이랴앗! 고삐를 당겼다. 태양 같은 그분을 향해 달려가기 시작했다.

피아간(彼我間) 한 치의 양보도 없이 처절하게 겨룬 사흘 밤낮의 혈투가 마침내 끝났다.

그럼에도 완전한 승자도 없고 패자도 없는 부질없는 전쟁이었다. 다른 땅, 다른 시간이 되면 다시 벌어질 그런 사소한 전쟁이 하나 겨우 끝났을 뿐이었다. 해란을 뒤덮은 먹구름은 아직도 사라지지 않고 더 짙어져만 가는데…….

말달려 그곳을 떠나는 마루한 이하 싸울아비들은 아직도 그 사실을 몰랐다.

더위 파는 달(6월) 초닷새.

한 번 나서면 절대로 패배하지 않는다는 해란국 싸울아비들로서는 고개도 들지 못할 망신이었다. 초라한 몰골로 가람휘는 살아남은 만 칠천의 병사들을 이끌고 깊숙이 숨은 변방의 성, 정곡으로 입성했다.

마루한의 목숨이야 구했지만, 돌아가는 전황은 냉엄했다. 살아 있는 것이 오히려 민망할 지경이었다. 국운을 걸고 혼신의 힘을 다해 맞붙은 쟁투였다. 그런 전투에서 패배했다. 그날 이후 천하의 판도는 단번에 일신되었다.

산맥을 넘어 메마른 땅 붉은 황야에서 건너온 이방인 무후는 이제 누구도 부인할 수 없는 패자로 부상했다.

이 전투에서 승리함으로써 무후는 해란의 동남부 쪽 풍요로운 평야를 전부 다 손아귀에 넣게 되었다. 사무란의 인근, 목 아래 날 세운 칼을 박은 것처럼 요충지인 마야성까지 탈취했다. 해란과 마고국, 맥국 사이에 가로막고 서서 눈 아래 천하를 내려다보는 형세를 취하게 되었다.

이제는 누가 보아도 새롭게 등장한 천하의 패자는 북쪽에서 내려온 무후국이었다. 사냥이나 하고 그물이나 기우며 간간이 해적질이나 하던 그들은 세상을 지배하는 또 하나의 물줄기가 되었다.

난세, 난세.

천하는 여전히 검은 전화(戰火)로 뒤덮여 있었다.

마루한이 정곡에 입성한 지 이십여 일이 되는 날이었다.

초조하게 승전보를 기다리다가, 오히려 패배의 비보만 들었다. 마루한이 적의 칼에 맞아 부상을 당하였는데 정도가 심하여 정곡성에서 절명했다는 소문이 파다하게 퍼졌다 하였다. 도성 사무란에서 재상 카낙이 찾아왔다. 믿을 수 없는 급전을 접하고 그를 확인하고자 부랴부랴 밤낮을 가리지 않고 달려온 것이다. 건재한 마루한을 보자마자 그만 눈물부터 뚝뚝 떨어뜨렸다.

"무사하다고 기별을 보냈어야 했는데, 이리저리 일이 바빠 일의 두서가 없었소."

"하나 이렇듯이 무사하신 것을 보니 감축하옵니다."

"감축은…… 꾸짖어주오. 홀로 공명에 눈이 어두웠소."

카낙이 익히 알고 있던 그 마루한이 아니었다. 늘 유쾌하고 자신만만하던 표정은 더없이 울적했다.

"용감하고 늠름하던 그 많은 싸울아비들을 죽인 나이니, 나는 얼굴을 들 수가 없소."

낙심천만하여 풀이 팍 죽어 있는 사람 앞에서 카낙인들 무슨 말을 할 수 있으랴. 남이 말하지 않아도 충분히 자탄하고 스스로에게 분노하는 사람이었다. 답답하고 무거운 가슴만 추스를 뿐 내내 침묵했다. 한동안 창밖만 바라보고 있던 마루한이 고개를 돌렸다. 비로소 도성의 안부를 물었다.

"그래, 도성의 사람들은 다 무사하신가?"

"별일 없사옵니다. 하여 신이 이렇게 달려온 것이지요."

"하기는…… 사무란성이야 앞바다만 제대로 방비하면 수만 적병이 덤벼들어도 끄떡없는 곳이니."

사무란은 천하에서 가장 부유하고 아름다운 곳이라 일컬어졌다. 도성으로 정해진 후, 한 번도 외적의 침입을 받은 적 없는 사무란의 번영은 하늘이 내린 지형에 기댄 바가 컸다.

뒤로는 험한 산맥과 사막, 앞으로는 바다를 두었다. 게다가 앞바다는 술병처럼 생겨, 넓은 바다로 통하는 좁은 입구만 지키면 아무도 들어올 수 없는 천혜의 요충지였다.

하여 군사들은 좁은 해협의 양 언덕에 성을 쌓고 바다에 쇠갈고리를 걸었다. 사무란으로 진입하려던 적의 함선은 싫든 좋든 쇠갈고리에 걸렸다. 양 언덕에서 궁수들이 불화살을 쏘아대면 어떤 함선이든 불덩이가 되어 침몰할 수밖에 없었다. 오죽했으면 사무란의 앞바다는 바다귀신이 된 적들의 무덤이라는 말이 생겼을까?

그 어떤 강적이라 해도 사무란만큼은 손을 댈 수 없었다. 강하다 잘난 척하는 무후만 하더라도 메마른 황야에서 일어난 터라, 기병과 육지전에는 강하나 해전에는 형편없이 약했다. 오래전부터 바다를 누빈 해란국의 해병과는 비교할 것이 아니었다. 도성을 지키는 대부분의 군사를 끌고 나오면서도 마루한이 전혀 걱정하지 않았던 것은 그러한 데에 이유가 있었다.

"지리한 전쟁이어서인지 서로가 지쳤습니다. 설사 그들이 쳐들어올 실력이 있다 하여도 힘이 빠져 다시 거병하겠습니까?"

일리가 있는 카낙의 말에 가람휘가 고개를 끄덕였다.

"허면 언제쯤 도성으로 돌아오시려는지요?"

"당장은 힘들 것 같소. 당분간은 이곳에 머물러야 할 듯싶어."

"그렇습니까?"

"일단 군사들을 수습하여 적들이 차지한 땅 근처로 보내야 하오. 방어선을 새로 세우고 다음 도발을 대비해야 할 것이오. 그런 다음에 귀환하겠소. 길어보았자 두어 달포 걸리겠지. 하니 재상은 아무 걱정 말고 먼저 돌아가 어지러워진 민심을 수습하시오. 난 이렇게 무사하오."

"하나, 마린님께서 어찌나 근심하시는지……."

가람휘는 고개를 끄덕였다. 유약하여 작은 일에도 안달복달, 특히 그에 대한 일이라면 어찌할 바를 몰라 종종거리는 아련나의 다정함을 잘 알고 있었다. 더없이 사모하는 지아비가 하물며 전쟁터에서 죽었다는 소문까지 퍼졌으니 그 충격이 얼마나 컸으랴? 여린 마음에 열 번은 혼절을 하고도 남았을 것이다.

"이렇게 무사하지 않소? 재상이 돌아가서 두 분을 안심시켜 드리시오.”
 "끝내 예로 함께 오시겠다고 얼마나 고집을 피우시던지, 원. 말리느라 힘들었나이다. 대 마린님이 만류를 아니 하셨다면 마린님께서는 기필코 이곳에 오셨을 것입니다."
 "……지아비를 근심하는 마음이니 허물이라 말 못하되, 어머님이 보시기에는 마린의 처신이 좀 더 의연하기를 바라셨던 게지."
 자신도 모르는 사이 가람휘의 목소리는 변명조가 되고 말았다.

 그의 정인이자 마린인 아련나는 사무란의 가장 큰 귀족가문 출신이었다. 기품이나 가문으로나 무엇 하나 모자란 데가 없었다. 하물며 더없이 다정하고 아름다운 소녀라, 젊은 마루한은 오래도록 그 소녀를 깊이 사모했었다. 아주 어렸을 때부터 그의 마린이 될 여자는 오직 아련나뿐이라고 공언하고 다녔을 정도였다.
 그럼에도 불구하고 정작 국혼을 준비하며 청혼을 하려 할 무렵, 가람휘는 벽에 부딪치고 말았다. 천만 뜻밖으로 재상 카낙과 대 마린이 그녀를 반대하고 나섰기 때문이다. 하여 효자였던 마루한이 처음으로 어머니의 뜻을 거역하는 일이 벌어지고 말았다.
 "여염집 혼사가 아니란 말입니다, 마루한. 마린은 일국의 안주인이요, 만백성의 어미가 되어야 한단 말이지요."
 "고귀한 핏줄로 태어나, 기품있게 자랐으며 어질고 곱습니다. 모자란 것 없나이다. 끝내 반대하신다 해도 저는 그이만을 원합니다. 반드시 그를 마린으로 맞이할 것입니다."
 "마루한, 겉볼새 아름답다 하여 의젓한 마린이 되는 것은 아닙니다. 어미는 사람됨의 크기를 말하는 것입니다."

재상 카낙이 반대한 것도 그 이유에서였다.

마루한의 자리란 한 여인의 정인 노릇만으로 치우쳐서는 안 되는 자리라는 완곡한 충고를 통해서였다.

"훗날 마루한의 깊은 정이 마루한의 목을 죄는 덫이 될지도 모르는 일, 신은 오직 그것을 근심하옵니다."

"한 여인도 완전히 사랑하지 못하는 자가 어찌 큰 백성을 사랑할 수 있단 말인가? 그 말은 받아들일 수 없소."

그러나 가람휘도 완강하게 버티었다. 마음에 담은 여인 하나 얻지 못한대서야 어찌 일국의 군주라 할 것인가?

결국은 그의 고집이 이겼다. 몇 년이나 줄기차게 마음에 담아 깊이 사랑해 온 뜻을 누가 감히 자르랴. 막무가내 그녀에게로만 향하는 연정을 절대로 단념할 수가 없었다.

"소자가 사모하옵니다. 소자가 이 나라의 마루한이니 그 역시 나의 반려로서 큰 아낙이 될 것입니다. 하니 제 뜻을 가로막지 마십시오."

하여 마침내 꽃 같은 소녀 아련나는 어여쁜 홍색 비단옷을 입고 황금봉관을 쓰고 그에게로 걸어왔다. 그의 지어미로, 해란의 마린이 되었다.

하나 나이 드신 분의 염려는 정확했다. 세월이 만들어준 지혜이니, 아무리 마린이 되었다 해도 아직은 어린 소녀. 그의 아련나는 지엄한 의무보다는 지아비 사랑을 조르고 재미난 것을 찾아내고 고운 것으로 치장하는 것을 좋아하는 소녀에 불과했다. 아침이 밝아와도 남편의 목에 팔을 감고 놓아주지 않으며 다시 한 번 뜨거운 사랑을 졸라대는 귀여운 철부지였다.
 하나 깊은 사랑에 빠진 사내의 마음이란, 무한히 너그러웠다. 오랫동안 기다려 모셔 온 귀한 꽃이었다. 무엇이든 다 해주고 싶고 원하는 것 다 갖게 해주고 싶었다. 게다가 그는 그럴 힘을 가진 마루한이었다.
 그래서 그는 그렇게 했다.
 세상 전부를 소녀의 하얀 손 아래에다 갖다 바쳤다.
 그 답례로 사랑스런 입맞춤과 사모한다는 말 한마디를 되돌려받았다. 아무것도 바랄 것이 없을 정도로 행복했다. 사랑하는 이의 마음이 오롯이 그의 것임을 믿었기에.

 "돌아가서 그 사람을 안심시켜 주시오. 나는 이렇게 무사하다고, 이내 돌아갈 것이라고 말이야."
 "분부 받들어 뫼시겠나이다."
 "참, 하나 더! 내가……."
 바로 그때 살랑 부는 바람 따라 창밖으로 고개를 돌리던 가람휘의 눈에 아사벼리가 지나가는 것이 눈에 뜨였다.
 은빛 갑주를 차려입고, 깃털 날리는 투구를 썼다. 아름다운 일월봉황검을 허리에 비껴 차고 성큼성큼 걸어가는 벼리의 모습에 그만 마루한은 자신이 하려던 이야기를 잠시 잊어먹고 말았다. 저절로 입술에 빙긋 미소가 지어졌다.
 그날, 벼리더러 넌 나의 벗이라 말했던 것은 거짓이 아닌 진정, 가람휘의 본심이었다. 마루한 자신의 안위를 위해 친기대장인 그는 밤잠을 제대로 이루지 못하고 쉬지 않고 순찰을 돈다는 소문을 보고 들었다.
하여 그는 소리쳐 부를까 하다가 그만두었다. 벼리가 너덧의 병사들을 불러 세워 무엇인가를 지시하는 것을 보았기 때문이다. 괜스레 바쁜 그를 일없이 부르는 것이 좀 미안했다.
가람휘는 창가로 가 섰다. 손짓하여 카낙을 곁으로 불렀다.
"카낙, 저이를 보시오."
"저 장수 말입니까?"
"음, 새 친기대장이오."
"아, 그렇군요."
"내 생명의 은인이지. 원군의 장수로 달려와 군사들을 구원해 주었고, 단신으로 나와 청수 장군의 목숨까지 지켜주었소. 무술은 천하일품, 충성심은 하늘에 닿았으니 저이의 모습이 눈에 보이면 저절로 안심이 되오."
재상이 고개를 끄덕였다. 이내 훌쩍 말을 타고 멀어지는 모습이 카낙의 눈에도 멋져 보였다.
'낭중지추, 이렇게 딜곡이 그리 감추어도 벼리의 명성은 높아지는구나.'
솔직히 카낙은 아들만 있었다면 딜곡의 영리하고 민첩한 딸을 며느리로 삼고 싶은 욕심을 감추지 못했을 것이다. 하나 그에게는 딸만 일곱이 있었다. 벼리가 마루한의 친기대장이 되어버렸다니, 다행이다 여기면서도 어쩐지 아쉬웠다.
"충성의 공적을 기리어 지적에서 나를 지키는 친기대장으로 발탁하였지. 저이가 내 침실을 지켜주어 내가 이 성에 입성한 이후로 잠을 내내 잘 자고 있소."

"저이가 침실을 지켜준다고요?"

"친기대장이니 당연한 일이지. 조용하고 민첩하여 이제는 다른 사람이 시중들러 곁에 오는 것조차 싫을 정도야."

"아아, 네에. 아름다운 풍모에다 충심 또한 깊으니 탁월하신 선택이라 사료되어집니다만……."

카낙이 빙그레 웃었다. 마루한이 어리둥절한 얼굴로 그를 바라보았다.

"……만?"

"마루한께서 곁에 두실 만한 인품입지요. 하나, 저런 이가 지척에 붙어 있다는 것을 사무란의 마린께서 아시면 근심하시어 앓아누우실 겁니다."

"그게 무슨 말인가?"

"적적한 군막이니, 하기는 저런 아름다운 이를 항시 곁에 두신다면 밤의 즐거움이나 안위에도 문제가 없겠지요. 젊으나 젊으신 보령, 신은 이해합니다."

가람휘는 펄쩍 뛰었다. 비로소 카낙의 말뜻을 알아차렸기 때문이다. 늙은 재상은 새 친기대장을 그의 침상을 데우는 상대로 오해하고 있었다.

이런 주책바가지 늙은이 같으니라고!

젊은 마루한의 얼굴이 혐오로 일그러졌다. 물론 일부의 사내들이 남자들과 사랑을 나누는 버릇이 있다는 것은 알고 있다. 하지만 그는 그런 데에 전혀 관심이 없었다. 자연스런 천지화합이란, 남녀가 어울리는 일이지, 사내와 사내끼리 침상을 같이 쓰는 일은 아니라고 확신하고 있었던 것이다.

"이런! 재상, 나를 이런 위급한 판국에 한가하게 남색이나 즐기는 사내로 본 것인가? 불쾌하군. 아무리 아름다운 사람이라 해도 난 사내하고의 밤 놀음에는 관심이 없소."

이번에는 카낙의 얼굴이 일그러졌다. 두려움 때문이 아니라 억지로 웃음을 참기 때문이었다.

'이런, 마루한께서는 지금껏 친기대장을 남자로 알고 있는 모양이로구나.'

카낙의 시선이 얼굴까지 붉혀가며 부득부득 부인하는 마루한의 얼굴에 가 박혔다.

'하기는 남장한 모습만 보았을 테고, 사내처럼 큰 키에 덤덤한 모습이니 오해하실 만도 하지.'

카낙은 그쯤 해서 현명하게 입을 다물기로 마음먹었다. 괜히 긁어 부스럼을 만들 필요가 없다 싶었기 때문이다.

젊으나 젊은 두 사람이 곁에 항시 붙어 있는데, 하물며 남녀 사이. 언제 불이 붙을지도 모르고 사고가 날지 모르는 법이다. 남장미인이라 하면 호기심이 생겨서라도 다시 한 번 더 돌아볼 터이고, 그러다가 마루한이 벼리의 손목을 잡아 동침이라도 하는 날이면…….

'사무란의 마린께서 아직 회임을 아니 하셨다. 만에 하나 이곳에서 마루한이 엉뚱한 사고를 치게 만들 수는 없는 노릇이지.'

설사 그 상대가 진정한 마린감이라 항시 생각하던 벼리라 해도 말이다. 남자라고 믿게 내버려 두자. 카낙은 마루한의 오해를 놓아 두기로 했다. 하여 그는 빙그레 웃으며 읍하여 사과하였다.

"노염을 푸소서. 신이 잠시 노망이 들어 지엄하신 마루한께 허튼 혀를 놀렸나이다. 새 친기대장이 사내로서 보기 드문 미목수려한 자라 잠시 달리 보였사옵니다."

"설마 재상, 사무란으로 돌아가 마린에게 이런 말까지 하는 것은 아니겠지?"

가람휘가 카낙을 매서운 눈으로 노려보았다.

"작은 일에도 동당거리는 사람이야. 재상의 말 한마디로 괜스레 제 속을 쥐어박을 사람인지라 말조심하오. 저이하고 나는 오직 신의로운 군신(君臣)관계 말고는 다른 뜻이 없소."

"네네, 그러믄요. 그러믄요."

자신의 머리 위에서 그런 이야기가 오간다는 것도 전혀 모르고 있었다. 벼리는 말을 탄 채 성을 빠져나가고 있었다.

모처럼 한가한 날이었다. 밤잠도 자지 않고 지척에서 마루한을 보필했다. 행여 불편함이 있으려나, 노심초사 제대로 밥술을 넘길 수조차 없었다.

한데 이날, 사무란에서 재상께서 오시었다. 두 분만 독대하시어 밀담을 나누신다 하였다. 곁에서 물리치시니, 갑자기 한가해져 버렸다. 하여 오랜만에 정곡성 일대를 순찰이나 할까 하고 성을 나선 것이다.

행여 정곡성에 머물고 계신 마루한의 일신에 위해를 가하는 자가 스며들까, 적의 간자들이 스며들었을까, 오가는 병사들이 예전보다 몇 배나 더 삼엄한 경계를 돌고 있었다. 일전에 하명한 대로 일사불란하게 이루어지는 군사들의 모습을 점검하며 돌아서는데 막 광장으로 들어서는 불유를 만났다. 완전무장한 차림으로 투구를 옆구리에 끼고 있었다.

"여어."

벼리를 보고 그가 말에서 훌쩍 뛰어내렸다. 반가운 미소가 만면에 어려 있었다.

"어쩐 일이냐? 오늘은 한가한 거냐?"

"망중한이란다."

"힘든 모양이구나. 얼굴에 살이 쑥 빠져 버렸다."

"네 모양도 마찬가지다. 고생이 자심하였나 보지?"

"싸울아비 팔자에 군막에서 잠드는 것이야 예사로운 일이지. 금일은 조모님 생신이란다. 잠시 집에 들르러 성으로 들어왔다."

"그렇지 아니하여도, 내 너희 집으로 잉어 두어 마리 보냈단다."

"고마운 일이로군."

마루한이 정곡성에 와 계시고, 또 벼리가 친기대장이 된 이후에 두 벗은 얼굴 보기도 힘들 만큼 멀어져 버렸다. 마음이 멀어져서가 아니라 서로가 바빠 조용하게 이야기 한 번 나눌 짬이 없어졌기 때문이다. 밤낮으로 마루한을 지켜야 하는 친기대장의 임무도 큰 것이었지만, 불유는 싸울아비들을 실제로 훈련시키고 거느리는 천호장이었다. 병사의 다음번 징발을 대비하여 훈련군막에서 매일같이 살다시피 하는 형편이었다. 이십여 일 그 짧은 사이에도 불유의 얼굴은 거멓게 타버렸다.

"나야 조모님 생신잔치 핑계를 대었으되, 너는 오늘 어찌 틈이 났더냐? 마루한께서 친기대장을 한시도 곁에 떨어뜨려 놓지 않으신다더니."

"사무란에서 재상께서 오셨다. 아마도 오늘 밤은 그분을 위한 잔치가 벌어질 모양이야. 소란하기도 해서 슬쩍 나와 버렸다. 금일은 나를 찾지 않으실 기색이었거든."

저무는 햇살 아래, 시원한 바람이 불어왔다. 약속이나 한 듯이 두 벗은 강이 내려다보이는 주루로 걸어갔다. 늘 그렇듯이 불유와 마주 앉아 정담을 나누자니, 정신없이 뛰어다니던 이 며칠이 아득한 꿈만 같았다.

"서늘해질 줄 알았더니, 더위는 더하구먼."

"그래도 고마운 줄 알아야 해. 그래야 곡식이 익는 법이지."

"하기는."

자리에 앉아 술잔을 나눌 정도로 여유롭지 못하다. 하여 두 사람은 뿔로 만든 잔에 찰찰 넘치게 따른 술을 받아 들고 길가에 서서 목을 축였다. 눈 아래로 흐르는 거대한 강줄기를 바라보았다. 남실대는 청록빛 물이 도도히 흐르고 있었다. 그 주변으로 푸른 이삭을 단 곡식이 심어진 들판이 풍요로운 바람결로 흔들리고 있었다. 단숨에 다디단 술 한 잔을 비운 불유가 벼리를 바라보았다.

"그래, 마루한께서는 언제 도성으로 귀환하신다는가?"

"글쎄. 아직은 별말씀이 없으시다."

마루한이 정곡에 입성한 지 어느덧 달포. 전장에서 입은 일신의 부상도 추슬러야 하거니와, 이리저리 군사들을 다독거리고, 전황을 살피며 다음 전쟁의 판도를 짜야만 했다. 게다가 도성 근처로 해서 무후의 대군이 여전히 포진하고 있다는 소문이 그를 함부로 움직이지 못하게 하는 이유가 되기도 하였다.

"뭐 조만간 움직이시겠지. 재상께서 오신 것은 마루한을 모셔 가려고 하는 뜻이 아니겠느냐?"

"하면은 친기대장인 네가 사무란으로 따라가느냐?"

이 며칠 내내 마음속에 담아둔 근심이었다. 불유가 조심스레 물었다. 벼리는 고개를 흔들었다.

"글쎄, 그것도 아직 결정이 아니 되었단 말이지."

"지척에서 마루한을 모시는 직분이고, 또한 신임이 두터우시니…… 너더러 반드시 가자고 하실 게다."

"싸울아비야 웃전께서 하명하시는 대로 따르는 게지. 이미 그분께 바친 목숨, 내 어찌 사사로운 정을 생각하여 항명할까? 술이나 마시자."

불유의 마음은 불안하고 조마조마한데, 당사자인 벼리의 말은 약 오르도록 태연하였다. 제 일신에 무슨 일이 생기던지, 하명받은 대로 의무에 먼저 충실하고, 할 일부터 하자 하는 성격 그대로였다.

"벼리, 아직도 마루한께서는 네가 여인이라는 것을 알지 못하시더냐?"

벼리가 푸핫하하 웃었다. 버릇같이 그의 손이 왼쪽 볼의 검흔으로 다가갔다. 당연하다는 표정으로 맞받아쳤다.

"나를 여인으로 본다 할지면 오히려 그것이 이상하지. 항시 갑옷으로 무장한 채 뫼시고 있다. 마루한인들 어찌 아시겠던?"
　"……밤마다 지척에서 모시는 친기대장이 실상 여인이라는 것을 알면, 마루한의 얼굴이 어찌 변할까?"
　"여인이든 사내이든 그것이 중요하더냐? 내, 여인이나 일당백이라 자부한다. 해란의 싸울아비로 한 점 부끄러움 없다. 맡은 바 의무를 다하고 있다고 자부한다. 그러면 되는 것이 아니냐?"
　"하긴 그렇긴 하지만…… 그래도……."
　지금껏 말하지 못한 한마디를 이날도 불유는 꿀꺽 삼키고 말았다. 앞에 선 이가 말하지 않으면 죽어도 그가 먼저 말하지는 못할 것이 있는데…… 감추어두어 병이 되었지만, 끝내 말하지 못하고 있는 그 말이 있는데…….
　이렇듯이 곁에 있으나 너무 멀게만 보이는 벗의 옆얼굴을 바라보았다. 자꾸만 멀어지는 것 같은데, 그 사람을 잡을 방도를 알지 못하는 어리석은 사내가 쓰디쓴 술을 한 잔 더 청하였다.
　하나 아직 곁에 있을 수 있어. 불유는 벼리의 옆얼굴을 바라보다가 고개를 돌렸다. 하늘을 우러렀다. 말 못하는 그 말을 허공으로 떠나보냈다.
　'아직은 이 사람이 내 곁에 있어.'
　쓸쓸하게 스스로를 위로하는 거짓말은 어제도 오늘도 똑같고 내일도 똑같을 테지만, 평생을 간다 해도 심중에 꼭 묻어둔 말을 할 수는 없을 테지만, 그대가 나를 벗으로 여겨 옆에 있어만 주신다면, 내 더 이상은 바랄 것이 없구나, 아사벼리.
　"흠, 내 얼굴에 무엇이 묻었더냐? 왜 그리 골똘하게 바라보는 게냐?"

어쩐지 낯설게만 느껴지는 벗의 시선에 벼리가 열없게 웃었다. 불유도 따라 미소 지었다. 그때였다. 망연히 앞산을 향해 고개를 돌리던 벼리의 눈이 휘둥그레졌다. 깜짝 놀라 부르짖었다.

"아니, 저것은!"

불유도 화들짝 놀라 벼리의 시선을 따라갔다. 도성과 급한 연락을 하게 되어 있는 앞산의 봉화대였다. 저쪽 끝 산줄기에서부터 산맥을 따라 검붉은 연기가 피어올라 점점 더 가까워지고 있었다.

"설마……."

두 사람은 하얗게 질린 얼굴로 서로를 마주 보았다.

"믿, 믿을 수 없다. 어떻게…… 저런 일이……?"

긴급한 때가 아니면 절대로 피워지지 않는 봉화가 올랐다. 웅성웅성 사람들이 떼 지어 성벽으로 달려가 개미 떼처럼 붙었다. 목을 빼들고 봉화대를 올려다보았다. 하나같이 극심한 충격에 빠진 얼굴들이었다. 너무나 믿기지 않은 일이라, 절대로 믿고 싶지 않다는 망연자실한 표정들이었다.

벼리가 하얗게 질린 입술로 간신히 뱉어냈다.

"어떻게 사무란이, 도성이…… 적들에게 함락될 수가 있단 말인가?"

단 이십여 일 만에 위태롭던 평화는 다시 깨졌다.

第四章

"대인(大人)이란 어떤 사람입니까?"
"하나를 버려 모두를 구하고
모두를 버려 하나를 구하는 사람이다."

쨍그랑. 마루한의 손에서 잔이 떨어졌다. 효흰국에서 들여온 귀한 유리잔이 바닥에 떨어졌다. 처절한 비명을 지르며 박살이 났다.
 순식간에 마루한과 중신들이 모여 있는 대 장방(회의장)의 시간과 공간이 얼어버렸다.
 너무나 엄청나 믿을 수 없고, 너무나 기막혀 부인하고 싶은 일이었다. 있을 수 없는 일이라 믿었기에 거짓이라 부르짖고 싶었다. 그래서는 안 되는 일이 일어난 것이기에, 절대로 벌어져서는 안 되는 일이 지금 일어난 것이기에.
 "뭐, 뭐라고? 지금 뭐라고 하였느냐?"
 "마루한, 으흐흐흑흑……."
 형편없이 지치고 더러워진 얼굴을 한 전령이 마치 자신의 죄인 양 엎드려 통곡했다. 차마 더 이상은 말을 잇지 못하고 비통하게 흐느꼈다.

"다, 다시 말하라. 네가 지금 무슨 말을 하고 있는 것이냐?"
"망극하옵니다. 사무란이…… 수도가 함락되었습니다."
"믿을 수 없다!"

성안의 커다란 방은 경악의 침묵에 휩싸였다. 그러나 이내 비통한 웅성거림으로 가득 찼다.

"어떻게, 그런 일이 벌어질 수 있단 말인가?"

가람휘가 발을 굴리며 격하게 소리쳤다. 사무란에서부터 달려온 급박한 봉화를 보고 말씀 올린 죄뿐인 전령이 다시 머리를 바닥에 박았다.

이내 문이 다시 열리고 말을 탄 그대로 세 사람의 사내가 들이닥쳤다. 사무란에서부터 필사적으로 탈출하여 보름 밤낮으로 말을 달려온 수비대의 싸울아비들이었다. 흐느끼며, 마루한의 발치에 몸을 던진 채 비통하게 아뢰었다.

"마루한, 도성이 무너졌습니다. 통촉하여 주십시오."
"재상께서도 도성을 비운 터라, 신 등은 철통같이 방비를 하였사오나……."
"적들이 산을 넘어 내해(內海)로 진입하였나이다. 하여 허를 찔리고 말았나이다."
"자세히 말하라. 세세하게 하나도 남김없이! 대체 이것이 어떻게 된 일인지 말하라!"

격앙된 마루한의 고함 소리가 방 안에 메아리쳤다. 감히 어느 누구도 황망하고 원통하여 차마 입을 벌릴 수가 없었다. 쥐죽은 듯한 침묵만이 가득했을 뿐이었다.

"소문에 이르기를, 무후의 아칸*이 흑군이란 자와 손을 잡았다 합니다."

흑군이란 한마디에 얼음처럼 굳어 있던 침묵이 쨍 하니 금이 갔다.

언제부터인가 은밀하게 쉬쉬하며 들려오는 이름 하나가 있었다. 천하의 재보와 정보와 인물들을 제 손아귀에 집어넣고 마음 내키는 대로 이 나라 저 나라를 주유하며 천하의 대계를 쥐락펴락한다는 수수께끼의 인물이 있었다.

정(正)도 아니요, 사(邪)도 아닌 자. 오롯이 스스로의 계획에 따라 정세를 조종하며 전쟁을 만들기도 하고 평화를 만들기도 하며 움직이는 암흑의 인물이 드러났다. 사무란을 함락시키는 데 그가 힘을 보탰다 한다.

소문으로는 익히 들었으되, 누구도 그의 실체를 본 바 없고 경험한 적이 없다. 드러난 바 없으니 허상이라 믿었다. 한데 그 인물이 해란의 적이라 한다. 믿을 수 없어 가람휘가 다시 한 번 확인하였다.

"사실인가? 흑군이란 자가 무후와 손을 잡은 것이 확실한가?"

"그렇지 않으면 적들이 어찌 사무란성이 텅 비어 있다는 것을 알았을까요? 게다가 그들은 배를 지고 산을 넘어 우리의 내해로 들어오는 수법을 썼습니다. 땅에서만 싸울 줄 알지 바다에 대해서는 무지한 무후 놈들이 할 짓이 아닙니다. 분명, 천하의 정보를 한 손에

---
*아칸:무후국의 왕을 일컫는다

쥐고 있다는 그 비열한 흑군과 무후가 손을 잡은 것입니다."

"으으음……."

"적들이 내해로 진입하여 방어선을 뚫고 사무란으로 들어오는 데는 겨우 이틀이 걸렸나이다. 그야말로 전광석화라 할 것이니, 도성의 성벽을 수비하던 어림군이 눈치챘을 때는 이미 왕성을 빼앗긴 후였나이다."

말을 하면서도 전령은 그들이 당한 기막힌 일이 믿어지지 않는 듯 계속해서 흐느끼고 있었다.

마루한이 길게 탄식하며 한 손으로 이마를 짚었다.

"적이로되 절묘하구나, 절묘해. 내 그는 미처 생각지 못하였다."

단단히 허를 찔렸다. 사무란을 둘러싸고 있는 것은 내륙 쪽으로는 사막과 험준한 산맥, 안으로는 바다였다. 내해로 들어오려는 배들만 막는다면 누구도 침범하지 못하는 철통같은 방어선이라 믿었다. 하여 내해로 면한 해안가는 거의 무방비나 다름없고 성벽도 없었다. 그것을 잘 알고 있었던 적은, 배를 어깨에 짊어지고 산을 넘어 내해로 다시 역진입하는 작전을 썼다 한다.

가람휘는 한 손으로 이마를 괴고 깊이 한숨을 쉬었다.

첩첩산중, 갈수록 태산이라 하더니, 풀리기는커녕 더욱더 혼미한 안개 속으로 정국이 이끌려 들어가는 듯한 느낌이 들었다. 게다가 이런 사태는 절대로 그가 의도한 바가 아니었다.

"참으로 이상하구나. 흑군이란 자와 우리는 한 번도 척을 진 적이 없는데 왜 그가 무후와 손을 잡았단 말인가? 서로가 서로를 간섭하지 않고 적대하지 않으면 이는 말하지 않아도 동맹이라 생각하였는데……. 감히 그자가 어떻게 그런 짓을 저질렀을까?"

"마루한, 어찌 흑군이란 야만스런 자와 우리 해란국을 같은 반열에 두고 보시는지요. 흑군, 그자야말로 더없이 교활하고 음흉하니, 충분히 간에 붙었다 쓸개에 붙었다 할 만합니다. 음험한 그자야말로 이익이 된달지면 어디든 손을 잡는 표리부동한 자가 아닙니까?"

청수 장군의 말에 재상 카낙이 반박했다.

"반드시 그리 생각할 일만은 아닙니다. 소인은 아주 심각한 일이라 생각하나이다, 마루한."

"어째서 그렇게 생각하오?"

"소문에 듣기에 흑군이란 자는 천하의 정세를 제 손바닥에 놓고 보는 자라 하였나이다."

"나도 그렇게 들었소."

"그런 자가 무후와 손을 잡았다면, 결국 그가 판단하기로 이 전쟁의 승패를 벌써 점쳤다는 이야기가 아닙니까?"

"재상의 말은…… 흑군이 무후와 손을 잡은 것은, 그렇다면 이 전쟁에서 그가 우리 해란을 포기하고 무후에게 패를 던졌다, 그 말이오?"

마루한의 물음에 감히 아무도 대답하지 못했다. 그런 침묵 안에서 사무란을 탈출한 병사는 그날의 참혹한 사태에 대하여 계속하여 고변하였디.

"그날 무후의 병사들이 왕성을 점령하고 난 뒤, 방(訪)을 붙여 이르기를 단번에 항복하지 않는다면 초토화를 시키겠노라. 여자와 아이들까지 전부 죽이겠다는 데에서 더 이상 무엇을 어찌할 것입니까? 마루한도 아니 계시고, 재상께서도 자리를 비우신 이때, 분명 적들은 사무란에서 벌어지는 일들을 소상하게 알고 있었던 것입니다. 흑흑흑. 하여 어이없이 당하고 말았나이다."

 침착하게 민심을 수습하고, 일사불란하게 군사를 지휘하여 적들을 상대할 우두머리가 아무도 없었다는 것이 사무란의 비극이었다. 말을 채 잇지 못하는 전령을 대신하여 다른 병사가 다시 아뢰었다.

 "무후의 잔악함이란 이미 널리 소문나 있지 않나이까? 결국은 제대로 싸우지도 못하고 두려움에 떨며 모든 사람들이 무기를 손에서 내려놓고, 자비를 바라는 터였으니. 결국, 결국…… 막재 장군께서…… 불필요한 살육을 하게 내버려 둘 수는 없다 하여…… 결국 검을 내리고 항복을 자인하였나이다."

 가람휘는 가만히 고개를 끄덕였다. 항복한 장군을 탓하고 싶은 마음은 털끝만큼도 없었다. 오히려 그렇게 항복하여 희생을 줄였다는 데에서 안도감마저 들었다. 그가 사무란에 있었어도 그렇게 완전한 기습을 당했다면 어쩔 수 없었을 것이다.

 무후의 병사들이 한 번 쓸고 나가면 그야말로 '초토화'가 된다지. 말 그대로 인간의 흔적을 전부 지우고 성 전체를 들판으로 만드는 것이다. 살아 있는 생명은 전부 죽이고 사람의 손을 거친 모든 것들은 전부 갈아엎어 짐승이 풀을 뜯는 유목지로 만들어 버린다 했다. 벽돌 한 장, 기왓장 하나까지 다 흙으로 덮어버리는 것이다.

 분노조차도 하지 못하게 철저히 절멸을 시켜 버림으로써, 무후의 군사들은 적국들에게 철저한 공포(恐怖)를 주었다. 다만 항복한 적에 대해서는 한껏 너그러운 얼굴을 가졌다 한다. 그 흔한 약탈도, 강간도, 살육도 하지 않는다 소문이 났다. 그럼으로 하여 대적하지 못할 바에야 스스로 항복하거나 물러나거나 양보를 하게 만들었다. 그 짧은 시간 안에 북쪽의 야만인들이 그렇게 큰 세력으로 팽창한 것은 바로 그러한 데에 이유가 있었다.

"적이지만 그는 존경할 만하지."

가람휘는 더없이 쓰디쓰게 내뱉었다.

"침략해서 일단 점령하면, 항복한 상대에 대해서는 약탈도 아니하고 부녀자를 괴롭히지도 않는다지. 반항하여 초토화되느냐, 항복하여 아무 일 없이 살 수 있느냐를 선택해야 한다면…… 약한 백성들이 대체 무엇을 선택할 수 있겠는가? 막재 장군은 잘못한 게 아니다. 올바른 선택을 하였다. 일순간의 수치를 무릅쓰고 백성의 목숨을 구함이니…… 그는 진정 해란의 또 한 분 영웅이시다."

군주의 나지막한 뇌까림에 병사가 울며 다시 엎드렸다.

"망극하옵니다. 어림군 수장인 막재 장군께서는 그날 항복의 죄를 물어 스스로 자진하셨나이다. 죽음으로 마루한께 용서를 구하셨나이다."

"뭐라? 막재 장군께서…… 자진하였다고……?"

예상치 못한 바는 아니었다. 고지식하고 충성심 강한 그가 수도를 방비하는 자신의 임무를 다하지 못했다. 자긍심 강한 막재 장군이 어떤 선택을 하였을까 생각해 보면 해답은 아주 쉬웠다.

'하지만 살아 있어주기를 바랐소. 이렇게 위급한 때에 굴욕이라도 좋으니 살아 있어주기를 바랐는데……. 이 못난 사람을 홀로 놓아두고 그대만 먼저 가버린 거요?'

차마 하늘을 볼 수가 없다. 두 손으로 얼굴을 가린 마루한의 입술 사이로 젖은 목소리가 희미하게 새어 나왔다.

"누가 죽어라 허락하였던가, 못난 사람! 살아 이날의 수치를 씻을 생각을 하였어야지……. 어이할꼬? 어이할꼬? 군주를 잘못 만나 아까운 인재가 무수히 죽는구나. 죄 많은 사람은 바로 나이거늘…… 이 몸이거늘……."

자책하는 목소리가 빗물처럼 흘러내렸다.

"항복이 무엇 큰 죄라고…… 질 것이 뻔한 싸움에서 물러나는 일이야말로 진정 용감한 일이거늘, 생명을 살리는 일이거늘, 그것이 무엇 큰 죄라고 자진을 하셨던가?"

"망극하옵니다, 마루한."

군주의 눈물 앞에서 감히 어느 누가 통분치 않으랴. 중신들 전부 고개를 돌리고 소매로 눈물을 닦았다. 그런 사이에서 차마 소리를 내지도 못하고, 부끄러운 줄도 모르고 해란의 젊은 군주는 숨죽여 눈물을 흘렸다.

망국의 슬픔이라 하는 것이다. 대국의 군주라 우러름받고 귀하게 자라왔지만, 현실은 무정하고 잔인하였다. 손 한 번 써보지 못하고 도성을 잃고 궁벽한 성에 피신하였다. 스스로의 치졸한 모습이 너무나 한심하고 민망하였다. 백성을 버리고 홀로 살아남은 군주라니. 부끄럽고 염치없어 가슴이 터졌다.

"통촉하시옵소서, 마루한. 이렇게 슬퍼하신다고 하여 도성을 다시 찾을 수 있는 것도 아니옵니다. 심기를 진정하시옵고, 당시의 상황을 좀 더 자세히 들어보시옵소서."

얼마 후, 재상 카낙이 앞으로 나와 마루한을 만류하였다. 간곡하고 진정 섞인 말에 간신히 서러운 눈물을 훔쳤다. 가람휘는 다시 떨리는 목청으로 사람들의 안부를 물었다.

"허면 왕성의 사람들은 어찌 되었는가? 무사하신가? 아니, 무사하실 리가 없지."

말은 그리 하면서도 가슴 한구석에서는 실낱같은 기대를 하고 있었다. 다른 사람은 몰라도 마루한의 어머님과 아내를 무사하게 보호하여 피신시켰을 거라는 이기적이고 염치없는 생각을 하고 있었다. 물론 그 순간에 그런 생각밖에 하지 못하는 자신에게 몸서리치면서도 가람휘는 성급하게 다시 물었다.

하나 그것 역시 그의 헛된 꿈이었을 뿐이다. 전령은 망극하여 다시 이마를 바닥에 찧었다.

"죽여주시옵소서, 마루한. 너무나 급박하게 왕성이 점령되는 바람에…… 대 마린님과 마린님께서는…… 미처 피신하지 못하셨나이다. 그만…… 적병에게 인질로 억류되셨습니다."

더 깊은 침묵과 적막함이 공기를 타고 돌았다. 그래, 이것이 현실. 사랑하는 자들을 지켜주지 못하고 적들에게 내주고도 아무런 일도 하지 못하는 무력함이라니……. 믿고 싶지 않아도 믿어야만 하는 현실이었다. 슬픈 패국의 현실이었다. 가람휘는 천천히 고개를 끄덕였다.

"그래, 그렇게 되었구나……. 누구의 죄라 할 것이냐? 다 내 덕이 모자란 탓이지. 어리석고 힘 약하여 못난 군주로 망신을 당하였는데, 이날 나는 못난 아들, 못난 지아비까지 되고 말았구나."

패국의 군주가 흘리는 눈물은 독액처럼 쓰디썼다. 누가 나서 위로해 줄 수 없고 누구도 나서 가라앉혀 줄 수 없는 눈물이기에 더 비통하고 슬픈 그 눈물은, 아주 오래도록 계속되었다.

'아련나, 아련나…… 못난 지아비를 용서하지 말아다오. 널 지키지 못한 내가, 어찌 사모한다 말할 자격이 있으랴.'
깊은 밤, 홀로 된 침실 안에서 젊은 마루한이 흘린 눈물은 핏빛 강물이었다.
더없이 절통하고 아팠다. 체면도 위엄도 사라진 지금, 오직 한 사내로, 한 지아비로 그는 울었다.
몰락한 사무란성에 남겨져 말 못할 고초를 겪고 있을 사랑하는 사람을 생각하며 울었다.
언제 한번 험한 꼴이라도 당해본 사람이라면, 억센 잡초같이 밟혀도 일어서는 강한 사람이라면 근심은 덜하고 가슴앓이는 약했을 텐데. 하지만 그가 사랑하는 정인은 보드라운 비단보다 더 결 곱고, 새로 핀 꽃잎보다 더 야들한 사람이었다. 그가 없으면 아무것도 아닌 여자, 그의 곁이 아니면 아무것도 할 수 없는 여자였다. 그의 기쁨이 되고 사랑이 되고 웃음이 되지 못하면 존재하지 못할 그녀를 두고 지금 그는 이곳에 홀로 누워 있었다.
"아련나……."
다시 한 번 비통한 이름이 이를 악문 마루한의 입술 사이로 흐느낌이 되어 새어 나왔다.
'막재 장군이 먼저 항복하였으니, 부녀자를 괴롭히는 일은 없다 믿어야지. 그리 믿어야지. 다행이다 믿어야지. 하나 그대는 나의 마린. 패망한 나라의 왕녀들은 왕왕 말 못할 일을 싫어도 겪어내야 한다는데, 어이할꼬. 아련나, 그대를 내 어이할꼬?'

그가 대지(大地)라면 마린 아련나는 꽃. 해란국 최고의 미녀라 일러도 모자람없이 아름다운 그녀는 봄날 햇살같이 상냥하고 고왔다. 하늘 아래 향기 흩날리는 무지개 향나무처럼 미려하고 우아했다. 마루한은 비길 데 없이 깊이, 깊이 그 여인을 사랑했다. 그런 정인을 빼앗긴 사내의 마음이라니……. 생사조차 알 수 없는 이 상황에서 그가 할 수 있는 일이 아무것도 없음이라니…….

그 누구에게도 다시는 눈물을 보일 수 없는 군주가 밤새 흐느껴 울던 그 밤, 문 하나를 사이에 두고 친기대장인 벼리도 밤을 꼬박 새웠다. 사내로 태어나 울지 않는다 하는데, 그런 사내가 참지 못하고 흘리는 눈물이라니. 그런 눈물을 흘리는 군주를 밤새 지키는 자의 이름은 문밖의 아사벼리였다.

그분이 사모하는 마린님이 아니면 절대로 위로할 수 없고 아물게 해줄 수 없는 상처요 비통함이기에, 닦아줄 수 없는 눈물이기에.

벼리는 가만히 문가에 얼굴을 가져다 댔다.

'차라리 저에게 명령하십시오. 적진으로 파고들어 가 검을 휘둘러 마린을 구해오너라 하십시오, 마루한. 이 몸은 피와 살을 끊어내도 그렇게 하고 싶습니다.'

단 한 분. 아사벼리의 태양. 유일하게 존경하고 흠모하는 마루한에게 아무것도 해드릴 수 없다는 무력감으로, 그 또한 꼬박 밤을 같이 새웠다.

소중한 것을 잃어본 적이 없다. 그 정도로 누군가에게 심장을 나누어준 적이 없기에 그분의 비통함을 전부 공감한 것은 아니었다. 그러나 단 하나 벼리에게 있어 선(善)이란, 존경하는 마루한께서 행복해지는 것.

성급한 새벽빛이 마루한의 침실을 찾아올 무렵에서야 간신히 숨죽인 남자의 흐느낌이 그쳤다. 침묵뿐인 그 방 바깥에서 벼리는 아주 오랫동안 가만히 서 있었다. 지금 이 순간 상심에 잠겨 상처받은 짐승처럼 서성거리며 아파하고 있는 마루한을 위하여 할 수 있는 일이란 무엇이 있을까?

"친기대장."

오정이 지나 마루한의 방문이 열렸다. 벼리를 바라보는 마루한의 눈은 여전히 시뻘겠다. 한잠도 자지 못한 듯싶었다. 벼리는 한 무릎을 꿇고 마루한의 하명을 기다렸다.

"말을 대령하라. 성을 한 바퀴 돌 것이다."

"존명."

황금으로 비룡을 아로새긴 안장이 말에 올려졌다. 구종의 도움도 받지 않고 가람휘가 훌쩍 말등에 올라탔다. 그는 관(冠)도 쓰지 않고 간편한 군복 차림이었다. 어젯밤 입었던 옷 그대로였다. 마루한의 위신에 어울리지 않게 옷자락이 보기 흉하게 구겨져 있었다. 그를 호위하기 위해 따라 붙으려는 친위대를 바라보다가, 손을 들어 제지했다.

"친기대장 말고는 아무도 따르지 말라. 오늘은 내 홀로 달리고 싶으니."

그리고는 바람처럼 먼저 달려가 버렸다. 벼리도 날쌔게 자신의 말에 올라탔다. 행여 그분을 놓칠세라 박차를 가했다.

길을 알고나 있으실까? 상심하시어 혹여 말고삐라도 놓치지는 않으실까? 낙마하시어 옥체라도 상하시면 아니 되실 터인데.

가람휘를 따라가는 벼리의 마음속에는 온갖 근심이 솟아났다. 무심한 그녀로서는 스스로 놀랄 정도로 자디잔 걱정들이 많아졌다. 누군가를 마음에 담고 흠모한다는 것은 그 사람에 대한 그런 걱정들을 대신해 주는 것인가 보다.

몇 식경을 달렸을까? 두 마리의 말은 어느새 정곡성을 내려다보는 앞산까지 달려와 버렸다. 봉화대가 세워진 바로 그 산이다.

가파른 산길을 따라 올라가는 말 배에서는 땀이 뚝뚝 떨어졌다. 잔가지가 얼굴을 후려갈겼다. 잔 돌멩이들이 말발굽 아래에서 부서졌다. 까마득한 절벽 아래로 굴러 떨어졌다.

휘청휘청, 강한 말 다리조차 꺾일 정도로 힘든 길이었다. 그럼에도 마루한은 속력을 늦추지 않았다. 마음속에 든 좌절과 분노를 토해내듯 계속해서 채찍질을 해댔다.

이윽고 그들은 천 장 단애 끝에 서게 되었다. 봉화대는 건너편, 그들이 선 절벽과 좁은 나무다리로 연결되어 있었다. 말이 건너가기에는 무리였다. 말조차도 까마득한 아래로 떨어지는 것이 무서운 듯 히이힝 울며 한 발자국 물러났다.

"길이 끝났군."

가람휘가 탄식하듯 한마디 내뱉었다.

끝이 보이지 않는 아래에서부터 돌풍이 불어올라 옷자락을 휘날렸다. 그가 건을 벗어 들었다. 세찬 바람에 마루한의 긴 머리가 흩날렸다.

"더 이상은 길이 없어. 갈 수가 없어."

벼리를 돌아보는 마루한의 눈이 참 슬퍼, 너무 절망스러워 아무 말도 할 수 없었다. 어제처럼 눈물을 흘리는 것도 아닌데, 소리 내어 흐느껴 우는 것도 아닌데, 벼리는 그의 심장에서 흘러내리는 비통한 핏물을 느낄 수 있었다. 이제는 차마 울지도 못하는 이 사내의 절망을 보았다.

누구한테 들어라 하는 말도 아니었다. 앞에 벼리가 선 것도, 귀 기울여 듣는 것도 생각하지 못하는 듯했다. 다만 아무도 없는 이곳에서, 터져 버릴 것 같은 답답한 마음을 속 시원하게 털어놓으려 하는 것일 뿐.

"마음 같아서는 이대로 죽 달려가고 싶구나."

"위험하십니다, 마루한."

"그 사람이 기다리고 있을 사무란까지……. 아까 말을 달릴 때까지만 해도…… 지금 혼자 울고 있을 그 사람 곁으로 쭉 단숨에 갈 수 있을 것만 같았는데, 여기서 길이 끝나 버렸다. 그 사람에게 갈 수가 없어. 방법이 없어."

그가 손에 쥐었던 건을 허공에 날렸다. 비룡(飛龍)이 새겨진 비단 건(巾)이 돌풍을 타고 허공으로 치솟았다. 멀리멀리 하얀 새처럼 날아갔다.

"사무란으로 날아가 주었으면…… 내 마음이 이 같음을 그이에게 전해주었으면……."

그가 고개를 돌려 씩 웃었다. 웃는데도 우는 것 같은 눈을 하고 내내 웃었다.

"친기대장, 내가 미친 것 같으냐?"

"아, 아닙니다."

"웃어도 좋다. 일국의 군주라는 인간이 이렇듯이 유약하고 사사로운 정(情)에 얽매여 있음을 비웃어도 좋다. 하나, 나는 마루한이기 이전에 다만 한 여인을 사랑하는 사내이다. 아니 그러한가?"

"그렇사옵니다, 마루한."

"그대도 한 사내로서 사랑하는 정인이 있다면 내 말을 이해할 터."

가람휘가 두 손으로 얼굴을 쓸어내렸다. 찬바람에 애먹은 얼굴을 가리듯이, 배어나는 슬픔을 억지로 가리려는 듯이.

"내 여인 한 사람도 건사하지 못하는 사내가 어찌 만백성의 아비가 되어 마루한의 위엄을 내세울까? 나는 내 사람을 그리는 이 마음이 하나도 부끄럽지 않다."

"알고 있습니다, 그 마음."

벼리는 나직하게 속삭였다. 상처받은 얼굴을 하고도 당당한 하늘이 되려는 사내를 바라보며 진심을 다해, 마음을 다해 대답했다.

"도련 계곡의 전투에서, 부상당한 몸으로도 단신으로 말달려 나가 장군을 구하시던 그 마음이라면, 어찌 잊겠나이까?"

세상 사람 하나하나가 전부 다 당신에게는 가장 귀한 사람, 비길 데 없이 소중하여 반드시 지키고 보듬어야 할 사람이지. 하물며 평생을 나누자 언약하고 우르 신 앞에서 정분 맺어 혼인한 여인이라면, 그에게 어떤 의미일지 말하지 않고도 읽어낼 수 있었다. 세상 전부, 심장 전부라는 말이 정확할 테지.

마루한의 시선은 이제 한 개 하얀 점으로 화한 그의 건으로 가 닿아 있었다. 아득한 산맥 너머, 저 너머, 사무란으로. 사모하는 여인이 있는 그곳으로 달려가고 있었다. 나지막한 목소리가 새어 나왔다.

"일편단심(一片丹心), 항구여일(恒久如一). 내가 출정할 때 그 사람이 수놓아준 것이지."

그가 허리춤에서 단검을 빼들었다. 저무는 햇살 아래 날카로운 검신에서 새하얀 빛이 반짝였다.

"이것을 보아다오, 친기대장. 여기에도 그 말이 새겨져 있지. 혼인할 적에 그 사람이 내게 이 검을 예물로 가져왔다."

변치 않는 사랑의 맹세. 하늘이 맺어준 천연의 사랑이니 사람의 힘으로는 끊지 못할세라.

벼리는 신음을 삼켰다. 말릴 사이도 없었다. 가람휘가 그 검으로 자신의 긴 머리타래를 단숨에 반 나마 잘라 버렸던 것이다. 검은 머리카락이 돌풍을 타고 천지사방으로 날려갔다.

"하늘과 땅을 증인 삼아, 나는 이 머리카락이 다 자라기 전까지 반드시 사무란으로 돌아갈 것이다."

노을에 젖은 눈물이 어려 그의 눈이 핏빛으로 물들었다.

"맹세한다. 그 사람이 기다리는 그곳으로 다시 돌아가리라. 내 조상들이 잠들고, 내 백성들이 살고 있고 내 정인이 울며 기다리는 곳으로 나는 반드시 돌아간다. 이 엄숙한 맹세를 저 하늘과 저 산하와 한 인간이 들었으니, 이것은 해란의 마루한이 정한 바, 반드시 이룰 서약이다."

그는 오래도록 움직이지 않았다. 해가 저무는 서녘을, 갈맷빛 산줄기 너머, 저 너머를 바라보며 하염없이 서 있었다. 그런 마루한의 뒤를 벼리는 지켰다. 움직이지 않는 석상처럼 서서 흠모하고 존경하는 이의 쓸쓸하고 서러운 뒷등을 지켰다. 지금 그가 할 수 있는 일은 오직 그뿐이었기에.

밤이 깊어갔다. 달이 떠올랐다.

바람은 더 세차게 불어왔고, 싸늘한 기운 따라 산새가 울었다. 겉옷도 걸치지 않고 얇은 홑옷 한 겹. 혹여 고귀하신 분의 옥체에 고뿔이라도 덤벼들까 저어스러웠다.

"밤공기가 찹니다, 마루한."

"그렇군."

"깊은 산이라, 혹시 사나운 짐승이라도 나타날까 소장은 두렵나이다."

"신장과 같은 무술 솜씨를 자랑하는 친기대장이 내 곁에 있다. 무엇이 두려울까? 이 밤만 나의 치기를 용서하라."

"허면 신이 불을 피우겠나이다."

가람휘가 고개를 흔들었다. 그의 시선은 창공의 달에 가 박혀 있었다.

"산에 올라 달을 보니…… 한결 더 밝은 듯하군."

"열사흘 달입니다. 보름이 가까우니 그러하지요."

꾸밀 줄 모르는 무뚝뚝한 말에 그가 잠시 미소를 짓는 듯했다. 그가 몇 발자국 옮겨 커다란 나뭇등걸 아래 등을 기댔다. 벼리는 잠시 망설이다가 자신이 걸쳤던 겉옷을 벗어 그분의 어깨에 걸쳐 드렸다.

"서 있지만 말고 앉으시게. 친기대장의 키가 하도 커서 바라보기 목이 아프구먼."

아까보다는 한결 가라앉은 목소리였다. 비록 완전히 가라앉지는 못하였지만, 어느 정도 내심을 갈무리하고 심기를 진정시킨 듯싶었다.

"망극하옵니다."

벼리는 마루한의 하명에 따라 몇 발자국 떨어진 바위 곁에 등을 걸쳤다. 강한 선을 그리는 마루한의 옆얼굴을 감히 우러렀다. 아름다운 분의 모습을 한가득 눈에 담았다.

"저 달 속의 무늬."

"네, 마루한."

"월궁항아의 모습이라지?"

"그렇다고 들었습니다."

어차피 벼리가 대답하지 않아도 계속했을 이야기였다.

말하지 않으면 터져 버릴 것 같은 마음을, 끓고 있는 속내를 어딘가에, 누구에겐가 털어놓지 않으면 미쳐 버릴 것 같아 이곳으로 홀로 달려나왔다. 가람휘에게 있어 과묵하고 그저 들어주기만 하는 친기대장이란 참 좋은 말벗이었다. 하여 누구에게도 말하지 않았던 속내가 줄줄 딸려 나오는 것이었다.

"그대는 아는가? 항아가 저리 달 속에 갇히게 된 이유를 말이야."

"그런 이야기는 듣지 못했나이다."

"항아는 아름답지만 참으로 이기적인 여인이었던 게지. 남편이었던 예가 불사약을 구해서는 부부가 함께 먹자 생각하고 아내에게 맡겼는데, 그녀는 그 불사약을 혼자 먹은 것이야. 그리고 남편의 노여움이 무서워 달로 도망간 거지. 그리하여 평생 저곳에 홀로 사는 벌을 받았다고 하지."

"……허면 항아는 비정하고 나쁜 여인인 게지요."

"저 달을 보면…… 나는 언제나 그 이야기가 생각나고, 마린이 생각난다."

그의 말은 듣지도 않았다. 마루한에게 벼리의 대답은 역시나 필요없었다. 오직 침묵하여 들어주는 일밖에는. 그것만이 그녀에게 허락된 일, 또 그녀가 할 수 있는 유일한 일이었다.

"혼인하여 첫 번째 보름을 즐기던 날, 그 전설을 궁녀가 말해주자 마린이 울었다."

"어째서……?"

"부부는 일심동체, 세세연년 같이하자 맹세하여 놓고 어째서 그를 배신하였느냐고."

"아……!"

소첩은 절대로 그런 계집이 되지 않을 것입니다. 우리는 신의와 진정으로 맺어진 부부이니, 천년만년 지나도 끊어지지 않는 사모지정이요, 마음을 가질 것입니다. 그리 말하고 싶었던 거지.

아내를 생각하는 사내가 홀로 미소 지었다. 아무리 달래도 눈물을 뚝뚝 흘리던 아런나의 모습이 둥근 달 속에 선연하게 떠올랐다.

결국 아까운 그 눈물을 그치게 해주고 싶어 가람휘는 뜨거운 입술로 아내의 눈물을 받아 마셨다. 강한 팔로 안아 들어 침실로 모셔가, 열풍이 이는 뜨거운 밤의 열정으로 그 눈물을 잊게 만들었다.

"그런 사람이었다, 내 마린은."

그를 향해 품은 사랑을 깨끗하게 간직하는 것 말고는 다른 아무것도 알지 못하는 사람이었다. 고운 그 사람의 혈관에는 핏물 대신 사랑이 흐르고 있을 게다.

사랑하고 사랑받는 것 말고는 아무것도 생각지 않는 고운 사람. 그런 이가 지금 못난 자신으로 인해 말 못할 고초를 겪고 있으리라 싶으니, 생각만으로도 가람휘는 미칠 것만 같았다. 낳아주신 어머니 또한 똑같은 고초를 겪고 계시겠지만 적어도 그분은 큰 어른, 마린의 위엄과 책무를 아시는 분이기에 차라리 걱정이 덜했다.

두 사람이 앉은 밤의 그늘로 적막한 침묵이 오래도록 머물다 지나갔다. 한 사람은 할 말이 너무 많아 말 못하는 것으로, 다른 한 사람은 그분의 상심 앞에서 감히 드릴 말씀이 없어 입 다문 터이므로.

"마루한, 무엄하다 말씀하시지 않으면 감히 소장이 한 말씀 드려도 되겠는지요?"

낮은 목소리가 어둠을 찢었다. 가람휘는 벼리가 앉은 곳으로 고개를 돌렸다. 어둠 안에서 잘 보이지 않는 하얀 얼굴이 덩어리 같은 것으로 떠 있었다. 어쩐지 든든했다. 그냥 저기 앉아 있어주는 것만으로도 의지가 되고 빈 마음이 조금은 채워지는 기분이었다.

"말하라."

"옛말에 이르기를 아무리 귀한 것도 사모하는 이를 당할 수 없으며, 아무리 좋은 일도 더불어 하지 않으면 의미가 없다 하였나이다."

"옳은 말이구나. 하여 더 쓰라린 말이로구나."

"이 밤에 소장이 감히 마루한의 깊은 속에 감추어진 말씀을 홀로 전하여 들었나이다. 두 분께서 이토록 사모하심이 깊음을 알았나이다. 하여 소장은…… 무슨 수를 쓰더라도, 두 분이 다시 만나기를 바라나이다."

겨우 말 한마디인데도, 그것은 위로가 되었다.

일국의 군주가 되어 겨우 여인 한 사람 때문에 깊은 상심에 빠져 어찌할 바를 모르느냐고 질책할 줄 알았다. 못난 사내요, 못난 군주라 비난받을 줄 알았다. 한데 이 사람은 오직 성심. 일체의 오해도 없이, 일체의 곡해도 없이 그의 마음에 흐르는 눈물과 비탄과 분노를 다 읽어준 것이다. 말하지 못하는 근심걱정과 울분을 다 짚어 내린 것이다.

무엇인가 따뜻한 기운이 있어 그를 포근하게 감싸주는 듯싶었다. 가람휘는 벼리가 덮어준 겉옷 자락을 손으로 잘 여몄다. 충성스런 수하가 덮어준 옷자락으로 자신의 몸을 다시 감쌌다. 그것이 그를 기쁘게 하는 일임을 알았기 때문이다.

"소장은 어리석은 싸울아비라, 많은 것을 알지 못합니다. 하나 한 가지."

존경하고 사모하는 군주에게 목숨을 바쳐 충성을 다짐하는 벼리의 목소리가 밤하늘에 울려 퍼졌다.

"소장은 절대로 마루한께서 상심하시는 것을 다시 보고 싶지 않나이다. 마루한을 도와 반드시 사무란을 탈환하는 데 일조하고 싶나이다. 소장에게 부디 분골쇄신할 기회를 주시옵소서."

"말이라도 고맙구나. 그대의 말을 듣고 있으려니, 내 눈에 이미 사무란을 탈환한 우리 싸울아비들의 늠름한 모습이 보이는 것 같구나. 그런 말을 해주시다니, 내가 참으로 영광이로다."

가람휘가 감격하여 끄덕였다. 그의 목소리가 바람에 흔들려 조금은 떨고 있었다.

열사흘 달 아래서, 군주의 위엄을 벗어던진 사내가, 유일하게 속을 터놓을 수 있다 여긴 수하의 어깨를 안았다. 아사벼리, 그의 목숨을 구하고 충성을 주었으며 믿음으로 그를 모시는 사람을 온몸으로 껴안았다. 군신이라는 관계의 허울을 벗어던지고, 정직한 심장으로 감사했다.

"그대의 진정과 곧은 충성을 받는 나는 대체 얼마나 복된 군주란 말인가? 하나를 잃으면 하나를 얻는다 하더니, 그 말이 맞았다. 아사벼리, 그대는 참으로 나의 충성된 자요, 유일한 벗이로다."

정곡의 성주 딜곡은 아침상을 받는 식당에서 햇살과 함께 찾아온 딸을 맞이했다.

친기대장이라 하는 자리는 영광 대신 고생뿐이었다. 수비대를 이끌고 밤을 새워 성을 수비하는 것도 모자라서, 마루한이 거처하시는 방문 바깥에서 그분의 잠을 지켜 드리는 딸은, 대신 그분의 불면을 가져와 버려, 한밤 내내 자지 못한 채 약간은 창백한 얼굴이었다.

게다가 어젯밤은 홀로 미행을 나간 마루한을 홀로 모시었다 한다. 밤 내내 곁에서 지켜 드린 터라, 한 데서 밤이슬까지 맞았나 보다. 주군이야 돌아와 바로 침상에 드셨을 테지만, 아침부터 일과가 다시 시작되는 친기대장은 꼬박 잠 한숨 자지 못하고 다시 일을 시작해야 하는 것이다. 부지런하고 빈틈없는 모습이 대견하면서도 속이 좀 상했다. 그것이 부모의 마음이리라.

"그러고 보니 친기대장이 된 이후, 너와 느긋하게 아침상 한 번 받지 못했구나."

"아버님이나 제 자리가 어디 살갑게 마주 앉아 정담을 나눌 여유가 있습니까?"

남 일 말하듯이 툭 던지는 말이었다. 벼리가 의자를 끌어당겨 식탁 앞에 앉았다.

'뚝뚝하기는……'

딜곡은 젓가락으로 나물을 집어 드는 벼리를 노려보았다. 새삼스레 딸을 빼앗긴 섭섭함이 새록새록 돋았다. 두 번째 아내가 죽은 후 그의 작은 기쁨이란, 큰딸 벼리와 이미 혼인해 다른 성으로 가버린 둘째 딸과 함께하는 아침 식사가 전부였다. 혼자 몸으로 열 사람 몫을 해내는 딸의 능력에 겉으로는 대견하다 말은 하면서도, 안타까움과 짠한 마음이 더 깊어지고 있었다.

"잠은 좀 잔 게냐? 마루한을 뫼시고 새벽에 돌아왔다면서?"

"식사가 끝나면, 군호를 정하고 잠시 쉴 작정입니다."

"마루한께서 머무시는 방까지 벽이 몇 겹인데? 사무란에서부터 따라온 친위대가 수십 명인데 네가 꼭 방문까지 지키고 있어야 한다냐?"

"그들보다는 제가 이곳에 더 익숙하니, 적들이 어디로 스며들지는 제가 잘 압니다. 허고, 사고가 나서 난리가 나는 것보다는 미리 방비함이 옳습니다."

꼭 업무를 앞에 두고 부하들과 이야기하는 기분이었다. 남이래도 이렇게 무뚝뚝하기는 힘들 것 같았다. 어제오늘 일도 아닌데 이상하게 오늘은 더 섭섭하다. 딜곡은 한숨을 쉬었다.

딸아이라 하면 사근사근 비단결이라고 하지 않더냐? 이건 꼭 덤덤한 목석하고 이야기하는 기분이었다. 하긴 큰딸 벼리더러 딸 노릇을 하라느니, 차라리 허수아비더러 여자 옷을 입히고 앞에 앉혀 두는 것이 나을 법도 했다.

큰딸의 무정함에 상처 입은 터로 그날따라 딜곡은 이웃 성으로 시집간 둘째 딸이 그리워졌다. 그나마 작은 새처럼 조잘거리기도 잘하고 쾌활한 솔담이 있을 적에는 벼리도 제법 여인답게 이야기도 곧잘 하고 미소도 짓곤 했었다. 둘째 딸이 해산을 하여 친정 나들이를 하지 못하는 것이 못내 아쉬웠다.

"나에게 긴요한 이야기가 있는 듯하구나?"

숟가락을 놓고, 제 볼일 있다 하면 훌쩍 일어나 버리는 딸의 버릇을 잘 알고 있다. 그런 벼리가 식사가 끝나고 숭늉이 나오도록 제자리를 벗어나지 않는다. 분명 아비에게 할 이야기가 있다는 뜻이었다. 딜곡의 말에 벼리가 간단하게 대답했다.

"네."

"말해보거라."

"어려운 일입니다."

"하나 그런 이야기를 한다는 것은 꼭 해야 할 일이 있다는 뜻이겠지?"

"그렇습니다."

"말해보렴. 언제 아비가 네 말을 하찮다 넘긴 적은 없지 않던?"

벼리가 아주 잠시 망설였다. 그러다가 똑바로 아비를 바라보았다.

"대 마린님과 마린님 두 분을 모셔 와야겠습니다."

"뭐라고?"

"왕왕 인질이 된 자를 되사오는 일도 하지 않습니까?"

"그렇긴 하지."

"두 분이 사무란에 억류되어 있는 이상은 마루한께서 한 발자국도 움직일 수 없습니다. 이렇게 있다가는 반격도 해보지 못하고 고스란히 동쪽 땅을 다 빼앗기고 맙니다."

"이곳에서 내어달란다 하여 그쪽에서 얼씨구나 하고 내어주겠다!"

"그러니 몸값을 치르자는 것 아닙니까?"

딜곡이 이맛살을 찌푸렸다. 이미 식어버린 숭늉대접을 들어 마시려 했다. 그러나 이미 그릇은 텅 비어 있었다.

"무후가 순순히 내어놓지도 않겠지만, 두 분은 마루한께 가장 중요하신 분이다. 인질의 가치가 높으니 몸값도 만만치 않을 게다."

"값의 고하를 막론하고 치러주시면 됩니다."
"그래서 어쩌자고? 돈이 어디 있다고?"
"아버님께서 내시면 됩니다."
"뭐라고?"
벼리는 간단하게 대답했다.
"지금 두 분의 몸값을 치를 능력이 되실 분은 아버님뿐이십니다. 그는 저도 알고, 재상께서도 알고, 마루한께서도 알고 있지요."
딜곡이 강하게 고개를 저었다. 막무가내로 덤비는 딸에게 찬찬히 성의 사정을 이야기하기 시작했다.
"지난번 대전(大戰)을 준비할 적에 동고와 서고를 다 털었다. 설사 남은 돈이 있다 해도 그건 새해에 다시 전쟁을 시작하면 써야 할 군자금이야. 마지막 보루이다. 그를 알고 있으면서 어찌 그 돈을 허투루 쓰자고 그러느냐?"
"마루한께 어여쁜 마린님은 생명과도 같습니다. 그분을 사무란 성에 놓아두고 그분이 전쟁을 하실 것 같습니까?"
딜곡이 입을 다물었다. 벼리는 고개를 저었다.
"다시 개전하여 설욕전을 펼칠 양이면 먼저 두 분을 구해와야 합니다. 그렇지 못하면 저흰 끝장입니다. 마린님의 목숨을 가지고 무후가 위협하면 마루한께서는 싸우지도 않고 항복하게 될 겁니다."
"주군은 그렇게 어리석거나 용기없는 졸장부가 아니시니라."
"하나 오직 사모하는 한 분 목숨이 걸린 일이라면요? 어젯밤, 마루한께서는 사무란으로 반드시 돌아간다 맹세하시며 머리카락을 스스로 자르셨습니다."

충격을 받은 얼굴로 딜곡이 침묵했다.

부모에게서 받은 터럭 한 올도 상하지 않게 하는 해란의 사내가, 스스로 제 머리카락을 잘랐다 한다. 이는 피로 새긴 맹세보다 더 치열한 약속이 아니고 무엇인가? 피를 뽑고 뼈가 갈리더라도 반드시 이루어야 할 서원이라는 뜻이다. 벼리는 아비를 바라보며 단언했다.

"그렇듯이 마루한께서는 마린님 그분을 사모하십니다. 목숨보다 더 깊이, 이 세상 그 무엇하고도 바꿀 수 없이 귀하게 여기는 분입니다. 모셔 와야 합니다."

"안 돼. 그 돈은 빚이야. 이미 단뫼의 상인에게 무기를 주문해 두었다. 그 돈을 써버리면 무기 값을 치를 능력이 사라지게 돼. 한 번 신용을 잃으면 다시는 거래하지 못한다. 그것이 단뫼의 상인들과 거래하는 철칙이야."

그럼에도 딜곡은 잘라 거절했다. 사랑은 마루한의 개인사이되, 무기 거래의 신용은 나라의 운명이 달린 일이었다.

단뫼의 상인들과 관계를 유지하려면 반드시 필요한 것이 있다. 빈틈없고 어김없는 신용이었다. 그것이 사라지면 끝장이었다. 그들은 상품만 가져오는 것이 아니라 천하의 정보와 사람을 데려왔다. 생을 오래 살아 생각이 더 많은 딜곡은 딸처럼 단순하게 하나만 볼 수는 없었다. 난 한 번의 실수로 오래도록 유지해 온 줄을 끊을 수가 없다고 생각했다.

"이달만 지나면 새 곡식을 수확하게 됩니다. 무기 값은 곡식으로 대신 치르면 되지요. 아버님, 돈을 내십시오."

"안 된다니까."

"사람 사는 일에 예외가 어찌 없겠습니까? 지금은 비상시국이라고 할 수 있습니다. 나중에 단뫼의 상인들에게 충분히 설명하면 그들도 납득할 겁니다. 그들과 하루 이틀 거래한 게 아니지 않습니까?"

만약 그가 끝내 반대하면 벼리 자신이 직접 창고의 문을 열 기세였다. 딜곡은 한숨을 내쉬었다.

"꼭 이렇게 해야만 하는 거냐?"

"아무도 하지 못하는 일을 아버님이 하셔야 한다는 말이지요. 마루한의 충성스런 신하로서 부끄럽지 않을 일을 하십시오. 마린님은 마루한의 생명이시라니까요."

"내가 어떻게 해주련?"

"어떤 일이 있어도 마루한께서는 먼저 입 벌려 마린님을 구출해 오자 말씀하지 못하실 겁니다."

"그건 그렇지."

"아버님께서 재상어른과 의논하신 다음에 먼저 마루한께 청원하십시오. 마린님들을 구할 수 있게 창고의 문을 열 수 있도록 윤허를 청하십시오."

"아니 된다 하실 게다."

"그래도 고집을 피우십시오. 염치와 체면이 있어 그러하신 것이니, 물꼬를 아버님이 터주어야 한다는 말이지요. 사신에게 금과 은을 들려 보내십시오."

"만약 놈들이 금과 은을 받고도 우리의 요구를 들어주지 않는다면? 절대로 우리가 들어줄 수 없는 무리한 요구를 해온다면? 그때는 어떡할 셈이냐?"

"그때 가서 다른 계책을 생각해야지요. 여하튼 우린 지금 할 수 있는 최선의 일을 하자는 것입니다."

정곡의 성주 딜곡이 마루한께 알현을 청한 것은 그날로부터 사흘 후였다.

"못하오!"

예상대로 마루한은 격렬하게 반대했다. 불같이 노한 얼굴을 지어 보였다. 격한 주먹으로 탁자를 내리쳤다. 금이 갈 듯 흔들렸다.

"대체 그대는 나를 무엇으로 보고 그런 말을 하는가?"

염치없어 못한다 버티었고, 부끄러워 더 화를 냈다. 그럼에도 딜곡 또한 물러서지 않았다.

"통촉하옵소서, 마루한."

"불가, 불가하다!"

"마루한, 이는 이 노물(老物)의 마지막 청원이옵니다. 마린님을 모셔 오는 것은 단지 마루한께 기쁨을 드리고자 하는 뜻만은 아니옵니다. 수만의 목숨을 살리는 일이올습니다."

"궤변이다, 딜곡. 내가 모를 줄 아는가? 마린의 몸값을 치를 돈은 결국 다음번 전쟁을 준비해아 힐 마지막 군자금이 아닌가?"

버럭 고함치는 가람휘의 얼굴이 시뻘겠다.

"한데 두 사람을 구하고자 그 돈을 써버리면, 우린 어떻게 하지?"

그가 주먹을 움켜쥔 채 돌아섰다. 냉철한 이성으로 사태를 헤아렸다.

"수만 명 사무란의 사람들이 적병의 손아귀에 있어. 한데 오직 두 분만을 모셔 오기 위하여 그 돈을 쓰란 말이오? 게다가 그들이 그 돈을 받고 놓아준다는 보장도 없어. 나는 그렇게 어리석고 염치없는 짓은 하지 못하겠소. 불가하오."

"마루한이시여, 제발 통촉하옵소서."

딜곡이 엎드려 간곡히 아뢰었다.

"마루한께서는 우리 해란의 심장이올습니다. 마루한께서 의연히 버티고 계심으로 하여 해란의 싸울아비들은 용기를 내고 무기를 닦으며 다음을 준비하고 있나이다. 한데 진정으로 아끼시는 마린님의 안위에 대하여 우리는 아무것도 알지 못하옵니다. 이런 상황에서 마루한께서 최선의 용기를 내어 전쟁을 이끌 수 있다고 누가 자신하겠나이까?"

"닥치시오! 내가 한갓 여인네들 때문에 내 본분을 잊어버릴 것이라고 망발하는가?"

"그분들이 어찌 한갓 여인네들이옵니까? 마루한을 낳아주신 분이며, 마루한의 한 분뿐인 정인이시며 마루한의 심장이옵니다. 소인, 오직 충심으로 말씀드리옵나니, 부디 통촉하여 주시옵소서. 소인으로 하여금, 마린님의 몸값을 치를 수 있도록 윤허하여 주시옵소서."

늙은 충신이 눈물까지 흘리며 진심을 다해 아뢰었다. 한참 동안 그를 노려보고 있던 가람휘가 한 손으로 이마를 짚으며 창가로 가섰다.

"그대는 불충하는 사람이야."

한없이 자괴감 어린 목소리였다. 못난 군주도 어버이라 하여, 무조건의 충성을 바치는 이 사람들. 차마 저 하늘과 백성들의 얼굴을 볼 수가 없어, 가람휘는 두 손으로 얼굴을 싸안았다.

"나를 더없이 표리부동하고 몰염치한 군주로 만들었어."

"망극하옵니다, 마루한."

"입으로는 아니 된다 버럭버럭 고함을 지르면서, 마음 한쪽에서는 좋아라 날뛰는 내 모습이 보이는구먼."

수만의 동포들이 적의 손아귀에서 신음하고 있음을 뻔히 알면서도, 몸값을 치르는 그 돈이 우리 해란의 마지막 구명줄인 줄 알면서도, 그는 지금 기뻐하고 있다. 내 사람 하나 구할 수 있다 하여 좋아라 하고 있다.

곧고 굳은 사나이가 울컥 눈물을 흘렸다.

지금 이 순간도 자신을 그리며, 혼자 몰래 울고 있을 가엾은 내 사랑을 구할 방도가 있다 하니, 철없이 기꺼워하고 좋아라 하는 이 비겁함마저 용서해 주는 저 사람을 내 어찌 존경하지 않을까? 민망하지 않을까?

"나는 이런 군주일세. 이런 나를 그대는 어떻게 이리도 존중하는가? 사사로운 정을 잊지 못해 대의를 버리는 나를 두고 그대는 어찌하여 한결같은 충성을 바치는가? 내가 그대의 붉은 마음을 받을 자격이 있는가?"

"마루한, 제발 그런 생각은 말아주십시오. 마루한의 기쁨은 이

노물들의 기쁨. 충성을 바칠 수 있게 해주신 은덕이야말로 이 몸들의 광영이올시다. 하니 부디 마린님의 몸값을 치를 수 있게 윤허하여 주시옵소서."

가람휘는 두 손으로 얼굴을 싸안은 채 가만히 고개를 끄덕였다. 마지못해, 그러나 한편으론 안도하면서. 그런 자신의 이중성에 몸서리치면서.

"······딜곡."

"예, 마루한."

"내 그대에게 성의 창고를 열 것을 명령하오."

"분부만 하십시오, 나의 군주이시여."

"마린들의 몸무게만큼의 금과 은을 저울에 달아, 무후에게 보내시오. 조건은 대 마린과 마린을 무사히 보내주는 것. 그 외는 다른 아무것도 바라지 않는다고 전하시오."

"분부 받들어 한 치 어김없이 실행하겠나이다."

그 다음날 아침, 마루한은 천호장 불유를 위시한 씩씩한 싸울아비 삼백을 붙여 사신을 떠나보냈다. 두 마린의 몸무게만큼의 금과 은을 실은 수레를 끌게 하고.

그러나 금을 실은 수레도, 마린도 끝내 돌아오지 않았다.

第五章

"큰일을 이루고 싶습니다."
"그렇다면 큰 뜻부터 가지거라."
환인께서 조용히 말씀하셨다.
"큰 뜻은 큰 기운을 만들고 큰 기운은 큰 행동을 만드나니,
그리하여 큰 운명을 네 것으로 할 수 있나니."

긁어 부스럼이 되어버렸다.

한없이 낭패한 얼굴로 벼리는 홀로 성벽 위에 서 있었다.

아무리 참자 하여도 한숨이 절로 나왔다. 생각보다는 행동이 먼저이고, 굽이굽이 헤아리기보다는 단순하게 일을 정리하여 몸으로 움직이는 그로서는 참으로 난감한 문제에 부딪힌 셈이었다.

'무후의 야만인들이 그런 무리한 요구까지 해올 줄이야. 괜스레 내가 쓸데없는 일을 벌인 것 같아.'

마린들의 몸무게만큼의 금과 은을 받고도 적들은 인질들을 내주지 않았다. 오히려 한술 더 떠서 사무란의 주변부에 위치한 송요성 이하 풍요한 지역을 더 양보하라는 새로운 요구가 전해졌다. 아무리 사랑에 미친 마루한이라도 들어줄 수 없는 요구였다. 더 이상은 염치가 없어 말도 하지 못하는 가람휘를 앞에 두고 재상 이하 중신들 사이에서는 격렬한 논쟁이 벌어졌다.

"말도 안 됩니다."

"하나, 요구를 들어주지 않는다면 인질들은 영영 돌아오지 못할지도 모릅니다."

"송요성을 위시한 그곳은 이번 전쟁에 꼭 필요한 철과 금이 생산되는 곳입니다. 그 세 성을 싸우지도 않고 고스란히 내어준다는 것은 적들에게 우리 목줄을 그대로 내놓는 격입니다."

"하나, 그렇다고 해서 그분들을 그대로 적들의 손에 내버려 두란 말입니까? 그는 있을 수 없는 노릇입니다."

"이번 요구로 끝나면 모르되, 더 심한 요구를 해오면 그때는 어찌하시겠습니까?"

갑론을박. 고함지르며 창문이 깨어져라 소리쳐도 해결책은 없었다. 결국 마루한이 일단 인질의 안위 문제는 접어두자 한 연후에야, 긴 회의는 끝났다.

친기대장으로서 벼리는 그곳, 마루한의 등 뒤에 서 있었다. 위치가 위치이니만큼 끼어들지는 못하고 입을 꾹 다문 채 답답한 회의를 지켜보았다.

결론을 내릴 수 없기에 더 답답하고, 어느 것 하나 뾰족한 수를 찾아낼 수 없기에 더 가슴 아픈 상황이었다. 군주로서 의연하고 냉철하게 처신하였지만, 이 순간, 마루한의 가슴이 얼마나 갈래갈래 찢어질까 생각하니, 그의 가슴 또한 핏물이 흐르는 것 같았다. 탁자 아래 떨어진 마루한의 움켜쥔 주먹이 부들부들 떨리고 있음을 알아차린 자도 벼리 한 사람뿐이었다.

　일이 이런 식으로 전개될 줄은 미처 생각하지 못했다. 마루한을 위시한 사람들을 궁지에 몰아넣게 된 빌미를 제공한 사람이 자신이라는 생각에 눈앞이 캄캄해졌다.

　'이제 생각해 보니 너무 경솔하였다. 그쪽에서 먼저 나서기 전에, 우리가 먼저 몸값을 치르겠다고 덤벼들었으니, 그쪽에서야 얼씨구나 좋다, 하고 어깨춤을 추었겠지.'

　이쪽에서 인질의 가치를 먼저 올린 셈이 되어버렸다. 당분간 그냥 놓아두었으면, 좋은 수가 생겼을 수도 있었을 텐데…….

　'경솔했다. 너무 경솔했어, 아사벼리.'

　마루한의 근심을 덜어드리겠다는 마음 하나로 앞뒤 사정 가리지 않고 덤빈 꼴이 이러했다. 자신의 어리석음과 무지함에 대해 분노하다 못해 벼리는 머리털을 와작와작 쥐어뜯고 싶었다.

　'듣자 하니, 보우하는 달(1월)이 지나면 곧바로 반격을 시작할 요량이시던데, 그전에 인질 문제가 해결되지 못한다면…… 둘 중 하나다. 마린님들이 죽거나, 마루한의 의욕상실로 우리가 패배하거나. 둘 다 절대로 일어나서는 아니 되는 일이다.'

　고개를 들었다. 답답하기만 한 가슴에 구멍이라도 뚫렸으면. 하늘을 올려다보며 후아후아 심호흡을 몇 번이고 되풀이했다. 하지만 검은 연기를 가득 삼킨 듯한 폐부는 쉽사리 시원해지지 않았다.

　저물어가는 햇살이 강물 위로 따사롭게 내려치고 있었다. 인간사와 무관한 세월은 빨라, 어느새 해 치솟음 달(7월)도 끝나고 번성하는 달(8월)에 접어들었다. 들판은 이제 슬슬 익어가기 시작하는 곡식들로 황록색이 되어가고 있었다. 이른 올벼를 거두는 농부들이 들판에서 부지런히 일하는 것이 내려다보였다.

예전 같으면 윗옷을 벗어 던지고 그들 곁에 끼어 같이 낫질을 하느라 바빴을 것이다. 하지만 시절이 하 수상하니, 무엇을 해도 보람이 없고 무엇을 생각해도 기쁨이 없었다.

'음? 저들은……?'

외성을 넘어 들어오는 검푸른 복장의 사람들. 벼리는 실눈을 떴다. 단뫼의 대상들이었다. 딜곡이 은밀하게 무기들을 주문해 두었다는 말은 들은 적이 있다. 하나 그들은 달포는 지나서야 입성할 예정이었다. 그런데 예상외로 단뫼의 장사치들은 한 달 이상이나 빨리 정곡성으로 들어오고 있었다.

'어쩌면 그만큼 전세가 급박하다는 뜻이겠지. 천하를 오가는 저이들이니, 사무란의 소식을 전하여 들을 수도 있겠다.'

행여 마루한이 노심초사 근심하시는 분들의 소식을 전하여 들을 수 있을까, 벼리는 망설이지 않고 말등에 올라탔다.

"어이."

광장 주막에 막 접어들던 차였다. 그만 어떤 사람하고 눈이 딱 맞부딪치고 말았다. 전혀, 절대로 만나고 싶지 않은 자였다. 무엇 그리 반갑다고, 하얀 이를 드러내며 씩 웃었다. 벼리가 애써 외면하자 이제는 손을 들어 아는 척까지 했다.

"여어! 나라구."

"이런……."

정말 재수없는 우연이었다. 왁자지껄 소란을 떨며 수레에서 짐을 끌어내리고, 파오를 치고, 안면 익힌 사람들과 인사를 나누고……. 이 사람 저 사람 얼굴도 구분하기 힘들 정도로 바쁜 그런 와중에서 동작도 빠르기도 하지. 벌써 파오를 치고 물건을 진열해 둔 채, 그들이 지니고 다니는 접이식 의자에 앉은 사내가 벼리를 보고는 만면에 미소를 지었다.

"일 년 만인가, 싸울아비 계집!"

"네놈, 쓸데없이 정곡성에 자주 출몰하는데?"

사곤이 씩 웃었다. 박대하는 매몰찬 말에도 전혀 상관없다는 얼굴이었다.

"돈 냄새가 예서 솔솔 나더라. 하여 길을 꺾어 이곳으로 다시 들어왔지."

"네놈만 온 거냐?"

"놈?"

그가 짙은 눈썹을 치켜떴다. 비로소 불쾌하다는 표정을 역력하게 내비추었다.

"놈, 놈 하며 무례히 굴지 말아라. 내가 너더러 말끝마다 년, 년 하고 모욕하면 좋겠던?"

"년? 년이라고? 이 빌어먹을 놈 좀 보소!"

"그럴 줄 알았다. 한마디를 못해."

사곤이 고개를 옆으로 저었다. 열이 끓어올라 허리춤의 검을 반뽑아 들고는 붉은 홍시감이 되어 불끈거리는 벼리의 기색이란 전혀 아랑곳하지 않는 표정이었다.

"부르르 끓어올라 흥분하는 꼴이라곤, 쯧쯧쯧. 그래 가지고 어디 싸울아비 노릇이나 제대로 하겠느냐? 상대의 기세에 휘말려 심기를 어지럽히니, 칼이나 제대로 휘두를 수 있을지 모르겠다."

벼리는 이를 부드득 갈았다. 기분 같아서는 당장 검을 빼들어 목을 댕강 잘라 버리고 싶지만, 찬찬히 헤아릴 것이면 그의 말이란 하나 틀린 것이 없어 더 분했다. 그렇게 노했다가 형편없이 당한 첫 번째 대적의 기억이 아직도 부끄러웠다. 이날도 그에게 덤벼든다 해도 이길 자신이 없으니 굴욕감은 더했다. 그냥 확 까버려?

"잔소리 말고 조용히 장사나 잘하거라. 천하의 시절이 하 수상한데, 유유자적 돈만 벌어대는 네놈이 마음에 들지 않으니, 한 번만 더 시비를 걸었다간 내 검이 너를 용서치 않을 것이다."

"말로만 잘났구나? 큭큭큭."

그러든지 말든지, 난 네놈하고 더 이상 볼일 없거든? 말 배를 걷어차 다른 곳으로 가려는데, 등 뒤에서 느릿한 목소리가 뒤통수를 후려쳤다.

"이봐, 암컷 싸울아비. 갈 땐 가더라도 외상값은 내놓고 가시지. 해란의 무장은 신용이 생명 아니더냐? 그 돈 받으러 왔단다."

"뭐라고? 내가 언제?"

언제 외상을 했다고 저러는 것이야? 저 사기꾼 놈 같으니라고! 기가 차서 벼리는 다시 몸을 돌이켜 사곤을 노려보았다. 그가 두 팔로 깍지 끼어 뒷머리를 받치며 한가로이 뇌까렸다.

"일월봉황검을 시전하는 무공비급을 가져가지 않았더냐?"

"이, 이런! 내가 언제 달라 하였더냐? 네놈이 먼저 보냈잖아!"

달라 한 적 없는 무공비급을 제가 먼저 보내주고는 이제 와서 돈을 내놓으란다. 이런 것을 두고 일러 '뒤통수를 맞는다' 는 것이었다. 으득으득 이를 갈며 고함을 질렀다.

"그냥 덤으로 준 것이었잖아?"

"웃기는군. 그런 귀한 것을 어떻게 덤으로 줘?"

"치사하게……. 이런 악덕 상인 같으니라고."

"이봐, 싸울아비 계집. 장사치가 손해 보는 법 보았나? 일월봉황검이 아니면 시전할 수 없는 무공이기에 네게 보내준 것이다. 어차피 후불로 받을 생각이었다."

"젠장!"

붉으락푸르락하며 항변할 말을 찾았지만, 벼리의 머리로서는 도무지 응대할 말을 찾을 길이 없었다. 하여 더 분했다.

어찌하여 이놈하고 상대를 하면 항시 이렇게 휘말려 들어가는가. 본전은커녕 만날 손해만 본다. 처음에는 기가 막혀 벅벅 고함질을 쳤지만 생각해 보니 놈의 말이 맞는 것이다.

맞다. 세상에 공짜가 어디 있는가? 하물며 실전되어 인세에서 찾기 어렵다 전해진 무공비급이라면 가치는 억만금짜리일 것이다. 그런 것을 남에게 넘기지 않고 그에게 보내준 것만으로도 사곤은 은혜를 주었다 거만하게 굴 수 있는 형편이었다. 일월봉황검을 시전하는 비급이라면, 눈에 불을 켜고 덤빌 놈이 어디 한두 놈일까? 벼리 또한 지금껏 살아오기를, 그런 것을 공것으로 삼킬 정도로 양심에 털이 난 적이 없었다.

사곤이 씩 웃었다.

"마음에 들어. 세상에는 공짜가 없다는 것을 아는 사람이 나는 좋더라."

"이이, 병 주고 약 주는 놈 같으니라고."

"놈, 놈 하지 말랬지? 정말 기분 나빠지면 값을 확 올려 버린다!"

예전이면 모르나 지금은 땡전 한 푼이 아쉬운 형편이었다. 벼리의 기가 팍 죽었다. 꽥 하고 고함을 지르려다가 꾹꾹 도로 삼켰다.

살다 살다 보니, 별일이라. 아사벼리 팔자에 말 못하고 남의 눈치를 비굴하게 살피는 일 따위는 진정 처음이었다.

"어, 얼마인데?"

"우린 비급과 검을 하나로 묶어 판매하고 있다. 뭐, 일종의 '한 묶음 판매'랄까? 그렇게 되면 가격이 좀 싸지지."

"얼마냐니깐?"

"흥정하기 나름. 이래 봬도 난 기분파란다. 기분에 맞으면 가격을 확 내려주지."

잠시 벼리는 고민하다가 말에서 내렸다. 사곤이 앉은 탁자 앞으로 다가갔다. 그의 눈이 벼리의 허리에 매달려 있는 두 개의 검으로가 박혔다. 싱긋 웃었다.

"멋진데?"

"멋지라고 차고 다니는 검은 아니지."

"하긴, 검이 눈요기는 아니지. 어때? 쓸 만하더냐?"

"황금을 오백 냥이나 주고 산 것인데, 쓸 만하지 않다면 그건 사기지!"

"그런가? 흠, 이상하군. 가끔 검이 주인 따라가는 건 아닌 모양이구나."

"뭐라고?"

"명검은 주인을 알아본다지? 주인이 멍청하면 그 검은 무용지물, 머리카락 하나도 자르지 못한다기에 말야."

"그, 그런가?"

벼리는 잠시 고민했다. 신검은 주인을 알아본다는 말은 거짓이 아니었다. 저 사내의 말대로 이 검에 자신이 어울리는 주인인가, 아닌가?

사곤은 그런 벼리의 순박한 얼굴을 바라보며 씩 웃었다.

'순진하기는……'

그녀가 원군으로 출정해 위태롭던 마루한의 목숨을 구하고, 친기대장으로 승격하였다는 소문은 성에 들어오자마자 들었다. 드세기야 하지만 그래 보았자 계집이 아닌가? 한데 대장 노릇으로 그 험한 전쟁터에 직접 출정할 줄 누가 알았단 말인가. 겁도 없이 적의 앞에 나서서 검을 휘두르고 영웅이 될 줄이야. 누구의 눈에도 뜨이지 말고 조용히 날 위해 잘 익고 있으렴 하였던 그의 셈속이 허사가 되었다. 허를 찔린 셈이었다.

"너, 이 검으로 영웅이 되었다지?"

"영웅이라……. 뭐 좀 듣기는 그렇지만…… 여하튼 고맙다. 이 검 덕분에 우리 마루한께 작은 도움을 드릴 수 있었다."

"내가 보낸 비급도 좀 도움이 되었나 보군."

듣자 하니, 그렇게 된 셈이다. 검이 있다 해도 비급이 없었다면 그가 어떻게 일월광휘, 유성혼참의 비술(秘術)을 시전하여 마루한과 청수 장군의 목숨을 구했겠는가? 벼리는 씩 웃었다. 고개를 끄덕였다.

"다행이다."

사곤이 손을 내밀었다. 벼리는 물끄러미 그 손을 내려다보았다. 곤란하여 그를 바라보았다.

"솔직히 말하는데, 지금 돈이 없다."

"돈은 나중에 줘도 된다. 필요하니 단검 좀 빌려다오."

무엇을 하려고 그러나? 빌려달라 하니 빌려는 주어야겠지만 애검을 남에게 넘기자니 좀 떨떠름해졌다. 마지못해 짧은 월검을 풀어 내밀었다.

사곤이 검을 받았다. 무엇을 하는가 보아하니, 아주 태연하게 칼을 빼내 제 앞에 놓인 능금 하나를 찍어 올렸다. 사각사각 깎아 내리기 시작했다. 검날 따라 붉은 껍질이 아래로 떨어졌다. 능금의 하얀 속살이 드러났다.

벼리는 한심해서 사곤의 손만 바라보았다. 사람 목숨 구하라는 천하의 명검으로 누구는 하찮은 능금이나 자르고 앉았다니……. 검이 좀 기분 나쁘지는 않을까? 잠시 고민될 지경이었다. 그가 힐끗 심란해하는 벼리의 얼굴을 바라보았다.

"왜?"

"생명을 구하자는 검이지, 하찮은 과일을 깎으라는 건 아닌 것 같은데?"

"세상에 하찮은 일이 어디 있다더냐? 피 냄새야 네가 실컷 묻혔을 테니, 나는 여기다 능금 향기를 묻히련다. 중화(中和)시킨다고 생각하렴."

"중화라고?"

"칼이란 본디 쓰기 나름이라. 음식을 만들고, 꽃을 자르는 것도 칼이요, 아기의 배냇머리를 자르는 것도, 늙은 아비 발바닥 굳은살을 파주는 것도 칼이다."

속절없이 능금의 붉은 껍질이 바닥으로 수북이 떨어졌다. 사내의 커다란 손은 뜻밖에도 날렵했다. 하얀 속살을 가지런히 잘라 접시에 놓았다. 잘 익은 능금의 새콤달콤한 향기가 기분 좋게 사방으로 퍼지고 있었다.

"이 검이 피를 묻히고 살을 베는 일이 많아질수록 이 세상은 난세라는 것이다. 오히려 이토록 아름다운 검신에 피를 묻히는 것을 슬퍼하렴. 진정 좋은 세상은 이 검이 할 일 없어 과실이나 자르고 정인에게 줄 꽃송이나 끊는 일을 하는 때임을 아직도 느끼지 못했느냐?"

구구절절 옳은 말이었다. 일 년 사이에 입술에다가 기름칠을 한 겹 더 칠하고 온 것이다.

벼리는 흥 하고 고개를 돌려 버렸다.

"그나저나 소문에 듣기로, 네가 이 검으로 마루한인가 뭔가 하는 자의 목숨을 구했다지?"

"그런가 보더군."

"사랑스럽지 않은가?"

"해란의 싸울아비로 군주의 목숨을 지켜 드림은 당연한 일, 그것은 자랑할 일이 아니다. 사람 목숨은 어느 것이든 다 귀한 것이야. 반드시 지켜 드려야 할 귀한 생명을 지켰다. 하여 기쁜 거다."

"흥, 그래? 잘났구나."

그의 입술은 미소를 머금고 있고, 말로는 칭찬인데, 어째서 비아냥대는 것처럼 들리는 것일까? 벼리는 불쑥 내미는 능금 한쪽을 우물우물 삼키며 사곤을 바라보았다.

이상한 일이다. 어쩐지 그의 기분이 좀 나빠 보였다. 우적우적 능금을 씹는 얼굴이 분명 아까보다는 더 심술 맞았다. 그가 다시 능금 하나를 찍어 올려 썩썩 베어냈다. 능숙하기는 하지만 그 손길에는 울분 같은 게 스며 있었다. 날 건드리지 말아라, 이런 표시로 보였다.

'흥! 사람 그러는 거 아니다, 아사벼리. 내가 정표로 준 검으로 다른 놈 목숨을 구해?'

말로 안 해 그렇지, 사곤은 벼리에게 따질 것이 제법 많았다. 멱살을 틀어잡고 버럭버럭 고함치고 싶은 것을 억지로 참는 중이었다.

아까운 진기를 나누어서 검에다 심어두고, 억만금을 준대도 내놓지 않을 비급까지 챙겨준 이유가 무엇인가? 그의 반려가 될 제 목숨 지키라 함이었다. 한데 제 사내가 정표로 준 검을 들고 엉뚱한 목숨을 구해? 이런 배반이 있나.

심모원려(深謀遠慮)했던 다음번 계획을 위하여 사무란을 향해 가던 길을 돌려 정곡으로 돌아오게 된 건, 지난달 뇌리 안에서 검이 우는 이명을 들었던 때문이었다.

환몽 속에서 검이 우는 이명은 반려라 정한 자의 위기를 알려주며 악몽을 꾸게 만들었다. 정곡성에 와서 듣고 보니, 그날이 벼리가 일월봉황검을 들고 검의 여신처럼 종횡무진 눈부신 활약을 펼쳐 제 마루한의 목숨을 구해낸 날이었다.

그녀의 무술 솜씨가 만만치 않은 것은 알았지만, 아무리 그러하다 해도 일인의 검술로 수십 명의 적을 상대하기에는 아직도 모자라다. 하나 그녀가 그런 눈부신 활약을 펼칠 수 있었던 것은 사곤이 반려의 안위를 추적하기 위해 몰래 검 안에 심어둔 진기 덕분이었을 거다.

행여 찜해둔 제 물건에 흠이라도 날세라 천려일실(千慮一失), 손 한 번 대지 못하고 잃어버릴까 봐 온갖 손해를 무릅쓰고 말을 달려 정곡으로 와보니, 일이 전개되어 간 꼬락서니가 대강 이따위였다.

"손해는 아닌데, 그렇다고 이익도 아니고, 이익이라고 생각하자니 내가 기분이 좋지 않으니 이익이라 할 수 없고……. 잃은 것은 없으니 손해는 분명 본 것이 아니지만, 얻은 것도 없으니 이익도 아니라. 하니 이것을 무엇이라 이름 붙여야 할지 모르겠군."

혹여 몸이 상하지는 않았을까? 근심한 것 못지않게 참으로 엉뚱한 투기심이었다. 한 번도 느껴보지 못한 이상한 질투가 항시 냉정하고 치밀한 사내의 심장을 부글부글 끓게 만들고 있었다.

"알아듣게 말 좀 하지? 혼자서 중얼중얼 무슨 짓이냐?"

정신 산란하여 견딜 수가 없었다. 벼리 또한 사곤을 한 대 쥐어박고 싶은 얼굴로 따져 물었다.

"흥정하자 불러놓고 이게 뭐하는 경우이냐? 내가 너 같은 인간하고 마냥 놀고 앉았을 만큼 한가한 사람으로 보여?"

"망중한이란 말도 있다. 능금이나 잡수시지. 흥정은 그다음이다.

원래 우리 단뫼의 상인들은 먹고 나서 일을 하거든."

말이나 못하면 밉지나 않을 것이다. 깐죽깐죽 내뱉는 저 입을 주먹으로 언젠가는 으스러뜨려 놓을 테다.

하나 이상한 일이었다.

선들한 바람이 불어오는 광장, 한가로이 오가는 사람들을 바라보며 앉아 시답잖게 투덕거리고 있노라니, 더없이 평화롭고 편안했다.

천하의 아사벼리가 다디단 과즙이 흐르는 능금을 씹고 앉았는데, 세상만사가 한가롭고 안온하였다.

맛없는 건량으로 배를 채우며 밤낮으로 말 배를 걷어차 살육의 현장으로 달려가던 몇 달 전의 일이 아득한 전설같이만 느껴졌다. 불과 얼마 전에 겪었던 전쟁이라든가, 의무라든가 이런 심각한 것들이 모두 딴 나라 이야기같이 느껴졌다. 새삼 살아 있다는 것이, 무사하게 귀환하였다는 것이 뼈저리게 행복했다.

"전쟁, 그따위 것 그래, 할 만하더냐?"

"전쟁을 할 만하다 생각하는 미친놈도 있나?"

"그런데 그런 짓을 왜 하지?"

벼리는 앞에 앉아 여전히 능금만 깎고 있는 사내를 노려보았다.

"하고 싶어 하는 자가 어디 있던? 내 뜻과는 달리 나라가 휘말리니 마지못해 나서는 거지."

"그렇군. 결국은 어쭙잖은 공명심에 눈이 어두워 되지도 않는 전쟁을 벌인 자가 나쁜 놈이로군. 그런 자는 천하의 평화를 위하여 없어져야 마땅하다는 말인데……."

뭐라고 반박하려다가, 벼리는 문득 이 전쟁을 시작한 이가 바로 해란의 아름다운 마루한이라는 것에 생각이 미쳤다. 비록 세 해 전의 설욕전이며 살부의 원수를 갚는다는 명목이었으나, 사실은 시작하지 말았어야 할 전쟁이었다고 아버지는 몇 번이고 안타까워하며 말씀하셨다.

[가능하다면 무후에게 뺏긴 땅을 단념하고 이만해서 화친하여 지내시는 것도 좋을 터인데……. 내우외환(內憂外患)이라 했다. 망극한 말이나, 전대의 대 마루한께서 폭정을 하신 것은 사실이지 않느냐?]

[그렇지요.]

[하여 백성의 원망이 높아진 터이니, 바깥에서 적이 쳐들어오니 안에서 먼저 백성들이 호응하여 문을 열어준 터라, 이 말이다. 앞으로 전쟁을 계속한다 해도…… 백성들 마음이 마루한에게서 떠난 후라면 승산이 없다. 슬픈 일이야.]

능금을 자르던 일도 싫증이 났나 보다. 사곤이 칼날을 슥슥 옷자락에 닦은 다음에 벼리에게 내밀었다.

"잘 간수해라. 이 검이 언제인가 네 목숨도 구할 터이니."

벼리는 아무 말 없이 검을 받아 검집에 다시 넣었다. 한가로이 하품을 하고 있는 단뫼의 사내더러 따져 물었다.

"이봐, 장사치. 넌 대체 여기 왜 온 거냐? 시절이 하 어수선한 이곳에 무슨 돈벌이가 있다고 버티고 앉아 있는 것이냐?"

"때가 되면 가지 말라 빌어도 갈 터이다, 암컷 싸울아비."

보기만 하면 틱틱대는 벼리더러 사곤 또한 좋은 말이 나올 수가 없었다. 멍이냐? 장이다!

"허고 난 이름이 있단다. 허구한 날 장사치라 불릴 그런 인간은 아니란 말이다."

"피차 마찬가지. 나도 역시 암컷 싸울아비가 아니라 부친께서 지어주신 이름이 있단다."

"좋구나. 이것도 기회이니 통성명이나 하자. 난 사곤."

"사곤?"

"그래, 단목사곤. 이것이 내 이름이다."

돈이나 밝히고 능글맞게 수작질이나 하는 인간치고는 번듯한 이름을 가졌다 싶었다. 게다가 단목이라는 성(姓) 역시 예사로운 것은 아니었다.

"이름 한번 거창하구나. 한갓 장사치 주제에 단목이라는 성을 걸치고 다니다니."

"신시를 떠나올 때 단뫼의 일족이 열두 부족 중에 으뜸가는 본(本)가지였다는 것을 인정하기 싫은 얼굴이군."

"웃기는군. 하늘아비께 가장 사랑받아 번성하라는 축복을 받은 자들은 바로 우리 해란의 일족이었다."

"하여 질서를 어지럽히고 약한 자를 쓸어버리고 폭정하여 나라를 이 꼴로 만들고 천하를 어지럽힌 주역이 되었구나."

노골적인 비웃음이었다. 천하를 쥐락펴락하였던 해란의 위엄을 전혀 인정하지 않는 얼굴이었다.

"이, 이 무례한 인간 같으니라고! 감히 우리 해란의 기상을 비난하다니, 네가 정녕 죽고 싶은…… 읍!"

벌린 입으로 능금 한쪽이 또 들어와 박혔다.

"너스레 떨지 말고 먹기나 해라. 통성명하다가 웬 나라 자랑질? 그렇게 애국하면 누가 알아나 준다더냐?"

시뻘건 얼굴을 하고 간신히 능금을 목으로 넘겼다. 까딱했으면 목에 걸려 숨넘어갈 뻔했다.

"잔소리 말고 통성명이나 하자니까. 네 이름은 뭐냐? 잘난 척하는 싸울아비 계집."

"아사벼리."

"아사벼리?"

사곤이 나지막이 그 이름을 되뇌어 삼켰다. 이왕 마음이 기울어 버린 사람이라 무엇이든 곱지 않으랴마는, 이름조차 마음에 들었다.

아사는 아침 빛, 벼리는 만사(萬事)에 있어 가장 중심되는 근본이요 온전한 실마리를 뜻하니, 땅의 아들로 하늘의 공사를 이룩하려는 자의 반려로 한 점 모자란 점이 없다 싶었다.

"그렇군. 좋은 이름이다."

잠시 침묵이 흘렀다. 서로의 이름을 알게 된 날이다. 사곤이 씩 웃으며 벼리를 돌아보았다.

"하다 만 흥정이나 다시 하자꾸나. 그래, 얼마를 내놓을 셈이냐?"

"값이 얼마인지 네가 먼저 불러보아라."

"단골이라 할 수 있으니 싸게 팔아주지."

"싸게?"

역시 싸게 판다 하니 좋아하는군. 사곤은 한숨을 쉬었다. 순진하고 가림없어 마냥 좋아라 하는 기색이 그대로 읽혀졌다. 순진해, 순백해. 이것 좀 곤란하겠군.

"얼마인데?"

"돈은 싫다. 다른 것으로 다오."

"다른 것, 뭐?"

"글쎄, 배가 고프니 한 끼 대접받는 것으로 할까?"

"좋다, 그 정도는."

"단, 네 손으로 직접 지은 밥으로."

"뭐얏?"

"본디 네 모습이라, 날 위해 계집 노릇 한 번 해보란 말이다."

"웃기고 있네."

사곤이 일어섰다. 그에게로 다가오는 전령의 깃발을 바라보다 벼리에게 시선을 돌렸다.

"지금은 바쁜 일이 생긴 모양이다. 오늘 밤이고 싶으나 유감스럽게도 뒤로 미뤄야겠다. 며칠 내로 잊지 말고 네 방으로 날 초대해라."

전령이 다가와 사곤에게 두루마리를 내밀었다. 재상 카낙의 인장이 찍힌 문서였다.

"재상께서 보내시는 전갈입니다."

"잘 받았다고 전해주시오."

벼리는 의심스러운 얼굴로 사곤을 바라보았다.

"네가 왜 재상 어르신 밀지를 전해 받는 거냐?"

"장사치를 찾는 이유가 다른 게 있겠느냐? 살 게 있고 팔 게 있으니 그런 게지."

그 밤 깊은 시각, 벼리는 얄미운 사곤을 다시 만났다. 친기대장의 이름으로 마루한의 뒤에 서서 그를 시위하고 있는 자리에서였다.

성의 가장 깊숙한 회의실. 재상 카낙, 성주 딜곡만이 지켜 앉은 그곳으로 안내받은 자가 바로 사곤이었다. 그는 딜곡이 몇 년이나 은밀하게 무기를 거래했던 단뫼의 얼굴 감춘 우두머리였다.

"어서 오시오."

재상 카낙과 성주 딜곡이 사곤을 맞이했다. 청푸른 두건과 입 가리개로 얼굴을 반 나마 가린 그가 방으로 들어 허리를 굽혔다.

"늦었구려. 오래도록 기다렸소이다."

"사람들의 이목이 하도 많아서요."

사곤이 자리에 앉으며 조용히 대꾸했다.

"정곡에 해란의 마루한께서 입성하신 후, 천하의 눈과 귀가 다 이곳으로 쏠려 있습니다. 함부로 움직이다간 큰일 날 듯싶어 조용히 기다렸습니다."

"암만, 암만. 신중해서 나쁠 것은 없지."

딜곡과 카낙이 동시에 감탄하여 앞에 앉은 사곤을 바라보았다. 나이도 젊어 보이는 이가 어찌 이리 신중하고 침착한지. 그들이 만난 단뫼의 대상 우두머리는 예상과는 달리 이제 겨우 나이가 이립(而立)* 전후로 보였다. 껑충하게 키가 크고 눈빛이 심해처럼 깊었다.

---

*이립(而立):서른 살

싱긋 웃는 얼굴은 청신하였으나 속에 갈무리해 둔 기운은 환갑 넘긴 노인과 같이 노회하고 진중한 느낌이었다.

첫눈에도 보통 사람은 아니구나 싶었다. 이런 정도이니, 천하의 상권을 쥐락펴락, 나라를 상대로 거래를 하고 온 세상을 무대로 사고파는 일을 할 수 있겠지.

첫눈에 해란의 늙은 재상은 그를 몇 번이고 만난 성주 딜곡처럼 단뇌의 젊은 이 사내에 대한 호감이 짙어지고 있었다.

"자, 들어가실까요? 마루한께서 내내 기다리고 계십니다."

카낙이 긴 장포 자락을 들고 먼저 의자에서 일어섰다. 딜곡이 뒤를 따랐다. 사곤도 조용히 그의 뒤를 따라 걸었다. 그들이 앉은 방도 성안에서는 가장 깊숙한 방이라 생각했는데, 마루한을 알현하기까지는 세 개의 문을 더 지나야만 했다. 무심하기만 해 보이는 사곤의 눈동자가 어둠 속에서 보이지 않게 이리저리 움직였다. 성의 은밀한 이쪽저쪽을 살피는 것을 잊지 않았다.

"정곡의 내성에는 처음 들어오시는 것이지요?"

"그렇습니다."

"그래, 감상이 어떠하십니까?"

벽 곳곳에 커다란 촛대가 걸려 있었다. 타오르는 수십 개의 촛불 사이로 아름다운 그림이 그려진 벽들이, 번쩍거리는 단지들과 비단 휘장이, 거울같이 매끄러운 대리석 바닥이 황홀하게 빛났다. 꺾어지는 회랑마다 거대한 조각이 서 있었고, 잊어질 만하면 볼품있게 꽃꽂이가 된 대형 꽃병이 운치있게 서 있었다. 뒤질세라 향기가 좋은 기름을 담은 단지가 사람들의 기분을 청량하게 만들었다. 상상

이상의 부유함이었고 볼만한 규모였다. 사곤은 조용히 입을 열었다.

"지난번에 들어가 본 사무란의 춘궁(春宮)만은 못하나, 변방임을 감안한다면 이곳 정곡의 성도 규모가 대단합니다."

"그러게 말입니다. 사무란에 있을 때는 몰랐으나 이곳도 천혜의 요지인데다 산물이 풍부함이라, 한동안은 걱정없습니다. 게다가 정곡의 성주께서 워낙 청렴하고 살림을 잘 꾸려가시니 우리 모두 감탄하고 또 흡족해합니다."

"그렇군요."

마지막 회랑을 지나가자, 복도 끝에 문이 나타났다. 흑단으로 만들어지고, 위에서부터 아래까지 정교한 조각을 가득 새긴 거대한 문이었다. 문 앞에 서 있던 호위병이 재상과 성주를 보고는 한 무릎을 꿇어 예를 표했다. 들어가란 말 대신 문을 활짝 열어주었다.

창가의 탁자 앞에 거대한 촛대가 서 있고, 그 부근은 대낮같이 밝았다. 해란의 마루한은 열심히 무엇인가를 읽고 있었다. 그의 앞에는 양피지로 만든 두루마리 문서가 수북이 쌓여 있었다. 어떤 것도 놓치지 않는 사곤의 예리한 눈빛이 해란국의 마루한을 훑어 내렸다.

하얗고 단정한 얼굴, 기품 높은 이마에 당당한 체구가, 과연 군주의 위엄이 있다 할 것이다. 나이는 이제 겨우 약관을 좀 넘은 듯, 그럼에도 누구에게도 지지 않는 영걸 찬 기상과 온화한 인품이 조화를 이루었다. 천하의 혼군이요, 폭군이라 불리던 제 아비를 천배만배 뛰어넘는 아들이란 평가가 틀린 것은 아니었다.

'흠, 역시 해란의 국운은 아직 꺼지지 않았군. 적어도 이자가 살아 있는 한은 이 나라는 절대로 망하지 않는다.'

친기대장 벼리는 그 밤에조차도 완전 무장을 한 채 문 근처 어둑한 구석에 숨듯이 서 있었다. 여차하면 베어버리겠다, 한 손은 언제라도 발검할 수 있도록 검의 손잡이에 가 있었다. 군주의 옥체에 혹여 위해라도 가하지는 않을까, 잔뜩 경계한 눈빛이었다. 사곤과 벼리의 시선이 허공 안에서 마주쳤다.

〈멋진데? 친기대장 아사벼리.〉

〈까불지 말란 말이다!〉

〈다시 만날 거라 그랬었지?〉

청푸른 두건과 얼굴 가리개로 가려진 사곤의 얼굴이 묘하게 일그러졌다.

'저런 헌칠한 사내와 내 아사벼리가 날밤을 같이 새운다, 이 말이로군.'

군주와 친기대장이라는 공식적인 관계이기는 하나, 남녀가 유별한데. 이건 별로 기분 좋지 않았다. 자주 보면 정들고, 정들면 사건이 나게 되어 있는 법이다. 원래 이치가 그러한 것이다. 잘못하다가, 열심히 죽 쑤어서 엉뚱한 개에게 좋은 일만 시키게 되는 것은 아닌지, 갑자기 잔잔하던 사내의 가슴에 우그르르 시퍼런 불꽃이 남실거리기 시작했다.

'무엇인가 특단의 조치를 조만간 취해야겠구먼.'

벼리는 벼리대로 홀로 씩씩거리고 있었다. 능글맞은 단뫼의 상인놈. 그 얼굴이란, 개구쟁이처럼 금세 혀라도 메롱 내밀 기세였다.

검 손잡이에 닿은 손이 저절로 또 불끈거렸다. 저놈을 상대하느니 애초에 앓아죽고 말지. 벼리는 모르는 척 고개를 돌려 버렸다. 사무적인 얼굴로 외면했다.

등 뒤에서 벌어지는 일도 알지 못하고 카낙이 조용히 불렀다.

"마루한."

가람휘가 눈을 들었다. 단뫼국 특유의 복장을 한 사내가 문 앞에 서 있었다. 그가 밤늦도록 기다리던 사내였다. 자리에서 일어나 한 발자국 걸어나왔다.

"어서 오시오."

사곤이 먼저 한 무릎을 꿇었다. 오른팔을 배에 댄 채 고개 숙여 단뫼국 식으로 인사를 했다.

"해란의 마루한을 알현합니다."

"일어서시오. 어차피 아쉬운 건 나이니까."

마루한도 이름만 들었지 처음 보는 단뫼의 대상인이었다. 감춘다 하였지만 호기심 어린 눈길은 어쩔 수 없었다. 사곤이 유창한 해란국의 말로 인사를 해오자 얼굴을 풀고 미소를 지었다.

"그대는 단뫼의 사람이면서 우리나라 말을 잘하는군."

"장사치야 천하를 떠돌아다니는 사람, 말을 하지 못하면 흥정인들 제대로 되겠습니까? 하여 아국의 사람들은 어린애일 때부터 타국의 말을 배웁지요."

"지혜로운 일이로군. 자, 앉읍시다."

방 중앙에 마련된 거대한 흑목 탁자 앞에 놓인 의자에 가람휘가 먼저 가서 앉았다. 차례대로 카낙과 딜곡, 사곤이 자리를 잡았다.

"그러면 거두절미, 흥정을 시작해 볼까요?"

사곤은 등에 지고 온 상자를 열어 가람휘 앞에 천으로 둘둘 만 것들을 내놓았다. 그가 천을 풀어 안의 것을 확인하기를 기다렸다.

"근접하여 육탄전을 벌일 때에, 아주 유용할 겁니다. 싸울아비들을 위한 검입니다."

희미한 촛불 아래에서도 그 검은 아주 강하고 잘 벼려져 있다는 것을 느낄 수 있었다. 사곤이 설명을 덧붙였다.

"이 검은 아주 특별합니다. 〈미친 현자의 섬〉에서 흘러나온 신형 강철을 쥬신의 장인들이 두들겨 만들었지요. 굉장히 단단하고 절대로 날이 무뎌지지도 않고, 전혀 녹슬지 않는 최고의 검입니다."

〈미친 현자의 섬〉이란 말에 마루한의 눈빛이 반짝거렸다. 한눈에 보아도 예사로운 물건이 아니었다.

"마음에 드오."

한때 아트란국이라 이름 붙였던 그곳은 대륙과 이어진 거대한 반도의 나라였다. 하나 해저에서 일어난 지진으로 국토의 대부분이 가라앉고 겨우 도시 하나 정도의 섬만 남아 있다고 하지. 그러나 전부 소문일 뿐이었다.

그들이 사는 대륙과 〈미친 현자의 섬〉은 거센 태풍과 소용돌이와 괴물들이 우글거리는 대양(大洋)으로 갈라져 있었다. 배를 타고 나간 사람들 누구도 그곳으로 들어가지 못했다. 그곳의 사람 역시 대륙으로 나오지 못했다.

그러기를 수천 년, 한때는 같은 무리였을 그들은 이제 완전히 다른 종족이 되어 더 이상은 대륙에서 살지 못하는 모습이 되었다 하지.

"듣기로 그곳은 사람들이 근접하지 못하게끔 보이지 않는 투명한 막으로 둘러싸여 있다면서요? 그런데 어떻게 이런 강철을 구할 수 있었을까?"

은근히 강철의 구입 방법을 묻는 마루한의 말에 사곤이 단번에 잘라 버렸다.

"방법에 대해서는 묻지 마십시오. 하나 마루한께서 하문하시니 군이 대답한다면……. 그 섬과 대륙이 오갈 수 있는 방법은 무인선입니다. 사람이 타지 않으니 예사로이 드나들 수 있지요."

"무인선이라고요? 그것이 가능합니까?"

"〈미친 현자의 섬〉의 사람들은 우리와 아주 다르니 그들의 솜씨와 기술은 사람의 상상을 뛰어넘는다 하지요. 저는 그쪽에서 보내 온 무인선에 대륙의 식량을 담아 보내고, 그들은 그 배에 다시 기기묘묘한 그들의 물건을 실어 보냅니다."

"그렇군요."

사곤이 다음에 내놓은 것은 활이었다.

"소인이 천장 장백을 넘어 쥬신의 효로성까지 가서 구한 활이올시다. 그 유명한 맥궁입니다."

"오오!"

카낙과 가람휘의 입에서 동시에 탄성이 터졌다. 하늘아비들의 나라 신시에서 가장 가까운 곳에 정착한 무리의 나라가 쥬신국이다.

쥬신의 이름 자체가 '활을 잘 쏘는 자'란 뜻을 가졌을 정도로 그들의 궁술 솜씨는 유명하였다. 쥬신의 싸울아비들이 사용하는 활이 바로 이 맥궁이었다. 가볍고 단단하고 사정거리가 길어 치명적인 살상력을 자랑하는 물건이었다.

하나 다른 나라와 쥬신국 사이는 수천 장 높이를 자랑하는 거대한 산맥과 수만 리 사막과 끝없는 얼음황야로 가로막혀 있었다. 신시와 마찬가지로 인세와 거의 단절되다시피 한 곳이었다. 하여 천하의 변란과는 상관없이 쥬신의 사람들은 유유자적하고 있었다.

"듣기로 쥬신의 사람들은 평화를 좋아하여 피를 보는 일에 그들의 귀중한 무기를 순순히 내놓을 리 없다 들었는데……?"

"반드시 흘려야 하는 피라면 흘리게 하는 것이 순리. 가능한 한 빨리 끝내게 하여 애꿎은 목숨을 더 상하지 않게 함이 대인의 자비가 아닐까요? 하여 소인과 생각을 같이 하는 쥬신의 싸울아비 한 분을 모셔 왔나이다. 그분이 이 맥궁을 사용하는 법을 가르쳐 줄 것입니다."

"그렇군요. 새로운 무기를 소개해 줌도 감사한데, 사용법까지 익히게 해준다니 거 참 더 좋은 일이오."

가만히 사곤의 말을 듣고 있던 가람휘가 고개를 돌려 그를 바라보았다.

"한데 내가 궁금한 것이 하나 있소."

"말씀하시옵소서, 마루한."

"정곡으로 들어오는 길은 군데군데 적병들이 점거하고 있는 형편이라오. 한데 어떻게 이 많은 무기들을 그대가 정곡으로 싣고 들어올 수 있었는지 참으로 궁금하오."

충분히 의문을 가질 만한 일이었다. 혹여 네놈이 적과 내통하여 우리를 기만함이 아니더냐? 그리 묻는 말처럼 들렸다. 그깟 것은 아무 일도 아니라는 듯이 사곤이 씩 웃었다.

"눈에 보이는 길만 길은 아니지요."

"무슨 뜻이오?"

"우리 단뫼의 대상들이야, 길이 없으면 새 길을 만들어 오가는 사람들. 열사의 사막도, 거친 바다도, 험한 산맥도 우리들을 막을 순 없지요. 장사치들의 발길이 오가지 못할 데가 어디 있을까? 저흰 오직 거래하시는 분들과 신용을 지킬 따름입니다."

"그 말은, 우리가 알지 못하는 길이, 단뫼의 장사치들만이 오가는 길이 따로 있단 뜻으로 들리는구려."

"마루한, 그런 길이 있다 하여도 저는 입을 열지 않을 겁니다. 이런 것을 두고 사업상 기밀이라고 하지요. 하물며 그 길을 이용하여 적의 등을 치려는 일은 그만두시기를 감히 충고드립니다."

사곤의 말에 마루한의 얼굴이 갑자기 변했다. 딜곡이나 카낙의 표정도 마찬가지였다. 벽에 붙어 선 벼리의 심장도 철렁 내려앉았다.

"무슨 뜻인가?"

"적이 알지 못하는 길을 통해 기습을 하려는 작전은 좋지만, 제가 이용하는 그 길은 대군을 움직이기에는 적합지 않아서입니다."

"어떻게……?"

네가 어찌 감히 말하지 않는 내 속내를 읽어냈더냐 하는 경악이었다. 사곤이 고개를 설레설레 저었다. 안타깝다는 듯이 말을 이었다.

"겨우 수십의 대상을 데리고는 움직일 만한 길이지만, 수만 명의 군사들이 말과 함께 움직이기는 곤란한 길이올시다. 사무란까지는 열흘 남짓하여 도착할 수 있는 짧은 거리이되, 도중에 물도 없고 정해진 방향도 없어 제대로 도착지까지 갈 수 있을지, 저도 걱정하며 나다니는 길입니다."

정적, 입을 꾹 다문 가람휘의 얼굴을 바라보며 사곤은 한 치 흔들림 없는 목소리로 말을 이었다.

"그런 길을 대군이 무리하여 움직이면 아마도 대부분의 군사들이 기진맥진할 것입니다. 군사를 움직이는 것만이 중요한 것은 아닙니다. 싸울아비들이 도착지에서 기력을 그대로 간직하여 전쟁을 치를 수 있는가 하는 점이 더 중요하지 않습니까? 그것을 마루한께서는 염두에 두셔야 할 것입니다."

뭐라 반박하려던 가람휘가 그만 맥없는 얼굴을 하고 입꼬리를 축 늘어뜨렸다.

구구절절 옳은 소리. 단뫼의 이 상인은 예사로운 인간이 아니다. 갑자기 심장 안에서 경계의 붉은 등이 켜지고 있었다. 아무것도 모른다는 얼굴을 하고 있으나, 이 사내는 기본적으로 싸움의 전략과 승리의 규칙을 아주 잘 알고 있는 자였다. 그 어떤 싸울아비보다 더 예리하고 더 영리했다.

실제로 검을 들고 전쟁을 치른 적은 없을지 모르나, 세 치 혀와 간교한 시선으로 천하의 전쟁을 내려다보며 쥐락펴락할 만한 지략을 가진 자였다.

벽에 붙어 선 벼리도 마찬가지였다. 눈을 부릅뜨고 사곤을 노려보았다.

'흠, 제법인데? 저놈.'

실없는 농담질이나 하고 술이나 퍼마시며, 돈만 밝히는 하찮은 장사치인 줄 알았는데, 잘못 알았다. 감히 마루한과 마주 앉아 거래를 함에 있어, 한 치도 꿀리지 않고 응대하는 모습이 더없이 태연자약이었다. 칼자루를 쥐고 있는 쪽은 자신이라는 것을 아주 잘 알고 있는 자의 여유로운 얼굴이었다. 나직한 목소리로 전세를 짚어내는 것이나, 거만한 것은 아니나 당당하였다. 겸손하고 부드러웠으나 비굴하거나 비겁하지 않았다.

벼리는 아주 잠시 단목사곤이라는 저자의 진면목을 또 한 번 엿본 것 같아 가슴이 서늘해졌다. 절대로 예사로운 자가 아니었다. 저 인간, 어떤 목적을 흉중에 담고 정곡성에 들어왔는지는 모르나, 단순히 등짐 지고 무기나 퍼 나르는 수준의 상대는 아닌 것이 분명했다. 단단히 경계하고 날카로이 살필 요주의 인물임에 분명해졌다.

"그러면 이것들을 언제 다 보내주시겠소?"

"앞바다에 떠 있는 우리들의 배가 이미 이것들을 가득 싣고 대기하고 있습니다. 원하시는 날싸에 무기고를 채워 드립지요. 허고 쥬신의 싸울아비께서 내일 맥궁을 다루는 기술을 보여 드릴 것입니다."

"좋소이다."

"그럼 대금을 계산해 주시죠."

마루한의 눈짓에 따라 카낙이 신호를 보냈다. 이윽고 병정 세 명이 질질질 무거운 자루를 셋이나 끌고 돌아왔다.

"확인해 보시오."

사곤이 자루 하나를 열었다. 그 안에 든 것은 사금이었다. 그것의 질과 무게를 가늠해 보듯이 손가락으로 한 줌을 집어 들자 주르르 흘러내렸다. 촛불 아래 싯누렇게 번쩍이는 금가루는 금이 아니라 무슨 모래처럼 열없게 보였다. 너무 많아 오히려 비현실적이었다.

사곤이 마루한 쪽으로 고개를 돌렸다. 황금자루 수를 확인한 이후 불만스러운 빛이 역력했다.

"황금은 틀림없습니다. 하나 이 양은……?"

"많이 모자라다는 것은 나도 알고 있소."

가람휘는 무겁게 말을 이었다. 사곤의 짙은 눈썹이 찌푸려졌다. 이미 많이 미안하고 민망한 마음인지라, 마루한에게는 모욕스럽게 느껴지는 미소가 그의 입술에서 흘렀다.

"당신에게 솔직하게 사실을 털어놓으리다. 우리가 마련할 수 있는 금은 이것뿐이었소."

"거래에는 신용이 생명, 이러시면 곤란하지요."

상인의 목소리는 결코 높지 않았다. 하나 면구한 마루한을 몰아붙이기에는 충분했다.

"저는 최선을 다해 목숨을 걸고 해란국과의 약조를 지켰습니다. 게다가 정말 필요로 하시는 쥬신의 맥궁 기술자까지 데려왔습니다.

한데 금이 이것뿐이라니요?"

"달포 전만 하더라도 금은 충분했소. 아니, 충분하다 못해 넘쳤었지."

"한데요? 설마 그사이 도둑질이라도 당했다는 시답잖은 변명을 할 생각이십니까?"

"······사실이오."

"흠."

젊은 마루한의 얼굴이 수치심과 부끄러움으로 벌겋게 달아올랐다. 그러나 어쩔 수 없었다. 이 모든 일의 근원은 바로 자신에게 있었다. 결코 고개를 숙이지 않는 그가, 고개를 숙이지는 못하고, 그럼에도 면구하여 시선을 내리깔았다.

"나라의 무기고를 채워야 할 금을 두고, 내가 사사로운 정에 취하여 그만 도둑질당했소."

"감히 소인이 설명을 요구해도 될까요, 마루한?"

사곤이 팔짱을 낀 채 등을 의자 뒤로 걸쳤다. 느긋하게 이야기를 들을 준비가 되었다는 신호였다.

"사람 사는 일에 가끔 예외도 있더군요. 납득할 만한 상황이면 제가 대금을 지불하는 기한을 늦추어 드릴 수도 있습니다만."

"오, 그렇게 해줄 수 있소?"

"고객이신데요. 해란과의 거래가 한두 번이 아닌데 어려운 사정을 보아드려야지요. 제가 어찌하든 도움을 드려야 할 것 같은 생각이 듭니다. 보아하니 마루한께 제가 알지 못하는 절박하고 긴요한 사정이 있으신 듯해서요."

"……그대도 들었을 테지만…… 몇 달 전에 도성 사무란이 함락되었소이다."

"흠."

사곤의 표정은 전혀 변하지 않았다. 천하의 정보와 소문이란 것들은 다 듣고 있다는 그들이니, 모를 리가 없다.

"그때, 사무란에 머무르고 있던 대 마린과 마린이 미처 피신하지 못하고 무후에게 인질로 억류되었소이다. 하여……."

"인질들의 몸값을 치르기 위해 제게 주어야 할 금을 내놓으셨다?"

"어쩔 수 없었소이다. 내, 그대에게는 미안하게 생각하오. 하나 사람 목숨이 더 중하지 않소?"

사랑하는 자를 잃어보지 않은 사람은 알 수 없을 테지. 하지만 절박한 그 마음을 이해해 달라고 소리치고 싶었다. 나라를 포기해서라도, 마루한의 관을 버리고서라도 당장 달려가 구해내고 싶은 미친 사랑이라는 것도 존재함을 말하고 싶었다. 억지로나마 끝내 의연하게 말하려 하는 젊은 마루한을 사곤이 빤히 바라보았다. 잠시 침묵하더니, 이내 싱그레 웃었다.

"그렇군요. 충분히 이해합니다. 마루한으로서는 어쩔 수 없는 선택이었겠지요."

"민망하오. 내 백성들을 위하고 나라를 생각하면 자제해야 함에도 불구하고 그렇게 소중한 분들을 곤경에 빠뜨린 채 놓아둘 수는 없었소. 하여……."

"그럼요, 이해한다니까요. 하물며 사무란에 억류되어 있는 해란의 마린께서는 천하제일미(天下第一美)라 소문이 난 터, 젊으나 젊으신 마루한께서 어찌 어여쁜 아내를 버려두고 잠을 편안히 주무시리오. 하나."

사곤의 입술이 약간 삐뚤어졌다. 말로야 이해한다, 당연하다 하면서도 눈빛은 서늘했다. 칼날처럼 가람휘의 심장을 직격으로 찔러 버렸다.

너그러운 미소를 머금은 것처럼 보이는 상인의 그 얼굴은 불가사의였다. 넉넉하게 이해한다는 표정이기도 하고 비웃음이기도 하고 또한, 연민과 더불어 어리석다 꾸짖는 표정이기도 했다.

"몸값으로 지불된 금으로 무기고를 채워, 새해가 오면 새로운 전쟁을 준비하실 터. 사무란성은 찾아야 하나, 그 안에 사는 사람은 수만 명. 결국 귀인(貴人) 두 분의 몸값이 그들과 맞바꾸어진 터이군요. 하긴 모든 사람의 가치가 똑같은 것은 아니니까."

붉어진 마루한의 얼굴이 더 붉어졌다. 붉어지다 못해 이젠 거의 검붉은빛이었다. 사곤의 말이 군주로서의 그의 양심과 의무를 통렬하게 조각내 버렸던 것이다. 결국 이 상인은 그를 조용한 어조로 힐난하고 있었다. 사사로운 연정(戀情)에 묶여, 백성 전부를 구할 기회를 스스로 놓쳐 버린 터라고.

그러나 그는 이내 말을 그쳤다. 더 이상 그것은 내 알 바 아니라는 듯, 무관심한 표정으로 돌아와 있었다.

"좋습니다. 이번만 대금의 지불을 늦추어 드리지요. 허면, 저에게 어떤 식으로 나머지 돈을 지불하실 생각이신가요?"

"찬 서리 내리는 달(11월)까지 기다려 주시오. 그때 금 대신 곡식으로 나머지 대금을 지불하겠소이다."

"올해 곡식은 내년의 전쟁을 위하여 비축해 두셔야 하는 것이 아닌가요?"

"다행히, 정곡성이 십여 년간 비축해 둔 미곡이 넉넉하오. 군량미는 걱정없을 듯싶소. 하여 올해의 햇곡식을 금 대신 그대에게 넘겨주어도 상관없을 것 같소."

"다행이군요. 하기는 해란의 들판이 이렇듯이 풍요로워 메마른 다른 나라들이 침을 삼키며 넘보는 것입니다만."

"허면 우리의 조건을 수락하겠소?"

"뭐, 저희도 나쁘지 않은 조건이니까요. 어차피 금도 중하나 곡식을 사려는 고을도 넘쳐 나니, 그렇게 하겠습니다. 한데 곤란한 것은……."

사곤이 이맛살을 찌푸렸다.

"아시다시피, 저희 일행은 사흘 후에 전부 다 마고국으로 이동합니다. 찬 서리 내리는 달까지 기다릴 수가 없습니다만."

"일단 떠났다가, 서리 내리는 달 즈음 하여서 그대만 다시 돌아와 대금을 지불받으면 되지 않겠소?"

"그렇군요. 그렇게 하겠습니다."

"감사하오."

마루한이 일어나서 두 손을 모아 읍을 했다.

"곤란한 지경에 처했을 때, 진정한 벗과 적을 안다 하더니. 우리의 어려운 사정을 가려 이렇게 이해해 주니 더없이 감사하오. 대신 이날부터 그대는 우리에게 외인이 아니오. 그대는 이제 언제나 나를 만날 수 있을 것이오. 재상."

"예, 마루한."

"이분을 비롯한 단뫼의 상인들에게 성안에다가 편안한 거처를 마련해 주시오. 떠날 때까지 아낌없이 편의를 보아주시오."

"알겠습니다."

"과분하신 배려, 감사드립니다. 금은 내일 아침까지 홍월루로 보내주십시오. 저는 그곳에 머물고 있습니다."

"알았소."

이것으로 거래는 마무리된 셈이다. 사곤이 허리를 굽혀 절을 하고 물러나갔다. 슬며시 어둠 속 그늘에 있던 벼리가 그를 따라 나갔다. 방 안의 세 사람은 미처 알지 못했지만.

사곤이 나가고 닫힌 문을 바라보고 있던 마루한이 고개를 돌려 카낙을 바라보았다. 나지막이 탄식했다.

"참으로 심기 깊고 무서운 사내로군."

"그렇습니다. 한갓 장사치가 저토록 명민한 눈빛을 가짐이라……. 기이한 사내입니다."

"하나, 신용이 완벽하고, 언제나 저희가 구하는 물건을 제대로 가져오는 자라, 저는 신임하고 있었습니다만."

딜곡의 말에 마루한이 고개를 끄덕였다.

"그를 두고 수상하디 히는 말은 아니오. 천하를 떠돌아다니며 각국을 상대로 물건을 사고팔려면 그 정도의 담력과 지혜가 없으면 곤란할 테지. 적으로 만들면 절대로 아니 될 사내야. 재상."

"네, 마루한."

"그자를 잘 회유하시오. 천하 곳곳을 돌아다녀 정보가 밝고 넓은 귀와 눈을 가진 자라, 잘 이용하면 우리에게 큰 도움이 될 거요."

"명심하겠나이다. 잘 회유하도록 하겠습니다."

사곤이 놓고 간 아트란의 검과 맥궁이 탁자에 그대로 놓여 있었다. 가람휘가 그것을 집어 들었다.

"이런 것이 우리의 구원이 될 수 있을까? 이미 욱일승천하는 기세가 꺾여 버린 터라……. 한참 승승장구하는 무후를 상대로 과연 이길 수 있을까? 나는…… 자꾸만 자신이 없소."

촛불이 일렁거렸다. 몰락해 가는 나라의 군주의 얼굴에 눈물 같은 얼룩을 만들었다.

딜곡도, 카낙도 침묵한 채 마루한의 손에 들린 쥬신의 맥궁을 바라보기만 했다.

이런 것이 그들의 구원이 될 거라고…… 믿고 싶었지만, 아니기에 아무 말도 할 수 없었다.

第六章

날이 밝았으니, 개벽(開闢)이다.
상황이 달라졌으니 개벽이다.
사람이 바뀌었으니 또한 개벽이다.
마음이 변하였으니 이것 또한 개벽이다.
우리의 눈을 새로이 떴으니 마찬가지로 개벽이다.

깊은 대(大) 장방에서 이런 말이 오가는 동안이었다. 정작 그 화제의 주인공인 사곤은 참으로 어처구니없는 봉변을 당하고 있는 중이었다.

나름대로 한가락한다 하는 그가 당하고 있는 일이라니. 기막히게시리, 볼품없게시리 벼리에게 귀를 잡혀 질질 끌려가고 있는 신세가 되었기 때문이다.

"아얏! 아이고, 대체 이게 무엇하자는 짓이냐? 놓지 못하겠더냐?"

"입 닥치고 따라오지 못해? 어차피 우리 성으로 혼자 들어온 신세. 내가 널 죽인대도 어쩔 것이냐?"

"오호, 똥개도 제 집 안에서는 오십 점 먹고 들어간다더니 말이지, 지금 날 협박해?"

사곤의 입이 투정질하는 어린애처럼 불쑥 튀어 올랐다.

"해란의 싸울아비들은 제집에 찾아온 손님을 이렇게 험히 대접한다더냐?"

"손님이면 손님으로서 품위를 지켜야지. 겁도 없이 감히 우리 마루한을 능멸해?"

어둑한 그늘, 성벽 아래로 그를 끌고 온 벼리가 냅다 주먹을 들어 사곤의 아랫배에 박아 넣었다.

계집이라 하여 만만히 보았더니 이것, 무쇠덩이가 따로 없었다. 미처 호신술을 운용하기도 전에 아랫배에 박힌 주먹맛은 지독하게 맵고 시린 쇠초피* 맛이었다. 컥 소리가 절로 나며 내장이 우르르 흔들렸다. 무정한지고. 정인(情人)을 상대로 주먹을 휘두르는데, 인정사정도 보지 않고 해란의 싸울아비들이 익힌다는 격권을 시전하고 있었다.

"아고고, 이거 대체 뭣하자는 짓이냐?"

"감히 우리 마루한께 불경한 죄이다."

주먹이 다시 날아왔다. 벼리는 지금 굉장히 분노한 상태였다. 사곤이 하늘 같은 마루한을 상대로 깐죽깐죽 입질을 해대고, 오히려 설교까지 하는 것을 보고는 비윗장이 뒤틀릴 대로 뒤틀린 상태였던 것이다.

"한갓 장사치 주제에 겁도 없이 까불랑거려? 네놈이 그럴 자격이 있다고 보느냐?"

---

*쇠초피 : 오늘날의 고추나 후추와 같은 매운맛을 내는 풀 이름

날아오는 주먹을 한 손으로 막으며 사곤이 입술을 비틀었다. 움켜쥔 손아귀에 슬쩍 힘을 주었다.

슬슬 화가 나기 시작하고 있었다. 으슥한 곳으로 끌고 올 적엔, 둘만 아는 '좋은 일'을 하려는 줄 알았다. 저 둔한 것이 무엇을 안다고 그런 기대를 했는지……. 한숨이 절로 나왔다.

모르는 척 마지못한 척 따라와 주었더니, 좋은 일은커녕 미친개 신세로 주먹질이나 당하고 있었다. 아무리 사람 좋은 그라도, 마냥 참을 수는 없는 노릇이다. 제 것이라 여긴 여인이 다른 사내의 역성을 들어 그를 후려잡고 있는데, 어떤 사내가 고이 참아줄까?

오늘 밤, 이 억센 계집의 주인이 누구라는 것을 반드시 각인시켜주어야 할 모양이다. 잡은 주먹을 교묘하게 아래위로 움직이며 약을 올려주었다. 단순하기만 한 아사벼리의 뚜껑을 열리게 하는 방법을 그만큼 잘 아는 사람이 있을까.

"쳇! 옳은 말을 하는 사람을 이렇게 핍박하다니, 이래서 해란이 몰락하는군."

"뭐라고?"

사곤이 더없이 싸늘하게 얼굴을 굳혔다. 벼리 앞에서만은 언제나 실실거리던 모습과는 사뭇 다른 표정이었다.

"군주 앞에서 무슨 말이든 옳다, 좋다 말하는 이들을 일러 나는 아첨꾼이라고 한다. 무릇 군주는 그를 경계해야 하느니. 입과 귀가 막히면 군주는 인(人)의 장막에 갇힌 폐인일 뿐이며, 그런 군주를 흠모하는 이들은 멍청한 허수아비를 모시고 있을 뿐이지."

"닥치지 못해? 마루한은 반드시 옳으신 분이다. 감히 네놈이 우리의 고귀하신 군주를 능멸하도록 내가 그냥 보고 있을 줄 알았다면 오산이다, 이놈!"

"충성, 좋지. 친기대장 아사벼리, 하지만 네가 진정 곧은 마루한을 모시고 싶다면, 옳지 않은 것은 옳지 않다 말하려무나. 무조건 그의 말을 들어주고 고개 조아리는 것이 충성인 줄 아느냐? 이 어리석은 인간 같으니라고."

말로는 아니 되는 인간을 경계하는 데는 오직 주먹뿐이다. 벼리는 끝내 잘났다 쫠쫠거리는 인간을 향해 다시 주먹을 날렸다. 어럽쇼? 이번에도 고개를 돌려 잘도 피했다. 다시 한 번 주먹을 날리는 벼리의 손을 사곤이 먼저 잡아버렸다. 씨근덕거리며 벼리가 고함을 질렀다.

"놓지 못해?"

"싫단다."

누가 보면 두 사람이 달빛 아래 밀어를 나누며 두 손 맞잡고 사랑의 맹세를 한다 여겼을 것이다. 하나 실상 누가 세나 힘겨루기이니, 뿌리치고 부여잡고…… 양손을 서로 맞잡은 채 기 싸움 중이었다.

손으로 안 되면 다른 것도 있단다. 벼리는 냅다 머리통으로 사곤의 이마를 박아버렸다. 아니, 박아버릴 참이었다.

"허어, 이러면 곤란하지!"

마치 몸에 뼈가 없는 무골형 인간이 서 있는 것 같았다. 거의 땅바닥에 닿을 듯이 사곤이 허리를 뒤로 꺾어 벼리의 공격을 아주 가볍게 피했다. 냅다 다시 주먹을 내지르려는 벼리의 두 팔목을 머리 위로 끌어 올렸다.

그의 눈썹도 위로 치켜 올라가 있었다. 내 어디 실력이 없어서 너에게 맞고 있었느냐, 이런 뜻이다. 하지만 하는 짓이 귀여우니 내가 한번 보아준단다. 싱글싱글 웃으며 다시 약을 올렸다.

"뭐 이렇게 해서 네 분이 풀린다면 마음대로 하려무나."

"죽여 버린다!"

"마음대로! 죽일 수 있다면 어디 한번 해보렴. 그나저나, 이야, 달도 좋구나."

절대로 벼리가 그의 옷깃 하나도 건드릴 수 없다는 자신만만함이 스며 있었다. 창공에는 스무날 하현달이 청아하게 떠올라 있었다. 밝은 별이 보석처럼 총총 박혀 있었다. 사곤이 킥킥 웃었다. 밤바람에 그의 옷자락이 날렸다.

"잘난 충성이야 너의 마루한께 바치려무나. 나는 너와 정분이나 나누련다."

"뭐, 뭐라고?"

"운치도 좋구먼. 달은 둥실 떠 있고, 천지사방 조용하고 어둑한 이곳에 우리 둘만이니, 이것 참 즐겁구나."

그가 잡고 있던 손을 놓아주었다. 틈을 놓칠세라, 벼리가 후려치려 주먹을 뻗자마자, 사곤은 그 주먹을 잘도 막아내며 마치 춤을 추듯이 손목을 잡고 한 바퀴 빙그르르 돌려주었다. 시키지도 않았는데, 저도 따라 돌아가며 어깨춤을 추어간다. 태평스런 수작질이었다.

분명 주먹다짐으로 시작하였는데, 어느새 두 사람은 손을 맞잡고 빙글빙글 돌아가며 짝맞이 춤*을 추고 있는 형국이 되고 말았다.

"얼씨구! 좋구나. 풍악을 울려라. 우리 둘이 어찌 이리 딱딱 박자가 맞는 것이냐? 천생연분이다. 좋구나!"

"그만두지 못해?"

"어허, 좋으면서도 너 시침 떼는 게지? 짝맞이 춤을 잘 추어야 좋은 신랑감을 얻는단다. 이참에 배워두어라."

"누가 배운다던?"

이런 망신, 이런 수모는 처음이었다. 느닷없이 원치 않는 짝맞이 춤을 추게 된 팔자라니, 고함을 꽥꽥 질러보았자 소용이 없었다. 유들유들한 이 인간, 쉬지도 않고 벼리의 몸을 억지로 빙빙 돌려가며 강제적으로 춤추는 형국을 만들었다. 몸짓 못지않게 입질도 바쁘니, 난짝난짝 수작질을 계속했다. 사람 아픈 데를 골라 파헤치며 골려먹었다. 열을 푹푹 끓게 만들었다.

"사내같이 하고 다니니 춤판에 참여하지는 못하고, 부러워설랑은 옆에서 곁눈질이나 하고 있었지?"

"닥쳐!"

"쯧쯧쯧. 내가 아픈 데를 건드렸구먼? 쓸데없이 주먹질, 칼질이나 하지 말고 춤이나 배워라. 아사벼리, 그게 훨씬 더 날 즐겁게 하는 일이다."

"내가 왜 널 즐겁게 해주어야 하는데? 이 빌어먹을 녀석, 손을 놓으란 말이닷!"

"칼질은 피를 부르고 눈물을 만드나, 춤은 즐거움을 주고 웃음을

---

*짝맞이 춤: 해란에서 축제날 남녀가 어울려 손을 맞잡고 추는 춤. 춤을 추며 정이 들어 연인이 되니, 그 춤을 달리 일러 〈연분잇기 춤〉이라 한다

만들지 않느냐? 참 좋은 것이다. 배워두어라. 큭큭, 너 제법 소질이 있구나."

어찌나 교묘한지, 저를 향해 덤벼드는 벼리의 주먹질 발길질 따윈 전부 다 무위(無爲)로 만들어 버렸다. 벼리 스스로 그의 손을 맞잡고 빙빙 돌며 춤을 추는 사태를 만들어 버렸다.

"얼씨구, 돌려주고! 절씨구, 당겨주고! 그래, 참 잘하는구나!"

여차저차 하다 보니, 그렇게 되어 있었다. 흥분을 가라앉히고 정신을 차려보니 대강 벼리와 사곤의 모습이란, 이런 식으로 몸이 반쯤 엉켜 달빛 아래 춤을 추는 사태로 발전하고 있었다.

웃을 수도 없고 울 수도 없는 난감한 사태였다. 갑주를 입고 검을 찬 여인네와, 껑충 키 큰 이방인 사내가 두 손을 부여잡고 껑충껑충 흔들흔들 날른날른 빙그르르 짝맞이 춤이란 것을 추는 형상이라니.

한 번도 당해보지 않은 일이니, 이를 어떻게 수습해야 할지 알 수가 없었다. 하여 무조건 휘말려 들 수밖에 없었다. 알면서도 피하지 못하고, 몰라서도 당해내지 못하는 일이었다. 어찌할 바를 모르는 벼리의 얼굴이 그만 울상이 되었다.

그런데도 사곤의 눈은 내내 벼리의 붉으락푸르락하는 기색을 읽어가며 재미있다는 듯이 빛나고 있었다. 그런 사내의 모습, 희한하게도 밉지 않았다. 자꾸만 깊이 와 박혔다.

필경 한 식경은 그리하고 있었나 보다.

처음에는 분하더니, 다음에는 누가 볼세라 당황스러워졌다. 그것이 지나고 나니 이제는 자포자기, 될 대로 되고 말지 하는 마음이 생겨난다. 사람이 하도 기가 막히고 어이가 없으면 결국 웃음이 나오는 모양이었다. 불끈거리던 노염이나 분노나 응징하고야 말겠다는 의지는 대체 어디로 가버린 것인지.

벼리도 어느새 황당한 그 상황을 노염 타기보다는 제법 즐기고 있었다. 달빛을 타고, 바람을 타고, 땀에 젖은 손을 맞잡은 채 들리지 않는 가락을 타고 몸을 움직이고 있었다.

그 언제던가, 깊디깊은 상처로 남은 기억이 있다. 그것이 아물고 있었다. 바람에 날려가는 티끌처럼 흔적조차 사라지고 말았다.

열너덧 살, 여린 사춘기 적 일이다.

철없던 어린 시절에, 아직은 소녀의 심장을 가지고 있던 그때에 누구나 보면 흉하다 고개 돌리던 검상을 가진 못난 아사벼리. 남복한 채 홀로 나무 위에 앉아 아름다운 옷을 차려입은 남녀들이 춤을 추는 것을 멀리서 바라보기만 했었다. 오직 한 사람. 벼리만 바라본다 여겼던 불유가 벼리 자신이 아닌 그의 자매, 솔담의 손을 잡고 웃으며 행복하게 짝맞이 춤을 추는 것을 지켜본 적이 있었다.

슬픔은 아닌데, 서러운 것도 아닌데, 그렇게 아플 일도 아닌데, 가슴이 얼음장처럼 싸하게 식어 내렸다. 하릴없어 하늘만 바라보았다. 억지로 눈물을 참아 아프디아픈 눈에 그만 실핏줄이 터져 버렸었지.

눈이 대체 왜 그러느냐 질색하던 벗의 물음에 대답은 하지 못하고 고개만 숙여 버렸었다.

너와 내 누이가 함께 손을 맞잡고 춤추던 모습이 너무 아름다워서, 아주 잘 어울려서였다고는 죽어도 말 못해. 네가 내 손을 잡고 춤을 추어주지 않아서라고는 죽어도 말 못해.

 침묵한 채 검만 휘두르던 벼리를 바라보며 불유도 내내, 시무룩한 얼굴이었었다. 그날 이후, 불유 또한 벼리와 마찬가지로 춤 같은 건 추지 않았으니, 그것을 두고 위로받았다고 생각해야 할까?

 짝맞이 춤 같은 건 내 평생 추지 못할 거야. 스스로를 경멸하고 못났다 여긴 마음일랑 버려도 좋았다. 벼리는 자신도 모르게 달빛처럼 희미하나 행복한 웃음을 머금은 채 빙글빙글 돌았다. 기꺼이 춤을 추었다.

 갑옷처럼 지금껏 두르고 살아온 싸울아비의 의무와 위엄 따윈 까마득히 멀어져 갔다. 제 속에 들었을 거라 한 번도 생각하지 않았고, 있었다 해도 애초부터 짓밟아 죽였던 아사벼리의 여심(女心)이 최초로 깨어나던 순간이었다.

 일부러 일깨운 것도 아니요, 억지로 불 지핀 것도 아닌데, 이 사내 앞에서는 오직 아사벼리…… 난생처음 춤추는 즐거움을 알게 된 이때, 싸울아비도 아니요 친기대장도 아닌 기쁜 인간, 행복한 꽃처녀이기만 하면 좋은 순간.

 하여, 그 손을 맞잡은 그 사내로 하여금 더없이 눈부시게 만들었다. 생전 처음, 순정한 웃음을 지어 보이는 이 사람. 거룩하고 장엄하여라, 내 사람의 감추어진 참모습이여.

 사곤이 기만히 잡았던 손을 놓았다. 달빛에 젖어, 땀에 젖어 반짝이는 벼리의 이마를 가만히 훔쳐 주었다. 서늘한 바람이 그들 사이를 파고들었다. 어디선가 찌르르찌르르 풀벌레 소리가 음악처럼 피어나고 있었다. 그 안에서 첫 정을 고백하듯 속삭이는 사내의 목소리가 살며시 떨리고 있었다.

"이제야 진짜로 웃어주는군."

달빛을 타고 귓전을 두드리는 이 목소리는 꿈인가, 꿈이 아닌가?

"참으로 이런 얼굴이 보기 좋다, 아사벼리."

이 세상 그 누구도 벼리에게 이런 목소리, 이런 얼굴로 이런 말은 하지 않았다. 이런 때엔 대체 어떻게 대답해야 하는지 배우지 못했다. 하니 주먹으로 쥐어박듯 뚝뚝하게 되받아칠 도리밖에.

"하, 한 번만 더 이런 수작 부려라, 그냥 콱!"

"콱? 또 하자고?"

벌컥 화를 내려다 보니 자신도 함께 즐기던 생각이 나 열없어지고 말았다. 벼리는 그만 다시 웃어버렸다. 그런 사람을 이국의 사내는 더없이 부신 눈빛으로 바라보기만 하고. 말 안 하고 응시하기만 하고.

갑자기 인기척 없는 성벽 아래, 둘만 마주 선 이 분위기가 어색하게 되고 말았다. 기분이 참 묘해졌다. 한 번도 다른 사람 앞에서 느껴본 적이 없는 기이한 부끄러움, 저어함이 밤안개처럼 피어오르고 있었다. 발가락 끝이 간질간질하고, 눈을 어디로 두어야 할지 알 수가 없었다.

그런 참에 갑자기 기습처럼 사곤이 나지막이 물었다. 이 사내 눈빛이 아까보다 한결 더 위험스레 빛나고 있었다.

"내 이름이 뭐지?"

"단목사곤이라면서? 새삼스레 왜 물어?"

그런 부끄러움이, 이상한 수줍음이 싫어서 말은 더 툭툭하게 새어 나왔다. 그가 다시 물었다.

"너는?"

"쳇, 그새 잊어버린 게냐? 벼리, 아사벼리."

채 대답이 끝나기 전이었다. 누구에게도 허락한 적 없고, 앞으로도 허락하지도 않을 순결한 그것, 아사벼리의 첫 입술을 건방지고 무례한 이국의 사내가 단번에 훔쳐 먹었다. 달콤하게 씹어 완전히 제 것으로 만들어 삼켜 버렸다.

"읍!"

머릿속이 하얗게 되고 말았다. 아무것도 들어 있지 않는 텅 빈 공황상태가 되었다. 한 번도 상상해 본 적 없는 기막힌 일 앞에서, 벼리는 눈만 부릅뜬 채 돌이 되고 말았다. 너무 놀라, 무엇을 어떻게 해볼 도리가 없었다. 머릿속으로는 밀어내라, 허용해서는 안 된다 소리치면서도, 멍청하게 서서는 덤벼든 사내의 입술 앞에서 대책없이 범해지고 있을 뿐이었다.

'악, 악몽이다.'

뇌리 속으로는 이성이 부르짖었으나, 행동은 이어지지 않았다. 그만큼 경악해 버렸던 것이다. 벼리, 그를 상대로 감히 어떤 사내가 이런 수작을 할 수 있단 말인가? 뭇 사내가 정분난 계집에게 하듯이 입술을 훔쳐 갈 수 있단 말인가?

느닷없이 드러낸 사내의 욕망 앞에 둔하고 순진한 벼리는 반 얼이 빠진 것이 분명했다. 하얗게 질려 꼼짝도 하지 못하고 그를 노려본 채 석상처럼 서 있을 뿐이었다.

그것을 미리 알고 노렸다. 사곤은 아름다운 정인의 무지함과 순진함을 이용해서 천천히, 아주 여유만만하게 무르익은 입술을 마음껏 훔쳤다. 한 번도 그 누군가의 손길이나 입술 따위가 닿지 않았을 전인미답의 다디단 꽃잎을 하염없이, 마음껏 탐닉했다.

"고운 달빛 아래 미인의 첫 입술이라……. 더 이상 바랄 것이 없구나, 아사벼리."

귓전에 울리는 사내의 나지막한 음성. 그 안에 서려 있는 진정(眞情) 같은 것이 벼리를 소스라치게 만들었다. 그의 이성을 일깨웠다. 이 사내, 장난질도 아니요 늘상 하듯 능글맞게 허튼 수작질도 아니었다. 벼리는 미친 듯이 사곤을 밀어내려 하였다. 하나 소용이 없다. 그 못지않게 고집 세고 강한 팔이 어깨를 잡고 놓아주지 않았기 때문이다.

다시 입술이 막혔다. 달빛을 타고 도둑처럼 침입한 사내가 한 번 더 그의 단 꿀을 약탈했기 때문이다.

소중하고 소중해서, 더 이상 어떻게 소중하게 다루어야 할지 모르는 그런 얼굴로, 사곤이 강하나 섬세하게 여인의 입술에 입을 맞추었다. 목석같은 마음에 지워지지 않는 정(情)의 낙인을 찍었다.

정의 시작은 찰나, 인연의 시작은 순간. 연모의 시작도 이렇듯이 단숨에 이루어지는 것.

한 번의 입맞춤, 어여쁜 비밀을 함께함으로 인해, 아무것도 아니었던 인연이 붉게 엉겼다. 아사벼리의 사곤으로, 단목사곤의 벼리로 묶여 버렸다.

사곤이 천천히 고개를 들었다. 느닷없는 입맞춤에 발갛게 달아올랐다. 난생처음 제 속에 든 정념을 깨우쳐 그만 한 송이 진홍빛 운다화*같이 변해 버린 연인더러 다정하게 속삭였다.

"싫든 좋든 우리가 이렇게 얽혀 버렸구나, 아사벼리."

"네, 네 이놈!"

비로소 제정신이 들었다. 낯빛도 시뻘겋게 타올라, 노염도 붉게 피어올라 벼리가 빼앗긴 제 입술을 손등으로 마구 비볐다. 눈을 부릅뜬 채 사곤을 죽일 듯이 노려보았다.

"정분일랑, 이렇게 기별없이 찾아오는 법이지."

도저히 견딜 수가 없었다. 무엇이든 제멋대로라니. 퉤퉤 침을 뱉고 손등으로 입술에 피가 나도록 비볐다. 버럭 고함을 쳤다.

"이, 이 음적(淫敵) 같으니라고!"

사곤이 피식 웃었다. 상욕을 들었음에도 그리 노여운 기색은 보이지 않았다.

"제 계집더러 입 맞추었다고 해서 음적 소리 듣기는 내 평생 처음이다."

"누가 네 계집이라는 거냐? 싫다 하는 이의 입술을 네 멋대로 빼앗은 터로 음적이란 말을 들어 마땅하지!"

"글쎄다. 너도 그리 싫다 하지는 않은 것 같은데?"

싱글거리며 대꾸하는 놈의 입술을 찢어발기고 싶었다. 하나 너무 놀라 대응하지 못하고 반항도 못하고 입맞춤을 당한 죄라, 너도 같은 마음이 아니었느냐 하고 되감아 묻는 말에 달리 할 말이 없었다.

---

*윤다화:장미와 비슷한 단뫼국의 국화(國花). 사막에서 피며 향기가 좋아 꽃잎을 채취하여 향유를 만든다

"검을 차고 갑주 입은 계집하고 입맞춤이라 그리 운치는 없었지만, 뭐 상관없다. 한 번으로 끝날 일이 아니니까. 어찌 되었거나 해란의 싸울아비들은 한 번 정을 주면 평생 간다 하지? 싫든 좋든 우리도 이젠 남이라 말 못하겠구나. 다음번엔 좀 더 다정해 보자구나."

허락없이 입술을, 벌렁거리는 심장을 훔친 그 사내. 밤을 타고 제멋대로 정분일랑 빼앗아 버린 도적답게 사곤이 훌러덩 성벽을 넘어 사라져 버렸다.

성벽의 높이란 아무리 낮게 잡아도 십여 장*이 넘었다. 떨어져 죽으려 작정을 한 걸까? 벼리 또한 깜짝 놀라 성벽에 뛰어올라 고개를 뺐다.

박쥐마냥 검은 그림자 한 개가 가벼이 허공을 날아, 성벽 아래 강물로 떨어지고 있었다. 이내 물을 차고 다시 튀어 올랐다. 사뿐히 건너편 땅에 착지하더니, 성벽 위에서 내려다보고 있는 벼리를 향해 손을 흔들었다. 금세 빛살같이 사라져 버렸다. 눈 깜짝할 사이였다. 그 사내 뒤로 유성인 양 금빛 선이 따라 흘렀다.

"저건 태환영보?"

벼리의 입술 사이로 놀람의 신음 소리가 터졌다. 무공을 익힌 사람들은 다투어 익히려는 것이니, 말 그대로 태양 빛처럼 빠르게 움직이는 신법이다. 이것을 시전하면 다만 사람들은 인영(人影) 대신 햇살이 날아가듯 금빛 광채만 본다고 했다. 오래된 비급에서나 볼 수 있는, 그야말로 전설처럼 전해지는 신법이니, 아직까지 실제로

---

*장:1장은 10자[尺]이며 미터법의 3.03m로 계산함

시전하는 자를 한 번도 본 적이 없었다.

'여러모로 놀라게 하는군. 대체 저자의 일신에는 얼마나 많은 신공이 담겨 있단 말인가?'

섬뜩하기도 했다. 동시에 부럽기도 하고 좌절스럽기도 했다. 무공에 뜻을 두고 지금껏 검도에 정진하여 제법 일가를 이루었다 자부하였다. 하나, 하늘은 광대하고 땅은 넓으니 기인이사 또한 모래알같이 많았다. 사곤이란 저자만 보아도 알 수 있지 않은가? 스스로 정곡성에 일등 가는 싸울아비다 자부했던 오만함이 단번에 날아가 버렸다.

해란의 긍지 높은 아사벼리, 그의 첫 입술을 훔친 사곤은 그렇게 금세 봄꿈처럼 사라져 버렸다.

그럼에도 그가 남긴 그림자는 아주 지독했다. 초가을 푸른 하늘같은 청명한 마음에 그만 얼룩이 묻어버렸다. 누가 알세라, 쉬쉬 감추고 꼭꼭 덮어버릴 부끄러운 비밀이 생겨 버렸다.

말 못하고 끙끙 앓아도 해결책이 보이지 않는 이 일. 아사벼리가 싸울아비로 살고자 맹세하며 다 지워 버렸다 했던 여인의 성정을, 무감동한 심장을 건드려 버렸다. 난생처음으로 볼 붉어지는 흔적을 남겨놓았다, 그 사내.

이건, 싸울아비들이 지내는 막사에서 처음 초경을 맞이해, 다리 아래 피 얼룩을 내려다보며 냉해져 있었던 그때의 느낌과 흡사했다. 인정하고 싶지 않지만, 인정해야만 하는 난감함이요, 곤란한 심장의 파동이었다.

"나쁜 놈 같으니라고."

벼리의 입술 사이로 아주 나직한 한마디가 새어 나왔다. 지워 버릴 수 있었으면 좋겠는데, 없던 일로 할 수만 있다면 참 좋겠는데, 그럴 수 없으니 이것이 문제였다.

"친기대장님!"

돌아서던 벼리는 헉 소리가 날 정도로 놀라 한 발 물러섰다. 의아한 얼굴로 바라보는 부하 현목에게 멋쩍은 웃음을 지어 보였다.

어둠 안에서 또다시 저절로 얼굴이 벌겋게 달아오르고 있었다. 몰래 지은 죄가 있다 싶어 사람들 시선만 닿아도 가슴이 털컥 떨어졌다. 누가 보았다고, 누가 알았다고, 예사로이 건네는 말 한마디도, 눈길에도 우스스 심장이 근질거렸다. 아무렇지도 않은 얼굴을 하려 애쓰며 벼리는 목청을 돋우었다.

"무슨 일인가?"

"마루한께서 찾으십니다."

"알았다."

부하를 뒤에 딸리고 썩썩 걸어가는 벼리의 어깨 위로 하얀 매화꽃 같은 달빛이 내려 흩날렸다.

제 여인의 입술 한 번 훔친 후에 마냥 흐뭇했다, 미소 짓는 사내가 찾아드는 초당 지붕 위에도 그 달빛은 아련하게 내려앉았다.

잠도 자지 않고 기다리고 있던 대상의 우두머리 현고부가 사곤을 맞이하였다. 오실 때가 넘었는데 아니 오시는지라, 행여 위해를 당하신 것은 아닌지, 궂은 일이 생긴 것은 아닌지, 별의별 걱정을 다 하고 있던 참이었다.

"태궁, 어찌 되셨나이까?"

"잘되었다. 내일 성주가 황금 세 자루를 가져올 게다. 전장에서 전표로 바꾸어놓도록. 그는 세로맥아에게 보내야 할 것이다. 사흘 후, 너는 남은 물건과 무리를 이끌고 마고국으로 떠나라. 나는 잠시 사무란에 다녀와서 너희들과 합류하겠다."

"사무란엘요?"

"음, 여러 가지 내 눈으로 직접 확인해 보아야 할 상황들이 좀 생긴 듯싶어."

"며칠이나 걸리실 듯하옵니까?"

"나 혼자라면 너덧 새이면 충분하다."

"알겠습니다."

사곤은 조용하기만 한 옆방을 돌아보았다.

"쥬신의 어르신은?"

"방금 주무시는 것을 보고 돌아왔사옵니다."

"한 점의 불편함도 있어서는 아니 될 게야."

"명심하여 불편함이 없도록 잘 차비해 드렸나이다."

"내일 그분은 내성으로 들어가 맥궁을 다루는 시범을 보이신 다음에 이내 쥬신으로 돌아가실 것이다. 타란 이하 네 명을 호위로 붙여 함께 떠나라 하거라."

"존명."

"나가보라. 나는 쉴 것이다."

"편안히 주무십시오."

현고부가 나가려는데 바깥에서 문이 먼저 열렸다. 소반에 간단한 음식과 술병을 받쳐 든 꽃분네였다. 감히 허락도 없이 문지방을 넘지는 못하고 머뭇거렸다. 이미 매몰차게 거절당했다. 한 번 말씀하시면 여지를 남겨주지 않으시는 분이다. 하나 순정 박힌 마음은 쉬이 잘라지지 않는 것. 몇 번이고 망설이다가 용기를 내었다. 애원하듯이 사곤을 바라보았다.

"깊은 밤이라, 태궁께서 시장하실 듯하여……."

"살펴서 요깃거리를 준비하여 주니 황공하다. 들라."

돌아보지도 않으실까 봐 걱정했는데, 쌀쌀맞지 않으시다. 밀어내지도 않으신다. 오히려 미소 지으신 모습이다. 하나 그것이 더 서러웠다. 다른 마음이 없으시기에 이렇듯이 흔쾌하시고 다정하신 것이다. 행여 제가 먼저 미안할세라 편안하게 해주시는 것이다.

꽃분네가 차분히 무릎을 꿇었다. 이분 앞에서는 한갓 기녀가 아니기에, 처음으로 짙은 연지분 지우고 담담한 소복(素服)을 입었다. 그럼에도 감출 수 없는 미색이 어쩔 수 없이 드러나는 화용월태. 처연한 빛이 가인의 아름다움을 더 빛내고 있었다. 사곤이 좌정한 앞에 살며시 소반을 놓아드렸다.

"허락하신다면 소인이 술 한잔 따르겠나이다."

"감사하군."

그가 사양하지 않고 잔을 내밀었다. 일 년 전, 참으로 차디차게 거절하시던 때와는 천양지차였다.

님의 친절함에 그만 또 모질게 묶어두었던 정한의 매듭이 살포시 풀어지고 있었다. 다시는 이분 앞에서 추태를 부리지 않으리라 결심했는데, 원하시는 대로 어린 누이같이 편안한 벗인 양 대해 드려야지 하였는데, 그러면 아니 되는 기대의 싹이 펼쳐지고 말았다.

꽃분네는 조심스레 고개를 돌렸다. 눈을 반 감고 술잔을 들어 입가로 가져가는 사곤을 애타게 바라보았다.

"태궁, 무슨 좋은 일이 있으십니까?"

"왜 그런 말을 하는 것이냐?"

"소녀 눈에…… 어쩐지 태궁의 표정이 달라 보이십니다."

"어떻게?"

"외람된 말씀이오나, 어제까지만 해도 옥안에 흐르던 냉기가 한결 가셨나이다."

사곤이 빙그레 웃으며 고개를 흔들었다.

"어려울 것이라 여긴 거래를 무사히 끝냈다. 하여 그런 게지."

친절한 대답이나, 마음을 펼쳐 보이지는 않으신다. 그녀가 원하는 아무것도 들려주지 않으신다.

"……곤하시면 소인이 침구를 펴겠나이다."

"너는 내 시종이 아닌데 왜 험한 일을 할 것인가? 내가 볼일 보라. 아니면 내게 긴요히 전할 말이라도 있는 게냐?"

이렇듯이 틈이 없다. 바늘 끝 하나 들어가지 않을 만큼 치밀하시고 견고하시다. 이런 분이 내가 사모하는 님, 뻗어도 뻗어도 닿지 못하여 아픈 님이시다.

꽃분네는 눈물이 흐를 것 같은 눈을 억지로 부릅떴다. 한 손으로 옷고름을 누른 채 앉아 그대로 고개를 숙였다.

"태궁, 용서하십시오."

"무엇을?"

"보답받지 못하여도 좋으니, 사모함을…… 간직하고 싶나이다."

이런 소인을 용서하십시오. 무정한 등만 바라보아도 큰 하늘을 얻은 듯 감사하고 행복한 여인도 있나이다. 이 무례한 마음을 용서하십시오."

스스로 풀어버린 옷고름 사이로 속적삼이 드러났다. 얇은 천 사이로 연붉은 유실이 달린 봉긋한 여인의 가슴골이 그대로 펼쳐졌다. 사향 향기 풍기어 사내의 춘정을 자극하는 여체가 단번에 넓은 가슴 안으로 기울어졌다.

"밀어내십시오. 밀어내셔도 좋습니다. 하나 저는 행복하옵니다. 이렇듯이 한 번이라도 가까이 님의 향기에 적시었으니, 소인은…… 천박하다 호통받아도 행복하나이다."

사곤이 가만히 한숨 쉬었다. 피부결 가까이 다가온 말랑한 여체의 향기에 얼굴을 묻었다. 나른나른 여린 등골을 쓸어주었다. 쓰디쓴 미소가 사내의 입술에 묻어 있었다.

"가엾다. 너는…… 꽃분네, 헛된 풋정에 목숨을 걸었구나."

"그렇사옵니다. 님은 풋정이라 하시나, 소인은 참정이니 이런 짓도 하옵니다."

"이런 일을 하자 하면, 어지간한 용기가 있어야 했을 게다. 하나, 이 밤의 대답도 예전만 같다. 너는 아니다."

"하룻밤이라도 좋습니다! 거리의 천한 창기라 여기시고 예전에 그리하시었듯 하룻밤 춘몽을 풀어버리십시오. 그만으로도 족하나이다."

사곤이 단호하게 고개를 저었다. 손을 뻗어 바닥에 떨어진 저고리를 집어 꽃분네의 바들거리는 어깨에 덮어주었다.

"나는 이미 정인이 있기로 다른 여인과 자지 않는다."

"태궁!"

"하물며 짐승이 아닌 다음에야 내 누이와는 더더욱 자지 않는다. 꽃분네, 너는 내 누이다. 잊지 말아라."

세상에서 가장 힘든 것은 어여쁜 정을 거절하는 일이다. 원한을 만들지 않으면서도 단심을 깨끗이 잘라주는 일이다.

수혈이 짚여 깊은 잠에 빠져 버린 꽃분네를 바라보며 사곤은 고개를 설레설레 저었다. 바라지 않는 정은 이다지도 가까이 오는데, 간절히 바라는 정은 아직도 멀기만 하니, 원.

축 늘어진 꽃분네의 몸을 안아 방문을 열고 나가며 사곤은 다시 한 번 끙 하고 한숨을 내쉬었다.

'얻고자 하는 것은 쉽사리 오지 않고, 오지 말라는 인연은 이리도 질기기만 하니. 올바로 정을 심고 올바로 주는 일이란 의외로 쉽지 않구나.'

다음날 아침, 두 사내가 정곡의 내성으로 입성했다. 사곤이 효로에서부터 모셔 온 신병(神兵)이라 불리는 쥬신의 싸울아비였다.

오직 모시는 신(神)을 위해서만 무기를 드는 쥬신의 싸울아비는 무장이 아니라 글을 읽는 문인처럼 한가하고 맑은 얼굴을 지니고 있었다. 청명한 기운을 담은 서늘한 목소리가 좌우로 도열한 정곡의 싸울아비들에게 맥궁의 쓰임새와 사용법을 가르치기 시작했다.

"쥬신의 맥궁은 그 휘는 정도가 만궁 중에서도 가장 심하여 활줄을 풀었을 때 거의 완전한 원을 이룹지요."

둘러선 해란의 싸울아비들이 눈을 빛낸 채 쥬신의 무장이 보여주는 활의 모양을 보고 고개를 끄덕였다. 그사이 의자에 앉은 마루한의 등 뒤에 선 벼리 쪽으로 사곤이 남모르게 한 발 한 발 슬슬 움직여 가고 있었다.

"이것 말고도 우리 쥬신에는 석 자 다섯 치의 단궁과 한 자 두어 치쯤 되는 길이의 고궁(苦弓)이 있습니다. 화살촉은 흑요석으로 만드는데, 쇠를 자를 만큼 날카롭습니다. 손을 다치지 않게 조심하십시오."

아닌 게 아니라, 유리질의 투명한 돌로 갈아 만든 화살촉은 당장 적의 심장을 관통하여 피를 마시고 싶은 듯이 날카롭게 벼려져 있었다. 햇살 아래 예리하게 번쩍였다. 사람들 손에서 손으로 옮겨지는 화살과 활을 바라보며 쥬신의 싸울아비가 조심하라 경고했다.

"화살에는 독이 칠해져 있습니다."

그 역시 화살촉을 만질 때에는 여간 조심하는 게 아니었다. 사슴 가죽으로 만든 수피를 끼고 신중하게 이리저리 옮겼다.

"그 독은 고루불이*에서 채취합니다. 적중되면 살아 있는 생명은 전부 죽습니다. 원래 쥬신은 산이 많은 곳이라, 빈번히 출몰하는 산군(山君)*을 죽이기 위한 방책이었지요."

사람들이 고개를 끄덕였다. 이런 활에 이런 화살이라면 아무리

---

*고루불이:잎과 뿌리에 맹독을 함유한 약초. 붉은 잎과 뿌리를 짓찧어 독을 빼낸다. 쥬신국의 특산물
*산군:호랑이

우람한 산군이라도 단번에 죽어 자빠지게 될 것이다. 화살을 만지던 마지막 사람이 조심조심 다시 탁자에 화살을 내려놓았다. 쥬신의 활과 화살의 위력에 정신이 팔린 탓으로 그곳에 모인 그 누구도 맨 뒤에 선 벼리와 사곤의 작은 싸움을 눈치채지 못했다.

이 능글맞은 사내 좀 보라지. 슬금슬금 뒤로 빠지더니, 어느새 벼리 곁으로 와 서 있다.

시선은 다른 사람들처럼 앞을 향하고 있으며 쥬신의 싸울아비가 하는 이야기에 집중하는 것처럼만 보였다. 하나, 할 일 없는 두 손은 한가하게 뒷짐 진 채였다. 꼼지락거리며 은근슬쩍 벼리의 허리 곁으로 슬금슬금 다가오는 것이 아닌가? 눈을 부라리거나 말거나 마냥 태평한 얼굴이었다.

〈저리 가지 못해?〉

〈내가 어디에 서 있든 내 마음이란다.〉

또 허튼 수작질이 시작되었다. 얇은 수피를 낀 손이 벼리의 손 하나를 더듬어 등 뒤로 잡아버렸다. 용을 쓰며 털어버리려 했으나 강철 족쇄처럼 구속한 채 꼼짝도 하지 않았다.

〈이 손 치우시지.〉

〈싫네.〉

〈정말 이곳에서 망신당하고 싶은 게야?〉

〈정인끼리 손잡는데 무슨 망신? 하고 망신은 내가 아니라 자네가 더 크단다, 아사벼리.〉

제멋대로 입맞춤 한 번 빼앗더니, 비웃살 좋게 제멋대로 서로가 정인이란다. 이런 빌어먹을!

존경하는 마루한, 눈 무서운 아비와 어르신들, 알려지면 낯 뜨거운 동료들과 부하들을 지척에 두고 이게 무슨 망신인가? 이도 저도 못하고 엉거주춤 손을 잡힌 채 벼리는 이를 악물었다. 기분 같아서는 이대로 이놈의 면상을 확 후려갈겨 코피라도 터뜨리고 싶은데, 그리 못하니 속이 체기가 찬 듯 마냥 묵직하고 답답했다.

더 미칠 일은, 자꾸만 미운 정이 들어간다는 것이다. 이 인간 하는 꼬락서니가 어제보단 오늘이, 오늘보다는 내일이 덜 밉게 보일 터이니 이를 어찌하란 말인가?

뒤로 돌린 손 두 개. 벼리와 사곤의 보이지 않는 사랑스런 드잡이질도 아랑곳없이, 쥬신의 싸울아비는 계속해서 해란의 병사들에게 맥궁의 기술과 제작 방법을 가르치고 있었다.

"맥궁은 반드시 물부리소의 뿔로 만들어집니다. 하여 우리는 물부리소 뿔을 남방의 인오디국에서 구해옵니다."

"물부리소 뿔을 구하기 힘든데도 불구하고 활의 기본 재료로 사용한 이유가 무엇이오?"

"활채의 안쪽에 붙여서 활을 당겼을 때 어떤 재료보다도 탄력이 좋고 오래 활용할 수 있었기 때문입니다. 게다가 물부리소 뿔은 가공하기도 좋고 활채의 한쪽 마디를 이음매 없이 댈 수 있을 정도로 길이가 길기 때문입니다."

마루한이 고개를 끄덕였다. 쥬신의 맥궁이 가진 비밀은 그렇게 만들어지는 것이었다. 그가 설명을 덧붙였다.

"물론 우리 활의 강력한 힘은 반드시 물부리소 뿔에만 이유가 있는 것은 아닙니다."

"그래요?"

"채의 바깥쪽에 소의 힘줄을 붙이는데 이 힘줄은 활을 당겼을 때 강한 인장력으로 활채를 당겨서 활이 부러지는 것을 막고 활의 복원력을 극대화시켜 줍니다.*"

"이런 활을 하나 만드는데 얼마나 걸리오?"

"활 하나를 만드는데 최소한 오 년 이상이 걸립니다."

카낙이 고개를 저었다. 활을 제작하는데 적어도 5년씩이나 걸린다면 이건 결코 실용적인 것이 아니다 싶었다.

"너무 기간이 길지 않소? 이것은 별로 실용적이라는 말이 아닌데?"

"물론 제작하는 것이 매우 어렵다는 것은 잘 알고 있습니다. 하나 맥궁은 크기가 작아 다루기가 편리한데다가 위력이 대단하기 때문에 고생하는 보람이 있을 것으로 생각합니다. 물론 위력은 사수의 힘에 따라 큰 차이가 나겠지만 가까운 거리에서는 갑옷도 꿰뚫지요. 쥬신의 어지간한 싸울아비들은 화살 한 발로 사람과 말과 안장을 함께 꿰뚫습니다."

휘유우, 감탄 반, 탄식 반 둘러선 사람들의 입에서 한숨이 터져 나왔다.

"지금 당장은 제가 가져온 맥궁을 사용하시되, 나중까지를 위하여서는 기간이 오래 설리더라도 직접 제작하시어 사용하심을 권유해 드립니다."

"알았소이다. 의논해 보겠소."

---

*민승기의 〈활의 이야기〉에서 참고함

어지간한 설명은 거의 끝난 듯해 보였다. 사곤이 사람들에게 권유했다.

"마당으로 나가서 쥬신의 싸울아비께서 시전하시는 활 솜씨를 직접 보시지요. 어차피 군사들을 훈련시키려면 이러한 궁술을 배워야 할 테니까요."

"그러지요."

사람들이 일어나 웅성거리며 성안 무술수련장으로 나아갔다.

쥬신의 무장이 보여 주는 마술(馬術) 솜씨는 거의 신의 경지였다.

홍금색의 전복을 입고 말 등에 오른 그는 안장 위에 앉아만 있는 것이 아니라 제 마음대로 일어나고 물구나무도 서고 심지어 안장을 붙들고 땅에 닿을 듯 매달리기까지 했다. 한가로이 누워서 말을 몰기도 하고 때로는 강하게 채찍으로 내려쳐 그를 태운 말을 폭풍우처럼 휘몰아가기도 했다.

"쥬신의 무인들은 말과 일심동체라더니, 과연 그렇구먼."

그토록 능수능란한 마술(馬術)이었다.

전속력으로 질주하는 말을 타고도, 몸은 가볍고 두 손은 자유롭다. 뒤로 몸을 완전히 틀어 활을 귀에까지 바싹 당기어 표적을 겨누어 화살을 쏘아대는데, 백발백중. 세 겹의 가죽으로 된 표적도 단번에 꿰뚫고, 살아 움직이는 사슴이거나, 하늘에 날아가는 기러기조차 단번에 쏘아 잡았다. 모든 사람의 입에서 침이 말랐다. 저절로 감탄하게 만들었다.

"인상적인 장면이군."

마루한조차 넋을 잃고 중얼거렸다.

"인간의 솜씨가 아니도다."

그가 사곤을 향해 고개를 돌렸다.

"한데 저이가 말을 타며 저렇듯이 외치는 소리가 뜻이 있소? 어찌 들으면 웃는 것 같기도 하고 꾸짖는 것 같기도 하니 참으로 기이하오."

"소인이 듣기로는 전장에 나아가는 무장의 포효 소리라 합니다. 스스로의 기(氣)를 돋우는 것이며 적의 기세를 꺾는 소리라 하지요."

고개를 끄덕이면서도 내내 마루한의 시선은 쥬신의 무인에게로가 떨어지지 않았다. 해란국의 기병들과는 아주 다른 재주이니, 만약 우리의 군사들이 저런 기술을 배워, 수만 명이 활을 들고 파죽지세로 무후의 군사들을 짓밟을 수 있다면……. 말은 하지 않았으나, 그의 눈앞에 지금 그려지는 그림이란 그런 상상들일 것이다.

"저런 기사(騎射)법은 쥬신의 싸울아비들만이 가진 재주올시다. 천하의 어느 누구도 저렇게 자유자재로 말을 타고 활을 쏘지는 못하지요."

"그렇군요."

"쥬신의 무장들이 저런 모습으로 활을 쏘는 것은 말을 타고 달리며 활을 쏠 때의 문제점을 개선하기 위해 개발된 방법이라 합니다. 앞으로 활을 쏘려면 말의 머리 때문에 방해를 받고 시야가 가려지므로 말등에서 그대로 활을 쏘아댈 때는 꿰뚫을 목표를 측면에서 뒤로 가도록 하고 쏘는 것이 시야도 넓고 효율적이라 합니다."

"그렇군요. 정말 익히고 싶은 방법이구려."

"인간의 신체 구조상으로도 앞으로 쏘기보다 뒤로 돌아 쏘는 자세가 안정적이어서 명중률도 높다지요? 이 기술 덕분에 궁수들은 말을 타고 달리면서도 사방 어느 방향으로든 화살을 날릴 수 있답니다."

사곤의 조근조근한 설명에 마루한이 고개를 끄덕였다.

그날 오후 내내 해란의 싸울아비들은 쥬신의 스승에게 맥궁을 다루는 방법, 등자에 앉아 몸을 돌려 활을 날리는 방법들을 배웠다.

시작은 서투르고 배움은 부족하나, 차차 나아질 것이다. 한 사람이 배우면 둘을 가르치고 둘이 배우면 또 넷을 가르칠 것이니, 다음 번 전쟁까지는 제법 많은 수의 싸울아비들이 쥬신의 맥궁 기술과 마술을 익혀 적의 간담을 서늘하게 만들 것이다.

날이 저물기 시작했다. 마루한이 손을 들었다.

"이만하면 충분하다. 귀빈을 혹사시킬 수야 없지. 손님들을 욕간실로 모시어라."

곤한 기색이 역력한 쥬신의 무장을 시종이 안으로 모셔 갔다. 이내 사곤까지 해서 연회장으로 안내를 받았다. 마지막으로 마루한이 방으로 들어서다가 여전히 완전무장을 한 채 문 앞에 선 벼리를 힐끗 바라보았다.

"친기대장, 그대도 무장을 풀고 자리하라."

"망극하옵니다, 마루한. 소장은 신경 쓰지 마십시오."

"몇 겹의 벽이 나를 지키고 있으며, 수십의 병사들이 둘러선 연회장이다. 무슨 일이 있을까?"

"조심함은 넘쳐도 언제나 모자랍니다. 염두에 두지 말고 즐기시옵소서. 소장의 자리는 여기 이곳인 듯하옵니다."

"겸손하고 충성스럽되 지나친 사양은 예가 아니지. 밤낮으로 나를 위해 노심초사하며 몸을 아끼지 않는 그대가 없으면 내 어찌 편안하게 일을 볼 수가 있을까? 자리에 오라."

그래도 사양하자 마루한은 황공하게 직접 벼리의 손을 잡아끌었다. 그를 깊이 총애함을, 진정 아끼고 있음을 만인 앞에 드러냈다. 기어코 자신의 자리 곁으로 앉히고 말았다.

눈 아래 두고 볼 수하의 처지까지 헤아려 주고, 배려해 주는 군주라니. 벼리의 눈 속에 새삼 감격의 빛이 어렸다. 공손히 고개를 숙여 예를 표하고는 투구를 벗었다.

"우리 친기대장은 항상 무장한 모습만 보여주니, 언제나 긴장하게 돼. 투구라도 벗으니 이제 제법 사람답구먼. 핫하하."

가람휘가 흔치 않은 농담을 했다. 군신이라 하나 벗이라 여긴 두 사람이 서로 시선을 마주한 채 부드럽게 미소를 나누었다. 앞 탁자에 앉아 그것을 바라보고 있는 사곤의 눈썹이 잠시 거칠게 휘어졌다. 헌칠한 마루한에 대하여 감추지 못한 벼리의 존경과 흠모의 눈빛이 순간적으로 그를 기분 나쁘게 만들었던 것이다.

'이것 좀 기분이 그렇군.'

지척에서 거처하는 두 인간이라……. 남녀지간 정분이란 언제 어디시든 불꽃이 튕길 수 있는 것. 이것 아무래도 잘못하다간 지난번처럼 애써 죽을 쑤어 개 좋은 일을 시킬 것만 같은 불길한 예감이 들었다.

하물며 젊으나 젊은 해란의 마루한은 멀리 사무란에 아내를 떼어놓고 홀몸이다. 물론 제 아내에 대하여 정이 깊다 들었으나, 시간이 흘러가면 저절로 사내란 것의 본능이 깨어나는 법이다. 으슥한 밤에 단둘이 있다가 무슨 일이 어떻게 벌어질지 누가 알까?

밤이 이슥해서야 연회는 끝이 났다. 내성을 나서려는데 어둠 속에서 한 병사가 나타나 사곤을 불러 세웠다.

"저쪽에서 지금 재상께서 기다리십니다."

사곤은 고개를 흔들었다.

"성안에는 이목이 많아. 은밀한 이야기는 쉽지 않다 전해주시오. 재상께서 소인의 거처로 나오심이 나을 것이오."

새벽달이 떠오를 무렵, 카낙이 사곤이 머무르는 광장의 파오로 홀로 나왔다.

"여기까지 나오시게 하여 죄송합니다. 하나 낮말은 새가 듣고 밤말은 쥐가 듣는 법이지요."

카낙이 우울한 얼굴로 고개를 끄덕였다.

"시절이 하 수상하니, 벽 뒤에도 귀가 있는 듯 신경이 곤두서는 것은 사실이오. 여기는 괜찮을까요?"

"제 수하들이 엄히 경계를 하고 있으니 상관없습니다."

미심쩍어하는 카낙에게 사곤은 미소를 지어 보였다.

"한갓 장사치들의 무술이라고 해서 얕보지 마십시오. 귀한 재물을 운송하고 대금을 지켜야 하는 일이기에, 단뇌의 무술도 한가락 하는 편이랍니다."

"꼭 그런 것만은 아니고……. 여하튼 앉읍시다."

두 사람이 탁자 앞에 앉자마자 이내 청푸른 두건으로 얼굴을 가린 소년이 은쟁반을 들고 들어왔다.

"드시지요. 효로에서 가져온 최고급 밝달수입니다."

카낙이 신기한 얼굴로 유리잔을 내려다보았다.

"허 참, 말만 들었지 이 늙은이도 밝달수를 마시는 건 처음이오."

카낙의 말에 사곤이 미소를 지으며 투명한 소리가 나는 유리잔을 매만졌다. 그 안에서 찰랑거리는 연푸른 액체를 내려다보았다.

"천하를 돌아다니면 그것이 재미있지요. 여기서는 밝달수 한 잔이 천금을 헤아리나, 효로에는 넘쳐흐른답니다. 쥬신 어디서건 밝달수가 가득하거든요. 봄날이면 누구든 수액 흐르는 가지만 자르면 됩니다. 뚝뚝 쏟아지지요."

"그렇군요. 허면 그대는 신시에도 들어가 보았소?"

"땅의 아비로서 어찌 하늘아비들이 사시는 신시에 들어갈 수가 있답니까? 늘 그렇듯이 경계에 서서 멀리 바라만 보았답니다."

카낙이 고개를 끄덕끄덕했다. 경계에 서서나마 신시를 보았다는데 부러움이 가득한 얼굴이었다.

"바람이 전해주는 소문에 듣잡기로, 연전에 환인께서 혼인을 하시었다지요? 하늘호수 주변은 밝고 맑은 기운으로 넘치는 곳이라 들어갈 때마다 행복하여 저도 그저 오래도록 머물고 싶은 곳이랍니다."

"아사달의 하늘아비들께서는 이 땅에서 벌어지는 변란들을 다 읽고 계시겠지요?"

"그럼요. 천하의 열두 나라 일이라, 밝달나라에서 뻗어나간 뿌리이니까요. 하나 너무 많은 세월이 흘러 신시와 우리가 사는 땅은 이

제 오갈 수 없는 곳이 되어버렸지요. 그를 환인께서도 안타까워하시나, 그것이 천리(天理). 어찌할 수 없다 탄식하셨다 들었습니다."

사곤이 침중하게 대답했다.

"게다가 요즈음 신시로 들어가는 쥬신조차 얼음황야에서 일어난 야만인의 무리에게 침노당하는 형편인지라, 하늘아비들의 말씀은 더 멀어져 버렸다고 합니다. 인간이 사는 곳에는 이렇듯이 어디든 분란이 그치지 않습니다. 괴로운 일이지요."

카낙이 조심조심 밝달수를 한 모금 마셨다. 하늘아비들이 마시는 영액답게 그 한 모금에도 신묘로운 현기가 스며 있었다. 이내 노인의 얼굴에 한결 생기가 돌았다. 사곤은 고개를 들어 카낙을 똑바로 바라보았다.

"이 밤에 재상께서 저를 은밀히 찾아오신 이유를 들어볼까요?"

"먼저, 우리를 위하여 그대가 머나먼 쥬신까지 귀한 무구를 구해 왔는데도 대금을 다 지불하지 못한 것이 내내 마음에 걸려서 말이오, 내 참 미안하게 생각하오."

"이미 끝난 이야기입니다. 상관없습니다."

사곤은 미소 지으며 잘라 말했다.

"영영 받지 못하면 문제가 되겠으나, 뭐 몇 달 미루어지는 것뿐인데요. 마음 쓰지 마십시오."

"사실은 내가 긴히 부탁하고 싶은 일이 있어서 찾아왔소이다."

"말씀하시지요."

"도성 사무란이 함락되어 우리 마린님들께서 무후에 억류당하셨다는 것을 들었을 겝니다."

"네."

"우리는 두 분의 몸무게만큼의 금과 은으로 인질의 값을 치렀습니다. 한데 며칠 전에 무후에서 다시 사절이 왔어요. 그것으로는 모자라다고, 사무란 근처의 성 세 개를 더 내놓으라는 터무니없는 요구를 해왔습니다."

"흠, 그렇군요."

"조만간 무후의 사절에게 답변을 해야 합니다. 마루한께서는 내심 그 요구를 들어주어서라도 대 마린과 마린을 모셔 오고 싶은 뜻이 있어 보이지만, 이건 힘든 일이지요."

군주의 사랑과 국운의 승패 사이에서 고뇌하는 노(老)재상의 얼굴이 괴롭게 일그러졌다.

"그들이 요구하는 세 성은 가장 부유한 성들이며, 또한 솥발처럼 사무란을 둘러싸고 내려다보는 요지에 위치해 있습니다. 그 성들까지 내어주면 동북부 쪽 땅을 다 잃어버린다고 생각해야 합니다. 사무란을 탈환하는 것도, 미래를 대비하는 것도 의미가 없어집니다."

"흠, 어차피 마루한께서 여기 정곡에 계십니다. 정곡성을 중심으로 이쪽 서남부 쪽도 나름대로 번화하니, 차라리 그쪽을 포기하시고 이곳에 도읍을 새로 정하여서 다시 시작하는 것이 옳지 않을까요?"

카낙이 고개를 흔들었다.

"사무란을 탈환하시겠다는 군주의 뜻이 지엄하시니, 지금 그런 이야기를 해본다고 해도 들어주실 리 만무합니다."

"그 이유는 그곳에 억류되신 두 분의 마린님 때문일 테구요?"

카낙이 고개를 끄덕였다. 어여쁜 마린에 대한 마루한의 집착과 사랑은 누구도 끊어낼 수 없는 불치병이었다. 이런 상황에서 싫든 좋든 개전(開戰)이 되면 딜곡이 예언한 대로 인질들은 죽을 것이고, 반 미친 채 살 뜻을 잃어버린 군주가 이끄는 병사들이래야 아무리 애써본들, 결국은 백전백패일 것이다.

"아무리 생각하여도 방법이 없소. 여하튼 전쟁을 피하고 이곳으로 도읍을 옮겨 다음을 준비하려 해도, 그곳에 마린님을 놓아두고는 마루한께서 결단을 내리지 못하실 겝니다. 하나, 우리는 성을 내줄 수도 없고 다른 것으로 몸값을 치를 능력도 없어요. 이를 어찌해야겠소? 그대는 천하 각지를 돌아다녀 눈이 밝을 터, 부끄러운 일이나 잠시 지혜를 빌리러 왔소이다."

"글쎄요. 이런 비유는 어떨지 모르겠습니다."

사곤이 잠시 생각에 잠겼다. 허리를 굽히고 탁자 아래에서 주머니를 하나 찾아 올려놓았다. 그 안에서 어른 주먹만 한 돌멩이 하나를 꺼냈다.

"재상께서는 이것이 무어라 생각하십니까?"

"글쎄요. 내 눈에는 평범한 돌로 보입니다만."

"금강석입니다."

"엑?"

카낙이 놀라 소스라쳤다. 눈이 휘둥그레졌다.

"이렇게 큰 금강석도 있소이까? 난생처음 보오."

"쥬신의 계곡에는 이런 돌이 흔하지요. 하나 이것이 금강석이라는 것을 알아보지 못하는 사람도 많고 또한 그것을 안다 해도 별로 귀이 여기지 않는 곳이라 저는 아주 싸게 얻었습니다."

"아하, 그렇습니까? 참으로 놀랍구려."

"이 돌은 마고국의 천두금*에게 가져갈 것입니다. 가져가면 많은 사람들이 탐을 내겠지요?"

"그럴 겁니다."

"특히 마고국의 사람들은 커다란 보석일수록 복과 높은 신분을 상징한다 하여 좋아들 하시지요. 재상께서는 이 돌을 제가 얼마에 팔아치울 수 있을 것으로 보십니까?"

"글쎄요. 아무리 못 받아도, 한 이삼천 냥은……."

사곤이 잘라 말했다. 자신만만 단언했다.

"만 냥은 받을 작정입니다."

"그렇게나 많이?"

"마고국에 가면 이 돌의 가치를 알아보는 사람이 많거든요. 탐내는 사람이 많을수록, 귀하다 소문이 나면 더 값이 올라가는 것이 세상 이치입니다."

"그렇군요."

"다투어 얻고자 하는 것이다, 없으면 안 되는 것이다 소문날수록 값은 천정부지로 올라가는 법. 하나 이것이 지천으로 깔려 있다면 아무도 탐내지 않습니다."

카낙의 얼굴이 신중하게 변해갔다. 그의 말에서 어떤 지혜를 깨달은 듯 사곤을 바라보았다.

"그 말씀은……?"

---

*천두금:마고국의 왕을 일컫는다

"천하는 넓고 미인은 많은 법. 게다가 해란의 미인들은 천하에 이름이 높습니다. 수소문하면, 사무란에 억류된 마린만큼 고운 여인이 어디 한둘일까요?"

"그래서?"

"마루한께 귀한 여인이 오직 그분이라, 무후가 거만하게 굴며 값비싼 흥정을 벌이는 겁니다. 사겠다는 사람이 더 이상 관심을 보이지 않으면 나중에는 파는 사람이 안달하게 됩니다. 값은 저절로 떨어지게 되는 법이지요."

"무슨 뜻인지 잘 알겠습니다. 하나 마루한께서 내가 생각하는 그 계책을 허락하실지……."

"재상 어르신, 사람의 마음은 보이지 않습니다."

사곤이 싱긋 웃으며 한마디를 덧붙였다.

"사람들은 겉으로 보이는 상황에 대해서만 관심을 가지지요. 게다가 해란의 마루한과 마린님은 금실이 아주 좋다고 들었나이다."

카낙이 한숨을 내쉬었다.

"암만요. 그것이 이 모든 문제의 근원입니다. 두 분의 인연을 일러 사람들은 그야말로 전설에나 나올 법한 연리지요, 비익조라 하였지요."

"기습하여 그분들을 빼내오지 못한다면, 거래를 해야 할밖에. 그들과의 흥정에서 우위를 점하는 방법은 그것 하나뿐입니다. 사무란의 그분이 더 이상은 아무런 가치도 없는 존재라는 것을 나름대로 시위해 보는 것도 나쁘지 않겠지요."

"그러다가 만약 그쪽에서 마린님을 인질로서 가치가 없다고 하여 해치기라도 하면……?"

사곤이 제안한 계책을 인정하면서도 풀리지 않는 불안함은 오직 그것이었다. 만약 그러다가, 마린이 죽기라도 하면 마루한은 절대로 그를 용서하지 않을 것이다.

"무후는 적어도 항복한 이상, 정복한 땅의 여인네들을 살해하거나, 강탈한 적은 없습니다. 저는 상인이라, 무후의 아칸을 한 번 본 적이 있습니다."

"아, 그렇습니까? 그는 어떤 자입니까?"

"적군을 칭찬하면 들으시기에 껄끄럽겠지만 대국을 이끌 사내였습니다. 대범하고 약조를 지킬 줄 아는 자였습니다. 흥정이 깨어졌다고 해서 야만적으로 마린님께 위해를 가한다거나 하지는 않을 것입니다."

물론 내가 그렇게 만들지도 않을 테지만 말이지. 사곤은 속으로 생각했다.

[괜스레 섶을 지고 불길에 뛰어드는 어리석은 짓은 하지 말라고 분명히 충고하였다.]

[당연하지.]

[애초에 너희가 해란을 쉽사리 넘볼 수 있었던 이유도, 전대의 마루한이 폭정하여 해란의 백성들이 너희들을 적대하지 않았기 때문이 아니더냐? 그 교훈을 잊지 말란 말이다.]

[하나 우리의 아칸이 처음의 마음과는 달리 나날이 거동이 달라지시니 그게 좀 근심이다만.]

[어차피 네 나라 무후야 신관(神官)인 너의 세력이 더 강하지 않더

냐? 너라면 충분히 그를 제압할 수 있을 게다. 여차하면 아칸을 갈아버릴 수도 있는 노릇이고.]

지난번에 사무란을 방문하여 무후의 진정한 막후 실력자이자 사곤의 조력자인 세로맥아를 만났었다. 그때 적당하게 밀고 당기다가, 실속을 차리고 나면 두 여인을 보내주라고 충고해 두었다.

세상의 그 어떤 것보다 정당한 명분에 집착하는 해란국의 사람들이다. 만약 아칸이 국모(國母) 마린을 욕보이는 일이 생기면 분연히 일어나 죽음으로 항거할 것이라고 일러두었다. 그렇게 되면 정복자인 너희들만 힘들게 될 것이라고 생 가시 하나를 확실하게 박아놓았었다.

카낙이 고개를 끄덕였다. 근심하던 일이 그나마 풀린 듯싶어 한결 얼굴 표정이 밝아져 있었다.

"솔직하게 말해주어서 감사하오. 내, 그대의 눈과 귀를 신용하니, 이것을 그대로 마루한께 아뢰어 계책을 다시 한 번 생각해 보겠소이다."

"일이 잘되기를 바랍니다. 부디 무사히 마린님이 돌아오시기를 빌겠나이다."

카낙이 사라지고 나서 사곤은 잠시 턱을 괸 채 흔들리는 촛불을 바라보았다. 사무란의 돌아가는 상황을 정확히 알아야 할 필요가 있을 것 같았다. 정곡의 사람들은 사무란의 사정을 목말라 갈구하고 있었다. 이 기회에 정보료나 좀 챙겨볼까?

'세로맥아, 이놈이 무슨 짓을 꾸미는지 분명히 알아볼 필요가 있어. 아칸이란 자의 행태도 좀 수상하고.'

차도살인지계(借刀殺人之計).*

사곤의 입술 사이로 은밀한 미소가 흘렀다. 손 하나 대지 않고 이 근래 가장 골칫거리이던 해란을 작살내 버렸다. 항시 해란의 풍요한 평야를 소원하던 무후를 충동질해 싸움 붙여 거의 기진맥진하게 만들어놓은 것은 요 근래 그가 성공한 가장 예술적인 작품이었다.

'한데 배가 불렀다는 말이냐? 시키지도 않은 일까지 하고 말이지. 무후, 이것들이 내 손아귀에서 벗어나서 딴 짓을 하면 곤란하다. 끝까지 살아남아 나중에 마고와 적대하여 내 대업을 도와야 한다. 엇길로 가면 곤란하지. 한 번 더 목줄을 눌러놓을 필요가 있어.'

다음날, 사곤이 사무란으로 떠날 준비를 하던 그 시각에 카낙은 딜곡과 청수 장군을 만나고 있었다.

"집착하면 할수록 무후의 야만인들이 요구하는 인질들의 몸값은 올라갈 것입니다."

카낙의 지적에 딜곡과 청수 장군 또한 우울하게 고개를 끄덕였다.

"불경한 말이나 마루한께서는 지금 겉으로는 의연하시되 내심으로는 전혀 이성적인 판단을 하고 있지 못하십니다. 말은 하지 않으시나 제게 보내는 눈길이란, 성을 내어주고서라도 마린님을 구하시겠다는 뜻을 보여주셨어요."

"무후의 사신은 닷새 후에 떠납니다. 그때까지 답변을 주지 않으면 안 됩니다."

---

*차도살인지계(借刀殺人之計):남의 칼을 빌려 사람을 해치는 계략

고개를 돌려 우울하게 쏟아지는 창밖의 빗줄기를 바라보던 카낙이 고개를 돌렸다. 흠, 하고 헛기침을 한 번 했다.
"이쯤 해서 물 타기를 한 번 해야겠습니다."
"무슨 좋은 수가 있습니까?"
"마린께는 불경스런 일이지만, 나라의 존립이 무엇보다 중요한 이때, 저는 목이 베어질 각오를 하고 진언드리겠습니다. 인질 대신 성을 내주는 일은 절대 불가합니다."
"하나 마루한께서는 절대로 마린님을 단념하지 않으실 것입니다. 단신으로라도 적진에 잠입할 기세셨습니다."
"글쎄요. 그 정도로 미혹하고 정세를 읽지 못하시는 분이라면, 우리가 목숨을 바쳐 충성할 가치가 있을까요?"
딜곡과 청수 장군이 깜짝 놀란 얼굴로 카낙을 응시했다. 마루한에 대한 절대적 충성심을 가진 재상답지 않게 상당히 비아냥대는 어조였기 때문이다.
"위험한 발언입니다, 재상. 저는 듣지 않은 것으로 하겠습니다."
"청수 장군, 지금은 우리 서로 위선을 떨 때가 아닙니다."
카낙이 찻잔을 놓았다. 늘 온화하고 인자하던 얼굴에 서릿발 같은 차가움이 서렸다.
"지금의 형세를 생각하십시오. 지금 현재 전황은 말 그대로 '절망적인 상태' 입니다. 인정하십시오."
"그렇다고 해도 마루한에 대한 저의 충성심이 사라진 것은 아닙니다!"
늘 그렇듯이 다혈질인 청수 장군이 격렬하게 소리쳤다.

"우르 신이 인정하신 이 나라의 유일한 위엄이요 존재 전부이신 분이십니다. 우린 그분의 미천한 신하예요. 그분이 원하는 어떤 것이든 이루어 드려야 할 의무가 있습니다."

"청수 장군, 진정하세요. 나 또한 마루한에 대한 사랑과 충성심을 잃어버린 것은 아닙니다. 그분이 어떠한 곤경에서든 일어서시고, 이방인의 위험에서 우리들을 구하실 분이라는 것을 잊지 않았습니다. 하나, 현실도 파악해야지요. 전쟁은 탁상물림들의 입 놀음이 아니라 피비린내 나는 현실이라는 것을 모르십니까?"

"대체 어쩌자는 것인가요, 재상."

"마루한께 새 마린을 맞도록 진언할 작정입니다."

카낙이 우울하게 두 사람을 바라보았다. 단호하게 내뱉었다.

"가능한 일이라고 보시오?"

"절대로 안 될 일입니다. 마루한께서는 오직 사무란에 계신 분만 사모하십니다. 누구도 그분들의 마음을 갈라놓을 수 없습니다. 그것을 제일 잘 아시는 분이 재상인 줄 알았는데요?"

"나 또한 두 분 사이를 갈라놓을 생각은 없습니다. 다만 이것을 일종의 연막작전이라고 표현하지요."

"대체 무슨 생각을 하시는 것입니까?"

"인질의 가치를 떨어뜨려 보자는 겁니다."

"그 방법으로 새로운 마린님을 맞이하게 한다?"

"마루한께서 새로운 마린을 맞이하여 민심을 수습하시고, 억류되신 분을 완전히 잊었다 소문이 난다면, 무후에게 잡혀 있는 인질들의 가치는 상당히 사라지게 됩니다. 어차피 마린님은 마루한의 여인이기에 가치가 있는 것입니다. 그분들을 잡아두어 보았자, 필요가 없어지면 적당한 때에 다시 몸값을 흥정해 되찾아오면 되는 것이지요."

"만약, 그사이에 무후놈들이 두 분을 해친다면?"

"적이지만 그들이 이유없이 여인들을 살육하거나, 강제로 핍박한다는 이야기는 아직 들어보지 못했소이다."

청수 장군과 딜곡이 동시에 고개를 끄덕였다.

"그 점은 적이나 우리가 본받아야 할 것이오. 게다가 마린님은 우리 해란의 큰어미이십니다. 그분이 그들에게 말 못할 치욕을 당했다는 소문이 나면, 사무란의 사람들이 가만히 있지 않을 것이오. 의리를 지켜 결사항전을 나설 것이 뻔합니다. 그런 사정을 그들도 알고 있을 것이오. 하니, 쉽사리 두 분의 안위를 위협하거나 하지는 않을 겝니다."

"새로운 마린의 소식을 전하여 듣게 되면 사무란의 마린님이 많이 상심하실 터인데……."

"불행한 일이나, 전시의 여인들의 운명이란 그런 것이지요. 패망한 나라의 슬픔이 바로 그런 것입니다. 하니 우린 다음번 전쟁에서 또 지면 아니 된다 이 말이오. 적들이 마루한을 흔들 수 있는 힘은 그분이 마린님을 깊이 사랑하시는 데서 오는 것이오. 더 이상은 약점을 드러내어선 안 됩니다."

말은 못하되, 카낙의 일곱 딸과 아내도 지금 사무란에 고스란히 억류되어 있었다. 그런 이가 제 핏줄에 대한 걱정은 덮어두고, 마루한 생각만 하고 있었다. 그런 이의 속은 또 얼마나 너덜거리고 있을까? 피가 흐르고 있을까? 하여 청수 장군과 딜곡은 더 이상 할 말이 없었다.

잠시의 침묵 후에 카낙이 장포 자락을 들고 의자에서 일어섰다.

"두 분의 말씀이 더 없으시면, 내 제안에 찬동함으로 믿겠소이다. 당장 마루한께 가서 청원드릴 것이오. 무후의 사절은 너덧 새 후면 떠날 것인즉, 그가 돌아가기 전에 혼례식을 올려 버려야 합니다. 그래야 소문이 자자해질 것이오."

"하나 그리 빨리 일을 처리할 수는 없습니다."

딜곡이 불만스레 대꾸했다.

"명목으로 뽑아 들이기는 하되 버금 마린이 되실 분이오. 우르신 앞에서 맹세를 하면 나중에 혼인을 무를 수도 없소이다. 아무나 뽑아 들였다간 낭패라, 하루 이틀 사이에 어떤 여인을 찾아내 마린으로 정한단 말이오?"

딜곡의 말에 카낙이 빙긋이 웃었다.

"등잔 밑이 어둡소이다, 성주."

"네에?"

"이미 마루한께서 총애하시고, 늘 곁에 두시는 분이 있는데 무얼 그리 걱정하시오?"

딜곡의 얼굴이 경악으로 휘둥그레졌다. 그를 바라보며 싱긋이 미소 짓는 재상의 표정에서 그가 누구를 염두에 두었는지 환하게 보였기 때문이다.

"설마 우리 아이를……?"

"마루한의 목숨을 구했으니 생명의 은인이며, 정곡성에 입성하시어 내내 지척에서 보필한 인연이라, 누가 보아도 정분 들 만하다고, 사무란의 마린님을 잊을 만하다고 사람들이 고개를 끄덕일 것이오."

"하, 하지만 우리 아이는 겉보기로 남아와 다를 바 없고, 혼인 같은 것은 더욱더 관심없습니다. 고집도 세어서 우리가 시킨다고 할 아이도 아닌데, 어찌……?"

"적을 속이려면 우리 편마저 완벽하게 속여야 하는 법, 친기대장만큼 그 자리에 어울리는 여인은 없소이다, 성주."

카낙이 잘라 말했다. 더 이상의 망설임이나 반대를 허락지 않겠다는 뜻을 분명히 했다.

"당신은 무슨 수를 쓰던 딸을 설득하시오. 친기대장으로 곁에서 지키나, 마린의 이름으로 주군을 지키나 무엇이 다르겠소? 난 마루한을 설득하겠소. 시간이 없소이다. 혼인식은 반드시 내일 밤에 이루어져야 하오."

그 방을 나온 세 노인은 서로 각자 다른 방향으로 걸어갔다. 딜곡은 딸을 설득하러, 청수 장군은 내일 밤의 혼례식을 준비하기 위하여. 물론 카낙은 마루한을 설득하기 위해서였다.

장방에 앉아 다른 날과 다름없이 집무를 보고 있던 마루한이 들어서는 재상을 바라보았다.

"무슨 일이오?"

"마루한, 소인이 목을 걸고 감히 한 말씀 아뢰고자 합니다. 반드시 들어주셔야 합니다."

청수 장군의 명으로 혼인에 쓸 꽃잎을 사러 나온 하녀들이 시장에 나왔다.
 제 입이 벌인 방정이 지금 어떤 식으로 전개되어 가고 있는 줄도 모르는 이 사내, 아무것도 모르고 길을 떠나기 위해 말등에 안장을 얹고 있었다. 떠나기 전 벼리를 한 번 보고 와야 하나, 말아야 하나 그런 한가한 생각만 하고 있었다.
 '뭐 어차피 다음 달이면 다시 돌아올 터이니, 그때 가서 확실하게 도장을 찍어주지.'
 말에 올라타는 사곤을 바라보며 꽃분네가 서 있었다. 그러지 말라 몇 번이고 말해도 소용이 없다. 떠나는 사내의 뒷등만 바라보는 가엾은 여인을 어찌할 도리가 없다.
 "바쁠 터이니 그만 들어가거라."
 꽃분네가 고개를 살래살래 저었다.
 "가시는 것을 보고 들어가렵니다. 내일 밤, 마루한께서 새 마린을 맞이하시어 잔치를 벌인다고 소문이 났습니다. 저는 지금 이 길로 내성에 들어가 다른 기녀들과 더불어 혼례식장에서 출 춤을 준비해야 합니다."
 노인이 잠시도 시간을 낭비하지 않는군. 사곤은 혼자 쓴웃음을 지었다. 하긴 똥줄이 달아 맴돌이를 하는 젊은 마루한의 역성을 들어주느라 등골이 휘었다는 소문은 거짓이 아닐 게다.
 "내일 마루한의 혼인식까지 보고 가시면 좋을 터인데."
 "남의 잔치에 내가 왜 들러리를 설 것이냐? 그럼 달포 지나 보자꾸나."

사곤은 망설이지 않고 고삐를 끌어당겼다.

어찌하든 빨리 볼일을 마치고 날쌘 매처럼 정곡으로 다시 돌아와야 할 이유가 생겨 버렸다. 약삭빠른 이방의 도적은 이미 이곳 한 사람 마음 밭에 정의 씨앗을 심어두었다. 시간이 흐를수록 무성해질 꽃을 피울 작정이었다. 다시 돌아와 열매를 거두면 끝날 일.

'조만간 울타*로 돌아가야겠군. 새해가 오기 전에 비워진 연온각이 채워지게 될 것이다.'

폭풍을 만드는 자이면서도 정작 자신은 항시 그 너머에서 유유자적 움직였다. 남의 일인 듯 곁눈질로 넘어가며 제 손에서 만들어지는 폭풍 때문에 한 번도 생의 곤란함을 겪어보지 않았다. 그러한 오만함으로 사곤은 제 운명의 일조차 그리하였다. 천하의 공사를 움직이는 자가 제 반려 하나의 일도 수습하지 못하랴 하는 여유였다.

하나 땅의 사람으로 하늘의 일을 만드는 자들은 때로는 예기치 않는 대가를 받는 법이다. 제 뜻과는 다른 운명이 밀려드는 법이다. 그것이 인간살이라 하는 것이다.

조만간 그런 오만의 대가를 처절하게 치를 것이다. 그것도 모르고 사곤은 단 한 번의 망설임도 없이, 뒤돌아봄도 없이 성문을 향해 질주했다.

경사스런 혼례 이전에 해결해 두어야 일들이 많고도 많았다. 몸 바쁘고 마음 바쁜 사내를 태운 말이 검은 바람처럼 정곡성의 외성문을 넘어 달려나갔다.

---

*울타:단뫼의 도성

第七章

"해란의 싸울아비는 어떤 자들인가?"
"적에게는 강하나 정인에게는 약한 자,
그가 바로 해란국의 싸울아비입니다."

성벽 사방에 밝은 햇불이 수천 개나 타오르고 있었다. 대 마당에도 커다란 화톳불이 여럿 피워져 붉은 불길이 하늘 높이 솟구치고 있었다. 밤이되 성은 대낮처럼 밝았다.

창 아래에서는 여전히 사람들이 웅성거리는 소리, 현금*과 북소리, 애잔한 퉁소 소리가 뒤섞여 들려왔다. 술을 마시고 주정하는 소리, 잔을 부딪치는 소리도 또렷하게 들렸다. 아직도 기녀들의 윤무(輪舞)는 계속되고 있나 보다.

한때 징곡성의 으뜸 싸울아비라 불리던 자가, 마루한의 충성스런 친기대장이라 불리던 자가 있었다.

---

*현금:해란국의 고유 악기로 18줄 현을 가진 입금(立琴). 연주자가 현금을 앞으로 안고 활을 그어 소리를 낸다

무정(無情)의 갑포를 입고 의무와 긍지로 살았던 그이. 한 번도 양심을 거스른 적 없고 거짓을 행한 적 없는 그가 지금 혼례의 청포를 입고 연지분 화장을 한 채 신부의 가면을 쓰고 앉아 있다.
 그 이름은 아사벼리. 속절없이 혼인해 버린 자. 제 뜻과는 상관없이 이 자리에 서게 된 해란의 버금 마린인 자.
 얼굴에는 황금실로 수놓은 너울을 드리웠다. 생전 처음 풀어서는 빗으로 높이 틀어 올린 검은 머리타래에는 붉은 꽃송이로 단장한 마린의 황금봉관을 올려놓았다. 꼭두서니로 물들인 새 각시의 비단옷은 안에서부터 차례로 하늘빛, 옥빛, 진남빛으로 짙어지고 있었다.
 백랍 같은 하얀 얼굴에 그려진 검상을 붉은 곤지로 가리고, 그래도 덜 가려진 상흔을 또 너울로 가리고, 그럼에도 절대로 가려지지 않는 심흔(心痕)은 몇 번이고 몇 번이고 입술 깨물어 지워 버리고……
 이리 밤 깊어도 신방에 들어오지 않는 신랑을 기다리며 속절없이, 기약없이 창가에 앉아 있었다. 아무것도 담기지 않은 허망한 눈빛으로 사위어지는 그믐달만 바라보고 있었다.
 그 달따라 새록새록 떠오르는 이름 따위야 잊으면 그만인 게지. 지워도 더 생생해지는 얼굴 따위야 다시 지우면 그만. 설사 그것이 명분뿐이라 해도, 적의 눈을 속임하는 연극이라 해도 우르 신(神) 앞에서 맹세한 이상은. 맞절하고 혼약하였으니, 해란의 정직한 자가 어찌 지아비가 아닌 다른 사내를 그리워하겠는가? 미안해하겠는가?

아무것도 약조한 바 없고, 아무것도 기약한 바 없다.

마음의 빚 따위야 절대로, 지지 않았다.

하여 미안해하지 않을 테다. 죽어도!

하잘것없는 풋정 같은 것은 더더구나 아파하지 않을 테다. 아사벼리는 여인이기 이전에 마루한의 명예를 위해 죽음으로 나서는 싸울아비이다.

면사 아래서 벼리의 입술이 야무지게 악물렸다. 그 탓에 연지를 발라 붉어진 그 입술이 피 먹은 듯 더 뻘게졌다.

위대하신 마루한의 대업 앞에서 그녀의 심장이란 하찮은 티끌 같은 것. 아무런 가치도 없는 것. 아비의 말대로, 그의 제 일(一) 소명은 오직 충성, 의무, 명예로운 복종만이 전부. 나머지는 아무것도 아니다.

[오직 충성으로 임하란 말밖에는 할 것이 없다.]

[마루한을 위해 그 어떤 일도 할 수 있으나 이것은 아닌 듯합니다.]

[목숨으로 마루한께 충성하겠다는 맹세를 어찌 그리 하찮게 여기느냐? 싸울아비의 드높은 긍지를 잊어버렸더냐?]

[하나, 하나······.]

[목숨을 내놓으란 것도 아니다. 마린님을 모셔 올 수 있도록 적을 방심케 하는 약간의 기만과 거짓을 보여주자는 것이다.]

바람처럼 표표히 떠다니는 이방의 그 사내와 무슨 연을 맺었던가? 그들이 대체 무슨 맹세를 하였던가?

난생처음 다른 사람의 손이 풀어버린 머릿결의 기억들뿐. 스무

날 하현달 아래서 맞잡은 손이 전해주던 짧고 아린 감각. 꿈인 듯 꿈이 아닌 듯 그런 기억의 파편만으로 내 어찌 목숨을 바쳐 충성하겠노라 맹세한 마루한에 대한 의무를 피하겠는가?

벽 하나 사이에 두고 말 못할 가슴앓이는 신랑도 마찬가지였다.

"밤이 깊었나이다."

"알고 있어."

가람휘가 계속 채근하는 카낙을 향해 고개를 흔들어 보였다. 그러면서도 무릎에 놓인 단검을 닦는 손길을 멈추지 않았다.

"이상하게 이 검을 손질하고 있으면 마음이 안정되는 것 같아."

"……괴로우신 모양이군요."

어려서부터 그를 가르치고 지척에서 보좌해 온 재상이었다. 심란해하는 마루한의 속내를 읽어내지 못할 리가 없었다.

아무리 겉보기뿐인 일이라고 하나, 새 여인을 맞이하여 혼약을 맺었다. 멀리 사모하는 진정(眞情)의 소녀를 놓아두고 신방에 들어가야 하는 이때, 사무란의 소녀가 준 정표를 매만지는 이 사내의 마음이란 울분과 서러움의 폭우가 치는 겨울밤일 것이다. 그가 나지막이 중얼거렸다.

"이런 상황에서 아무렇지도 않다면 인간이 아니지."

"하나 이왕 벌이신 일입니다. 마무리를 하셔야지요."

가람휘가 동의의 뜻으로 고개를 끄덕였다. 그럼에도 쉬이 몸을 일으키지 않았다. 마루한이 대례 때에 착용하는 선홍색 여의장복*에 박힌 용문(龍紋)이 그의 손놀림 따라 울분하여 하늘로 치솟는 모

---

*여의장복:마루한의 대례복

양새를 그리고 있었다.

"벽에도 귀가 있고 들보에도 눈이 있다 합니다. 신방에 들지 않으면 적의 사신들도 속지 않을 겁니다."

"그들이 당황해하는 얼굴을 보았소?"

"네? 아, 네."

"그것을 일러 허를 찔렸다 하는 것이겠지? 당사자인 나도 내가 한 짓을 믿지 못하겠는데, 그들이야 오죽할까?"

무후의 전령들 얼굴이 볼만하였다. 가람휘가 작은 소리로 키득거렸다. 이내 큭큭, 이를 깨문 분노로 식어 들어갔지만.

인질의 몸무게만큼의 금과 은을 내놓았던 가람휘가 아닌가. 그만큼 귀하다 여긴 여인이라 생각했을 게다. 하여 그들의 요구대로 두 마린의 몸값으로 세 개의 성을 내놓을 거라 기대했으리라.

한데 일이 돌아가는 사정은 영 딴판이라, 밤낮을 같이한다 하는 친기대장이 여인이라 하더니, 마루한의 목숨을 구해준 인연으로 정분 돋아 같은 방에서 붙어 지낸다더라. 같이하더니 결국은 새 마린으로 맞이하여 전격적으로 혼인을 치르고 정곡으로 도읍까지 옮기는 장중한 예식을 치렀다.

[돌아가서 그대들의 아칸에게 이르라. 마린들의 안위가 아무리 근심되나, 우리가 양보할 수 있는 것도 한도가 있는 법. 이만해서 그대들이 하친하고 우의를 다짐하는 뜻으로 마린들을 돌려보내 주지 않는다면, 우리야 끝내 남은 마지막 힘을 모아 다시 한 번 개전할 도리밖에. 명예롭게 패하고 다 같이 순절할지언정, 더 이상은 비루먹은 개처럼 고개 숙이지는 못한다.]

어차피 무후도 제 고국을 떠난 지 오래. 몇 해나 계속된 전쟁에 지친 것은 그쪽도 마찬가지일 것이다. 당장은 그들도 개전할 힘이 없다는 것을 계산한 일이었다.

정곡에서 사무란성까지는 왕복 두 달. 적의 사신들이 어떤 대답을 가져오든 간에 해란은 잠시나마 숨 돌릴 시간을 벌게 될 것이다.

가람휘가 고개를 들어 카낙을 바라보았다.

"재상은 처음부터 알고 있었어. 그렇지 않소?"

"무엇을 말입니까?"

"친기대장이 여인이었다는 것을."

그의 목소리에는 원망이 서려 있었다.

"모두 다 알고 있었던 사실입니다. 오직 마루한만이 그 사실을 모르셨을 뿐이지요."

"왜 처음부터 나한테 그런 말을 귀띔해 주지 않았지?"

"그때에는 일이 이렇게 전개될 줄은 신도 몰랐기 때문입니다."

"그가 여인인 것을 내가 알면 혹여 손목이라도 잡을 줄 알았나 보지? 귀찮은 일이라도 생길 거라 믿었군."

"헛된 소문을 퍼뜨려 마린님의 심기를 괴롭히지 말라 단단히 일러두신 분은 바로 마루한이 아니신지요?"

"……친기대장에게 미안하군."

"왜 그런 생각을 하십니까?"

"왠지 모르나 자꾸 그런 생각이 들어."

하지만 그만큼 이상하게 밉고 원망이 쌓인다. 더없이 기껍고 미덥던 마음에 금이 간다. 그를 위해서 무엇이든 다 해주는 그 사람인데, 고맙기보다는 오히려 저어하여 멀리하고픈 이율배반이다.

'저를 두고 나는 오직 한 사람 믿음으로 맺어진 벗이라 믿었건만, 제가 여인이라는 것을 지금껏 오롯이 속이다니.'

게다가 그에게도 혹여 마음속 정인은 없었을까? 한 점 사심 없이 오직 충성으로만 명목상 마린이 되기를 찬동하였을까? 혹여 흉중에 다른 야심이 있어 말이 나오자마자 마린이 되기를 찬성한 것일까?

의심은 의심을 낳고, 불신은 불신을 낳고. 하여 벼리에 대하여 그저 청명하던 마루한의 마음에 자꾸만 검은 그늘이, 오물이 쌓여가는 것이다.

"자꾸만 그이에게 빚이 늘어난다. 자꾸만 쌓여 갚을 길 없을 만큼 늘어나. 그래서 그를 보기 미안하고 미안한 만큼 오히려 미워지는군. 갚을 길 없는 빚만 지는 사람은 상대가 고마운 게 아니라 오히려 미워지지. 신세지는 자의 비굴함이라고나 할까?"

"그런 말씀을 마십시오. 새 마린님은 말 그대로 오직 충심, 그것뿐입니다."

"나 또한 그것을 믿지. 천지사방 둘러보아도 그이만큼 굳고 의기롭고 단심(丹心)인 자는 없지. 하나, 벗이요 신하였을 때 기껍고 든든하던 그 마음이, 사라져 간다. 새 마린으로서 다가온 그이를 보았을 때, 왜 내 마음이 불쾌함으로 넘치는지 알 수가 없었어."

더 불쾌했던 것은 스스로의 불온한 눈과 심장이었다.

우르 신 앞에 서서 혼약을 맹세하며 나란히 섰던 벼리의 모습은 단아하였고, 신비로웠다. 무장한 친기대장의 얼굴이 아니라 여인의 모습을 한 그는 가슴 시릴 정도로 이국적이고 낯선 매혹이었다.

불가사의.

처음 보듯 낯설어 오히려 더 호기심 생겨 돌아보게 되었다. 사내라 여겼을 적에는 믿음직하고 아름답던 그의 모습이 여인으로 보았을 때는 경악할 정도로 혼몽스러웠고 아름다웠다. 그래서 더 저어스러워졌고, 불길하였다. 자꾸만 멀게 밀어내고 싶었다.

"참아주십시오. 사무란에서 마린님을 모셔 올 때까지만 곁에 두시면 됩니다."

"……재상, 그대는 속 깊다 하나 어리석어."

가람휘가 단검을 검집에 넣어 허리 대에 꽂았다. 고개를 들어 재상을 바라보았다.

"나에게나 새 마린에게나 사무란의 사람에게나 못할 짓을 시켰어. 아직도 영리하다 할 그대는 모르겠지만."

"무슨 뜻이옵니까? 가르침을 주십시오."

"명목이든 아니든 혼인은 치러졌네. 나중에 사무란의 사람을 이곳으로 모셔 온 다음에 그이는 어쩌지? 폐위를 할까? 아니면 그대로 두 여인을 모실까? 아니, 둘 다 못해."

그것은 두 사람에게 다 커다란 상처가 될 일.

하나인 마음을 나누어 버렸다고 아련나는 울 테고, 쓰임이 끝난 후에 버려진 부속물이라 긍지 높은 무장인 아사벼리는 스스로를 비참해할 테지.

두 가지 일들 다 그가 원하지 않고 해서는 아니 되는 일. 그런데 왜 이런 덫에 그다지도 쉽게 발을 디뎌 버렸을까? 그를 기다리며 마냥 울고 있을 어여쁜 사람을 데려올 방도가 생긴다는 말에 덥석 썩은 동아줄이라도 잡는 심정으로 고개를 끄덕여 버렸다.

하나, 이제 사무란의 정인이 준 검을 닦으며 찬찬히 생각해 보니 이것은 패역. 절대로 해선 아니 되는 일이었다.

가람휘가 고개를 저었다.

"이것이야말로 쓰면 뱉고 달면 삼키는 짓이지."

그의 몸과 마음은 하나. 절대로 두 여인에게 나눌 수 없는 것이다. 사무란의 마린이 돌아오면 당연히 그의 옆에 설 해란의 여주인은 그 사람. 하나 이미 우르 신 앞에서 한 혼약이라 이것은 깨트릴 수 없다. 친기대장은 변함없이 그때에도 마루한의 버금 마린이다.

"명목상의 그림자 아내, 사랑받지 못하는 불쌍한 차비(次妃)가 되겠지. 그이처럼 긍지 높고 고귀한 사람에게 할 대접이 아니야. 하나 내가 혼약을 깨트려 준다 해도 그이는 한 번 마루한의 여인이 되었으니 감히 어떤 사내와 혼인을 다시 할까?"

그야말로 은혜를 원수로 갚는 일. 면구하고 염치없는 일. 그는 얼마나 아사벼리에게 이런 짓을 많이 하게 될 것인가? 그가 벌떡 일어서 신방으로 들어가기 위해 돌아섰다.

"재상."

"네, 마루한."

"솔직히 말하지만, 난 말야. 마루한인 나를 위해 모든 것을 다 주는 이들이 참으로 두렵고 무서워. 그대들의 이 충성 때문에 나는 가람휘가 아니라 평생 마루한으로 살아야 하는 것이겠지?"

카낙이 대답 대신 허리를 굽혔다.

"솔직히 말해, 저 방에서 기다리는 여인을…… 좋아할 수 없을 것 같아 미안하군. 마린 아사벼리보다, 친기대장 아사벼리가 백배는 나았거든."

문이 열렸다. 신부는 먼저 움직이는 것도 아니며 눈을 뜨는 것도 아니라 하였지.
"명색이 신랑이니, 신부의 너울은 걷어주어야 하는 거겠지?"
혼잣말같이 중얼거리며 가람휘가 벼리의 앞에 와 섰다. 얼굴을 가린 너울을 걷어 올렸다.
그가 촛불을 등지고 있었으므로 벼리는 주군의 표정을 제대로 읽을 수가 없었다. 어둠 안에서 잠시 침묵이 흘렀다. 걷어 올린 너울 자락을 한 손에 쥔 가람휘와 비로소 뜬 눈으로 지아비가 된 그를 올려다보는 벼리의 시선이 허공에서 엉켰다.
"연지곤지를 찍으셨구려. 하기는 새 신부 단장이니……."
어울리지 않아, 그는 그런 말을 하고 싶었던 것이다.
벼리는 짙은 연지분으로도 가려지지 못한 깊은 검상에 가람휘의 시선이 와 닿는 것을 느꼈다. 주군이 매일 보시던 그 얼굴이건만, 심상하게 넘기시던 상처건만, 어째서 지금 이분의 눈은 사나우신가. 미운 것들을 바라보시는 그런 빛이신가.
여인인 그를 받아들이지를 못하는 게다. 밉고 모자란 자를 명목이나마 마린으로 곁에 두시는 것조차 참지 못하시는 것이다. 이 일조차 사무란의 마린님을 배신하는 일이라 여기고 홀로 자책하시는 게다.

"연지단장은 그대에게 어울리지 않아. 오히려 우스꽝스러울 뿐이야."

"알고 있습니다. 소장은 여인답지 못하지요."

인정했다. 사실을 사실대로 말하는 것뿐이다. 새삼스레 아플 이유도, 비애스러울 이유도 없었다. 앞에 선 이가 사내가 아니라 오직 마루한일 뿐이듯이, 자신이 한 번도 여인이라 생각하지 않았기에 혐오스러운 듯이 그 얼굴을 훑는 마루한의 시선을 꿋꿋이 이겨낼 수 있었다.

한쪽 볼에 깊고 흉측한 검상의 흔적이 남아 있다. 여느 여인보다 한 치는 큰 자에게 보드라운 계집의 비단옷이 어떻게 어울릴까? 어차피 부친 딜곡의 말대로 이런 혼인이야 눈가림, 시늉뿐인 의식 행위가 아닌가. 아름다운 마린께서 돌아오시면 끝날 한때의 허무한 꿈같은 것. 자고 나면 잊혀질 법한.

마루한은 벼리의 영원한 빛, 존재 자체로도 가슴 떨리는 주군이었다. 이분께 죽음의 충성을 다짐한 싸울아비의 명예를 걸고, 벼리는 산 채로 지옥 불에라도 뛰어들 각오가 되어 있었다. 설사 그가 명하는 일이 그녀를 여인으로 보아 명목상의 혼인을 하는 일이라도. 그 일이 해란국의 아름다운 이름, 여인들의 귀감이요, 꽃 중의 꽃 마린님을 모셔 올 수 있는 방법이라면 대체 무엇을 하지 못하랴.

"그대에게 별의별 신세를 다 지게 되는군, 친기대장."

"신세라니, 당치 않으십니다. 마루한께서는 명령하시는 분, 소장은 오직 복종할 의무만 있습니다."

가람휘가 입꼬리를 치켜 올리며 키득거렸다. 그날따라 그는 예전답지 않게 영 삐딱하였고, 심술궂었다. 작정하고 벼리의 가슴에 상처를 주러 온 사람처럼 처음 보게 모질었다.

"복종이라, 무조건 복종이라……. 내가 과연 그대에게 이토록 맹목적인 귀함을 받을 만한 사람이던가?"

"마루한께서는 저의 단 한 분뿐인 주군이십니다. 해란의 싸울아비는 저를 알아주시는 분을 위하여 목숨을 바치는 것이 가장 큰 영광. 보잘것없는 저에게 충성과 복종할 기회를 주신 분이니 어찌 감사해하지 않을까요?"

"무섭군."

가람휘가 돌아섰다. 손에 쥐고 있던 벼리의 얇은 천 조각을 바닥에 아무렇게나 던져 버렸다.

"나를 향한 순종의 눈빛이 무섭다. 맹목적인 이 충성심이 비로소 무섭다. 이 얼마나 비인간적인 짓이란 말인가?"

그가 탄식했다. 그에게 벼리가 여인이 아닌 것처럼 그 또한 벼리에게 사내가 아니다. 주군은 될 수 있어도 정인은 아니다.

실상 준다 하여도 싫었을 정(情)이었다. 하지만 아닌 것을 확인하니 어쩐지 등골에 냉기가 흘렀다. 아무런 망설임 없이 그를 위해 제 충성, 제 생을 무조건 다 내어주는 자, 이다지도 곧고 단호한 이 사람. 순결하고도 거룩한 일념을 어찌 견디랴. 그는 마루한의 관을 쓴 평범한 사내일 뿐인데. 마루한의 의대를 걸쳤기에 존귀한 자가 되었을 뿐, 넓고 크고 밝은 이 사람의 발치에도 미치지 못하는 어리석고 좁은 자인데.

무섭구나. 두렵구나. 부끄럽구나.

"아사벼리."

"네, 마루한."

"그대는 우르 신 앞에 대체 무슨 마음으로 섰던가?"

아무리 명목이기는 하나, 혼약이라. 설사 그에게 버림받아도 다시는 다른 사내와 더불어 함께하는 삶을 가지지 못할 형극의 길을 어찌 그리 쉽사리 결정했는가 하는 물음이었다.

한 치의 망설임도 없이 대답했다. 그 대답만큼은 하늘 아래 부끄럼없이 확언할 수 있었다.

"저는 마루한에 대한 순일한 충성의 의무로 그 자리에 섰습니다."

"의무라고?"

가람휘가 코웃음을 쳤다. 이제 그의 눈빛은 밉고 못마땅한 빛으로 가득 차, 늘상 보던 그 님이 아니시니, 너무 낯선 사람으로 보였다.

"그래서 사모하지도 않는 사내의 아내가 되는 의무를 다했는가? 자신의 생을 그리도 하찮게 내버린 것인가?"

사모하는 정인을 만나, 평생을 함께하는 반려가 되어 한 마음, 한 몸으로 살아가는 그 일이야말로, 하늘아비들이 땅의 사람들에게 준 가장 큰 축복. 하나 앞에 선 이는 스스로가 아닌 남을 위해 그 축복을 던져 버린 사람이다.

"소장은 여인의 의무를 배운 적이 없습니다."

벼리는 나직하게, 그러나 더없이 단호하게 말을 이었다.

"미욱스런 저는 여인으로 자라지 못했기에, 한 사내에게 사모받는 법을 배우지 못했습니다. 저는 오직 싸울아비일 뿐, 지키고 충성하고 헌신하는 법을 배웠을 따름입니다."

"정말 재미없는 여인이란 말이지."

가람휘가 혀를 찼다. 약간은 재미있다는 얼굴이기도 했다. 벼리의 입에서 그런 말이 흘러나올 줄은 몰랐다는 표정이었다. 서글프게 혹은 분노하듯, 반 체념이던 얼굴에 다시금 곧고 엄한 빛이 돌아와 있었다.

"친기대장 아사벼리, 정말 그대는 사랑스럽지 않아. 아무리 거짓이라도 사내는 여인과 더불어 할 때, 사모하여 이 자리에 섰다는 거짓을 원하지. 잘 알아두도록. 그런 말을 하는 여인을 사랑하는 사내는 없다."

그가 다시금 사내처럼 헌칠한 키에, 몸에 감긴 비단옷이 마치 천근의 갑옷이라도 되는 듯이 어색해 보이는 벼리를 바라보았다. 어쩌면 부드럽다고 표현할 수도 있는 미소 비슷한 것이 그의 입술에 떠올랐다. 저벅저벅 걸어 창가로 놓인 탁자 앞에 다가갔다. 술병을 들어 잔에 맑은 액체를 따랐다.

자작자음.

가람휘는 신방에 들어 둘이 함께 마시는 합환주(合歡酒)라 이름 하는 것을 홀로 따라 마셨다. 원치 않는 이런 상황까지 그를 몰고 와 버린 누구에겐가, 대상도 없는 분노와 비애를 토해내듯 나직하게 뇌까렸다.

"아무리 이름뿐이라 해도 대개는 혼인을 하면, 두 사람은 진실한 연모에 대한 의무를 지는 법이지."

"제가 원한다면, 마루한의 진정을 제게 주실 수 있습니까?"

단 한순간의 망설임도 없이 되묻는 저 당당함이여.

가람휘는 순간 할 말을 잃었다. 그만큼 울컥해졌다.

그에게 이 여인은 한 줌의 사모지정도 바라지 않았다. 그래서 저토록 당당하게 맞받아칠 수 있는 것이다.

알고 있는데, 쓸쓸하였다. 안도감만큼이나 섭섭하였다.

하여 가람휘는 아무런 말도 하지 않았다. 검푸른 옆얼굴을 보이며 묵묵히 한 잔의 술을 마셨을 뿐이었다. 쓰고 독한 고독을, 고뇌를 목구멍으로 넘기고 있었다.

벼리는 희미하게 웃었다.

지금 마루한은 그녀 못지않게 초조해하고 있었다. 성마르고 두려워하고 괴로워하고 갈등하고 혐오하는 그를 달래주고 싶었다. 그가 이토록 거칠고 모질고 잔인하게 말하는 것은 벼리 자신에 대한 미움이 아니라, 이럴 수밖에 없는 스스로에 대한 부끄러움과 자괴감임을 느꼈기 때문이다.

"당치도 않게 그런 정을 바라고, 또한 마루한께서 그런 정을 저에게 보여주신 분이라 하면 저는 감히 이 일을 거역하고 피하였겠지요."

"한데? 그대가 이런 부당함을 흔쾌히 받아들인 이유는?"

"소장은 이 혼인을 전쟁이라고 여겼습니다. 적의 눈을 속여 꽃 중의 꽃, 여인의 귀감이신 마린님을 모셔 올 수 있다면, 무엇을 못 하리오. 마루한."

벼리는 가람휘의 허리 아래 무릎을 꿇었다. 거짓없이 진심을 다

해, 자신의 문드러져 가는 심장은 뒤로하고 아름다운 주군의 행복을 서원하였다.

"열사흘 날 떠오르던 연타산의 봉화대에서, 소장이 맹세한 바를 기억하여 주십시오."

"그대는 나더러 마린과 나의 사모함을 알았으니, 무슨 수를 쓰더라도 두 분이 다시 만나기를 바란다 하였다."

"그렇사옵니다. 그 일을 위하여 소장은 이런 일도 하옵니다. 소장의 한결같은 마음을 믿어주십시오."

싸울아비로 치르는 전쟁이나, 두 번째 마린으로서 치르는 전쟁이나 무엇이 더하고 무엇이 덜할까?

"더없이 존귀하고 높으신 마루한의 위엄에 어울리지 않는 하찮은 곁붙이이나, 소장은 최선을 다하여 고귀함과 기품을 배우겠나이다. 적의 이목을 속여 마루한께 도움이 되겠나이다."

차분하니 몸에 감기는 비단 자락은 영 익숙해지지 않을 테지. 그러나 머리에 쓴 마린의 조그만 황금관은 그녀의 운명, 아사벼리라는 존재를 지워 버리고 마루한 가람휘의 분신이 되고 위로가 되고 편안함을 주어야만 하는 헌신과 의무를 요구하고 있었다. 이 짐을 지고 말리라. 승리할 것이다.

"그래, 구구절절 맞는 말이야. 그대를 믿는다, 아사벼리."

가람휘가 자신의 다리 아래 무릎을 꿇은 벼리를 가만히 바라보았다.

"그대는 결코 나의 반려는 될 수 없어도, 그래도…… 내내 좋은 벗은 되어줄 수 있겠지."

그가 손을 뻗어 볼을 가만히 어루만졌다. 그의 손이 최초로 닿은 순간이었다.

순간 어떤 것에도 두려워 않던 벼리의 어깨가 움찔 떨렸다. 피하고 싶었다. 주군이 아니라 한 사내의 얼굴을 한 주군의 손길이 목을 치는 칼날같이 다가왔다. 두렵고도 싫었다.

'그러나 피하지 않는다. 피해서는 안 돼.'

이를 악물었다. 아사벼리는 주군의 천한 종. 이분의 모든 것을 숭배하기에 그가 무엇을 요구하든 몸과 마음이 부서져도 전부 이루어 드려야 한다.

"그대는 참 이상한 사람이야, 아사벼리."

달빛이 침묵 아래 부서지고 있었다. 단지 그뿐, 볼의 검상에 손을 댄 것이다. 더 이상은 더도 덜도 하지 않았다.

"얼굴에 검상을 지닌 여인이라……. 사내 옷을 입은 싸울아비가 처자라……."

그가 미소 지었다. 달빛 아래 내내 굳어지고 긴장되어 있던 눈매가 부드럽게 풀려가고 있었다.

"처음, 그대가 여인이라는 말을 들었을 때, 사람 꼴이 아니다 싶어 영 미웠어."

"……다들 그리 말합지요."

"그다음엔 불쌍하더군. 저래서야 어디 계집이라 할 수 있나, 혼인인들 제대로 할 수 있을까?"

벼리는 심상하게 웃었다. 한두 번 들은 이야기도 아닌걸. 하지만 태연하다 했던 미소가 달빛 아래서 그만 처연한 눈물 빛처럼 흐려져 가고 있었다. 괜찮아, 슬프지 않아. 비단 소맷자락 아래의 주먹이 꼭 쥐어졌다.

한때 그에게도 아름답다 말해준 사람이 있었다. 그만으로 족하다. 그만으로 소원을 이루었다. 마음이 닿아 오직 그녀를 눈부신 존재로만 보아준 그런 사람이 있었다는 것만으로도 족하다, 나는. 완전히 행복하다.

그래서 석상처럼 움직이지 않고, 사모하는 주군께 여인으로서의 그를 비웃는 말을 들으면서도 희미하게 동조하는 미소까지 지을 수 있어.

정작 그런 말을 뱉어내 놓고 스스로 민망해하는 얼굴이었다. 미안해하고 후회하는 표정이었다. 그런 마루한을 향해 벼리는 엷은 미소를 지으며 먼저 위로해 주었다.

"하지만 이렇듯 가장 고귀하신 분과 혼인하였답니다. 사람들의 수군거림은 틀렸습니다."

그러나 그는 벼리의 말을 듣고 있지 않은 듯했다. 깊은 제 생각에 잠겨 혼잣말을 뱉어내고 있었다.

"하지만 이제는 그런 생각이 들어. 이 사람은 정녕 무서운 사람이로구나."

"소장이…… 무섭다고요?"

가람휘가 가만히 고개를 끄덕였다. 정녕 낯선 사람을 바라보듯이 그의 전신을 훑어 내렸다. 그러더니 비로소 벼리의 볼에 대었던 손을 떼고 고개를 돌렸다.

다시 술 한 잔을 따라 단숨에 들이켰다.

"지키는 것을 배우기 위해, 여인네의 정념을 버려 검을 얻고자 제 손으로 이 고운 얼굴을 망치는 사람이라……. 자신이 믿는 바 신념과 목표를 위해 다른 것을 베어버리는 이 결단이라니, 잔혹함이라니, 잔인하도록 순수한 이 순정이라니……."

그래서 대신들이 그대를 마린으로 천거한 것이리라. 가람휘는 말하지 않은 속내로 그런 생각을 했다.

'이것이 바로 군주의 기품. 다스리는 자의 의무. 이제 다시 생각해 보니, 나는 잃어버린 꽃을 대신할 바다 같고 숲의 거목 같은 반려를 곁에 두게 되었구나.'

절대적으로 하나이리라 생각했던 그의 진정(眞情)이 어쩌면, 언젠가는 둘로 나뉠지도 모르겠구나.

그대는 아무것도 하지 않았는데, 내 마음부터 먼저 흔들리게 되었으니, 그대는 참으로 무서운 사람이구나. 두려운 사람이구나. 아사벼리, 불가사의한 매혹을 지닌 내 두 번째 마린이여.

그는 우두커니 앉아 있는 또 하나의 술잔에 술을 찰찰 넘치게 따랐다. 일어서란 말을 듣지 못했기에 마냥 무릎을 꿇은 벼리를 바라보았다.

"일어나 앉으시오, 마린. 한잔 듭시다."

조심스레 벼리가 마루한의 앞 의자에 와서 앉았다. 그가 건네는 잔을 두 손으로 가만히 받았다. 떨쳐 내린 소매 아래에서 굳은살 박인 손이 드러났다. 가람휘가 씁스레하게 웃었다. 기억해 내기 괴로운 추억을 반추해 버린 그런 얼굴로 손가락 끝을 가리켰다.

"손가락에 봉선화 물을 들였군."

"저는 싫다 하는데 신부단장이라 하여."

꽃 같은 소녀 아련나가 그가 기다리는 신방에 들 적에 열 손가락 전부에 봉선화 물을 들였었지.

이날 또 한 여인이 그를 위해 손톱에다 붉은 물을 들였다. 벽사(辟邪)와 단심(丹心)의 상징이니, 그는 주지 않을 신의와 순정을 다짐하며 손을 내밀었다. 이 손을 외면할 수는 없다.

이 앞에 선 자는 이름과 얼굴은 다르나 또다시 그에게 온 귀한 인연. 훗날 마린이 돌아와도 그는 절대로 이 사람을 하찮게 내치지는 못할 것이다.

가람휘는 자신의 마음을 들여다보듯이 나직하게 중얼거렸다.

"안팎으로 형식은 다 갖춘 터라, 훗날 우리가 원하는 것을 이룬다 해도 이 혼인을 쉽사리 거짓이라 말하기 어렵게 되었군."

"마루한, 무엇이든 마음 가는 대로 행하십시오. 그러기에 마루한이신 겁니다."

한쪽만 행복하다면 상관없다. 벼리는 조용히 대답했다.

고귀하신 분, 훗날 마린을 찾으시면 이 혼인을 부인하소서. 그것이 당신의 권리이옵니다. 조용히 서원했다. 권리는 마루한의 몫, 마린인 그에게는 의무만이 있다. 두 사람이 공평하게 나누어 가진 삶의 무게였다.

"듭시다, 마린."

마루한이 먼저 술잔을 들었다.

합환주. 부부가 초야를 보내며 나누는 신성한 맹세의 잔. 그러나 가람휘는 술잔을 입으로 가져가는 대신 소맷자락에 부었다. 그대는 죽어도 내 반려가 아니다. 말하지 않는 말이 전하는 뜻은 지엄하고 잔혹했다.

그럼에도 벼리는 술잔을 두 손으로 받쳐 들었다. 경건하게 단숨에 마셨다.

사실은, 이 잔을 나누어 마시고픈 사내가 따로 있었다. 정작 정분을 나누고 생을 나누고픈 사람이 그에게도 있었다.

하나, 이제 그는 마루한의 잔을 마셨다. 명분이라도 좋고, 거짓이라 해도 좋다. 남의 눈을 속이기 위한 연극이라 해도 좋다. 우르 신앞의 맹세는 지엄하니, 이것은 또한 운명. 쓰라리고 서러워도 닥쳐온 이 운명에 오롯이 생을 바치련다. 이것이 마루한의 친기대장 아사벼리의 의무이다.

한 번도 흘린 적 없는 눈물의 맛처럼 술은 더없이 쓰디썼다.

침묵이 길어진 만큼 술잔은 늘었다.

말하지 못하는 마음들이 깊어질수록 빈 술병은 탁자 아래 쌓여갔다.

가람휘가 소매에 붓는 술은 거듭되었다. 바닥에 떨어진 술이 벼리가 마신 술보다 더 많아졌다. 혼인의 첫 밤은 그렇게 처절한 통음으로 점철되었다. 정감도, 약조도 없는 무미건조한 그런 밤이었다.

새벽별이 희미해질 무렵, 신랑이 먼저 침상에 올랐다.

"무엇을 방실이는가? 그대는 의무로 이 자리에 왔다면서? 그 잘난 의무로 마지막 일을 처리해야 않겠나, 아사벼리?"

술은 마신 건 벼리인데, 어찌 목소리는 가람휘가 더 많이 꼬여 있었다. 마지막 시험. 그가 먼저 고개를 외로 꼰 채 머리를 떨어뜨렸다. 이내 가늘게 코 고는 소리가 들려왔다. 벼리는 허리를 굽혀, 바닥에 떨어진 빈 술병을 건사했다. 방 한가운데에 우두커니 서서 침상을 바라보았다.

'마린, 용서하십시오.'

사무란이 있는 동쪽을 향하여 가만히 속삭였다. 이번 한 번만 마루한의 옥체에 감히 가까이하겠습니다. 혹여 불편한 이 잠이 길어질까 봐, 마음의 짐, 몸의 짐이 너무 무거우신 이분에게 한시나마 짧은 휴식을 드리고파서.

벼리는 가만히 가람휘가 누운 침상으로 다가가기 시작했다.

아침.

희미한 햇살이 창을 가린 휘장을 넘어 마루한의 침상으로 다가왔다. 잠에 빠진 사람들의 눈시울을 간질거렸다. 눈을 뜬 사람은 남자가 먼저였다.

분명 겉옷 그대로 잠이 든 것 같은데, 그는 얇은 속 의대 한 장만 걸친 채였다. 굳이 등을 돌려 돌아보지는 않았으나 곁에서 들려오는 숨소리만으로도 벼리가 침상의 옆자리를 차지하고 있다는 것을 짐작할 수 있었다.

'결국 얼렁뚱땅 신방을 차려 버렸군.'

정직하고 투명한 아침 안에서 사모하는 아련나에 대한 신의를 저버린 자신을 용납할 수가 없었다. 이를 악물고 벌떡 몸을 일으키던 가람휘는 그만 흠칫 굳어져 버렸다. 으음, 하고 신음을 삼키고 말았다.

아침 햇살이 내리는 침상. 한 뼘밖에 되지 않으나 대해(大海)처럼 거대한 거리가 가람휘와 아사벼리를 갈라놓았다.

그들의 몸 사이에는 시퍼런 날이 번쩍이는 단검이 놓여 있었다. 마루한이 첫 혼인의 소녀에게 받은 정표가 그들 사이를 단호하게 갈라놓고 있었다.

결코 침범하지 못하게, 침범당하지 않게. 누구도 끊지 못하는 참정(情)의 이름으로, 세상 누구도 빼앗지 못하는 순결하고 정성스런 사모지정을 지켜나 주듯이. 마루한, 제가 지켜 드리겠나이다, 약조한 그대로.

잔혹하도록 기특한 그런 일을 해놓고 벼리는 대례복도 벗지 않은 채, 칼날 같은 얼굴로, 모로 누워 잠들어 있었다.

"아사벼리, 그대는……."

가람휘는 마지막 말을 집어 삼켰다.

제가 말한 바대로 행하는 어리석은 바보. 하여 눈물겨운 사람이로구나. 거짓도 사이함도 없다. 더러운 얼룩도 없다.

필요없다, 먼저 손을 내친 사람이면서도, 이 순박하고 일념인 이 사람의 심장이 탐났다. 충성은 마루한인 그의 것이되 순정은 아니다.

이런 사람의 순백한 진심을 소유하고 사랑받는 사람은 대체 누가 될까? 그가 누구이든, 그는 천하를 가진 마루한보다 더 귀한 사내가 되겠지.

'아마도 그는 내가 평생 몰래 가장 부러워할 사내일 것이다.'

사흘 후, 정곡성.

벼리는 성벽에 서서 무후의 사신들이 성문을 벗어나 떠나는 것을 내려다보고 있었다.

그들의 예상과는 달리 마루한이 인질과 관련한 더 이상의 타협을 거부하고 일체의 협상을 거절한 후였다. 내쫓기다시피 성을 벗어나는 무후의 사람들 얼굴은 하나같이 심술 맞았다. 그들 사신이 점령한 사무란에 도착하려면 보름이 걸린다. 그들 나름대로 인질에 대한 대책을 논의한 후, 다시 정곡의 마루한에게 통보하려면 다시 그만큼의 시간이 더 필요하다. 적어도 달포 반이면 무후의 아칸이 인질들을 어떻게 처리할지에 대한 결론이 나게 되겠지.

"그들이 돌아가 가능한 새 혼인에 대한 소문을 더 많이 거창하게 떠벌려 주기를 바라. 그렇게 되면 인질들은 좀 자유스러워지겠지."

어젯밤 방으로 돌아온 가람휘는 애써 쾌활하게 낙관적으로 말하려 했다. 어차피 지금보다 더 나빠질 일은 없으니까. 위로하려는 벼리를 바라보며 고개를 흔들었다.

"결국 둘 중 하나. 우리의 계책이 성공하거나 실패하거나. 성공하면 좋겠지만, 실패한다 해도…… 그건 패국의 왕녀들이 감당해야 할 운명. 어쩔 수 없어."

말로는 담대하고 대범하였다. 하지만, 밤마다 꿈속에서는 그 소녀의 이름을 부른다. 마른 눈물을 흘리며 잃어버린 그 사람을 그린다. 혹여 그 사람에게 위해가 닥치지는 않았을까, 악몽을 꾸며 소스라쳐 벌떡 일어난다. 이런 사람을 어떻게 진정시켜 주고 안아줄 수 있을까?

대책없이 기약없이, 그저 상대의 결정만 기다리는 일이란 누구에게나 힘들고 괴로운 일이었다. 그런 사람의 곁에 서서 지켜만 보는 사람의 가슴은 더 문드러졌지만.

그런 동안에 찬 서리 내리는 달(11월)이 돌아왔다.

"내일은 내가 늦을 것이야. 하니 마린께서는 먼저 주무시오."

창가의 탁자에 앉아 양피지 두루마리를 뒤적이던 벼리는 고개를 들었다. 가람휘가 평복 차림으로 방 안에 들어서고 있었다.

마린이 되었다고 해서 친기대장의 노릇을 그만두란 말은 듣지 못하였다. 하여 예전처럼 군사의 일을 처리하던 참이었다.

마루한이 입성하시어 정식으로 수도가 정곡으로 옮겨졌다. 사무란이 무후의 손아귀에 들어간 후, 알게 모르게 동북부 성의 사람들이 남서쪽으로 이동하고 있었다. 자연스레 정곡으로 진입하는 사람 수가 세지도 못할 정도로 늘어나고 있었다.

낯선 뜨내기들이 많아지고, 사람들이 늘어나면 문제도 곱절 커지는 법이다. 무도하고 번잡한 일이 많이 생기고 갈등도 싸움질도 잦게 발생하는 것이 당연지사. 하여 치안을 담당하는 근위대의 일은 곱절이나 늘었다.

예전부터 성의 경비를 담당하던 근위대, 훈련되고 조직된 싸울아비들은 전부 다 내년의 전쟁을 대비하여 군막으로 징발된 상태였다.

임시적으로 군역을 담당하는 노인들과 열대여섯 살 되는 훈련병들을 급히 징발하고 소집하여 성의 경비를 맡기고 있었다. 그러니 예전처럼 질서정연하게 제대로 일이 될 수가 없었다.

"그리 알겠습니다."

"참, 하나 더. 너덧새 즈음하여 객이 한 분 오실 거요. 성안에 방을 마련해 주시오."

"성안에요?"

"귀한 손님이시오. 우리가 큰 신세를 진 분이오. 극진한 대접을 해도 모자랄 것이야."

이런 대화를 나누고 있으려니, 제법 부부지간 같기도 하구나. 가람휘는 말을 하면서도 스스로 쓴웃음을 짓고 있었다. 물론 단순한 저 사람이야 주군께 명령받는 일이라 여기겠지만. 사내처럼 덤덤하고 돌처럼 표정 없음에도, 불빛 아래서 바라보면 정체를 알 수 없는 불가사의한 설렘이 있다.

"대체 어떤 분……?"

"단뫼의 대상인인데, 우리에게 무기대금을 받으러 오고 있소."

두루마리를 들고 있던 벼리가 문서를 탁자에 놓았다. 옆얼굴을 보인 그의 모습이 밀납으로 만든 인형처럼 핏기가 가셔 있었다. 뭐, 희미한 불빛 때문이거니. 가람휘는 예사로 생각하며 몸을 돌이켜 침상으로 걸어갔다.

"그가 우리의 어려운 사정을 봐준 터로, 내가 빚을 졌어. 마린으로서 그대에게 좋은 대접을 부탁하오."

"……하명을 명심하와, 최선을 다하겠나이다."

그가 돌아오는가? 그 사람이? 함께 춤을 추었던 그 사람이?

아사벼리의 긍지 높은 입술을 처음 가져간 그 사람이 아무것도 모르고 돌아오는구나.

춤추듯이 웃으며 날랑날랑 달려오는구나.

기막힌 이 사람을 보러 오는구나.

우리, 다시 만나면 무슨 말을 할 수 있을까?

달빛 아래 말하지 못한 마음을 나눈 그 사람. 이미 남의 아낙이 되어버렸구나. 진분홍 월흔(月痕)이라, 아무도 모르는 그 일, 둘만 아는 눈짓이었네. 달려오시는 그는 지금 여기에서 벌어진 일일랑 정녕 아무것도 모르시네.

"마린."

"네, 마루한."

무엇을 말하는지도 모르는 입술이 기계적으로 열렸다. 대답을 하고 있었다.

"나는 깊이 자고 싶소."

"주무십시오."

"오늘도 그대는 나의 잠을 지켜주겠는가?"

"물론입니다."

명령에 익숙한 몸이 먼저 응답하였다. 벼리는 몸을 일으켜 침상 쪽으로 다가갔다. 벽의 촛불을 불어 끄고 휘장을 내려 드렸다.

달빛이 잠들고 별빛이 지워지는 시간까지, 벼리는 첫날밤 이후 항상 그렇듯이 존귀한 마루한의 잠자리를 지켰다. 다른 날과 마찬가지로 그분이 잠드신 침상 발치에 검을 들고 석상처럼 앉아.

정체를 알지 못하는 아픔이 심장을 쥐어뜯었다. 울지를 못하기에 더 깊은 슬픔이 어둑하게 물든 침묵으로 쌓여갔다.

'그가 돌아오면.'

이유를 물을까? 노하여 화를 낼까?

'대답할 수 있어. 당당하고 떳떳하게.'

나는 옳은 일을 하였다, 라고. 검의 손잡이를 움켜쥔 손이 바르르 떨렸다.

'싸울아비의 명예를 걸고.'

한 번 바친 충성일랑 영원한 것이기에, 그 무엇보다 가치있는 것이기에. 모든 사람의 생이 편안치 않은 이 혈전의 시대에, 누구인가를 사모하고 반려가 되고 사소한 삶을 같이하며 웃기란 얼마나 어려운가? 주어진 삶은 너무 어렵고, 짊어진 의무는 너무 무겁기에.

'내 그리하였다. 너에게 미안하지 않아, 죽어도!'

부스러기 같은 미양(微恙). 하잘것없다고 애써 자위하는 시간의 기억들이 부서져 간다. 하지만.

'어째서……? 어째서……?'

분명 누군가에게는 좋은 일이었다. 그에게는 옳은 일이었다. 한데 그 일이 어찌하여 다른 한 사람에게는 미안하고, 부당한 일이 되어버린 걸까?

'더없이 옳은 일을 하였는데. 어찌하여, 어찌하여 나는 행복하지 않는가?'

"그러고 보니, 오늘이 〈달 보냄 날〉이로군."

아침상에 올려진 감단자와 달떡을 내려다보던 가람휘가 한마디 하였다.

해란에서는 수확이 끝난 후면 찬 서리 내리는 달의 보름날을 맞추어 들불을 태웠다. 빈 들판의 지푸라기와 검불들을 긁어 태우며 내년의 풍년을 기원하는 풍속인 것이다. 그런 날이면 항시 익은 감을 내려쳐 만드는 감단자와 둥근 달떡을 빚었다. 쟁기와 호미의 신(神)에게 제사를 지내고 이웃과 나누어 먹는 법이다.

"밤에 외성 들판에서는 크게 달집을 태운다 하옵니다."

"좋은 일이야. 시절이 하 어수선하니 이런 풍속도 잊어버리고 지나가는데, 모처럼 백성들이 안온하고 즐거운 일을 맞이하겠군."

그러면서도 가람휘의 얼굴은 유난히 울적하였다. 입으로는 맛나다 하면서도, 내내 젓가락으로 달떡을 건드리다 말았다. 무슨 이유인지 모르나, 항시 용안에 깔려 있던 그늘이 더 짙어져, 하루 종일 벼리를 심란케 하였다.

하여 이른 밤에, 그에게 잠시 미행(微行)이나 하여 달집 태우는 광경을 보시옵소서, 하고 아뢰었다. 그의 그늘이 잠시나마 가라앉기를 바라는 마음에서였다.

성을 나서 언덕에 올랐다. 정곡의 너른 들판이 훤히 내려다보이는 자리였다.

둥근 달빛을 가르며 검은 기러기들이 날아올랐다. '갈지자'를 그리며 검은 그림자가 되어 멀리 사라졌다. 그 사이로 제법 써늘한 바람이 두 사람 사이를 파고들었다.

"세월은 유수라 하더니……."

"인제 겨울이라 할 것입니다."

가람휘는 한참 동안 침묵하고만 있었다. 그러다가 벼리를 돌아보앉다.

"매듭 푸는 달(12월)이 지나면 금세 보우하는 달이 되겠지."

"그렇지요."

"그대만 알고 있으라, 아사벼리."

목소리가 더없이 무겁고 침중하였다. 억지로 뱉어내고 쥐어짜는 목소리였다.

"하늘아비들에게 천제를 지내고 나면, 싫든 좋든 나는 무후와의 전쟁을 다시 시작할 작정이다."

병력도, 사기도, 무기도 모자라고 부족하다. 시작하면 패배할 것이 자명하다. 그럼에도 불구하고, 다시 개전(開戰)을 하겠다는 의지를 표명하는 마루한 앞에서 벼리는 아무 말도 할 수가 없었다. 그만큼 절박하고 애타하는 심정이 그대로 읽혀졌기 때문이다.

"도착했어야 하는 시간인데……."

가람휘가 초조히 뇌까렸다. 그의 시선은 내내 사무란이 있는 동쪽으로 향하고 있었다. 누구를, 무엇을 기다리는지 말하지 않아도 짐작할 수 있었다. 그는 무후의 사신들이 가져올 기별을 기다리고 있는 것이다.

"지금쯤이면 답변이 와야 하는 시간인데……. 여적 아무 대답이 없다. 그들은 인질들을 놓아줄 생각이 없는 것이다. 우리가 부린 계책은 다 쓸모가 없는 것이었어. 헛된 노력을 한 것이야."

"……마루한."

그를 위로할 방도를 찾을 수 없어 가슴 아팠다. 어떤 방도로도 그를 달래줄 수 없어 참혹하였다. 벼리는 다만 안타까운 시선으로 그를 바라볼 수밖에 없었다.

아프다 비명도 지르지 못하는 이런 사람 앞에서 바라보는 자의 감정이란 얼마나 사소하고 하잘것없는 것인지.

"싫든 좋든 나는 마루한. 나를 하늘처럼 여기는 그대를 비롯하여…… 수없이 많은 사람들이 나만 바라보고 있다."

사사로운 정과는 상관없이, 정직한 심장은 아랑곳없이 그들은 다시 한 번, 국운을 걸고 처절한 전쟁을 시작해야 한다. 가람휘가 이를 악물었다.

"그렇게 되면…… 사무란에 잡혀 있는 인질들은 다 죽는다. 그렇지 않은가?"

그가 자신의 두 손을 내려다보았다. 더없이 혐오스러운 얼굴이었다. 입술 끝이 일그러졌다. 자신의 죄와 업을 고백하는 목소리가 떨렸다.

"이 손으로, 나는 가장 사랑하는 여인과 나를 낳아주신 어미를 죽여라 명령하게 될 것이다. 이것이 마루한인 나의 숙명이다."

내 어찌 가슴이 터지지 않을까? 울지 못하고, 울지 말아야 하는 남자가 탄식하고 있었다.

"내 마음은 이렇게 들끓고 있는데도 사람들은 나더러 의연한 마루한이 되라고 한다. 편안치 못한 얼굴도 절대 말라 한다. 나는 그래서…… 너 슬프다, 이시버리."

그대 앞에서만 나는 정직하게 된다. 가람휘는 홀로 중얼거렸다.

항시 거기 등 뒤에 서 있어준다. 오롯이 받아만 주는 사람이다. 단 한 번도 싫다 좋다 하지 않고 그만을 섬긴다. 이해하고 마음으로 안아준다. 넉넉하게, 또 완벽하게 그의 편이다.

"심기를 진정하옵소서, 마루한. 참된 마음이 닿으면 하늘도 감동시킨다 하였나이다. 조금만 더 기다리시면 이내 좋은 소식이 올 것입니다."

입 밖으로 내는 이 말이, 헛된 거짓말인 것을 두 사람 다 알고 있다. 말하는 사람도, 듣고 있는 사람도 그저 입바르게 위로하는 말인 것도 알고 있다. 그럼에도 그런 말이라도 듣고 싶었다. 할 수밖에 없었다.

그가 한 손으로 얼굴을 가린 채 돌아섰다. 눈 아래 들판에서는 하늘을 향해 치솟는 모닥불이 벌겋게 타고 있었다. 그 불을 둘러싼 사람들이 왁자지껄 손뼉치고 노래하고 환호성을 치는 소리가 들려오고 있었다.

"이날은…… 내가…… 더 슬프다, 아사벼리. 왜냐하면…… 내가 그녀를 처음 만나 연을 맺은 날이기에."

두 해 전 이날, 마루한은 깊이 사랑하는 소녀를 맞이하여 새 신랑이 되었다.

잊지 못하고 놓지 못하는 사랑의 향기가, 아프디아픈 눈물의 향기가 불티 따라 날렸다.

"하나, 우리 팔자가 서러워 채 두 해도 같이 못 살고 그와 나는 생사조차 몰라 헤매고 있구나. 평생 같이하자 약조한 것을 어기고만 못난 지아비가 되고 말았구나."

그가 웃었다.

멀리 있는 그녀를 생각하며, 더없이 순정하게 웃었다. 그 웃음 앞에서 또 한 사람의 가슴이 찢어지는 줄도 알지 못하고. 그저 같이 울어준다 그리 생각하며.

"그 사람이 없으면 기운이 나지 않는다. 살아간다는 것이 그저 더없는 공허이거나 무거운 짐이었어. 그런데 그 사람은 나를 쉬게 해주고 웃게 해주고 행복하게 해주었다."

그토록 어여쁜 꽃을 다시 보지 못하리라. 힘이 없는 지아비에 어리석은 군주여서, 행복하게 만들어주어야 할 사람을 어이없이 빼앗기고 말았다.

"적의 손에 내어주고도 난 아직 지아비라 말해. 살아 있음을 알았으나 데려오지도 못하면서 발 뻗고 편안히 잠들고 있어. 이런 내 죄를 어찌 씻을까?"

그가 하늘을 바라보며 처연히 속삭였다. 근심없이 사랑하고 사랑받던 그때를 떠올리며 긴 한숨을 내쉬었다.

"나는 그를 보러 갈 적에…… 한 번도 기별하고 든 적이 없었어."

다정하던 그때를 떠올리는 것이 분명하였다. 그에게 남은 것은 기억뿐이기에. 더 많은 기억에 매달려, 다시 되씹고 또 씹어내고. 그러면서 지독한 그리움을 삭이는 것이다. 그것 말고는 스스로를 위로할 방도조차 알지 못하는 사내였다.

"그이가 너무 고와서, 함초롬하게 웃는 얼굴이 너무 어여뻐서…… 기별하고 들 적에 단장한다 수선 피울까 봐, 그 짧은 순간조차 기다리는 것이 아까워서…… 더 빨리 보고 싶어서…… 난 늘 그리하였어."

밤 깊어가도 잠을 이루지 못하는 마루한 곁에서 벼리 역시 잠들지 못했다.

새벽빛이 떠오를 무렵, 그가 잠이 들었다. 꿈길에서조차 사모하는 이를 찾아 황야를 헤매는 슬픔이여.

아련나, 아련나. 그대는 어디 있소?

허공을 향하여 손을 뻗었다. 이 자리에 없는 그 누군가를 그리며 빈 바람만을 움켜쥐었다.

강해야만 하는 사내의 눈가에 스민 마른 눈물이 애련하였다. 돌아누워 한숨처럼 흩날리는 한 잎. 가슴을 저미듯이 애틋하고 고운 정인의 이름이었다.

벼리는 그 밤 내내 마루한의 침상 발치에 앉아 가만히 고귀하신 님의 얼굴을 바라보기만 했다.

"소원을, 마루한."

한 번 맹세하면 반드시 지키는 해란국 싸울아비의 명예를 걸고, 나지막한 음성이 어둠 속에서 메아리쳤다.

"무슨 수를 쓰더라도 소장은 깊이 사모하는 마린을 그대에게 모셔다 드리고 싶습니다."

사랑하는 이들이 다시 만나 부디 하나로, 그녀가 깊이 존경하고 사모하는 마루한이 마음의 기둥을 잃고 비통하게 흐느끼는 이 모습을 다시는 보지 않기를.

뼈에 새기고 핏줄을 타고 흐르는 맹세를 다시 한 번 다짐했다. 한 사람이라도 행복해야 해. 내가 모시는 마루한께서는 반드시 행복해야만 해. 그 행복을 위해 나는 내 심장을 맷돌에다 갈아도 좋아. 미천한 내가 드릴 것은 오직 그것뿐이므로.

처연한 기쁨이었다. 무연한 슬픔이었다.

아침이 되어, 빈 방 안. 적요한 침상 위.

벼리는 가만히 마루한이 잠들었던 침상을 내려다보았다.

무릎을 꿇고 그가 누웠던 흔적을, 움푹 팬 베개를 응시했다. 말갛고 따스한 아침 햇살이 비쳐 들고 있었다.

그 베개 한쪽이 젖어 있었다. 꿈속에서 그리워 그는 내내 울었던 거다.

손가락으로 살며시 눈물의 흔적을 만져 보았다. 말로는 할 수 없는, 표현되지 못한 비통함이 만져졌다. 이것이 마루한의 짐이자 업. 정인을 향한 일편단심. 내보이지 못하는 마음의 속살들.

'아프구나. 아프다.'

아주 작은 상처들이, 아픔들이 먼지처럼 쌓인다.

너무 사소해 처음에는 알아차리지 못하다가, 나중에 보면 수북이 쌓이는 심흔(心痕)의 먼지들이 이제는 보인다. 손끝에 만져진다.

어떻게 해도 텅 빈 마루한의 마음을 채울 수 없다. 두 번째 마린으로, 충성하는 부하로서 벼리는 대체 어떤 몸짓으로 그에게 다가가야만 하는지 알 수가 없었다. 방법이 없었다. 죽어도 그는 사무란의 마린이 아니므로.

토해내도 아프고, 감추어도 아픈. 너무 사소하고 작아서, 상처 따윈 아니라 생각하여 넣어둔 깃이 썩는다. 썩어서 부패하여 화끈거리는 깊은 상처를 만든다.

'그분을 위해 내가 어찌해야 할지 몰라 더 아프구나.'

수련하고 또 수련하면, 손이 피가 터지고 그것이 굳어 살못이 되어 박히고, 그렇게 노력하면 검의 마음이 통한다고, 무예의 경지에 도달할 수 있다고 하였다. 하나 마음이 통하는 일은 수련하고 노력하여 되는 일이 아니었다.

오직 한 사람만이 채울 수 있기에 귀한 것, 곤란하고 난처한 것. 인간의 정이란 것이었다.

'참으로 사람의 정(情)이란 것은 오묘하고 모순적이로구나. 그래서 슬프구나. 불가해하고 그래서 이렇듯…… 장엄하구나.'

주먹을 꼭 쥐고 벼리는 일어섰다. 방을 나서기 전, 눈물 묻어 반은 젖은 베개를 아래쪽으로 돌려놓는 것을 잊지 않았다.

마루한, 해란의 으뜸가는 기둥이시여. 그는 절대로 태양을 가리는 비 따위를 허용하지 않는 분이시다.

그분은 절대로 울지 않았다.

第八章

돌아오시네.

다시 돌아오시네, 그 님이.

기다리는 이 없는데, 돌아오시네.

물으시면 대답할 말 나는 알지 못하는데,

거짓된 변명을 찾기도 전에 돌아오시네.

어찌하리, 어찌하리.

말 안 하여도 말 못해도 금약(金約)인데,

내 그대를 기다리지 않았네.

"뭐라고?"

"아니, 어찌 그리 놀라십니까?"

사곤의 얼굴이 삽시간에 시커멓게 변해 버렸다. 그의 입이 딱 벌어졌다. 말을 하던 사람이 더 놀라 움찔할 지경이었다.

꽃분네가 상을 들여오기 전 손을 씻을 물을 놋쇠 대야에 담아 들어왔다. 만류하였음에도 굳이 소매를 걷고 사곤의 손과 발을 씻겨주던 참이었다. 그가 궁금해하는 정곡성 사정이라, 이것저것 아뢰었다. 한데 무심히 떨어뜨린 날벼락이라니.

"다시 말하라. 뭐가 어째? 누가 누구와 혼인을 해?"

"지난달에 해란의 마루한과 친기대장이었던 벼리 아가씨께서 혼인을 하셨다구요."

"참말이냐?"

"그러믄요. 지금껏 남장한 계집이라 놀림받던 벼리 아가씨는 이제 누구도 감히 범접하지 못할 마루한의 위엄 높은 버금 마린이 되었나이다."

"······내가 떠나넌 날, 마루한이 혼인한 상대가······ 그였다는 말이냐?"

"그렇사옵니다. 하기는 당연한 일이라 할 수 있습지요."

꽃분네야 전후 사정을 알지 못하니, 맹하게 남의 억장을 잘도 뒤집었다. 당연한 일이라는 말에 그만 사곤의 이마에 시퍼런 심줄이 획 하니 부풀어 올랐다. 뭣이 어째야?

"마루한의 목숨을 구해준 생명의 은인이며, 날밤을 같이하는 친기대장이 아닙니까? 결국은 남녀 간 정분이 돋았던 모양입니다."

붉으락푸르락, 사곤이 황망한 얼굴로 벌떡 일어섰다. 발치에 놓였던 놋쇠 대야가 나동그라져 그 서슬에 방 안에 물이 흥건하게 퍼질러졌다. 끄아악, 괴성을 지르더니 제 엉덩이가 젖는 것도 아랑곳하지 않고 그 자리에 다시 털썩 주저앉아 버렸다.

"허 참, 허 참······ 그러니까 내 말을 듣고 맞이한 마루한의 새 마린이······ 아사벼리라. 허 참! 허 참!"

그는 한동안 황망한 얼굴로 멍하니 벽을 바라보며 앉아 있기만 했다. 그러다가 의아하여 그를 멍하니 응시하고 있는 꽃분네를 돌아보았다.

"나가서 대바늘 좀 찾아오너라."

"아니, 그것을 무엇에 쓰시려고요?"

"꿰매 버리고 싶은 주둥아리가 하나 있어 그렇다."
"네에? 그것이 무슨 말씀이셔요?"

대체 무슨 말씀을 하시나, 꽃분네의 얼굴이 어리둥절해졌다. 점잖으신 분이 한 번도 하지 않았던 일을 하신다. 제 손으로 천박하게 머리를 벅벅 긁더니 상 위에 놓인 냉수 대접을 들어 단숨에 벌컥벌컥 들이켰다.

"너 말이다. 애써서 쑨 죽을 강아지한테 빼앗긴 심정을 아느냐? 떨어지기만을 기다리던 홍시를 남의 손이 똑 하니 따가는 것을 보고만 있어야 하는 심정을 아느냐? 기가 차서! 기가 막혀서…… 이놈의 주둥아리를 그냥!"

꽃분네가 보기에 사곤은 잠시 실성한 것이 분명하였다. 중얼중얼 알아듣지도 못할 헛소리를 하지를 않나, 갑자기 또 놋쇠 대접을 들어 쾅쾅 박지를 않나, 제 손으로 술을 따라 몇 잔이고 벌컥벌컥 들이마시지를 않나. 게다가 주먹으로 제 입을 쥐어박기까지 했다.

"주둥아리, 이놈의 주둥아리, 방정맞은 이놈의 주둥이 같으니라고!"

"태궁, 왜 이러셔요? 진정하시어요!"

"진정? 진— 저— 엉?"

누가 무슨 말을 하였다고 이러시나. 괜스레 꽃분네 저더러 골을 와락 냈다.

늘 냉철하고 심기를 어지럽힌 적 없는 분이시다. 시시각각 얼음이 얼 정도로 단정하시고 서늘하신 분이 대체 왜 이러시나. 갑자기 제정신을 놓아버린 듯, 천치 바보나 할 법한 짓거리를 벌이고 있으니 설핏 무섬증마저 생길 판이었다.

"침 발라, 돈 발라, 정까지 발랐거늘!"

"네에?"

"언젠가는 꽃 피어라 토닥토닥 흙까지 잘 덮어두었거늘! 훗날을 도모하여 두었는데, 이것이 단번에 말짱 허사로 돌아가 버렸다고? 기가 막혀서! 한데 나더러 지금 진정하라 하였느냐?"

"쇤네는 지금 태궁의 심기가 어지러운 이유를 도무지 모르겠나이다."

"이번 일이 다 그릇되어진 이유가 하물며 딴 것도 아니고 바로 나의 입방정이라. 원숭이도 나무에서 떨어질 날이 있고, 단뫼의 장사치도 손해 보는 날이 있다 하더니, 옛말 그른 것이 하나 없군."

에구머니! 꽃분네가 질색을 하며 사곤의 팔을 잡았다. 억지로 만류하려 하였다. 그가 다시 놋쇠 대야를 들어 제 머리통을 내려치고 있었기 때문이다.

퍽, 퍽 하는 소리가 사납게 울려 퍼졌다. 당장에라도 머리통이 구멍 나 피투성이가 되어 나동그라질 것만 같았다. 꽃분네의 간이 자글자글 졸아드는 것도 모르고 사곤은 계속해서 분풀이 삼아 제 머리통을 학대했다. 금강불괴라, 이깟 놋쇠 그릇쯤이야 종이쪽이지. 얼마나 세게 박았으면, 단단한 대야 바닥이 푹 하니 우그러들어 버렸다.

"제길! 손해도 이런 손해가 없음이야!"

이 갈린 소리가 다시 입술 사이에서 새어 나왔다. 누구든 걸려라, 아주 뼈까지 발라주마. 사납게 치켜뜬 사곤의 눈에 불꽃이 튀었다.

"천하를 잉태할 유일한 터전을 눈뜨고 빼앗겼다. 이런 멍청이! 나는 천하의 멍청이다."

"태궁, 제발 진정하시옵소서! 심기를 가라앉히시옵소서."

지금 당장 미치고 환장하겠는데, 그런 소리가 귀에 들어올까? 사곤은 어금니를 바락바락 갈았다.

애초의 계획으로는 한 보름여 사무란 성에서 머물며 일을 처리하고는 이내 정곡으로 돌아올 작정이었다. 한데 갑자기 단뫼에서 급전(急傳)이 날아올 것이 무어람? 그의 부친인 유성이 기병(奇病)으로 쓰러졌다는 기별이었다.

삼 년 전에 그는 오백의 친위상단을 이끌고 먼바다로 떠났었다. 하늘호수를 떠난 열두 무리 중 하나인 을묵 부족의 흔적을 찾았다고 하였었다. 그들은 먼바다를 건너 〈검은 바위의 땅〉에 정착했다고 알려져 있었는데, 그들이 사는 불곶이 대륙을 찾아 나선 것이었다.

[그런데 그곳에서 원인 모를 열병이 들어 피골이 상접한 채 돌아오셨나이다. 급하옵니다, 태궁. 속히 돌아오소서. 환제께서 심히 근심하사, 태궁의 의술을 급히 찾사옵니다.]

신붓감 맞이하는 일도 중요하나, 혈친의 병환을 간병하는 것도 그 못지않게 중요하다. 모든 일을 작파하고 그 길로 울타로 달려갈 수밖에 없었다.

일신에 익힌 선가의 활법(活法)에다, 극진한 간호를 받은 덕분이었다. 다행히 병을 무사히 이겨내셨다. 아비가 그럭저럭 정신을 차리는 것을 보고는 사흘 전에 엉덩이를 들어 떠나온 참이었다. 한데 정곡의 일이 이 모양이 되어 있다니, 하늘이 뒤집혀질 일이었다. 천하의 단목사곤이 꾸며놓은 일이 이따위로 엉망진창이 된 것은 정녕 처음이었다.

사곤은 또다시 손가락으로 머릿속을 벅벅 긁었다. 버럭 자탄하였다.

"대체 손해가 얼마란 말이냐? 아이고!"

벼리의 손에 정표랍시고 건네준 일월봉황검에, 비급까지. 둘 끼워서 수천 냥. 금쪽같은 그의 시간까지 할애하여 수작을 부렸는데 무위(無爲)로 돌아갔으니 이도 계산하면 수만 냥. 거기다가, 자칫하면 단뫼의 후사를 보지도 못하게 되었으니, 이를 어쩌란 말이냐? 이는 도저히 인간의 금전으로는 계산조차 되지 않을 중차대한 손해였다.

제길, 제길! 상욕을 하며 사곤은 씩씩거렸다. 일을 되돌리려면 지금 쓴 금전의 열 배는 더 들 것이 아닌가?

저절로 다시 한탄이 새어 나왔다. 다른 사람의 탓이 아니고 잘난 척, 건방지게 굴었던 제 방심 탓이요, 잘못이었다. 남의 탓도 하지 못한다. 하여 더 분하고 신경질나고 미칠 것 같았다. 분풀이를 할 데가 없으니 더 환장할 것 같았다.

"어이구, 내 팔자야! 잘난 척 입방정 한번 떨었다가 수십만 냥을 헛되이 쓰게 되었군. 잘못하다가는 나 홀로 사무란을 결판내고 남은 일을 처리해야 할지도 모르겠네. 어리석은 이 인간아! 아이고, 망가진 내 팔자야!"

그가 다시 놋쇠 주발을 들어 제 머리통을 내리쳤다. 아무래도 이 밤에 홍월루의 놋쇠 그릇을 다 작살내야 이 분이 풀릴 것만 같았다.

전혀 예상하지 못하였던 기막힌 사태 앞에서, 이렇게 사곤이 홀로 발광하고 있을 무렵, 내성에서 홍월루로 전령이 달려오고 있었다. 단뫼의 상인이 머무른다는 방으로 안내받았다.

"무슨 일이오?"

아까까지 제 성질 이기지 못하여 버럭버럭 광증을 부리던 가락 끝에 목소리가 좋을 리 없었다. 억지로 진정하는 척이라도 해야만 했다. 방 안의 엉망진창이 된 소동은 상관없이 사곤이 전령을 바라보며 물었다.

"마루한께서 친히 서찰을 보내셨나이다."

전령이 두루마리를 공손하게 올렸다.

"사나흘이면 곡식이 다 준비될 터인즉, 그동안 불편하지 않게 내성으로 들어와 머무르심이 어떠하냐 물으셨나이다. 성안에 대인의 방을 마련하였나이다."

"감사한 일이군. 내 내일 아침에 입성하여 마루한을 뵙고 인사를 할 것이다. 돌아가시게."

"알겠나이다. 그리 전하겠나이다."

문을 닫고 돌아서며 전령은 방금 본 방 안의 해괴한 광경에 자꾸만 고개를 갸웃거렸다.

'어이하여 놋쇠 그릇이 방 안에 가득 내팽개쳐져 있는 거냐? 그것도 하나같이 다 구겨져 있는 거지? 대체 둘이서 무엇을 하였던고? 거 참, 괴이하구먼.'

찬 서리 내리는 달도 어느덧 끝물 무렵. 세월은 정직하다, 그 말이 허언은 아니라는 듯 아침의 뜨락은 하얀 서리로 가득 덮여 있었다. 눈 들어 멀리 들판을 바라보면 거기도, 성근 눈발 날린 듯 하얗게 보였다.

새벽에 외성의 군막으로 나가는 마루한을 배웅하고 돌아왔다. 늘 그러하듯이 밤 내내 깨어 검을 들고 그의 잠을 지켰다. 아침이면 늘 곤하고 졸렸다. 잠시만, 잠시만 했다. 주군이 잠드셨던 침상 앞에 꿇어앉아 침구를 정돈하다가 그만 고개를 대고 쪽잠이 들어버렸다.

그러다가 귀를 어지럽히는 소리에 퍼뜩 잠이 깨었다. 어려서부터 부려온 몸종 여지울이었다. 살그머니 움직이며 소제를 하고 있었다. 주인의 안쓰러운 잠을 깨게 만든 터라 그녀가 미안한 얼굴로 몸을 움츠렸다. 걸레를 든 손을 옹송그렸다.

"침상에 올라 편안하게 주무십시오, 마린."

"아니다, 되었다."

입은 의연한 대답을 하고 있으나, 아직도 잠결에 젖은 머리는 제멋대로 움직이고 있었다. 언제나 잠이 깰 때면 느껴지는 이물감과 낯설음. 자신이 왜 이런 곳에서 이러고 있나, 알지 못해 잠시 두리번거렸다. 순간적으로 아무것도 담지 않는 그의 눈동자에 허허로운 바람이 흘렀다.

하늘을 자유롭게 나는 매처럼 마음껏 정곡의 산하를 뛰놀았던 싸울아비 아사벼리가, 지금 의무의 족쇄에 채여진 계집이 되어 이렇듯이 불편한 시간을 죽이고 있었다. 그녀는 왜 이런 곳에 앉아 졸고 있었던 걸까?

비단 휘장이 쳐진 침상이, 이름뿐인 마루한의 마린으로서 거처하는 침방이 유난히 휑하게 느껴졌다.

그녀의 것이 아닌 사내가 그녀와 함께 거처하는 넓은 방이 너무나 낯설어 보였다.

"마린, 아까부터 성주님께서 여쭈어보시었어요."

여지울이 벼리 앞에 양치소세를 하기 위한 물병과 대야를 가져다 놓았다. 아주 작은 목소리로 소곤거렸다. 건네주는 수건으로 얼굴을 훔치며 벼리는 얼굴을 돌렸다.

"무엇을 말이냐?"

"어제, 성주님께서 침방에 들여보낸······."

"아, 그 여자? 거절하시었다. 단번에 내보내라 하시었다. 내가 꾸지람을 들었어."

"그럼, 이번에도······?"

"그래. 마음이 다른 곳에 계신 분한테 다른 계집을 들이밀어 어쩌자고 그러시는 건가? 그만하라고 그리 말씀드렸건만."

벼리는 한숨을 쉬었다. 인력(人力)으로 되는 일이 아니건만 어찌 그리하시나.

마린이 된 벼리와 마루힌의 사이에 남자와 여자 간에 일어나는 일이 생기지 않는다는 것을 누구보다도 딜곡이 잘 알았다. 하나 마루힌은 젊으나 젊은 사내. 혼인을 하여 밤의 재미를 알고 있는 분이었다. 게다가 사무란의 마린이 생사가 불분명하니, 후사가 걱정이 되기 시작했다. 가람휘가 보우하는 달 이후 개전하리라는 의사를 분명히 밝혔기 때문에도 더하였다. 재상 카낙과 더불어 이 며칠 내내, 벼리를 들들 볶고 있었다.

"네가 하지 못하면, 다른 여인이라도 침수를 모시게 해야잖느냐?"

"마루한은 그런 것을 원치 않으십니다."

"그건 네 생각일 뿐! 사내란 원래 열 계집을 마다하지 않는단다."

"오직 사무란의 마린만 그리워하시는 분입니다. 이런 일이 오히려 그분의 심기를 어지럽힌다는 것을 왜 모르십니까?"

마루한의 노염만 살 뿐이다, 강하게 반대하였으나 소용이 없었다. 딜곡조차 순진한 딸을 나무랐다.

"마루한께서 도성을 떠나온 지 일 년여. 말씀은 아니 하셔도 그 일에 있어 쓸쓸하실 게다. 밤의 고적함을 풀어주는 것도 마린인 네 의무인 게야."

나이 드신 분들의 말씀이고, 지혜이다. 마냥 반대하고 마다할 수만은 없었다. 결국 벼리는 딜곡이 보낸 여인을 침방 문 뒤에 앉혀놓을 수밖에 없었다.

밤 되어 마루한이 들어왔다. 어여쁜 여인이 승은을 받고자 기다리고 있나이다, 가시옵소서. 겨우 두 마디인데, 그 말을 꺼내기가 얼마나 힘들었던가. 안절부절못하며, 평소 같지 않게 어찌할 바를 모르며 말을 흐리는 벼리를 가람휘가 힐끗 바라보았다. 눈살을 찌푸렸다.

"대체 왜 그러는 거지? 늘 할 말 그대로 하는 그대답지 않군."

"마루한, 저어……."

"속 시원하게 말을 하라니까요, 마린."

"민망하옵니다. 아뢰옵기 황공하오나, 곁방에……."
"곁방에?"
주저하는 벼리를 바라보며 가람휘가 다시 짜증스럽게 되물었다.
"곁방을 어찌하란 말이오? 나더러 그리 가란 말이오?"
"네! 제 말이 그 말입니다."
"왜? 내가 왜?"
명색이 내가 마루한인데, 내 침방에서 내가 쫓겨나는 모양인가? 기막혀 하는 얼굴이 그대로 밟혔다.
"마루한의 밤이 고적하심을 걱정하와, 어른들이 성안 제일 미녀로 하여……."
"이런! 내 참, 기가 막혀서!"
그가 실소를 내터트렸다. 늘 침착하던 마린 벼리가 안절부절못하며 뭐 마려운 강아지처럼 굴었던 이유가 있었던 거다.
"내가 곁방으로 갈 것 같소?"
"어른들이…… 소장은 마루한께서 원하시는 대로 해드려야 함으로……."
"내가 진정 바라는 바를 마린만큼은 알고 있는 줄 알았는데……. 정말 어이없군."
그가 문을 벌컥 열었다. 나가라 고함질렀다. 이제나저제나 불러들여 주기만을 기다리던 여인은 마루한의 얼굴 한번 제대로 보지 못하고 쫓겨 나갔다. 대신 곁방에서 그가 가져온 것은 바둑판이었다.
"밤은 길되 난 그다지 고적하거나 쓸쓸하지 않아. 아사벼리, 그대가 나의 곁에 있으니. 바둑이나 둡시다. 사내에게 필요한 것이 꼭 여인일 이유는 없소."

 그와 밤이 이슥하도록 바둑을 두었다. 이상하게 체념이 들었다. 편안하기는 하지만 뭔가 좀 불편한 그런 느낌이었다.

 '마루한의 마음은 절대로 움직이지 않아. 하지만 주위의 상황은 갈수록 그분을 힘들게 한다. 사무란의 마린을 배신하게 만들려고 하고 있어. 그리도 아름답고 사랑스런 두 분의 정을 대체 어찌하면 다시 이어드릴 수 있단 말인가?'

 아침 식사를 끝내고 벼리는 간편한 군복으로 갈아입었다. 말을 타고 성을 빠져나갔다. 오늘은 정곡의 성 사정을 속속들이 제 눈으로 돌아볼 작정이었다. 벼리 대신 엊그제 친기대장이 된 현목이 묵묵히 그녀를 따라왔다.

 날도 싸늘한데 대광장 모퉁이, 혹은 남의 처마 끝에 웅크리고 앉은 걸인들의 떼가 자주 눈에 밟혔다. 며칠 전보다 배는 늘어난 듯싶었다.

 "거리를 걷다 보면 답답합니다. 저들을 어찌할까, 앞이 보이지 않아서요."

 현목 역시 울적한 어조로 내뱉었다. 벼리는 고개를 끄덕였다. 너덧 살 된 어린아이가 그보다 더 어린 동생의 손을 잡고 거리를 헤매는 것을 가슴 아프게 바라보았다. 굶주림과 추위, 삶에 대한 두려움으로 그 어린아이들의 얼굴에는 천진난만한 웃음기라고는 찾아볼 수가 없었다.

 한 사람만 도와줄 수 있다면 당장 저 아이들을 성으로 데려가리

라. 하지만 그렇게 구원을 바라고 도움을 기다리는 이는 헤아릴 수도 없이 많았다. 도저히 그녀의 혼자 힘으로는 해결할 수 없는 상황이었다.

멍하니 선 채 그 아이들이 골목길로 사라지는 것을 바라보았다. 저 아이들은 앞으로 어찌 살까? 벼리의 가슴이 말 그대로 미어졌다.

다음날, 바깥채와 안채로 이어지는 회랑을 걸어가던 벼리는 걸음을 멈추었다. 하아 숨을 내쉬자, 하얀 입김이 허공으로 피어올랐다. 날이 갑자기 싸늘해지고 있었다. 올해 추위는 보통이 아닐 거라는 말들이 들려오고 있었다.

어제부터 하여 아침나절까지 남몰래 나서 정곡성을 한 바퀴 돌았다. 눈으로 보고 귀로 확인한 어려움을 어찌할 수 없이 떠올렸다. 그의 가슴 안에도 서늘하게 서리가 내리고 있었다.

'날은 갈수록 싸늘해지고, 거리에 떠도는 유민은 나날이 많아지고……. 그렇다고 그들에게 따뜻한 밥과 집을 줄 수 있는 형편도 아니다. 이 겨울이 지나면, 이 성에서도 얼어 죽고 굶어 죽는 이가 속출할 것이다.'

하나 하늘에서 밥과 집이 떨어지지 않는 이상, 그들 백성을 위해 벼리가 할 수 있는 일이란 거의 없었다. 마루한 역시 그를 알고 있는 눈치였으나, 속 시원한 방도가 없기는 그도 마찬가지일 테지.

마음은 있다 해도 금전이 없었다. 모든 문제는 거기에서 비롯된 것이다.

성의 주민들이 갑자기 늘어나 버린 터로, 늘 넉넉하던 정곡의 땅에 처음으로 굶주림이 발생하였다.

　햇곡식이야 제법 넉넉히 수확하였으나, 그대로 무기를 가져온 값으로 단뫼의 상인들이 배에다 싣고 나가 버린다. 정작 정곡의 사람들은 내핍하지 않으면 안 되는 상황이었다. 수많은 걸인들과 유랑민으로 거리를 걷기 힘들 정도라 하였다. 마지못해 곡식 창고를 열었으나, 태부족이다. 어찌하든 이것으로 내년까지 버티지 않으면 안 된다. 그것이 지금의 현실이었다. 벼리는 우울하게 중얼거렸다.

　변방의 한낱 성주에서 이제 재무대신으로 오른 아버지 딜곡에게 방책을 찾아내라 요구할 수도 없었다. 그들 부녀가 삼십 년 동안 고심하여 쌓았던 정곡의 부(富)는 이 일이 년 사이에 전부 탕진되고 말았다.

　'사무란에서 도망쳐 온 대신들이 높은 신분을 내세우며 마루한을 옹위하고 있어. 재상 어른께서 사무란을 일러 너무 피어 난만하고 문드러진 꽃이라 하더니……. 그 말을 지금은 이해할 수 있다.'

　벼리는 자신도 모르게 주먹을 꼭 움켜쥐었다.

　시절은 변해가는 것이고, 인심은 간사한 것이다. 권력은 조변석개, 알게 모르게 스며든 사무란의 귀족들이 어느새 한가득. 도망 올 때는 더없이 초라하였으나, 성에 들어서기만 하면 거드름을 피우며 흠을 잡는다. 잘난 척, 높은 척하였다.

　그런 이들이 성의 안팎을 점점 더 많이 차지하더니 은근히 대세를 만들었다. 마루한의 눈과 귀를 가리었다. 검소하고 질박한 풍습을 먹어 들어가며 고약한 사치와 방탕함의 안개를 자꾸만 피워댔다. 더 이상 딜곡이나 벼리의 힘만으로 막을 수 있는 흐름이 아니었다.

'젊은 날 내내 변방의 성주로 밀려나 있더니, 이제는 이들을 다 먹여 살리면서도, 국구(國舅)라 하여 경계를 받으신다. 불쌍하신 아버님. 화백*에서는 입 한 번 열지 못하게 되었다. 마루한께서는 기상은 드넓고 마음은 높으시되, 현실을 잘 모르신다. 누가 있어, 해란을, 이 정곡의 사람들을 먹여 살리고 보살펴 줄 수 있단 말인가?'

물론 이제는 친기대장도 아니요, 그저 이름으로만 마린일 뿐, 아무런 권한도 없는 벼리 자신은 더더욱이나 무력했다.

'망국은 여기서 비롯된다. 백성의 눈물을 닦아주지 못하는 나라. 굶주림을 채워주지 못하는 나라는…… 희망이 없다.'

생각하고 생각해 보아도 조국의 앞날은 컴컴했다. 한줄기 빛조차 보이지 않았다.

오직 지키고 보우하는 것만 배운 싸울아비의 시선으로, 벼리는 슬프게 정곡성을 바라보았다. 지금껏 그가 애써 지키고 아끼고 사랑해 온 것들이 쓸쓸한 필멸(必滅)의 기로에 서 있었다. 이것이 하늘이 결정한 해란의 운명인가.

"계집의 의대가 제법 잘 어울리는걸?"

막 걸음을 다시 옮기려던 벼리의 발이 딱 멎었다. 걸음만 멈추어진 것이 아니라 심장도 뚝 하고 떨어지고 있었다.

사선(死線)을 넘나들며 삶과 죽음의 순간을 여러 번 겪었는데도

---

*화백(話百):해란의 모든 성주와 중신들이 모여 국정을 운영하는 회의의 이름. 마루한은 화백의 수장이다

의연하였다. 맨손으로 사나운 맹수와 대적하기도 여러 번이었는데, 그때도 심기를 흐린 적은 한 번도 없었다.

그런데, 이 사내. 단뫼의 복식을 벗어던지고, 해란의 사내처럼 수수한 갈색 장포에 황색 고를 입은 평상복 차림이었다. 우류의 사내들이 늘 쓰는 두건도 벗고, 이마에 청색 띠 하나를 둘렀을 뿐이다. 목덜미까지 내려온 검은 머리카락 사이, 귓불에 푸른 보석이 박힌 귀고리가 걸려 있었다. 그런 모습을 하고 그가 다시 나타났다. 막 잠에서 깨어난 듯 하품까지 게으르게 하고 있었다.

예사로운 아침이었다. 평이한 만남이었다.

사납지도 않고 검을 들고 겨눈 것도 아니었다. 격하게 적대한 표정도 아닌데 이 사람을 보니 손끝부터 떨려왔다.

"싸울아비 아사벼리. 아니, 이제 마루한의 마린이신가?"

"⋯⋯언제 온 것이냐?"

"어젯밤."

그가 아주 자연스럽게 걸어가려는 벼리의 곁에 와 섰다. 마찬가지로 걸음을 옮겼다. 보폭을 맞추었다.

"나는 싫다하는데, 친절하시게도 마루한께서 이 성에 내 방을 마련하여 두었더군."

"어쨌거나 너는 이 나라의 귀빈이니까."

"그런가? 대신들께서도 내가 찬 전낭의 무게를 잘 아시는지, 다투어 미주가효(美酒嘉肴)를 권하시더라."

"환대를 받았다니 다행이다."

"흠. 극진한 접대는 좋았으나, 솔직하게 말하자면 어젯밤 흥청망청한 희락이 그다지 보기는 좋지 않았다. 그 돈 있으면 성에 들어온 유랑민들에게 미음이나 끓여 퍼다주어라."

사곤의 입술은 모양 좋게 웃고 있으나 눈빛은 웃고 있지 않았다. 힐난, 비웃음이 반인 질책. 벼리는 민망함으로 고개를 돌렸다.

"네 탓이야."

"내 탓? 지나가던 개미가 웃어 오줌 쌀 소리 하네."

"무기고를 채운 대가로 네가 햇곡식을 가져가 버리니, 그리되었다."

"거래는 거래, 빚은 빚."

사곤이 더없이 차가운 어조로 일축했다. 이럴 때 그는 헤죽거리며 농을 할 때와 사뭇 다른 사람이었다.

"무엇이 먼저이고 무엇이 나중인지 모르는 사람들이 이 성에 가득하지. 못난 제 계집 하나 구한답시고 나라 금전 전부 퍼낸 마루한의 실정(失政)일랑 한 번 더 말한다면 네 검이 날 용서하지 않겠구나?"

다른 날이었으면 당장 발끈하였을 것이다. 하지만 벼리 자신조차 이 아침에 직접 그런 광경을 목격하고 돌아온 후였다. 응대할 기운이 없었다.

풍요롭고 넉넉한 정곡의 형편이란 이미 오래전 이야기였다. 이태에 걸친 전쟁을 치르면서 대부분의 금과 식량을 사무란으로 실어 보냈다. 허무하게 소비해 버린 상황이었다. 그나마 여분으로 비축해 두었던 금은 두 마린의 몸값으로 어이없이 날려 버렸다. 대신 햇곡식으로 새로 사들인 무기 값을 치러야 하니, 올겨울을 날 일도 까마득한 상황이었다.

'지금 정곡의 식량 사정은 예상보다 훨씬 더 심각해.'

벼리의 입술 사이로 다시 한 번 긴 한숨이 흘렀다. 정곡의 주민들만이라면 그럭저럭 넘어갈 수도 있을 것이다. 하지만 각처에서 성으로 흘러들어 온 난민들의 수가 예상을 뛰어넘고 있었다. 그런 유민들은 줄지 않고 날마다 늘어나고 있었다.

이런 상황에서 지금 송요성에서 꾸준히 반입되는 철광과 금이 현재 식량을 살 수 있는 유일한 길이었다. 절대로 송요성 이하 세 성을 포기할 수 없는 이유가 또 하나 늘었다.

또한 그나마도 순조롭지 못하다는 불길한 기별을 들었다. 오는 길목 길목마다 무후의 군사들이 점령한 곳이 태반이었다. 창칼을 들고 버티어 지켜 서 있으니, 금과 철광을 싣고 오는 수레의 대부분이 제때 도착하지 못하였다. 그러나 마루한을 위시해서 정곡의 어느 누구도 뾰족한 수가 없으니 답답할 노릇이었다.

두 사람은 한동안 침묵한 채 걸어가기만 했다. 말 못할 일들과 말 안 하는 일들을 헤아리며, 서로의 시선만 느끼며, 입술 꼭 깨물고.

회랑이 끝났다. 두 사람은 내성의 안쪽에 위치한 정원으로 나와 있었다.

정원의 화사한 꽃들은 이미 다 져버렸다. 푸릇한 잎사귀도 다 떨어져 버렸다. 끝물인 감과 배, 능금이 서넛 달린 나무들이 앙상하게 서 있었다. 서리 맞아 움츠리고 있었다.

까마귀가 마지막 가지에 남은 능금을 쪼아대고 있었다. 그 아래에 벼리가 멈추어 섰다. 사곤도 따라 멈추었다. 벼리는 그저 하늘을 바라보기만 하고, 사곤은 그런 사람의 등을 바라보기만 하고…….

먼저 입을 연 이는 사곤. 잡았던 손을 무정하게 내뿌리쳐진 사내였다. 하여 할 말도, 원망도 더 많은 쪽이었다.

"그래, 목숨과도 같은 검을 놓고, 이렇듯이 비단 자락으로 감싼 네 손이라니, 참으로 꼴좋구나. 여인의 길, 마린으로 살아가는 일이 그만하더냐?"

등 뒤에서 맹수 같은 사내가 으르렁거리고 있었다. 벼리는 넋을 놓았던 허허로운 시선을 돌렸다. 할 말이 너무 많아 아무 말도 못하는 시선으로 그를 바라보았다.

"대답해 보려무나. 행복한가, 너는?"

"독한 술에 취한 것 같다."

체념도 아닌 고백도 아닌, 그저 담담한 인정이었다. 내 그대를 속일 수 없으니, 이 말은 할 수 있겠지.

명분이라 해도 마린이 되었으니, 이것은 또 하나의 지엄한 의무. 미룰 수도 없고 남에게 떠넘길 수도 없는 자신의 무서운 생.

그 일에 집착하고 바빠서 우울할 틈이 없었다. 그대를 애틋하게 생각할 짬이 없었다. 독한 술에 취하여 이건 내 모습이 아니야, 머릿속으로는 생각하면서도 몸은 취기에 따라 남루하게 제멋대로 움직여지는 것처럼.

"내 평생 너같이 어리석고 멍청한 인간은 처음 보았다."

"네가 말하지 않아도 나는 항상 멍청하였다."

하여 너를 돌아서서, 너 따위는 죽어도 사모하지 않는다 하신 분의 손을 잡고 우르 신 앞에 서버렸겠지.

빙빙 돌려, 심중의 말 대신 곁두리 치는 말만 하는 사곤의 말이 울분이나, 질책임을 어찌 모르랴.

하나 사곤은 또 달랐다. 벼리의 침묵이 그에 대한 혐오거나, 또는 비난이라고 생각한 듯싶었다. 잠시 울 듯만 하던 그 눈이 그만 새카맣게 깊어져 버렸다. 이내 입술을 위로 치켜 올리며 금세 능청맞은 표정을 지어 보였다.

이 어리석고 멍청한 여자야! 버럭 고함이라도 치고 싶은 것을 억지로 집어 삼켰다. 하나밖에 보지 못하고 행하지 못하는 이 단순한 녀석은 아무리 곁에서 그가 말한다 해도 알아듣지 못할 것이다. 제 가던 길을 멈추지 못할 것이다.

'제길, 정말 답답하군.'

그는 격한 숨을 토해내며 옆얼굴을 보인 벼리를 노려보았다. 사곤은 잠시 갈등했다.

'네 하는 충성 전부가 참으로 헛되고 헛되다, 아사벼리. 작금, 사무란에서 벌어지고 있는 상황을 다 까발려 주랴?'

정곡의 인간들은 알지 못하나, 사무란에 직접 다녀온 그는 진실을 전부 보고 들었다. 저절로 움직이려는 혀를 깨물었다.

'아무것도 모르는 이곳의 인간들 꼭두각시 노릇을 폭로하고 끝내 버려? 어차피 끊어버리기로 한 나라 목숨, 단번에 밟아버리고 일을 처리하고 말아?'

사곤은 부르르 떨리는 주먹을 들어 울분을 토해냈다. 능금나무 등걸을 박아버렸다. 무한한 좌절 같은 것으로, 어찌할 수 없는 분노

같은 것으로. 말하지 않은, 말할 수 없는 진실들을 이 멍청한 여자 앞에서 다 토해내고 싶은 것을 참으려니, 초인적인 인내가 필요했다.

어리석게도 맹목적인 충성심 하나 훈장처럼 달고 있지. 누가 강요한 것도 아닌데, 그저 명분 하나에만 집착하는 해란의 싸울아비라, 꼴같잖게 강한 척, 잘난 척하는 이 여자.

싫다 하든 말든 달랑 말에 태우고 떠나 버리면 그뿐. 눈 가리고 귀 가려 버리고, 나만 바라보라 강요하며 제 삶의 뿌리가 어디에 있는지 알게 해주고 싶다. 나머지는 사무란의 세로맥아가 다 처리할 것이다.

네가 쓰고 있을 관(冠)은 그것이 아니다. 사곤은 무서운 눈으로 벼리를 노려보았다. 언제까지 남이 강요한 의무만 살아갈 테냐, 아사벼리.

'네가 하는 일은 전부 다 헛되고 바보 같은 일이다. 아사벼리, 언제쯤 네 그 맹목을 후회하게 될까? 걱정이구나.'

하지만, 앞에 선 사람의 마음은 그가 움직일 수 없는 금강석. 어떻게 말랑말랑하게 만들 수 없는 유일한 것이었다. 부서질지언정 휘지는 않고 회유도 할 수 없는 그것.

사곤은 다시 한 번 벼리의 멍청한 머리통을 때려주듯이 주먹을 앞으로 내밀었다. 손을 벌려 귀 뒤에 매달린 능금을 하나 똑 땄다. 울분을 삼키듯이 와삭 깨물었다. 예사로이 빈정거렸다.

"날 보는 눈일랑 그렇게 싫은 티를 내지 말아라. 오다가다 옷깃만 스쳐도 인연이더라. 내가 어찌 너에게 나쁜 짓을 하겠더냐? 난 입을 꾹 다물 테다. 그날 밤 짝맞이 춤 따윈."

입맞춤을.

손잡음을.

하얀 생에 찍힌 한 점 붉은 꽃잎 같은 일을.

벼리의 눈 안으로 한가득 하얀 물기 같은 것이 솟았다 다시 아래로 스며들었다.

너도 잊지 못하였더냐? 그럼 되었다. 나만이 아니라 너도 그러하였다면 나는 되었다. 한순간이라 하여도 우리 마음이 만났다면, 이내 그것이 바람에 쓸려 흩어져 버렸다 해도. 정이란 반드시 생을 함께함이 전부는 아닐 터이니.

"네가 이렇게 깐죽대는 일이 나에게는 가장 나쁜 짓이다."

같이 서 있는 이 일조차 온몸이 비명 지르는 아픔으로 느껴졌다. 한 번도 누군가에게 나쁜 짓일랑 하지 않았다 자랑하였는데, 어쩌면 가장 소중했을 사람을 상처 준 일이라니.

돌아서서 한 발자국 걸어가던 벼리는 그만 걸음을 멈추고 말았다. 등 뒤에서 들려온 한마디 때문이었다.

"큭큭, 제 주군을 위하여서는 무슨 짓이든 다 하는 아사벼리. 어디 한번 속는 셈치고 부탁이나 한번 해보려무나. 혹여 내가 네 매혹에 미쳐서 곡식을 내년에 반 받아가는 기특한 일을 할지도 모르지 않느냐?"

"그리해 줄 수 있다면 좋겠다."

"정식으로 부탁해. 애원하라고. 네 백성을 위하여, 네 주군을 위하여, 마린 아사벼리."

벼리가 몸을 돌이켰다. 사곤이 그를 응시하고 있었다. 벼리는 웃음기라고는 하나 없는 서늘한 눈빛으로 앞의 사내를 바라보았다. 그보다 더 싸늘한 사내의 눈빛이 그것을 찔렀다.

"잘난 네 주군을 위하여 절대로 하여서는 아니 되는 일까지 다 해버린 너. 그런 어리석은 너를 더 어리석은 내가 잊지 못하니, 어찌하겠더냐? 내 평생 처음, 너의 이름으로 손해를 보마."

"절대로 하여서는 아니 되는 일이라니? 나는 그런 것 따윈 모른다."

말하지 않은 말로 약조한 것을, 이제는 평생 입 밖으로 낼 수 없는 그 맹세를 부인하는 목소리가 떨렸다.

"제 마음도 모르는 어리석은 자. 제 마음을 알아도 믿지 못하여 아무렇게나 던져 버린 너. 네 행복을 깨트려 누군가의 행복을 만들어줄 수 있다고 생각한다면 오산이다. 제 행복은 제가 만드는 것이다. 받기만 하는 자가 주는 자를 고마워할 줄 아느냐?"

"보답받기를 원하여 이런 일을 한 것은 아니다."

벼리는 강하게 고개를 저었다. 유약하게 울지 않으려 이를 악물고, 당당하려 애를 쓰며, 악을 쓰듯이 소리쳤다.

"해야 하는 일이므로 한 것이야. 충성을 맹세한 싸울아비의 긍지를 걸고 나는 할 일을 하였다. 하여 너에게 부끄럽지 않아. 절대로 부끄럽지 않아!"

"진실한 네 마음에 대하여 부끄러워하겠지, 어리석은 아사벼리."

사곤이 한 발 다가왔다. 그의 눈이 담고 있는 빛은······.

벼리는 눈을 감아버렸다.

잔혹한 동정이었다. 서러운 이해였다. 말하지 않아도 용서하고 이해하고 알아주었구나. 하여 오직 그대만 나를 위해 엄히 꾸짖어 주는구나.

사곤이 손을 들었다. 능금 향내가 났다. 그런 손이 가만히 찬바람 부딪치는 벼리의 얼굴을 어루만졌다.

아아, 눈물이 나려 한다. 이 사람 때문에.

단뫼의 큰아들, 태궁인 나 단목사곤이 두 해 전에는 이름도 모르고 존재 자체도 몰랐던 한 여인네 때문에, 가슴에 시뻘건 피가 난다.

땅에 사는 너른 것들, 살아 움직이는 생명이야 그 어느 것인들 아깝고 귀하지 않을까마는, 하나뿐인 내 마음을 심어버린 이 사람의 스산한 얼굴 앞에서 그 핏물은 점점 더 진해지는구나. 뱉어내지 못한 욕설이 더 모질어지는구나.

의연한 척하며 애쓰는 이 얼굴. 더없이 강한 의지와 신념을 품고 있다 사람들은 말하지. 하나 누구도 이 사람의 깊은 눈물과 고뇌를 알아주지 않는구나.

바보라서, 줄 줄만 알지 받을 줄 모르는 바보라서.

강하나 약한 사람. 너무나 약하기에 아무에게도 상처 주지 못하고 저만 아프려 하지. 그래서 거짓으로 강한 척하는 이 사람. 어째서 이 사람의 심장에서 흐르는 핏물들을 그들은 보지 못하는가. 등짐으로 진 의무에 묻혀 죽어가는 가련한 삶을 보아주지 않는가?

마린의 황금봉관을 쓰고 화사한 비단옷을 입었으나, 덫에 걸린 짐승처럼 가련한 얼굴을 한 사람아.

제 몸에 맞지 않은 옷을 걸치고도 어울린다 하고 애써 강변하는 못난 사람아.

어찌하면 좋을까?

높디높은 긍지로 가득 차, 싸울아비의 운명으로 명령에 복종하고 충성을 다하는 길만 알지. 그것 하나밖에 알지 못하는 터로 다른 것은 돌아보지 못하는 가엾은 너를, 내가 어찌하면 좋을까?

날 기다리지 않은 너를, 기다리지 못한 너를, 원망도 미움도 하지 못하게 되어버렸는데…… 제 마음까지 속여가며 오롯이 제 짐만 짊어지려 나선 터인데.

사곤은 손을 내리고 돌아섰다. 더없이 피곤했다. 가슴 먹먹한 이 순간이, 앞에 선 사람의 서러운 눈빛이 감당하기 힘들 정도로 피곤했다.

"되었다. 이만하자꾸나. 네가 옳다 하면 옳은 게지, 내가 어찌 간섭할까?"

돌아서서 저벅저벅 걸어가 버리는 사곤의 등에도 찬바람이 날렸다. 이를 악물고 벼리는 소리쳤다.

"……식량을…… 식량을…… 다음에 받아가 다오. 우리의 마루한과 백성을 위해…… 한 번만, 도와다오."

그가 깊이 사랑하는 여자가 생애 처음으로 비굴하게 애원하고 있었다. 이런 꼴은 보고 싶지 않았는데. 사곤의 주먹이 소맷자락 안에서 꽉 쥐어졌다.

어느새 하늘에서 성근 눈발이 내리고 있었다. 우울한 첫눈이었다. 벼리는 안타까이 그를 바라보았다. 멀어지던 그가 잠시 주춤하다가 마침내 걸음을 멈추었다.

"좋다. 단, 네가 내 이름을 불러주면."

사곤이 돌아섰다. 어둡고 비틀린 것들을 싹 지워낸 그런 모습. 어느새 어린 소년처럼 해맑게 웃고 있었다. 어쩌면 교활하기까지 한 표정이었다.

"내 이름이 무엇이더냐, 아사벼리?"

"……사곤, 단목사곤."

"참 좋은 이름이 아니냐? 네 마음에 둥지를 틀어도 좋을 만큼."

"그는 못해. 난 마루한의 마린이다. 다른 사내의 이름 따윈 모른다."

억지로 박지 않아도, 이미 그의 것이 되어버린 이름이다. 새삼 다시 땀질할 필요는 없다. 그것을 그대는 평생 모를 테지만.

벼리는 단호하게 잘라 버렸다. 사곤이 제 손으로 머리를 긁적거렸다.

"역시 하나밖에 생각할 줄 모른다니까. 너무 정직해서 어리석은 이 사람을 내 어찌할까? 뭐, 세상 살아가며 너처럼 단순무식한 녀석 하나쯤 있어도 나쁘진 않겠지."

그가 한 손을 들어 보였다.

"옛 사람이자 벗이라고 하자. 너에게 강요할 자격도 없거니와, 그러고 싶지도 않다."

운명이라 하는 것은 사람이 행하는 일이 아니다. 벼리의 일로 확실하게 깨달은 또 하나의 천리(天理). 인간이 애써도 하늘이 정하시는 것. 사곤은 어깨를 으쓱했다.

서원이 간절하면 이루어지는 법. 어디 한번 흘러가는 대로 놓아 두어 볼까? 네가 바라는 마루한의 행복 따윈, 진정 따윈 이미 깨어지고 먼지가 된 후란 것을 너는 아직 모르는 터이니.

결국 너는 내 품으로 달려올 수밖에 없을 것이다. 나의 구원을 바라고 내 품 안에서만 숨을 곳을 찾게 될 것이다. 사무란의 사정은 순진한 정곡의 어느 누구도 상상하지 못할 정도로 최악이었다. 상상보다 훨씬 더 최악.

그의 입술이 어쩌면 잔혹하고 어쩌면 여유롭게 치켜 올라갔다.

"좋다. 너의 청은 한번 고려해 보마. 과연 너를 위해 내가 손해를 볼 가치가 있는지 고민해 보거라, 나의 아사벼리."

다음날 벼리는 마루한을 통해 사곤의 결정을 들었다.

"정곡성의 어려운 사정을 생각하여 올해 곡식을 반만 받아가겠다고 하더군."

"다행입니다."

"자꾸만 큰 신세를 지게 되니 그자의 얼굴을 보기가 어쩐지 부담스럽소."

마루한 역시 자꾸만 사곤에게 빚을 지는 것이 결코 마땅치 않음이 분명하였다. 그러나 그로서도 어쩔 수 없었을 것이다.

"대신 내년에 5푼의 곡식을 이자로 더 주기로 결정하였어. 어쩔 수 없지. 그자의 말대로 거래는 거래, 빚은 빚이니까."

"할 수 없지요."

"유민들은 나날이 늘어가고, 내년의 개전을 위하여서는 곡식과 무기가 더 필요하고…… 송요성에서 들어오는 철괴와 금은 여의치 않고. 대체 어째야 할지…….”

그러다가 문득 마루한이 슬쩍 웃었다. 웃음이라기보다는 아주 희미한 미소의 그림자 같은 것이었다. 늘 벼리 앞에서 진지하고 의례적이던 가면이 다소는 벗겨진 것이다.

“그대와 이런 말을 할 수 있으니 다행…… 이야. 그런 생각이 들어, 아사벼리.”

“네?”

“그대 옆에 있으면 든든해.”

말하지 못한 말. 가람휘는 황공하다는 뜻으로 고개를 숙여 보이는 벼리를 바라보며 마음속으로 중얼거렸다. 그래서 걱정이 돼. 나도 원치 않고 그대 또한 원하지 않는 일이 생기고 있어, 내 마음속에. 자꾸만 그대가 걸어 들어와.

사랑은 아닌데, 정 또한 아닌데, 그의 마음이란 오롯이 사무란의 그 사람에게 가 있는데, 밤낮으로 곁에 있어 그를 지켜주고 받아주는 사람이 있다. 다 내어주고 베풀면서도, 손톱 끝 하나 그에게서는 가져가지 않으려 하는 이 사람. 그런데 신경이 쓰인다. 나날이 중해지고, 자꾸만 크게 보인다.

‘그대를 보면 이건 아닌데, 하면서도 나도 모르게 내 마음의 추가 움직여. 흔들려.’

가람휘의 입이 그만 저절로 방정맞게 움직이고 있었다. 자신도 왜 그 말을 하는지 이유도 알지 못한 채였다. 돌연히 드러난 삐뚤한 힐난과 얼토당토않은 투기심을 뱉어내고야 말았다.

"한데 그대가 단뫼의 상인과 잘 아는 처지인 줄은 몰랐는걸?"
"네에?"
불빛 아래 갑자기 벼리의 얼굴이 긴장을 드러내고 있었다. 몸을 꼿꼿이 세웠다.
"아, 별건 아니고…… 어제 아침에 보니까 환담하시면서 같이 회랑을 걸어가고 계시더군."
"……오래전부터 그는 아버님과 큰 거래들을 많이 한 사이옵니다."
"그렇다고 들었소."
"소장 또한 그이와 남다른 인연이 없다 말 못하니."
남다른 인연. 말하는 벼리는 사실 그대로이니, 심상하게 말을 이었다. 하나 듣는 자인 가람휘의 어깨가 그만 움찔하였다.
설마 단뫼의 장사치 그와 벼리가 남다른 정분을 이은 사이란 뜻은 아니겠지? 이상하게 아랫배가 꼬이면서 무엇이라 이름 붙일 수 없는 울컥하는 감정이 치솟기 시작했다. 만에 하나, 사실이라면…… 마린이 되기 전, 아사벼리가 그자와 미리 알아, 마음을 나누고 서로 닿았던 사이라면.
자신도 모르게 가람휘의 입에서 그것을 확인하는 물음이 새어 나오고 말았다.
"설마 알지 못하는 사이에, 내가 두 사람을 갈라놓은 죄를 지은 것이오?"
잠시 침묵이 흘렀다. 단순하고 정직하여 늘 당당하고 거침없이 제 속을 보여주던 벼리가 지금, 쉬이 대답을 하지 못한다.

두 사람 사이에 처음으로 아주 불편한 침묵이 흘렀다.
"만에 하나 그랬다면, 나는 절대로 다시는 그대의 얼굴을 보지 못할 것 같아."

가람휘는 나지막이 중얼거렸다. 벼리의 눈치를 곁눈질하면서.

욕심내지 말아야지. 아니, 욕심도 나지 않아. 이 사람은 내 것이 아닌걸. 오직 충성스런 신하요, 벗인걸. 여인은 아닌걸.

마루한인 자신이 아사벼리에게 받은 것은 이미 충분하다. 이 사람의 순결한 충성과 곧은 헌신 전부를 빼앗은 것으로 족해. 하나 싸울아비가 아닌, 한 사람의 여인으로 간직한 일생의 정분을 잘라 버린 것이라 하면, 군주의 입장으로 또 어찌 미안하지 않으랴.

하지만 기이한 일이다. 그렇다는 대답을 듣는다면 그 미안함보다 더 큰 불쾌함이 치솟을 것만 같았다. 버럭 역정이 날 것도 같았다.

지금 가람휘 자신에게 있어 완전한 제 편, 오직 한 사람 곁붙이로 믿는 자는 벼리뿐이었다. 그런 사람에게 그가 아닌 다른 사내가 마음에 심어져 있다 한다면……. 지금 이 마음에 들끓는 감정이 대체 어떤 것인지는 모른다. 절대로 사모지정도 아니요, 새삼스레 돌아난 연모도 아닌데.

그럼에도 심장이 덜컥 떨어졌다. 단뫼의 장사치와 나란히 걸어가는 벼리의 뒷모습을 바라보던 순간이었다.

당장에라도 벼리를 빼앗기는 것 같아, 다리가 후들거렸다. 그 순간 세찬 자신의 동요에 경악하면서도 그 불안과 기이한 무섬증은 가시지 않았다. 절대로 그런 일이 생기지 않을 줄 알면서도 내내 불안하였다. 그건 아마도 누구에게도 긴장을 풀지 않고 사이를 두던 벼리가 그자에게만은 유난히 편안해하고 친밀해 보여 생긴 감정일 수도 있었다. 누구도 끼어들지 못하였던 가람휘 자신과 벼리 사이에 눈에 보이지 않는 벽이 생긴 것 같아 무척 싫었다. 심주(心柱)로 여겼던 자가 곧 그를 떠나 버릴 것만 같아 심장의 혈류가 거꾸로 솟았다.

그렇다고 대놓고 물을 수도 없었다. 어제부터 지금까지 내내 제 속에서만 옹송거리던 불안과 갈등을 씹고 있었다.

비로소 이 밤, 검은 물을 털어버렸다. 가람휘는 그만 세차게 고개를 흔들어 버렸다. 제가 먼저 묻지도 않은 대답을 하고 말았다. 제발 빨리 아니라는 대답을 해주기를 강요하는 한마디를 다시 던졌다.

"싫을 것 같아, 그렇다는 대답을 듣는다면."

"그는 아니올시다."

역시 아사벼리. 그의 유일한 벗이요, 마린이요, 한편인 자. 단번에 잘라 버리는 그 말에 어찌하여 이리도 안도감이 드는 것인지.

가람휘는 순간 꼭꼭 멈추었던 숨을 길게 내쉬었다. 자꾸만 날이 서는 혀를 억지로 내려앉혔다. 다시 캐물었다.

"한데 남다른 인연이라 한 뜻은?"

"소장이 차고 다니는 일월봉황검을 그가 구해주었나이다."

가람휘의 시선이 언제나 벼리 가까이 놓여 있는 두 개의 검으로가 닿았다. 저절로 그의 시선이 찌푸려졌다. 싸울아비인 사람에게 가장 귀하다 할 보검을 가져다주었다고?

"이런 귀한 것을 공것으로 말이오?"

"아니옵니다. 당연히 값을 치렀지요."

그럼 그렇지. 다행이다.

당연한 대답을 들었다. 가람휘는 다시 한 번 가슴을 쓸어내렸다. 만약 이런 것을 값도 받지 않고 가져다주었다면, 이는 정표란 말이었다. 값의 고하간에 아랑곳하지 않고 아낌없이 주고픈 자란 뜻이었다. 그가 사랑하는 여인 아련나에게 그러했듯이.

"또한 천하를 오가는 자이니, 알게 모르게 각국의 정보를 가져다주고, 정곡의 산물을 팔아주었으니, 귀한 손님입니다. 그리하여 만들어진 친분이올시다. 마루한께서 마음 쓸 필요가 없을 것입니다."

"마음을 쓰는 것은 아니라…… 내가 그대를 벗으로, 신하로서 아끼니, 내가 어쩌면 그대의 앞길을 가로막은 자가 아닌가 해서. 그런 것이 아니라 하니 참말 다행이야."

"소장 때문에 마루한께서 마음을 쓰실 일은 없을 것입니다. 소장의 목숨과 충성 전부는 오직 마루한이 주인이십니다."

연모는? 참정은? 여인으로서의 마음결은?

묻지 말아야 하고, 묻고 싶지도 않았던 것들이 오늘따라 자꾸만 궁금하다. 그런 자신에 대하여 마루한도 스스로 경악하고 있었다.

벼리가 그 아닌 다른 사내와 마주 선 꼬락서니를 보고 있으려니, 기분이 이상하던 것도, 이상스레 화가 나고 울적해지고 가슴이 털컥 떨어지던 것도…… 대체 왜 이러는 걸까?

마루한은 돌아서서 벼리가 앉은 탁자 앞으로 걸어갔다. 마주 앉았다. 새삼스레 그를 똑바로 응시하며 불러보았다. 어미에게 어린 아이가 떼를 쓰듯이, 고집 피우듯이.

"아사벼리, 나의 마린이라 부르는 자."

"말씀하십시오, 마루한."

"그대를 보고 있으면…… 곁에 있으면 내 발이 든든한 반석에 닿아 있는 기분이다."

"소장 곁에서 잠시나마 편안하시면 저는 여한이 없습니다."

"편안해. 안심이 돼. 아무것도 걱정할 필요 없고, 다 잘될 것이야 하는 이상한 자신감이 생겨. 아마도 그대가 물처럼 움직이지 않고 바닥처럼 넉넉하게 다 품어주어서겠지. 그대는 언제까지나, 항시 내 곁에 남아 있어주겠는가?"

"물론입니다."

나의 주군께서 원하시면 평생, 영원히.

외롭고 스산한 당신이 미천한 나를 바라보시며 편안하다, 위안이 된다 하시면. 필요하시다 하시면.

곁에 있겠나이다. 평생 따르겠나이다. 싸울아비 아사벼리의 긍지와 명예를 걸고, 의무를 다하고 충성하겠나이다.

말하지 않아도 벼리의 순박한 눈동자 속에서 그런 뜻을 다 읽었나 보다. 가람휘가 가만히 고개를 끄덕였다. 힘없이 고개를 탁자 위에 박았다. 엎드려 버렸다. 숙인 얼굴 사이로 희미한 말이 새어 나왔다.

"아아, 오늘 밤은 특별히 피곤해."

"어찌하여?"

"입만 살아 있는 인간들이 너무 많아."

그가 고개를 들고는 두 손으로 까칠해진 얼굴을 쓸어내렸다. 그

밤따라 마루한의 안색이 유난히 창백해서 벼리의 마음이 아팠다.
"말만 화백이지, 사실은 결론도 없는 중구난방. 패배한 자들이 제 책임을 떠넘기고, 서로가 잘났다, 뾰족한 수도 없으면서 떠들어 대는 게지. 이 겨울을 어찌 넘길까 그 걱정보다는, 제 자리 차지하는 데만 관심이 많지. 지겨운 인간들!"
혼잣말 같으면서도, 그것은 제 마음속에 든 말을 꺼내어 건네는 것이었다. 오직 한 사람, 벼리에게 쓸쓸하고 외로운 자신의 처지를 우회적으로 돌려 호소하고 있었다. 군주인 나는 무척 힘들다고, 괴롭다고. 하니 그대가 날 위로해 달라고.
"수없이 흩어져 달려드는 말[言] 틈에서 난 가끔 마음의 길을 잃어버려."
가람휘가 몸을 일으켜 창가로 갔다. 창틀에 팔을 짚고 아래를 가만히 내려다보았다. 수많은 불빛이 반짝이는 정곡성의 야경을 구경하는 듯한 동작이었다.
"내 나이 아직 어리고, 군주의 자질 또한 부족하지. 하여 빨리 공(功)을 세워, 제대로 된 군주의 대접을 받겠다는 호승심이 만만찮았어. 내 그래서, 이길 수도 없는 전쟁을 나섰던 게야."
침묵 안에서, 가람휘의 목청이 홀로 울려 퍼졌다. 등 뒤에 앉은 벼리는 그저 들어나 줄 수밖에.
"그 결과로 도성을 잃고 소중한 사람들을 곤경에 빠뜨리고 순박한 내 백성들을 힘들게 만들었어. 차라리, 전쟁을 말고, 무후가 애초에 바란 대로 들판 몇 개 내어주고 화친하여 시간을 벌 것을······ 내실을 튼튼히 다져 훗날을 도모하였을 것을······. 한데 이 년 전 그 누구도 나에게 그런 말을 해주는 자가 없었다."

어떤 말을 하여도 받아주고 이해해 주는 사람 앞에서는 누구나 바닥까지 말갛게 드러내고 정직해지게 된다. 이렇듯이 늦은 밤에 침방에 들어와, 마루한은 벼리를 상대로 지난날을, 자신의 어리석음과 과오를, 내밀한 심중을 드러내며 홀로 위로받곤 했다. 이날도 마찬가지였다.

다 내 죄인 게야. 내 허물인 게야……. 홀로 탄식하던 가람휘가 벼리를 돌아보았다. 아스라이 미소 지었다.

"난 말이지, 그저 들어나 주는 그대 앞에서 말을 하면, 오롯이 내가 전부 수용되는 기분이 들어. 그대는 아무 말도 하지 않으나, 가장 필요한 말을 전부 들은 듯해. 아사벼리."

"네, 마루한."

"그대는……."

그가 돌아섰다. 다시 싱긋 웃었다. 이 밤, 그는 인색하고 보기 드문 미소를 여러 번이나 흘리고 있었다.

"내가 만약 아련나 대신 애초에 그대를 마린으로 맞이했다면 어땠을까……. 그런 생각이 들어. 그댄 남자에게 행복을 주고 사랑스럽게 웃어주는 일 말고도 내게 해줄 것이 참 많은 사람이니."

"저 또한 지금은 마루한의 마린입니다."

벼리는 조용히 말했다. 목에 걸린 황금 목걸이가 이상하게 답답하고 무거워지고 있었지만, 개의치 않고 말을 이었다.

"마루한께서는 저를 사무란의 아름다우신 분의 대신으로, 잠시 필요에 의하여 곁에 두신 터라 하여도…… 그저 허울이고 명목일지라도…… 저는 충심을 바칩니다. 마루한의 광영에 작으나마 초석이 되고자 하옵니다."

"……작으나마 초석이 된다라……."

가람휘가 눈살을 찌푸렸다. 무엇인가 곰곰이 생각하는 눈치였다. 불쑥 거대한 폭풍을 터뜨렸다.

"허면 그대, 언젠가는 해란의 후사도 이어줄 수 있는가?"

"네에? 그, 그것은……."

벼리가 너무 놀라고 황망한 얼굴이 되니, 오히려 말한 가람휘가 당황해지고 말았다. 방금 한 말을 주워 담고 싶을 정도였다. 하나, 한 번 입 밖으로 내민 말을 부인하고 없던 것으로 할 수는 없었다. 아니, 이 기회에 늘 궁금하였던 것을 확인하고 싶은 심술도 없잖아 있었다.

대놓고 말로 하지는 않았으나, 화백에서 수군거리는 말도 역시 그 문제였기 때문이다. 작금의 현실상, 조만간 싫든 좋든 큰 전쟁이 일어날 것이 분명하다. 마루한의 후사가 이어지는 문제는 해란의 미래와 관련된 아주 중차대한 일이었다.

알게 모르게 달려드는 강권들. 신하들은 가람휘가 금세 어떤 여인에게서든 후사를 얻기를 말없는 말로 요구하고 있었다. 그의 마음이 오직 사무란의 사람에게 묶여 있다는 사실은 아랑곳하지 않았다. 그는 사랑하는 사내이기 전에 한 나라의 군주였다. 일국의 미래와 훗날을 책임져야 하는 사람이었다.

"그대도 여인이야. 결국은 나의 마린이 아닌가, 이 말이야. 내 소망은 사무란의 그 사람을 구출하는 것이지만, 만에 하나, 일이 잘못

될 시에는 그대가 나의 유일한 마린이 된다는 말이야. 해란의 마린으로서 후사를 이어주어야 하지 않는가?"

"……그 일에 대하여 단 한 번도 생각한 바 없나이다."

잠시 망설이는 듯했으나 벼리가 솔직하게 말했다. 도무지 여지가 없다. 절대로 속내를 감추지 못하고 돌려 말하지 못하는 성정 그대로였다.

"용종을 받는 분의 광영은 오직 사무란의 아름다운 분일 뿐입니다. 소장은 감히 자격이 없나이다."

단칼로 잘라 버리듯 부인하는 목소리가 단호했다. 겉의 표현으로야 사양이요, 겸손한 완곡이었지만 결국은 그러하였다. 마루한 그대는 나의 주군이나, 정인도 아니요, 남자가 아니라는 것이었다. 가람휘에게도 벼리 자신이 사모하는 이가 아니듯이.

뻔히 알고 있는 사실이다. 암묵적으로 인정하였던 일이다. 그토록 명확한 것을 거절당하는데 어쩐지 자존심이 상하였다. 사내로서 거절당한 듯싶어 기분이 썩 좋지 않았다. 하여 가람휘의 목소리가 저절로 튀어 올랐다.

"어째서 그토록 단호하지?"

"소장은 오직 적에게 억류되어 계신 마린을 다시 모셔 오는 일에만 관심을 가지고 있나이다. 마루한께서 말씀하신 그런 일에 대하여 한 번도 생각한 바 없사옵니다. 천한 제가 감히 어떻게……?"

"이미 나의 마린이니, 그대의 자격은 충분하다."

벼리가 세차게 고개를 흔들었다. 천부당만부당한 일이라 오금 박았다. 가람휘로서는 다시 말을 붙일 수 없을 정도로 강한 저항이었다. 뒷말은 결국, 나를 여인으로 보지 말라 하는 항변인가?"

"한 번도 여인으로 살아보지 못하여 소장, 여인의 일을 알지 못합니다. 하물며 용종을 잇는 일은 일국의 국운이 달린 중대한 문제, 어찌 경솔히 처신하리오? 만에 하나 마루한께서 명하시면……."

"내가 명한다면?"

"……소장, 어찌할 수 없이 마린의 의무로서 따라야 하겠지요. 하나."

"하나?"

"마루한께서는 절대로 그런 일을 소장에게 하명하지 않으실 것입니다."

"어찌 그리 자신만만하지? 내 속을 짚어 읽었나?"

"마루한의 마음에는 오직 한 송이 꽃만 피어 있나이다. 누구도 대신하지 못하는 유일무이한 꽃이지요. 사무란에 계신 그분입니다."

가람휘가 침묵했다.

하나만 보고, 하나만 믿고, 하나만 아는 저 사람. 제 마음이 하나이기에, 다른 사람의 마음도 그러한 줄 믿고 사는구나. 더러운 이 마음에 잠시 잠깐 일렁이는 욕정이나 탐욕의 물결일랑 아예 모르는구나. 하여 당당하게 나를 대신하여 말하여 주는구나. 유일한 진리를 깨우쳐 주는구나.

아련나, 미안하다. 이 못난 지아비가 그대에게로 향한 참정을 헛되이 놓아버릴 뻔하였구나. 반성하고 후회하는 가람휘의 심장으로 벼리의 목소리가 여전히 쏟아져 들어오고 있었다.

"세상에서 가장 엄숙한 일은, 순백의 정으로 묶여 마음이 닿아 서로 화합하여 잉태를 하고 후손을 보는 일이라 합니다."

"그렇다 하지."

"소장 생각으로 그 일은 천지간 단 한 사람하고만 가능한 일이라 생각하나이다. 마루한께서는 그런 일을 다른 여인과 하실 생각이 아예 없으신 분. 소장이 마루한을 충심으로 존경하는 것은 바로 그런 곧은 단심이 아니겠는지요?"

"……하나, 나는 마루한. 어찌하든 후사를 얻어야 한다면? 사무란의 내 꽃이 그 후사를 주지 못하게 되는 일이 생긴다면?"

"마루한, 헛되이 미혹하는 말일랑 듣지 마십시오."

벼리는 강하고 단호하게 마루한의 연약한 갈등과 흔들림을 눌러주었다. 높은 자리이기에, 생각도 너무 많은 그였다. 지금 마루한에게 필요한 것은 태산같이 움직이지 않는 신념과 확신이었다.

"뜻이 굳으면 하늘도 감동시킨다 합니다. 아직 아무것도 결정된 바 없는 이때에, 지아비이신 마루한께서 흔들리시면, 사무란의 그분을 어찌 구출하시겠나이까?"

"……그렇지. 내가 흔들리지 말아야지. 내가 믿어야지."

"그렇사옵니다. 오직 마루한이 행하시고 싶은 대로, 뜻하신 바대로 움직이시고 결정하십시오. 마루한께서 어떤 결정을 내리시고 하명하시든 소장은 늘 따르겠나이다."

사곤이 곡식을 반만 받아간다는 일로 인하여 그나마 일단 급한 불은 껐다. 정곡의 사람들이 굶어 죽지 않고 겨울은 나게 되었구나,

그렇게 생각했다.

그러나 그것으로 문제가 전부 해결된 것은 아니었다. 더 심각하고 근원적인 문제는 아직 풀릴 기미조차 보이지 않고 있었다.

그로부터 닷새 후.

밤이 이슥하도록 촛불 아래서 벼리는 앉아 있었다. 군사의 일을 처리하고, 그래도 남은 시간에 서투른 손으로 부친의 옷을 마름질하고 있는 중이었다. 검을 휘두르고 무술을 익히느라 굳은살이 박인 손이 잡은 뼈바늘이라니, 아무래도 어색하고 어울리지 않았다.

하지만 마린으로서의 부덕(婦德) 또한 그녀가 익혀야 할 의무. 서툴고 달갑지 않은 일이라 해도 최선을 다할 도리밖에.

그러다가 자정을 알리는 북소리를 듣고는 고개를 들었다.

'이리도 늦었는데, 마루한께서는 어찌하여 듭시지 않는가?'

군막에 납시었다가, 늘 어둠이 내릴 즈음이야 돌아온다. 성에 돌아와서도 대 장방에 앉아 산적한 일들을 처리하시니 언제나 늦기는 하였다. 하지만 진지도 아니 하시고 이렇게 늦다니. 어쩐지 불길한 기분이 들었다.

벼리가 지키는 침상에 누워 꿈을 꾸는 시간만이 마루한에게 주어진 유일한 휴식이다. 편안하게 마음을 풀고 곤히 몸을 눕힐 수 있었다. 그런 짧은 휴식조차 이날은 빼앗기는가 싶었다. 자꾸만 마음이 쓰였다.

'성안에 곤란한 일이 생긴 것일까?'

닷새 내내 곡식을 배에 싣는다 하는 사곤 역시 코빼기도 보이지 않기는 마찬가지. 어디서 무엇을 하고 돌아다니는지 알 수가 없었다. 그 아침 이후로는 거의 만날 틈이 없었다.

바늘 끝같이 힐책하던 눈빛도 보지 않게 되었다. 오히려 보지 않으니 마음일랑 편안하였다. 그만 보면 벼리의 고뇌가 다시 끓어오르는 것이었으니, 비겁다 해도 어쩔 수 없었다.

성안에 있는가 싶으면 사라지고, 사라졌다 싶으면 눈 너머에서 유유자적 노닐고 있다. 평상시는 자신만만 희미한 미소를 짓고 있다가도, 일을 처리함에 있어서는 살얼음 얼 듯 차갑고 냉혹하다. 벼리 앞에서 보여주었던 그 모습, 푼수나 떨고 실실거리는 표정일랑은 찾아보려 해도 찾을 수가 없었다.

"아무리 보아도 그 심기를 읽을 수 없는 신룡(神龍) 같은 이야. 범상치 않아. 훗날, 만에 하나라도 단뫼와 우리 해란이 적대할 때면 저이가 가장 무섭고 큰 적이 될지도 모르겠다."

아비 딜곡도 같은 마음이었나 보다. 성벽에 서서 개미떼처럼 정박해 있는 단뫼의 배들을 내려다보던 날이었다. 탄식처럼 한마디 내뱉었다.

"하늘은 자비로워, 이 땅 위에 주인을 하나 이상은 내지 않는다 하는데……. 난세(亂世)라 하더니, 이곳저곳에서 영명하다, 영웅이다 하는 자가 속출하는구나. 무후의 아칸이란 자도 녹록치 않다 하지 않더냐?"

"그렇게 들었습니다."

"휴우, 그자가 큰 사람이라 하면 적당하게 하고 우리의 마린님들을 보내주시면 좋으련만."

"아직 사무란에서는 기별이 없지요?"

"음, 조만간 소식이 오겠지."

"아무리 마루한이라도, 쉽사리 송요성을 내놓지는 못하실 겁니다."

"우리의 생명줄이니까."

"아무리 마린님을 사모하시고 아끼셔도 군주이기에 절대로 할 수 없는 일이 있다고 하셨습니다."

"나에게도 그리 말씀하셨다. 송요성을 내놓으면 우린 끝장이다. 결국 마린 두 분의 운명은……."

딜곡은 말을 채 잇지 못했다. 돌아서서 딸을 바라보는 눈빛이 더없이 근심스러웠다.

"네가 더 많이 힘들 일이 생길지 모르겠다."

"힘들다, 힘들다 하여도 마루한만큼 하겠나이까?"

마루한은 벼리처럼 애초에 가진 것이 없었기에 잃을 것도 없는 사람이 아니다. 그는 사랑이 많은 사람이었고, 책임져야 할 것도 많은 군주였다. 심중의 고뇌와 갈등, 괴로움은 수백, 수천 배 이상 크리라.

벼리는 시녀를 부리는 줄을 잡아당겼다. 여지울이 나타났다.

"예, 마린."

"대 장방에 몰래 나가서, 마루한께서 진지나 하셨는지 알아보고 오너라."

"알겠나이다."

여지울이 살그머니 문을 닫고 사라졌다. 채 일다경도 지나지 않았다. 그녀가 다시 헐레벌떡 달려들어 왔다. 얼굴이 질려 있었다.

"마린, 무후의 사절이 입성하였다 합니다."

"무후의 사신이 들었다고?"

벼리는 자신도 모르게 벌떡 일어섰다.

"무척 큰일이 일어난 듯합니다. 격앙하시어 노화 내시는 마루한의 목청이 문 바깥까지 울려 퍼지고 있더이다."

"대체 왜……?"

여지울이 채 대답을 하기도 전이었다. 침방의 문이 벌컥 열렸다. 얼굴빛이 시뻘겋게 변한 마루한이 들어섰다.

들어서자마자 거칠게 허리춤의 검을 빼들었다. 마구잡이로 휘둘러 방 안의 기물들을 부수고 베고 동강내 버리기 시작했다. 마치 눈에는 보이지 않으나, 앞에 선 적의 수급을 베어 넘기는 것 같은 동작이었다.

"에구머니!"

"마루한!"

깜짝 놀란 벼리가 부르짖었다. 심약한 여지울이 비명을 지르며 도망갈 정도였다.

그러거나 말거나, 이 순간 가람휘의 눈에는 보이는 것이 없었다. 미친 이가 마구잡이로 휘두르는 듯 위태로운 칼날 아래서 속절없이 방 안의 모든 것이 비명 소리를 내며 깨어지고 부서졌다.

가람휘의 눈에는 핏발이 서 있었다. 턱까지 흐르는 것은 눈물이 아니라 벌건 핏물이었다. 더없이 격하게 치밀어 오른 분노와 통한이었다. 대 장방에서는 체면과 위엄 때문에 꾹꾹 참아냈다. 아무도 보지 않는 이곳에 들어서자 드디어 분출하고야 만 것이다.

벼리의 가슴도 따라 짓뭉개졌다. 아아, 아사벼리의 아름다운 군주는 지금 피눈물을 흘리고 있었다.

말로 듣지 않았으나, 그것만으로도 충분했다. 벼리는 무후의 사신들이 결코 좋은 기별을 가지오지 않았다는 것을 직감했다.

"잔악한 놈들! 때려 죽여도 시원찮을 놈들!"

목소리가 아니라 쇳소리였다. 가람휘의 심장이 부서져 제멋대로 부글거렸다. 튀어나오는 것은 선혈이요, 죽어가는 짐승의 절규였다.

"마루한, 제발 심기를 고정하십시오."

누군가가 눈앞에 있다면 살인이라도 불사할 기세였다. 거칠게 의자를 걷어차며 돌아서서 다시 검을 휘두르는 가람휘를 벼리가 막아섰다. 단 한 번도 한 적이 없는 일을 하고야 말았다. 그의 팔목을 잡아 멈추게 한 것이다.

"놓아라!"

"마루한."

"듣지 못했느냐? 놓으라 하였다!"

그럼에도 벼리는 꼼짝하지 않고 강철같이 억센 손으로 가람휘의 팔목을 잡고 놓지 않았다. 마구잡이로 난동을 계속하려는 그를 끝내 막았다.

불경한 일이겠으나, 그치게 해야만 했다.

군주인 그가 이토록 심기를 어지럽히거나, 이성적인 판단조차 할 수 없을 정도로 흥분하게 내버려 둘 수가 없었다. 절통함과 원한이 너무 깊어 그는 스스로를 자해까지 할 기세였기 때문이다.

만약 그가 부하였다면 수도로 뒷목을 가격하여 기절이라도 시켰을 것이다. 그러나 그럴 수 없으니, 팔목만 잡아 움직이지 못하게 할 도리밖에.

벼리가 제 몸을 잡아 움직이지 못하게 만드니, 아직도 풀지 못한 가람휘의 분노가 더 강해졌다. 울분에 찬 팔꿈치가 강하게 벼리의 아랫배를 강타했다.

"으윽."

벼리가 가늘게 신음을 삼켰다.

예전처럼 갑옷을 입고 있었다면 이 정도의 가격은 괜찮았을 것이다. 하지만 지금 그는 여인이 걸치는 얇은 비단옷 차림이었다. 정확하게 급소에 와 박힌 주먹이 강한 통증을 일으켰다. 충격에 숨도 쉬지 못할 정도였다.

그럼에도 벼리는 한 발자국도 움직이지 않은 채 가람휘를 온몸으로 싸안았다. 목숨을 걸고 그를 제지하였다. 태산처럼 뿌리박고 서서, 노도(怒濤)처럼 온몸으로 통곡하는 그를 품었다. 폭발하는 모든 것들을 고스란히 받아냈다.

남자이긴 하였으나, 심기가 흩어져 있는 형편이다. 몸을 비틀고, 팔을 이리저리 움직이며 용을 써보았으나, 속박에서 벗어날 수가 없었다. 강한 싸울아비의 무력과 기세를 지닌 벼리의 힘을 이기지 못한 것이다.

결국 가람휘가 손에 든 검을 떨어뜨렸다. 우두커니 선 채, 이를 악물고, 부릅뜬 눈으로 헉헉, 뜨거운 숨만 들이쉬었다.

이내, 그의 입에서 으윽으윽, 하는 신음이 새어 나왔다. 턱 아래로 울컥거리는 핏물이 뚝뚝 떨어졌다.

"이 원통함을 어찌 갚을까? 이 원수를!"

으흐으흑, 어깨가 흔들렸다. 벼리가 할 수 있는 일이라곤 다만 마루한의 허리를 끌어안고, 팔목을 부여잡고 더 이상은 그가 스스로를 해치지 못하도록 지켜주는 도리밖에 없었다. 마음으로 같이 울어주는 도리밖에는.

한동안, 거친 숨과 오열을 토해내던 마루한이 마침내 진정했다. 깊은 정적 안에서 어렵사리 한마디 한마디를 떠듬떠듬 뱉어냈다.

"무후에서……."

"네."

"답변이 왔다."

"어떤 답변이……?"

"세 개의 수급으로."

아아, 우르 신이여! 너무도 무정하십니다. 더없이 잔혹하십니다.

"결렬이다. 내가 사랑한 사람들의 목으로 그들은 답하였다."

절망하여 부르짖는 마루한의 등 뒤에서 벼리는 그만 눈을 꽉 감아버렸다.

第九章

아무것도 욕심내지 않는 자.

오직 바치기 위하여

충성하기 위하여

오롯이 사랑하는 이유로 떠나는 자여

가엾고도 거룩하구나.

"마루한의 유모랑, 승후대장*이라지?"

"거기다가 마린님께서 부리시는 으뜸 감고*까지. 수급이 세 개라고 하던데?"

"소금에 절여져 왔다더구먼."

"아무리 그래도 그렇지, 어떻게 시신을 훼손하는가 이 말이야! 무후의 놈들은 역시 상대할 도리가 없는 잔악하고 무도한 놈들일세."

"송요성을 내놓지 않으면 두 마린님을 그렇게 죽이겠다고 직접적으로 마루한께 협박했다지 않아?"

---
*승후대장:도성의 군사 책임을 맡은 장군을 일컫는 말
*으뜸 감고:마린을 보좌하며 궁의 일을 책임지는 최고의 시녀를 일컫는 말

"마린님뿐만 아니라 하던데? 사무란의 백성들을 다 죽이겠다고도 하였다는구만."

"난 더 험한 이야기도 들었구먼."

"그게 무엇인데?"

"우리 마린님을 무후의 우두머리가 겁탈하고 욕을 보였다는 말도 있다는 게야."

"저런 쳐 죽일 놈들이 있나!"

이리 가도 수군수군, 저리 가도 수군수군. 소문은 빛보다 더 빨랐다.

무후의 사신이 정곡에 들어온 후 겨우 이틀째. 말을 타고 성을 한 바퀴 도는 사이 들려오는 이야기는 어디서든 그 이야기였다. 벼리는 한숨을 쉬었다. 무후의 사절들이 가져온 최악의 통보에 대하여 성안의 주민들이 하룻밤 사이 다 알게 되었다는 것을 알았다.

"마루한께서는 보우하는 달 이후 곧바로 군사를 일으키겠다고 작정하신 듯하이."

"세상이 어지러우니 참 살기 어렵네그려. 여기는 안전한 줄 알았더니, 꼭 그런 것만도 아냐. 대체 우리 해란의 운명은 어디로 흘러가는지, 휴우."

"한데 그 죽일 놈의 무후의 사신들은 그냥 돌려보냈다던가?"

"마루한께서 답변을 하기까지 닷새의 말미를 준다 하였다는데?"

"미친놈들! 저들이 뭔데 그리도 거만하게 거들먹거린데?"

"칼자루를 쥔 건 자기들이다 이거지. 대체 마루한께서는 어떤 결정을 내리실지 참으로 궁금하구먼."

전쟁, 그리고 결국은 패배. 해란의 명맥은 결국 끊어지고 말겠지. 지금 해란이 처해 있는 상황이란 팔 하나, 다리 하나를 묶어놓고 상대와 칼싸움을 벌이는 형국인 것이다.

'결국은 필패(必敗). 죽는 길인 줄 알면서도, 전장에 나가야 하는 서러운 운명이다.'

벼리는 굳은 얼굴로 말에서 내렸다. 말에게 우물물을 한 바가지 마시게 하고는 고삐를 다가온 구종에게 내밀었다.

방으로 돌아가기 위해 찬방*이 있는 중정을 지나가는 중이었다. 고소한 기름 냄새가 풍겼다. 달큰한 꿀 향기며, 부침개들을 하는지 번철 위에서 기름이 지직거리며 튀는 소리도 났다. 들며 나는 찬모들이 하나같이 바빠 보였다. 하얀 천을 덮은 광주리가 수십 개나 앉아 있었다.

"내가 모르는 잔치가 있나? 웬 떡을 이리도 갖가지 장만하는 거야?"

성의 살림이 나날이 어려워지니, 각별히 매사 아끼고 검소하게 꾸려라 당부한 것이 언제인데. 갑자기 짜증이 치밀기 시작했다.

지금 성내는 무후의 사신들이 옮겨온 최악의 소식 앞에서 그야말로 살얼음판이 되어 있었다.

야만적인 무후의 횡포 앞에서 거의 제정신을 잃을 정도로 마루한이 분노했다. 그 때문에라도 모든 사람이 자라목이 되어 발끝을 들고 살금살금 움직이는 형편이다. 떠들썩하게 잔치하고, 거하게 음식을 차리는 일이 있어도 삼가야 할 판이다. 그런데 성의 안주인이

---

*찬방:주방. 큰 부엌

라는 벼리 자신도 모르는 잔치판이라니. 한참 신경이 날카로워져 있던 차라 그냥은 지나갈 수가 없었다.

캐묻는 벼리 앞에서 찬모가 손을 닦으며 대답했다.

"아이고, 마린님. 내일이 매듭 푸는 달(12월) 초하룻날이니, 해신(海神)에게 제사를 지내는 날 아닙니까? 아침에 성주님께서 떡과 음식을 많이 장만해라 하명하시었답니다."

"아버님께서 왜?"

"성안 기운이 하도 어수선하다구요. 어차피 장만하는 떡, 다소간 넉넉하게 해서 배고픈 이들에게 나누어주라 분부하셨나이다. 민심을 다독여야 한다구요."

"그렇군."

당장에라도 전쟁이 일어난다더라, 이 겨울에 송요성에서 금이 들어오지 못하면 우린 앉아서 다 굶어 죽는다더라……. 온갖 유언비어가 속출하고 있었다. 인심이 저절로 흉흉해지는 시절이었다.

이 아침, 말을 타고 잠시 거리를 지나가는 동안에도 눈빛이 시뻘건 자들을 여럿 보았다. 성주 딜곡은 그런 불만과 두려움, 불안함이 모이고 팽창하여 격화되면, 성안에서 먼저 불온한 폭동이라도 일어날까 근심하고 있었다. 아마도 그런 것을 달래려는 뜻인 듯싶었다.

"아버님의 하명이시라니, 어쩔 수 없지. 고생하게나."

"모처럼 예로 오셨는데, 떡 맛이나 보고 가시지요. 듣잡기로, 아침도 아니 하시고 나가셨다 들었습니다."

마다하는 데도, 벼리에게 찬모가 커다란 나무 쟁반을 들려주었다. 그릇에는 한가득 각양각색의 떡이 담겨 있었다. 명절이나 제사 때면 늘 장만하는 절편에다 팥 시루떡, 겨울의 별미인 호박떡은 기본이요, 노란 찰떡에다가 거멀접이, 주악, 상화, 꼽장떡까지 호화찬란하였다.

정곡성은 산과 바다, 들판의 산물이 골고루 풍부했다. 해란의 그 어떤 곳보다 음식치레가 볼만하다 칭송받았던 곳이다. 지금이야 끼니 걱정을 해야 할 판이 되었지만.

모처럼 눈치 살피지 않고 마음껏 솜씨를 자랑할 판이니 찬모들의 손길에 신이 묻어 있었다.

"듣잡기로, 마루한께서도 며칠 내내 침식을 끊으셨다 하더이다. 이를 가지고 들어가 위로라도 해보시지요."

유모의 마음 씀이 고맙기는 하였으나, 벼리는 고개를 흔들었다.

지금 마루한의 눈에 무엇이 보일 것이며, 무엇이 입에 들어나 가겠는가? 이삼 일 이내로 가장 사랑하는 사람의 목숨을 생으로 끊는 결정을 내려야 하는데. 핏발 선 그의 눈을 보자 하니, 아마도 무후의 사신들 목이 댕겅 잘라질 듯싶었다. 저들이 들고 온 목의 신세로 돌아갈 것이 자명하였다.

사무란의 사람들은 학살당할 터이고, 이기지도 못하는 전쟁은 준비도 없이 다시 시작될 것이다. 그리고 슬픈 그 전쟁에 나간 마루한을 위시한 해란의 씨울아비들은 다 죽는다.

'대체 내가 지금 마루한을 위해, 우리 해란을 위해 할 수 있는 것이 무엇이 있단 말인가?'

버릇처럼 벼리는 성벽 위에 가 섰다. 그저 평화스럽게 반짝이고 있는 바다를 내려다보았다. 팔짱을 낀 채 망부석처럼 서서 이내 폐허가 될지도 모르는 정곡성의 모든 것을 내려다보았다. 그의 아버지와 벼리가 애써 가꾸고 번성시켜 온 이곳이 단숨에 초토화가 되고 잿더미가 되는 상상에 몸서리쳤다.

"없다."

더없이 절망스러운 입술이 저절로 움직이고 있었다.

"아무것도. 내가 할 수 있는 것은 지금 여기에서 아무것도 없다."

"아무것도? 그 손에 잔뜩 지닌 건 뭐냐?"

등 뒤에서 들려오는 목소리. 누구인지 돌아보지 않아도 알 수 있었다. 발소리 한 번 내지 않고 어느새 곁에 다가온 사람은 사곤이었다. 벼리가 선 성벽 앞으로 다가왔다. 팔딱 뛰어올라 앉았다.

"아, 배가 고프군. 아무리 그래도 그렇지 말야, 손님으로 먼저 청해놓고 밥도 챙겨주지 않는다니……. 이것, 너무한 것 아닌가?"

"내가…… 줄 것이 없어. 아무것도."

"이봐, 그 떡! 먹을 것이 아닌가?"

"어떻게 할 방법이 없다."

"이봐, 너무 인심 사납게 그러지 말라고. 네 손에 들린 그건 다 뭐냐?"

벼리는 멍한 눈으로 사곤을 바라보았다. 이내 굶주림에 지친 얼굴과 제 손에 들린 떡을 번갈아 바라보았다.

"이렇듯이 가득 쥐고 있으면서도 줄 것이 없다고?"

본능적으로 벼리는 떡이 담긴 나무 쟁반을 내밀었다.

"먹을 테냐?"

"암만. 지금 뱃가죽이 등에 붙었단다."

사양치도 않았다. 벼리가 내민 떡 쟁반을 사곤은 잘도 받아들었다. 말로만 너스레를 떤다 싶었는데, 손가락으로 떡을 집어 연신 집어넣는 것을 보니, 정말 시장했던 모양이다. 순식간에 너덧 개의 떡이 날름날름 사곤의 입속으로 사라졌다.

"이 시간까지 어찌하여 밥도 먹지 않는 게냐?"

"밤새워 곡식을 배에다 실어서는 떠나보내고 아까 돌아왔단다."

그렇지 않아도 보아 하니, 눈 아래 먼바다로 단뫼의 푸른 깃발을 단 배들이 여남은 척 떠나고 있었다.

"일은 끝난 게냐?"

"그럭저럭. 곡식이 모자란다 소문이 나니, 떼 지어 우리 배를 습격하려는 날파리 떼들이 많아져서 말이다. 창고를 지켜야 했거든. 다 실어 보냈으니, 이제 한숨 돌렸다."

자신의 말대로 한잠도 자지 못한 듯했다. 눈 아래가 거뭇하게 변해 있었다. 졸린 티가 역력했다.

"일도 끝났으니, 먼저 한잠 자고 밤에는 홍월루에 나가서 놀아야지. 나도 곧 떠날 것이다."

그가 곁눈질로 벼리를 살폈다. 그만하면 좋으련만 잊지 않고 갉작대는 버릇이니, 한마디로 속을 북 긁었다.

"헤란의 사람들은 공명정대하고, 더욱이나 정곡의 사람들은 항시 정직하고 점잖다 하더니, 순 거짓이야. 난폭하고 인심 사납기가 날로 더해진다."

부끄러운 일이나 동의할 도리밖에 없었다.

"시절이 하 수상하니, 사람들 마음도 따라 모질어지는 모양이다."
 사곤이 상화 하나를 들었다. 날름 입에다 집어넣었다. 기름으로 볶은 무채가 들어 있는 떡이다. 유난히 입맛에 맞는지 계속 그것만 집어먹었다.
 "우리 단뫼에도 이런 모양의 떡이 있지."
 "아, 그래?"
 "포자라고 부른단다."
 그가 상화 한 개를 다시 집어 들었다.
 "반쯤 구운 돼지고기와 잘게 썬 부추에, 간장과 후춧가루를 쳐서 함께 반죽하여 넣고, 밀가루를 반죽하여 얇게 조각을 지어 겉에 싸서 굽지. 참 맛나단다. 명색이 나도 귀빈인데, 그것이나 좀 해주지? 너 하나를 위해 내가 엄청난 손해를 감수하였는데, 적당한 대가를 치러야지, 아사벼리? 아니, 허수아비 마린님."
 "닥쳐! 네놈에게는 이 떡도 과분해."
 지금이 어느 때인데, 이것 해달라 저것 해달라 요구를 해? 벼리는 버럭 고함치고 말았다. 이 사내, 여하튼 사람을 긁고 흥분시키는 데는 하늘이 내린 기술을 가지고 있었다.
 "그래? 그 참 이상하군. 홍월루의 기녀들은 참 다른 말을 하더라. 서로 떡을 해주겠다고 난리를 치더라."
 "뭐야?"
 "날더러 건달 떡이랑 오입쟁이 떡이랑 먹어보았느냐구, 아주 맛나다고 다 해준다더라. 그네들은 나한데 들러붙지 못해서 안달인데, 너는 날 박대만 하니, 이것 참! 이래 놓고 벗이라 할 수 있겠느냐?"

"벗 좋아하네! 이익! 네놈은 겨떡* 하나도 먹을 자격이 없어!"

"허면 옛 정인이라고 하랴? 네 마루한이 몹시 싫어할 터인데?"

사곤이 씩 웃었다. 팔딱 뛰어내려 벼리의 곁에 섰다. 사람이 달라진 것처럼 웃음기를 싹 지웠다. 서늘한 눈동자를 하고 조용히 캐물었다.

"네가 어제부터 내내 울상인 이유나 좀 들어보자, 아사벼리"

"누가 울상이라고?"

강력 부인하였다. 사곤이 쿡쿡 웃었다.

"허면 사흘 내리 시래기죽도 얻어먹지 못해 골골거리는 시어미 상이라고 해주랴?"

주먹이 절로 울었다. 혹여 누가 볼까, 마린의 체면으로 차마 패지는 못하였으나 부들부들 떨리는 벼리의 주먹을 사곤이 하나하나 손가락을 조용히 펴놓았다. 그러면서 내내 이죽거렸다.

"말하여보렴. 혹여 아느냐? 머리 좋고 잘난 내가 너를 위해 또 한 번의 손해를 보려고 할지."

"말하고 싶지 않다."

"내가 누구냐? 천하의 눈과 귀를 갖고 있는 단뫼의 장사치 아니더냐?"

사곤이 자신만만 웃어 보였다. 무엇이 그리 잘났는지, 천하의 모

---

*겨떡:밀기울이나 메밀, 보리 같은 낟알의 보드라운 속겨를 반죽하여 동글납작하게 빚어 만든 떡

든 일을 다 제 손아귀에 집어넣고 있다는 듯 잘난 척하는 미소가 죽이고 싶을 정도로 거만하게 느껴졌다.

"누구든 돈만 내면 곤란한 지경을 벗어나는 계책과 지혜까지 알려준다. 상담료는 아니 받을 터이니, 그대의 곤경에 대하여 말이나 해보려무나?"

"……나는 돈이 없다."

"후불도 있잖느냐? 어차피 외상이야 너의 특기인 것으로 아는데?"

벼리는 사곤이 가죽신 발끝으로 얼어붙은 흙더미를 탁탁 걷어차는 것을 내려다보았다.

심장에 담아놓은 짐의 무게가 너무 무거워 쓰러질 것같이 힘들었다. 말도 할 수 없기에, 해결은 더욱이나 할 수 없기에 더 아린 일들을 그는 알아차린 것이다. 누구도 묻지 않았던 고뇌와 슬픔을 그는 읽어주었다. 아무렇지도 않은 척 물꼬를 터주고 있는 것이다. 해결은 해주지 못하더라도 들어나 줄 것이다, 그 눈이 그렇게 말하고 있었다.

"……무후의 사절이 도착했다."

"수급 세 개를 선물로 가지고 왔다고?"

벼리는 고개를 끄덕였다. 성안의 주민들도 벌써 다 아는 일인데, 사곤이 모를 리가 없었다. 그가 손을 뻗어 성벽의 돌 틈 사이에서 흔들리는 마른 풀 한 가지를 뽑아 들었다.

"그래서 네 마루한은 어찌하신다더냐?"

"전쟁."

"오호, 그 일이 가능한가? 아직은 준비가 덜 된 것으로 알고 있는데?"

사곤이 어깨를 으쓱했다. 해란이 갖지 못한 것, 부족한 것을 장사치인 그만큼 잘 파악하고 있는 자도 없을 것이다. 벼리는 고개를 끄덕였다. 조용히 속삭였다.

"시작하면…… 우린 다 죽게 되겠지."

"흠, 전쟁이라? 잘난 사랑 하나에 미쳐 아무것도 보이지 않는 그가 사무란의 그 여인을 포기하신다? 역시…… 썩어도 준치, 어리석게 보여도 군주란 말인가?"

"그분을 구해낼 방도가 없다. 그렇다고 송요성을 내어주어 우리 모두 다 앉아서 굶어 죽을 수는 없는 노릇이고."

벼리는 한 손으로 이마를 짚었다. 사무친 좌절로 인하여 제대로 서 있기 힘들었다. 힘없이 쓰러지고 싶었다.

"어느 것도 선택할 수 없지만, 결국은 하나를 선택해야 하는 것이지. 그분의 업이다."

"치욕을 무릅쓰고 움츠리고 때를 기다리는 방법도 있지."

"나라의 땅을 빼앗기고, 여인을 빼앗기고, 생목숨들 수만을 빼앗기려는 차라, 어찌 가만히 있을까? 전쟁을 결정하신 것은, 그분의 유일한 자존심이다. 결국은 같이 다 죽자는 뜻이지. 하나 무척 괴로워하신다. 나 역시 괴롭다. 너무 괴로워서 미칠 것 같다."

"왜?"

"나는 그분의 마린이니까."

지아비라 부름하는 마루한과 해란의 뭇 백성을 동시에 생각해야 하는 의무를 지녔다. 가람휘의 말대로 누군가는 반석같이 버티고 서서 이 위태롭고 슬픈 시절, 힘이 되고 도움이 되는 이가 있어야 할 터인데, 그 일을 해야 할 이는 바로 아사벼리 자신. 하나 그는 그 어떤 일도 할 힘이 없다. 그래서 슬픔은 더 깊어진다.

"아아, 마린. 네네, 의무라굽쇼? 대단하십니다."

사곤이 혀를 찼다. 환장하겠군. 기분 같아서는 목을 홱 돌려 꺾어서라도 제정신을 차리게 해주고 싶었다. 아무리 용을 써도 되지 않는 일에 집착하는 저 멍청함이라니. 게다가 저토록 순일한 충성과 헌신을 받을 만큼 그 인간이 가치있는가? 말하지 못할 비밀을 간직한 입이 근질거렸다.

벼리가 푹 하니 고개를 꺾었다.

"행복하게 해드리고 싶은데, 그분은 괴로워만 하시니. 그분을 위해 내가 할 수 있는 것이 없다. 이내 개죽음을 당해야 하는 저 불쌍한 백성을 위해서도 나는 할 일이 없다. 무력한 내가 정말 싫지만, 방도가 없다. 안 돼."

이상한 일이다. 그런 말을 하는데, 벼리의 눈에서 저절로 주르르 맑은 눈물이 뚝뚝 떨어져 버렸다. 곁에 선 사내의 마음을 찢어놓았다. 단번에 밑바닥이 보이지 않는 심연으로 툭 떨어뜨리는 눈물이었다.

"내가…… 우는구나."

자꾸만 어느새 우는지도 모르는 채 흘러내리고 있는 눈물이 볼을 거쳐 턱을 지났다. 옷깃을 적셨다. 강하고 의지 굳은 얼굴에서 흐르는 맑은 눈물. 해란의 긍지 높은 싸울아비 아사벼리가 흘리는 그 눈물. 주먹을 들어 지워도 지워도 또 떨어지는 눈물 앞에서 한 남자도, 하늘도, 땅에 사는 모든 것들도 따라 울고 있었다.

제 욕심 따라 우는 울음이 아니기에, 오직 누군가를 위하고 행복하게 만들어주고 싶어하는 눈물이기에, 바라는 것 없이 주기만 하려는 눈물이기에, 가엾고 슬프나 거룩한 눈물이기에.

"이런 내가 그분 곁에 왜 있는 것일까? 난 정말 쓸모없는 자다."

"지독한 팔자로군. 쯧쯧쯧."

"……한데 내가 줄 수 없는 것을 줄 수 있는 사람이 사무란에 계신다. 난 무슨 일이 있어도 그분을 마루한께 데려다 주고 싶다. 전쟁은 피할 수 없는 노릇이라 해도, 그토록이나 사랑하시는 분을 마루한께서 제 손으로 죽이는 일은 보고 싶지 않다. 그런 소망이 잘못이냐?"

사곤이 그런 벼리를 바라보며 내내 마른 풀을 질겅질겅 씹어댔다. 갑자기 물었다.

"아사벼리."

"무엇이냐?"

"넌 왜 항상 그에게 주려고만 하느냐?"

"주는 것이 나쁘단 말이냐?"

"글쎄, 받는 것을 싫어하는 사람은 없겠지만……."

그가 손을 뻗어 성벽에 흔들리는 풀잎 하나를 다시 뽑았다. 맛난 것이나 되는 듯이 또다시 입에 넣고 질겅질겅 씹었다. 무엇인가 뜯어버리지 않으면 큰일이라도 나는 듯한 얼굴이었다.

"너무 많이, 오직 받기만 하면 질리지 않을까? 사람이라면 그리 못해. 세상의 모든 것은 원래 주고받는 거란다."
"하지만 받고 싶은 게 없다, 그분에게는."
사곤이 눈을 치떴다.
"정말이냐?"
"받고 싶은 게 있다 해도 그분이 절대로 줄 수 없는 것이기에."
"너는 그의 '마음'을 바라는구나."
벼리는 멍하니 성벽 아래 펼쳐진 익숙한 광경들을 응시했다. 곰곰이 생각하고 헤아리다가, 고개를 끄덕였다. 인정하였다.
벼리가 상처받은 것은 마루한의 마음이 상하였기 때문. 내 주군께서 나를 돌아보지 않는다 해도, 사모하시는 분을 다시 찾아 그 마음이 채워진다면 여한이 없을 것이다. 바라는 것은 오직 그것 하나. 그가 할 수 없어 절망한 것.
"이미 다른 여인에게 홈빡 주어버린 후라 텅 빈 것이라 해도? 천하의 멍청이 아사벼리."
"내 마루한께서는 언제나 순백하시다. 사무란의 마린을 사모하시는 그 뜻, 너무도 장엄하단다. 아름답단다. 사람으로 어찌 그리 깊이 사모할 수 있을까? 다정할 수 있을까? 한 마음일 수 있을까? 부럽고 부러웠다. 감탄하고 감동하였다. 누군가를 그리 한뜻으로 깊이 향일하는 것은 그분에게서 처음 보았다. 나 또한 인간이고, 마린이 되었으니⋯⋯ 그 마음을 바라는 것이 당연하지 않겠는가?"
사곤이 픽 하고 웃었다. 검은 비웃음이 역력했다. 냉소를 내뱉었다.

"그만하렴. 차라리 다른 것을 바라거라. 인간의 마음, 그것만큼 변덕스러운 것도, 허무한 것도 없다."

"뭐라고?"

"강하기로 치자면야 금강석보다 강하고, 영원한 것으로 치자면야 억겁보다 길다. 뜨겁고 붉기로 치자면야 손을 대면 화상을 입히는 홍염화*보다 더 붉고, 반듯하기로 치자면 빗줄기보다 곧지. 하나."

사곤이 씹고 있던 마른 풀줄기를 훅 날려 보냈다. 뱅글뱅글 맴을 돌던 풀줄기는 성벽을 타고 오른 바람을 따라 이내 멀리 흩날려 사라져 갔다.

"가장 약한 것도 마음. 가장 변덕스러운 것도 마음. 가장 차가운 것도 마음. 가장 추악하고 더러운 것도 사람의 마음이다. 게다가!"

그가 잠시 말을 멈추었다. 연민 같은 것이 가득 서린 눈으로 벼리를 바라보았다.

"방향이 다른 마음이야말로 세상에서 가장 아프고 무서운 칼날이지. 지금 그런 무서운 것에 네 마음이 베였구나. 아니 그러한가?"

조만간 네 마루한도 그러할 것이다. 하니 그딴 것은 바라지 말거라. 상처는 더할 터이니. 하나밖에 모르는 너는 절대로 알지 못할 인간의 추한 마음을 보게 될 것이다. 그런 말을 하는 대신 사곤은 몸을 돌려 하늘만 바라보았다.

벼리는 이를 악물었다. 냉정하기만 한 사내의 등을 노려보며 똑

---

*홍염화:해란의 해안가에서 피는 꽃으로 가시가 많고 짙붉은 꽃이 핀다. 꽃잎은 열기를 품어 손을 대면 화상을 입는다. 부싯깃 대용으로 쓴다

똑히 말했다.

"하지만 후회하지 않는다."

"어째서?"

"지금껏 나는 내 속에 이런 마음이 들어 있다는 것조차 모르고 살았다. 한데 나도 붉은 피를 가진 것처럼 마음도 있음을 알았다. 하여 아픈 데도 행복하다. 살아 있는 사람인 듯싶어."

벼리는 한 손을 들어 왼쪽 볼의 검상을 어루만졌다. 도톨도톨한 상처가 오늘따라 더 뚜렷하게 손에 남았다.

"어린 날, 나는 이 볼에 내 스스로 검을 대고 다시 내려 그었다. 내 계모가 어린 아들을 위한답시고 날 죽이려 했을 때 그 상처를 가리려 함이었지. 상흔을 만들며 인간의 마음일랑은 다 잘라 버렸었다. 지금껏 나는 사람이 아니라 다만 싸울아비였고, 목석이었다."

"그런데? 아무것도 주지 않는 그 마루한이 너의 마음을 되돌려주었다고?"

"누구도 되돌려주지 않았다. 내 마음이 스스로 그러한 것이다."

벼리는 강하게 고개를 흔들었다.

"마루한을 만나고 그분께 내 충성을 바치며, 나를 알아주고 믿어주는 군주가 계심으로 하여 나는 다시 태어났다. 하여 그분으로 인해 아픈 이 마음조차 행복하구나. 울고 싶은데 그래서 웃음도 난다. 아, 네 말대로 인간의 마음이란 정말 복잡하고 오묘한 거다."

차가운 바람에 어느새 눈물이 말라 버렸다. 옷자락에 얼룩진 자국만이 남았다. 눈물 자국은 사라졌으나, 대신 앞에 선 사곤의 마음에 깊은 상흔을 남긴 것을 벼리는 모른다.

사곤은 돌아서서 한숨을 내쉬었다. 제 마음의 진짜 주인이 누구인지도 모르지. 오직 맹목적인 충성뿐이라. 모시는 군주의 일만이 전부이다 억지만 쓰는 저 여자. 그는 손가락으로 근지러운 머리통을 긁었다. 실죽 홀로 웃었다.

'뭐, 좋아.'

그는 넋 놓고 선 벼리의 옆얼굴을 돌아보았다.

'아직 자라지 않은 녀석이라, 호된 가슴앓이 정도는 겪어보는 것도 나쁘지 않겠지. 순수는 그만큼 더럽혀지기 쉬운 것이라 하는데 어디, 네 마음의 굳기를 한번 시험해 볼까? 한번 죽도록 당해도, 그래도 네 마음의 결이 더럽혀지지 않을지 어디 한번 두고 보자.'

결국은 또 그가 해결사 노릇을 하게 생겼다. 못 본 척 눈감고 훌쩍 떠나 버릴 작정이었는데, 이놈의 정이란 게 뭔지. 사곤은 반려라 정한 아사벼리의 어리석은 연모에 대하여 한번 끝까지 놓아두기로 작정했다. 손해를 보기로 결심했다.

'침 발라, 돈 발라 정해놓았더니, 엉뚱하게 딴 놈이나 보고 다니는 이놈의 파행(跛行)을 지켜주느라 등골이 휘는구나. 제길!'

예상치도 못한 엉뚱한 금전을 수천 납 쓰게 생겼구나. 여하튼 이번 혼인에 대한 장사는 계속해서 적자였다.

"네가 그리 간절하니, 내 마음이 흔들리는걸? 아, 역시 네 말대로 정이란 더러운 거야. 날 버리고 딴 놈에게 가버린 여자를 잊지 못하여 내가 이런 짓을 하고 있다니."

떠벌이는 사곤을 벼리가 노려보았다. 사곤은 능청맞게, 전혀 아무렇지도 않은 표정으로 예사로이 내뱉었다.

"네 고민을 해결할 방법이 영 없는 것은 아닌데…… 아사벼리, 알려줄까 말까?"

"방법이 있다고?"

사곤은 고개를 끄덕였다. 아무렇지도 않은 얼굴을 하고 아주 예사로운 어조로, 단번에 내뱉었다.

"죽여 버려라."

"뭐라고?"

"사무란으로 사람을 보내, 무후의 아칸을 죽여 버리란 말이다. 암살, 모르나?"

"……가능한 일인가?"

"비상시국이니까. 여기서도 당할 수만은 없지. 반격을 하라, 이 말이다. 뭐 좀 힘들겠지만 말야."

"사무란으로 어떻게 스며들지? 길목마다 무후의 군사들이 지키고 있는데."

"길이야 찾으면 많은 법. 사무란으로 가는 빠르고 은밀한 길은 나도 알고 있다. 돈만 내라니까."

사곤은 떡이 든 나무 쟁반에 다시 손을 뻗었다. 어느새 차가워진 팥 시루떡을 씹으면 멍청한 벼리에게 술수를 가르쳤다.

"일단 아칸을 죽이고 시간을 버는 거다. 우두머리가 죽은 다음에야 천하의 무후도 쉽사리 움직이지 못한다."

"그렇…… 겠지?"

"적어도 무후의 차아킨*들이 전부 모여 새 아칸을 선출하고, 또

---

*차아킨:아칸이 될 자격이 있는 각 성의 대장군과 성주들을 일컬음

그가 무후 전역을 장악한 연후에 전쟁을 시작하려면 서너 해는 너끈히 걸린다. 해란은 충분히 시간을 벌 수 있지. 뭐, 힘이 남으면 네 마루한이 오매불망 잊지 못하는 어여쁘신 마린님을 탈출시켜도 좋고. 그것을 일러 금상첨화라고 하겠지?"

"……네 말대로만 된다면 더할 나위 없이 좋은 일이나, 그런 일을 과연 누가 해낼 수 있을까?"

"그건 내야 모르지. 네가 알아서 할 일. 난 정보를 준 거다. 내가 좋은 술수를 가르쳐 주었으니 돈이나 내놓아라."

앞으로 내민 사곤의 손을 벼리가 찰싹 쳤다. 사뭇 밉살스럽다는 듯이 으르렁거렸다.

"이 돈벌레 같으니라고!"

"그 돈 없어서, 내 앞에서 비굴하게 굴었으면서? 어제까지도 애면글면하던 게 너와 네 마루한이었지, 아마?"

"없다. 배 째!"

사곤이 피식 웃었다. 그러나 이 무서운 놈 좀 보게! 금세 소매춤에서 단검을 빼들고는, 벼리의 아랫배에다 가져다 대는 것이 아닌가?

"째라면 못 쨀 줄 아느냐? 여기다가 금강석이라도 박아둔 모양이지? 정말 갈라주랴?"

"너, 너어!"

아무리 담대한 벼리라 할지라도 이런 경우에 어떻게 대응해야 할지는 배우지 못했다. 이런 놈은 정말 처음 보았다. 질색하여 그만 한 발 물러나고 말았다. 하얗게 질려 버렸다. 사곤이 쿡쿡거렸다.

음산하고도 살기 섞인 미소였다.

"단뫼의 상인은 신용이 생명. 우린 받을 돈이 있으면 지옥 끝이라도 가서 받아온다. 너, 날 상대로 돈 떼먹을 생각은 절대로 하지 말아라. 무덤까지 따라갈 터이니."

"어, 얼마인데?"

저절로 말이 더듬거려졌다. 맨손으로 산군도 때려잡는다고 소문 자자한 벼리가 아닌가. 용맹스런 해란의 싸울아비 체면이 완전히 구겨졌다. 단 한순간의 망설임도 없었다. 사곤이 요구조건을 말했다. 거침없었다.

"네가 쓴 마린의 금관."

"뭐라고?"

"내가 일러준 계책이 성공하면 사무란의 마린이 돌아올 테지? 그러면 넌 마루한에게는 필요없는 여벌이 된다. 어차피 오래 쓰지도 못할 그 봉황관, 다오. 정보 값이다."

"이, 이런 무례한!"

"그래 보았자, 금으로 치면 겨우 열 냥이나 될까? 싸다, 싸!"

얼굴이 시뻘게진 벼리가 죽일 듯이 그를 노려보았다. 킥킥거리며 사곤은 몸을 돌려 도망치듯 그곳을 벗어났다. 씩씩거리는 벼리만 남겨두고.

붉으락푸르락하는 얼굴로 주먹만 쥐고 있었다. 제 분을 이기지 못해 애꿎은 성벽만 발로 툭툭 차고 있는 벼리를 돌아보았다. 사곤은 씩 웃었다. 고개를 설레설레 저었다.

"마음이라……. 흠, 그것을 사주려다가 생돈 제법 들게 생겼는걸? 사주어보았자 쓸모없는 사금파리란 것을 금세 알게 될 테지만 뭐."

그는 턱을 문질렀다. 손가락에 남은 상화 맛의 참기름을 쪽쪽 빨았다.

"씨를 뿌렸으니 어디서 어떻게 싹이 트는지 두고 보자. 아사벼리, 예상대로라면 오늘 밤에 넌 반드시 날 찾아온다. 크크크."

초승달이 날카로운 검의 모양을 하고 허공에 떠 있다. 스산한 눈발 따라 바람이 휘잉 불었다. 우스스 우스스, 마른 나뭇가지가 서로 몸을 비비며 울고 있는 소리도 들렸다.

그날도 침방에 들어온 마루한은 잠을 이루지 못했다. 밤이 깊어가도 우두커니 그저 창 아래 탁자 앞에 앉아만 있었다. 방 저쪽에 가만히 앉아 있던 벼리가 자리에서 일어났다. 그 앞으로 다가갔다.

"이제 그만 주무십시오."

아직도 흩어진 넋을 가누지 못한 듯, 산란한 마음을 어떻게 수습해야 하는지 알지 못하는 듯 공허한 눈동자가 벼리에게로 향했다. 가람휘의 앞에 놓인 탁자 위, 음식 그릇은 하나도 비워지지 않았다. 온 것 그대로 식어가고 있었다.

"계속 이리시디간 옥체가 상하십니다."

"······그러고 싶다. 같이······ 스러진다면 그이들을 지켜주지 못하는 무력함은 덜해지겠지."

그를 괴롭히는 것은 눈에 보이지 않는 상상들. 사랑하는 이들이 감내해야 할 참혹한 수모와 고통들. 상념만으로 천배만배 증폭되는 괴로움이 그를 더없이 피폐하게 만들고 있었다.

"나는 지금 손발이 다 묶인 채 망나니의 칼날이 떨어지기만을 기다리는 수인(囚人)의 신세야. 아니 그러한가?"

마음으로야 모든 것을 할 수 있으나, 실제로는 아무것도 할 수 없다. 그것만큼 사람을 절망하게 하고 무력하게 만드는 것이 있을까.

그가 일어섰다. 그러다가 기운을 잃어 비틀거렸다. 부축을 해주는 벼리의 품에 잠시 몸을 기댄 채 깊은 한숨을 쉬었다.

"내 벗이요, 충성스런 친기대장, 그리고 또 한 분의 마린 아사벼리."

"소장 여기 있나이다."

"그래, 항상 이곳에 있지. 내 곁에."

가람휘가 끝내 의연하려 애쓰며 몸을 돌이켰다. 쓰디쓴 미소가 그 입술에 잠겨 있었다. 시선을 떨어뜨린 채 나지막이 중얼거렸다.

"늘 그대 앞에서 나는 이리도 유약한 모습만 보이는군."

"아닙니다."

"맞아. 난 늘 길을 잃고, 허둥거려. 제 할 일을 알지 못해 혼란해하지. 이 마음 억누르지 못하고 못나게 흐느끼나 해. 이런 내가 그대의 주군이야."

"제 앞에서만 보여주십시오, 그러면 되는 겁니다."

그리고 밝은 날, 당신을 따르는 뭇사람들 앞에서는 의연하고 기품 넘치는 모습으로 강인하게 서주십시오. 그런 당신을 위해 나는 거름이 되고자 합니다. 깨어지고 짓밟혀도 좋은 그림자가 되고자 합니다.

비틀거리며 가람휘가 침상에 가서 앉았다. 벼리는 가까이 다가가 그의 겉옷을 벗겨주었다. 사흘 만에 주무시는 잠이다. 이날만큼은 그가 깊은 잠에 빠져, 잠시나마 편안한 모습을 꼭 보고 싶었다.

"소장이 예 있나이다. 침수하십시오."

"그래, 그대만이 내 곁에…… 그대만이 내 편이지. 내 힘이 되어주지."

비스듬히 누운 그가 벼리를 바라보았다. 덤덤하고 무뚝뚝한 사람을 새삼 눈여겼다.

"어째서 나는 그대 곁에서 잠이 올까? 저절로 편안해지는 것일까?"

그 역시 유약한 육신을 가진 인간이다. 사흘 내리 잠 한숨 자지 못한 피곤이 비로소 쏟아졌다. 아물거리는 눈 속으로 항시 그 자리에, 똑같은 얼굴로 앉은 벼리의 얼굴이 사로잡혔다. 잠에 취하여 멀어지는 목소리가 자장가처럼 그를 달래주었다.

"소장은 언젠가, 어미가 아기를 재우는 것을 본 적이 있습니다."

나의 반석이요, 나의 심주(心柱) 아사벼리. 나의 유일한 벗이여, 오늘도 그대는 나의 잠을 지켜주는가? 나를 대신하여 하얀 밤을 새워주는가? 어느새 가람휘의 손이 자신도 모르게 벼리의 손 위로 겹쳐졌다. 따스하게 다가오는 사람의 온기로, 그 힘으로 잠이 든다.

"어미가 편안하여야 아기가 잠을 자는 법, 주군은 만백성의 아비이고 어미이니, 주군께서 마음을 다스리지 못하고 거친 기운을 내보이시면, 이 땅의 백성은 누구를 믿고 의지하리까?"

부드러운 손길이 그의 볼을 스쳤다. 담담하나 아스라한 위로가 몸을 휘감아왔다. 가람휘는 가물거리듯이 잦아지는 촛불을 벗 삼아 안식의 잠에 빠져들었다. 잠들어서, 어두워지는 귀 안으로 벼리의 목소리가 내내 들려왔다. 귓전에서 찰싹였다.

"마루한은 이 땅의 유일한 기둥이십니다. 부디 편안하게 심기를 가다듬으소서. 소장이 힘을 보태 드리겠나이다. 그래야 밝은 날, 백성들이 주군을 믿고 뒤따라갈 것입니다. 용기를 찾으시옵소서. 확신하시옵소서. 반드시 잃은 땅을 찾고 마린을 무사히 모셔 올 수 있을 것입니다."

그는 상심에 잠긴 아기처럼 웅크리고 잠이 들었다. 오늘 밤에도 똑같이.

벼리는 가람휘의 몸 위로 부드러운 비단 이불을 한껏 끌어 올려 주었다. 다독이고 토닥거려 주었다.

"내내 평안하시옵소서, 마루한."

조용한 한마디가 나지막이 입술 사이로 흘러나왔다.

"소장, 마루한을 위하여 먼 길, 떠날 것입니다."

이 밤에 나는 홀로 떠난다. 사무란으로 갈 것이다. 아사벼리는 지그시 어금니를 악물었다.

무슨 수를 쓰더라도 숙적 아칸의 심장에 검을 박으리라. 내 백성이 살아날 시간을 벌 것이다. 억류된 두 분 마린을 모셔낼 것이다. 그것이 설사 실패로 끝난다 하더라도, 나는 가야만 한다. 마린으로, 충성하는 자 싸울아비로 내가 할 수 있는 일은 오직 그것이기에.

벼리는 애틋한 손을 들어 마루한의 여윈 볼을 다시 한 번 가만히 어루만졌다. 그리고 그의 겉옷을 더듬어 마루한이 항시 몸에 지녔던 단검을 집어 들었다. 금 입사된 글자를 낱낱이 새겨 읽어보았다.
"일편단심, 항구여일."
그대들의 아름다운 맹세가 반드시 이어지기를…….
깊은 밤, 아무도 듣지 못하는 깊은 서원이 어둠 안에서 메아리쳤다.
"다시는 이 눈에 마른 눈물이 흐르지 않기를…… 나의 아름다운 주군이 꿈속에서 어린애처럼 고통스런 아픔으로 몸부림치지 않기를…… 사모하는 이와 다시 맺어지기를…… 하늘이 맺어주신 연을 다시 잇기를…… 나 아사벼리의 목숨을 걸고 서원하나이다."
가람휘의 단검을 신발에 꽂고, 벼리는 일어섰다. 곁방으로 들어가 여인의 옷을 벗었다. 싸울아비의 검은 복식으로 갈아입은 후, 일월봉황검을 허리에 찼다.
"아버님."
주름진 얼굴을 하고 한 팔을 기울인 채, 깊은 잠에 든 아버지. 그분의 발치에 서서 한동안 눈에 새겼다. 가슴으로 울었다. 다시 뵙지 못하더라도, 부디 평강하시옵소서.
벼리는 단호하게 돌아섰다.
내 다행히, 아우가 있어. 믿을 만한 벗도 하나 있어. 아들 노릇 대신할 사람이 있이. 그에게 아버님을 부탁할 수 있으니, 얼마나 다행인가. 망설임과 미련은 오직 하나, 아버님뿐이었다. 그러나 그분마저 기댈 데 있으니 나는 여한이 없다.
한 식경 후, 벼리의 말은 친구 불유가 잠이 든 군막 앞에 서 있었다. 이제 막 잠자리에 들려 하던 그가 깜짝 놀라 뛰쳐나왔다. 갑작스런 벼리를 맞이했다.

"어떻게 온 거냐? 이건 또 무슨 복장이냐?"

불유의 입이 딱 벌어졌다. 마린의 봉황관 대신 이마에 두른 건 싸울아비의 투구. 억지로라도 입어야 했던 비단옷 대신, 예전처럼 전포(戰袍)를 걸쳤다. 고요한 눈빛 속에 잠긴 것은, 죽음을 각오한 결전의 투지.

"아사벼리, 너 지금 무슨 일을 하려는 거냐?"

"사무란으로 잠입할 작정이다."

"뭐라고? 미쳤느냐?"

"가서, 아칸의 목을 따버릴 것이다. 그래야 우린 시간을 벌고 마린을 모셔 올 가능성이 생긴다."

"어떻게? 말도 되지 않는 소리 하지 말아라. 사무란으로 가는 길은 전부 무후의 군사에게 점령당해 있다. 도중에 잡혀 처형당할 것이다."

불유가 고함을 쳤다. 벼리는 조용히 대답했다.

"길잡이가 있다. 아무도 모르는 길을 그는 안다. 감쪽같이 진입할 수 있어. 난 가야 해, 불유."

"무모한 일이다. 나는 찬성할 수 없다."

불유는 잘라 말했다. 그러더니 갑자기 검을 빼들었다. 망설이지 않고 벼리의 목을 겨누었다. 그의 눈빛은 준엄했다.

"보내지 않는다. 네 다리를 베어서라도 잡아둘 것이다. 가면 개죽음을 당할 것이 뻔한데 내가 널 보내리라고 생각하느냐?"

"가야만 한다. 누구라도 가서 그 일을 해야만 한다."

"그 사람이 왜 너여야만 하는가? 차라리 나더러 가라고 해라. 너 대신 날더러 그 일을 하라 말해라. 난 이미 한 번 사무란에 간 적이 있다. 왕성의 지리에도 익숙하다. 네가 가려는 그 길, 나더러 가라 해. 너를 위해서! 벗의 이름으로 난 기꺼이 복종하겠다."

벼리는 흔들림 하나 없는데, 불유의 목소리부터 떨렸다. 순박한 눈에 눈물이 괴고 있었다.

"못 보낸다. 아니 보낸다, 아사벼리. 네 몸이 타 죽을 줄 알면서 사지(死地)로 가려는 것을 어찌 잡지 않으랴? 차라리 내가 죽을지언정."

벼리는 가만히 손을 들었다. 벗의 볼에 흐르는 눈물을 지워주었다. 목을 겨눈 검의 끝을 옆으로 치웠다.

"불유, 마음꽃을 아느냐?"

"모른다. 싸울아비가 그딴 꽃 이름을 알아 무엇하련?"

"마음꽃은 말이다, 사람들의 심장에 피어 있는 꽃이란다."

정인의 보얀 얼굴을 한 꽃. 정인의 웃음에 방긋 웃고, 정인의 눈물에 이슬 흘리는 그런 꽃. 심장에 심어져 절대로 파낼 수 없는 그런 꽃이다.

"내 마음에도 마음꽃 하나가 피어 있단다. 한데 그 마음꽃의 주인은 내가 아닌 다른 이로 꽃을 피우셨너구나."

그 꽃을 품지 못하여 홀로 시들어 흐느끼고 계신다. 모진 폭우에 꺾여 버릴 듯 위태로이 흔들리는 그 꽃송이. 하여 내 마음에 심어진 꽃도 아픈 눈물에 지고 있구나. 검게 썩고 있구나.

"내 그를 보지 못할 참이다. 아칸의 목을 따서, 오매불망 그분이 잊지 못하시는 마음꽃을 고이 모셔다 드리고 싶다. 마루한께 입은 은혜를 갚고 충성을 다하련다."
 "은혜? 누가 은혜를 주었더냐? 생명을 구해주고, 마루한의 권위를 세워주었으며, 심지어 허수아비 마린의 노릇까지 불사하였다. 저는 오직 받기만 하고 아무것도 준 것이 없는 주제에! 주군으로도, 지아비로도 형편없는 주제에! 너에게 또 희생을 요구한다더냐? 고약한!"
 벼리처럼 항시 복종하고 충성만을 배운 싸울아비 불유였다. 그런 이의 입에서 상상도 할 수 없을 만큼 날카로운 하극상의 불만이 터져 나왔다. 주먹이 부르르 떨리고 있었다. 그럼에도 벼리는 냉정하게 지적했다.
 "그런 말로 시간을 허비할 만큼 우린 여유가 없다. 그것 말고도 개전할 준비를 갖출 시간을 벌어야 해. 그래야 우리 해란의 백성이 살길이 열린다. 나는 가련다."
 "같이 가자. 너 혼자는 보내지 못한다."
 "안 돼. 누구도 그곳으로 스며드는 것을 눈치채게 하면 안 된다. 단출하면 단출할수록 좋아. 혼자 가야 한다."
 누구는 보답받지 못하는 마음을 일러 고통이라 한다. 하지만 벼리에게 있어 그건 오히려 빛이었다.
 그의 잘못이 아니니까. 올곧게 백성을 사랑하고, 한 남자로 사랑하는 정인을 원하는 마음은 너무나 아름답고 고결한 것이기에 그것을 지켜주고 싶었을 뿐.

몸을 태워 주변을 밝히는 촛불처럼, 벼리는 하나로 향일하는 고독과 쓸쓸한 생을 태워 그분에게 빛을 주고 싶었다.

그녀가 아는 오직 하나는 지키는 것, 그 사람을 행복하게 만들어 주는 것. 하여 이 길을 떠난다. 그가 스스로를 파괴하여 가며 사랑하는 어미와 연인을 죽이는 전장의 길로 나서게 할 수는 없기에. 마루한인 그가 진 짐의 무게를 조금만 나누어 지고 싶었다. 그것이 우르 신 앞에서 맹세한 신성한 혼인으로 맺어진 반려의 의무.

그 누군가를 사랑하는 일이란, 벼리에게 있어 더없이 신성한 일이었다. 그것 안에 설사 눈물과 쓰라림이 가득 담겨 있다 하더라도.

사랑에 따라오는 단맛만 아니라 쓴맛과 신맛까지 다 떠안겠다는 약속. 결국은 그의 상처마저 제 것으로 안아, 아물게 해주는 것. 사랑하지 않는 사람의 사랑까지 그가 사랑하겠다는 것. 맹목적이라 비난해도 할 말은 없다. 하나 맹목이란 그만큼 순결하고 순수하다는 뜻이 아닌가.

생애 처음 알게 된 감정의 흔들림. 존모하는 그 사람에게 힘이 되고 행복하게 해주겠다는 맹세에 벼리는 이렇듯이 목숨을 걸었다. 그는 조용히 속삭였다.

"전부를 걸어야 한다, 불유."

"뭐라고?"

"스승님께서 가르치신 것을 기억해라. 진징 이루고 싶은 일이 있다면 가진 모두를 걸어야 한다 하셨다. 그러기에 수천 번의 연습도 실전처럼 치러낸 우리이다. 기억하지 못하느냐?"

"그래서 넌 이 헛된 일에 너의 목숨을 걸었느냐?"

"내가 가진 건 그것뿐이잖느냐."

벼리는 건을 벗었다. 눈물 흘리는 벗의 눈앞에서 상투를 풀어 머리카락을 한 줌 잘랐다. 떨리는 손으로 불유에게 건넸다.

싸울아비들이 전장에 나갈 때, 죽음을 각오하고 행하는 의식이다. 시신조차 찾지 못할 때를 대비하여 남겨두는 것이 이 검은 머리카락 한 줌. 다시는 돌아오지 못할 것을 각오하고 이 길을 떠나는 것이다.

"벗으로 불유, 마지막 부탁이 있다."

"말하여라. 무엇이냐?"

"염치없으나, 아버님을 자주 찾아뵈어 다오."

어리석은 여식을 대신하여 너 또한 자식 노릇, 그분을 감싸주고 위로해 주고 보살펴 다오. 벼리는 두 손으로 투구를 다시 썼다. 돌아서서 미련없이 훌쩍 말등에 올랐다.

"날이 밝아 사람들이 날 찾거든 네가 대신 답하여라. 이 밤에 나는 말을 타고 저 길을 떠나 달려갔다고."

이내 벼리를 태운 검은 말이 성문을 넘어 어둠 속으로 사라졌다. 사무란 성을 향해서, 죽음의 길로. 광휘를 빛내며 떨어지는 유성이 되었다. 순박한 사내, 불유의 턱 아래로 흐르는 눈물 따위는 아랑곳하지 않고.

아사벼리, 나의 아름다운 벗이여.

굳세고 곧아 오직 한 마음뿐. 주고 희생하는 것밖에는 다른 길을 알지 못하는 어리석은, 어리석은 사람아. 하여 더 빛나는 사람아.

우두커니 선 채 불유는 한 손으로 흐느끼는 입을 틀어막았다. 푹 하니 사내의 두 다리가 꺾였다. 네 정이 그리 중하다면 삭다 못해 문드러진 내 정은 어떠하고? 말하지 못한 원망을 달빛의 눈물에 쓸려 보냈다.

"하늘님, 무정하시오! 어찌 그리 저 사람에게만은 그리 모지시오? 저 사람이 무슨 죄를 지었다고?"

불유는 하늘을 향해 울부짖었다.

'아주 오래도록 기다렸다. 한데 너는 끝내 나를 돌아보지 않았다. 내 마음을 읽어주지 못하였다. 정 하나에 목숨을 건 사람은 너만이 아니었음을 어찌 모르느냐?'

말하지 못한 말이 불유의 가슴을 타고 흘러내렸다.

기다리면, 언젠가는 돌아보아 줄 것이라 믿었다. 보답받지 못하더라도 친구란 이름으로 곁에만 있을 수 있다면, 하고 스스로를 위로했지.

그녀가 마루한의 마린이 되던 날, 그래도 접지 못한 마음을 술 한 잔의 주정에 흘려보냈다.

내 사람 아니라 해도 곁에 살아 있으니 되었다. 같은 땅에 살고 있어 그 얼굴을 볼 수나 있으니 되었다.

그녀가 주군에게 충성의 의무를 다하듯이 그 역시 그녀에게 우정의 의무를 다하자고, 사람들의 친밀함은 사랑만으로 맺어지는 것은 전부가 아닐 테니, 그리 마음먹었는데…….

지난하고 서러운 이 시대에 그것조차 그리 큰 욕심인 줄은 꿈에도 몰랐다.

불유는 새벽빛이 밝도록 흐느껴 울었다. 말 못하고 바라만 본 이여, 멀디먼 내 사랑아. 홀로 떠나시네.

 저 작은 어깨로 너른 짐 전부 짊어지고 떠나시네. 다시는 돌아오지 못할 길을 웃으며 떠나시네.

 제 한 몸 태워 해란의 아침 빛 되고자, 떠나시네. 하염없이 스러져 가시네.

第十章

사무친 것은 우리네 삶 모두.
살아가는 일이란 다 거기서 거기.
내 사연만 사무치고 내 생만 서럽다
억울해하지 말라.
어리광 부리지 말라.
누구나 주어진 생의 짐을 지고 묵묵히 걸어간다.
사막을 건너가는 늙은 말처럼.

보름날이다. 이르게 붉은 달이 떠올랐다.

어느새 사방은 적막한 침묵으로 깊어지고 있었다. 사곤이 말을 멈춘 것은 그때였다.

"오늘은 여기서 묵는다."

벼리는 말없이 고삐를 끌어당겼다. 말 머리를 돌려 그들이 달려온 길을 한동안 바라보기만 했다. 두 사람은 바다가 멀리 바라보이는 구릉 위에 서 있었다.

하루 종일 쉬지 않고 바다를 지나왔다. 벼리로서는 처음 나가보는 먼바다로 돌아가더니, 다시 한참 동안 북상을 했다. 달과 별이 빛나는 밤바다를 흐르던 배가 뭍에 닿은 것은 이날 정오 무렵. 고적한 그 동네에서 말 두 마리를 샀다. 이것저것 긴 여행에 필요한 행장을 꾸리고는 곧장 점심도 먹지 않고 떠난 터였다.
 내내 침묵한 채 사곤의 말 뒤를 따라 달렸다. 그 이틀 동안 두 사람은 이미 정곡의 경계를 한참 벗어나서 험한 언덕과 거친 숲을 여럿 지나갔다.
 "내일까지 해안선을 따라 계속 북상할 것이다. 사흘 후엔 사막으로 접어들 것이고."
 "사막을 가로질러 사무란으로 진입하는 데에는 며칠이나 걸리느냐?"
 "운이 좋으면 너더댓 새. 운이 나쁘면 평생."
 "뭐라고?"
 사곤이 말등에서 짐을 내리며 태평스럽게 뇌까렸다.
 "길이 없는 길이라 하지 않았느냐? 연전에 갔던 길이 여전히 남아 있으리란 보장이 없다는 말이다."
 "이봐, 너 말야! 길잡이 맞아? 그렇게 무책임한 말이나 하고 있다니!"
 울컥 화를 내자 사곤이 더 화를 냈다. 손에 들고 있던 짐을 바닥에 내팽개치며 버럭 고함을 쳤다.
 "힘든 길이라고, 도착한다고조차 장담하지 못한다 하였는데 굳이 가자 한 건 너 아니냐?"
 "여하튼! 믿고 길을 떠났으면 도착일랑은 시켜줘야 할 것 아니냐고! 그게 돈 받은 자의 도리지."
 "한판 붙자는 말이냐?"
 눈썹을 치켜뜨고 사곤이 두 팔을 허리에 척 올려붙였다. 거만하게 되물었다.

"천하의 나 단목사곤이, 한 줌도 채 되지 않는 계집의 협박에 밀려 만사 내팽개치고 이리 떠밀려 온 것만 해도 열불 나는데, 사사건건 파토 놓고 투정질 할 셈이냐?"

"내가 언제 투정질을 했다고 고함질이냐?"

"지금 그러고 있잖느냐? 돈? 웃기지 말아라. 기껏 금 열 냥 준 주제에!"

사곤이 신경질을 내며 주머니에서 금전을 내던져 버렸다. 돈벌레인 그가 돈 싫다고 바닥에 내팽개치는 것은 처음 보았다. 둥그런 버들잎 모양의 금돈이 벼리의 발치 끝에 와서 멎었다.

"살다 살다 처음 보았다. 편안히 자는 사람 몸을 타고 올라 검을 들이대고 무작정 떠나지 않으면 죽인다 협박을 해? 그만하고 같이 떠나와 준 것만 해도 고마워해야지 말이야, 어디서 떽떽거리고 있어? 너, 자꾸 이따위로 건방지게 굴면!"

"굴면?"

"너만 놓아두고 확 돌아가 버려!"

여차하면 정말 벼리만 홀로 두고 튀어버릴 만반의 준비를 갖춘 얼굴이었다. 이 대목에서 벼리의 풀이 팍 죽었다. 어찌하든 사무란에 도착해야 할 사람은 그였다. 국외자인 사곤이 아니었다.

저절로 긴이 좔이들었다. 어름어름 허리를 굽혀 돈을 주워서는, 묻은 흙을 탁탁 털었다. 그에게 다시 내밀었다. 그럴 줄 알았다. 던져 버릴 때는 언제고 받아서는 주머니에 넣는 건 또 뭐냐? 벼리는 곁눈질을 하며 혼잣말처럼 투덜거렸다.

"쳇, 내가 언제 뻑뻑거렸다고…….."

"불이나 피워. 난 잠자리를 볼 테니."

"사무란에 도착하면 금 스무 냥을 더 준다고 했는데, 자꾸만 그래."

"입 다물어!"

아사벼리 팔자에 있어, 누군가에게 애초부터 기가 질려 더 이상 입을 벌리지 못한 것은 이날이 처음이었다.

사곤이 바닥에 내던진 짐을 다시 주워 들었다. 주섬주섬 풀어내는 것을 보아하니, 단뫼의 상인들이 노숙을 할 때 치는 파오였다. 털가죽으로 만들어진 것을 몇 번 접었다 펴니, 어느새 작기는 하지만 서넛이 잠들 만한 지붕이 만들어졌다.

"불을 크게 피워야 한다. 날이 추우니, 자칫 잘못하다간 얼어 죽을 게야."

"밤에 불을 피우면 사람들에게 발각되지 않겠느냐?"

"상관없다. 이곳은 단 한 번도 사람들의 발길이 닿지 않은 곳이다."

사곤의 말이 아니라 해도, 그들이 자리 잡은 곳은 인가와는 아주 떨어진 절험한 곳이었다.

뒤로는 시커멓고 뻑뻑한 원시림뿐이었다. 앞으로는 거친 파도가 치는 바다가 펼쳐진 벼랑 끝 바위 아래였다. 인적이란 전혀 보이지 않는 오지 중의 오지였다.

더 이상 비위를 거슬러 보아야 좋을 것도 없다. 시키는 대로 벼리는 순순히 땅을 파고 주변의 마른 나뭇가지를 주워 모았다. 모닥불을 지폈다. 싸울아비로 군막에 나가 훈련을 할 때 숙영을 자주 한 것이 얼마나 다행인지.

일단 불이 붙은 후에는 생솔가지도 상관없다. 칼로 주변의 나뭇가지들을 쳐내고 있는데, 사곤이 돌아왔다. 그 역시 등짐을 지고 있었다. 하룻밤 땔감으로 충분한 마른 나무토막들이었다. 등짐을 부려놓더니 허리춤에 찬 것을 풀었다. 불 앞으로 툭 던졌다. 화살에 목이 꿰뚫린 토끼 한 마리, 꿩 두 마리였다.

"아쉬운 대로 한 끼 먹을 만할 게다."

벼리는 어이가 없어 사곤을 노려보았다.

"어쩌라고?"

"오늘 밤 요깃거리잖느냐."

"그런데?"

"구워 내 앞에 대령하란 말이다."

"뭐라고?"

"내가 밥까지 지어 네게 바치랴?"

또 버럭 고함질이었다. 벼리에게 목줄 잡혀 질질 끌려서는 정곡을 떠나올 때부터 그는 내내 퉁퉁 부어 있었다. 입술이 댓발은 나왔다. 불퉁한 얼굴에는 찬바람만 쌩쌩 돌았다.

"정말 양심도 없네. 푼돈 주고 길잡이 산 주제에, 종놈으로까지 부려먹을 작정이었더냐? 난 못해. 가는 내내 네가 내 입에 넣어줘야 한다. 이상."

"이, 이……."

주먹을 움켜쥐고 부들부들 떨었으나 그것도 잠시, 이내 벼리는 얌전하게 짐승의 털을 뽑고 있었다. 소금도 솔솔 뿌리고 칼집까지 내어 먹음직스럽게 꿩과 토끼를 굽고 있었다. 숯불 위에는 노구솥*이 걸렸고, 그 안에는 육포를 찢어 넣은 노란 조밥이 부글거리며 끓어올랐다.

말들에게 마른 풀을 주고 돌아오는 사곤을 불렀다.

"어이, 밥 먹어라."

"거 참, 말본새하고는. 공손하게, 배운 집 자식답게 진지 잡수시오 한번 하면 어디가 덧난다던?"

한심하다는 표정을 감추지 못하면서 사곤이 불 앞으로 다가와 앉았다. 벼리가 내미는 꿩 다리 한쪽을 받아 들었다.

"대체 내게서 더 이상 뭘 바라는 거냐?"

토끼 몸통이 매달린 꼬치가 행여 탈세라, 옆으로 빼서는 돌 곁에 걸쳐 놓았다. 벼리는 시퍼렇게 성이 난 얼굴을 한 그에게 따져 물었다.

"고운 아낙처럼 허리 굽혀 쌀을 일어 밥을 짓고 나물 반찬 하여 고이 상에다 올릴 줄 알았더냐?"

"대강은 흉내라도 낼 줄 알았지. 먼 길 떠나면서 달랑 소금 한 줌, 건포 한 꾸러미 들고 나선 놈은 네가 처음이다."

"그거야, 시각이 급박하니 그랬었지."

"여하튼! 우리가 가는 길이 곳곳마다 밥 주고 잠자리 주는 여각이라도 있는 줄 알았나 보지? 우린 그런 놈을 두고 굶어 죽으려 작정한 놈이라 부른다. 멍청한!"

---

*노구솥:여행을 떠날 때 지참하는 작고 간편한 솥. 놋쇠나 구리로 만든다

손에 든 꿩 날개로 나불대는 고 입을 쳐버리고 싶었다. 하지만 그러는 대신, 벼리는 너무나 비굴하게 굴고 있었다. 알맞게 익은 토끼고기를 소금까지 고이 쳐서 담아주었다. 뜸이 든 조밥 한 그릇도 떠주었다. 입막음 턱이었다.

타닥타닥 불티가 날렸다. 둘러앉은 두 사람의 얼굴에 벌건 불길이 일렁이다가 스러지고, 타오르다가 스러지고…….

구수한 냄새가 어둠 속으로 퍼졌다. 입에 넣고 우물거리는 사곤을 곁눈질하며, 한마디 해주었다.

"빚일랑 갚았다."

"뭐?"

"비급 값."

"크큭, 기억하고 있구먼."

예전에 일월봉황검을 시전하는 비급을 준 대가로, 사곤은 벼리가 차리는 한 끼 밥상을 원했었다. 사실은 그를 초대하여 하얀 밥 짓고 고기와 나물 반찬 정갈히 차려, 대접하려 하였었다. 두 사람이 이런 식으로 원하지 않는 운명에 휘말려 들 줄 몰랐던 그때에는.

벼리가 나지막이 중얼거렸다.

"그런 귀한 것을 공것으로 삼킬 만큼 양심에 털 난 사람이 아니란다."

"그래서 내가 널 아끼지."

벼리는 이를 갈며 새치름하게 눈을 흘겼다.

그 입 다물라! 하고 버럭 고함치고 싶은 충동을 억누르느라 너무 힘들었지만 꾹 참았다. 겁도 없이 고함지르다간 사곤이 발딱 일어나 휭하니 가버릴 것만 같았다. 매사 어울리지도 않게 소심한 계집아이처럼 눈치를 보아야 하니, 정말 환장할 것 같았다.

"영광인 줄 알아라."

"오호."

"지금껏 지아비라 하는 마루한께도 바치지 않은 밥상이다."

"너, 참 멋없는 녀석이다."

그가 조밥 그릇을 놓고 팔짱을 꼈다. 이글거리는 불길 아래 그 얼굴이 유난히 차갑게만 보였다.

"뭐라고?"

"그런 말 하지 않아도 네가 다른 놈 아낙이라는 것은 내 분명히 알고 있으니."

사곤이 다시 그릇을 집어 들었다. 조밥에 원수가 맺힌 듯싶었다. 한 그릇의 밥을 단번에 입안에 쓸어 넣었다. 그러다가 또 도끼눈이 되어서 밥알을 튕기며 고함을 질렀다. 삿대질을 했다.

"시시각각 내 속 후벼 파는 말일랑 그만두거라! 내가 정말 배알이 뒤집어져서 널 내버려 두고 줄행랑치면 좋겠느냐? 그리도 애틋한 마루한이란 놈, 네가 이리 떠났다 해도 네 걱정인들 하고 있을 줄 아냐? 눈 하나 깜짝하지 않을 게다."

"……그런 것은 바라지도 않았다."

힘없이 대꾸하는 벼리의 말이 들리지도 않는 얼굴이었다. 나무그릇이 부서져라 땅바닥에 내팽개치며 다시 찡얼거렸다.

"고생을 하려면 혼자 하지 말이야! 생목숨 버리려면 저나 하지? 왜 아무런 상관도 없는 날 끌어들여?"

"이판사판, 내가 좀 격하여서 네 목에 칼을 좀 겨누었기로, 그게 그리 섭섭하더냐?"

"아닌 밤중에 홍두깨, 아니지? 시퍼런 검날이라, 누군들 혼비백산하지 않을까? 게다가, 난 한참 어여쁜 기녀를 끼고 즐거울 참이었다."

홍월루 큰 방에서, 옷자락 풀어 헤치고는 기녀를 끌어안고 대자로 누워 홍알거리고 있었지. 불쑥 벼리가 침입했을 때 모르는 척 외면만 하던 사곤을 생각하자 갑자기 기분이 또 나빠지기 시작했다. 그 결과, 그를 타고 올라 목에 시퍼런 검을 들이대는 만행을 저질렀지만.

"단잠을 깨우는 것도 모자라서, 남의 방에 함부로 침입해서는 질질 끌고 나와, 다짜고짜 검을 들이대고 떠나자 하면, 넌 어지간히도 기쁘겠다, 응?"

"미안하게 되었다. 내 사정이 워낙 급하였다."

"흥."

사곤이 콧방귀를 핑 뀌었다. 가죽물통을 들어 물을 술처럼 벌컥 들이켰다.

벼리는 몸을 일으켰다. 노구솥과 나무그릇들을 씻기 위해 근처의 샘가로 갔다. 살얼음 낀 물을 맨손으로 철벅거리자니 손이 떨어져 나갈 듯이 시렸다. 그 침에 얼굴까지 씻고 돌아오니, 그는 모닥불 앞에 앉아 검끝으로 불을 뒤적이고 있었다. 벼리는 잠시 그를 바라보다 두어 치 떨어진 곳에 가서 앉았다.

"무슨 생각하고 있나?"

"왜?"

"굉장히 심각해 보여서. 너답지 않아서 말이다."

"나다운 게 어떤 거냐? 실실거리며 돈이나 밝히는 게 나더냐?"

또 치받았다. 한마디만 더 하면 정말 칼부림이라도 벌일 듯싶었다.

"그런 건 아니고……."

더 이상은 비위를 거슬러 보았자 좋을 것이 없다. 벼리는 입을 꾹 다물었다. 괜히 나뭇가지로 잘만 타오르는 불을 뒤적였다. 잠시의 침묵 후, 사곤이 내뱉었다.

"사실은."

"음?"

"네 말이 맞았다. 심각하게 생각 중이었다."

"그렇군."

"무슨 생각했냐고 안 물어봐?"

"물을 때는 말 안 해주더니……. 무슨 생각을 하였느냐?"

"어찌하면 너를 설득할 수 있을까 하는 생각…… 하였다."

"설득?"

"그래. 어찌하면 널 꾀고 속이고 능갈쳐서 정곡으로 다시 돌아갈 수 있을까 생각하던 중이었다."

벼리는 그만 웃어버렸다. 사곤의 입가에도 비로소 예전처럼 희미한 미소가 배고 있었다.

"대놓고 처음부터 날 속이고 꾀려 한다는 말을 하는 사람은 네가 유일하다."

"지금도 늦지 않았다."

벼리는 침묵했다. 물끄러미 불길만 바라보았다. 그의 심장 안에서 용솟음치고 있는 결단과 용기의 불길. 붉은 피와 같은 색이었다. 가만히 고개를 흔들었다. 그러거나 말거나 사곤은 침까지 튀기며 겁을 주려 하였다.

"일단 사막으로 들어가면 나오기도 쉽잖다. 성공할 확률보다는 실패할 가능성이 더 많아. 단념하고 돌아가자. 널 위해서 다시 한 번 충고한다."

한 번 마음먹고 떠나온 다음에야, 빈손으로 다시 돌아간다는 것은 있을 수 없는 노릇이다. 일단 칼을 빼들었으면 여하튼 적의 목을 쳐야 하는 것이 싸울아비의 숙명이다.

"갈 것이다."

"정말 위험하다. 상상도 하지 못할 험한 길이야. 몇 달 전에 내가 간 길이 지금도 있을지 나도 자신이 없다."

"그래도 길이 있다 하니⋯⋯ 가야 한다, 무슨 일이 있어도! 가다가 도중에 죽는 한이 있어도 나는 이 길을 갈 것이다. 두렵지 않다."

"너는, 어찌 네 목숨을 그리 쉬이 생각하느냐? 타인을 위해 너를 희생하는 일이 두렵지 않느냐? 억울하지 않느냐?"

"두렵지도 억울하지도 않다."

벼리는 잘라 말했다. 한마디 한마디, 뼈에 새기듯이 단호하게 내뱉었다. 사실은 두려움에 떨고 있는 스스로에게도 다짐하듯이. 정작 길을 떠나오니 자꾸만 나약해져 버리는 심약한 심장을 다잡

듯이.

"싸울아비로 태어나 하늘의 뜻을 받들어, 마루한을 보필하고, 백성을 위하는 것은 나의 의무이다. 나는 나를 포기한 지 오래. 살 뜻을 버리면 오히려 살길이 생기는 법. 내 목숨을 바쳐 서원한 일이니, 하늘도 날 도와주실 게다."

"잘났네, 정말."

사곤이 쓰디쓴 얼굴로 되받아쳤다.

"그놈의 맹목적인 싸울아비의 의무라니. 쯧쯧쯧, 그것이 얼마나 어리석고 바보스런 것인지 아직도 모르는구먼."

"네가 무슨 말을 해도 좋다. 하나 해란의 싸울아비들은 애초에 그런 자들이다. 하여 나는 두려움 따윈 갖지 않는다. 이 길을 가는 것은 나의 숙명. 내가 우리의 마루한께 드릴 수 있는 마지막의 것이기 때문이다."

"그렇게 주다, 주다 너에게 남는 것은 무엇이냐?"

참다못한 얼굴로 사곤이 버럭 고함질렀다.

"주기만 하고 받지도 못하는 너는? 전부 희생하되 누구에게도 보답받지 못하는 네 인생은 무엇이냐? 네 꿈은? 네 웃음은?"

"……애초에 받을 것을 생각하였다면 이러지도 않았다. 그분을 모시지도 않았다. 주면 줄수록 행복이 늘어난다는 것을 너는 모르는구나. 세상엔 받는 기쁨도 있지만 주는 기쁨도 있지. 나는 그렇게 배웠다."

생각해 보면, 살아가는 것은 누구에게나 다 지난한 일. 하물며 난세의 이 세상을 살아가는 사람들의 삶이란, 홀로 행복하고 안온할 수가 없는 노릇이다.

사무친 것은 우리네 삶 모두. 살아가는 일이란 다 거기서 거기. 내 사연만 아프고 내 생만 서럽다 억울해할 수 없다. 어리광 부릴 수가 없다. 다만 주어진 의무만이 전부. 그 짐을 지고 묵묵히 걸어가는 것이 이 시대의 싸울아비 벼리의 숙명인 것이다.

불길이 잦아들고 있었다. 사곤이 난폭하게 곁에 놓인 마른 나뭇가지 몇 개를 더 집어 던졌다. 스러지는 듯도 하던 불길이 이내 다시 솟구쳤다. 벼리를 돌아보지도 않고 뚝뚝하게 권했다.

"들어가 자거라. 나중에 교대하자꾸나."

벼리는 아무 말도 하지 않고 일어났다. 그가 시키는 대로 파오 자락 아래로 들어가 양털로 만든 이불로 몸을 둘둘 감았다. 잠시 눈을 감았는데, 갑자기 가까이에서 뜨거운 온기가 확 느껴졌다. 실눈을 떠보니 사곤이 벌겋게 달구어진 돌멩이 몇 개를 나뭇가지 두 개를 집게로 삼아 들고 왔다. 벼리가 누운 근처의 땅에다 묻어주고 있었다.

"이만하면, 그다지 춥지 않게 잘 수 있을 게다."

벼리는 고개를 끄덕였다. 돌아누워 눈을 감았다. 울컥, 눈물 같은 것이 터질 것만 같아서였다.

투덜투덜 신경질을 내면서도, 마지못해 잡혀왔으면서도 세심하게 그녀를 신경 써주고 있었다. 그가 하는 모든 투정, 꾸짖음, 불만이 사실은 걱정해 주는 말이었다. 쓰다듬고 위로해 주는 말이었다. 그 어찌 모르랴.

달빛이 이울고, 밤이 이울고, 멀리 어디선가 산군이 포효하는 소리에 때 아닌 산새들의 퍼덕거림도 가라앉은 밤. 찬 서리 내리는 숲속의 여윈잠을 사곤은 내내 지켰다. 적막한 산속, 아직도 남은 마른 잎이 한 잎 두 잎 떨어지는 그 밤 내내, 사곤은 잠이 든 벼리를 지켰다. 잠이 들었을 때야 비로소 맨 얼굴이 드러나는 저 여자. 마냥 쓰라리고 불쌍하기만 한 얼굴을 한 정인을 지켰다.

'이런 팔자라니, 정말 가지가지 하는군. 천하의 단목사곤이 여인 하나 잘못 만나 별 고생을 다 하는구나.'

그는 기지개를 켜며 멀리 밤하늘을 바라보았다. 별다른 일이 생기지 않는다면, 이곳에서 사무란까지는 이레 남짓 걸린다.

'직접 가서 네 눈으로 확인하고 네 귀로 들어보렴. 일편단심? 좋아하시네. 마루한에 대한 자랑스런 네 충성이 얼마나 헛되고 어리석은 것인지를 깨닫게 될 것이다.'

말해주고 싶지만 말하지 않은 이유는 단 하나. 직접 부딪쳐 깨어지고, 직접 부서져 봐야 마음을 돌리는 멍청한 녀석이라, 이 수밖에는 없다. 사곤의 입술 사이로 실쭉 심술 맞은 미소가 돌았다가 빠르게 사라졌다.

같은 시간, 정곡성.

깊은 밤임에도 불구하고, 성안은 아직도 불이 꺼지지 않았다. 마린 벼리가 사라진 것을 가람휘 이하 성안의 사람들이 알게 되었던 것이다.

이리저리 벼리의 행방을 찾던 시종이 달려와 아뢰었다.

"모시던 몸종 여지울 말이, 옷도 몇 가지 없어졌다 합니다."

"뭐라고? 확실한가?"

"그렇습니다. 찬방에서는 노구솥과 소금과 건포를 챙겨서는 들고 가셨다 합니다. 항시 타시던 말도 사라졌구요."

"어리석은! 이토록 무모한!"

가람휘가 벽력같이 노염을 내며 주먹으로 탁자를 내려쳤다.

아침나절, 잠이 깨었을 때 곁이 허전하였다. 항시 침상 발치 아래 머물던 사람이 아니 계셨다. 어디로 갔을까? 찾아오라 소리치려다가 그만두었다. 그녀도 제 일이 있을 것인데, 만날 그 곁에서 제 시중만 들라 말하는 것 같아 순간 미안해졌기 때문이다.

'성안의 분위기가 하도 어수선하다 하니, 친기대장과 함께 잠시 순행을 나가셨거니.'

억지로 마음을 가라앉혔다. 별다르지 않게 생각하였다.

이것, 무엇인가 심상치 않구나 생각하게 된 건, 겉옷을 입으려 하였을 때였다. 한시도 몸에서 떼놓지 않는 아련나의 단검이 사라졌다. 아무리 생각해도, 지난밤에 그의 손으로 직접 풀어 침상 곁에 놓아두었었다. 그것에 손을 댈 수 있는 사람은 그의 곁을 지킨 아사벼리뿐이었다.

'혹시 이 사람이……?'

가슴이 털컥 떨어지던 것은 바로 그 순간이었다.

벼리가 사라지기 전날 저녁, 만에 하나 누군가가 사무란으로 잠입하여 무후의 아칸을 죽일 수만 있다면 하고 중얼거렸던 것이 생각났다. 대 장방에서 중신들이 떠들어대기를, 무후의 사신들이 사무란에 도착하기 전에 우리가 먼저 몰래 암살자를 보내면 어떻겠느

나는 말을 한 이후였었다.

"길목마다 무후의 군사가 지키고 있소."

"예전에 단뫼의 상인이 말한 것을 기억하나이다. 그들이 오가는 바, 아무도 모르는 길이 있다 하더구면요."

"그가 길잡이 노릇을 해줄지도 모르고, 또 그가 길을 알려준다 해도 온갖 위험을 무릅쓰고 단신으로 잠입하여 감쪽같이 아칸의 목을 딸 만큼의 실력이 있는 자가 있을까?"

마루한의 그 물음에 어느 누구도 대답하지 않았었다. 아무런 대답이 없었다.

좌절 반, 그럼 그렇지 하는 자조(自嘲) 반. 헛웃음만 치고 말았었다.

단 한 사람도 제가 하겠다 나서는 자는 없었다. 다들 입만 살았다. 이런 터이니 만날 갑론을박해 보아도, 제대로 된 수가 나올 리 없었다.

"입만 가지고 충성하지 말고, 몸으로 한번 뛰어보시오. 백성은 올겨울 날 일도 걱정인데, 누구는 호의호식, 참으로 해란의 앞날이 걱정이오!"

작정하고 버럭 일갈한 연후에 일어나 대 장방을 빠져나왔던 것이다.

비몽사몽. 심중의 말을 벼리에게만은 다 털어놓는 버릇대로 그 말을 했던 것이 기억났다. 설마 벼리가 자신의 말 한마디로, 그 위험한 일을 하겠다고 나설 것이라고는 꿈에도 생각하지 않았었다.

하나 예감이 심상치 않았다. 시종이 다시 아뢰었다.

"듣잡기로, 마린님께서 어제 불시에 군막을 찾아가, 잠시간 천호장 불유님을 만났다 하옵니다."

"그래? 그럼 그를 불러라."

두어 식경 후, 기별을 받고 불유가 성으로 들어왔다.

"그대가 어젯밤 마린과 만났다 하는데, 혹시 무슨 이야기를 들은 것이 없는가?"

"마린님의 행방은 지아비라 하시는 마루한께서 아시지요. 어찌하여 천한 저에게 물으십니까?"

불유 역시 싸울아비여서인지, 말투가 무척 뚝뚝하였다. 지엄한 마루한의 앞인데도 불구하고 고분고분한 기색 하나 보이지 않았다.

"마린께서 어제 성을 나가 아니 돌아오시었어. 행방을 알 수 없어 이리저리 수소문하였는데, 종적을 찾지 못하였어. 혹여 그이가 어디로 가신다 하는 말을 듣지 못하였는가?"

"들었나이다."

벼리의 행적을 알 수 있게 되었으니 답답함이 풀리는 셈이다. 반가웠다. 한데 깊은 속내로는 어쩐지 기분이 좀 상하고 말았다. 마루한인 자신에게는 말도 않고 사라진 터로, 불유에게는 행방을 알렸다니 어쩐지 불쾌하였다.

"대체 어디로 가신다 하던가?"

"사무란."

"뭐라고?"

방 안에 있던 모든 사람들이 놀랐다. 마루한과 아비인 딜곡은 더 경악했다. 늙고 주름진 얼굴이 순식간에 시커멓게 변했다.

"참말이냐? 벼리, 아니, 마린께서 정말 사무란으로 가신다 하였느냐?"

"무후의 사신이 도착하기 전, 단신으로 어찌하든 사무란으로 잠입한다 하더이다. 아칸의 목을 베고, 마린님들을 구해내겠다고 하였습니다. 이것."

불유가 손에 들고 있던 비단 보따리를 불쑥 딜곡에게 내밀었다.

"이것이 무엇이냐?"

"상투올시다."

"뭐라?"

"제 손으로 잘라 건네주더이다. 돌아오지 못할 것을 미리 알아, 아버님께 전하라 하였나이다."

결국 끝내 참아내지 못한 눈물이 주르르 딜곡의 주름진 얼굴에서 떨어졌다. 비단 보자기에 얼룩을 만들었다.

"어찌하여? 어찌하여……?"

하필이면 네가 그 길을 떠났느냐? 죽을 길을 먼저 찾아갔느냐? 누가 가라 등 떠밀었더냐? 불효여식 같으니라고. 네가 어찌 이 늙은 아비를 홀로 두고 떠났느냐? 단번에 이리 심장에 대못을 박느냐?

하도 억장이 무너지고 기막혀 더 이상은 말을 하지 못하는 딜곡 대신, 가람휘가 내쳐 물었다. 알고도 말리지 않은 불유를 힐난했다.

"그리 들었으면 어찌하든 말렸어야지! 사지(死地)로 가는 것을 뻔히 알면서 어찌하여 마린을 가게 내버려 두었던가?"

"막는다 하여 아니 갈 사람이 아니었습니다."

"누가 저더러 가라고 하였다고! 어찌 그리 무모하고 어리석은 일을 한단 말인가!"

마루한의 말에 불유가 감히 고개를 들었다. 이글이글 타는 눈으로 마루한을 노려보았다. 이내 고개를 숙여 버려 누구도 눈치채지 못한 그 시선을 그만 보아버렸다.

그 안에 담긴 불길이라니……. 흉포한 맹수가 달리 없었다.

마치 부모의 원수를 바라보는 듯한 지독한 증오의 눈빛이었다. 끔찍한 원망이 가득 서린 눈동자 안에서 소름이 쩍 끼쳤다. 예상치 못한 감정의 파편. 그것은 무서운 분노와 힐난, 노여움과 극도의 원망이 소용돌이치고 있는 것이었다. 찰나이되, 불유가 보여준 그 눈빛은 그를 통렬하게 후려치고 있었다. 차마 입 밖으로 내지 못하는 절규, 원망, 한 서린 고함 소리.

〈너 때문이다!〉

그러나 그것은 순간.

가람휘가 방금 전 보았던 감정의 폭주는 거짓 같았다. 이내 불유는 고개를 숙여 버렸다. 땅만 바라보며 사뭇 침착하게 대답했다. 감정이라고는 하나도 보이지 않고 덤덤하였다. 오직 사실만 전하였다.

"마루한께 입은 은혜를 갚을 길은 오직 그것뿐이라고 하였습니다. 제 목숨 내놓아, 어찌하든 마린님을 탈출시키고, 또한 아칸을 죽여, 시간을 벌 작정이라고 하였습니다. 하면 개전할 시간을 늦출 수 있을 터이니, 마루한께서는 훗날을 도모하실 수 있을 거라고요. 그것이 싸울아비이자 마린인 자신의 의무라고 하였나이다."

대 장방에 정적이 흘렀다. 불유가 시큼한 비웃음 같은 것을 띄운 채 고개를 들었다.

"더 이상 묻잡는 것이 없다면 소장은 이만 물러가겠나이다."

"어, 어느 길로 간다 하더냐?"

딜곡이 떨리는 목소리로 다시 물었다.

아가, 네가 간 그 길을 아비는 매일매일 바라볼 것이다. 돌아오지 못할 줄 알면서도, 나는 기다릴 것이다. 다시 돌아오길 바랄 것이다. 네 한 몸 바쳐 마루한과 나라를 위해 온전히 충성한 내 딸을 자랑스러워하면서도, 원망하며. 네 서러운 팔자를 만든 이 아비의 입을 짓씹으며 슬퍼하며.

내 죽을 때까지 그 길을 바라보고 또 바라보며, 아가…….

널 기다릴 것이다. 어느 날, 네가 말을 타고 돌아와, 같이 가자고 이 아비에게 손 내밀 때까지, 못난 이 아비는 기다리고 또 기다릴 것이다. 가슴에 사무치게 묻어두고 밤이면 밤마다 홀로 울 것이다.

"말을 타고 성문을 넘어 사무란으로 가는 대로(大路)를 달려 사라졌나이다. 중도에서 다른 길로 접어들 작정인 듯했습니다."

불유가 옆구리에 끼고 있던 투구를 다시 머리에 썼다. 누구에게랄 것도 없이 가볍게 고개를 숙였다.

"다른 분부 없으시면 소장은 다시 나가보겠습니다. 하명하신 대로 밤낮으로 군사들을 조련해야지요. 이리하여도 죽고 저리하여도 죽을 몸, 아껴보았자 무엇하겠나이까? 소장은 누구와 달라, 존모한 죄뿐인 아녀자의 몸에 제 짐 전부 지워놓고 편안히 잠을 자는 위인은 아니라서 말입니다. 마루한께서 이르시기를, 준비되든 준비되지 않았든 새해에는 개전하신다 하니 소장, 싸울아비의 의무로 최선을 다하겠나이다."

불유의 등 뒤로 문이 탁 닫혔다. 불빛 아래 시뻘게진 가람휘의 얼굴 따윈 다시 돌아보지 않았다.

"허어, 참! 마린께서 직접 그 위험한 일을 하신다 자원하여 나가셨다니."

"용맹한 싸울아비 출신이라 하더니, 역시 다르구면요."

"닥치시오!"

가람휘의 목소리가 벽력같이 터졌다. 아무것도 모르고 눈치없게 방정맞은 입을 놀린 중신 두엇의 목이 오그라들었다. 그들에게 힘껏 눈을 부라린 가람휘가 청수 장군을 손짓해 불렀다.

"장군은 지금 당장, 가장 날랜 말들을 골라서 마린의 뒤를 쫓아가게 하시오. 하루 낮 밤의 거리이니 쉬지 않고 달리면 사흘 후에는 따라잡을 것이야. 반드시 데려오시오."

그러나 하루 낮을 달려간 그들이 만난 건, 벼리가 타고 나간 애마뿐이었다. 그 말등은 비어 있었다.

오정 나절 숲을 헤치고 나가, 다시 작은 포구에 도착했다. 배를 구해 다시 바다로 나갔다. 거친 파도가 검은 절벽에 부딪쳐 허연 거품을 토해내는 것을 바라보며 내내 해안선을 따라 부상했다.

"오늘은 저 마을에서 머물 것이다."

사곤이 돛을 내리며 손짓했다. 저물어가는 햇살 아래, 제법 번화한 성 하나가 앉아 있었다.

"호율성이다."
"저긴 무후에게 점령당했다던데."
"잘 아는군."
"우리가 들어가면 적들에게 발각되지 않겠느냐?"
"너라면야 당연히 잡히고 말지."
사곤이 대수롭지 않은 듯 말했다.
"뭐라고? 그런데 여기로 왜 데려왔어?"
벼리가 고함을 꽥 지르자 사곤이 시끄러워! 하고 맞고함을 뻑 질렀다. 그러더니 제 보퉁이를 뒤적여 청푸른 천을 꺼내 들었다. 상투를 잘라 버려 귀밑에서 어린 소년처럼 털레거리는 벼리의 머리 위에 씌웠다. 둘둘 말아 아귀를 맺어주었다. 이내 벼리는 사곤과 마찬가지로, 단뫼의 장사치 모양이 되었다.
"입 꾹 다물고 나만 따라와. 단뫼의 상인은 어디 가든 무사하다. 넌 지금부터 벙어리이다. 괜히 입 벌려 낭패 만들지 말아라."
두어 식경 후, 두 사람을 태운 배가 호율성의 항구에 도착했다. 항구 입구에서 날카로운 창을 비켜들고 선 군졸들이 그들을 가로막았다.
"나리, 교천 항구에서 소금 짐 싣고 오는 장사치올시다."
사곤이 익숙하게 무후의 말로 너스레를 떨었다. 아무래도 점령지이다 보니 경계가 심했다. 쿡쿡 짐들을 찔러보는 모양새가 만만치 않았다.
"허가는 받았나?"
"그러믄입쇼. 여기 있습지요."

사곤이 주머니에서 붉은 인장이 찍힌 입항 허가증을 꺼내 보였다. 입항만이 아니라 무후의 땅 어디서건 장사를 할 수 있다는 아칸의 허가서였다. 날카로운 시선이 그의 등 뒤에 선 벼리에게로 다가왔다.

"이놈은?"

"제 종놈이올시다. 벙어리굽쇼."

"벙어리?"

그 말이 진짜인가 시험하듯이, 혹은 조롱하듯이 군졸 하나가 창대로 벼리의 아랫배를 쿡 찔렀다. 으악! 비명 소리가 절로 새어 나올 정도로 커다란 고통이 엄습했다. 그러나 벼리는 지금 벙어리다. 참아야만 했다.

비명 소리도 내지 않고 눈만 끔뻑거리는 모양을 보고, 그럭저럭 믿음이 간 모양이다. 그들을 제지하던 창들이 물러났다. 몇 걸음 걸어가던 사곤이 슬쩍 몸을 돌이켰다. 매처럼 날카로운 눈빛으로 아까 벼리의 아랫배를 창대로 내질렀던 놈의 인상착의를 뇌리에 새겨 두었다.

'넌 죽었다, 이놈.'

감히 소중한 여인의 몸을 상하게 해? 아까 격심한 고통으로 순간 하얗게 질리던 벼리의 얼굴이 아직도 생생했다.

'게다가 아랫배란 말이나!'

잉태를 해야 하기에 가장 소중하게 보호해야 할 내 여자의 몸을 감히 누가 건드려? 그렇지 않아도 기분이 무엇 같았는데, 딱 걸렸다, 이놈! 작신 밟아주마. 돌아서며 사곤은 이를 빠드득 갈았다.

항시 사곤이 이곳에 오면 머무르는 여각에 짐을 풀었다. 꽤나 호사스럽고 널찍한 방이었다.

"돈 없다며?"

"단뫼의 상인은 신용이 생명. 이곳의 주인과 나는 한두 해 인연이 아니다. 공짜밥 정도는 언제든 먹여주는 사이이지."

사곤이 문을 열고 나가며 벼리를 힐끗 바라보았다.

"괜찮으냐?"

"무엇이?"

그의 시선이 아까 창대로 찔린 아랫배로 가 있었다. 걱정하는 빛이 역력했다. 어쩐지 불에 덴 듯 욱신거리는 통증이 그의 시선 한 번으로 한결 삭아드는 기분이 들었다.

"아, 견딜 만하다."

"약물이라도 준비하랴?"

"괜찮대두."

"방 안에 욕간통이 있으니, 몸이나 씻고 편안하게 쉬거라. 주인하고 이야기나 하고 올 터이니. 이내 저녁이 나올 것이니 배불리 먹어두고. 인간답게 먹을 마지막 기회란다."

벼리가 편안하게 몸을 씻고 쉴 수 있도록 배려해 주려는 것이 분명했다. 자신도 모르게 벼리의 입술에 순박한 미소가 떠올랐다. 감사의 표시로 가볍게 고개를 끄덕여 보였다. 사곤의 입술에도 비슷한 색의 미소가 떠올랐다.

"그래, 웃을 수 있을 때 웃어라. 칼날 끝을 딛는 인생에 한두 번 숨 쉴 만한 때가 있어도 좋겠지."

사곤이 문을 닫았다.

하얀 수염을 기르고 팔뚝에 문신을 한 여각의 주인이 그를 맞이하였다.

"나에게 온 기별은 없느냐?"

"마고국으로 들어간 현고부님에게서 기별이 왔습지요."

"그렇구먼. 내가 내일 비사마 세 마리가 필요하다. 준비하라. 그리고 현고부더러 내 친위상단 일부를 끌고 사무란성으로 속히 들어오라고 해라. 급전이다."

"알겠습니다. 그리고요, 태궁."

"무슨 일이냐?"

"오늘 이곳에서 노예 시장이 크게 열린다 합니다."

사곤의 눈썹이 위로 휙 치켜 올라갔다.

단뫼의 상인들이 절대로 하지 않고, 가장 혐오하는 일 중 하나가 사람을 사냥하고 사람을 사고파는 일들이었다. 그가 떠도는 동안, 그런 악습이 있는 여러 고을들을 평정하고 그런 짓을 절대로 하지 못하도록 만들었다고 생각했다. 특히 이 호율성의 노예 시장은 그가 몇 년 전에 말 그대로 초토화를 시켜놓은 곳이었다. 한데 다시 또 노예 시장이 열린다는 말에 삽시간에 기분이 언짢아지고 있었다. 사곤의 목청이 몹시도 날카로워졌다.

"노예 시장? 내가 분명히 그를 금시하라 명령하였음에도 계속이라고?"

"무후의 병사들이 떠돌아다니는 해란의 백성들을 잡아다 파는 것입니다."

"그래? 하지만 그건 무후의 국법으로도 금지된 일이 아니냐?"
"제법 짭짤한 돈벌이가 되거든입쇼."
"그렇군."
"무후의 아칸이 있는 사무란은 몰라도 변방에 나와 있는 무후의 군사들은 상당히 난폭하고 생각보다 횡포가 심합니다. 저희에게서도 금전을 많이 뜯어내굽쇼. 무후가 원래 수십 개의 방국들 연맹으로 이루어져 있다 하더니, 아칸의 명을 어기는 방백들이 의외로 많은 듯싶습니다."
 아칸이 금지한 일들을 방백들이 버젓이 하고 있다. 무후의 세력이 그토록 빨리 확장된 것은 적어도 점령한 땅에서 포악한 짓은 저지르지 않았기 때문이 아닌가? 그런데 이곳저곳에서 방백들이 저지르는 일들은 상상 이상이었다. 곳곳에서 백성들이 고통으로 신음하고 있다는 말이었다.
"역시 다음 대 아칸 자리를 노리고 차아킨들이 미리 힘을 기르고 있다는 말이로군. 결국 강하다는 무후도 알고 보면 모래알이란 말이지. 그런 놈들을 억누르고 다스리려면 세로맥아 이놈, 나중에 골치깨나 아프겠군. 나야 뭐 상관없는 일이지만. 그렇다면 노예 시장에는 누가 사람을 사러 나오느냐?"
"뭐, 농장에 일꾼이 필요한 무후의 방주들이나, 첩을 구하려는 부호들. 벌써부터 사무란의 방탕함을 배운 무후의 장군들이 어여쁜 가기(歌妓)들을 사러 나온다 합니다."
"여하튼 사내들이란! 그리고?"
"때로는 제법 쓸 만한 싸울아비들도 포로가 되어 팔린다 하구요,

손재주 좋은 장인들도 끌려 나오더라구요. 그런 자들은 아예 무후의 본국으로 끌려간다 합니다."

"그렇구면."

무슨 생각을 하는지, 그의 눈이 반짝거리기 시작했다. 그때 하녀들이 음식상을 들고 벼리가 묵는 방으로 걸어가고 있었다. 사곤은 여각 주인에게 재차 일러두었다.

"내 방 주변으로는 누구도 접근하지 못하게 해. 보이지 않게 사람을 세워두어라."

"알겠습니다, 태궁. 편안히 쉬십시오."

그가 방으로 돌아갔을 때, 벼리는 이미 욕간을 마친 후였다. 그럴 듯하게 단뫼의 복식으로 갈아입은 후였다. 잘 차린 저녁상을 앞에 놓고, 꼿꼿이 앉아만 있었다. 왜 저러고 있는 거지? 잠시 걱정이 된 사곤이 다가가 캐물었다.

"왜 안 먹는 거냐? 입에 맞지 않느냐?"

"그런 건 아닌데……. 네가 아직 안 와서."

"저런, 이렇게 황공할 데가! 내가 밥을 먹었나 굶었나 걱정하신 거구만. 아, 감격이야! 마린 아사벼리."

"……싫든 좋든 한편이고, 아직은 동지이다. 염치없이 나만 좋은 것을 가지고 편안하고 싶지 않다. 사무란까지 가는 동안 우린 무엇이든 함께, 같이 한다."

"아, 좋아 좋아! 나쁘지 않은 발상이로구먼."

사곤이 벼리가 앉은 탁자 앞으로 와서 털썩 앉았다. 의리가 있단 말이지. 그러니 내가 널 좋아하지.

두 사람은 나란히 앉아 며칠 만에 맛난 음식으로 실컷 배를 채웠다. 백자 주전자를 들어 찻물을 따르며 사곤이 벼리를 바라보았다.

"호율성의 밤 분위기가 궁금하지 않느냐?"

"왜?"

"사무란처럼 무후가 점령한 땅이다. 네 나라 백성들이 어떻게 살고 있는지 보아둘 만하지. 게다가 좋은 구경거리도 있다 한다. 노예 시장이 열린다는군."

"노예 시장? 사람을 사고판다는 말이냐?"

벼리의 눈 속에 경악이 어렸다. 사곤은 대수롭지 않다는 얼굴이었다.

"원래 사람장사가 제일 좋은 돈벌이지."

"이, 이 악덕 장사치 같으니라고! 돈이라면 넌 무엇이든 다 파느냐?"

어지간히 노하였나 보다. 벼리가 젓가락을 내던지며 악을 썼다.

"전쟁에 진 나라 백성은 원래 개돼지 취급을 받는 법이다. 왜 그리 놀라느냐? 원래 호율성의 노예 시장은 잘난 네 나라 마루한이 시작한 일이거늘."

"뭐, 뭐라고?"

사곤이 찻잔을 놓았다. 벼리를 바라보는 눈동자가 더없이 찼다. 아무것도 모른 채, 궁벽한 정곡성의 테두리 안에서 그저 안온하게 살았던 순진함을 깨우쳐 주려는 듯했다. 감정이 하나도 담기지 않아, 더 잔혹하게 들리는 목소리로 내뱉었다.

"이 순진한 녀석하곤. 그래서 네가 멍청하다는 거다, 아사벼리."

사곤이 준엄한 목소리로 사정없이 공격했다. 순백한 무지스러움으로 가득 찬 벼리를 내려쳤다.

"이 세상은 네가 생각하듯 정당하지도 않고 공정하지도 않으며 자비롭지도 않다. 전대의 네 나라 마루한이 한 일이 무엇인지 아느냐?"

채 대답을 할 기회도 주지 않았다. 삿대질이라도 할 기세였다.

"국법? 웃기네. 힘없고 불쌍한 여러 나라를 무조건 침략하였다. 각처에서 잡아온 포로들을 이곳에서 팔아먹었지. 그 더러운 돈으로 애첩들을 보석으로 휘감아주고, 방탕하게 놀았다. 네가 존모하는 마루한 역시 그 원죄에서 벗어나지는 못하리라. 그 돈으로 제 마린과 성대한 혼례를 치르고 호사스런 새 궁을 지었다. 사필귀정(事必歸正), 이제는 너희들이 그 벌을 받는구나? 지금은 천하가 바뀌어서 거들먹거리던 네 나라 백성들이 개돼지처럼 팔리는 것을 보아야 하니 말이다."

부들부들 입술이 떨렸다. 감히 마루한의 위엄을 훼손하는 말을 잘도 하는 사곤의 목을 베어버리고 싶었다. 그럼에도 벼리는 한마디도 되받아칠 수가 없었다. 그가 말한 것은 부인하고픈 더러운 일이나 전부 진실이었기 때문이다.

"천리(天理)를 어긴 나라는 반드시 필멸(必滅)이다. 그 천리가 무엇인지 아느냐? 힘없고 어신 백성들 눈에 피눈물 나게 민드는 일이다. 전대의 마루한이 그런 짓을 하기 시작했을 때부터 너희 해란의 운명은 끝이 난 것이다. 자업자득, 꼴도 좋구나!"

벼리의 눈에 눈물 같은 것이 서렸다.

"흥, 유구무언이 되었구나?"

"……맞아. 분하지만, 네 말이 맞다. 전대의 마루한께서는…… 하지 말아야 할 일을 많이 하신 분이지."

"그런 자를 주군이라 일러 무조건의 충성을 바치는 싸울아비들이라니……. 해란이 그따위 군주를 두고도 지금껏 살아남은 이유는 오직 그것이겠지. 일어나라, 갈 데가 있다."

사곤이 벌떡 일어섰다. 검고 긴 겉옷을 겹쳐 입고 허리에 항시 차고 다니는 반월형의 도를 찼다.

"무장을 하고 어디로 가려고?"

"돈 벌어야지."

그가 씩 웃었다.

"사막으로 떠나기 전, 살 것이 많다. 말도 새로 사야 하고, 식량도 넉넉히 장만해야 하고. 너나 나나 가진 것이 거의 없으니 여기서 몇 푼이라도 벌어야지."

"말을 새로 사?"

"사막을 건너려면 여기 호율성에서만 키우는 비사마를 사야 한다. 말굽이 사발같이 넓적하고 털이 두껍게 나 있어 모래밭을 평지처럼 달려갈 수 있는 유일한 말이지. 다른 놈은 사막을 건너갈 수가 없다. 칼만 휘두를 줄 알지, 아무것도 모르는 멍청아."

벼리는 엉거주춤 일어났다. 대체 무엇을 해서 어찌 돈을 벌겠다는 것인지 알 수가 없었다. 내내 사곤의 눈동자는 장난스럽게 반짝이고 있었다. 아까의 냉엄하고 엄중한 빛은 흔적도 없이 사라졌다.

"들었잖느냐? 호율성의 노예 시장은 천하에 소문이 자자한 곳이다. 맥국이며, 마고국, 사무란에서까지도 노예들을 사러 이곳으로 온다."

"그래서?"

"한번 구경할 만하지. 어쩐지 돈 냄새가 나지 않느냐? 원래 사람들이 우글거리는 곳에는 돈이 걸어다닌단다."

"뭘 어쩌자는 거냐? 설마 우리도 사람장사를 하자는 거냐?"

"못할 것도 없지."

"뭐, 뭐얏?"

"누이 좋고 매부 좋은 일을 하자는 거다. 노예로 팔린 놈들을 구출해 주고, 몸값을 벌어보자. 돈이 없으면 몸으로 때우게 하는 거다. 크크크."

한 식경 후, 두 사람은 횃불 수백 개가 활활 타고 있어 대낮처럼 밝은 부둣가에 서 있었다. 그곳에서 노예 시장이 열리고 있었다.

쇠사슬에 묶이고, 족쇄가 채워지고, 또 기둥에 묶인 채 웅크리고 있는 불쌍한 사람들이 수백 명이나 되었다. 대부분, 전쟁에서 진 고을에서 잡혀온 포로들이거나, 또 무후의 지배에 반항하다가 죄수가 되어 잡혀온 이들이거나 했다.

비단옷을 입고 거드름을 피며 손에는 채찍을 든 상인들이 왔다 갔다 하며 호객을 하고 있었다. 그들이 모시고 다니는 손님들은 마치 가축을 고르듯이, 노예들을 살펴보고 쿡쿡 찔러보고 흥정을 하고 있었다.

"자아, 쌉니다, 싸요! 골라보세요!"

"어미는 침모에, 아비는 쓸 만한 일꾼이라. 거기다가 딸년은 아주 미인이올시다. 셋 묶어 단 돈 삼백 냥! 심부름꾼으로 부릴 만한 동자도 하나 끼워줍니다요!"
"노래 잘하고 방중술 뛰어난 계집 있어요! 천하에서 미인 많기로 유명한 소향성의 계집들 있어요!"
뿔뿔이 팔려 서로 헤어지는 식구들이 울부짖는 소리, 도망가려다가 채찍으로 얻어맞는 사람들의 비명 소리. 사람으로서의 자유와 긍지, 존엄함을 빼앗긴 자들의 신음과 눈물, 오열 소리가 들끓고 있었다.
그런 와중에 다른 한 무리들은 그것을 웃고 즐기고 있었다. 타인의 고통과 비극을 수단 삼아 쾌락을 누리고 돈을 벌고 있었다. 하늘 아래 가장 귀한 사람이 가장 비천한 취급을 받는 곳이 바로 이 노예시장이었다.
같은 하늘을 이고 사는 사람으로서 차마 해서는 아니 될 그 일들이 버젓이 행해지고 있었다. 참혹한 그 광경을 바라보며 벼리는 주먹을 움켜쥐었다. 전신에서 피어나는 무서운 살기를 억지로 억누르느라 필사적인 노력을 기울여야만 했다. 앞장서서 걸어가던 사곤이 우뚝 서버리는 벼리를 돌아보았다.
"왜?"
"구역질난다!"
벼리는 이를 갈며 나지막하게 소리쳤다. 가능하다면, 달려들어 검을 빼들고는 이 더러운 판을 다 쓸어버리고 싶을 정도였다.
"사람 사는 세상의 광경이 아니다. 이것이 바로 지옥도(地獄圖)다."

"잘 보았다. 저것이 지옥이다."

사곤이 대수롭지 않은 얼굴로, 대수롭지 않게 내뱉었다.

"하늘 아래 똑같이 귀한 땅의 사람들이 물건처럼 저와 똑같은 사람을 사고파는 것. 제 잘났다 다른 사람을 핍박하는 것. 오직 저만 생각하여 이기적인 쾌락과 즐거움을 위해 다른 사람의 고통을 짓밟는 것. 네가 가꾸었던 정곡성이 땅 위의 천상이었다면, 이런 일이 벌어지는 곳은 지상의 지옥이다. 그리고 이런 꼬락서니를 만든 건 네가 사모하는 마루한이다. 안타깝게도."

"닥치지 못해? 전대의 마루한은 모르되, 지금의 우리 마루한께서 이것을 아셨다면 반드시 금지하셨을 거다."

아무리 부족하다 해도 제 나라 마루한이 모욕당하는 것은 참지 못하는 충성스런 아사벼리, 그만 발끈하고 말았다. 사곤이 돌아서서 인정사정 보지 않고 벼리의 입술을 주먹으로 쥐어박았다. 눈을 부라렸다.

"너나 닥치거라. 너는 벙어리라 그랬지? 이렇게 나불대다가는 산통 다 깨진다."

바로 그때였다. 그들이 선 골목길에서 얼마 떨어지지 않은 곳이었다. 막 새로운 흥정이 끝나, 노예 한 명이 끌려 나오고 있었다.

해란에서는 낯선 복식을 입은 것으로 보아 마고국 정도에서 잡혀온 노예인 듯싶었다. 허리춤까지 치렁대는 검붉은색 머리카락이 부드럽게 물결치고 있었다. 불빛 아래에서 그 미모가 으뜸으로 돋보이는 어여쁜 여자였다. 무딘 벼리의 눈으로 보아도 교태롭고 관능적인 매력이 철철 넘치고 있었다.

팔리는 노예 주제에, 하얀 목이며 팔, 다리에까지 온갖 색깔의 찰랑거리는 장식품들을 잔뜩 달고 있었다. 그런 것으로 보아, 무희(舞姬)였거나, 가기(歌妓)였나 보다.

보나마나 싸구려일 것이 분명한 목걸이, 팔찌 등속이었지만 그래도 반짝이는 것들이었다. 이국적인 여자의 아름다움을 한결 더 돋보이게 해주고 있었다. 그리고 보니 여자의 장식품들은 몸값을 올리려는 노예 상인이 끼워준 것일 수도 있었다.

아마도 침실의 노리개로 쓸 작정인가 보다. 개기름이 흐르는 얼굴에 호색적인 인상을 가진 중년 사내가 새 주인이었다.

그를 싣고 갈 수레가 대기하고 있었다. 노예 상인이 허리를 굽혀 사내에게 절을 하며 아첨을 떨고 있었다. 아마도 굉장히 좋은 노예를 사간다고 너스레를 떨어대는 것 같았다.

주인의 명령에 따라온 심부름꾼이 노예의 다리와 팔을 묶은 쇠사슬을 풀었다.

"앗, 저것!"

"오호, 저 녀석 몸놀림이 대단한데?"

벼리와 사곤의 입에서 동시에 탄성이 터졌다.

팔다리를 구속하고 있던 쇠사슬이 풀려졌다. 설마 이 틈에서 도망칠까? 사람들이 어수선하게 오가고 여럿의 시선이 잠시 방심했다.

이리저리 사람들의 주의가 분산되고 무심하게 교차하는 순간이었다. 수레에 타기 위해 움직이던 그 잠시였다. 그녀에게 주의를 기울이던 것은 손을 잡은 심부름꾼 한 사람뿐, 바로 그때 그녀는 자신에게 주어진 조그만 틈을 포착했다. 결코 놓치지 않았다.
 그 여자 노예가 삽시간에 수레 앞에 서 있던 심부름꾼의 얼굴을 주먹으로 내려쳤다. 있는 힘을 다해 강하게 떠밀었다. 쓰러지는 심부름꾼의 몸을 타고 넘어 휙 몸을 날렸다. 재빠르게 어둠 속으로 도망치기 시작했다. 연약한 여자로서는 상상도 할 수 없을 정도로 날렵하고 민첩한 동작이었다.
 물론 잠시 넋을 놓기는 했다. 하지만 그녀를 끝까지 도망가게 내버려 둘 위인이 아니었다. 행여 그런 일이 벌어질세라, 근처에서 활과 검을 겨누고 있던 병사들이 일제히 그녀가 도망가는 곳을 향해 화살을 날렸다. 우르르 뒤쫓기 시작했다.
 "멍청하게! 돈 달아난다. 놓칠 셈이냐? 달려!"
 사곤이 훌쩍 몸을 날려 담을 넘어섰다. 지붕 위로 솟구치며 벼리에게 소리쳤다. 잠시 정신을 놓았던 벼리도 따라 몸을 날렸다. 두 사람은 끝없이 이어진 지붕 끝을 타고 검은 매처럼 허공을 달렸다.
 사곤은 호율성의 지리에 익숙한 것이 분명했다. 도망친 자가 어느 쪽으로 달려갈 것이라는 것을 미리 짐작한 얼굴이었다.
 "쉿, 멈춰."
 두 사람은 외성으로 빠져나가는 성문 가까이 있는 지붕 끝에서 몸을 멈추었다.
 "기다려라. 반드시 그놈은 이리로 온다."
 성문을 바라보던 사곤의 눈살이 찌푸려졌다.
 벌써 노예가 도망쳤다는 소식이 퍼진 모양이다. 우르르 소리를 내며 외성문과 내성문을 이어주는 도개교*가 서서히 허공으로 올라가고 있었다. 이쪽의 땅과는 갈라져 버렸다.

어둠 속에서 빛이 튀듯이 인영 하나가 달려온 것은 그때였다. 절룩거리고 있었다. 오른쪽 다리에 상처가 깊었다. 붉은 피가 흐르고 있었다. 옆구리에도 화살 하나가 박혀 있는 그런 비참한 몰골을 하고도, 그 여자는 단념하지 않는 얼굴이었다.

그러나 몸을 날려 올라타기에는 다리는 이미 너무 높이 치솟아 버렸다. 이리저리 고개를 돌려 성벽을 넘을 궁리를 하는 듯싶었다. 그러다가 등 뒤에서 잡으러 달려오는 병사들의 고함 소리에 절망적인 얼굴이 되었다. 도망가다가 잡힌 노예는 그 자리에서 죽임을 당하는 것이 불문가지였다.

"저기 있다!"

"죽여라!"

뛰어봐야 벼룩. 일껏 도망친 주제에, 어쩔 줄 몰라 하며, 갈 길을 알지 못하는 생쥐처럼 그 자리를 맴돌고 있는 노예를 발견하고야 말았다. 이판사판, 잡혀 죽느니 물속으로 뛰어나 들까. 군졸들이 창칼을 움켜잡고 살기등등하게 달려왔다.

바로 그때였다. 그들 눈앞에 황금빛이 번쩍 빛났다. 아니, 빛나는 것 같았다. 찬바람 같은 것이 스치고 지나가는 것 같은 기분도 들었다.

---

*도개교: 교량을 움직여 배의 운행에 지장이 없게 만들어진 다리. 상판의 중앙에 절단면이 있어 교량의 중간이 양쪽으로 올라가는 이엽식과 한쪽에만 회전축이 있어 교량 전체를 한쪽으로 들어 올리는 일엽식이 있다

그리고 정신을 차렸을 때 기막힌 일이 벌어졌다. 분명 몇 장 앞에서 오도 가도 못하고 팔딱거리던 노예가 눈앞에서 고스란히 사라져 버렸다. 귀신이 곡할 노릇이었다. 그들이 미처 보지 못한 허공 위, 지붕 끝을 타고 검은 그림자 두 개가 날 듯이 사라져 가고 있었다. 그중 한 사람의 옆구리에는 축 늘어진 몸뚱이 한 개가 너덜너덜 매달려 있었다.

第十一章

우르 신은 말하셨다.
"명심하라. 누구든 절대로 두 가지를 피할 수 없다.
정(情)에 빠지는 것과 죽음이다."

"기절한 거냐?"

침상에 누인 여자를 내려다보던 사곤이 고개를 저었다.

"수혈을 짚었으니 한잠 자고 나면 괜찮을 거다. 상처에 약초를 발라주어라. 난 또 나가볼 데가 있다."

"혹여 여각을 뒤지기라도 하면?"

"괜찮을 거다. 방해하지 않도록 미리 방비해 놓으마."

벼리는 여자의 허리에 박힌 화살을 단숨에 뽑아들었다. 피가 흘러내리다 못해 굳어져 가고 있었다. 싸울아비답게 쓱쓱 피를 닦아내고, 금창약을 솔솔 뿌렸다. 표창이 박힌 허벅지도 물로 닦아내고 약을 바른 다음에 붕대로 둘둘 감아주었다.

밝은 불빛 아래서 보이는 여자의 미모는 대단했다. 반듯이 누웠는데도, 풍만한 가슴골은 조금도 주저앉지 않았다. 마고국 여자들의 살결은 하얀 눈이 내려앉은 모양으로 말간 것이었다. 윤다화 꽃잎을 짓이겨 바른 것 같은 입술은 마냥 붉었다. 게다가 입꼬리 근처에 하나 콕 박힌 검은 점은, 뇌쇄적이고 요염한 미모에 박힌 흑진주였다. 몸에 걸친 것은 군데군데 찢어진 이상한 모양의 옷자락이었다.

"옷 모양새가 이상한걸?"

"나라가 다르니까."

마고국의 여인들이 주로 입는 옷이라 하였다. 벼리는 아래위가 다 붙고 화려한 주름이 잡힌 통 붙은 치마저고리를 신기하게 내려다보았다.

찰랑거리는 장신구며 이국적인 그 옷이 여자의 미모를 한결 더 돋보이게 해주는 것을 인정했다. 하지만 그것뿐, 사곤이 미칠 듯이 좋아하는 돈은 가지고 있지 않아 보였다.

"이 여자."

"그래."

"네가 좋아하는 몸값을 치를 능력도 별로 없어 보이는데, 왜 구해준 거냐?"

"돈 대신 예쁜 얼굴에다 몸뚱이가 있구먼. 충분하다."

"뭐라고?"

"사내는 원래 끼고 자기 좋은 예쁜 계집을 무척 좋아한단다."

"구역질 나는 놈!"

킬킬거리며 사곤이 문을 닫음과 동시에, 씩씩거리며 벼리가 내던진 놋쇠대접이 문에 부딪혀 바닥에 나동그라졌다.

사곤이 돌아온 건 이른 아침이었다. 불그스레한 아침노을이 막 동쪽 하늘을 물들일 무렵이었다. 무엇을 하며 싸돌아다녔는지, 피곤한 기색이 역력했다. 그럼에도 벼리를 재촉해 빨리 떠날 준비를 하자고 서둘러댔다. 툭하니 발치 끝에 던져 놓은 것은 묵직한 꾸러미였다.

"이게 무엇이냐?"

"사막을 가로지를 때 필요한 물건들이다. 말등에 잘 실어라. 말 한 마리를 따로 구해서 물과 식량을 실어두었다. 아침 먹자마자 떠날 참이다."

"저 여자는?"

"글쎄? 네가 직접 물어보려무나."

벼리는 고개를 돌렸다. 내내 침상에 누워 잠들어 있던 여자가 일어나 앉고 있었다. 어리둥절한 시선이 그들에게로 향했다. 눈동자가 아직도 반 풀려 있었다. 영 어리병병한 표정이었다. 여전히 자신이 도망에 성공한 것을 믿지 못하는 그런 얼굴이었다.

밤이어서 미처 보지 못했었는데, 밝은 날 본 여자의 눈동자는 아주 특이했다.

해란의 사람들처럼 검은 눈동자가 아니라 홍염(紅焰)이 박힌 것처럼 검붉은색이었다. 하얀 얼굴에 빛나는 짙붉은 눈동자는 이상하게 사이한 느낌이 들었다. 동시에 인세의 사람 같지 않은 미모의 한 축을 이루었다. 어쨌거나 여러모로 노예 상인들이 침을 흘릴 만한 매혹을 지니고 있는 여자였다. 특이한 것을 좋아하는 사람들의 시선을 충분히 끌 만했다.

"여기 이곳은?"

"호율성의 여각. 좋아하긴 일러. 아직 넌 사지(死地)를 벗어나지 못했다."

사곤이 냉철하게 대꾸했다. 하나 자신에 대하여 그다지 나쁜 뜻을 가지지 않았다는 것을 본능적으로 감지한 듯했다. 여자의 표정이 순간적으로 상냥해졌다.

"아, 네에. 허면 두 분께서 어젯밤 저를 구해주신 분들이시군요. 진정 감사드립니다."

정중하게 고개를 숙였다. 동작 하나하나가 유리알처럼 우아하고 애교가 넘쳤다. 탁자 앞에 앉은 사곤이 팔짱을 낀 채 심드렁하게 대꾸했다.

"뭐 별로 감사해할 필요는 없어. 목숨 구해준 값만 치러주면 되니까."

여우를 피해 도망쳐 호랑이 굴에 파고든 형국이랄까. 고개를 든 여자의 얼굴에 잠시 낭패한 기색이 스쳤다. 그러나 이내 그것을 능숙하게 감추고 얌전하게 대답했다.

"구해주신 은혜는 감사하나, 제 처지가 이리하여서…… 경황 중에 가진 돈이 없습니다."

"아, 괜찮아. 네 목에 걸린 그 목걸이만 내놓으면 된다."

"이 돈벌레 같으니라고!"

곤경에 빠진 여자를 위로해 주지는 못할망정 돈타령부터 하는구나. 정의감에 불탄 채 벼리는 목침을 내던졌다. 당장에라도 빼앗길 위험성을 느꼈나 보다. 여자가 본능적으로 목에 걸린 목걸이를 두 손으로 잡았다.

싸게라도 좋으니 여하튼 수고의 대가를 받겠다는 사곤의 가열찬 의지는 이제 존경스럽다 못해 무서울 지경이었다. 저런 자를 두고, 금전 열 냥 겨우 주어서 사무란까지 길잡이로 샀으니, 벼리는 스스로가 존경스러울 지경이었다.

사곤이 살짝 고개를 돌려 날아오는 목침을 피했다. 질린 얼굴을 한 여자를 노려보며 씩 웃었다.

"가짜처럼 하찮게 보이려 하고 있으나, 네 목걸이에 박힌 그것, 귀한 녹주석이다. 적어도 천 냥은 나갈 것이다. 아니 그러하냐?"

"네? 네에?"

"네 몸값으로 충분하단 말이다. 그것으로 받으마."

"하, 하지만 이것은…… 반드시 다른 것으로 갚겠나이다. 이는 절대로 드릴 수 없는 제 정표라서……."

"너, 어쩌다 노예 상인들에게 잡힌 거냐?"

여자의 말을 툭하니 반 동강 내버렸다. 탁자에 벌려진 음식 그릇을 젓가락으로 비우며 사곤이 다시 캐물었다.

"저희는 마고국의 빈타무성에서 출발하였나이다. 이백의 큰 일행이었지요. 우리 가무단은 사무란성으로 가서 한몫 벌려고 떠나던 길이었습니다."

"가무단? 그렇군."

사곤이 고개를 끄덕였다. 그리고 침묵했다. 벼리가 권한 죽을 여자가 떠먹는 것을 가만히 바라만 보았다. 어떤 것도 놓치지 않는 날카로운 눈이 한동안 여자의 전신을 오르락내리락거렸다.

무희였다는 여자야 사람들의 시선, 특히 남자의 끈끈한 눈길에 익숙할지 모르겠다. 하나 그 옆에 선 벼리로서는 상당히 아니꼽고 기분 나빴다.

방에 들어온 이후, 사곤의 눈길은 내내 여자에게로 고정되어 있었다.

역시 저놈도 어여쁜 여자에게는 형편없이 약한 자로구나.

어쩐지 속이 부글부글 끓어오르면서 뿌드득 이를 갈고 싶었다. 기분 같아서는 허리춤의 단검을 빼들어 눈을 확 후벼 파버리고 싶었다.

분명 그의 몫이 아닌 사내인데, 멀리해야 할 사내인데, 사무란까지 가기만 하면 남남이 될 사내인데. 그런데도 사곤이 다른 여자를 바라보며 침을 잴잴 흘리고 있는 꼬락서니가 영 개운치 않았다.

두터운 가슴속 돌바닥 아래 감추어둔 여린 감정의 물길이 핏물처럼 잠시 새어 나왔다. 아프다, 아프다 아우성치며 소용돌이치고 있었다.

벼리가 노려보거나 말거나 사곤은 계속해서 여자를 응시했다. 그러다가 갑자기 다시 물었다.

"허면 네 일행은 아직도 잡혀 있는 게냐?"

"그렇습니다."

사곤이 알아들었다는 듯 고개를 끄덕였다. 면건으로 입술을 닦고 차를 마셨다.

"이봐, 여자. 우린 지금 떠나야 한다. 넌 어찌할 셈이냐?"

"몸도 이렇고, 또한 도망친 제 처지가 호율성에는 오래 머무르지 못할 듯싶습니다. 가능하다 하면 두 분을 따라가고 싶은데요. 대체 은공(恩公)들께서는 어디로 가시는지요?"

"우리? 사무란성으로 갈 작정이다."

"그렇습니까?"

여자가 반색하였다. 침상에서 비틀거리며 내려섰다. 바닥에 무릎을 꿇고 간청하였다.

"제발 간청하옵니다. 저도 은공들과 동행할 수 없겠는지요?"

"동행할 수 있지. 돈만 내라니까!"

사곤이 씩 미소 지었다. 바라보는 여자나 벼리에게는 악마보다 더 능글맞은 미소였다.

"그 녹주석만 달라고. 내 장담하건대, 널 무사히 성문 밖으로 빼내주고, 사무란성까지 무사히 모셔다 주마. 내 직업이 사람도 운반하는 표사에다 길잡이거든."

그로부터 두 식경 후, 단뇌의 장사치 두 명이 세 마리 말이 끄는 수레를 끌고 나타났다. 느릿느릿 도개교를 지나 성문을 지나갔다. 붉은 인장이 찍힌 허가증도 분명하였고, 소금 짐도 확실하였다. 이를 싣고 이틀 거리 오십 리 너머의 희실성으로 간다 하였다.

"통과!"

병사의 우두머리가 여행증에 도장을 낭 찍어주었다. 수레를 가로막고 있던 무후의 군사들이 옆으로 비켜났다. 오며가며 두어 납씩 바치는 뇌물을 재빨리 소매 춤에 감추었다. 오늘따라 유난히 깐깐하게 군 것이 미안한 듯이 우두머리가 사곤더러 한마디 했다.

"어젯밤, 우리 차아킨께서 날벼락을 당하셨거든. 그래서 지금 난리도 아니라네."

"아니, 어쩌다가요?"

"어떤 미친놈이 나타났구먼. 노예를 사고팔던 자들의 집들이 전부 다 불태워지고 노예 상인들이 전부 다 거리에 거꾸로 매달렸다네. 심지어 차아킨께서도 국법을 무시하고 묵인한 죄를 물어 까딱하였으면 목이 잘릴 뻔하였다지. 아마도 그이는 사무란의 아칸께서 보낸 밀행사자(密行使者)가 아닌가 싶어. 전부 두려움에 떨고 있다네."

"아이고, 그래요?"

"거기다가, 영문도 모르고 잠자다가 끌려 나와 개죽음당한 병사들이 없나, 노예들을 가둔 곳의 문이 다 열려 노예들이 다 뿔뿔이 도망을 쳐버리지 않나. 여하튼 이 며칠 성이 시끄러울 걸세."

윗사람이 봉변을 당하면 아랫사람이 따라 혼쭐이 난다. 똥구멍에 불이 날 정도로 고생해야 할 병사의 처지를 동정하여 혀를 쯧쯧 찼다.

"고생 많으시겠구먼요. 자, 그럼."

"조심해서 잘 가시게!"

단뫼의 상인과 벙어리 심부름꾼을 태운 수레가 이내 천천히 언덕을 넘어 사라져 갔다. 희미한 점으로 아물거렸다.

느릿느릿 굴러가던 수레가 멈춘 것은 호율성의 경계에서 완전히 벗어난 언덕배기 너머였다.

사곤이 고삐를 끌어당겨 말을 멈추었다. 잠시 후 수레 밑바닥 아래에 거꾸로 납작 매달렸던 여자가 먼지를 털며 기어나왔다.

여자는 성문을 빠져나올 동안 내내 숨을 죽이고 소금 자루를 실은 수레 판자 아래에 숨어 있었던 것이다. 큰 바퀴가 달려 수레 바닥이 지면에서 높아, 충분히 사람 하나쯤 그 바닥에 매달려 감쪽같이 빠져나올 만했다.

여자도 어느새 다른 두 사람처럼 단뫼의 장사치인 양 청푸른 두건과 입 가리개를 하고 있었다.

"너는 짐들을 말에 실어라. 이봐, 여자. 넌 수레를 태워라. 흔적을 남기면 아니 되니."

사곤이 수레에서 말을 풀며 일사불란하게 지시를 내렸다. 벼리는 사곤과 힘을 합쳐 사막을 건너기 위해 장만한 가죽 물통과 짐들을 세 마리 말에다 나누어 실었다.

"각기 한 마리씩 타고 갈 것 아닌가?"

한 마리에다가 유난히 많은 짐들을 겹쳐 싣고 있었다. 벼리는 결국 한마디 잔소리를 하고야 말았다.

"이놈은 짐을 싣고 가야 한다."

"허면 저 여자, 아니, 일라는?"

벼리는 사곤이 도끼로 부숴준 수레의 잔해에 부싯깃으로 불을 붙이는 여자를 돌아보았다. 일라나, 뭐리나. 이름도 괴상한 여자였다.

"걱정도 팔자, 내 말에다 태우면 되지."

사곤이 물통 두 개를 더 올렸다. 얇은 가죽끈으로 꽁꽁 묶었다.

"네 말에다가 태운다고?"

"연약한 여자를 험한 길 홀로 가게 할 순 없지. 내가 고이 품 안에 안아 데려갈란다."

"뭐?"

"지루하게 먼 길 가는데 자그마한 즐거움이라도 있어야지. 탱글거리는 젖가슴도 좀 만져 주고, 통통한 엉덩이도 두들기면서 갈란다. 왜, 꼽냐? 남의 아낙이 왜 상관도 없는 남정네 일에 간섭하려고 하느냐?"

곰곰이 생각해 보니 그 말도 맞다. 다시는 입을 벌리지 못하게 딱 잘라 버렸다.

'사내가 쪼잔하기는.'

벼리가 한 말 중에서 남의 아낙이란 말에 단단히 삐친 것이 분명하였다. 사곤은 싱긋 웃으며 몸을 돌이켰다. 다가오는 여자에게 말했다.

"넌 내 말을 함께 타야 한다."

일라의 눈이 휘둥그레졌다. 예상치 아니한 말에 깜짝 놀란 것이다.

"한 마리는 짐을 싣고 가야 해. 저 말보다는 내 말이 더 힘이 세니 같이 타야 해. 자, 타라. 시간이 급하다."

말등에 올라탄 사곤이 손을 내밀었다. 일라의 팔아 잡아끌어 자신의 등 뒤에다 올려 태웠다. 벼리는 사곤이 일라를 제 말에 태우는 것을 바라보다가 획 하니 몸을 돌렸다. 제 말에 올라탔다.

갈라진 심장의 틈 사이로 다시금 무엇인가 맑은 것이 주르르 흘러내렸다. 그것의 정체를 억지로 덮어버리며 대신 벼리는 주먹을 꼭 움켜쥐었을 뿐이다. 언젠가는 나불대는 네 입을 짓뭉개 버릴 테다, 나쁜 놈.

홀로 수만 번 욕을 퍼부으면서 자신의 말에 괜히 채찍질을 했다.

'열불이 꽤 나는 모양이로구나, 아사벼리.'

태연한 척하였으나, 순간적으로 굳어지던 벼리의 표정을 보지 못한 것은 아니다. 사곤은 먼저 달려나가는 벼리의 등을 바라보며 싱긋 웃었다.

그의 정인은 건드리면 건드리는 대로 반응하는 미모사 나뭇잎 같으니, 그 자신도 모르고 부인하려는 마음의 껍질이다. 내 반드시 깨주고 만다! 사곤은 다시 한 번 다짐했다. 사막을 건너는 동안 네가 누구의 계집인지 반드시 알게 해주리라. 그가 이 고생을 하며 벼리를 따라나선 이유였다.

"이랴앗!"

이내 세 마리의 말이 먼지를 일으키며, 아득하게 하늘과 잇닿은 황야를 향해 달려나갔다.

지금껏 흘러온 길과는 사뭇 다른, 인간의 흔적이라고는 거의 없는 길이었다. 본격적으로 사무란으로 진입하는 붉은 사막으로 가는 길에 접어든 것이다.

"오늘만 지나면 내일부터는 사막이다. 무사히 지나갈 수만 있다면 닷새 만에 지나갈 수 있을 거다."

예상대로라면 정곡을 떠나온 후 열흘 만에 사무란에 진입하게 되는 셈이다.

무후의 사절들이 아무리 빨리 움직여도 보름이 걸리므로, 적어도 사나흘은 그들이 먼저 도착하는 셈이다. 벼리는 자신이 떠나온 뜻을 헤아려 정곡의 마루한이 어찌하든 사신들을 잡아놓고 시간을 끌어주기를 바랐다. 그들이 도착하기 전, 모든 일을 해치워야 한다.

벼리는 저 멀리 붉은 연기같이 바람이 피어오르는 전면을 응시했다. 저기가 아득하게 아물거리는 붉은 사막이었다. 그들이 건너가야 하는 곳이었다.

"사막만 건너면 이내 사무란인가?"

"그렇다."

"둘러싼 성벽이 세 겹이나 된다는데."

"성벽을 지나가는 비밀 통로가 있다. 거의 사용하지는 않지만 뭐 비상시국이니까. 네 잘난 돈 받은 죄로 여하간에 무사히 사무란성까지는 데려다 줄 테니 너무 보채지 말아라."

"말 좀 곱게 하면 어디 덧난다더냐?"

참 이상한 일이다. 말싸움질이 달다. 어느새 중독되어 버린 작은 즐거움 같다.

누구에게도 해보지 않은 어리광, 투정질이 생긴다. 사곤 앞에서만 어린애처럼, 연약한 계집애와 같이 자꾸만 불평하게 되고 삐죽이게 되고 툴툴거리게 된다. 저리도 가시 돋친 말을 하여도, 퉁명스레 굴어도 어쨌든 다정한 사람이다. 그것을 알고 있다. 누구보다 먼저 걱정해 주고, 제일 먼저 동감해 준다. 무엇보다도 벼리 자신의 안전과 평화를 먼저 배려해 주는 것을 알고 있기 때문이다.

그래서 무섭다. 아슬아슬하다.

마음의 끈이 자꾸만 풀려간다. 고정되어 절대로 움직이지 말아야 할 마음의 지침이 자꾸만 움직인다. 저 사내에게로 흘러간다. 생사(生死)가 걸린 결전의 칼날 끝을 달려가는 신세이면서도 이렇게 사치스런 마음의 희롱이 가능하다니.

벼리는 아뜩한 눈으로 앞장서 달려가는 사곤의 등을 바라보았다.

일라의 붉은 머리카락이 검푸른 두건 아래에서 휘날리고 있었다. 짜 맞춘 한 쌍인 양 나란히 말달려 가는 모습이, 칼끝으로 후비듯이 눈에 아로새겨졌다. 너무 다정해 보여서, 수년이나 사귀어온 정인처럼 느껴져서 속이 불편하였다.

'아, 정말 이런 내가 싫다.'

벼리는 나직하게 한숨을 쉬었다. 일신의 안락함과 개인적인 감정의 놀음 따윈 이미 전부 다 극복했다고 생각했는데. 저 사내를 곁에 둔 이래로 계속하여 그는 아프고 있었다. 날마다 날마다 더 아파지고 있었다.

어떤 강한 의지로도 제어하지 못하는 그 아픔의 이름은, 달빛 아래 손잡았던 기억, 바로 그것이었다.

그때가 생에 있어 아사벼리, 해란의 한 처녀가 유일하게 행복했던 시간이었다.

매듭 푸는 달(12월)인데도 불구하고, 그들이 달려가는 황야는 무르익은 봄날처럼 온화한 바람이 불고 있었다. 키 작은 나무들에는 연푸른 잎이 청신하게 반짝이고 있었다. 팔 걸고 행진하는 어린아이처럼 주저앉은 덤불에는 붉고 노랗고 하얀 꽃들이 피어 있었다. 분홍빛 은란초도 무리지어 피었고, 정곡성에서 자주 보았던 회색빛

들오리 떼들도 물이 고인 웅덩이에서 꽉꽉거리고 있었다.
"겨울인데도 여기는 봄날 같구나."
"마음껏 즐겨두려무나. 내일이면 네 생전 처음 보는 지옥이 시작될 터이니. 한나절만 더 가면 끔찍한 열사가 시작되거든."
"겁주지 맛!"
"어떻게 알았냐? 겁주는 것인지?"
사곤이 말고삐를 잡아당겨 벼리의 곁으로 다가왔다. 실실 웃고 있었다.
"늦지 않았다. 돌아갈 마지막 기회이다."
"그만해라. 난 절대로 돌아가지 않는다."
"사막으로 일단 들어간 후에는 나오지 못한다. 무엇이든 삼켜 버리는 무저갱의 대지이다. 하여 우리도 특별한 경우가 아니면 절대로 이 길을 이용하지 않는다."
"너는 잘도 다니잖아!"
"나야 너 같은 멍청이는 익히지 못한 태환영보를 시전하니 그러하지. 저깟 사막이야 하루면 통과한다. 하지만 말을 끌고 물통 들고 지나가는 길은 지난할 뿐이다. 사방을 둘러보아도 오직 붉은 모래뿐이다. 물도 없고 길도 없다. 별을 보고 방향을 찾지만 나도 사실은 자신이 없다. 방향을 잃어버리고 길을 찾지 못하면 그대로 원귀(怨鬼)가 된다."
허리에 찬 물통을 열어 한 모금을 마셨다. 불쑥 벼리에게 내밀었다.
"마셔둬라. 내내 쉬지 않고 달려야 한다."

물통을 받아 한 모금 들이켰다. 사곤 등 뒤에 탄 일라에게 다시 건네주며 혼잣말처럼 투덜거렸다.

"나에게도 태환영보를 가르쳐 주면 얼마나 좋아!"

어젯밤 일라를 구해내던 사곤의 신출귀몰한 솜씨에 부러움이 넘치다 못해 뻑 간 상태였다. 그러한 경공만 익힌다면, 말을 타고 달려갈 필요도 없다. 사무란까지는 이틀이면 충분히 도착할 수 있을 것 같았다.

벼리의 말에 뭐 그다지 어렵지 않다는 얼굴이었다. 사곤이 툭하니 내뱉었다.

"오 갑자 내공을 가졌느냐? 십수 년 동안 수련할 수 있느냐? 그러면 가능하다."

"뭐라? 오 갑자 내공?"

벼리의 입이 저절로 떡 벌어졌다. 사곤의 등 뒤에 탄 일라의 입도 벌어지고 있었다. 놀란 기색이 역력하였다. 그런데 어째서 그녀의 얼굴에 긴장 같은 것이 스쳐 지나가는지 모를 일이었다. 오히려 안심을 해야 정상 아닌가? 동행한 자들의 무공이 뛰어나다면 그만큼 안전하다는 뜻일 테니 말이다.

그러나 스스로의 놀람이 너무 깊어 벼리는 더 이상 깊이 생각하지 못했다. 사곤더러 큰소리로 되물었다.

"참이냐? 설마 네가 그러하단 말이냐? 장시치 주제에?"

"태어나자마자 화룡의 내단과 설형진삼을 복용해 버렸거든."

"서, 설형진삼? 화룡의 내단?"

전설에서나 들었던 영약의 이름이 사곤의 입에서 새어 나왔다.

그런 것이 실제로 인간의 세상에 존재하기도 하는구나.

"갓난아기가 그런 것을 먹었으니 알 만하지 않느냐? 무려 일곱 겹이나 껍질이 벗겨져, 핏줄만 앙상하게 남았단다. 간신히 살아남았지. 덕분에 그런 내공을 갖게 되었다."

"너, 정말 굉장하구나."

"아, 별건 아니고."

사곤이 손가락으로 코를 후볐다.

"돈 가지면 얻지 못할 것이 무엇이 있다더냐? 원래 우리 가문이 돈만 많거든. 천하의 영약으로 매일같이 욕간하고, 날마다 반찬 삼아 먹다 보니, 나도 모르게 내공이 쌓였다 한다. 왜 부러우냐? 부러우면 너도 단뇌의 돈 많은 장사치 집안에서 태어나지 그랬느냐?"

살다 살다 저렇듯이 밉상인 인간은 처음 보았다. 이렇게 말로 매를 벌어대는 인간도 처음이었고. 사곤이 고개를 흔들었다.

"나도 솔직히 이 고생 말고 그러고 싶다. 하나 태환영보는 진기의 소모가 무척 심하다. 한 번 시전하면 진기를 다시 채울 때까지 내내 쉬어야 한다. 하여 나도 어지간해서는 시전하지 않는다. 생사가 걸려, 삼십육계 줄행랑을 쳐야 할 때만 사용하지."

벼리의 주먹이 작렬하기 직전에 사곤이 먼저 말을 출발시켰다. 태환영보가 아니더라도 도망치는 솜씨는 정말 전광석화였다.

계속하여 두어 식경쯤 쉬지 않고 말을 달렸다. 야트막한 언덕 하나를 넘었다.

마침내 서서히 푸른빛이 사라지기 시작했다. 말발굽에 차이는 것은 푸석한 흙바람, 메마른 돌멩이들이었다. 이내 세 마리의 말은 깎아지른 벼랑 사이로 난 작은 길로 접어들었다.

"이곳을 지나면 바로 붉은 사막이다."

한없이 이어져 있는 길의 끝은 역시 아물거리는 주홍빛 안개. 그것이 바로 하루 종일 사막에 불다 말다 하는 모래폭풍의 흔적이라고 했다.

"서둘러라. 날이 어둡기 전에 사막 남쪽 입구에 있는 고성(固城)에 도착해야 한다. 밤에 숙영할 곳은 그곳뿐이다."

사곤답지 않게 서두르는 기색이 역력했다. 사막 안에 오래된 성이 있다 하니 의아하였다.

"고성이라고?"

"수백 년 전쯤에는 이곳도 제법 사람이 살 만했던 모양이다. 지금은 허물어진 성이 하나 있다. 그나마 돌 지붕이 있고 샘도 하나 있어 견딜 만하다. 해가 지기 전에 그곳에 도착하지 못하면 방향을 잃는다. 어서 달려라!"

금세라도 머리 위에서 바위들이 굴러 떨어질 것만 같은 위태로운 길을 사곤 등이 탄 말이 질주하기 시작했다. 벼리도 박차를 가했다. 앞서거니 뒤서거니, 세 마리의 말은 전속력으로 달려갔다.

바람처럼 달려가다 보니 어느새 실금처럼 이어진 소로(小路)는 끝나 있었다. 그들은 그저 황량하게 바람만 울부짖는 드넓은 사막으로 나와 있었다. 희한하게도 핏빛의 모래밭이었다. 몇 달 동안 비한 번 내리지 않는 불모의 땅이라서 그런지 들이마시는 공기조차 매캐하고 건조한 느낌이었다. 그런 붉은 사막의 창공에는 그보다 더 붉은 태양이 서쪽으로 걸어가며 이글거리고 있었다.

"적혈사(赤血沙). 모래 안에 철이 섞여 있어 이렇게 붉다 하지. 하나, 우린 다르게 말한다."

사곤이 입 가리개를 코끝까지 끌어 올리며 말했다. 입술이 천으로 가려진 터라, 메아리처럼 웅얼거렸다.

"이곳에서 죽어간 수많은 생명들의 피가 고여 있는 곳이라 이렇게 핏빛이라고."

그의 말은 허언이 아니었다. 겨우 두어 마장쯤 지나왔는데도, 땅바닥에는 수십 개의 백골들이 구르고 있었다. 대부분은 짐승의 해골들이었으나, 때때로 인간의 것이 분명한 뼈들도 눈에 띄었다.

목이 마른 것도 꾹 참고, 점심 요기를 하지 못해 배가 꼬르륵거리는 것도 꾹 참으며 그들은 내내 말을 달렸다. 해가 지는 서쪽 하늘을 옆으로 깔고 북으로 북으로 계속 달렸다.

아무리 사방을 둘러보아도 오직 붉은 빛, 붉은 빛.

막막한 지평선 그 위로 떨어지는 붉은 해의 그림자. 말발굽 아래 피어오르는 붉은 먼지를 마시며 그들은 내내 달렸다.

성급한 저녁별이 하나둘씩 돋아날 그 무렵, 눈앞에 거무스레한 그림자로 성벽 비슷한 것들이, 집들의 흔적이 나타나기 시작했다. 목적지인 성 터에 간신히 도착하는 데 성공한 것이다.

비로소 안심을 한 모양이다. 사곤이 고삐를 끌어당겨 말을 천천히 세웠다.

"다행이다. 제대로 도착했다."

반나절을 꼬박 달렸는데도, 붉은색을 제외한 다른 색은 하나도 보지 못했다. 그런데 이곳에는 듬성듬성하나마 제법 푸른 이파리를 달고 있는 나무 몇 그루도 서 있었고, 담쟁이 넝쿨같이 생긴 식물들이 허물어진 돌벽을 타고 오르고 있었다. 두텁게 녹색 이끼가 가득 낀 석판 아래 맑은 샘이 퐁퐁 솟아나고 있었다. 그러나 역시 그들 말고는 생명의 흔적이라고는 느껴지지 않았다. 오래된 폐허에는 수백 년 동안 응고된 정적만 가득했다. 사곤이 먼저 말에서 뛰어내렸다.

"이곳에서 밤을 보낸다."

샘 주변으로 허물어진 집터가 즐비했다. 제법 바람과 하늘을 가릴 만한 지붕이 남아 있었다. 세 사람은 샘에서 가장 가까운 곳에다 짐을 내렸다.

사곤이 말의 굴레를 풀어주어 근처의 나뭇잎을 뜯어먹게 해주는 동안, 벼리는 육포를 찢어서는 노구솥에 담고 조와 쌀을 일어 불에 걸었다.

일라는 사곤이 시키는 대로 파오를 쳤다. 잠자리를 마련하고 그 사이 비워진 물통에다 신선한 물을 채웠다. 그러면서 혼잣말처럼 의아한 얼굴로 중얼거렸다.

"이렇듯이 사막에 샘이 있으면 짐승들이 물을 마시러 온 흔적이 많이 남을 텐데, 여긴 그런 것이 없네. 너무 조용한 것 같습니다."

일라의 말에 벼리도 주변을 휘 돌아보았다. 물이 졸졸 흐르는 소리, 바람 소리. 그것 말고는 오식 무(無). 생명의 기척이라고는 찾아볼 수 없었다. 오직 검고 진득한 정적뿐이었다. 보랏빛 저문 노을을 지고 사곤이 샘가로 다시 다가왔다. 부싯깃을 태워, 횃불 두엇을 돌벽에다 걸며 힐끗 그녀를 바라보았다.

"오, 여자! 관찰력이 상당히 예리하구나. 연약한 무희답지 않게 눈치가 너무 빠르단 말이야. 하긴 이곳에 귀신이 산다 하지?"

"귀신?"

"이곳에 머무를 때면 영문은 알 수 없지만, 말이나 사람들이 두엇 꼭 없어지거든. 나중에 백골로 발견된단 말이다. 조심해라, 여자. 너도 아침에 해골로 발견될 수도 있다."

실실 웃는 모양만 아니었다면, 정말로 믿을 뻔했다. 입만 열면 놀려먹는 저 인간의 버릇을 깜빡 잊은 게 죄였다.

노구솥 안의 음식이 부글부글 끓어올랐다. 벼리는 거칠게 소리쳐 불렀다.

"어이, 밥이나 먹잔 말이다."

"밥? 좋지."

불가에 마주 앉았다. 한데 눈앞에서 사곤과 일라가 주고받는 수작이 심상치 않았다. 건네주고 건네받고, 사양하고 권해주고. 둘의 박자가 딱딱 맞는 게 아닌가? 하루 종일 함께 말을 타고 오는 동안 아주 친해진 것이다.

하도 같잖아서, 벼리는 밥그릇과 젓가락을 든 채 둘의 분탕질을 빤히 노려보았다.

"이 육포가 맛이 좋거든? 좀 자셔보시지?"

"아, 저는 배고프지 않습니다. 많이 드십시오."

"그러지 말고 자셔보시라니까. 하루 종일 거의 아무것도 먹지 못한 터인데. 자, 입 벌려보시오! 아!"

자알 논다, 잘 놀아!

벼리는 두 사람의 수작질에서 눈을 떼지 않았다. 눈을 부릅뜨고 무섭게 노려보며 기계적으로 젓가락질을 계속했다.

저것들을 콱 패버려!

일라의 밥그릇에 담긴 벼룩 오줌만큼의 조밥이 자꾸만 신경에 거슬렸다. 저것을 먹고 어찌 살지? 벼리의 눈이 자연스레 일라의 얄쌍하고 호리호리하며 날씬한 몸매에 다가갔다. 갑자기 고봉밥으로 담은 자신의 그릇이 미욱스러워지기 시작했다. 순조롭던 밥 덩어리가 그만 목에 한꺼번에 푹 하니 들어갔다. 씹지도 않고 넘어가고 말았다.

목이 메여 컥컥거렸다. 숨넘어가는 사람이 앞에 앉아 있다. 인정상 물 먹어라, 이 정도는 말해야지, 둘 다 본 척 만 척이었다. 완전히 없는 사람처럼 무시하고 있었다.

"요것 참, 역시 나긋한 여인이 곁에 있으니 밥맛이 절로 나는군."

"싸울아비라 하시면서, 요리 솜씨도 좋습니다."

밥 지어주었다 이 말이다. 입에 발린 말 한마디를 하면서 일라가 상글상글 웃었다. 애교가 줄줄 흘러 사람 마음을 아주 녹였다.

"입맛에 맞으시면 많이 드시오. 나중에는 혹 며칠이나 굶어야 할지도 모르니까 말이오."

더 이상 이 자리에 있다간 체할 것 같았다. 두 번째로 목이 메여 컥컥거리다 벼리는 간신히 진성했다. 조밥을 목에 넘길 겸, 속에서 치솟는 불길을 끄느라, 찬물을 벌컥벌컥 마셨다. 빈 그릇을 들고 벌떡 일어섰다. 수작질하는 저 두 인간을 정말 후려패기 전에 그 자리를 피해야 할 것 같았다.

"어디 가느냐?"

"보면 몰라? 설거지하러 가지!"

샘가를 그냥 지나갔다. 의아해하는 일라와 사곤의 시선을 뒤로하고 샘물이 흘러내려 만들어진 냇가로 갔다.

입을 헹구고 얼굴을 씻었다. 그릇을 씻고는 감발을 풀었다. 발목을 간질이는 물에다가 발을 담갔다. 오랜만에 닿는 물의 촉감이 비단결이었다.

저절로 휘유우, 안도의 한숨이 쉬어질 정도였다. 꼬질꼬질 끼어 있는 발가락의 때를 씻었다. 가능하다면 옷가지까지 훌훌 벗고 헤엄이라도 치고 싶었다. 사곤과 둘만이었다면 분명히 그랬을 것이다.

하지만 일라가 있으니…… .

벼리는 입맛을 다셨다. 관능적이고 아름다운 여체의 선을 그대로 보여주는 일라의 눈앞에서 밋밋한 장작개비 같은 알몸을 보여준다는 것이 어쩐지 자존심이 무척 상했다.

'어쩔 수 없이 나도 결국은 계집인가? 내가 가지지 못한 것을 샘내하는…… .'

멍하니 수면을 내려다보았다. 발을 움직이면, 그곳에서부터 시작되는 물 동그라미. 검은 물결이 쪼개졌다. 어쩐지 가슴 깊은 곳이 그렇게 쪼개져 조각이 나는 것 같았다.

누군가 걸어왔다. 그의 옆에 와서 앉았다. 사곤이었다. 틱틱 치받는 것이, 벼리의 행동을 이해하지 못하겠다는 뜻이었다.

"너 말이다, 가까운 샘물을 놓아두고 여기까지 와서 그릇을 씻는 이유가 뭐냐?"

"밥 먹는데 발 씻을까? 난 그렇게 경우없이 무례한 자가 아니란다."

"흥, 별것에서 잘난 척이네."

"시끄러워!"

"솔직히 너, 밥일랑 두 그릇은 먹어야 기운을 쓰는 녀석 아니냐? 한데 오늘따라 개미 눈물만큼 먹는 이유는 무엇이냐?"

가슴이 철컥 떨어졌다. 무서운 놈, 예리한 놈. 그것까지 다 보고 있었을 줄이야.

"밥맛 없는 날도 있을 수 있지! 왜 시비질이야?"

"신경 쓰여?"

"무슨 소리야? 제대로 알아듣게 말해."

"내 참, 멍청한 놈 하고는! 기껏 걱정해 주었더니만."

"꺼지지 못해? 네 걱정일랑은 필요없단다. 아까 하던 대로 저 어여쁜 계집에게 가서 수작질이나 계속 하려무나."

"흠. 너, 지금 나에게 골을 내는 것이로구나?"

이제야 정답을 찾았다는 표정이었다. 사곤이 얄밉게 이죽거렸다. 기분 같아서는 이놈을 그냥 물속에 콱 처박아 버리고 싶었다.

"흥."

아이고, 저 밉상. 뺨이라도 한 대 철썩 올려붙였으면.

말달리며 내내, 제 말대로 '통통한 엉덩이'도 좀 주물럭거렸을 테고, '봉긋한 가슴짝'도 좀 건드려 보았을 테니, 히히호호 낄낄거리고 친한 척 살랑거렸을 테지만, 남의 일이다. 난 상관없어 하고 억지로 속을 달래보았지만, 그러나 사곤이 다른 여자를 상대로 그런 짓을 하는 것을 그냥 보아 넘기기가 갈수록 참기 힘들었다. 홍월루에서 기녀를 끼고 누워 홍알대던 것을 보았던 때보다 견디기가 더 괴로웠다. 적어도 그때는 대놓고 좋아라 수작질하는 것을 보지는 않았기 때문이다.

"큭큭, 골내고 있구먼. 누가 보면, 네가 일라더러 투기한다고 하겠다?"

어지간히도 얄미운 놈, 매를 벌어요! 벼리는 그를 외면하고 손으로 물을 떠서 입을 가셨다. 자꾸만 열이 나는 얼굴도 푸아푸아 씻었다.

투기란 말이 심장에 와서 콕 박혔다. 누가 그딴 것을 한단 말이냐! 해란의 싸울아비이지, 마루한의 마린인 그가, 외간 사내와 무희가 찝쩍이고 서로 좋아 희희낙락하는 것을 왜 투기해? 웃기지 말렴.

그가 계속하여 틱틱거리는 것을 들은 척 만 척했다. 세족을 끝내고 모래알이 버석거리는 두건을 벗어 털어냈다.

모른 척, 아닌 척 외면해도 소용없었다. 끝까지 벼리의 속을 파볼 결심을 한 것이 분명하였다. 사곤이 곁으로 다가와 두 손으로 물을 떴다. 벼리가 하듯이 입을 헹구었다. 후적후적 얼굴에도 물을 적시더니, 옷깃을 들어 안쪽 천으로 젖은 얼굴을 문질렀다.

"인간들은 참 모를 것이야."

알 듯 말 듯한 말을 중얼거리고 있었다. 벼리가 고개를 돌렸다. 사곤은 일라를 바라보고 있었다.

"나보다 더 사내 같은 넌 계집인데, 너보다 더 암컷 같은 저놈은 사내이니 말이다."

"일라가 사내라고라?"

벼리는 깜짝 놀라고 말았다. 자신도 모르게 불가에 앉은 여자를 돌아보았다.

천생 계집, 그것도 눈이 번쩍 뜨일 정도로 아름다운 여자인데…… 사내라 하니, 이것 참.

이런 자리에서도 옷 걱정이다. 하늘거리는 제 통치마저고리를 짐 속에서 꺼내선 찢어진 데를 깁고 있었다. 한 번씩 바늘을 제 머릿결에다 문질러 기름칠하는 것하며, 한 다리를 곤추세워 앉은 자태하며, 교태롭고 사랑스러웠다. 어디를 보아 사내란 말인가?

"믿을 수 없는걸?"

"같이 말을 타고 달리는데, 내내 뭔가가 엉덩이를 찔러대더라. 제법 실한 사내의 물건이더군."

"뭐얏?"

"무엇인가 좀 이상해서 확인하려 내 말에 태웠더니, 하루 종일 그 짝이었다. '어지자지'*다. 분명해."

"어지자지라고?"

놀람보다는 오히려 안도감이 먼저 들었다. 사곤이 일라를 제 말에 태운 것은 희롱하기 위해서가 아니었다는 말이다. 무엇인가 이상한 기색을 느끼고, 그것을 확인하 려 한 것이었다. 어쩐지 촘촘하게 꼬여 있던 기분이 반은 풀려가는 느낌이었다. 그래서인지 너그

---

*어지자지: '남녀추니', 한 몸에 남자와 여자의 생식기를 모두 가지고 있는 양성인간을 말한다

429

러워졌다.
 "흠, 천하는 넓어 기이한 것이 널렸다 하더니. 말만 들었을 뿐 한 번도 보지 못했는데, 양성을 함께 갖춘 물괴(物怪)한 인간이 눈앞에 나타나다니."
 "계집과 사내의 몸을 함께 가진 터라, 평범하게는 살 수 없었겠지. 아마도 그래서 저런 일을 하며 살아가는 모양이다."
 벼리는 고개를 끄덕였다. 놀랄 만한 일이었지만, 그렇다고 굳이 일라를 달리 생각할 이유도 없었다. 제 죄도 아닌 천형(天刑)인 터, 그것으로 핍박하거나 조롱거리로 삼을 수는 없는 것이다. 서럽고 약한 자일수록 지키고 보호하라 스승께서는 가르치셨다.
 "거기다가 노예로도 팔리고, 도망치다 죽을 고비도 넘기고…… 저 사람도 참 파란만장한 삶을 살고 있구나."
 생각하면 할수록 가엾다 싶었다. 적어도 사무란에 도착할 때까지는 잘해주어야지 마음먹었다. 괜히 일라에 대해 눈을 세모꼴하였던 것을 반성했다.
 "사람들의 삶이란 다 거기서 거기, 같으나 다 다르다. 하여 인간은 하늘 아래 다 존귀하고 평등하다 하는 것이다."
 "그래, 맞다."
 그런 말을 할 줄 아는 너는 또 얼마나 너른 사람인가?
 벼리는 검은 어둠에 반 먹힌 사곤의 옆얼굴을 바라보았다.
 가시같이 박히나, 곰곰이 씹어보면 말 하나 틀린 것 없고 그른 것 없다. 돈만 밝히는 한갓 장사치가 아니다. 천하를 품에 담은 하늘같은 사내다. 차게 보이나 따뜻하다. 날카로우나 넉넉하다. 웃을 줄 안다. 사람을 웃게 할 줄 안다. 같이 있으면 누추하고 아프고 부족한 것을 전부 잊게 만든다. 오롯이 존재로만 귀하게 된다. 이런 사람이 바로 너.

그리하여 해란의 꽃처녀 아사벼리가 평생 씨앗처럼 가슴에 꽁꽁 심었다. 아프게 품어 평생 간직할 사람이 된 것이다, 너는.

"왜? 내 얼굴에 무엇이 묻었냐? 아니면 내가 너무 잘나서 넋을 잃어버린 것이냐?"

짓궂게 묻는 말에 정신을 차렸다. 내내 그는 사곤을 홀린 듯이 응시하고 있었다. 어쩐지 부끄러운 마음에 휙 하니 고개를 돌려 버렸다.

'내 의무를 잊지 말자. 내 처지를 잊지 말자, 아사벼리.'

그를 남겨두고 훌쩍 일어났다. 파오 쪽으로 걸어갔다. 흔들리는 마음을 다잡듯이 입술을 악물었다.

죽었다 깨어나도, 아사벼리는 마루한의 두 번째 마린. 우르 신 앞에서 혼약을 한 여자이다.

어떤 일이 벌어진다 해도 그는 해란의 긍지 높은 싸울아비. 죽음을 목전에 두고 신성한 의무를 다하려 달려가는 길이다. 모든 일은 그 다음이다.

어느 것도 무후의 아칸을 죽여 전쟁을 일시적이나마 멈추게 하고, 마린을 구해내는 지엄한 일을 멈추게 할 수는 없다.

바로 지금처럼, 등 뒤에 선 저 사내와 손을 잡고 도망가고 싶다는 터무니없는 생각이 돌으면 아니 되는 것이다. 아무리 아주 잠시라 해도.

다음 생에.

아주 먼 다음, 또 다음 생에라면…….

우리 같이 한 뿌리의 두 줄기 풀로 태어나거나,

몸을 겹쳐 핀 꽃 두 송이가 되거나,

이름 모를 사람으로 함께 새로 태어난다면,

그때는, 그때는…….

의무 말고, 다른 인연 말고 애초부터 너만 볼 터인데.

그때가 되면 온전히 너를 찾아갈지도 몰라. 네가 싫다 해도 나는 너만 찾아갈지도 몰라.

밤하늘에 별이 총총 돋았다. 보석 박힌 검은 천처럼 신비롭게 반짝였다.

어느덧 밤은 깊어가고, 서로 교대하여 자기로 결정했다. 먼저 일라가 잠이 들었고, 자정 무렵 벼리가 파오로 들어갔다. 얼마 후, 잠이 들었던 일라가 파오에서 나왔다.

나무 막대 끝으로 모닥불을 뒤적이던 사곤이 그녀를 바라보았다. 모닥불 앞에 와 앉은 일라가 짐을 뒤적거리고 있었다. 허벅지에 입은 검상에다가 금창약을 바르고 있었다. 벼리가 주었던 약이다. 효능이 좋은 약초로 만든 것이라, 이삼 일이 지났을 뿐인데 벌써 상처는 거의 아물어가고 있었다.

그가 바라보거나 말거나, 옷깃을 열어 화살에 맞은 옆구리의 상처에도 다시 약을 발랐다.

사곤이 불쑥 물었다.

"사무란에는 왜 가려는 것이지? 이렇게 험한 길을 감수하고?"
"그곳에 가면은 먹고살 만한 일이 많을 것 같아서입니다."
당연한 일을 왜 묻느냐는 목소리였다. 사곤이 나지막이 코웃음을 쳤다.
"그래? 하지만 너 혼자 그곳에 가보았자, 별 볼일도 없을 터인데? 나 같으면 먼저 같은 패거리부터 찾아가, 함께 움직일 방도를 찾았을 거다."
"제가 도망친 터라, 제 패거리들이 감시를 당하고 있을 듯싶어서요. 저 때문에 곤경에 처하면 아니 될 것 같아서입니다."
"너, 무척 미끄러워."
"네에?"
말속에 숨은 묘한 느낌을 읽은 모양이다. 일라가 고개를 들었다. 얼핏 긴장한 기색이 서렸다가 사라졌다.
"곤경에서 빠져나가는 것이 지나치게 미끄럽고 능숙해. 이런 경우가 한두 번이 아닌 모양이지?"
"무슨 말씀이신지……?"
"네 몸에서 어쩐지 피 냄새가 나거든."
씩 웃는가 싶은데 어느새, 사곤의 검이 일라의 목에 닿아 있었다. 언제 혈맥을 짚었을까? 뻔히 눈을 뜨고도 고스란히 당했다. 손끝 하나 움직일 수가 없었다. 오직 눈만 동그랗게 뜨고 입술만 움직일 수 있었다.
목소리도 크지 않았다. 조용조용, 불을 사이에 두고 두 사람이 평범한 대화를 나누는 모습이다. 하지만 금세 목줄을 따버릴 것만 같은 시퍼런 칼날이 살갗 아래로 한 치 한 치 내려오고 있었다. 일라의 이마에 저절로 진땀이 솟았다.

"왜, 왜 이러십니까, 은공!"

"은공 좋아하시네! 여차하면 우리 둘 목을 따고 말을 훔쳐 달아날 작정을 한 주제에."

단 한 마디로 일라의 입을 막았다. 차디찬 비웃음을 날렸다.

"단지 네가 예상하지 못한 것은 우리가 붉은 사막으로 들어온 일이겠지? 여긴 길잡이가 없으면 빠져나갈 수 없는 곳이기에 정체를 숨기고 계속해서 얌전하게 따라온 것뿐이잖느냐?"

"대, 대체 당신은 누구십니까?"

"좋은 말로 하자."

사곤은 싱긋 웃으며 일라의 붉은 머리카락을 쓰다듬었다. 처음에는 마치 사내가 여인을 애무하는 동작 같았으나, 실상은 그 머리가 제 것인가를 확인하듯 세차게 잡아당기는 것이었다. 일라가 비명을 질렀다.

"아이쿠! 쉽게 떨어지지 않소! 끈끈이로 붙였단 말이오."

"좋아. 이제야 정직하게 말하기 시작하는군."

그의 손에 들린 것은 치렁치렁한 붉은 머리카락이 달린 가발이었다. 이제 일라는 빡빡 깎은 동그란 민 머리통이 되었다. 머리카락이 사라지니, 계집의 티가 가시고 제법 사내 모양도 나는 듯싶었다.

"날 속인 건 네 사정이 있어서라고 생각해 주지. 정당한 대가만 치르면 널 건드리지 않으마, 일라. 정식으로 천면사호(千面邪狐), 아니, 사염화라 불러줄까?"

순간, 일라의 얼굴이 새카맣게 변했다. 붉은 눈이 갑자기 시커먼 빛으로 물들기 시작했다. 어둠 속에서 반짝이는 검붉은 눈동자가 더없이 사이하고 요사스러웠다.

"맞아, 이런 붉은 눈! 보기만 하면 죽음이라지?"

천하에 이름난 제일살수(第一殺手)가 있으니 그를 일러 사염화(死炎花)라 하였다.

어둠 속에 붉은 눈이 떠오르면
사신(死神)이 다가온 것.
가련하여라.
오늘 밤이 제삿날일세.

아이들이 부르는 노래까지 있을 정도였다.

"계집 몸을 한 사내, 겉보기의 요염에 속아 목줄 잘린 놈이 여럿이라……. 소문만 들었으나, 굉장해. 이렇게 내 눈마저 감쪽같이 속일 정도일 줄이야."

"내 정체를 알았으니, 이 검 치우시지. 네놈도 죽고 싶지 않다면."

"죽이게 내버려 두시도 않지만, 죽일 수 있다 해도 못 죽여. 너 혼자서는 붉은 사막을 절대로 빠져나갈 수 없거든."

"잘난 척하지 마. 내가 마음만 먹으면 다 죽는다. 샘물에다 이미 독을 뿌려두었다."

"그래서 네놈, 저녁밥을 먹지 않았군."

사곤이 혀를 날름했다. 일라의 앞을 올렸다.

"소용없다. 만독불침. 내 미리 말했지? 천하의 영약이며 독물을 하도 많이 주워 먹어서 어떤 것도 날 해칠 수 없다고."

"저 계집은 다를 텐데?"

"뭐 괜찮아. 내 피 한 방울이면 해독할 수 있을 테니."

태평스럽게 말하며 사곤이 검을 치웠다. 그래 보았자 혈도가 짚여, 움직이지 못하니 상관없었다. 이놈이 혈도를 제 스스로 풀면 그만큼 무공도 고강하다는 뜻이니 나쁠 것은 없었다.

"네놈의 정체는 뭐냐?"

"나? 천하를 사고파려는 단뫼의 장사치다. 이 세상에서 벌어지는 일이야 다 내 손안에 달려 있지. 그런 내가 네깐 놈 정체 하나 알아차리지 못했다면 눈뜬장님이다."

모닥불을 헤쳐, 잘 익은 토란 알을 끄집어냈다. 후후 불어가며 껍질을 벗겼다. 저녁도 굶은 일라의 코에 구수한 향기가 스며들도록 일부러 가까이 갖다 댔다. 그리고는 제가 날름 먹어치웠다.

"그 녹주석만 주면 된다니까."

힐끗 곁눈질을 하며 태평스레 이죽거렸다. 일라가 이를 갈았다.

"내 정체를 알았으면서 여기까지 데려온 이유가 무엇이냐?"

"글쎄다. 사무란에 가서 내가 해야 할 귀찮은 일을 네가 해줄 수 있을 것도 같아서라고 하자."

구운 토란을 하나 더 꺼냈다. 껍질을 벗겨 칼끝으로 푹 찔러 일라의 입 앞에 내밀었다. 말짱한 얼굴로 능갈쳤다.

"먹으라구. 너나 나나 먹고살자고 하는 짓 아니더냐? 치사하게 먹는 것으로 빈정 상하면 짜증나지."
 일라가 입을 벌려 익은 토란을 꽉 깨물었다. 소담스레 우물거렸다. 어차피 밝혀진 정체. 또한 사곤이 그를 모질게 핍박할 듯이 없음을 눈치챈 모양이었다. 아까보다는 훨씬 더 얼굴이 풀려 있었다. 대담한 제 얼굴을 본격적으로 드러냈다.
 "솔직히 말해보렴. 아직까진 우리 서로 적이 아니지 않느냐? 사무란에는 왜 가는 거지?"
 "살수가 하는 일이 무엇이겠더냐? 죽이러 간다."
 "역시."
 사곤이 휘파람을 불었다. 물통을 들어 한 모금 삼키며, 또 목이 멘 일라에게도 먹여주며 다시 물었다.
 "누구를?"
 "무후의 아칸."
 "천하의 사염화 명성이 또 한 번 올라가겠군. 한데 누가 청부한 거냐?"
 "마고국의 천두금."
 사곤은 그만 킥킥대고 말았다. 역시 인간들 하는 짓이란. 그의 예상에서 한 치도 어긋남이 없었다. 무심한 밤하늘을 올려다보았다. 호탕하게 큰 소리로 웃고 말았다.
 "아아, 그래. 순망치한(脣亡齒寒). 입술이 없으면 이가 시린 법이지."
 동맹을 맺은 해란이 국경을 지켜주었다. 지금껏 무후의 발호를 먼저 제지해 주었다. 하여 아직은 마고국이 나 몰라라 여유를 부릴 수 있는 것이다.

만약 해란이 이삼 년 내로 완전히 먹혀 버리면, 다음은 당연히 그들이 표적이 된다. 눈 뜨고 손 놓은 채 무후의 발호를 그냥 보고 있지 않을 것이라고 짐작은 하였었다. 그를 통해 은근슬쩍 무기를 수집하고, 정보를 사려 하는 데서 탁 하니 감을 잡았었다.

"좋아, 좋아! 이렇게 나와야 천하를 상대로 장사하는 재미가 생기는 법이지."

사곤은 다시 일라를 바라보았다.

"대가는?"

"목숨 한 개."

"멋진데?"

목숨 하나를 구하려고 제 목숨을 내놓고 일하는 살수라, 특이하군.

"내 미리 말하건대, 무후의 아칸은 무술이 뛰어난 대장군 출신이다. 하물며 그가 머무는 사무란의 왕성도 경비가 삼엄하지. 아무리 너라 해도 성공하기 힘들 터인데? 대체 어떤 목숨이길래 네 생명하고 맞바꾸었더냐?"

"내 목숨 따위보다 천배만배 귀한 목숨이다."

"웃기네. 사람은 원래 제 목숨이 제일 소중한 법이다. 제 목숨 아낄 줄 모르는 인간은 남의 목숨도 아끼지 못한다."

"네 말은 틀렸다. 제 목숨보다 남의 목숨을 더 귀이 생각하는 바보도 있다."

하긴 그런 어리석은 바보 녀석을 하나 더 알고 있지. 사곤은 벼리가 잠든 파오 쪽을 돌아보았다.

일라가 새침 맞게 옷깃을 여몄다. 사내라면서도 여느 계집보다 더 요염하고 색정적인 자태였다.

'이놈, 어느새 혈도를 풀었잖아?'

사곤은 불 속의 토란 알을 더 찾느라 나무 막대로 뒤적이는 일라를 노려보았다. 생각보다는 일신에 감춘 무공이 더 고강한 놈이었다. 보면 볼수록 쓸 만했다. 어디 한번 이놈을 사볼까? 거래를 시작해 봐?

"네가 솔직하게 말해주면, 내 너를 도와줄 수도 있다."

"공짜로?"

"설마! 그 녹주석만 주면 그 일도 도와준다고."

미쳤냐? 세상에 공짜가 어디 있어? 사곤은 코웃음을 쳤다. 끝내 제 목걸이를 움켜쥐고 일라는 강하게 고개를 흔들었다.

"내 목숨하고 맞바꾼 사람의 것이다. 절대로 이것은 내줄 수 없다."

"정표다, 이 말이로군. 그리도 소중한 그 사람이 누구냐?"

"……나의 누이."

"오호."

"천두금의 후궁에 계신다."

빳빳하게 긴장이 서렸던 일라의 얼굴이 순간적으로 말랑말랑하게 풀어졌다. 그 사람 생각만 해도 행복한 모양이다. 순하고 부드러운 표정이 무지개 서린 하늘처럼 맑았다.

"아칸을 죽이고 오면 후궁에서 나가게 해준다 약조하시었다. 내 누이를 위해 무엇이든 하려 한다. 내 목숨까지도 내놓을 작정이 다."

"누이 좋아하시네? 마음정(情) 박은 연인이로구먼."

사곤이 불퉁하게 면박을 주었다. 일라가 펄쩍 뛰었다. 극구 부인하였다. 얼굴이 불빛 아래서도 알아볼 수 있을 정도로 붉어지고 있었다.

"아니다! 감히 내가 어찌…… 그 청초하고 귀한 분을 어찌 나 같은 놈이 마음에 담으랴? 그런 생각 자체가 그분을 더럽히는 짓이다."

"이보시게, 천면사호. 사내꼭지가 되어, 당당하게 좋으면 좋다 할 일이지, 왜 감춰?"

"……너무 애틋하고 사무쳐서, 말 못하는 일도 있다. 살다 보면…… 그런 일, 그런 사람도 있는 법이다."

하늘에게 무슨 죄를 지었기에, 타고나길 암수 두 몸을 한꺼번에 받고 태어났다. 낳은 부모에게서조차 버림받아 길에 내버려져 있었다지. 가는 곳마다 재수없다, 불길한 괴물이라 놀림받고 학대당했다. 허구한 날 방랑하고 도망치고 달아나야만 했다. 갈 곳 없고, 의지할 데 없어 막막하고 까마득해 그만 죽어버리려고 벼랑 끝에서 뛰어내렸단다.

"정신을 차려보니, 그분의 얼굴이 날 보고 웃고 있더라. 난생처음 나를 보고 웃어주신 분이었다. 밀치지 않고 거둬 안아주신 분이었다."

그때 그의 나이 아홉 살. 누이라 하는 그분은 열세 살 아기씨였다. 아기씨는 마고국의 국조이자 신인 삼족오(三足烏)를 모신 사당에 나들이 다녀오던 길이었다. 피투성이가 되어 빈사 지경이던 그를 구했다 한다.

"그리고 십수 년, 늘 함께였다. 내가 가진 모든 것은 다 그분이 주신 것들이다. 우리 사이 오간 마음결은, 이어진 것들은…… 하나같이 황홀한 꿈이었다."

소중하고 소중해서, 사랑스럽고 행복하여서, 눈물 나고 안타까워 차마 말로 하지 못하는 것들이었다, 그 세월들은. 그 추억들은.

"좋아, 너도 반드시 아칸을 죽여야 하는 모양이군."

사곤은 조용히 말을 이었다. 저런 눈을 한 사람은, 제 살 베어주고 남의 살 구하겠다 나서는 사람의 의지는 막을 길이 없다.

"우린 제법 좋은 짝패가 될 수 있을 것 같다. 네놈이 배신만 하지 않으면 사무란까지 데려다 주마. 네 목적을 달성하는 것도 도와주마."

"왜 날 도우려는 거지?"

"뭐, 좀 이상한 일이나, 네놈이 사무란으로 가는 이유와 우리가 가는 이유가 같아서겠지."

"뭐라고? 그럼 너희도……?"

"나무가 크게 자라면 바람이 세게 분다. 사리가 높아지면 깃밟으려 드는 자도 많아지지. 명성이 올라가면 모함하는 자도 늘어난다. 그것이 세상의 이치. 무후의 아칸이 홀로 발호하는 것을 흥겨워하지 않는 군주들이 천하에는 너무나 많지."

사곤은 길게 하품을 했다. 불가에 그대로 엎드렸다.

"이만하고 좀 자자꾸나. 날이 밝기가 무섭게 또 떠나야 한다."

저들이 자는 동안 내가 해치면 어쩌려고 저렇게 태연하게 자는 거지?

일라는 엎드려 누운 사곤의 등을 한참 동안 바라보다가 설레설레 고개를 저었다. 방만하게 엎드려 자는 모습인데도, 허점을 발견할 수가 없었다. 심지어 코를 골면서도 한 손은 허리춤의 검 손잡이에 가 있었다. 설사 먼저 발검(拔劍)하여 찌른다 해도, 성공할 자신이 없었다.

'완벽해. 공격할 만한 빈틈이 없다. 대체 저자의 진짜 정체는 무엇인가?

第十二章

비익조*의 날개는 하나,
두 몸 합쳐 구름 사이 천 리를 날아가네.
연리지는 뿌리 두 개,
하늘 높이 자라 올라 한줄기로 맺어지네.

---

*비익조:전설상의 새로서 암수가 한 몸이 되어 나는 새, 사랑하는 사이가 되면 서로 한쪽 날개를 버리기에, 두 몸이 합쳐져 날개를 펼쳐야 날 수 있다

"이봐! 이봐! 일어나라고! 큰일이 났다!"

천하에 버릇없는 놈!

잠결에 듣자 하니 벼리의 목소리였다. 다급하게 그를 깨우고 있었다. 아무리 급해도 그렇지, 발끝으로 걷어차기까지 하고 있었다.

살아오면서 이런 대접을 받은 적 단 한 번도 없었던 단목사곤, 불같이 노해 벌떡 일어났다. 작정하고 벼리의 머리채라도 확 뜯어버릴 작정이었다.

예쁘다, 예쁘다 하면 손자기 할아비 수염을 뜯는다더니, 딱 그 짝이었다. 더러운 게 정이구나. 아무리 저를 사모하여 배알 빼내놓고 무조건 곱구나, 사랑스럽구나 한다 해도 말이다, 새벽녘에 겨우 한숨 잠이 든 낭군님을 발로 걷어찬단 말이냐?

"깨우려면 고이 깨울 일이지! 왜 발로 걷어차고 난리냐? 내가 이놈이나 저놈이나 마구 걷어차라는 돌멩이더냐? 너 말이야, 어디…… 이봐, 왜 그러느냐?"

벼리의 얼굴이 허옇게 질려 있었다. 어지간해서는 감정을 드러내지 않는 그녀가 아닌가? 정말로 경악해서는, 어찌할 바를 몰라 하고 있었다.

사곤의 건너편, 모닥불 근처에서 함께 잠들었던 일라도 그제야 눈을 뜨고 있었다. 무엇인가 큰일이 났구나, 심상치 않은 느낌이 들었나 보다. 발딱 몸을 일으켰다.

"큰일 났다. 말들이 몽땅 사라져 버렸다."

"뭐, 뭐라고?"

이번에는 일라와 사곤의 얼굴이 뜨물처럼 허옇게 질렸다. 이런 사막 안에서 타고 갈 말들이 사라졌다니! 세 사람은 화급하게 달려갔다. 밤새 말이 나뭇잎을 뜯던 곳으로 갔다. 벼리의 말대로 말이 종적을 감추었다. 세 마리 다 온데간데없었다.

"이런 빌어먹을 일이 있나!"

"정말 귀신이 곡할 노릇이군요."

"이를 어찌해야지? 우린 아직 사막을 반도 빠져나가지 못했잖느냐?"

"반 좋아하시네. 이제 겨우 입구에 도착한 셈인데…… 앞으로도 하루 종일 전속력으로 말을 달려 나흘은 더 가야 한단 말이다!"

"그럼 어쩌지? 어지간한 식량과 짐들이 다 말 등에 실려 있었다. 평생 여기에 갇혀 있어야 하는 것이 아닌가?"

벼리가 초조하게 발을 굴렀다. 사곤이 일갈했다.

"입조심해라. 걱정 먼저 한다고 문제가 해결되느냐? 말한 대로 이루어지나니, 정말 그리되면 좋겠어?"

"여기에 머물면 종종 말도 없어지고 사람도 한둘 사라진다 하지 않았더냐? 네 말대로 정말 귀신이 나타난 것은 아닐까?"

일라가 허리를 굽혀 땅바닥을 유심히 살피고 있었다. 살수답게 보이지 않는 흔적을 찾아내고 심상치 않은 기미를 찾아내는 감각이 발달한 것이다. 고개를 들었다. 사곤이 물었다.

"무엇을 좀 찾아낸 거냐?"

"세 마리 다 저쪽으로 갔습니다. 돌바닥 위에, 말굽 바닥에 묻은 모래의 흔적이 이어져 있습니다. 희미하게 말 오줌 냄새도 나구요."

세 사람은 본능적으로 검을 빼들었다. 눈에 보이지는 않으나 찬찬히 살피면 드러나는 흔적을 쫓아, 천천히 움직였다. 그것은 그들이 잠들었던 샘가에서 몇십 마장이나 떨어진, 허물어진 성벽까지 이어져 있었다.

거의 두 식경 남짓이나 걸었다. 그래도 계속되는 폐허의 흔적에 후룩 놀랐다. 그들이 어젯밤 잠시 머물렀던 샘가는 성의 바깥쪽에 해당되는 듯싶었다. 걸어 들어갈수록 웅장한 돌기둥들, 온전한 형체가 남은 집들, 푸른 이끼가 낀 길들이 계속해서 이어지고 있었다.

신상들인지, 괴상한 모양이 새겨진 채로 반은 뭉개진 석비와 조각상들도 줄줄이 늘어서 있었다. 길잡이인 사곤조차 이곳에 머물렀던 것이 십수 번이되, 이곳에 발을 드밀기는 처음이었다.

"여긴 나도 처음 와본 곳이다."

늘 여유만만한 그도 무엇인가 개운치 않은 표정이었다. 긴장한 모양인지, 검을 움켜쥔 손등에 푸른 심줄이 도드라졌다.

그들이 지금 서 있는 곳은 주변이 전부 높다란 돌벽으로 이어진 커다란 광장 같은 곳이었다. 이글거리는 햇살마저도 거기에는 잘 닿지 않았다. 허물어졌다 하나, 아직도 높이 남은 돌벽들의 그림자가 겹쳐져 여전히 밤인 양 어둑어둑했다. 그곳 성의 폐허에서도 가장 음침하고 은밀한 곳이었다.

"흔적은?"

"저기로……."

일라가 손짓했다. 그들의 목소리가 물렁물렁하다고 느껴질 정도로 짙고 괴기한 침묵을 깨트렸다. 반은 허물어진 거대한 돌문 뒤쪽이었다.

"잠깐!"

세 사람은 동시에 발을 멈추었다. 그러다가 일제히 돌벽 저편으로 날아올랐다.

"늦었군."

돌기둥 끝에 선 사곤이 혀를 찼다. 성벽 끝에 선 일라와 벼리도 입이 쩍 벌어지고 말았다. 문 뒤로 다시 엄청나게 두터운 돌벽이 서 있었다. 반쯤 허물어져 있는 그 아래, 얼마나 많은 생명이 이곳에서 죽었을까? 수를 헤아릴 수도 없을 만큼 많은 백골들이 산더미처럼 쌓여 있었다.

짐승의 뼈와 인간의 해골이 무질서하게 마구잡이로 뭉쳐진 그곳, 그들이 타고 온 말 세 마리 중 마지막 한 마리가 천천히 가죽과 뼈만 남긴 채 숨이 끊어지고 있었다. 마치 보이지 않는 괴물에게 피와 골수를 빨리듯 흐물흐물 죽어가고 있었다. 이내 주위의 백골과 다름없는 신세가 되고 말았다.

"이런 고약한! 태일윤환!"

몸이 먼저 움직이는 건 언제나 벼리이다. 일월봉황검을 빼들고 날아올랐다. 해골더미 아래 숨은 흉적을 향해 무서운 검기를 일으켜 내리쳤다.

맑은 햇살 같은 빛이 일직선으로 해골더미에 날아갔다. 닿자마자 푸른 검기는 이내 태양처럼 둥그렇게 폭발했다. 하나이던 검기가 수천 개의 황금빛으로 비산(飛散)했다. 산더미같이 쌓여 있던 백골들이 단번에 먼지로 화해 진토로 돌아갔다.

"안식하시게. '천지다물천지다물.'*"

사곤이 잠시 눈을 감고 명복을 빌었다.

천지화합, 자연과 일치하고 생명과 감응하는 국선의 무술을 익혔다. 그로서는 이 주변의 공기를 마시는 것조차 고통스러웠다. 저절로 눈물이 샘솟아 뺨을 타고 흘러 턱을 적셨다.

대체 어느 시절, 어느 때에 이곳에서 무슨 일이 벌어진 것인가?

수백 년 동안 원힌 맺힌 생명들의 비탄과 슬픔, 고통, 괴로움과 우울과 근심들이 그에게 전부 다 달려들고 있었다. 일신(一身)으로

---

*천지다물천지다물:단뫼의 종교인 시천교의 주문. 육신과 영혼이 편안하게 근원지인 땅과 하늘로 되돌아가라는 축언이다

감당하기에는 검고 축축하고 서러운 그것이 너무 크고 많았다. 하지만 그것을 받아들여 해원(解怨)해 주어야만 하는 것도 태궁인 그의 의무.

땅의 아비가 내린 순혈(純血)의 자손, 단목사곤이 크게 가슴을 풀었다.

몸과 마음을 열고, 이곳에서 억울하게 죽은 서러운 생명들을 위하여 천형(天刑)처럼 주어진 그의 능력을 펼쳤다. 원한을 풀고 다시 땅과 하늘로 돌아가 새로운 생명을 시작할 수 있게 업장을 풀어주는 살풀이를 시작했다.

'활인태세, 인화만덕, 홍익인간, 제세이화.'

높은 기둥 끝에 선 사곤의 양손에서 천천히 담담한 빛이 서리기 시작했다. 천지화합을 이끄는 그의 진원지기가 담긴 것이었다. 양손을 들어 하늘 위로 둥그렇게 원을 그렸다. 삼라만상을 돌아가는 유현한 일원상(一圓相)이 그려졌다. 태어나고 자라고 다시 죽어 태어나고…….

모든 생명은 이렇게 귀하고 이렇게 덧없고 이렇게 장엄한 것. 업장을 풀고, 다시 근원으로 돌아가느니, 개벽하소서.

봄날 아지랑이 같은, 푸른 하늘 같은, 어미의 웃음 같은 빛이 둥그렇게 번져나, 해무리처럼 하늘로 치솟았다. 눈송이처럼 다시 대지 위로 떨어져 내렸다. 오염되고 추악한 땅을 정화시켰다. 원한 맺힌 영혼들을 해방시켰다.

이리저리 땅에 구르던 모든 백골들이 사곤의 온화한 기운으로 푸스스 먼지로 가라앉았다. 감사해하며 즐거워하며 환희의 노래를 부르며, 법열에 따라 무거운 것은 땅으로 가라앉고 가볍고 아름다운 것들은 하늘로 올라갔다.

"괜찮습니까?"

이 많은 생명의 해원(解冤)을 이끌었으니, 일신의 진원지기를 거의 소모하고 말았다. 이마에 송골송골 땀까지 맺힌 사곤의 창백한 얼굴을 일라가 보았다. 조심스럽게 물었다.

"괜찮다, 이 정도쯤은."

그는 벼리가 선 땅으로 날아내렸다. 일라도 따랐다. 벼리의 시선은 땅으로 향해 있었다.

"무엇인가 땅속에 들어 있는 것 같아."

사곤이 고개를 끄덕였다. 피와 골수가 스며들어 축축한 땅바닥을 내려다보았다.

벼리의 말대로, 그 아래 무엇인가 숨어 있었다. 땅이 마치 살아 있는 것처럼 축 늘어진 뱃살처럼 실룩대고 있었다.

"너 검기로 땅을 팔 수 있나?"

"해보지 뭐."

다시 벼리가 가슴 위로 두 개의 검을 교차한 채 숨을 들이마셨다. 천천히 진기를 모았다. 벽력같이 꿈틀거리는 땅바닥을 검기로 내려쳤다.

"잔월구척!"

무엇이든 베어버리는 검의 기운 아래 살아 있는 흉물처럼 움직이는 땅이 쩍 갈라졌다.

"히이헥!"

"끄악! 이게 무어냐?"

희고 흐물거리는 거대한 구더기 같은 것이었다. 갈라진 땅속에서 실룩실룩 움직이고 있었다. 벼리의 검이 땅을 제법 넓게 파헤쳤음에도 불구하고 그것의 형체는 다 드러나지 않았다. 그만큼 엄청났다. 드러난 것만 해도 어지간한 방 크기 하나만 했다.

더 불쾌하고 징그러운 것은 그놈의 생김새였다. 기름기 번들거리고 구역질 나는 무정형(無定形)의 몸통은 하나인데, 시뻘건 눈알이 수십 개나 박혀 있었다. 일제히 감았다 떴다 끔뻑거리고 있었다.

내내 땅속에만 들어가 있다가 햇살이 비춰지자 고통스러운 듯이 더 세차게 꿈틀거렸다. 갑자기 흐물거리는 몸이 한데 모여 거대한 지렁이 같은 형상으로 변했다. 미처 대비할 사이도 없었다. 꼿꼿한 칼처럼 휙 하니 허공으로 솟구쳤다. 거침없이 앞에 선 사람들을 공격해 왔다.

"비켜!"

맨 앞에 서 있던 벼리가 엉겁결에 두 개의 검으로 그것을 막아냈다. 휘둘러 사정없이 두 동강을 내버렸다.

"이런!"

"빌어먹을!"

사곤과 일라가 동시에 소리쳤다. 벼리는 더 놀랐다. 검으로 잘린 놈이 죽기는커녕, 이내 두 개로 갈라져 꿈틀거리며 그들을 공격해 왔기 때문이다. 다시 검을 휘둘러 잘라 버리니, 또 네 마리로 늘어났다.

동강 내면 동강 낼수록 늘어나는 놈이라니. 끝이 보이지 않고, 누구도 이길 수 없는 적이었다.

어지간히 담대한 벼리도 당황하기 시작했다. 자연히 검을 휘두르는 손속에 빈틈이 보이기 시작했다. 어느새 여덟 마리로 늘어난 괴물은 그것을 놓치지 않고 집요하게 사방에서 공격해 왔다. 등 뒤에서 상황을 지켜보고 있던 사곤이 날카롭게 소리쳤다.

"그만! 물러서라! 이러다간 네가 당한다."

헉헉, 가쁜 숨을 몰아쉬며 벼리가 뒤로 날아올랐다. 한 마장 바깥으로 착지했다.

싸울아비 경력 이십 년, 적을 앞에 두고 도망 나오기는 처음이었다. 무척 수치스러웠다. 하지만 쓸데없는 호승심으로 계속 공격하다가 감당되지 않을 정도로 늘어나면 어떤 봉변을 당할까 싶어 솔직히 두려웠다.

무슨 일이 있어도 살아서 사무란까지 가야 했다. 이런 곳에서 엉뚱한 놈과 싸우다가 개죽음을 당할 수는 없는 노릇이었다.

더 이상 공격을 당하지 않으니, 놈의 몸이 다시 하나로 뭉쳐지기 시작했다. 스르르 미끄러져, 제 구멍 속으로 다시 들어갔다. 아까처럼 더러운 바닥이 되어 예전과 다름없이 실룩이기 시작했다.

"대체 저놈의 정체가 무엇입니까? 희한한 괴물입니다."

"자르면 자를수록 늘어나니, 대체 어찌 죽인단 밀인가?"

일라가 몸서리치며 물었다. 벼리는 벼리대로 깊은 고민에 빠졌다. 불로 태워 버려? 물로 수장을 시켜 버릴까? 아니면 그냥 흙으로 다시 덮고 말아?

하지만 그러면 저놈은 여전히 짐승과 인간의 생혈과 골수를 빨며 살아남아서는 많은 해를 끼칠 것이다.

"저런 놈이 있어서 이 성터에 짐승이 얼씬도 하지 않았군."

"정체가 무엇일까?"

"조용히 해. 머리 좋은 내가 지금 조사하는 중이잖아!"

아, 네. 당신, 무척 영리하고 잘났습니다요. 일라와 벼리는 아니꼬워 입을 꾹 다물었다. 묵묵히 사곤의 하는 양을 지켜보았다.

그는 매처럼 날카로운 눈으로 성벽의 모양과 폐허의 흔적을 샅샅이 훑었다. 대체 이곳이 어떤 용도로 사용된 곳인가 가늠하는 표정이었다.

이리저리 왔다 갔다 하면서 근처의 모양새와 기둥들, 돌들 하나까지 조사했다.

얼마 지나지 않아 사곤이 다가왔다. 모서리가 반 이상 깨진 벽돌 한 장을 들고 있었다. 짤막하게 내뱉었다.

"형장(刑場)."

"형장?"

"사막 안에 왜 이런 성이 있었는지, 어떤 용도로 쓰인 곳인지 이제야 알았다. 여긴 죄수들을 억류한 형장이었다."

사곤이 들고 온 벽돌에는 간신히 알아볼 수 있는 가림토 글자가 몇 새겨져 있었다.

──……오일, 아홉 사형. 나는…….

두려움과 한에 사무친 죄수가 끄적인 흔적이 생생하게 남아 있었다.

"저 광장 안에는 썩고 녹슬어 거의 알아보기 힘들지만 차꼬의 흔적도 발견했다."

"그럼 저 괴물의 정체도 알았어?"

"우온*이다."

"우온?"

"형장이나 감옥이 있던 곳에 상주하는 괴물이다."

"왜 그런 놈이 생기는 거냐?"

"죄인들의 근심과 노여움, 분노와 증오, 원한이 사무쳐 그것이 모여 만들어지는 것이다. 죄수의 피와 골수를 먹으며 살아간다 하지. 수백 년이나 형장으로 사용되던 이곳에 충분히 생길 만한 괴물이다."

"하지만 이곳이 폐허로 변한 지도 수백 년이라면서? 어떻게 지금까지 살아남았지?"

"성이 멸망한 후, 죽지 않으려고 발악을 하였겠지. 이곳에 오는 모든 살아 있는 것들의 생기를 대신 빨아들인 것이다. 저만큼 거대하게 살아남은 것이지."

"퇴치할 방법도 찾았어?"

"정체를 알았으니, 식은 죽 먹기다."

괴물을 해치울 방법이 있다는 뜻이었다. 사곤이 몸을 돌이킨다 싶더니, 눈앞에서 금빛이 번쩍했다. 사라졌던 그가 채 일각도 지나

---

*간보의 〈수신기〉 중 동방삭 이야기 일부 참조

지 않아 다시 나타났다.

"우온의 실체는 원한과 노여움이며 근심이니, 그것들을 잊게 만들어야 한다. 크기가 작아지면, 잣나무로 만든 송곳으로 찔러 죽이면 사라진다."

그가 손에 들고 온 것은 물통 하나였다.

"천일취주(天日醉酒)이다."

"술은 왜?"

"술을 마시면 근심이 사라지고 기분이 좋아지지. 두고 보아라. 참, 내가 뚜껑을 열 적에는 호흡을 멈추어라. 천일취주는 워낙 독하여 냄새만 맡아도 보통 사람은 삼 일 동안 의식을 잃는다."

벼리와 일라가 숨을 멈추고 저만치 물러섰다. 사곤 또한 귀식대법을 펼친 채 통의 뚜껑을 열었다.

"우온 공, 가는 길 즐겁게 한잔하시게."

괴물이 꿈틀거리고 있는 땅에다 부었다. 사람이 한 모금만 마셔도 천일 동안 의식을 잃고 취해 잠만 잔다 하는 독주이다. 아니나 다를까? 술 냄새가 피어오르고 몸이 젖어가자, 괴물이 세차게 실룩였다. 분노나 공포가 아니라 기분 좋아 홍알대는 움직임이었다. 그러면서 서서히 오그라들기 시작했다. 똥그랗게 부릅뜬 붉은 눈들이 하나둘씩 감기고 있었다.

두어 식경이 지나자, 그 거대하던 괴물의 몸은 쟁반 하나의 크기로 줄어들었다. 마지막 남은 눈까지 무겁게 감겼다.

"이때다."

사곤이 때를 놓치지 않고 손 뒤로 감추고 있던 잣나무 송곳을 들었다. 조그마해진 괴물의 몸에다 깊이 박았다.
소리도, 움직임도 없었다. 우온이 감았던 마지막 눈을 번쩍 떴다. 이미 영기가 사라진 후였다. 사곤은 침착하게 다시 말을 건넸다.
"이만하면 충분하니, 이제는 무(無)로 돌아가시오. 형장이 사라진 지 이미 수백 년. 그만 업장을 풀고 다물하시오, 우온 공."
괴물의 눈이 다시 감겼다. 이내 흔적도 없이, 녹아버린 얼음처럼 사라졌다. 수백 년 넘게 이 폐허의 성을 지배한 어둠의 요물이 말짱하게 퇴치되었다.
"어떻습니까, 제 실력이?"
마치 곡예단의 광대가 어려운 묘기를 선보이고 난 후 의기양양한 모습 같았다. 사곤이 빙 돌아섰다. 정중하게 두건을 벗어 들고 가슴에 얹은 채 허리 굽혀 절했다.
대단해요! 일라와 벼리는 박수를 짝짝 쳤다. 저렇게 쉽게 퇴치할 수 있었는데, 벼리 자신은 왜 그토록 어렵게 찌르고 베고 헐떡였을까? 속으로 자탄하고 부끄러워하면서.
"머리를 써야지, 머리를! 네 머리통은 왜 달고 다니냐?"
잘난 척, 또 까불어대는 사곤을 뒷발로 걷어차 버렸다. 벌써 시각은 정오가 넘어가고 있었다. 오도카니 서서 벼리는 사곤을 바라보았다. 가장 중요한 문제를 입 밖으로 냈다.
"그런데 말이 다 죽어버렸으니 이를 어쩐다?"
"걸어가야지."
당연한 것을 왜 물어? 사곤이 잘라 말했다. 벼리와 일라는 서로 얼굴을 마주 보았다. 약속이나 한 듯이 끝없이 이어진 붉은 모래밭을 바라보았다. 동시에 사곤을 노려보았다. 미쳤구나, 미쳤어!

"사막을 걸어간다고? 헛소리하지 마라."

"잔소리 말고 등짐 챙겨."

두 사람의 항의를 그 자리에서 묵살했다. 사곤이 싹 돌아서며 명령했다.

"여기서 북쪽으로 너덧 새만 내리 걸어가면 녹림*이 하나 있었던 듯하다. 비사마들이 뛰노는 것을 본 적 있다. 거기서 말을 구해보자꾸나."

"너, 너덧 새씩이나?"

"사막을 그리 오래 걸어 지나간다구요? 만에 하나 녹림에 도착하지 못하면요?"

"사무란에 가기 싫으냐?"

약속이나 한 듯이 일라와 벼리는 고개를 흔들었다. 사곤이 허리를 굽혀 죽은 말 등에 실려져 있던 짐 보퉁이 하나를 주워들었다. 땅바닥에 나뒹굴고 있는 가죽 물 부대도 휙 하니 벼리에게 던졌다.

"그럼 기어서라도 가야지."

매정한 놈. 단 한 마디로 상황을 완료시켰다.

"지금 바로 출발한다. 다 버리고 건량과 물통만 짊어지도록."

정곡성.

늘 그러하던 대로 아침이 밝고 밤이 지고, 하루가 또 지나갔다.

다시 날이 밝으니, 사람들이 움직이기 시작했다. 우부룩하니 돋

---

*녹림(綠林): 오아시스

아나는 보리를 밟아주는 농부들, 베틀에 앉아 아낙들은 삼베를 짰다. 상인들은 좌판을 벌였고, 근위병들은 시가지를 행진하며 오갔다. 싸울아비들은 말을 타고 화살을 쏘고 있었고 기녀들은 연지 분 단장을 시작했다.

어부들은 그물을 깁고, 아이들은 학당에서 글을 읽고, 벼슬아치들은 수염을 쓸며 내성으로 수레를 타고 들어갔다. 딸을 사지로 보낸 성주는 이 아침에도 사무란의 방향인 북쪽 벽에 가 서 있었고, 그런 아비를 위로하러 찾아온 둘째 딸은 같이 서서 눈물 흘리고. 마루한은 양피지에 무엇을 쓰고 있는 듯했으나, 팔은 내내 움직이지 않고 있다.

그런 날, 그런 시각.

홍월루의 청란각. 일등 기녀 꽃분네가 머무는 거처이다.

해가 중천인데도 아직 그녀는 단장도 하지 못했다. 하얀 비단속옷 차림이었다. 흐트러진 머리타래를 길게 늘어뜨린 채로 안타까이 호소했다. 내리 며칠 내내 그녀의 거처에 머무른 손님이 아직도 일어날 생각조차 하지 않았기 때문이다.

놋쇠대야에 물 떠놓고 양치 소금까지 갖춰놓고 면건 걸쳐 두고 신발도 가지런히 돌려놓았다. 구겨진 의대들도 다림질 곱게 하여 활대에 걸어두고 빨리 일어납시라, 나가시라 재촉하였다.

"천호장님, 제발 일어나셔요. 전령이 몇 번이고 다녀갔답니다."

그러거나 말거나, 침상에 누운 자는 대답이 없었다. 귀찮은 듯이 휙 돌아누웠을 뿐이다. 애가 달아 몸을 가벼이 흔드는 꽃분네의 손길을 휙 뿌리쳤다.

"그러든지 말든지, 난 상관없단다. 술이나 더 가져오너라!"

"금일도 군막에 아니 나가실 겁니까? 네에?"

"나가보았자 무슨 좋은 일이 있다고? 어차피 개죽음당할 놈, 검 한 번 더 휘두른다고 살길이 생긴다더냐?"

"아이 참, 어찌 그런 험한 말을 하셔요?"

성난 아이를 달래듯이 꽃분네가 상냥하게 말했다. 섬섬옥수를 들어 억지로 그를 일으키려 하였다.

"소녀가 맛난 죽을 장만하였사와요. 어서 일어나시어 의대 갖추셔요. 금일도 무단으로 아니 나오시면, 군율로 다스린다는 장군님의 엄한 경고가 있다 합니다. 집에서도 마님께서 근심이 대단하다 하셔요."

꽃분네는 안달하는데도, 정작 당사자인 불유는 시큰둥하였다. 잡힌 어깨를 털어내고 다시 침상에 드러누우려고 하였다. 몇 날 며칠 술에 찌든 얼굴이 시커멓게 변해 있었다.

"죽이려면 죽이고, 파직하려면 파직하라고 해라. 난 하나도 미련 없다!"

"대체 왜 이러셔요? 늘상 반듯하고 절제하시던 분이 왜 이러셔요? 저에게라도 시원하게 속일랑 좀 털어내 보셔요."

"속을 털어내라?"

불유가 비척비척 일어섰다. 탁자에 놓인 술병을 집어 들고는 침상으로 돌아왔다. 제 손에 쥐어진 술병을 물끄러미 내려다보다 한숨을 쉬었다. 다시 병째 들이켰다.

"털어낼 것도 없다. 오직 부서진 것들투성이니, 쥐어짜면 검은 물만 나올 게다. 이런 것을 보여주면 무엇하겠더냐?"

"그래도 근심일랑 나누면 반이 된다 하여요. 소녀가 해결은 못해 드리나, 들어는 드릴 수가 있잖아요?"

꽃분네가 안타까이 애원하였다.

살 섞은 정도 정인데, 참 깊은 속정은 아니라 해도 은근하니 다정하게 이어온 연분도 어느덧 해를 헤아리는데……. 갖지 못할 분 애타이 바라는 그 마음을 채우지 못해, 쓸쓸한 그녀를 알게 모르게 안아주고 바람막이해 주던 사람이다. 그런 이가 이리 홀로 앓고 있으니, 그녀도 따라 눈물이 났다. 함께 아팠다.

"괜찮다."

불유는 다시 술병을 입에 대고 벌컥벌컥 들이켰다. 입가로 흐르는 술을 주먹으로 훔쳤다. 멍하니 허공을 바라만 보았다.

용맹하고 늠름한 싸울아비 불유가 그만 칼에 베였다. 세상에서 가장 예리하고 쓰라린 독이 발린 칼에 찔렸다. 빼앗긴 사랑이란 것에.

서럽고 슬퍼라. 내 님은 이 마음 모르시는데, 내 마음 영영 모르시고 내 곁을 떠나셨으니.

실연(失戀) 아닌 실연이다. 상처 아닌 상처이다. 너무 많이 아픈데, 몸이 아픈 게 아니라 마음이 아프다. 아픈 그것을 어찌 치유해야 할지 알 수 없어 이러는 것이다.

"방법이 없어. 방법이…….."

쓰디쓴 술인 양 흘러내리는 독백은 더 쓰디썼다.

송곳처럼 찌르는구나.

바늘처럼 후벼 파는구나.

말하지 못한 내 사랑이, 떠나 버린 내 사람이.

눈을 떠도 보이고, 감아도 보이는구나.

사라지지 않는구나.

슬프고 그리워 내 많이 아프구나.

평생 함께하자 홀로 맹세한 벗인데, 정인인데……. 그 사람은 제 명분 찾아 외로이 멀리 떠나시고, 나는 여기 있네. 아무것도 하지 못하네.

벼리, 아사벼리.

나의 고운 아침아.

나의 서러운 정의야.

어찌하여 나는 너를 보냈을까? 내 마음꽃이 홀로 떠나 이름 모를 곳에서 시들어 죽는 꼴을 보아야만 하는 것일까?

서러운 시대에, 몰락하는 나라의 싸울아비라……. 그 맹세 지켜 용맹하게 살아내는 일밖에는, 우린 아무 죄도 없었다.

불유는 한 손으로 또다시 오열이 터지려는 입을 막았다.

울지 못하는 사내이기에, 죽어도 드러낼 수 없는 연모이기에, 애별(哀別)이기에. 술이나 마시는 것으로 눈물을 대신할 밖에.

'언젠가, 나도 너를 따를 것이다.'

해가 바뀌면 개전(開戰). 군사를 이끌고 선봉에 서서 출병하게 될 것이다. 의무를 다하여 싸우다, 싸우다 어느 날, 운 나쁜 날에 남들과 똑같은 죽음을 맞게 되겠지.

'그때 먼저 간 네가 기다리고 있을 터이니 두렵지 않아. 다시 만

나면 우리 절대로 이별하지 말자.'

그때에는 내, 주저하지 않고 너를 끌어안아 버릴 것이니. 불유는 어금니를 악물었다. 네 마음 가려 눈치 살피고, 해야 할 말 하지 않는 멍청한 짓은 다시는 하지 않을 터이니. 아사벼리, 지금껏 나의 눈물, 나의 웃음 전부였던 사람아.

그때였다. 문 바깥에서 사람들이 두런두런 걸어오는 기척이 났다. 회랑을 걸어오는 발자국 소리가 이내 불유와 꽃분네가 함께 있는 방 앞에서 멎었다.

"이곳인가?"

"그러나이다. 아이고, 이를 어쩌나……."

어쩔 줄 몰라 하는 목소리는 어멈의 것이었다.

"천호장, 결례이나 내, 들어가네."

사내의 굵직한 목소리가 들렸다. 안에서 미처 답을 아니 하였음에도 먼저 문이 열렸다. 문지방 앞에는 뜻밖에도 마루한 가람휘가 서 있었다.

너무 놀라 불유도, 꽃분네도 멍하니 가람휘를 바라보기만 했다. 설마 마루한이 그를 만나러 미복한 채 기루까지 찾아오다니. 그것도 사람들이 분주하게 오가는 대낮에 말이다.

"마, 마루한. 예는 어찌하여……?"

"반기지 않을 것을 아네만, 자네와 꼭 만나고 싶어서. 아무리 불러도 아니 오시기에 결국은 내가 왔네."

가람휘가 침착하게 말했다. 난잡하게 흩어져 있는 방 안이며, 아직까지 홑겹 옷차림인 방 안 두 남녀의 민망한 꼬락서니이다. 별로 개의치 않는 얼굴이었다.

들어오란 말도 없는데, 가람휘가 불쑥 발을 드밀었다. 불유가 선침상 앞을 외면하며 등 돌려 창가에 놓인 탁자 앞으로 다가앉았다. 그 위에 퍼질러진 지난밤의 술상을 바라보았다.

"이대로 한잔하고 싶으나, 술이 모자라는군."

"마, 망극하옵니다, 마루한. 쇤네가 급히 장만하겠나이다."

비로소 정신을 차렸다. 꽃분네가 서둘러 손에 잡히는 대로 겉옷가지를 끌어안았다. 망신 중의 망신이니, 고운 얼굴이 부끄럼과 당황함으로 발개져 있었다. 급히 문을 열고 나가며 소리쳐 시중드는 아랫것들을 불렀다.

불유는 예의상 날가슴 그대로 드러난 옷차림을 건성으로 수습했다. 창가 탁자 앞에 등을 보이고 앉은 가람휘를 빤히 바라보았다. 감추지 못한 원망과 노염이 드러나, 저절로 비아냥이 되고 말았다.

"불충과 불복종으로 소장의 목을 베러 오셨다면, 미리 기별하실 걸 그랬나이다, 마루한. 일찌감치 목의 때를 씻고 기다리고 있었을 터인데요."

"……닷새 밤낮을 군막에도 아니 나가시고 내리 술판만 벌였다고?"

"술술 들어가니, 술이라. 언제부터 마루한께서 한갓 싸울아비 주정 부리는 것까지 마음에 두셨나이까?"

"결국은 그대가 나를 원망하여 그러는 것임을 알고 있어."

"원망? 하, 원망이라 하셨나이까?"

불유는 실소를 시큼하게 토해냈다.

"싸울아비 팔자에, 어찌 감히? 소장 평생, 충성과 복종만을 배웠나이다. 내 어찌 사내로 태어나, 이 난세를 살면서 사무친 두 글자를 익히지 못했을까? 그것이 슬퍼 술을 마신 것입니다."

"두 글자라 하였나?"

"그렇습지요. 반(反)과 역(逆). 해란의 싸울아비가 평생 알지 못하는 바로 그 두 자(字) 말입니다."

잠시 침묵이 흘렀다. 가람휘의 어깨가 순간 딱딱하게 굳어졌다. 불유 또한 늘 온유하고 순박한 제 입에서 흘러나온 엄청난 말의 무게에 짓눌렸다. 하지만 후회하고 싶지 않았다.

가능하다면, 그들의 안온하고 행복했던 삶을 망가뜨린 저자의 목을 내려치고 싶었다. 단지 마루한이란 이유로 받기만 하는 저자가, 하여 불유 자신의 모든 것인 벼리를 앗아간 저자가 죽도록 미웠다. 비록 이름만이라 하되, 벼리의 지아비란 것이 끔찍하게 싫었다.

오직 제 정(情)만 소중하여, 불유가 가장 사랑하는 사람을 아프게 만든 자. 마침내 그를 홀로 사지(死地)로 등 떠밀어 보낸 자.

죽여 버리고 싶다. 죽여 버리고 싶어.

증오와 분노로 이글거리는 눈동자가 오래도록 가람휘의 등에 박혀 있었다.

두어 다경 후였다.

꽃분네가 보낸 하녀가 술상을 새로 차려 올렸을 때였다.

홀로 자음자작. 가람휘는 등 뒤에 선 불유가 없는 사람인 것인 듯 술 한 잔을 따라 마셨다. 내내 침묵하고 있던 가람휘가 나직하게 입을 열었다.

"내 뜻은 결코 아니었으나, 내 죄일세."

"무슨 말씀인지요?"

"어찌 모른 척하시나? 사무란으로 가신 마린의 이야기일세."

"어차피 곁에 있으나 없으나 별 의미도 없는 사람 이야기는 왜 하시는지요?"

"말 안 하시는 그대 마음이나, 말 못하는 내 마음이나 별반 다르지 않을 듯하여."

비로소 가람휘가 돌아앉았다. 불유를 똑바로 바라보았다.

"내가 그이에게 늘 어리광만 부렸었네."

"그거야 지아비인 마루한의 자유이겠지요."

"늘 주기만 하는 사람이라, 내가 그만 오판하였어."

지나가는 한마디라 할지라도 깊이 생각하고 소중히 마음에 담아 나중에라도 꼭 이루어주는 사람. 그런 사람의 충성과 순결한 애련을 과소평가하였다. 너무 경솔하게 그의 고통과 갈망을 전가하였다.

벼리가 떠난 후 생각해 보니, 아아, 그는 얼마나 철이 없었던가? 무책임하고 바보스러웠던가? 짐은 전부 벼리에게 떠넘기고, 자신은 계집애같이 청승이나 떨어대며 놀아대고 있었다.

"사실은 내가 가야 할 길을 그이가 대신 간 것일세. 말로만 정인을 사랑하고, 말로만 백성을 위하는 비겁한 내 죄를 그이가 안고 떠난 것일세."

"그것을 아신다니, 다행이로군요. 마린님의 희생이 영 바보 같지는 않아, 다행이올시다."

피하지 않았다. 돌려 말하지 않았다. 뚝뚝한 불유의 말에 가람휘가 고개를 끄덕였다.

"나는 말일세, 천호장. 나는 그이를……."

그러다가 가람휘는 입을 다물고 말았다. 두 사내의 눈이 마주쳤다. 마루한의 눈빛 속에 담긴 갈등과 고뇌를 읽은 불유의 가슴이 덜컥 떨어졌다. 제 눈빛과 비슷한 것을 그 안에서 발견했기 때문이다. 그가 고개를 저었다. 씁쓰레하게 웃었다.

"자네는 벗을 잃었다 하지만, 그래서 이리 울적해하고 있지만, 나는…… 울적해할 수도 없어. 그래서 자네가 부럽네."

가람휘의 술잔이 또 채워졌다.

"자네에게 그이가 어떤 사람인지, 자네 눈이 분명히 말하는군. 하나 나에게도……."

"마루한."

설마 벼리와 나의 사이를 의심하여 꾸짖는 것인가? 해바라기는 그였을 뿐, 벼리는 아니었다. 지금 이 자리에 없는 여인의 아름다운 명예가 더럽혀지는 것은 용서할 수 없었다. 불유는 강하게 부인하려 했다. 가람휘가 고개를 저었다.

"말하지 않아도 알아. 그대와 마린은 오직 우정일 뿐, 더없이 청명하다는 것을 알아. 하니 끝까지 말할 수 있도록 해주게."

그의 목소리가 문득 멈추어졌다. 잠시 고개를 숙인 채 그가 가만히 앉아만 있었다. 심중에 들끓는 것을 조용히 갈무리하고 있는 동작이었다.

"나에게도 가슴 시린 사람일세. 차마 말을 할 수 없을 정도로 깊고 고마운 사람이야, 그이는."
 올곧게 충성스런 부하였고, 유일하게 마음을 터놓은 벗이었다. 오직 그를 위해 일신의 행복을 버리고 여인의 길을 희생하여, 이름뿐인 마린의 치욕을 얻어 썼다. 현명한 조언자였고, 따스한 보필자였으며, 나날이 마음 곁에 깊이 박혀 버린 또 한 분의 아낙이었다. 지워지지 않는 얼룩처럼 그만 가람휘의 인생에 새로 온 인연이 되어버렸다.
 허락하지 않고 바라지도 않았던 일이 일어나고야 말았다. 벼리가 떠나 버린 후에야, 너무 늦게.
 "그런 이가 홀로 떠났어, 죽음의 길로. 두려워하지 않고, 오직 나를 위하여. 그 사람만 생각하면 가슴 언저리가 뜨거워져, 자다가도 벌떡 일어나게 되지. 그이는 몸으로 부딪쳐 나에게 군주의 길과 의무를 확실하게 깨우쳐 주었네."
 탁 하니 술잔이 탁자 위에 놓여졌다. 가람휘가 마시던 제 술잔을 뒤집어엎었다. 불유를 바라보던 처연한 시선이 어느새 칼날같이 준엄하게 변해 있었다.
 "천호장, 날더러 위선자라고 해도 좋네. 무정하다 욕해도 좋네. 하지만 난, 이런 말을 하고야 말 걸세."
 "무슨······?"
 "난 마린이 주신 기회를 절대로 놓치지 않을 것이라고."
 가람휘의 입매가 단단히 당겨졌다. 그의 눈이 불타고 있었다.
 "무후의 사절들이 내일 모레 떠날 게야."
 "왜 제게 이런 말을 하십니까?"

"일단 송요성을 내줄 수도 있다고 하였어. 사무란으로 돌아가, 아칸더러 대(大) 마린 한 분이라도 보내주면, 협상장에 나가겠다고 말하였다. 그들이 사흘 후에 떠나면, 사무란에 도착하기까지 보름이 더 걸린다. 합해서 이십여 일. 적어도 마린이 무사히 길을 가고 있다면 그들 사신들보다는 먼저 도착할 수 있을 가능성이 크단 말이지."

"무슨 말을 하고 싶으신 겁니까?"

"나는 마린 아사벼리의 능력과 집념을 믿어."

가람휘는 단호하게 내뱉었다. 믿는다 말하여서, 믿고자 하는 얼굴이었다.

"무슨 일이 있어도 무사히 사무란까지 가실 거야. 원하시는 것을 성취하실 거야. 그리고 마린은 홀로 떠난 것이 아닐세."

"그럼……?"

"길잡이와 함께 갔어. 언젠가 단뫼의 장사치를 만났을 때 그들 상인들만이 오가는 비밀 길이 있다 하였네. 수소문하여 보니, 마린은 그 새벽에 그자와 함께 떠났네."

참이냐고 눈으로 물었다. 그의 시선 앞에서 가람휘가 고개를 끄덕였다.

"여기서도 마린이 사무란으로 무사히 잠입할 수 있게 충분한 시간을 벌어주어야 해. 가능한 한 사신들이 사무란으로 들어가는 시간을 길게 끌어야 한다는 뜻일세."

"어쩔 작정이십니까?"

"자네가 그들을 호위하게. 이미 한 번 사무란까지 인질들의 몸값을 지니고 다녀온 적이 있지 않는가?"

"그렇습니다."

"길을 가되, 가능한 한 천천히, 돌아서 가시게. 우리가 화친할 의사가 있고 협상에 나갈 뜻이 있다 고지(告知)하였으니, 그들도 긴장을 풀었을 게야. 무슨 뜻인지 알겠나?"

이때의 가람휘 얼굴은 말 그대로 군주였다. 불유는 자신도 모르게 몸을 바로 했다.

"네."

"사무란에 들어가면 어찌하든 마린의 소식을 알아보시게. 얼굴 생김이 별다른 분이니, 어지간하면 알 수 있을지도 몰라. 만에 하나 거기서 해후하게 되면, 그대도 마린을 도와 대업(大業)을 성취할 수 있도록 조력하게. 무슨 일이 있어도 아칸의 목을 따버리도록!"

"만에 하나 사무란의 마린님들과 아칸 중 하나를 선택해야 한다면?"

"내가 대답을 해야 하나?"

가람휘의 눈은 더없이 차디찼다. 모든 것을 희생해서라도 나라와 백성을 건사하려는 슬픈 군주의 눈빛. 불유는 고개를 흔들었다. 가람휘가 나직하게 내뱉었다. 의지 굳은 목청이었다.

"애초부터 아니 된다, 실패할 게야, 잘못되었을 게야, 이런 생각들은 하지 않기로 하였네. 마린이 떠나신 후, 내 눈도 따라 열렸거든."

그가 벌떡 일어섰다.

"나는 해란의 마루한, 이제 다시는 한갓 정(情)에 연연해하지 않

아. 교활하게 살아남을 것일세. 끈질기게 독하게 나라를 이끌어갈 것일세. 사랑하는 사람들의 죽음을 밟고, 나는 반드시 다시 일어날 것이야. 반드시!"

문이 닫혔다. 불유는 흔들리는 문의 진동을 지켜보듯 오래도록 그쪽만 응시하고 있었다. 그의 눈이 새로운 투지로 이글거리고 있었다.

걷고 또 걷고…….

세 사람은 등짐을 지고 내내 걸어가고 있었다.

낮에는 해의 방향으로, 밤에는 북진(北辰)*을 지표 삼아 붉은 사막을 걷고 또 걸었다. 가도 가도 끝이 없는 길을 묵묵히 하염없이 걸어갔다.

걷지 않으면 안 되므로, 여하튼 걸어가야 하므로. 여기서 멈추면 죽기 때문에, 반드시 도착해 이루어야 할 목적과 염원이 있으므로.

힘들다 하지 않고 묵묵히 걸었다. 한 번씩 가죽 물통의 물로 입술을 적시며, 허기진 배를 건량으로나마 채우기 위해 잠시 멈추었을 뿐 내내 걷고 또 걸었다. 나중에는 발을 움직이는 감각조차 사라졌어도 그대로 악착스레 걸었다. 비몽사몽, 잠을 자면서도 걷고 눈을 떠서도 걸었다. 그런 날이 며칠이나 지났을까?

길잡이인 사곤도 걸어서는 이곳을 지나지 않았있다. 일행을 끌고 걸어가면서도 긴장한 기색이 역력했다. 그 혼자였으면 경공이라도

---

*북진:북극성을 의미한다. 옛 사람들은 북극성을 천제라 믿고 북극성의 주변 별자리들을 천제가 사는 자미원이라 칭했다

시전해 빛처럼 빠르게 날아갔을 테지만, 두 사람이나 끌고 날아가기는 그로서도 어려운 일이었다.
너덧 새를 걸어 녹림이 나타나지 않는다면, 그들은 이 사막에 뼈를 묻어야 할 것이다. 물통의 물은 갈수록 줄어들고 있었다.
"힘든 게냐?"
잠시 걸음을 멈추었다. 물통의 물을 마시느라 좀 지체했다. 그것이 걱정스러웠는지, 사곤이 다가왔다.
초승달의 연약한 빛이 붉은 사막을 희미하게 비추고 있었다. 사내아이같이 겨우 귀 아래인 벼리의 머리카락 위로 나풀거리고 있었다.
벼리는 고개를 저었다. 누구보다 강건한 무장인 그더러, 사곤은 내내 연약한 여인에게나 하듯이 무거우냐, 괜찮으냐, 힘드냐를 물어주었다. 익숙하지 않은 일이었다. 하지만 그런 말을 곰곰이 씹고 걷다 보면, 분홍빛 행복한 느낌도 좀 들었다. 어깨에 짊어진 무거운 짐의 무게가 종종 낙낙해졌다.
"짐이 무거운 게지."
"아니라니까."
가장 연약해 보이는 일라가 그나마 가벼운 짐을 져야 할 것 같았다. 성터를 떠나면서 벼리는 일라의 짐을 몇이나 더 덜어 자신의 등에 올려놓았다. 사내랍시고, 사곤은 일행 중에서 가장 많이 짐을 짊어졌다. 그런 형편에 또 벼리를 걱정해 주고 있었다. 굳이 제일 부피가 큰 건량 꾸러미를 또다시 제 등 위에 옮겨놓았다.
지금까지는 일라가 제일 잘 걷고 있었다. 맨발로 춤추듯이 걸었다. 몇 날을 걸어온 지금에도 아직도 힘이 남은 듯 가벼운 걸음걸이였다. 저만치 먼저 걸어가다가, 두 사람이 멈추니 저도 따라 멈추었다.

"이렇게 걸어서 이틀만 더 가면 녹림이 나타난다. 거기까지 제대로 도착하면, 비사마를 잡자꾸나. 조금만 더 힘을 내자."

"우리가 무사히 도착할 수 있을까?"

"나만 믿어라. 어찌하든 사무란까지 데려다 준다 하였잖느냐?"

이상한 일이다. 곰곰이 생각해 보면, 사실 희망이라고는 없어 보이는데, 막막하기란 컴컴한 밤과 같은데, 그런데도 이 사람이 말하는 것을 듣고 있으면 용기가 솟는다. 위안이 되고 새로운 힘이 생겨나는 것 같다.

벼리는 다시 걷기 시작했다. 사곤도 이내 따라왔다. 두 사람은 한 마장쯤 앞서 가는 일라의 뒤를 따라 내내 묵묵히 걸었다. 사곤이 다리를 빨리하여 벼리 곁으로 바짝 다가왔다.

"이봐, 생각해 보면 이것도 나름대로 운치있지 않느냐?"

"운치?"

사곤이 싱긋 웃었다. 모처럼만에 보여주는 미소였다. 내내 긴장하여 딱딱한 표정이던 그가 웃으니, 벼리의 굳어진 기분도 나아졌다. 즐거운 피가 흐르는 것 같았다.

"이런 때가 아니면 너와 내가 언제 다시 단둘이서만 월광산보(月光散步)를 즐기겠느냐?"

"월광산보, 좋아하시네!"

벼리는 코웃음을 쳤다. 확 때려주고 싶었다.

"생로(生路)를 찾아 밤낮으로 죽도록 사막을 걸어가는 주제에, 월광산보— 오? 이런 생고생을 두고도 넌 참으로 유유자적이로구나."

"그런 말이 있지? 피할 수 없으면 즐기라고."

"매사 방탕하고 장난같이 사는 네가 할 만한 말이로구나."

"어허, 이놈의 말버릇하고는! 너 말이다, 학강 시간에 만날 졸았지?"

"뭐얏? 나를 뭘로 보곳!"

또다시 벼리의 지식과 머리와 학문을 부인하고 있다. 은근슬쩍 모욕하는 사곤의 말 앞에서 발끈하고 말았다.

"한데 내 말을 왜 못 알아듣느냐? 지금 내가 한 말은 네놈이 존경하는 해란국의 한 군자가 말한 것이다. '아는 것은 좋아하느니만 못하고, 좋아하는 것은 즐기느니만 못하다'* 라고 하였지."

"나도 아는 말이거니와, 그 말이 이 대목에서 왜 나왓?"

"어차피 건너가야 하는 길이다. 이왕이면 즐겁게, 조금이라도 다정하게 좋아하며 가자꾸나. 짜증을 부리면 무엇하나? 안달하면 무엇하나?"

"어찌 이런 곳을 좋아할 수 있단 말이냐?"

그사이 몇 마디 말을 했다고 입안으로 모래알이 버석거렸다. 벼리는 입을 가린 가리개를 더 위로 끌어 올렸다. 그러거나 말거나, 사곤은 마냥 태평스러웠다. 하늘을 올려다보며 킬킬 웃었다.

"지금 천신이 우릴 내려다보면 웃고 있겠구나."

* '知之者不如好之者, 好之者不如樂之者' (논어)

"또 왜앳?"

"천지간 앙숙이던 너와 내가 같이 이 길을 걷고 있다니. 만날 못 잡아먹어 으르렁거리더니, 우리 운명이 하나라. 바로 이것이 일심동체 아닌가?"

사곤이 벼리를 곁눈질했다. 은근짜인 양 슬그머니 물었다. 한동안 아니 하던 일이다. 돼먹지 않은 수작질이었다.

"일심동체, 좋은 말이지. 이렇게 둘이 걸어가니, 어쩐지 우리가 정분 붙은 부부지간 같지 않느냐?"

"이, 이……! 잡소리하지 말고 얌전히 길이나 안내하지 못햇?"

"쿡쿡쿡, 내가 네 심중을 읽어버렸구나."

"감히 날 희롱해? 네가 참말 죽고 싶으냐?"

벼리의 손이 저절로 허리춤의 일월봉황검으로 다가갔다. 사곤이 냉큼 일라 쪽으로 달아났다.

"아이고, 무서워! 저 목석하고는…… 농담도 못해요, 여하튼! 네에, 네. 갑시다. 본좌는 길 안내나 합지요."

저것이 순순히 대답하는 것이냐, 비웃는 것이냐? 더 수작하지 않고 냉큼 달아나는 꼴이 오히려 신경을 건드렸다. 하나 어찌할 도리가 없었다. 사곤의 말대로 이 사막을 걸어가는 동안은 싫든 좋든 세 사람의 운명은 하나로 얽혀 있었다.

그날도 밤 내내 걸었다. 희뿌연한 아침빛이 하늘을 물들이던 무렵이었다. 내내 거칠 것 없이 이어진 까마득한 붉은 지평선, 그저 모래뿐이던 풍경이 조금씩 달라진 것을 발견했다. 그들은 어느새 모래가 아닌 붉고 황량한 돌멩이와 바위들도 종종 구르는 거친 자갈사막*에 접어들고 있었다.

"휴우, 좀 쉬자꾸나."

사곤이 먼저 커다란 바위 아래에 털썩 주저앉았다. 일라와 벼리도 따라 쓰러지듯이 주저앉았다. 거의 바닥을 보이는 물통을 꺼내 입술을 축였다.

"한 번 앉으면 다시는 일어나지 못하니 앉지 말아라 말린 사람이 누군데?"

"쉴 만하니 앉은 게지."

"길을 제대로 찾은 것이냐?"

"그런 것 같다. 저 바위 보이지?"

사곤이 눈앞의 거대한 바위 하나를 손가락질했다. 주변 바위들 모두 사막을 휘몰아치는 거친 바람에 오래도록 깎여, 기기묘묘한 모양을 이루고 있었다. 그중에서 가장 거대한 그 바위는 흡사 배(船) 같이 보였다. 사람이 정교하게 만든 것이라 해도 믿을 정도로 흡사했다.

"저 바위가 내 표식이다. 저 바위에서 한나절만 가면 녹림이 있었던 것 같다."

"있었다가 아니고 '있었던 것 같다' 라니?"

"내 말했잖느냐? 이곳은 하도 기기묘묘한 곳이라, 예전에 간 길이 지금도 있을 것이라고는 장담하지 못한다고."

"만에 하나 녹림이 없어졌다면?"

"또 걸어야지."

---

*자갈사막 : 암설(岩屑)이 분포되어 있는 암석사막

끄아악! 일라와 벼리가 게거품을 물고 뒤집어졌다. 차라리 날 죽여! 그러거나 말거나, 아랑곳하지 않았다. 참 마음도 편하시지. 사곤이 벌러덩 그 자리에 드러누웠다.

"뭐 목적지가 저만치 있을 테니 잠시 쉬어도 된다. 우리 셋 다 잠을 자지 않으면 더 이상은 걷지 못해."

사곤의 말이 아니라 해도, 사실은 벼리나 일라나 더 이상 걸을 힘이 남아 있지 않았다.

꼽아보니, 나흘 밤 나흘 낮을 꼬박 걸어 지나왔다. 마음 편히 엉덩이를 붙이고 쉬었거나, 제대로 몇 식경이나 드러누워 잠을 잔 적은 한 번도 없었다. 사곤이 그것을 절대로 허락하지 않았기 때문이다. 눈을 감으면 죽는다고, 무조건 몰아댄 통에 떠밀리듯이 무의식적으로 움직였다.

평생 걸어서 떠돌아다녀야 하는 유령들처럼 흐느적거리며, 그저 걷고 또 걸었을 뿐이었다.

사곤이 이내 코를 골기 시작했다. 옆의 일라도 보퉁이 짐을 베개 삼아 눕는가 싶더니, 어느새 깊은 잠에 빠져들었다. 형편없이 초췌해지고, 초라한 두 사람의 얼굴을 바라보다가 고개를 돌렸다. 정곡성에서부터 신고 떠난 가죽신을 벗었다.

화끈한 통증에 저절로 비명이 새어 나왔다. 벼리는 피가 나도록 이를 악물었다. 싸울아비가 고통에 비명을 지르더니, 본능적으로 망신스러웠다.

감발을 살살 풀었다. 발을 드러내 보았다. 물집 잡힌 발바닥이 엉망진창이었다. 터진 물집에서 진물이 배어 나와 감발을 적셨다. 딱딱하게 엉켜 붙어 제대로 떼어지지도 않을 정도였다.
 이런 발로 더 걸어갈 수 있을까? 쉬지 않고 움직일 때는 골수까지 침범하는 통증에도 아랑곳없이 무조건 발을 내디뎠다 하지만, 줄줄 고름까지 흘러내리는 이 지경을 보아버린 후에야 다시 이 발을 하고는 바닥을 디딜 자신이 없었다.
 '많이도 약해졌구나, 아사벼리.'
 스스로를 꾸짖었다. 유약하게 굴어도 좋고, 어리광 부릴 수 있는 처지였다 해도, 징징댈 수는 없다. 그는 싸울아비, 일신의 고통을 호소하는 것은 수치라 배웠다. 설사 통증을 호소한다 해도 이런 사막 안에서, 죽느냐, 사느냐 하는 처지에 누가 그를 보살펴 줄 수 있으랴? 참아낼 도리밖에.
 그때였다.
 "언제쯤 네가 아프다 말할까, 기다렸다."
 어느새 사곤이 몸을 일으키고 있었다. 고개를 돌렸다. 이것 참. 항시 그렇듯이 저 사내가 또 지켜보고 있었나. 사곤이 내놓은 벼리의 발을 보더니 쯧쯧 혀를 찼다.
 "자알 한다. 이 지경이 되도록 꾹 참고 있었다니."
 "그러면 어쩌란 말이냐? 날 업고라도 가겠다는 것이냐? 아프다 한들 다른 방법이 없는걸."
 "차라리, 일라처럼 맨발로나 걸어가지. 익숙지 못한 모래밭은 맨발로 걷는 것이 차라리 나아."
 불쑥 사곤이 팔을 내밀었다. 막을 사이도 없이 벼리의 발을 잡았다. 자기도 모르게 아픔으로 이마가 찡그려졌다.

"참아라. 좀 아플 게다."

"어쩌려고?"

"치료를 해야지."

바보 아냐? 그런 표정이었다.

"이 발로는 너 이제, 한 마장도 더 못 걸어간다."

허리춤의 전낭에서 작은 구갑(龜匣)*을 꺼냈다. 열두 개의 옥바늘을 집어 들었다. 그것을 약침(藥針) 삼아 벼리의 발바닥을 치료하기 시작했다. 물집 잡힌 것은 하나하나 터뜨리고, 고름 찬 것은 손톱 끝으로 짜주었다. 진물 흐르는 상처도 살살 천으로 닦아주었다. 그러면서 툭하니 내뱉었다.

"울어나 보지?"

"뭐라고?"

"멍청하게 이 악물고 있지 말고 아프면 울기나 하란 말이다. 네가 운다고 흉볼 사람 없다."

"……울 줄 몰라."

벼리가 나지막이 중얼거렸다. 사실이었다.

"난 우는 것을 배우지 않았다."

한번 울기 시작하면 내내 울 것 같아서. 너만 보면 그만 눈물이 날 것 같아서. 벼리는 발을 치료하느라 고개를 숙인 사곤의 정수리를 내려다보며 이를 악물었다.

보지 않는 척하면서 다 보고 있는 너. 퉁명스레 굴어도 언제나 날 위해주고 다정한 너.

---

*구갑:거북이 등껍질로 만든 작은 함. 자질구레한 소지품을 넣을 때 사용한다

너만 보면 기대고 싶어진다. 울고 싶어진다. 계집처럼 어리광 부리고 싶어진다. 하여 나는 네가 무섭다. 자꾸만 벽을 쌓고 퉁명스레 대할 수밖에 없다. 무너져만 가는 내 마음을 다시 닫으려 하고 만다.
"멍청한 녀석! 울지 않는다고 강한 줄 아느냐? 정말 강한 자는 서러울 때 울고 기쁠 때 웃는 자다. 천지만물이 다 그러하거늘, 제 본성을 부인하면 그것이 오히려 역천(逆天)인 게다."
사곤이 퉁을 주었다. 옥침을 귀갑 속에 다시 갈무리했다. 그가 두 손으로 햇살 내리쬐이는 모래밭을 두어 치 깊게 팠다. 뜨거운 모래 속에 물집을 다 터뜨린 벼리의 발을 꼭꼭 묻어주었다. 일종의 찜질 치료인 모양이었다.
"한나절만 이러고 있어라. 상처가 제법 아물 게다."
"걸을 수 있을까?"
"날 믿으라니까."
장담하는 것이 밉지 않았다. 벼리는 무연히 시선을 하늘로 돌렸다. 잠시 침묵이 흘렀다. 고개를 돌려보니 사곤이 제가 땅에 묻어둔 벼리의 발을 물끄러미 내려다보고 있었다.
"네가 강인한 싸울아비여서 다행이다."
그가 혼잣말처럼 중얼거렸다.
"왜?"
"⋯⋯험하고 두려운 이 길로 널 인도한 내 자신을 용서하기 힘들었을 테니."
네 발이 여느 계집처럼 연하고 작았다면, 난 절대로 이 발에 물집 잡히는 일은 시키지 않았을 거다. 하지만 그렇다면 넌 아사벼리가 아니지. 힘센 사내에게 기대고 아양 떨고 웃음 지어 구차한 목숨을 이어가는 누군가와 똑같았을 테니.
이런 발을 가지고도 말없이 험한 사막을 건너가는 여자, 그런 네가 바로 단목사곤이 사랑하는 아사벼리. 귀하고 당당하여라. 안타깝고도 아름다워라. 사곤은 벼리의 상처난 발을 안고 입술로 빨아주고 싶었다. 그럴 수 없기에 대신 나지막한 음성으로 위로해 주었다.
"네 발은 천하에서 오직 하나. 너를 대지 위에 굳건하게 서 있게 한다. 하여 아주 귀하다. 부디 아껴주렴."
벼리는 묵묵히 고개를 끄덕였다. 삽시간에 막을 수 없는 슬픔 같은 것이 샘물처럼 솟구쳐 숨을 쉬기가 힘들었다.
벼리 자신보다 더 귀하게 아껴주는 사람. 언제나 그가 있다. 사곤과 함께 있으면, 마음이 춤을 추었다. 줄과 열을 이루어 일정한 형식에 맞추어 추는 춤이 아니라 순간순간 달라지는 즉흥무였다. 그렇게 감정이, 시선이, 마음이 제멋대로 불규칙하게 뛰었다. 날았다. 그런 사이에서 부서지는 것은 언제나 벼리의 심장. 감추어서, 없을 것이라 여겼던 붉은 피 흐르는 인간의 심장. 꽃처녀 아사벼리의 심장.
어쩌라고? 이제 와서 어쩌라고?
왜 날더러 이리도 다정하고 세심하게 대하여주느냐? 왜 마음으로부터 안아주느냐?
벼리의 시선이 서럽고 서러운 갈등으로 흔들렸다. 그녀만큼 아파

보이는 사곤의 눈빛과 마주쳤다. 풀 수 없는 매듭처럼 엉켰다. 묶였다.

그가 손을 내밀었다. 햇살과 달빛에 그을리고 모래바람에 거칠어진 벼리의 볼을 소중히 어루만졌다.

말 한마디 없이.

그럼에도 말을 다 한 것같이. 다 들은 것같이.

둘은 오래도록 그러고 앉아만 있었다.

"푹 쉬어라. 이상하게 햇살이 무겁고 더 뜨거우니 밝은 날에 걷기는 틀렸다."

벼리는 순순히 그 자리에 누웠다. 그가 시키는 대로 바위 그늘 쪽에 머리를 두었다. 화끈거리는 발은 모래 속에 꼭꼭 묻어두고, 이내 잠이 들었다. 화끈거리는 발의 통증은, 뜨거운 모래가 많이 훔쳐 갔다. 견딜 만하게 가시고 있었다. 사곤은 깊이 잠든 두 사람을 바라보다가 벌떡 일어섰다.

이들이 잠든 사이, 아직도 녹림이 남아 있는지 확인하고 돌아와야만 한다. 만약 사라졌다면, 다른 방도를 찾아야 한다. 진기를 다 소진하더라도, 이들을 안고 날아가는 최후의 수단을 사용해야 할지도 모른다.

그는 훌쩍 배 바위 위로 날아올랐다. 안력(眼力)을 돋우어 사방을 살폈다. 기억으로 녹림은 여기에서 동쪽이었던 것 같다. 아물거리는 저 멀리 아득한 저곳에 그가 찾는 푸르스름한 그 무엇이 있는 것도 같았다.

'좋았어.'

저 멀리에서 꺼멓게 움직이는 것은 그들이 찾으려 했던 비사마 떼가 분명했다. 그들은 제대로 길을 찾았다.

'하지만 길을 걸어오느라 며칠을 잃어버린걸? 녹림에서도 말을 잡아 길들이려면 적어도 이틀은 머물러야 할 터이고 말이야. 제대로 된 길에서 한참 벗어난 터라 또 며칠을 더 소비해야 하고. 흠, 사무란까지 앞으로 반은 더 남았는데 언제쯤 도착할 수 있을까 모르겠네.'

그들이 사신보다 늦게 도착해도, 마린들이 살해되거나 주민들이 학살되는 것은 아니라는 것을 사곤만은 알고 있었다. 그나마 위안이라고나 할까?

'이 생고생이 전부 다 헛것이라는 것을 알면, 저 녀석 얼굴이 어찌 될지, 참.'

사곤은 바위 아래를 내려다보았다. 그늘 속에 숨어 잠이 든 벼리의 발이 보였다. 모래 속에 담긴 발과 하얀 종아리가 어쩐지 연민스러웠다.

'제가 택한 가시밭길이니, 제가 치워야지. 둔하고 맹목이라, 직접 당해야 아는 놈이다. 흥.'

유약해지는 마음을 다잡았다. 천하를 위한 계책을 행하다 보면 작은 아픔이나 희생은 어찌할 수 없는 법. 홀로 싸늘하게 미소 짓다가 사곤은 고개를 치켜들었다. 하늘을 바라보았다. 코를 치켜들고 킁킁 냄새를 맡았다. 보스스 솜털 구멍이 일어서고 있었다.

"으흠? 어쩐지 하늘에서 비 냄새가 나는걸?"

그는 고개를 갸웃했다. 발끝까지 들고는 지평선 너머를 노려보았다.
"우기(雨氣)도 아닌데 어찌하여 이렇지? 흠, 요즈음은 하도 세상이 어수선하여 천기마저 이리 혼란스러운가?"
사막에 비가 오면, 그것은 엄청난 폭우이다. 지면에 있는 모든 것들을 다 쓸어버리는 흐름이 생긴다. 스며들지 않고 흘러 버려 하얀 흔적만 남지만, 바위 아래로 떨어져 거대한 폭포도 만들어진다. 그렇듯이 비가 한번 쏟아지고 강풍이 불어오면 사막의 지형 자체가 바뀌게 된다. 그 정도로 강력한 힘을 가지고 있었다.
이글거리는 붉은 태양이 불길했다. 지평선을 타고 오르는 아지랑이가 더 진득한 느낌이었다. 낮이면 그들을 괴롭히던 신기루 현상이 더 심해지고 있었다. 무엇인가 심상찮았다.
둥둥 하늘에 배가 떠 있고 통째로 뒤집혀진 도시가 나타났다 사라진다. 짐승들이 뛰노는 푸른 숲이 손에 잡힐 듯이 선명했다.
어느새 동전만 한 시키먼 보랏빛 구름이 나타난다 싶었다. 금세 번져 가는 먹물인 양 하늘을 가득히 점령하고 말았다. 붉은 해는 어느새 사라지고, 간간이 미약한 햇살만 두터운 구름 사이로 나타났다 사라지고…….
우르르 콰쾅! 번쩍!
예고도 없이 천둥벼락이 쳤다. 대지를 찢어발기듯이 마른벼락이 내려 꽂혔다. 이윽고 천지가 무너지는 것처럼 엄청난 천둥소리가 그들을 강타했다. 잠들었던 벼리와 일라가 혼비백산하여 벌떡 일어났다. 소스라치게 놀란 얼굴이었다.

"뭐, 뭐냐?"

"사막의 폭풍이다. 큰비가 올 거다."

"사막에도 폭풍이 친다고라? 큰비가 온다고라고라?"

사곤의 대답 대신 다시 큰 벼락이 내쳐 꽂혔다. 천둥신이 따라오고, 이내 우스스 세찬 바람이 몰려오기 시작했다. 비를 머금은 눅눅하고 뜨거운 바람이었다. 벼리가 제 머리털을 쥐어뜯었다. 한탄하여 소리쳤다.

"아이고, 내 팔자야!"

녹림이 저기라 해서 좋아했더니, 인제는 폭풍우가 달려든다 한다. 참으로 가지가지 한다 싶었다.

"원래 내가 풍운아여서 어딜 가든 천둥벼락을 몰고 다닌단다."

미처 한 대 걷어차 주기도 전이었다. 하늘에서 뚝뚝 커다란 물방울이 떨어졌다. 채 피할 사이도 없이 거대한 돌개바람을 타고 우으우우으우 소리를 내며 비 무더기가 달려들었다. 삽시간에 세 사람은 물에 빠진 강아지가 되고 말았다.

사방에서 천둥벼락이 번쩍번쩍, 우르르 쾅쾅. 시야마저 가릴 정도로 시커멓게 내리는 비. 그 사이에서 세 사람은 간신히 바위 아래 우산처럼 비를 가릴 만한 조그만 지붕을 찾아냈다. 비집고 들어갔다. 어깨를 맞댄 채 한심한 눈으로 생전 처음 보는 엄청난 돌개바람과 폭우를 노려보았다.

"며칠이나 저럴 것 같으냐?"

"글쎄다. 돌연한 비라 그리 오래갈 것 같지는…… 이익, 저게 뭐얏?"

"에구머니나!"

"어헉! 저, 저것은……?"

푸른 칼날처럼 번개가 치는 하늘. 시커먼 빗줄기로 가려져 제대로 보이지 않는 허공 위. 그들 머리 위로 배 한 척이 둥둥 떠가고 있었던 것이다.

세 사람은 동시에 자신의 눈을 비볐다. 다시 올려다보았다. 분명 배였다. 돛이며 열 개의 노까지 버젓이 달려 있었다. 올라갔다 내려갔다 움직이고 있었다.

"배인 거냐?"
"분명 신기루는 아닌 것 같은데……."
"배가 하늘을 떠다니는 것이었던가?"
"아닐걸? 나도 금시초문이다."

그러다 그들은 벌떡 일어났다.

둥둥 하늘을 떠가던 배가 다시 몰려온 엄청난 돌개바람에 휩쓸렸다. 잠자리처럼 휘말려 올라간다 하더니, 간신히 빠져나왔다. 의지를 가진 것처럼 필사적으로 균형을 유지하려 하며 움직이고 있었다. 설상가상. 바로 그 순간, 직격으로 배에 벼락이 내려쳤다. 엄청난 폭음 소리가 들렸다. 기우뚱하던 배의 돛대가 부러져 버렸다. 그만 시커먼 연기를 내더니 그대로 땅바닥으로 추락해 버렸다.

세 사람은 서로의 얼굴을 돌아보았다. 누구랄 것도 없이 그쪽으로 달려가기 시작했다.

살다 살다, 처음 보는 일이었다. 하늘에서 배가 떨어지다니!

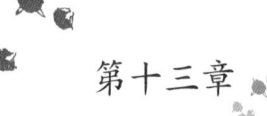

第十三章

"님 없는 세상에서 천 년을 사느니,
님 안고 사랑하며 하룻밤을 살고 싶소."
환인께서 가벼이 말씀하셨다.
"대인난(待人亂), 정인난(情人亂)을 어이할고?
헤어진 동안은 찰나도 억겁이나
더불어 함께하면 영원도 잠시인 것을."

고오— 고오—

번쩍, 번쩍, 우르르, 쾅쾅!

하늘배를 단번에 추락시킨 돌개바람이 무서운 비와 천둥벼락을 몰고 저 멀리 사라졌다. 시작도 갑작스럽더니 끝남도 단 한순간이었다.

몸들은 흠뻑 젖어 있었고, 머리에서는 물이 줄줄 흘렀다. 황톳물이 바위벽을 타고 콸콸 쏟아져 흐르고 있었다. 그것만 없었다면, 그들이 방금 경험한 무서운 천둥벼락과 회오리바람이며, 거센 비바람이 꿈이라 생각했을 것이다. 비가 시작된 서쪽 끝 천공부터 다시 서서히 푸르게 열리고 있었다.

그런 와중에 세 사람은 하늘에서 떨어진 배 곁으로 다가섰다. 그것은 옆으로 비스듬히 쓰러진 채였다. 부러진 돛 사이로 검은 연기가 모락모락 새어 나오고 있었다.

"배 맞네."

"참으로 세상이 넓고 기이한 일이 많다 하더니, 이 사막을 건너면서 내가 별 구경을 다하는구나."

"배가 하늘을 떠다니는 것도 심히 괴이하나, 이것, 더 이상하다. 나무로 만든 배가 아니다."

호기심 많고 살펴보는 것이 항상 예리한 사곤다웠다. 일라와 벼리가 놀라워만 하는 사이에, 그는 어느새 이쪽저쪽을 돌아다니면서 관찰을 한 모양이다. 발끝으로 모래밭에 반쯤 파묻힌 배를 툭 걷어찼다. 탱 하고 소리가 났다. 쇳소리와 흡사했다.

"이것이 설마 쇠로 만든 배란 말인가?"

"무거운 쇠로 만든 배가 어떻게 하늘을 날아?"

"그런 것 같다. 이 배가 어디서 날아왔는지 알 만하다."

"어디서?"

"내가 〈미친 현자의 섬〉에 곡식을 실어 보내는 무인선도 이런 것으로 만들어졌다. 부철(浮鐵)*이라고 하더라."

"부철? 허면 이 배가 그 섬에서 날아왔다는 것이냐? 그 섬은 대륙하고 절대로 오갈 수 없다 하더니."

"틀림없다. 이런 괴상한 물건을 만들어낼 수 있는 곳은 천하에서 딱 하나, 그 섬의 미치광이들뿐이다."

---

*부철:강철보다 단단하고 옷감처럼 얇고 가벼운 금속. 물에 뜰 정도이다. 아트란국에서 만든 오리칼콘 합금의 다른 이름이다

사곤의 말이 채 끝나기도 전이었다. 털컥털컥 괴상한 소리가 나더니 기우뚱하던 배가 천천히 바로 앉았다. 조개가 입을 벌리듯이 배 아랫부분이 짝 벌어졌다. 비틀비틀하며 하나의 작은 인영이 기다시피 밖으로 나왔다.

"어라? 사람이 타고 있었네?"

"엄마야!"

일라가 비명을 지르며 사곤 옆구리에 찰싹 붙었다. 본능적으로 벼리가 둘을 밀어내고 몸으로 가로막았다. 일월봉황검을 빼들었다.

하지만 그럴 필요가 없었다.

하늘배에서 빠져나온 인간은 머리에 큰 상처를 입고 있었다. 붉은 피가 흘러내려 거멓게 굳어 있는데, 그래도 아직 계속해서 흘러내리고 있었다. 그 역시 제 앞에 선 사람을 보고 깜짝 놀란 모양이다. 당장 내려칠 모양새를 하고 검까지 빼든 벼리를 보고는 끼아악! 비명까지 질렀다. 그러다가 그만 털썩 앞으로 쓰러져 버렸다. 사곤이 중얼거렸다.

"기절했군."

"인간 맞아?"

"허면 천신(天神)이냐?"

"하도 생긴 것이 괴상하니 그렇지."

벼리는 검을 다시 검집에 집어넣었다. 그들을 보자마자 기절한 인간이니, 그다지 위험할 것이 없다는 판단이 들었다.

괴상한 물건에서 기어나온 인간의 모습은 다소, 아니, 아주 많이 우스꽝스러웠다. 정곡에서는 좀처럼 찾아보기 힘든 모습이었다. 머리는 보통 사람보다 배는 크고, 게다가 그 머리카락은 말라비틀어진 잡초처럼 싯누런 색이었다. 등까지 불룩 솟았다. 왜소한 키의 꼽추였다.

그의 옷차림도 생김새만큼이나 기이하였다.

그가 입은 옷은 천하의 어느 누구도 입은 적이 없는 괴상한 모양이었다. 해란의 옷도 아니요, 단뫼나 마고국의 의상과도 전혀 딴판이었다. 기름을 발랐을까? 번들번들 광택이 나는 검정 천에 계집들이나 좋아함직하게, 황금실로 수를 가득히 놓았다. 야들야들한 천으로 만든 손수건들을 소매와 목깃에 가득히 달고 있었다. 답답하지 않는지, 목에도 그런 꽃수건같이 생긴 기다란 천을 꼭꼭 매고 있었다.

"이 사람을 어찌해야 할까?"

사곤이 한숨을 푹 쉬었다. 그는 한 몸인데, 책임져야 할 불청객은 날마다 늘고 있었다.

"에휴, 내 팔자야. 이것도 인연인데, 살려줘야지."

언제 짐 가볍다 하였더냐? 이제는 하늘에서 사람까지 떨어진다.

이렇게 하여 사곤은 하늘에서 떨어진 꼽추까지 짊어지고 털레털레 걸어가는 신세가 되었다. 그들의 목적지인 녹림까지는 한나절. 밤이 내릴 무렵, 마침내 도착할 수 있었다.

생명의 젖줄인 물이 솟는 녹림은 모든 것이 풍성했다.

일단 물부터 배 터지게 마셨다. 사막에서만 자라는 특유의 부채나무* 숲이 우거져 있었다. 나무들은 한결같이 가지마다 탐스러이

익은 열매들을 무겁게 달고 있었다. 얼마 만에 보는 생것 그대로의 주전부리인가? 일단 욕심껏 볼 붉은 열매들을 따서 목들을 축였다.

구색을 갖추어야지. 통통하게 살이 찐 비사마 한 마리를 잡아 통구이를 했다.

"이거 대단한데? 이곳에서 백 년을 살아도 굶어 죽지는 않겠는걸?"

폭우가 내려 다소 흐려지기는 했지만 호수 안에는 사람 키만 한 물고기가 우글거렸다. 그 물을 마시러 온갖 짐승들이 제 발로 호숫가에 모여든다. 녹림에 머무는 동안 밥걱정일랑은 덜었다. 며칠 내내 고생했던 일행에게는 천국이 따로 없었다.

배부르게 먹고 철벅거리며 물장난까지 쳤다. 몇 날 며칠을 걸어 사막을 가로질러 온 고생이 꿈만 같았다.

"너, 계속해서 발을 모래에 묻고 있어라."

사곤이 힐끗 벼리를 바라보았다. 퉁퉁 부은 발을 보며 한마디 했다. 벼리는 고개를 끄덕였다. 그래도 사곤의 침술과 모래찜질이 효과가 있었나 보다. 발은 많이 나아졌다. 맨발로 젖은 모래 위를 걸어온 것이 오히려 좋은 효과를 가져온 듯싶었다.

그런 와중에 하늘배의 사람은 계속하여 의식을 잃은 채였다. 인정이 많은 벼리가 그를 파오 속에 편안하게 뉘었다. 털이불로 몸을 꼭꼭 여미어주었다. 의외로 사막의 밤은 추웠다.

---

*부채나무: 잎은 부채 모양이며 사막 녹림에서만 자란다. 사시사철 어린애 주먹만 한 붉은 열매가 맺힌다. 열매는 달고 과즙이 많다

밤이 깊어갔다. 하아함, 하품을 하며 사곤이 일어섰다.
"자거라. 서로 교대하자꾸나."
"이번에는 네가 먼저 쉬어라. 저자를 데리고 오느라고 힘들었잖느냐?"
이번에는 벼리가 사곤을 만류했다. 제가 먼저 보초를 서겠다는 말이었다. 일월봉황검을 빼 들었다. 사람들을 지키기 위하여 모닥불을 피워놓은 곳에서부터 한 마장쯤 물러났다. 주변을 살피며 번을 서기 시작했다.
"의리도 있어. 씩씩하기도 뭇 사내 뺨치는군. 사내를 지켜주는 여인네라, 훗날 밤잠은 편안하겠어."
일라가 짐 꾸러미에서 털이불을 찾아 들었다. 모닥불 앞에서 잠자리를 장만하며 사곤만 듣게 비아냥거렸다.
"당연하지. 천하 어디든 데려가도 제 몸 하나는 건사하는 녀석이지. 든든하지."
"그렇게 좋나?"
"왜?"
"하루 종일 눈을 떼지 못하던데?"
"아, 내 물건에 흠집이 나면 안 되거든. '내 물건은 내가 건사하자.' 이게 우리 단뫼의 상인들 철칙이지."
"그렇게 좋으면서 왜 저렇듯이 고생시키고 밖으로 내돌리는 거지? 네 실력이면 하룻밤 사이에 사무란으로 데려다 줄 수도 있을 터인데?"
"뭐든지 제 힘으로 얻어야 가치있고 의미있는 법이지. 어리석을 정도로 곧고 하나만 보는 녀석이라, 이 수밖에는 없다. 제가 이루어야 할 소명은 제 힘으로 이루어야 하는 녀석이다. 부딪히고 깨어져야 정신을 차리겠지.”

"아하, 쇠는 두들길수록 강해진다는 말씀?"

"잘 아는군."

천하의 사곤이라도 무거운 짐을 지고 몇 날 며칠을 걸었다. 내내 긴장을 풀지 못했다. 비로소 조금 편안해지니 졸음이 쏟아졌다. 활활 피운 모닥불 주변에 드러누워 이내 일라와 사곤은 동시에 곯아떨어졌다.

하늘에는 아직도 검은 구름이 오락가락하고 있었다. 그럼에도 잠시 드러나는 천공에는 별이 총총했다. 그런 하늘을 바라보며 벼리는 두 개의 검을 가슴에 안은 채 멍하니 앉아 있기만 했다. 비록 번을 서는 처지라, 귀 하나와 눈 한 개는 주변을 향해 열어두고 있었지만.

'아버님.'

가슴에서 주르르 핏물이 쏟아지듯 그리운 이름 하나가 가만히 새어 나왔다. 안간힘을 다하여 강해져야 하기에, 절대로 울지 못하는 자의 눈빛이 컴컴하게 흐려졌다.

'노부(老父)를 홀로 두고 먼저 가는 자식이라, 이 불효를 용서하십시오. 아사벼리, 아버님이 가르치신 대로 오지 충성하여 그 불효의 죄를 씻겠나이다.'

마루한. 검을 쥔 손에 힘이 주어졌다. 벼리는 그만 고개를 숙여 버렸다.

'내가 감히 그분을 부를 자격이 있을까?'

마린이라 하면서, 우르 신 앞에서 맹세한 혼약을 두고서도, 이미 마음은 흔들려 버렸는데. 다른 사내를 바라보며 설레고 있는데. 자꾸만 자꾸만 가까워지려고 안달하고 있는데.

'더없이 신성한 사명을 수행하려는 이 마당에, 사사로운 정으로 유약해진 소장을 꾸짖어주십시오. 불효하고 불충하여도 좋으니, 저 사람 손을 잡고 도망치고 싶은 이 비겁함을 용서하여 주십시오.'

이를 악물었다. 마음은 누구에게도 보이지 않는 것이다. 아사벼리, 하여 이 짧은 평생 한 번 온 이 정을 부인하지는 않으련다. 슬프나 행복한 것이기에. 마음으로 짓는 죄가 더 크다 하지만, 그 죄가 진실인데 어쩌랴?

"이 마음이 내 마음먹은 대로 가는 것이고, 원하면 붙이고 자르는 것이라면 얼마나 좋을까?"

총총한 별을 바라보며 벼리는 나지막이 탄식했다. 시시각각 가시처럼 찌르는 불안하고 서러운 것을 생각하며 한숨 쉬었다.

'그렇다면 이 아린 것도, 쓰라림도 없을 터인데. 엇갈려 아파하는 일도 없을 터인데.'

긍지 높은 명예에 삶과 죽음 전부를 거는 싸울아비가, 이렇듯이 다른 사내를 보는 부정(不貞)의 죄를 짓는다. 이것은 본능. 애당초 이 마음의 주인은 저쪽에 누워 자는 사람. 벼리에게 모든 것을 맡기고 가장 편안한 얼굴로 잠을 자는 저 사람.

벼리는 자신도 모르게 불가로 다가갔다. 행여 그들의 잠이 깰세라, 조심조심 부채나무 장작을 몇 개 더 던져 넣었다. 불이 꺼지기라도 하면 새벽에 다들 추위로 떨 것이다. 돌아서서 두 사람의 어깨 아래로 떨어진 털이불을 목까지 여며주었다.

 사곤은 언제나 엎드려 잔다. 벼리가 그것을 알고 있음을 그도 알까? 두건을 벗어 던졌기에, 목덜미까지 내려온 구불구불한 검은 머리카락이 이리저리 뻗쳐 있었다. 자신도 모르게 벼리의 입술에 미소가 번졌다.

 단뫼의 사내들은 해란국처럼 상투를 틀지 않고 배냇머리 그대로를 내내 길러 꼬아 땋는다 하였다. 성인이 되어서야 어깨춤 정도로 자르고, 목 뒤에서 가죽끈 하나로 묶었다.

 언젠가, 머리가 왜 그 모양이냐고 물었다가 퉁바리만 당했었다.

 "날마다 먼 길 오가는 장사치 사내들이 아침저녁으로 상투를 틀 여유가 어디 있나?"

 벼리는 자신도 모르게 사곤의 목덜미에서 나폴대는 머리카락 한 줌을 매만졌다. 가만가만 어루만졌다. 보기에는 억센 것 같았는데, 생각보다 부드러운 감촉이었다.

 '그대의 잠이 부디 평안하기를. 그대의 꿈이 부디 아름답기를.'

 이 밤은 내가 그대를 지키고 있으니까.

 밤바람에 벼리의 머리카락도 제멋대로 휘날렸다. 마음 박힌 사내를 내려다보는 심장도 마구 뛰었다. 주저주저, 그 손은 주인의 허락도 없이 튼실한 목덜미와 어깨까지 살그머니 쓰다듬고 있었다. 애틋하고, 아련하게. 가슴 아프게.

 '고마워. 감사해. 내 길잡이가 되어주어서.'

 무엇보다, 미안해. 정직한 마음에 눈감아 버려 이리도 우리가 엇

갈리게 만든 것이. 몰래 쓰다듬는 손길에 애달픔이 묻었다.
 벼리는 일어나 다시 번을 서는 자리로 돌아갔다. 돌아눕는 사곤의 입술에 슬쩍 미소가 흘렀다. 벼리는 끝내 알지 못했지만, 퍽이나 만족스러운 미소였다.

 그런 밤, 그런 때.
 정곡의 땅에는 궂은비가 내리고 있었다.
 스산한 겨울비였다. 가문 겨울답지 않게 큰비였다. 하루 종일 세차게 쏟아지고 있었다.
 깊은 밤임에도 마루한 가람휘는 홀로 깨어 성벽 위에 서 있었다. 몸이 젖는 것도 아랑곳하지 않고 내내 사무란으로 가는 길, 그 방향을 향하여 오래도록 응시하고 있었다.
 잠을 자야지 하면서도 잠이 들지 못하는 것은 첩첩산중 이어지는 상념과 근심들 때문이다. 잠시라도 한가해지면 고개를 드는 어둡고 절망적인 것을 견딜 수가 없다. 군막에 나가 몸 부서져라 군사들을 조련하는 일에 매달렸다. 싸울아비들과 더불어 말달리고 활을 쏘았다. 죽도록 곤하여지면 그 기운으로 잠을 잘 수 있을까 해서였다. 그럼에도 잠이 오지 않았다.
 짊어진 짐이 너무 무거워 힘들다. 그리운 사람이 너무 많아 아프다. 걱정되는 사람이 하나 있어 괴롭다.
 '그대는 지금 어디쯤 가고 있는가, 아사벼리?'
 사무란의 아련나를 그리워하는 마음보다, 더 깊고 강렬한 감정이었다. 스스로도 제어할 수 없는 격한 것들이 솟구치나, 그를 달래줄

자는 이미 곁에 없다. 외롭고 두렵고 슬퍼서 미칠 것만 같았다.

마루한 가람휘는 지금 천하에서 가장 쓸쓸하고 고독한 자였다. 그의 곁엔 이제 그 누구도 없다.

'아사벼리, 이제 나는 시시각각 그대 때문에 눈물이 난다.'

행여 그대가 잘못되었을까 봐, 어느 낯선 불모의 땅에서 눈도 채 감지 못하고 숨을 거두었을까 봐, 누구도 울어주는 자 없는 채 홀로 쓸쓸히 이 세상을 버렸을까 봐.

'하나 애써 그리는 생각지 않으려 해. 그렇다면 나 자신의 심주(心柱)를 잃어버려 견딜 수 없기에. 그대가 꿋꿋이 환란을 헤치고 한 발자국 한 발자국, 임무를 다하려 가시고 있다고 생각해. 그렇듯이 그대를 믿어. 나는 그대만은 믿어.'

가람휘는 하늘을 우러렀다. 허무하고 자조적인 미소가 입술 위로 잡혔다.

"아련나, 미안하구나. 이렇듯이 이 못난 지아비가 그대 아닌 다른 사람을 염려하고 가슴 아파 잠을 이루지 못하는구나."

하지만 사랑하기에 사무란의 마린은 이해해 주시겠지. 그이는 그가 가장 아끼는 벗이기에. 지금껏 위안이 되고 지켜주던 방패이기에. 어느덧 마음속에 걸어와 버린 또 다른 한 사람쯤은 받아들여 주시겠지.

가람휘가 어린 지어미를 연민하고 애달파하는 것은 사랑하는 사내로서의 올곧은 진심이었다.

하지만 그의 짐을 대신 떠안고는, 제 목숨 버릴 각오로 떠나간 그 사람을 그리워하고 고마워하고 대견해하는 마음 또한 진실이었다.

크고 뜨거웠다. 여인이 아니라 큰 사람으로, 가람휘 자신은 걸어가지 못하는 길을 당당히 가는 자를 바라보는 마음이었다. 한갓 연정이나 사랑 따위가 아니었다. 거룩한 존모였고 높이 우러러 흠모하는 마음이었다.

'제발 무사히…… 그대에게 닿을 수만 있다면 내 모든 염원과 기력을 그대에게 보내주고 싶다.'

그때였다. 마루한처럼 이 깊은 밤에 잠 못 든 이가 또 있었던가. 우산을 들고 저벅저벅 걸어오던 검은 그림자가 우뚝 섰다.

"아이고, 마루한!"

뜻밖에도 성주 딜곡이었다. 그 역시 비 오는 이 겨울밤, 무엇 때문에 잠들지 못하고 성벽에 올라 헤매고 있는가? 딜곡은 깜짝 놀란 눈치였다. 걱정스레 가람휘의 안부를 챙겼다.

"금일도 군막에 나가 늦게 돌아오셨다 하더이다."

"내 눈으로 직접 우리 싸울아비들의 용맹을 보고 싶었소. 쥬신의 활솜씨들을 어지간히 배웠더군. 든든하였소."

"수도를 수복하고 국운을 되살리려는 마루한의 소명을 이루어드리기 위하여 밤낮으로 애쓰고 있다 들었습니다. 걱정 마십시오."

가람휘는 고개를 끄덕였다. 억지로 의연한 척하려 했다. 하지만 호위도 없이, 홀로 비를 맞고 선 마루한의 모습은 일국의 군주라기보다는 버림받은 어린애같이 서글픈 것이었다.

위엄 높은 군주라 하나 이제 겨우 약관. 나이로 치자면 아들뻘밖에 되지 않는 나이이다. 쓸쓸하고 애잔한 마음이 절로 들었다. 지금껏 우산도 없이 비를 맞아 서글픈 몰골이 된 군주의 어깨 위로 딜곡

이제 겉옷을 벗어 걸쳐 주었다. 우산을 옮겨 들고 그의 머리 위로 받쳤다.
"어찌하여 지금껏 찬비를 맞으며 계셨나이까? 옥체를 상하시리라."
"도통 잠이 오지 않아서. 정신을 차려보니 어느새 내 몸이 여기에 서 있더군."
사무란이 보이는 북쪽 벽 위에, 정다운 이들이 전부 붙잡혀 있는 그리운 곳으로, 가지 못하는 슬픈 고향 쪽으로.
"나는 그렇다 치고 국구는 어찌하여 여기에 올라 계시는 거요?"
"핫하, 노인은 원래 잠이 없는 법이지요."
그렇다 하더라도 그 얼굴에 서린 근심과 그리움을 어찌 읽지 못할까? 말 못하는 마음은 똑같은 것인데. 가람휘가 나지막이 중얼거렸다.
"멀리 떠난 마린을 근심함이구려."
"망극하옵니다. 통촉하여 주시옵소서."
딜곡이 허연 머리를 조아리며 사죄하였다. 노인의 몸 위로도 차가운 비가 흠뻑 배고 있었다.
"의젓하게 처신해야 하는 줄 알면서도, 힘없는 아비의 마음이라는 것이 이리도 어리석나이다. 여식이 간 길을 다시 보게 되고 또 보게 되는 것을 어찌할 수 없습니다. 이곳에서 그저 기다리는 이 아비가 해줄 수 있는 것은 이것뿐이기에."
마루한은 고개를 흔들었다.
"그런 말 하지 마시오. 자식 생사 알지 못해 마음 졸이는 아비의 심정을 내 어찌 모를까? 나는…… 국구만 보면 미안하오."
 오직 충성만 알고 배워, 일생을 받드는 데만 보낸 자. 자식조차 그렇게 키운 자. 이렇게 늙어, 또다시 생때같은 여식을 충성이란 이름으로 사지(死地)에 떠나보낸 이 사람 앞에서 그가 무슨 말을 감히 할 수 있단 말인가?
 가람휘는 다시 돌아섰다. 딜곡도 그의 곁에 와 섰다. 두 사람의 시선은 검은 어둠을 뚫고 내내 북쪽만을 응시하고 있었다.
 "천호장이 무후의 사절을 호위하여 떠난 지도 벌써 사흘이나 지났구먼."
 "그렇습니다. 책임감 강하고 듬직하니, 잘하리라 믿으셔도 될 겝니다."
 "당연하지. 난 항상 믿고 있었소."
 "아, 네에."
 "천호장 얘기가 아니오."
 의아한 딜곡의 시선이 가람휘의 시선과 마주쳤다.
 "그가 아냐. 난 나의 마린 아사벼리를 믿소. 해란의 위엄 높은 마린이자, 마루한을 지척에서 모시던 친기대장 아사벼리는 그리 시시한 이가 아니거든."
 가람휘는 다시 돌아섰다. 빙그레 미소를 짓고 있는 그의 얼굴을 다시 세찬 빗줄기가 후려쳤다.
 "강하고 끈질기지. 용맹하고도 지혜롭소. 목숨 내어놓고 원하는 바를 반드시 이루고자 하는 사람이야. 하여 하늘도 감동시키는 사람이지."

"망극하옵니다."
"어찌하든 길을 만들 것이야. 무사히 사무란성으로 잠입하였을 것이오. 우리를 위하여 아칸의 목을 반드시 자를 것이오."
"소신도 그리 믿습니다."
희망은 가없는 절망 속에서 만들어지는 법이다. 바깥의 출구가 보이지 않기에 제 스스로 마음에서 만드는 길이다. 간절한 마음이 모여 큰 뜻을 이루나니, 떠난 자가 믿고 간 길이기에, 기다리는 자 역시 믿어주어야 한다.
딜곡의 대답에 가람휘가 다시 미소 지었다. 두 손을 뻗어 노인의 등을 돌렸다. 살짝 밀었다. 비에 젖은 손인데도 등에 온기가 전해졌다. 똑같은 찬비에 젖은 두 몸이되, 함께 있으니 오히려 따뜻하다 느끼는 것이었다. 가람휘가 당부했다.
"의심치 말고, 근심하지 말고 주무시오. 늙은 아비가 이리 비 오는 밤에도 그리워하여 홀로 성벽에 올라 기다리는 것을 알면 마린께서는 가슴이 몹시 아프실 게야."
딜곡의 가슴에 울컥 무엇인가가 솟구쳤다.
아비가 이리도 간절히 기다리는 것을 알 터이니, 돌아오너라. 꼭 돌아오너라. 팔다리 하나 잃어도 좋단다. 눈이 멀고 귀 멀고 만신창이가 되어도 좋단다. 그저 살아만 있거라. 아비에게 다시 돌아오너라. 내 죽을 날까지 너를 기다리고 있을 터이니.
차마 말하지 못하고 드러내지 못하여 딴딴하게 굳어진 슬픔이 빗물에 묻었다. 눈물 같은 것에 섞여 이내 흔적이 없이 스러졌다. 하여 딜곡은 가람휘가 시키는 대로 아무 말 없이 그곳을 떠났다. 아니, 떠나려 했다. 몇 발자국을 떼었다.

"국구."

등 뒤에서 마루한이 다시 불렀다.

"예, 마루한."

"미안하오."

빗물에 젖은 목소리가 더없이 축축했다. 아마 마루한의 눈도 빗물에 젖어 있을 테지.

"내 본의는 아니나, 그대가 가진 것을 전부 다 빼앗고 만 못난 군주가 되었소이다."

딜곡이 평생 가꾼 정곡성과 딸 아사벼리까지 전부 다. 가람휘는 진정 그에게 미안하였다. 딜곡이 세차게 고개를 흔들었다.

"망극하옵니다. 그런 말씀일랑은 절대로 마옵소서. 신은 오직 마루한의 충복일 뿐이옵니다."

"그대의 한결같은 충성을 받을 만큼 나는 좋은 군주가 아니오."

나지막하였으나 또렷했다. 강한 의지가 드러난 목소리였다.

"단지 군주로 태어났다는 이유로 이런 귀애함을 받을 순 없어. 약조하오. 내, 반드시 좋은 군주가 되리다. 국구의 충성과, 마린의 배려에 부끄럽지 않는 마루한이 되리다."

"만세 만세. 마루한의 의기에 신은 그저 감복하옵니다."

"하고, 이 밤에서만 내 말하건대, 국구가 정말 고맙소이다."

딜곡은 돌아섰다. 등을 돌린 가람휘가 고해라도 하듯이 중얼거리고 있었다.

"나더러, 억지로라도 친기대장을 마린으로 맞이하라 하였을 때,

사실 그대와 마린을 다 원망했습니다."

"……민망하옵니다."

"한데, 이젠 사무치게 고맙구려. 그이는 나에게 군주가 가야 할 길을 가르쳐 주었소이다. 다시는 내, 울지 않을 것이오. 다시는 내, 어리광 부리지 않을 것이오. 다시는……."

가람휘는 주먹을 움켜쥐었다.

유약하게 울며 그리워하지 않을 것이오. 사무란성으로 진입한 그녀마저 실패한다면, 이것이 운명이겠지.

하여 나는 조만간 마음꽃 그 사람을 잊으려 하오. 아련나와의 인연은 이승에서 끝났다는 뜻이기에. 가람휘는 이를 악물었다. 또박또박 말을 이었다.

"이제부터 나도 독해지고 잔인해지고 무서워질 것입니다. 한 지아비 노릇에 연연해하지 않고, 뭇 백성 이끌어가는 해 같은 마루한이 될 것입니다. 나는."

그가 존모하는 단 한 사람, 아사벼리란 여인이 가장 바란 것이기에. 그녀의 유일한 소원이었기에. 반드시 그렇게 되고 말리라.

붉은 사막의 녹림.

길 떠난 후, 제일 평온한 하룻밤이 지났다. 아침밥으로 어젯밤 남은 비사마 통구이에다가 불고기까지 구워 푸지게 한 상 먹었다.

그런 연후에 타고 갈 말을 잡아야지. 부채나무 끝에 서서 어떤 놈이 좋을까? 생포할 비사마들을 살피고 있던 중이었다.

"어이, 하늘에서 떨어진 인간이 깬 것 같습니다."

그를 부르는 소리에 사곤은 고개를 아래로 떨어뜨렸다. 일라가 손짓하고 있었다.

벼리가 물에 적신 수건으로 피투성이 얼굴을 말끔하게 닦아주었다. 머리통에 난 상처에 금창약까지 발라준 후라, 처음 구조했을 때보다는 한결 생기가 짙어져 있었다. 정신은 차렸지만 옆으로 누운 그대로 움직이지 않았다. 과연 자신을 둘러싼 인간들을 믿어야 하나 말아야 하나 가늠하는 표정이었다. 커다란 눈알만 데굴데굴 굴리고 있었다.

사곤은 훌쩍 나무에서 뛰어내렸다.

옷차림이나 생김새 모양으로 눈빛도 기이하다. 청옥을 박은 것인 양 파란 눈동자였다.

사곤 자신을 비롯한 단뫼의 사람들이 그러하듯 이자들의 조상도 애초에 푸른 눈이었나 보다. 단뫼인들이야 수천 년 동안 대륙을 떠돌며 더불어 살아온 이들. 검은 눈을 가진 자들과 피가 섞였다. 눈동자 색이 묵청빛으로 변해간 것과는 달리 이자들은 섬에서 고립된 채 살았다. 하여 시원의 그대로로 푸른 눈을 간직한 모양이다.

"정신 차렸으면 일어나시지?"

처음에는 알아듣지 못하는 얼굴이었다. 사곤이 단뫼의 말로 되풀이하자 그제야 반색하였다.

"오호, 그대는 단뫼의 장사치로구려."

"어라, 내 말은 알아듣는데?"

"무인선을 타고 들어오는 단뫼국의 책이며 문서들을 열심히 익혔소이다그려. 내 서투르나 의사소통은 할 만하구려."

"구해주어서 고맙다거나 그런 말은 생략하자구. 내가 업어서 자네를 여기까지 데리고 왔거든. 생명을 구해주고 치료해 준 대가만 치러주면 돼."

여기서도 빈틈없는 장사치 본연의 자세를 고수하는 사곤이었다.

"허어, 역시 단뫼의 상인들은 돈 없이는 아무 일도 아니 한다 하더니. 대가라……. 그렇습니다그려. 세상에는 공짜가 없습니다그려. 이만하면 되겠습니까그려?"

주섬주섬 일어나 그가 저고리 주머니에서 무엇인가를 꺼냈다. 누구에랄 것도 없이 쑥 내밀었다. 제법 무게가 나가는 금괴 두 개였다. 제일 먼저 손을 뻗은 사곤이 냉큼 가로챘다. 재빨리 제 전낭에다 집어넣었다.

"역시 〈미친 현자〉, 아니지, 아트란 사람들은 셈이 정확해서 좋군."

꼽추의 커다란 눈이 번쩍거렸다. 커다란 입이 활처럼 휘었다. 나름대로 웃는 얼굴이었다.

"허어, 내가 아트란에서 온 사람이라는 것을 알다니, 참으로 대단하십니다그려."

"부철(浮鐵)로 하늘을 나는 배를 만들 만한 실력을 가진 자들은 너희들 일족밖에 없거든. 자, 이젠 정체를 밝히시지."

"에에, 본좌들은 크락, 마락이라고 합니다그려."

"크락, 마락?"

"흠…… 설마, 클락말락?"

"클락 말락하여 키가 이 모양인가?"

명색이 예절(禮節)을 숭상하는 싸울아비라, 벼리는 터지는 웃음을 억지로 참으려 입술을 깨물었다. 주먹으로 입을 막으며 허공을 바라보았다. 사곤은 남 눈치 보지 않고 제멋대로 하는 성미답게 푸핫 하하 웃어버렸다. 일라는 아예 바닥에서 데굴데굴 굴렀다.
"아니, 다들 왜 웃는 것입니까그려?"
"크락마락? 아이고, 크락마락! 으핫하하하. 네가 크락마락이면 나는 쥐락펴락이다."
그를 바라보던 사곤이 다시 배를 잡고 굴렀다.
'크락마락' 이라니, 정말 절묘한 이름이라고 다들 생각했다.
키는 겨우 사곤의 허리춤에 온 터로 이름 따라, 클락 말락하다가 중단된 것이 틀림없었다. 심하게 구부러진 등은 마치 수박 하나를 짊어진 듯 볼록 옷 위로 솟았다. 참으로 보기 흉한 모습이었으나, 아트란의 불청객은 아주 태연했다.
생김이며 이름이 어찌 그리 한 짝인가? 하늘배의 위인이 웃음을 참지 못하는 일행을 바라보았다. 찬찬히 바라보던 그의 시선이 일 그러졌다. 제 꼴은 생각지 않고 오히려 벼리 일행을 경멸하는 기색이 역력했다.
"한데 당신들은 어찌하여 다들 그리 나뭇가지처럼 밋밋하오그려? 대체 키는 왜 그리 크단 말이오그려? 쓸모도 없이? 에잉! 다들 하나같이 천한 노예인가 보군그려."
"웃기지 마, 괴상한 작자! 난 해란의 싸울아비야!"
버럭 화를 내는 벼리를 사곤이 가로막았다. 그의 눈썹도 치켜 올라가 있었다.

"천하의 나 단목사곤을 노예라 칭하는 놈은 처음이야. 이봐, 난 장이. 너의 정체가 뭐야?"
 정색을 하고 을러대자 그의 전신에서 범접하지 못할 살기가 뻗어 나왔다. 이에 잘난 척하려던 크락마락이 설핏 당황해했다. 실상 겉으로야 으름장을 놓기는 하였으나 꽤나 간이 작은 모양이었다.
 "아아, 진정하시구려. 내 실수하였소이다그려."
 "입 닥치고 정체나 밝혀!"
 "아아, 〈못 가는 대륙〉의 인간은 우리들과 많이 다르다 하더니, 노예가 아니시구려. 본좌가 실수한 것 같소이다그려. 에에, 본좌를 소개하겠소이다그려. 본좌는 아트란 왕국의 수석 연구사이며 국립 연금술 학교의 일급 교수입니다그려. 아니지? 이제는 '였었다' 고 말하겠소이다그려."
 "왜 '였었다' 라고 말하지?"
 "닷새 전에 본좌는 과감하게 사표를 내고 말았소이다그려."
 "그렇군. 난 단목사곤, 이쪽은 일라, 이쪽은 아사벼리. 함께 사막을 건너가는 중이다. 만나서 반갑소, 크락마락 교수. 정말 당신에게 잘 어울리는 이름이군."
 "우리를 구하여주어서 정말 감사합니다그려. 한데 내 궁금한 것이 하나 있기로 물어도 되겠소이까그려?"
 "무엇이냐?"
 "왜 그대들의 등은 하나같이 다들 밋밋하오? 어찌하여 나이도 그만한데 지금껏 짝을 못 찾았소이까그려?"
 "짝? 짝을 찾는데 왜 자꾸 내 등만 바라보느냐?"

"내 등이 너와 달리 밋밋한 것이 이상하냐?"

벼리와 사곤이 동시에 물었다. 이상한 건 우리가 아니고 바로 너다, 이런 뜻이었다.

"쯧쯧쯧, 아무래도 내 짐작이 맞은 것 같소이다그려. 당신네들은 신분이 천하여 여적 짝을 얻지 못했나 보구려. 이봐, 마락. 그렇지 않아?"

"아무래도 그런 것 같아, 크락."

크락마락의 등에서 목소리가 새어 나왔다. 이익! 다들 놀라 까무라칠 뻔하였다.

"답답하였지? 내 이 사람들을 보여주마. 참, 단뫼의 말을 하여야 알아들어."

"알았어. 난 괜찮아. 한잠 푹 자고 일어난 참이야."

크락이 정성스럽게 제 윗저고리를 벗었다. 옆으로 돌아앉았다.

"본좌의 짝 마락 교수올시다그려."

어지간한 것에는 놀란 척도 아니 하는 사곤조차 순간 멍해진 얼굴이었다. 이런 터이니 일라와 벼리는 오죽하였을까? 크락마락 교수의 등에 붙은 것은 꼽추의 혹이 아니었다. 멀쩡한 사람의 머리가 하나 더 달려 있었던 것이다. 그 얼굴이 활짝 웃으며 말하고 있었다.

"안녕하세요? 마락입니다. 반가워요!"

"에구머니!"

"엄마야!"

"이, 이런!"

버젓한 사람 얼굴. 두 번째 머리가 큰 입을 활짝 벌리고 미소 지었다. 딱딱한 돌이 되어버린 세 사람을 향하여 인사했다.
"사고가 났을 때 난 자고 있었거든요. 크락이 혼자 하늘배를 움직여 갈 수 있다기에 그만 깊이 잠든 건데…… 나의 계산상 하늘배는 열하루를 가서, 무사히 아사달에 안착할 예정이었지요. 중도에서 사고가 날 줄은 나도 미처 예상치 못한 일이었답니다. 여하튼 우리의 생명을 구해주신 점, 정말 감사드립니다."
목소리가 훨씬 더 가늘었다. 크락보다는 여위고 황갈색 머리카락이 더 길었다. 그가 여자―혹은 암컷이라고 불릴 수 있다면―인 모양이다. 푸른 눈과 큰 입. 벼리보다는 두 배 더 큰 머리통은 똑같았지만.
사곤이 책상다리를 하고 앉았다. 일라와 벼리도 나란히 앉았다. 진지하게 그, 혹은 그들을 응시했다.
"대체 이것이 어떻게 된 일인지 설명 좀 해보지."
"그게 이야기가 좀 긴데……."
"크락, 내가 설명할게."
"아냐. 마락, 더 쉬어야 해. 아직도 기운이 없잖아. 난 느껴. 내가 해결할 테니 자긴 더 자라고."
크락이 다시 윗저고리를 껴입었다. 행여 등 뒤의 얼굴이 천에 쓸리기라도 할까 봐 극도로 조심하는 동자이었다. 마락의 얼굴이 사라졌다. 크락도 사곤들처럼 책상다리를 하고 바로 앉았다.
"병이 있소이다그려. 마락은 햇살을 오래도록 보면 큰일이 나는 병이요. 하루 종일 자야만 겨우 한나절을 버틸 수 있소이다그려."

"한 몸에 두 얼굴이라, 참으로 아트란 섬의 인간들이 사는 법은 괴상하군."

"반려가 한 몸이 되는 것이 무에 이상하오이까?"

오히려 크락이 반문했다. 반려라 하면서 따로 떨어지는 것이 오히려 더 부자연스럽지, 이런 얼굴이었다.

"〈못 가는 대륙〉은 어떤지 모르나 우리 섬에서는 짝이 되면 이렇듯 한 몸으로 합쳐지오그려. 결합을 해야 어른 대접을 받고 제 마음대로 연구도 하는 법이오그려."

"그렇군. 그래서 둘이 반려다? 결합을 한 것이다. 좋아, 한데 여기는 왜 날아온 거지? 원래 〈미친 현자의 섬〉, 아니지 아트란! 그곳의 인간들은 환(桓)의 대륙으로 건너오면 몸이 녹아 죽는다 하던데? 넌 멀쩡하잖아? 바른대로 말 못해?"

사곤이 호령질을 했다. 크락의 몸이 움츠러들었다. 참으로 소심한 성품을 또다시 그대로 드러냈다. 우물우물 입속에서 웅얼거렸다.

"아파서…… 약…… 먹어……."

"뭐라고? 안 들려! 큰 소리로 말해!"

"……영생약."

크락의 얼굴이 밤처럼 우울해졌다. 사곤의 호령질 때문이 아니라 잠시 잊고 있었던 속의 근심이 드러났던 것이다. 그 큰 눈에 어린애처럼 눈물이 괴기 시작했다. 그만 뚝뚝 떨어졌다.

그런데도 소리 내어 울지는 않았다. 행여 잠이 든 반려 마락이 제 울음소리를 들을까 근심하여 어찌할 바를 모르는 듯싶었다. 소리는 내지 않고 주먹같이 큰 눈물을 하염없이 뚝뚝 흘렸다. 떠듬떠듬 웅얼거렸다.

"내 반려 마락은 큰 병이 들었소이다그려."

"으흠?"

"우린 같은 연금술 학교의 교수였소이다그려. 같이 자랐고, 반려로 정해져서 결합할 날만 기다리고 있었는데……. 그만 마락이 쓰러졌소이다그려. 나이도 젊으나 젊은데, 아직 할 일도 많은데, 아직 우린 결합도 하지 못했는데……. 우리 섬에서는 병이 들면 다른 이에게 전염되는 것을 막기 위해 불에 태워 제거하오그려. 마락도 다른 사람에게 옮기기 전에 불태워 죽이라는 명령이 내려왔소이다그려."

"병이 들었다고 불에 태워 죽여? 내 그 망종들을 그냥!"

들자 하니 기가 막혔다. 병자를 치료해 주고 위로해 주지는 못할망정 불에 태워 죽이다니, 그런 잔인무도한 일이 어디 있단 말인가? 아무리 남의 일이나 인정상 듣고만 있지는 못할레라. 벼리가 와락 화를 내고 말았다.

"어쩔 수 없소이다그려. 우리 섬은 다들 지나치게 두뇌만 많이 써서 육신이 허약하오이다그려. 아주 작은 병이라도 옮으면 치명적이 되오이다그려."

크락이 삭은 목소리로 항변했디. 사람 사는 법은 다 다르니, 자신들이 처해 있는 환경에 따라 살아가는 형태가 전부 다른 법이다. 무작정 제 사는 곳의 판단에 따라 옳다 그르다 할 것은 아니란 말이었다.

"하여서? 도망을 나온 것이로군? 하지만 〈미친 현자의 섬〉은 절대로 들어가지도 못하고 나오지도 못하게 되어 있다던데?"

"……나의 연구는 영생(永生)이었소이다그려."

"영생? 평생 사는 것 말이냐?"

크락이 고개를 끄덕였다.

"그것이 어떻게 가능해?"

"불가능한 일이라 더 매달리게도 되는 것이 또 인간의 호기심인 법이오그려. 영생은 하늘의 뜻을 어기는 일이라 하여 우리 섬에서도 금지된 연구였소이다그려."

"재미있군. 그런데? 내 보아하니 교수, 그 일을 성공했구먼? 섬을 빠져나왔는데도 당신네들이 죽지 않은 것을 보아하니."

사곤의 말에 크락이 한숨을 쉬었다.

"성공은 했지만…… 사실 절반의 성공이었소이다그려."

"절반의 성공?"

"영생의 약을 배합하자마자 우린 의논하여 둘이 함께 마셨소이다그려. 발각되면 큰일이라, 아예 하늘배를 타고 〈못 가는 대륙〉으로 도망칠 작정이었소이다그려."

"어디로 갈 작정이었지?"

"아사달로 갈 작정이었소이다그려. 하늘아비께서 우리를 도와줄 것이라 믿었소이다그려. 우리 섬의 사람들은 소문대로, 섬 안의 청결한 공기가 아닌 바깥 공기에 닿으면 몸이 녹아버리오그려. 하여 영생의 약을 마신 다음 온몸을 강철처럼 강하게 만드는 약을 또 발랐는데……."

"발랐는데……?"

"아무도 몰랐던 부작용이 있었소이다그려."

다시 크락의 눈에서 닭똥 같은 눈물이 뚝뚝 떨어졌다.

"그 약을 먹자마자 나는 괜찮았으나 마락의 몸이 다 녹아버리게 된 것이오그려. 결국 녹지 않은 마락의 머리만 내 몸에 급히 결합하게 되었소이다그려. 그리고 둘이 도망친 거요. 생각보다는 순조롭게 섬을 도망쳤는데, 때 아닌 회오리바람에다 천둥벼락을 맞을지 어찌 알았단 말이오그려? 십만 리를 날아왔어도 무사했는데, 그만 여기서 추락할 줄이야. 이것이 우리들 사정이오그려."

"잘 들으셨죠, 우리 사연을? 하지만 기구하다 동정은 하지 말아요. 우린 행복하니까."

잠이 든 줄 알았는데, 가느다란 목소리가 옷 속에서 들려왔다. 마락은 지금까지 눈을 감고 침묵한 채 연인의 말을 듣고 있었던 것이 분명했다. 크락이 울먹이는 소리를 억지로 감추면서 짐짓 호령했다.

"마락, 피곤하다니까. 이제 그만 자라니까."

"알았어. 하지만…… 우리를 구해주신 분들께 왜 우리가 이런 모습으로 먼 여행을 하고 있는지 설명하는 것이 도리잖아. 싫든 좋든 우린 이분들의 도움을 얻어야 해, 크락."

말짱을 낀 채 가만히 듣고 있던 사곤이 물었다.

"너, 아니, 너희들, 후회하지 않나?"

"무엇을?"

"뭘 말인가요?"

두 개의 목소리가 동시에 되물었다.

"이런 몰골로 평생 살아야 한다며? 천리(天理)를 거스르는 영생약까지 먹었으니, 너흰 이 세상이 끝날 때까지 죽지도 못해. 그렇지 않나?"

크락이 고개를 끄덕였다.

"게다가 이곳 사람들의 좁은 소견으로는 너희들의 외관도 받아들이기 힘들 거다. 어울려 살 수는 없을 거야. 평생 외딴 곳에서 떠돌아다니며 숨어 살아야 할 터인데, 괜찮느냔 말이다."

"어쨌건 우린 살아 있으니까. 같이 있으니까."

"그렇게라도 같이 살고 싶었으니까 그러한 것이오."

평생 서로의 반대 방향을 바라보고 있는 두 개의 머리가 다시 동시에 답했다. 크락이 단호하게 덧붙였다.

"평생 등에 지고 다니더라도, 숨어 살아도, 내 반려가 살아 있다는 것이 행복하오그려. 마냥 좋소이다그려. 하루하루가 즐겁기만 하오이다그려."

상대의 마음과 삶을 가졌다. 함께 존재하고 있다. 그 외의 것은 다 사소한 것. 나머지는 다 필요없단다. 견딜 수 없이 힘든 모습을 하고도 그럭저럭 견딜 만하다 말한다. 오히려 행복하다 말한다. 그러면서 울기는 왜 울어? 또다시 크락이 손을 들어 제 눈에서 주룩 흐르는 눈물을 닦았다.

"다시는 내 눈으로 마락이 웃는 모습을 볼 수는 없으니, 그것만이 좀 안타까우나 나는 괜찮소이다그려. 후회하지 않소!"

"나도 동감이야."

옷으로 가려진 그 안에서 마락의 목소리가 들려왔다. 서글프나 행복에 겨운 이상한 목소리였다. 내내 훌쩍이는 크락을 나무랐다. 오히려 여인인 마락이 대범한 성격인 모양이었다.

"울지 말아요, 바보 같은 사람. 당신이 울어도 이젠 내 팔이 없으니 예전처럼 눈물을 닦아줄 수 없잖아."

그 말에 크락의 눈에서 더 큰 눈물이 뚝뚝 떨어졌다. 그러면서도 착한 아이처럼 눈물을 흘리지 않으려 눈을 깜빡였다. 행여 제 반려가 제 우는 꼴을 눈치챌세라 얼른 눈물을 닦았다. 옷소매로 코까지 팽 풀었다.

"여보세요, 거기 계신 분. 저 멍청한 사람 눈물 좀 닦아줘요. 나 없으면 정말 아무것도 못하는 사람이라니까."

마락이 힘없는 목소리로 당부했다. 병에 걸려 있다더니, 목소리가 갈수록 잠에 젖어 축축 늘어지고 있었다. 본능적으로 벼리가 손을 뻗어 그 눈물을 훔쳐 주었다.

"나도 그래요. 이젠 크락을 안아줄 팔이 없는 것이 좀 아쉬우나, 나머지는 다 좋아. 행복해요. 여하튼 우린 함께 있는걸요. 너무 다 그치지 말아줘요. 이 사람, 보기보단 겁이 무척 많답니다. 이러니 내가 옆에 꼭 붙어 있어야죠. 크락, 이분들께 부탁해서 하늘배를 수리해 보아요. 자 그럼…… 여러분 안녕. 내일 만나요."

가냘픈 목소리가 점점 더 잠에 취하여 아물거렸다. 이내 뚝 하니 끊어졌다.

"잘 자요, 마락."

크락이 너무나 다정한 목소리로 속삭였다. 크락의 눈에서 다시 눈물이 뚝뚝 떨어졌다.

오래도록 침묵. 지금 이 순간, 대체 누가 무슨 말을 할 수 있단 말인가?

"이해할 수 없어."

벼리는 부채나무에 등을 기대고 서 있었다. 홀로 중얼거렸다. 그녀의 눈은 내내 연못가에 선 크락에게 박혀 있었다.

비취빛 하늘은 서쪽에서부터 서서히 맑은 주홍빛 노을로 뒤덮이고 있었다. 맑은 수면에 그 노을이 비쳐 홍옥으로 깎은 거울처럼만 보였다.

윗저고리를 벗은 채 크락은 그 연못가에 홀로 서 있었다. 정면이 아니라 비스듬히 옆으로 서 있었다. 수면은 물결 하나 없이 잔잔하여 거울처럼 그를 비추었다. 그렇게 옆으로 선 채 그는 등에 짊어진 제 반려의 얼굴을 한 번이라도 보려 애를 쓰고 있었던 것이다.

서로가 전부인 사람들. 하여 죽음도 갈라놓지 못하게, 한 몸이 되어버린 사람들. 하지만 서로의 얼굴을 볼 수 없고 안아줄 수도 없다. 제 등에 지고도 사무치게 그리운 연인을 보기 위해, 그는 그렇게 안타까이 서 있었다. 서로의 운명을, 유일한 그 사랑을 한 번이라도 더 바라보기 위해서였다.

"대체 정이란 무엇이기에, 얼마나 오묘하고 깊은 것이기에…… 저렇게 평생 살아도 행복하다 말할 수 있는 걸까?"

바보 같고 우직하여 거룩한 것, 유일하고 불변하여 장엄한 것, 찢어도 가루 나지 않고 찢어도 온전하며 지워도 뚜렷이 새겨지는 것,

그것이 바로 참된 사랑. 참된 정. 눈물겹고 아름다워라. 서럽고도 가슴 벅차구나.

"무엇하고 있냐?"

사곤이 다가왔다. 그의 등 뒤로 굴레 잡힌 비사마 세 마리가 줄줄 끌려오고 있었다. 야생의 짐승들이 인간의 손에 이끌리니 못마땅한 것이다. 연신 푸르르 투레질을 하고 있었다.

"말을 잡았구나?"

"그럼, 내가 누구냐?"

사곤이 말고삐를 근처의 물가에 솟은 부채나무 줄기에다 묶었다. 저도 물가에 무릎 꿇고 앉아 푸아푸아 얼굴을 씻었다.

"아, 덥다. 더워!"

손바닥을 오그려 물을 떴다. 달게 마셨다. 그의 전신은 온통 땀투성이였다. 오후 내내 그들이 타고 갈 비사마를 잡느라고 이리 뛰고 저리 뛰었던 것이다. 물론 벼리나 일라도 도우려 하였지만 단번에 거절당하였다.

"귀찮다. 발도 느리면서? 괜스레 방해만 된다. 쉬고 있거라. 야생마들이 가는 길을 아는 사람은 나뿐이다. 단!"

"단?"

"말 한 마리딩 금 열 냥."

"뭐얏?"

"세상에 공짜가 어디 있어? 말 잡느라 하루 종일 이리 뛰고 저리 뛸 나의 수고비는 줘야지. 뭐야?"

기가 차서 말을 잇지 못하는 벼리와 일라를 두고 오히려 제가 노려보았다. 눈이 세모꼴이었다.
"못마땅하다는 거냐? 그럼 잡지 마?"
참으로 아니꼽고 더러운 게 한두 가지가 아니었다. 하지만 사막을 걸어 지나갈 수는 없으니, 또 울며 겨자 먹기. 이렇게 하여 눈뜨고 예상외의 가욋돈 열 냥을 날름 빼앗기고 말았다. 정말 벼룩의 간까지 빼먹을 인간이었다.

다시 벼리의 곁으로 다가온 사곤이 옷자락을 들어 젖은 얼굴을 닦았다.
"온몸이 모래투성이, 땀투성이이다. 밤이 되면 욕간이나 해야지. 그나저나, 오늘 밤은 비가 올 것 같다. 지붕에다 부채나무 잎이나 잘라 덮어야겠다."
"그래? 어떻게 알지?"
"유난히 덥고 습하지 않느냐? 이런 날은 반드시 비가 오는 법이지."
"사막인데도 비가 잦구나. 몰랐던 일이다."
"일 년에 와야 할 비가 서너 날에 걸쳐 한꺼번에 다 오는 거지. 그래서 사막의 비가 무섭다 하는 거다. 그런데 무얼 하고 있었던 거냐?"
"크락마락을……."
"음?"
사곤이 고개를 들어 호숫가에 선 크락마락을 바라보았다. 비스듬히 서서 수면을 바라보는 양을 보더니 혀를 쯧쯧 찼다. 그가 무엇 때문에 그러고 서 있는지 짐작한 모양이었다.

"가엾어."

"가엾다 하지 말아라. 저들은 행복하다 하지 않았더냐?"

"그래도…… 제 정인을 보지 못하여 저리 서 있는 모습을 보니 짠하다."

"사람 사는 일이야, 다 제각각이다."

사곤이 잘라 말했다. 매몰찬 어조였다. 인정도 눈물도 없었다.

"겉보기로는 같지만 또 아주 다르지. 또한 다르다고 생각해도 다 같은 것이고. 너의 눈으로 저들을 재지 말아라. 행복은 다들 똑같은 무게와 모습을 지닌 것이 아니다."

"너는 저들이 불쌍하지 않느냐?"

"저들이 선택한 삶이다. 저들 자신이 책임질 삶인 것이고. 섣부른 동정, 섣부른 간섭 따윈 하지 말랬지? 참으로 도움 주지 못할 양이면 그냥 놓아두어라. 저들에게는 오히려 어쭙잖은 관심과 동정이 부담될 것이다."

찬찬히 생각하면 그것이 진리였다. 어차피 제 삶의 몫과 진실은 자신만이 알고, 책임져야 한다.

"……세상은 넓고 사람살이 참으로 다양하니, 각양각색이라. 그래서 인간은 오묘하고 삶이란 기록한 것이겠지?"

"잘 아는구나."

"사곤."

"왜?"

벼리는 크락의 모습을 깊은 눈으로 응시했다. 신념 가득 찬 목소리로 확언했다.

"내가 반드시 사무란으로 가야만 하는 이유를 다시금 분명히 알았다."

"뭐라고?"

"저렇듯이 사랑하는 자들, 크락마락을 보니 내 눈에서 눈물이 난다. 울 줄 모르는 내가 그만 눈물이 난다. 어째서인지 아느냐? 저렇듯이 올곧이, 가없이 사랑하는 연인을 나는 한 분 더 알고 있기 때문이다."

"그래?"

"바로 우리의 마루한이시다. 그분은 사무란의 마린을 그렇게 연모하신다. 향일(向日)하신다. 너무 장엄하고 아름다웠다. 나는 그것을 지켜주고 싶은 것이야."

"기가 막히는군. 어지간히 해두어라. 제 지아비라 하는 자가 딴데 둔 마음을 두고 오히려 축복을 해?"

"천하에서 한두 사람쯤은 그런 사랑을 해도 괜찮다."

벼리는 확신을 담아 똑똑히 주장했다. 지조없이 흔들리는 자신의 마음을 묻어버리려 애를 쓰면서. 그렇게 만든 사내에게 눈을 돌리려 애를 쓰면서. 몹시 부끄러워하면서.

"정직한 제 사랑에 미쳐 아무것도 돌아보지 않고 그 불길에 몸 태우는 자가 있어도 좋지 않나?"

"잘났네. 아주 잘났어요."

"너무 자주 변하고, 너무 쉽게 변하는 그 마음을 끝내 접지 못하고 하나로 이으려 안간힘을 쓰는 사람이 있어도 좋지 않나? 나는 그분의 순결한 사모지정을 증명하는 자가 되고 싶다. 수호신이 되고 싶다. 그분의 유일한 연(戀)을 다시 잇게 해주고 싶은 것이다."

"자알 한다! 그래, 좋다. 네 말대로 일편단심, 좋다 하자. 항구여일, 구구절절한 사모지정 좋다 하자. 그럼 네 가엾은 일편단심은 무엇이냐? 꼴같잖은 남의 비련(悲戀) 두고, 웃기지도 않는 수호신 된다 하지 말고 네 속마음이나 똑바로 보거라!"

사곤이 거칠게 소리쳤다. 늘 여유만만하고 유들거리는 사람답지 않게 몹시도 격한 반응이었다. 삐딱하고 험상궂은 얼굴로 버럭 고함질렀다.

참정 나누는 이들을 보아, 헛된 곳 헛되이 바라보는 제 실책 고칠 줄 알았더니, 아이구, 맙소사! 이 녀석의 머리통은 분명 쇠나 돌로 만들어진 것이다. 사곤은 이를 갈며 난생처음 벼리를 앞에 두고 안 하던 패악질을 부려 버렸다.

"나는 너 같은 인간들을 보면 정말 구역질이 난다."

"'너 같은 인간', 이라고?"

"그래, 너 같은 인간! 자신의 삶도 제대로 하지 못하는 주제에 남을 지킨다고 까불랑대는 인간들 말이다. 남을 위한다고 헛소리하는 인간들 말이다!"

선혀 사곤답지 않은 직설적인 폭언이었다. 가려지지 못한 언어들이 그의 입을 타고 흘러나와 사납게 후려쳤다. 벼리의 머리통을 쪼개 버리려는 듯한 기세였다.

"다시 말해주랴? 그런 인간들이 세상일을 전부 망쳐 놓는다. 제

할 일, 묵묵히 제가 알아서 제대로 하면 천하는 그냥 놓아두어도 제대로 돌아가는 거다. 한데 지금, 천하가 왜 이런 난세가 된 줄 아느냐? 어쭙잖게 가당찮게 남 일 참견하고, 남의 사정 생각한다 하는 것들이 섣불리 설쳐 이런 꼴이 나는 거다. 차라리 짐승처럼 제 욕심 따라, 정직한 탐욕 따라 가는 자들이야 슬프게 연민이나 할 수 있다. 저 혼자 거룩하고 저 혼자 옳다 하는 너 같은 인간들이 더 나쁘다. 말 그대로 독선(獨善)이니, 절대로 다른 것은 돌아보지 않고 저만 유일하게 옳아, 제 몸과 혀와 검을 마음대로 휘둘러 애꿎은 사람들을 다치게 하고 천하를 난세로 만드는 것이다. 알겠느냐?"

이 인간이 대체 왜 이리 갑자기 불같이 화를 내는 것이야? 벼리는 어안이 벙벙해졌다. 그러거나 말거나 사곤은 계속하여 삿대질이라도 할 얼굴로 계속하여 고함쳤다.

"어디 한번 더 해보랴? 네 마루한의 일편단심? 웃기지 말아라."

"갑자기 너, 왜 이러는 것이냐?"

"일편단심, 애달픈 연모? 그렇게 간절하면 제 몸으로 달려가라 하여라. 제 손으로 다시 이으라고 하여라. 정이란 변하지 않으나 사람은 변한다. 한결같은 인간이 어디 그리 쉬운 줄 아느냐? 덮어두고 밀어놓고 흘려보내야 좋은 일도 있는 법. 아사벼리, 감히 충고하건대, 너는 조만간 처절히 후회할 것이다. 네 진심 내버리고 남의 진심 따라간 네가 훗날, 어떻게 되는지 두고 보자! 천하의 헛똑똑이 아사벼리! 너에게 내가 아주 신물이 난다!"

말 한마디 못하고 말짱하게 당한 것이다. 당황스럽기도 하고 기도 찼다. 입만 벌리고 서 있는 벼리를 놓아두고, 사곤은 뒤돌아 썩

썩 걸어나갔다. 발끝으로 모래를 차면서 콧김을 푸욱푸욱 내뿜으며 중얼중얼 욕질을 하면서.

'똑같은 사정을 보아도 서로 다른 생각이라더니, 기가 차서!'

사곤은 괜히 죄없는 하늘을 향해 주먹감자를 먹였다. 나지막이 다시 한 번 상욕을 내뱉었다.

"수호신 좋아하네!"

제 일 하나 제 손으로 처리할 줄 모르는 그 철딱서니 마루한 따위 말고 누가 고마워하거나 반겨 할 줄 아느냐? 앙칼진 손톱 드러내서 할퀴기나 하겠지. 사곤은 우두커니 서서 고개만 숙이고 있는 벼리를 돌아보았다. 홍 하고 콧방귀를 뀌었다.

'죽자 사자 일을 성사시키고 돌아가 보았자, 네가 얻을 것은 겨우 입 발린 치하 한마디가 전부이다. 그런 헛된 것에 목숨 거는 네가 참으로 눈물겹다. 아사벼리, 불쌍하고 가엾어서, 어리석고 기가 차서 내가 울고 싶구나! 죽음으로 충성한 대가가 그것뿐일 터이니, 어디 울기만 할까? 잘못하면 큰 피도 볼 것이다. 토사구팽(兎死狗烹).* 어디 한번 두고 보자, 우직한 네 정성이 어떤 보답을 받게 되는지.'

사곤의 마음은 그렇듯이 두 갈래였다.

강철은 두드릴수록 단련되는 것이며, 순금은 뜨거운 불에 온전히 녹아야 제 빛을 드러내는 법이니.

---

*원래는 '狡兎死良狗烹'. 교활한 토끼가 잡히고 나면 충실했던 사냥개도 쓸모가 없어져 잡아먹히게 된다는 뜻. 임무가 끝난 후에 무자비하게 숙청당한다는 뜻으로 사용된다

사곤이 벼리를 의도적으로 극한까지 밀어 넣어가면서 이렇게 길을 떠난 이유가 그것이었다.

반려로 택한 그녀의 심성 깊은 바닥까지 보아보자, 드러내게 하여보자 하는 것이었다. 도무지 견디기 힘든 고생과 괴로움이 닥쳤을 때 사람들은 누구나 두르고 있는 가식을 벗어던지는 법이다. 맨살로 드러나는 정직한 인품의 크기가 어느 정도인지. 천하의 주인이 될 그는 그의 반려도 세상을 담을 그릇이기를 원했다. 그래서 더 고생스레 험한 길을 몰아붙인 셈이다.

하지만 또 하나는 연민. 그 역시 인간이기에 제 여인 우직하고 곧아 겪는 고생이 어디 마음 좋을까?

이만하고 그녀가 돌아서 주기를. 한편으로는 제 일신의 편안함과 안락함을 찾아주기를 바라는 얄팍한 마음도 있었다. 짧은 인생, 그깟 것 무엇이라고. 한 번은 무너져 그에게 기대주기를, 막말로 제 손 잡고 도망이라도 치자 말해주기를 바랐다. 죽자 사자 가보았자, 기다리는 것은 이보다 더한 고뇌, 고난일 터인데.

'잘났다. 고생 좋다 먼저 따라가고, 남 일 챙겨 제가 등에 업고 사는 버릇이라니, 어디 한번 잘 당해보려무나. 인간사, 남이 해결해주는 것들, 어디 그것이 제 것이랴? 주제넘게 나서서 생고생 죽도록 하고 보답도 없는 명청한 짓거리, 하다 하다 지치면 정신을 차리겠지.'

흥분한 탓에, 그 역시 자신도 모르게 일신에 스민 강한 기운을 그대로 드러낸 모양이다. 벼리더러 버럭버럭 고함지르는 꼬락서니도 보았다. 깜짝 놀란 것이 분명했다. 크락의 눈이 동그래져 있었다.

사곤이 저에게로 다가가자 흠칫하며 한 발 물러서기까지 했다.
"넌 안 잡아먹는다. 사람을 왜 피해?"
눈을 흘기자, 어름어름 다시 다가오는 것이었다. 그것도 애교라고 슬쩍 웃으며 제법 은근하니 말을 걸었다. 간은 작은 주제에 눈치는 빨랐다. 일행 중 실세(實勢)가 누구인지 금세 알아차린 모양이다.
"한나절 내내 보이지 않더니, 말을 잡아오신 게요?"
"사막을 건너가려면 말들이 꼭 필요하거든. 그보다 크락 교수. 너, 아니, 너희들은 어찌할 것인가?"
"우린 무슨 일이 있어도 아사달로 가야만 하오."
"아사달까지는 아무리 짧게 잡아도 몇 해는 걸려."
"하지만 가야 하오그려. 마락이 더 쇠약해지기 전에 도착해야만 하오그려. 거기만 가면 불쌍한 우리 사정을 알고, 자비로우신 하늘아비께서 반드시 우리를 도와주실 게요그려."
"어떻게 갈 작정이냐?"
"어찌하든 하늘배를 수리할 작정이오그려. 다행히 이곳 녹림에는 물도 있고, 물고기도 많으니 잠시간은 몸을 숨기고 머물 만할 것 같소이다그려."
"그래? 허면 내가 밤에 말들을 끌고 가 하늘배를 여기까지 옮겨다 주지."
크릭이 빈색히였다.
"아이고, 그리해 주시겠소이까그려? 우리를 위해 수고해 주시겠소이까그려?"
"공짜는 없어. 그것만 기억하라고."

"아, 그러믄요. 물론 수고비야 냅니다그려."

"좋아."

씩 웃으며 사곤이 호언장담했다.

"돈을 준다는 데야, 어디든 못 가랴? 무슨 일이든 못하랴? 저승 사자 목도 따다 준다고!"

"한데요, 제가 보기에는 죽자 사자 돈을 밝힐 만큼 궁해 보이지는 않는 관상이올시다그려. 어찌하여 그리도 돈돈 하시는 게요?"

"돈 무시하는 놈치고 잘되는 놈 못 보았다. 돈 귀한 줄 알고 돈 돌릴 줄 아는 자들이야말로 천하의 주인이지. 인간 본성에 원래 속된 부분이 많으니, 돈줄을 쥐고 있어야 부릴 수가 있는 법. 왜, 꼽냐?"

"아니올시다. 하지만, 내 눈은 속이지 못할지니, 그대는 장사치라 하지만은, 결코 잔돈푼 노리는 자가 아니올시다그려. 필시 이리 구는 데에는 사연이 있을 테지요."

"궁금한가?"

크락이 고개를 저었다.

"궁금하다 하여 말을 해줄 리도 없을 것이고, 남의 일에 괜히 궁금해하다가 날벼락 맞는 이들을 많이 보았소이다그려. 묻지 않을 테요."

"그건 하나 칭찬할 만하군. 밥이나 먹자. 하늘배를 고치려면 너도 기운이 있어야 하지 않나?"

"그렇습지요. 하나 걱정이오그려. 수리는 엔간히 할 수 있을 터이지만, 하늘배가 아사달까지 날아갈 수 있는 동력을 확보할 수 있을지……."
 말꼬리를 흐리는 크락의 얼굴이 어두웠다.

 저녁밥을 먹고 하늘배를 끌어오기 위해 말을 타고 출발했다. 그것이 추락한 곳까지 다시 돌아갔다.
 은근히 곁눈질을 하자 하니, 벼리는 따라나서고 싶은 눈치였다. 하지만 일부러 쌀쌀맞게 외면하였다. 옆에 있으면서, 죽자 사자 목매단 저는 돌아볼 생각도 아니 하고 딴 데 보고 딴말만 하는 녀석이라니. 사곤도 가끔 인간의 마음이 되는 경우가 있으니, 분통이 영 가라앉지 않았던 것이다.
 너끈하니 서너 식경은 말을 달린 듯싶었다. 추락한 그대로 비스듬히 누워 있는 하늘배를 발견할 수 있었다.
 사곤은 부러진 돛에다 가죽끈을 묶어서는, 끌고 간 비사마 네 마리의 목에다 걸었다. 채찍질을 하자 말들이 움직이기 시작했다. 하늘배의 덩치는 컸으나, 가벼운 부철로 만들어진 터라 쉽사리 딸려 왔다. 모래밭에 긴 흔적을 남기며 끌려오기 시작했다.
 그가 다시 돌아온 것은 그 다음날 아침 무렵이었다. 녹림 입구, 모래밭에 우두커니 앉아 있는 벼리를 본 것은 그때였다.
 저 멀리 지평선 무렵에서부터 그가 모습을 드러내자 그녀가 벌떡 일어섰다. 그를 향해 아침 햇살을 등으로 지고 달음박질쳐 왔다. 아니, 오려고 하다가, 멈칫 서고 말았다. 그가 가까이 올 때까지 내내 고개를 푹 숙인 채 손을 꼬며 서 있기만 했다. 밤 내내 그 자리에 앉아 있었는지, 어깨참의 옷깃이 이슬로 젖어 있었다.

"뭐하는 중이냐?"

"아니, 그게…… 밤 내내 네가 없으니, 사람들을 지킬 이가 나뿐이잖느냐? 내, 번을 선다는 게 밤을 그만 꼬박 새운 것 같다."

버벅거리는 얼굴이 벌게지고 있었다. 발끝으로 어제 사곤이 그러했던 것처럼 모래를 툭툭 차며 벼리가 대답했다. 곧 죽어도 그를 기다렸다고는, 염려하여 잠을 이루지 못하였다는 말은 하지 않았다.

"자알 한다! 나를 기다렸다고 한마디 하면 입에 종기가 돋느냐?"

퉁명스레 굴면서도 그만 피식 미소가 비어져 나왔다. 골을 좀 더 내보리라 하였지만, 단박에 확 풀리고 말았다. 천하의 단목사곤도 어찌할 수 없이 사랑에 빠진 못난 사내였을 뿐이다. 벼리가 그를 밤새 기다려 준 것만으로도 심장 안에 행복이 햇살처럼 춤을 추었다.

"시장치 않느냐?"

"시장하지. 왜? 아낙같이 내 아침밥 지어놓고 기다렸다는 말을 하고 싶은 거냐?"

말은 틱틱 밉게 하면서도, 눈가에는 한가득 웃음의 주름살이다. 내내 불편하던 가슴이 포시시 풀렸다. 벼리의 입가에도 비로소 빙그레 미소가 맺혔다.

하늘배를 끌고 오는 소란한 소리에 크락과 일라가 뛰쳐나왔다.

"겉으로 보아 부서진 데는 별로 없어 보였다. 고칠 수 있겠느냐?"

"하는 데까지는 해볼 작정입니다그려."

"좋아. 큰 도움은 안 되겠으나 아침 먹을 즈음까지는 잠시 일손을 빌려주지. 하지만 우린 오늘 떠나야 한다."

"알고 있습니다그려. 하지만 이 정도만 하여도 큰 도움을 받은 것이니 여한이 없습니다그려."

"크락, 배가 도착한 거야?"

크락의 옷깃 안에서 가냘픈 목소리가 들렸다. 마락도 잠이 깬 듯 싶었다.

"어어, 여기 사곤님께서 하늘배를 말로 끌어다 주셨어."

"내가 좀 보게 해줘. 얼마나 부서졌는지, 고칠 수 있는지 알고 싶어."

"알았어. 잠시만 기다려."

크락이 윗옷을 벗으며 일행을 향해 큰 눈을 꿈쩍거렸다. 은근히 자랑질을 하였다.

"우리 마락이 저 하늘배를 설계했지요. 사곤님이 알고 있는 무인선도 우리 마락의 작품이랍니다그려. 마락은 아트란 최고의 공학자였습지요."

"민망해. 그런 말 하지 마, 크락."

모처럼 얼굴을 드러낸 마락의 얼굴이 노을빛처럼 붉어져 있었다. 큰 눈을 감았다 떴다 하며 수줍어했다.

"그렇군. 한쪽은 기계를 만지는 공학자, 한쪽은 영생을 연구하는 연금술사. 좋은 한 쌍이라고 하였겠구나."

"맛소이다그려. 실상 우린 아트라에서도 유명하였소이다그려. 실력 좋고 정 깊다고 소문난 반려지간이었다오. 크크크."

그 말에 흐뭇하였던지, 크락이 훗흐 웃었다. 그가 뒤뚱거리는 걸음으로 다가가 하늘배의 어떤 부분을 잠시 만졌다. 이내, 배를 가른

생선처럼 아래가 쩍 갈라졌다.

"들어와서 구경을 해보시겠소이까그려? 이래 봬도, 우리 마락이 이십 년 동안이나 연구하여 만들어낸 걸작이라오."

제일 먼저 크락마락이 하늘배로 들어갔다. 벼리와 사곤도, 일라도 따라 안으로 들어가 보았다.

크락마락이 무엇을 어찌하였는지 모르나, 하늘배 안은 대낮처럼 밝았다. 그 속은 커다란 방 하나만 한 크기였는데, 예사로운 집처럼 침상과 탁자가 놓인 곳도 있었고, 물통이며 알곡들이 가득 찬 통들이 쌓여 있기도 했다.

분명 추락할 때의 충격이었으리라. 문이 좌우로 벌려진 상자가 넘어져 있고, 그 안에 들었던 그릇들이 바닥에 흩어져 박살이 나 있었다. 음식이 들었던 통들도 몇 개 부서졌다. 붉은 포도주 같은 것들이 흘러나오고 있었다. 한마디로 하늘배 안은 온통 난장판이었.

그러나 크락마락은 그런 것 따윈 거들떠보지도 않았다. 엉망진창이 된 방 안은 일별도 하지 않고 뒤뚱이며 왼쪽 선반으로 다가갔다. 그가 선 곳은 배의 선장실과도 비슷하게 꾸며져 있었다. 뒤따라간 세 사람으로서는 처음 보는 정체불명의 기이한 물건들이 이리저리 뒤섞여 있었다.

"음, 눈으로 보아서는 별다르게 고장난 것 같지는 않아. 부러진 돛대를 손보고, 방향키를 정비하고…… 그 정도면 되겠어."

"하지만 동력이…… 역시 잃어버린 듯싶어."

크락이 안타까이 대답하였다. 그가 응시하고 있는 것은 금으로 만든 길쭉한 원통형의 물건이었다.

두어 치 정도가 되는 원통 위쪽 한 부분이 부러져 날아가 버렸다. 아래 부분은 동그랗게 홈이 파여져 있었는데, 그 안에는 어린애 주먹만 한 크기의 푸른색 돌멩이 하나가 꼭 맞게 끼워져 있었다. 하지만 찌그러져 있는 위쪽 부분의 홈은 텅 비어 있었다.

"어찌하지? 다시 하늘배가 떨어진 곳으로 가서 찾아보아야 할까?"

"하지만 그 넓은 사막을 어떻게 다 뒤지지?"

"무슨 말을 하는 거지?"

매사에 호기심이 왕성한 사곤이 궁금증을 참지 못했다. 마락이 상냥하게 설명했다.

"우린 하늘배가 움직이는 동력에 대해서 걱정하는 거예요. 원래 이 배는 두 개의 강한 금강석을 가공하여 서로 밀어내는 성질을 이용하여 뜨게 되거든요."

"음? 그것 신기하군. 바람도, 짐승의 힘을 이용하는 것도 아닌데 어떻게 배가 하늘을 나는 힘을 만들어낸다는 것인가? 아트란 사람의 기술은 정말 대단하군."

"우린 그것을 무인기관이라고 부르지요."

"무인기관?"

"네. 이 원통이 바로 그것이지요. 제가 만든 것인데, 금강석의 성질을 힘으로 바꾸어주는 물건이랍니다. 이것이 돛대와 하늘배 사이에 위치하여 배를 떠가게 하는 것입니다. 원통 안에 두 개가 있어야 하는 금강석 중 하나가 돛대가 부러져 나가는 바람에 함께 날아가 버렸어요. 어디로 떨어졌는지 알 수가 없군요."

"금강석? 내 짐 속에 두어 개가 있는 것 같군 그래. 우린 고객이 원하는 물건은 언제나 완비하고 있다구. 팔아줄 테니 필요하다면 사라구."

일라가 혀를 내둘렀다. 벼리의 옆구리를 쿡 찔렀다.

"사곤님은 여하튼 장사할 기회를 절대로 놓치지 않는군요."

"오죽하면 단뫼의 장사치라 하겠어? 저 인간이 이런 기회를 놓치는 게 이상하지. 하지만 이젠 저 지독한 근성에 존경심마저 느껴진다."

사곤의 말에 크락마락이 동시에 고개를 흔들었다.

"감사합니다. 하지만 저 원통 속의 것이 보이지요? 두 개의 크기가 비슷해야 해요. 그래야 서로 밀어내는 힘이 같아지니까요. 저렇게 큰 금강석을 구하기란 아트란에서도 하늘에 별 따기였다구요."

"글쎄, 저 정도의 크기면 나도 있단 말이지. 이것 정도면 충분하지 않나?"

사곤이 허리춤의 주머니를 풀었다. 언젠가 벼리를 치료해 주었던 구갑을 꺼냈다. 그 안에서 어린애 주먹만 한 금강석 하나를 꺼내 크락에게 주었다. 크락마락의 눈이 동시에 휘둥그레졌다. 반색하여 부르짖었다.

"어이쿠, 어찌 이런 것이?"

"마고국의 천두금이 맞춤주문한 물건이다."

사곤이 별것 아니란 얼굴로 설명했다.

"내가 미처 우시나벌*로 갈 시각이 없어 간직하였던 것이다. 쓸

---

*우시나벌:마고국의 수도

만한가?"

"그러믄요! 그러믄요! 딱 맞소이다!"

크라마락이 흥분한 목소리로 소리쳤다. 희희낙락, 반색하여 얼굴이 붉게 물들었다.

"원래 만오천 냥은 받을 생각이었지만, 뭐 가끔 예외란 것도 있으니까. 외상으로 주지. 어차피 지금은 나에게 필요없는 성가신 물건이지만 너희들에게는 절실한 것일 테니."

곧 죽어도 공짜는 없다. 하지만 저 엄청난 것을 사곤 같은 돈벌레가 어찌 된 일인지 외상으로 준다는 말에 하늘이 무너질 듯 놀랐다. 크라마락은 덤덤한데, 등 뒤에서 일라와 벼리가 경악하여 뒤로 넘어갔다.

크락이 사곤의 금강석을 비워진 동그란 원 안에 집어넣었다. 잠시 후 휘이잉 하는 괴이한 소리가 나더니 이내 원통 안에 새파란 불길이 넘실거리기 시작했다. 크락이 손을 그 안에 집어넣었다.

"이봐! 조심해. 화상을 입으려고 작정을 했나?"

질색하여 소리쳤으나 그는 끄떡하지 않았다. 손을 집어넣어 반쯤 미끄러진 아랫돌을 제자리에 꼭 맞게 다시 넣었다.

"전혀 뜨겁지 않소이다그려. 금강석의 기운이 서로 반응하여 밀어내는 힘이 저리 강하니, 새파란 불꽃으로 보일 뿐이오."

"딱 맞춤이네요! 이젠 큰 걱정은 덜었습니다. 정말 감사합니다, 사곤님."

흥분한 마락이 소리쳤다.

"그럼 이제 하늘배를 충분히 움직일 수 있겠군?"

"방향키를 손보고, 부서진 원통을 수리하고, 또 이것저것 정리하면은……. 뭐, 그럭저럭 부지런을 떨자 하면 서너 날이면 충분하오 그려."

"그렇군. 우리가 없어도 너희들 힘으로 가능하단 말이지?"

크락마락이 고개를 끄덕였다. 사곤은 미련없이 몸을 돌렸다.

"좋다. 그럼 너희들은 여기에 남아라. 하늘배를 고쳐 네 갈 길을 가거라. 우린 지금 떠날 것이다."

"지금 당장?"

"이 사람들만 남겨두고? 너무한 것 아냐?"

"아니, 사곤님!"

"잠시만! 기다려 보시오, 사곤 나리."

세 사람, 아니, 네 사람이 동시에 아우성을 쳤다.

"아! 왜 또? 다들 날 못 잡아먹어 난리들이야?"

성큼성큼 하늘배를 내려가던 사곤이 뒤돌아섰다. 몹시도 성가시다는 얼굴이었다. 짙은 눈썹이 위로 치켜 올라가 있었다. 짜증이 덕지덕지 붙어 있었다.

"비사마 잡아다 줘, 길잡이 해줘, 침뜸질에, 번 서주고, 하늘에서 떨어진 놈 업어도 줘, 하늘배 옮겨다 줘, 금강석 외상으로 줘……. 더 이상 무엇을 어쩌라고? 너희들 말이야, 너무 염치없는 것 아냐? 공짜로 붙은 불청객 주제에 요구사항이 너무 많은 것 아냐. 엉?"

"그렇다고 저이들을 내버리고 우리만 가?"

"한시라도 빨리 사무란으로 가자는 놈은 내가 아니라 너희들이잖아?"

"그래도 인정이 있지! 고립무원인 이곳에 둘만 남겨두고 우리만 떠나자니, 사람 가죽을 쓰고서 말이야, 너무한 것 아니냐고!"
 의리로는 일등이다, 벼리가 버럭 고함을 쳤다. 사곤 역시 웃기지 말라는 얼굴로 맞고함을 쳤다.
 "착한 척 혼자 하지 마라! 아씨, 고함은 왜 지르고 난리냐! 하늘배를 고칠 수 있다 하지 않느냐? 우린 갈 길 가야 하지 않느냐? 사무란에서 바쁜 볼일이 내 일이냐, 네 일이지?"
 "제발 진정하세요! 두 분 다."
 "잠깐만요, 잠깐만요! 사곤님!"
 서로 노려보며 버럭 역정을 내는 얼굴들이 심상찮다. 또다시 불화의 기미가 모락모락 피어오르는 벼리와 사곤 사이가 위태롭게 보였나 보다. 크락마락, 두 개의 머리통이 동시에 말렸다. 일라는 기회주의자. 여차하면 외면, 혹은 누구 편을 들까 궁리하는 얼굴로 구석에 얌전하게 서 있기만 했다.
 "왜 또? 할 말 있느냐?"
 "음음, 잠시 진정들 하시지요. 우리 마락이 할 말이 있답니다."
 "무슨 이야기?"
 "말해보지."
 역시 마락이 여인이라 그런지 세심하게 사태를 정리했다. 지혜로운 눈을 뜨고 사곤을 바라보았다.
 "사곤님, 댁들이 가셔야 하는 사무란성까지는 얼마나 걸린답니까?"
 "비사마를 잡아타고 밤낮으로 쉬지 않고 아무리 빠르게 달려도 사흘은 넘게 걸린다."

"쉬엄쉬엄 가면 너덧 새는 꼬박 걸리겠군요?"

사곤이 고개를 끄덕였다. 마락이 자신만만 단언했다.

"기껏 그 정도 거리라면 하늘배로 한나절이면 충분히 도착할 수 있습니다."

"뭐야? 그것이 정말인가?"

"그렇습니다. 우리들이 사곤님을 속여보았자 돌아올 이익도 없질 않습니까? 게다가 우리 목숨을 구해주고 하늘배가 날 수 있게 도와주신 분들에게 나쁜 짓은 하지 않습니다. 우리를 믿어주십시오."

"그래서 어쩌라는 거냐?"

"말을 타고 사막을 건너가는 시간이나, 여기서 머물며 저희들이 하늘배를 수리하기를 기다리는 시간이나 얼추 비슷하다는 이야기입니다그려. 차라리 이곳에서 저희들을 도와주며 기다리다가 같이 편안하게 하늘배를 타고 사무란성으로 가시면 어떨까 하는 이야기입니다그려."

"흠, 그래? 나쁘지 않은 의견인데?"

사곤이 잠시 생각에 잠겼다. 하늘배 내부를 다시 한 번 휘둘러보았다.

"정말 서너 날이면 이 배가 하늘을 날 수 있단 말이지?"

"제일 중요한 동력이 복구되었으니, 부러진 돛대만 손보고, 방향키만 수리하면 됩니다그려. 별달리 어려운 일은 아니지요."

"좋아."

사곤이 결단을 내렸다.

"여기서 기다린다. 어차피 사막을 넘어가도, 예정에도 없는 사고들이 나서 또 발목을 잡힐지도 모르니, 차라리 이곳에서 기다렸다가 하늘배를 타고 가자."

명쾌하게 상황을 정리한 그가 벼리를 향해 눈을 부라렸다.

"너! 아사벼리."

"왜애— 또— 오?"

저 인간이 또 억지트집을 잡아 저 혼자만 떠난다고 하는 것은 아닌지, 졸이던 가슴이 다시금 털컥 떨어졌다. 하지만 저를 앞에 두고 눈 부라리는 인간더러 좋은 얼굴을 할 수는 없다. 벼리도 자존심이 있다. 입술을 내밀며 틱틱 치받았다.

"따라와라."

혹시 말대꾸했다고 패려고? 한 수 뜨자는 이야기? 어쩐지 좀 켕겼다. 하지만 싸울아비 체면에 비겁하게 도망을 갈 수는 없는 법, 쭈뼛쭈뼛 따라나설 수밖에 없었다.

사곤이 쪼르르 따라오려는 일라를 바라보며 경고했다.

"넌 거기서 크락마락이나 도와줘라. 우린 저녁때까지 찾지 말고."

아무도 따라오지 말라 한다. 벼리만을 데리고 어디를 가려는 것인가? 서너 걸음 뒤를 따라가며 자꾸만 불안해졌다. 하늘배가 있는 곳에서 점점 더 멀어진다. 녹림을 벗어난다. 한참 묵묵히 걸어 녹림이 아른아른 멀어질 때까지 왔다. 그럼에도 사곤의 발길은 멈출 줄을 몰랐다.

"어, 어디 가는데?"

"잔말 말고 따라와."

벼리는 우뚝 멈추어 섰다. 이놈이 혹시 날 골탕 먹이려고 사막에다 홀로 내버리려고 하는 것 아냐? 불안해서 미칠 지경이다. 눈치 보고 비위 맞추는 것도 한두 번이지, 고함을 뻑 질러 버렸다.

"아우 씨, 드잡이질하는데 터 가리냐? 너 말이지, 내가 말대꾸했다고 지금 신경질나서 사막에다 혼자 버리려는 거지? 정말 한판 떠?"

"나랑 맞뜨면 이길 줄 아나 보지?"

"정말 한번 해봐?"

"허리춤의 그 칼, 한 번만 더 날 향해 날려라!"

어느새 벼리의 손이 본능적으로 일월봉황검 쪽으로 닿았다. 사곤이 경고했다. 매처럼 날카로운 눈빛이 번쩍이고 있었다.

"꽉 분질러 버려!"

"대체 왜 화를 내는 거냐고. 내가 크락마락만 놓아두고 우리만 가잔다고 나쁜 놈이라고, 인정사정없는 놈이라고 욕해서 화가 난 거냐?"

"흠, 내 욕을 했구먼."

도둑이 제 발 저리다고, 묻지도 않았는데 먼저 켕긴 벼리가 쏟아냈다. 듣고 있던 사곤이 콧방귀를 뀌었다.

"인정사정없는 건 맞지, 뭘 그래?"

"네 앞가림이나 잘하고 남 일 돌보라고 하였지? 해결해 줄 능력도 없는 주제에 착한 척만 하는 건 오히려 죄인 줄 아직도 모르느냐?"
"무슨 말을 하자는 거냐? 엉?"
"먼저 청하지 않은 일, 네가 나서서 설치지 말란 말이다."
사곤이 잘라 말했다. 얼음이 뚝뚝 떨어졌다. 이럴 때 그의 얼굴은 정말 만정이 떨어진다고 벼리는 생각했다.
"크락마락이 도와달란 말도 아니 하였는데, 네가 나서서 여기에 머무르자 하는 이유는 무엇이냐? 네 갈 길 바쁘다는 것 다들 뻔히 알고 있다. 네 일 뒤로 밀쳐 두고 그들을 도와주면, 그들 마음인들 편안할 줄 아느냐? 무엇이든 적당하게 해라, 이 멍청아!"
그가 손을 내밀어 벼리의 손을 거칠게 잡아 제 쪽으로 끌어당겼다.
"잔말 말고 따라와. 아직도 더 가야 한다."
"아후 씨이! 대체 뭘 하자고 가자는 건데? 이유를 알아야 따라갈 것 아닌가 이 말이지!"
"태환영보."
"뭐어?"
벼리의 눈이 저절로 휘둥그레졌다. 침을 꿀떡 삼켰다.
"나더러 태환영보를 가르쳐 달라며?"
"그, 그랬지."
다시 침이 꿀떡 넘어갔다. 조급한 마음에 간이 달달 졸았다.
"사흘이나 시간을 벌었으니, 허송세월하지 말자는 이야기다. 내, 특별히 염가로 너에게 태환영보를 가르쳐 주기로 하였다. 하지만 뉘가 보면 곤란하니 예로 멀찍하니 나온 것이다. 왜? 아직도 불만이냐?"

벼리의 고개가 세차게 좌우로 흔들렸다. 내심 꽤나 욕심을 내던 무공을 배울 기회가 생겼다. 절로 입가에 미소가 싱글거렸다. 사곤이 얄밉게 이죽거렸다.

"네 하자는 일이 하도 위험한지라 내, 다른 것은 몰라도 너에게 삼십육계 줄행랑치는 법은 가르쳐야겠다고 결심했다. 교습비는 열 냥이다."

일그러지는 벼리의 표정도 아랑곳하지 않고 그가 씨익 웃었다.

"너무 싸지 않나? 널 위해서가 아니라, 네가 잡히면 널 데리고 사무란에 입성한 내 몸도 위험해질 것 같아, 특별히 강습해 주려는 게다."

천하에 유를 찾아볼 수 없는 이 교활하고 이기적이고 셈 빠른 장사치 같으니라고! 벼리는 이를 바득바득 갈았다. 네가 장이면 나도 멍이다. 목쉰 오리가 되어 꽥꽥 고함쳐 버렸다.

"태환영보야 내공이 오 갑자는 되어야 한다며? 열 냥 줄 터이니, 내공도 나눠! 안 그러면 돈 안 줘!"

서당 개 삼 년이면 풍월을 읊고, 기루(妓樓) 개 삼 년이면 술 따를 줄 안다.

사곤과 더불어 한 지, 열흘하고도 사흘이라. 드디어 우직한 벼리도 교활한 거래의 세계에 입문하게 된 것이다.

第十四章

"애욕(愛慾)을 말씀해 주십시오."
"사랑하면 갈구하게 되느니, 자연스런 일이다."
"자연인데 어찌하여 죄라 하는지요?"
"무릇 애욕은 활활 타는 불과 같거니,
사용하는 자에 따라 달라지기에
자칫하면 무엇이든 태워 버리기 때문이다.
제 몸이든 천하든 가리지 못하니 그러하는 것이다."

또 하루가 시작되고 있었다.

사무란, 해란국의 왕성이었던 곳, 마루한의 대궁.

천하에서 가장 아름답다 소문난 곳이다. 그곳에서조차 가장 화려하고 아름다운 거처는 물론 마루한의 처소였던 해명전이었다.

해명전에서도 가장 중심이 되는 곳은 천운재와 덕운재였다. 천운재는 마루한이 공무를 보는 중앙의 큰 방이요, 덕운재는 호사스런 침실이었다.

그 언젠가, 젊은 마루한 가람휘가 사모하는 마린과 혼례를 치르던 날, 두근거리는 첫날밤을 보내기 위해 아름다운 소녀를 안고 들어서던 그 방이기도 했다.

덕운재.

사방 벽에는 금과 옥으로 화려한 문양이 새겨져 있다. 그 방의 모든 것은 전부 다 금과 은, 상아와 비취로 만들어져 있었다. 침향목과 흑단, 비단과 화려한 융이 아니면 찾아보기 힘들었다. 바닥에 놓인 화분들마저도 하얀색과 붉은색이 엇갈려 세로로 새겨진 줄마노였다. 창문마저 상아와 옥으로 투각하여 장식이 되어 있었다.

바람과 햇살, 은은한 달빛이 날아들어 갈 수 있게 만들어진 창문이다. 중천(中天)을 넘어가는 태양 빛이 그 창문을 스며들어 방 안으로 내려앉았다.

그 방 안에서 가장 눈에 뜨이는 것은 거대한 침상이었다. 바람에 비단휘장이 휘리릭 날려 올라갔다. 햇살은 이불자락이며 벽에 온갖 기이한 문양을 만들어내고 있었다. 얇은 비단이불이 두 개의 몸에 엉키고 있었다. 건장한 남자와 여린 선을 그리는 날씬한 여인의 몸이 엉켜 꿈틀거리고 있었다.

"아흠…… 아아학…….”

"훗훗, 애원하여 보아라. 어젯밤처럼. 아련나, 어서!"

"아칸…… 제발…….”

끊어질 듯 이어질 듯 여인의 교성이 가냘프게 울려 퍼졌다.

늘 새침 맞았다. 사내의 힘에 깔려 마지못해 내지르는 교성은 늘 서늘했다.

하나, 그것은 더 큰 유혹. 계속하여 강하게 짓눌러 대는 몸을 밀어내듯 가냘픈 팔이 허공에 들렸다. 체념하듯 사내의 어깨를 감았다. 반항이요, 거부라기보다는 오히려 더 뜨겁고 달뜬 재촉

같은.

한낮의 정사(情事)는 계속 이어졌다.

열락에 미쳐 날뛰는 사내의 거친 숨소리가 함께 얽혔다. 정복하는 남자와 정복당하는 여자의 호흡이 엉키고 입술이 닿았다. 꽃잎 문 듯 붉은 여자의 입술이 연신 더운 숨을 토해냈다. 다디단 그 입술을 사내의 것이 강하게 빨았다. 꿈틀거리는 건장한 몸이 다시금 격렬하게 여체를 짓뭉개고 파헤쳤다.

이미 끊을래야 끊을 수 없이 중독된 쾌락이다. 눈앞이 하얗게 타버리는 육신의 희열에 젖어 그들은 그들의 시공을 까맣게 잊고 있었다. 사랑했다는 과거를, 군주로서의 의무를, 깊이 감추어둔 마음과 진실 전부를 망각했다. 빼앗고 빼앗기고, 주고받으며 서로에게만, 지독한 육락에만 탐닉하고 있었다.

"아, 아아⋯⋯ 아학!"

"으헉⋯⋯ 음, 음⋯⋯ 으윽!"

이윽고 절정으로 치달아가던 두 개의 몸이 동시에 경직되었다. 힘찬 분출을 마친 사내의 몸이 부르르 떨리고 있었다. 단내 나는 숨을 내뱉으며 건장한 몸이 야들하고 연약한 여체 위에 털썩 떨어졌다. 겹쳐진 채 한참 동안 미동도 하지 않고 축 늘어진 그대로, 남자나 여자나 말이 없었다.

방 안의 공기는 오래도록, 농밀한 쾌락과 짙붉은 육욕의 열기로 뜨거웠다.

얼마 후였다. 하얗고 가냘픈 팔이 구릿빛 동체를 살며시 밀어냈다. 흩어진 머리타래를 왼쪽 어깨 너머로 거둬들이는 여린 팔목에는 몇 개나 되는 백옥 팔찌가 찰랑거리고 있었다.
"내 몸을 닦아라."
침상에 널브러진 채 사내가 명령했다. 고귀한 신분으로 늘 떠받들음만 받던 여인으로서는 치욕스러운 명령이었다. 그럼에도 진분홍 입술은 내내 미소를 머금고 있었다. 아주 당연한 말을 들은 듯 상냥한 표정을 잃지 않았다. 팔을 들어 하얀 비단속의대를 집어 들었다. 은덩이 같고 만월 같은 그 몸을 살며시 감추었다. 침상에서 내려섰다.

등을 돌려 내려섰다. 분홍빛 입술 사이, 새파란 미소 같은 것이 어리다가 만다. 얼굴에 스며난 본능적인 혐오. 꼭꼭 감추어둔 정직한 속내를 서둘러 지웠다. 살아남기 위해서는 아무짝에도 쓸모가 없는 것 따윈 지킬 필요가 없다.

시녀들이 가져다 놓은 금 대야에 수건을 넣어 꼭 짰다. 정액과 땀 냄새에 젖은 사내의 몸을 살뜰하게 훔쳐 주었다. 무후의 사내들이 즐기는 망우초*가 담긴 대롱까지 입술 앞에 대령했다.

그리고 난 후 비로소 거울 앞에 앉는다. 날렵한 손으로 흩어진 머리채를 쓸어 담았다. 금으로 만들고 홍옥과 진주가 박힌 머리빗을 들어 구름같이 꼬아 올린 운발을 고정시켰다. 살랑 몸을 돌이켜 비단 옷자락을 집어 올리는 작은 동작이 더없이 우아하고 아름다웠다.

그런 여인의 모습을 바라보는 아칸의 눈은 내내 붉게 타오르고

---

*망우초:근심을 잊게 하는 풀. 오늘날의 대마초나 혹은 담배와 비슷한 성질을 가진 풀로 설정하였다. 말려서 대롱에 넣고 피우거나 혹은 찧은 가루를 코로 흡입한다

있었다. 그러나 거울 속을 응시하는 여인의 눈빛은 얼음처럼 서늘했다. 아주 무심한 얼굴이었다. 등을 타고 오르는 사내의 눈빛 따윈 전혀 의식하지 않는 그런 동작이다. 그럼에도 끔찍할 정도로 유혹적이고 교태스러웠다. 서늘하고 냉요한 표정마저 어쩌면 교활한 계산인지 모른다. 사내의 육욕을 자극하고 아랫도리를 단단하게 만드는 본능적인 술수, 혹은 차갑고도 뜨거운 자극.

"이리 와, 내 곁에."

길이 잘 든 강아지 같다. 사내의 명령에 따라 일어섰다. 또 어찌 보면 제대로 된 넋을 다른 곳에다 놓아두고 온 것 같다. 느긋한 얼굴로 망우초의 연기를 빨아들이는 아칸 옆에 살짝 앉았다. 새침한 것도 아니고 아양 부리는 것도 아니다. 시키지도 않았는데 살그머니 사내의 어깨에 얼굴을 기댔다. 말이 아닌 말로 표현하는 그 뜻은 하나. 난 당신의 것, 당신에게 완전히 복속하고 의지하고 있다.

상대가 누구든, 살뜰하니 시중을 들고 사랑스럽게 구는 것만이 그녀가 아는 전부라는 얼굴이었다. 사내의 눈에 더없이 곱게만 보이는 모습이었다. 저절로 아칸의 입술 위에 헤벌쭉한 미소가 퍼졌다.

"마린 아련나."

"이젠 당신의 타무라*라 하더군요."

"좋아, 좋아."

사내의 입술 사이로 매캐한 연기와 더불어 호탕한 웃음이 터졌

---

*타무라:무후국에서 아칸의 후궁을 일컫는 말이다

다. 손가락으로 야들한 볼을 살짝 건드렸다. 손끝에 묻어난 애욕을, 뒤늦게 알게 된 여체의 매혹을 한껏 어루만졌다.
입술 위에서만 오르락거리는 거짓이라 해도 아련나의 말 한마디에 흡족했다.
"아련나."
"말씀하시어요."
"난 가끔 널 안으며 생각한다. 네 진심이 어디에 있을까?"
아칸의 두툼한 손가락이 옆에 앉은 미인의 붉디붉은 입술을 향해 계속 내려갔다. 안개처럼 모호한 눈동자를 응시했다. 대체 너의 애타는 몸짓과 흐느낌은 어디까지 진실인가? 거짓인가? 의심이 집착을 낳고 집착은 갈증을 불러일으킨다. 확신할 수 없기에 더욱더 소유하고픈 이율배반. 그래서 이 여자 앞에서는 늘 넋을 잃고 만다. 말려들고 만다.
아칸은 절대로 내심을 말하지 않고, 완벽한 소유를 허락하지 않는 얄미운 입술을 거칠게 빨았다. 살풋 젖혀진 하얀 목이 광포할 정도로 강렬한 욕망과 소유욕을 불러일으킨다. 여하튼 이 여자는 요물이다. 아니, 하늘에서 떨어진 천녀(天女)이고 지옥에서 솟구친 마녀이다.
"확인하지 않으련다. 복잡한 계집의 심사야 내 평생 하나도 모른다. 이렇게 네가 내 곁에 있어 내 앞에서 복속하면 그만이다."
그 말은 아련나에게 하는 말이 아니라 그 자신 스스로에게 다짐하는 맹세 같은 것. 아칸은 그렇듯이, 보답받지 못하는 열정에, 파멸에 이르는 폭애(暴愛)의 불길에 몸이 타는 자였다.

중년의 이 나이까지, 평생 불편한 말안장 위에서만 살았다. 검을 휘두르고 건량을 씹으며 영토를 확장하는 일에만 골몰했다. 경쟁하는 방백들을 제치고 아칸의 지위를 유지하는 일에도 숨이 벅찼다. 삶의 편안함이라든가 여체를 어루만지는 즐거움이라든가, 사치와 안락함을 즐기는 기쁨 따윈 이 나이 되도록 맛본 적이 없었다. 사무란에 입성하여 이 여자를 만나기 전까지는.

무후 본국에 있는 타민* 따윈 어차피 후사를 얻기 위한 형식상의 그림자에 불과하다. 한때, 그들이 혼인할 무렵에야 서로 사랑했을 테지만, 진심으로 정을 나눈 적도 있었을 테지만, 지금 아칸에게 있어 여인은 눈앞의 이 여자뿐이었다. 육신만 아니라 모든 것을 다 이룬 아칸의 혼백마저 남김없이 빼앗기고 말았다.

더없이 사랑스러웠다. 한없이 귀했다. 그녀가 원하는 것이라면 무엇이든 다 해주고 싶었다, 아무리 무리한 요구라도. 그리고 그는 그렇게 하고 있는 중이었다.

정복한 자는 그였으나 오히려 정복된 자가 되고 말았다. 유약하고 가련한 패망국의 왕비가 진정한 승리자였다.

실상 사무란에 입성하기 전부터 호기심이 일었다. 천하제일미(天下第一美)란 해란의 마린은 대체 어떤 여자일까?

"절대로 안 됩니다!"

하지만 그림의 떡이었다. 슬쩍 농담 삼아 그런 욕심을 입 밖으로 내비추어 보았다. 매사 깐깐하고 반대만 할 줄 아는 대승정이 헛된

---

*타민:무후국의 정식 왕비를 일컫는 말이다

욕심이라며 애초에 강력하게 경고했다.

"해란국의 사람들은 명분에 집착하고 도리에 어긋난 일을 몹시도 증오합니다. 만약 우리가 그들의 마린을 욕보였다는 소문만 나 보십시오, 저들은 목숨 하나 남을 때까지 저항할 것입니다."

"하지만 패망국의 여자야 다 그런 운명이지."

"아칸, 자중하시지요. 생각해 보십시오. 우리가 해란국을 생각보다 손쉽게 정복할 수 있었던 것은 전대 마루한의 폭정에 힘입은 어부지리(漁父之利)라는 것을 아시지 않습니까? 게다가 우리 무후의 군사들은 항복한 나라의 부녀자들을 해치는 짓은 하지 않습니다. 그것으로 인심을 얻은 바 크며, 흑군의 지원을 받을 수 있었습니다. 아칸께서 그런 원칙을 먼저 무너뜨릴 적에는 소인도 어찌하지 못합니다. 통촉하시옵소서!"

아쉬웠지만 입맛을 다시며 물러설 수밖에 없었다.

비록 그가 아칸이나, 무후국에서는 신관의 권위가 훨씬 더 높다. 대승정인 세로맥아의 경고를 완전히 무시할 수는 없었다. 물론 그것보다 더 무서운 것은 흑군이라는 자였지만.

그가 이 자리에 오르기까지 절대적인 힘을 빌려준 자였다. 흑군이 요구하고 다짐한 것은 단 하나, 오직 공명정대하고 정의로운 군주가 되라는 것이었다. 아칸은 그가 진정 두려웠다.

사무란성을 함락시키고, 대궁으로 진입한 그 다음날이었다. 마린들이 거처하는 지향전의 문을 열라 명령했다. 마린들에게 그들의 나라가 패망한 것을 선언하기 위해서였다.

해란의 마린들은 이미 패망한 나라의 운명을 조상(弔喪)하고 있었다. 연지분 지우고 하얀 옷을 입은 채 머리를 풀고 있었다.

그때 이 여자를 처음 보았다.

직접 본 해란의 마린은 상상을 초월하는 미녀였다. 창백한 얼굴로 눈물지으며 엎드려 있었어도, 눈이 부셨다. 너무도 고귀하고 더없이 아름다운 꽃송이가 거기 피어 있었다. 가히 한 성을 기울게 하고 한 나라를 바꿀 만한 여인이었다. 저런 계집을 하룻밤이라도 품을 수 있다면 사내로서 소원이 없을 것이다 생각했다.

천상(天上)에서 떨어진 한 떨기 우담화. 중년의 그 나이까지 열정이란 것을, 금기를 깨는 부도덕이란 것을 맛보지 못한 자의 환상이었다. 잔인할 정도로 치명적인 매혹의 그림자가 그를 홀렸다. 하나 가까이할 수는 없는 금단의 맛. 죽도록 감질나는 단맛에의 안달이었다.

물론 처음에야 그도 대승정의 엄한 경고를 생각하며 점잖게 물러섰다.

"그대들을 핍박하지는 않을 것이오. 해란의 마루한이 죽었다 하나, 그대들은 일국의 왕비요, 나라의 어미. 끝까지 마린으로서의 대접을 하려 하니 안심하시오."

뒤돌아서 나오며 얼마나 아쉬운 침을 삼켰는지 모른다. 하여 사흘 밤 후, 마린 아련나가 먼저 그를 청하였을 때는 그저 얼떨떨하기만 했다.

"패망한 나라의 여인들을 이리도 관대하게 대접하여 주시니 은혜가 망극합니다."

하얀 옷을 입고 달빛 아래 앉아 있는 여인의 모습은 황홀했다. 아름답다 못해 사내의 넋을 독한 술처럼 어질어질하게 만들었다. 마루한이 죽었다는 소문이 퍼진 이상, 그녀가 입은 흰옷은 슬픈 상복(喪服)이다. 그럼에도 화려한 비단옷보다 더 화사하였다.

더없이 처연한 얼굴을 한 가인(佳人)이 파리한 섬섬옥수를 내밀었다. 먼저 술을 따라 권하였다.

"보은의 술잔이옵니다. 마린 아련나, 무후의 아칸께 감히 이 한 잔을 드리고 싶습니다. 제 마음이 담긴 것이니 좋이 드시고 물러나 주십시오."

물러나 달라고? 저절로 코웃음이 쳐졌다.

독한 술에 취한 몸이 먼저 움직였다. 달빛 아래 앉은 여인의 차가운 유혹에 그만 칭칭 동여매이고 말았다. 나라도 망하고 이미 남편이 죽은 연후임에랴, 무엇을 망설일까? 덥석 손을 잡아 품 안으로 끌어당겨 버렸다.

"주변을 전부 물리치고 나만을 내전으로 청한 뜻은 먼저 그대의 모든 것을 의탁하고 허락하려는 뜻이 아니었던가?"

"무례하십니다. 물러서시오."

"귀여운 앙탈이되, 이것은 바로 끌어들이는 유혹이라. 내 그를 거부할 수는 없지."

"닥치시오. 어찌 이리 난폭한가? 무후의 사내는 가련한 여인을 이렇게 핍박하는가?"

앙탈하는 입을 대뜸 막아버렸다. 부욱, 옷깃을 찢어내고 무거운 몸으로 짓눌러 버렸다. 퍼득이는 반항쯤이야 막아내기란 무장인 그로서는 싱거울 정도로 쉬웠다. 이내 은어같이 싱싱하고 옥같이 매끄러운 몸이 달빛 아래 매화꽃같이 피어났다. 사내의 강한 손길과 입술 아래서 흐느끼며 쪼개졌다.

함뿍 원치 않은 폭우에 젖어버려 꺾여 버린 우담화는 그럼에도 너무나 아름다웠다. 더없이 고귀했다.

손에 닿지 못할 줄 알았던 꽃이 손안에 들어왔다. 고귀한 여인의 은밀함을 전부 다 가져보았다. 더없이 다디단 꿀을 맛보아 버렸다. 한 번 가진 다음에야 끝날 줄 알았던 욕심은 더 강하게 피어오르고 있었다. 그녀의 손톱에 찢겨진 볼의 상처마저도 짜릿한 기쁨이요, 정복한 자의 만족으로 남았다.

"이날부터 넌 내 타무라이다. 나는 무후의 아칸이다. 마린 아련나, 내 아들을 낳아라. 너를 무후의 유일한 타민으로 만들어주마."

울다, 울다 그만 혼절한 그녀를 안고 속삭였다. 이 여자를 위해서라면 무엇인들 못하랴. 이미 장성한 아들의 목쯤이야 자를 수 있어. 하늘도 내려칠 수 있어. 거침없던 진군의 말발굽도 멈출 수 있어.

지난 석 달, 아칸은 다시없을 지상의 천국에 살았다. 이 여자와 더불어 함께 하는 쾌락과 관능의 늪에 빠져 살았다.

이칸은 한없이 만족스러운 손길로 아련나의 검은 머리카락을 다시 어루만졌다.

"그대가 사내들에게 사랑받는 이유를 알 만하다."

"사내들?"

미인의 검푸른 아미가 찌푸려졌다. 거대한 사내가 어린애처럼 당황스러워서는 허둥댔다.

"이런, 방정맞을! 내가 말을 잘못하였구나."

"나에게 이제 사내는 아칸뿐이랍니다."

차갑지만, 미풍처럼 살랑대는 목소리였다. 그 말을 확인이라도 하듯이 아련나가 하얀 팔을 들었다. 꿀을 바른 듯이 달콤하고 우아한 움직임으로 머리타래를 매만졌다. 그 머리타래에 꽂힌 황금빗은 어젯밤 그가 꽂아준 것이다.

"그대는 정말 아름다워. 바라만 보아도 행복하다."

"과찬의 말씀을. 하지만 그리 말씀해 주시니 더없이 기쁩니다."

혼잣말처럼 내뱉는 한마디 말에 여인이 수줍어했다. 아주 행복하게 웃었다. 그럼에도 어쩐지 그늘 같은 것이 담겨진 하얀 얼굴이 몽롱한 요염을 다시금 뿜어냈다. 삽시간에 거친 사내의 호흡을 한순간에 빼앗아갔다.

아칸은 망우초가 담긴 대롱을 내던지고 다시 아련나의 팔목을 움켜쥐었다. 왈칵 안아 침상으로 끌어 올렸다.

"다시 내 곁으로."

"아이, 이미 한낮이옵니다. 대청에 나가셔야지요."

"내일 나가면 되지 않나? 귀찮은 일은 어차피 중방*들과 대승정이 다 알아서 할 터인데."

강한 팔이 다시금 야들한 여체를 껴안았다. 하나로 엉킨 두 개의 몸이 침상 위로 쓰러졌다.

---

*중방:무후에서 행정을 담당하는 관리들을 일컫는다

창밖으로 사무란의 표상인 붉은 모란꽃이 하늘하늘 지고 있었다. 난만한 꽃잎에 무심한 햇살이 어렸다.

녹림에도 다시 밤이 내렸다.
붉은 지평선 위로 노을이 물들고 있었다. 아득한 모래밭 저쪽에서부터 먼지를 날리며 비사마 떼들이 질주하고 있는 것도 보였다.
호숫가에 앉아 있던 사곤이 부채나무 열매를 한가득 안고 오는 벼리를 바라보았다.
"오늘 밤 또 비가 올 게다. 일찌감치 물고기도 몇 마리 미리 잡아 두어라."
"어떻게 알아? 저리도 하늘이 맑은데."
"비 냄새가 난다. 오래는 아니겠으나, 지난번처럼 갑작스런 큰비가 필시 올 게야. 물이 흐려지면 물고기를 잡기가 곤란하지 않느냐?"
"알았어."
"일라는?"
"크락마락의 하늘배 수리를 돕고 있네. 손이 재빨라 크락보다 나은 모양이더라."
"그렇군."
사곤이 벼리가 따온 열매 하나를 집었다. 소담스레 깨물었다.
"태환영보 연습은 많이 하였더냐?"
"연습하면 무엇해? 진기가 부족해 두어 마장 이상 넘어가면 숨이

차 주저앉고 마는걸."

 벼리가 투덜거렸다. 사곤처럼 부채열매 하나를 집어 우물거렸다. 턱 아래로 흘러내리는 과즙을 손으로 닦았다. 사곤이 눈을 부라렸다.

 "겨우 금 열 냥 주고, 내공마저 빼내려는 놈이 염치없는 거다. 내 내공은 공짜로 얻은 줄 아냐?"

 "내공이 없어 써먹지도 못할 놈의 것, 그런 무공을 가르쳐 준다고 금 열 냥 내놓으라는 놈이 더 염치없는 거지!"

 벼리도 지지 않고 악을 썼다. 하루 낮 밤으로 하여 사곤에게서 태환영보를 전수받았다. 그가 하는 것처럼 빛살처럼 빠르게 튀어나갈 수는 있었다. 하지만 그것으로 끝.

 '내, 그럴 줄 알았다. 나쁜 놈!'

 기껏 금 열 냥 받고 제 일신의 신기(神技)를 내줄 리가 없지. 한 마장도 가지 못해, 숨이 차고 눈앞이 노래져서는 헥헥대는 꼬락서니였다. 갈망한 만큼, 억울했다. 분하고 화딱지가 치솟았다.

 새로운 무공을 배우면 뭘 해? 써먹지도 못하는 것. 한껏 욕심낸 기술을 익히고도 내공이 모자라 포기해야 한다니, 이것이야말로 바로 화중지병(畵中之餠)이 아닌가.

 사곤이 벼리를 바라보며 하품을 했다. 너, 참 건방지구나. 한껏 아니꼽다는 뜻을 감추지 않고 드러냈다.

 "요새 너 아주 많이 건방져졌다? 아사벼리, 이젠 내 앞에서 눈 똥그랗게 뜨고 고함질까지 예사로구나. 하늘배 타면 사무란까지 간다, 이 말이지? 난 더 이상 필요없다, 이 말이지?"

"하늘 우러러 한 점 부끄러움 없으니, 네 앞에서도 당당하단다. 왜?"
"얼씨구! 더하면 한 대 치겠다?"
"한 대만 칠까? 죽도록 패주고 싶은 심정이다."
벼리는 내내 벅벅 고함을 쳤다. 무인(武人)으로서 신기막측한 무공을 배웠으나 사용하지도 못하는 그 심정을 저 인간은 알까? 얼마나 분하고 화딱지 나는지 손까지 부들부들 떨렸다. 하나 윽박을 지른다고 해서 이 인간이 눈 하나 끔벅할 리는 없을 테고. 배알 꼴림을 꾹 참으며 벼리는 은근슬쩍 물어보았다.
"저기 말이지, 너는 온갖 것을 다 파는 사람이라서 하는 말인데 말이지. 혹여 내공도 파냐?"
"팔지."
"정말?"
"그럼."
"얼만데?"
"내공은 몸으로만 받는다. 한 번 자주면, 십 년 내공이다."
"뭐라고?"
"사람 말을 왜 못 알아듣느냐?"
곰곰이 생각하니, 이것 참 기가 찬 노릇이 아닌가? 벼리의 얼굴은 슬슬 시뻘게져 가는데, 사곤의 얼굴은 변함이 없었다. 아주 진지한 표정으로 깐죽댔다.
"나랑 한 번 동침하면, 십 년 내공을 옮겨준다는 말이다. 원래 내공을 전하는 일이야, 남녀가 합방하여 교합(交合)을 할 때가 가장 효과적이란다."

"이, 이!"

"아, 너야 원래 남녀지간 교접하는 재미를 모르는 녀석이지? 혼인하면 무엇해? 지엄하신 마루한 손목도 잡지 못하였을 텐데? 소문이야 짜아하게 났더라? 두 번째 마린 아사벼리, 불쌍하게도 첫날밤에 소박맞았다고 말이지."

갉힐 대로 갉혀 심장 끝이 너덜거렸다. 자존심 상한 것에다가, 고귀하신 마루한과의 침방 일까지 사람들 입질에 오르내렸다니, 벼리의 분노는 진정되기는커녕 갈수록 더 사나워졌다. 이제 머리끝까지 타고 솟구쳐 화르륵 불타는 중이었다. 그러거나 말거나, 사곤은 내내 합방타령을 멈추지 않았다.

"하기는 해란의 마루한 그 철부지 어린놈, 남녀지간 즐거움에 있어 무엇을 알겠느냐?"

"뭐얏? 그 입 닥치지 못햇?"

"뭐 어때? 아사벼리, 나랑은 한번 해볼 생각이 없느냐? 인생에서 처음 보는 진미 중 진미란다. 어차피 이 사막에서 누가 있어 알 것이냐? 너랑 나랑만 입 다물면 되는 일 아니냐? 이성지간 교합의 즐거움도 익히고 내공까지 얻는데, 일석이조(一石二鳥) 아니더냐?"

"네 이놈, 죽인다!"

삽시간에 벼리의 목구멍에서 쇳소리가 터졌다. 번개처럼 일월봉황검을 빼들어 사곤의 목을 후려쳤다.

그녀를 두고 깐죽대고 놀림하는 것은 다 참을 수 있으되, 마루한을 두고 함부로 입질하는 것은 도저히 참을 수가 없었다.

그것은 금기(禁忌) 중의 금기, 누구도 입에 올려서는 아니 되는 이 야기였다. 하물며 다른 것도 아니고 마루한과 벼리 자신의 침방 이 야기라니, 절대로 용서할 수가 없었다. 다른 누구도 아닌 사곤이, 이 세상에서 그 누구보다 믿는다 여긴 그가 그따위 더러운 말을 입에 담다니.

아사벼리 일생에 있어 가장 서럽고 에인 그 일을 두고, 한갓 천박한 시정잡배들이 그러하듯, 술안주거리로 삼아 비웃고 있다니.

"늦었다."

눈앞에서 황금빛이 번쩍. 어느새 그는 너덧 마장 바깥에 서 있었다. 호수 위 수면에 유유히 떠서 그녀를 도발하였다. 허리에 팔짱을 낀 채 아주 여유만만하게 이죽거렸다.

"허수아비라 하여도, 혼인한 제 사내, 넌 그놈 아낙이다 그 말이지? 듣기 싫으냐?"

"······죽인다!"

"죽일 실력이 되면 다시 덤벼라. 아직은 죽을 생각이 없거든?"

"이노옴!"

벼리의 눈에서 줄기줄기 살기가 솟았다. 눈물이 흐르는 대신 뻘건 핏줄이 터졌다.

벙어리 새같이 울지 못하여, 울 수가 없어 그대를 두고도, 마루한의 마린이 되어버렸다. 그 죄가 너무 크니, 누구에게도 아프다 말하지 못하려니. 서러운 피 흐르는 슬픔 따윈 접어두고 오직 분하다, 무엄하다 그런 생각만 하며.

어떻게 그런 기운이 났을까? 벼리는 두 손으로 검을 움켜쥔 채 빛살처럼 하늘을 치솟았다. 온몸의 기(氣)를 담아 너덧 마장을 우습게 날았다. 저만큼 선 얄미운 놈을 향해 돌진했다. 댕겅 목을 베어 버리려 검을 날렸다.

"절대로 날 잡지 못한다 하였지, 아사벼리!"

어느새 다른 쪽. 그녀가 날았던 그 거리만큼 사곤은 다시 물러서 있었다. 실죽실죽 웃어가며 그녀를 끝까지 도발하였다.

"그런 마루한 따위가 무엇 중하다고, 네 충성, 네 지조를 다 바치느냐? 그자는 이미 원없이 어여쁜 꽃송이를 가졌거늘. 제 나라까지 망쳐 가며 원하는 계집이 있거늘. 죽었다 깨어나도 못난 넌 평생 여벌이다. 아니 그러하냐?"

대답 대신 벼리는 호수에 뜬 나무토막을 의지 삼아 다시 하늘로 솟구쳤다. 거칠어지기 시작하는 호흡을 명경지수같이 다스렸다. 입 꾹 다물고, 한 줌 호흡이 새어나갈세라 조심하며, 오직 그를 잡아 목을 날릴 생각으로 검과 일치하여 황금 빛살처럼 허공을 날았다.

"늦었다니까!"

"웃기지 마!"

"가능하다면 잡아보지 그래?"

아주 가까이, 사곤의 옷깃이 바람에 날렸다. 슬쩍 비틀며 아프디아픈 말을 쏟아내고 있는 입술이 선명하게 보였다. 저무는 노을을 등지고 벼리는 혼신의 힘을 다하여 빛살같이 날아 내렸다. 끝내 나불거리는 사곤의 목을 향해 힘차게 검을 휘둘렀다.

"죽어라!"

무엇인가, 둔중한 그 어떤 것이 검날에 닿았다, 싹둑 베어지는 느낌. 강한 쇠도 단번에 베어내는 일월봉황검이 무엇인가를 분명히 베었다.

바로 그를, 그 사내의 목을…….

사곤을…….

꽃처녀 아사벼리가 더없이 사모하는 바로 그 사내를…….

스스로 경악하여 벼리는 그만 눈을 감아버렸다. 모든 것이 적막한 침묵 안에서 응고된 채 멈추어지고 말았다. 자신이 지금 무슨 짓을 저질렀는가?

그를 벤 검, 그것이 천근만근 무겁게 느껴졌다. 아래로 팔이 축 떨어졌다. 눈을 뜰 수가 없었다. 그녀가 만든 참혹한 광경을 확인할 수가 없었다. 실핏줄 터진 눈 아래로 서서히 붉은 실같이 가는 것이 흘러내리기 시작했다.

"으윽으윽…… 으흐흐흑……."

거친 숨을 몰아쉬듯이, 말 못하는 이가 애통하여 막힌 목을 주먹으로 치듯이……. 괴상한 신음 같은 것이 벼리의 목에서 터졌다. 차마 제가 저지른 일을 볼 수 없어, 눈을 뜨지 못하고 멍하니 서서 벼리는 그렇게 소리 내지도 못하고 처절하게 통곡하고 있었다. 시뻘건 것이 계속 흘러내려 옷깃의 앞섶을 흥건히 적셨다.

"으으흐흑…… 으흐윽윽."

억겁 같은 그 순간, 벼리는 자신이 피눈물을 흘리고 있다는 것도 모른 채 그렇게 서럽게 서럽게 울부짖고 있었다. 목구멍 깊이 흐르는 통곡을 컥컥 뱉어내고 있었다. 기막히고 끔찍하여, 두렵고도 허망하고 절망하여, 어찌할 바를 모르며.

"벼리님!"

"진정하세요. 대체 왜 그러시나요?"

"대체 왜 이러는 거냐? 울긴 왜 울어?"

"아이고, 뭣하려고 나무는 베어 넘긴 게요?"

벼리 아가씨, 벼리님 어쩌고저쩌고 하는 목소리는 하나도 들리지 않았다. 오직 베어 죽였다 여긴 사내의 목소리만이 선명하게 들렸다.

울다 울다가 벼리는 눈을 번쩍 떴다. 두어 발자국 저 앞에쯤 빙글빙글 웃고 있는 그 사내의 얼굴만이 태양처럼 환하게 보였다.

벼리는 멍하니 서서, 사곤과 그녀의 검이 베어 넘긴 부채나무 너덧 그루를 응시했다. 얼마나 강력한 기운이던지, 나무들은 마치 무 잘린 것과 같이 깨끗하게 넘어가 있었다.

"대단하다, 아사벼리. 하룻밤 사이에 태환영보를 제법 익혔구나. 단번에 네가 날아온 거리를 보아라."

벼리는 본능적으로 몸을 돌이켰다. 넓디넓은 호수를 바라보았다. 그 넓은 거리를, 겨우 한 번의 도약으로 단번에 날아 넘어온 것이었다.

"느꼈느냐? 너의 내공은 생각보다 훨씬 강하다."

자기도 모르게 벼리는 사곤의 말에 고개를 끄덕였다. 격발된 노화로 인하여 평상시 기운보다 훨씬 더 강한 힘이 터져 나왔다. 다른 생각 하나 없이, 오직 그의 목을 베고자 하는 일념(一念)이 몸 안에 잠재된 기운을 순식간에, 일거에 터지게 한 것이다.

비로소 왜 그가 그런 말을 하여 그녀의 심기를 건드린 것인지 알 수 있었다. 결국 사곤의 얄미운 말은 하나의 물꼬였다. 벼리의 내공을 터뜨리게 하는 격발점이었던 것이다. 그녀도 알지 못했던 그녀의 잠재력을 드러내게 만들어준 훌륭한 교습이었다. 단, 그 방법이 너무 거칠고 격하였지만.

"원래 인간의 내공이란 그런 것이다. 쓰지 못하여 가두어져 있을 뿐이지. 태어날 때 아기가 가진 원영진기를 너는 지금 본능적으로 펼친 거다. 대단해, 아사벼리. 역시 타고난 싸울아비라니까."

사곤이 다가왔다. 아직도 흐르는 붉은 눈물을 손으로 훔쳐 주었다.

"흠, 계집애처럼 질질 짜고 있어?"

"내, 내가 언제?"

아직도 축축하게 젖은 눈을 하고서도 벼리는 강력 부인하였다. 그로 인해 찢어진 가슴을 추스르며 툭툭하니 되받았다.

이제야 정신이 드니, 무한정 창피해졌다. 자신을 바라보는 사람들의 시선에 너무나 부끄러웠다. 어디 쥐구멍에라도 숨고 싶을 지경이었다.

사곤이 쿡쿡거렸다.

"설마 내가 네 검에 상하였을까 봐 걱정하였더냐? 꿈도 야무지셔, 아사벼리. 실력도 없는 주제에……. 네 둔한 검에 목을 바치느니, 파리 날개에 맞아 죽겠다."

이럴 때에 이 사내를 두고, 대체 어찌해야 하는 것인지?

무사히 검날을 피해주어 고맙다고 해야 하나, 아니면 그녀의 검술 실력을 무시하는 발언을 계속하는 저 입을 후려쳐 버려야 하나. 결국 싸울아비 자존심이 승리했다. 벼리는 참지 못하고 모질게 사곤의 정강이를 걷어차고 말았다.

사곤의 말대로, 저는 풍운아라서 사건을 몰고 다닌다 하더니만 그렇게 파란만장한 날이 또 하루 저물고 있었다.

다음날 아침.

벼리는 돌아누우며 실눈을 떴다. 저만치 나무 그늘 아래, 등을 돌린 일라가 숯불에 물고기를 굽고 있었다. 허기를 자극하는 구수한 냄새를 맡으며 잠에서 깨었다.

사곤은 아직도 한쪽 구석에서 털이불을 몸에 둘둘 감고 잠들어 있었다. 밤 내내 깨어 있다가 겨우 한 식경 전에 파오에 들어왔다. 피곤한 기색이 역력했다. 잠자리에 들자마자 이내 코까지 골았다.

지난밤 폭우야 거짓말인 양 하늘은 새파란 빛이었다. 맑은 햇살이 가득히 내리쪼이고 있었다. 부채나무 잎새마다 달린 물방울이 반짝 빛나고 있었다.

"맛 좋은 냄새가 나는걸?"

"어서 와서 드시지요. 다 익었습니다."

불 위의 꼬치에는 어린애 키만 한 물고기 두 마리가 꿰어져 뱅뱅 돌아가고 있었다. 그 한 켠, 구덩이 속 벌겋게 달군 돌멩이 더미 위에 올려진 물오리 세 마리가 지글거리며 익고 있었다. 잘 익은 부채나무 열매도 수북이, 크락이 하늘배에서 날라 온 물통 안에는 시큼한 과즙이 넘쳐흘렀다. 보퉁이에서 꺼낸 마른 떡은 그 누구도 손을 대지 않았다. 먹을 것이 풍부하니, 이제 건량 따위는 축에 들지도 못하는 것이다. 녹림에 들어온 지 며칠 만에 입들이 다 고급이 된 것이다.

크락, 마락도 정답게 부채열매를 오물거리고 있었다. 벼리는 일라가 건네주는 구운 물고기 한 토막을 받아들었다. 소금을 치는 그녀를 바라보며 크락이 웃었다.

"어젯밤 폭우는 정말 대단했습니다그려."

"그러게 말야. 그나마 지붕에 부채나무 잎을 많이 덮어두어 다행이었지."

"우린 하늘배 안에서 잠을 자서 말이죠."

"하지만 천둥 치는 소리가 너무 요란해서 자다가 몇 번이나 깨었답니다. 고생했습니다."

세 사람, 아니, 네 사람은 지난밤 폭우로 인해 흙탕물이 된 호수를 바라보며 한가로이 이야기를 나누었다.

"어이, 크락 교수. 하늘배는 수리가 잘되고 있나?"

"그럭저럭 내일이면 거의 마무리될 듯하오이다그려."

"그럼 내일이면 이곳을 떠날 수 있겠군?"

"그러기를 바라오만. 벼리님들 사정도 급하지만 사실 우리도 많이 급하답니다그려."

크락이 걱정스럽게 대답했다. 겨우 며칠 지난 것에 불과하였지만, 누가 보아도 알아차릴 수 있을 만큼 마락은 훨씬 더 쇠약해진 모습이었다. 그럼에도 큰 입을 벌리고 환하게 웃었다. 매사 잔걱정 많고 소심한 크락과는 달리 마락은 태평스럽고 긍정적인 성격이었다.
"사곤님은 늦잠이시네요?"
"어젯밤 내내 혼자 번을 섰으니 말이지. 폭우가 내려 혹여 지붕이 떠내려갈까 봐, 내내 부채나무 잎을 베어 덮었노라고 투덜대더군."
"아침 먹고 잠시 산보나 할까요? 하루 종일 하늘배만 고치고 있으려니 우리 마락이 좀 짜증이 나는 모양입니다요그려."
"좋아, 별달리 할 일도 없으니."
벼리의 허락에 일라도 일어서서 주변을 휘둘러보았다.
"이 녹림은 말만 녹림이지, 호수도 있고 숲의 규모가 꽤 커서 어지간한 고을 하나라 해도 믿겠습니다."
"그러게 말이야. 오늘 한나절, 못 가본 녹림 속을 탐험하는 것도 재미있겠는걸?"
사곤이 일어나 먹을 수 있도록 부채나무 잎으로 남은 음식을 돌돌 말아 쌌다. 행여 먹거리 냄새를 맡고 짐승들이 몰려들까 봐 걱정이 되었다. 그가 볼 수 있는 나무 둥치에다 높이 걸어놓았다.
그런 다음에 그들은 산보를 떠났다. 이리저리 나무 사이를 거닐다가 세 사람은 점점 깊이 부채나무들이 우거진 녹림 깊숙이 들어가기 시작했다.
원래 녹림은 물이 있는 호숫가에나 나무가 우거져 있는 법이다. 한데 열매가 가득 달린 부채나무 숲은 좀처럼 끝나지 않았다. 머리 위로 뽀르르뽀르르 새소리가 요란했다. 차르르 화려한 날개를 펴고 날아가면 그 서슬에 머리 위로 물방울이 뚝뚝 떨어졌다.

축축한 이끼가 깔린 땅바닥, 하얗고 붉고 노란 꽃들도 만발해 있었다. 토끼를 닮은 짐승들이 깡충깡충 뛰놀며 숲 그늘로 사라졌다. 크락은 마락을 위해 쉬엄쉬엄 허리를 굽혀가며 꽃을 따고 있었다.

일라가 꽃다발을 풀 줄기로 묶어 마락의 머리카락 사이에 달아주었다. 마락의 얼굴이 기쁨으로 발그레해졌다.

"잠깐. 물 흐르는 소리가 들리지 않느냐?"

일월봉황검을 움켜쥐고 앞장서 나뭇가지를 쳐가며 길을 만들던 벼리가 먼저 멈추어 섰다. 일라도 귀를 기울였다.

"그렇습니다. 물 흐르는 소리가 납니다."

"어디에선가 지하수가 솟는 게 분명하다. 개울이 흐른다. 분명 호수로 이어지는 물길일 게야."

"그래서 숲이 여기까지 무성한 것이로구먼요."

무성한 부채나무 잎을 검으로 쳐내며 두어 다경 정도 더 전진하자, 정말 제법 큰 개울이 나타났다. 그 개울은 예상대로 거대한 바위 아래 깊은 동굴에서부터 시작되고 있었다. 어젯밤 비로 인하여 개울물은 그들 발밑까지 넘치고 있었다. 솟구치는 샘물은 맑고 상쾌했다.

"좋은데?"

"사막에 이렇게 큰 녹림이 있음도 신기하나, 이렇듯이 큰 샘과 개울도 갖추었음은 더 놀랍다. 이런 곳은 드물어. 사람들이 정착하여 살아도 나쁘지 않을 것이야."

벼리의 말에 크락마락과 일라가 동시에 고개를 끄덕였다.

"혹여 나중에 크락 교수, 아사달을 다녀온 다음에 둘만 살 곳을 찾는다 하면 이곳도 나쁘지 않을 것 같아. 너희들은 사람 눈을 피해 살아야 할 것 같은데?"

"그렇지 않아도 본좌, 그런 생각을 하고 있소이다."

"어머, 크락! 저기 좀 봐!"

마락이 탄성을 질렀다. 사람들은 전부 다 마락이 보고 있는 반대편으로 고개를 돌렸다.

"어허, 참으로 아름답습니다그려."

"사막에 웬 꽃밭?"

"이 며칠 비가 와서 그런가 보다. 참으로 신기하군."

크락마락이 제일 먼저 뒤뚱이며 걷기 시작했다. 개울을 건너려고 팔짝팔짝 뛰었다.

"비가 많이 와 물이 깊을 것이다. 매사 조심해야지."

벼리가 난짝 그를, 혹은 그들을 안았다. 단번에 허공을 도약해 사뿐히 개울을 건넜다.

"고맙습니다그려, 벼리님."

"뭘, 사람은 서로 돕고 살아야지."

태환영보는 이럴 때 정말 쓸모가 있었다. 한 마장 정도는 숨 한번 내쉬고 들이마시는 기운으로 시전할 수가 있다. 예전처럼 숨이 차지 않으니 이것 역시 신기했다. 아무래도 그녀 자신의 원영진기가 격발된 것이 아니라, 사곤이 제 진기를 몰래 나누어준 것이 아닐까? 벼리는 잠시 의심했다.

"아, 정말 아름다워요! 우리 아트란에도 이런 꽃이 많았지요."

"푸른 함박별다지꽃* 같습니다그려."

나무가 우거지고 축축한 푸른 이끼가 깔린 그곳, 햇살 들이비추는 곳에 자그마한 공터가 있었다. 그곳 땅 전부에 꽃이 만발해 있었던 것이다.

희한하게도 생김새는 월계가시꽃*인데 가시투성이 줄기에가 아니라 땅바닥에 무리지어 피어 있었다. 다른 꽃이 그렇듯이 푸른 이파리도 하나 없었다. 꽃만 피는 봄꽃처럼 가느다란 줄기 끝에서 한들한들 춤추고 있었다.

상쾌한 물기를 머금은 바람이 쏴아 소리를 내며 몰려왔다. 이내 그곳은 푸른색 하늘하늘한 꽃잎이 바람에 흩날려 새파란 작은 바다가 되었다. 그 안에 선 사람들은 넋을 잃고 그 아름다움에 눈을 빼앗겼다. 하여 잠시 예민한 감각을 놓쳐 버렸다. 흐드러진 그 꽃밭에 날아드는 벌, 나비 따위가 한 마리도 없다는 것을 미처 알지 못했다.

"참으로 신기한 일이군요. 이런 사막에서 아름다운 함박별다지꽃을 볼 수가 있다니."

마락이 감상적인 목소리로 중얼거렸다. 말릴 사이도 없이 크락이 허리를 굽혔다. 사랑하는 연인에게 꽃을 바치기 위해서였다. 욕심

---

*함박별다지꽃: 대륙에서 월계가시꽃이라 부르는 것을 아트란에서 달리 부르는 이름

*월계가시꽃 : 오늘날의 해당화와 흡사한 꽃 이름

껏 싱싱한 꽃줄기를 가득 잡아 단숨에 비틀었다.
"헉!"
"이, 이런!"
순간 벼리와 일라의 입술 사이로 경악성이 터졌다. 으아악! 비명을 지르며 크라마락이 엉덩방아를 찧었다. 잡고 있던 꽃송이를 내던졌다. 부들부들 떨며 제 손을 내려다보았다. 꽃줄기를 비틀어 뜯어냈던 그 손에 붉은 피가 줄줄 흐르고 있었다. 더없이 섬뜩한 색이었다. 그 피는 크락이 꺾은 꽃줄기에서도 흐르고 있었다.

졸졸졸 흐르는 개울가.
걸어가던 사곤은 발걸음을 멈추었다. 좋구나! 일라와 벼리가 발가벗은 채 물속에서 욕간을 하고 있었다. 그는 자신도 모르게 침을 꿀떡 삼켰다.
'이것이 웬 횡재란 말이냐?'
저절로 입가에 미소가 돋아났다. 드디어 눈보신, 몸보신 마음껏 하게 되었구나. 크크크. 천하의 단목사곤, 드디어 침 삼키던 반려의 속살 한번 구경하게 되었고나. 잘하면 합방도 가능할지 누가 알아?
"어이, 이봐! 아사벼리! 너희들만 혼자 놀기냐?"
오호, 못 들은 척이다? 두 사람은 그의 쪽은 바라보지도 않고 계속하여 저들끼리만 재미있게 놀고 있었다. 금세 개울을 따라 첨벙거리며 멀어져 갔다.
"이봐! 대체 왜 그래? 왜 나만 못 본 척하느냐고!"

등골을 타고 무엇인가 서늘한 기운이 스치고 지나갔다. 사곤은 번쩍 눈을 떴다. 찰나 같은 순간에 잠시 꾼 꿈이었다.

파오 속에 밝은 햇살이 들이치고 있었다. 하지만 주변은 적막이었다. 물소리, 바람 소리, 새가 울고 짐승들이 물을 먹으며 투탁거리는 소리 말고는 아무것도 없었다. 어느새 익숙해져 버린 사람들의 목소리는 하나도 들리지 않았다.

'대체 다들 어디로 간 거지?'

밤 내내 힘들었다. 다른 사람들이 자는 동안 번을 선다 깨어 있었다. 사실은 그의 명령을 받아 사무란으로 들어가는 대상들 우두머리인 현고부를 만나러 단숨에 사막을 날아갔다 왔지만. 단뢰의 대상들은 이미 사무란성으로 들어가 있었다.

[이번에 판을 한번 크게 벌일 작정이다. 방비 단단히 하고 마음 준비시켜라.]

[알겠습니다, 태궁. 부디 몸조심하십시오.]

녹림으로 돌아오니 어느새 아침 무렵. 태환영보의 약점은 한 번 시전하면 내공을 거의 소진한다는 점이었다. 온몸에 기운이라고는 남아 있지 않았다.

그때부터 잠자리에 들었다. 해는 중천(中天)인데 몇 시각 자지 못하였기에 아직도 졸렸다. 여전히 졸리고 피곤했다. 하지만 잠시 등골을 타고 흐르던 기이한 냉기는 가실 줄을 모르고 있었다.

본능에 따라 사곤은 몸을 일으켰다. 일행의 종적을 찾기 시작했다.

"어이, 다들 거기들 있나?"

혹여 하늘배 안에 모여서 수리 중일까? 그쪽으로 걸어가며 소리쳐 보았다. 하나 대답이 없었다. 그 안은 텅 비어 있었다.
"자알 한다! 사람 자는 동안에 저들끼리만 놀러 갔구먼!"
의리들 없기는!
사곤은 혀를 찼다. 투덜대며 몸을 날려 훌쩍 나무 끝으로 치솟았다. 간들거리는 우듬지에 발을 놓고 태연하게 팔짱을 낀 채 주변을 훑었다. 그들이 가보았자 얼마나 멀리 갔으랴? 금세 찾을 수 있거니 했다.
"음?"
갑자기 사곤의 눈빛이 날카롭게 변했다.
녹림의 말단, 서북부 쪽 부근이었다. 푸드덕 요란한 날갯짓을 하며 새 떼들이 까맣게 하늘로 솟구치고 있었다. 늘 조용하던 숲 속에 무슨 일인가 일어났다. 미물들을 놀라게 한 어떤 무서운 일이 일어났다는 뜻이었다.
두 번 생각할 겨를도 없이 몸을 날렸다. 황금빛이 번쩍하더니 유성처럼 길게 이어졌다. 순간적으로 그의 몸이 사라졌다. 방금 그가 서 있었던 우듬지 끝만 가늘게 흔들렸다.
"이런, 몽혼사!"
어지간한 일에는 색 하나 변하지 않던 사곤의 안색이 그만 시커멓게 변했다.
공터 가득 펼쳐진 푸른 꽃을 이불 삼아 벼리와 일라, 크락마락은 한 덩어리로 쓰러져 자고 있었다. 무엇 그리 기분 좋은 꿈을 꾸고 있는 것일까? 빙그레 미소마저 짓고 있었다.

"젠장! 여하튼 이 인간들은 틈만 주면 사고를 쳐요!"

투덜대며 사곤은 급히 코를 천으로 가렸다. 호흡을 멈추었다.

"녹림에 비가 내리면 몽혼사가 활동하는 법이라고 미리 말해두었어야 하는데, 실수했군. 설마 저 녀석들, 멍청하게 겁도 없이 꽃을 따버린 것은 아니겠지?"

사곤이 응시하고 있는 것은 몽혼사(夢魂絲)였다.

그 물괴한 것은 혹은 몽혼사(夢魂蛇)라고도 부른다. 왜 그런 이름이 붙었느냐 하면 이유가 있다. 벼리들이 방석인 양 깔고 누워 편히 자고 있는 그 꽃, 혹은 꽃밭은 반(半) 식물, 반 동물이었기 때문이다. 수천 가지로 얽힌 뿌리는 실상 셀 수 없을 만큼 하나로 엉킨 뱀 떼였다.

평상시 몽혼사는 메마른 모래밭 속에 동면하고 있다가, 비가 오면 비로소 활동하기 시작한다. 모래 속을 뚫고 거대한 꽃밭이자 뱀 떼들이 안정적인 수원(水源)을 찾아 통째로 이동하는 것이다. 땅속의 뱀들이 생존할 수 있는 것은 비가 오면 피어오르는 머리 부분 푸른 꽃송이들이 광합성을 하기 때문이었다. 그 꽃송이는 치명적인 독기를 품고 있어, 가까이 다가오는 짐승들을 취하게 하고 죽였다. 뿌리인 뱀들은 다시 그것들의 피와 살을 양분 삼아 알을 까고 번식하였다.

'다들 곯아떨어진 것을 보아하니, 독향에 취했군. 빨리 이곳을 벗어나지 않으면 다들 생명을 잃는다. 하지만 내 손은 두 개뿐이니, 원······.'

그는 잠시 망설였다. 하지만 시간을 끌 여유가 없었다. 결심하고 이내 몸을 날렸다. 만에 하나 꽃잎을 따거나 줄기를 상하게 하면 뿌리인 뱀 떼를 자극할 수 있었다. 꽃의 줄기와 뱀 뿌리는 신경이 연결되어 있기 때문이다. 진기를 모아 사곤은 꽃잎 하나에 발끝을 디디고 벼리를 안아 들었다. 다시 허공을 날았다.

'정신을 차리게 하려면 찬물벼락이 최고지.'

축 늘어진 벼리의 몸을 개울물에 풍덩 던져 버렸다. 뒤도 돌아보지 않고 다시 꽃밭으로 날아갔다. 이번에는 크락마락을 안았다.

'젠장!'

두 개의 몸뚱이가 디딘 힘이라, 극히 조심한다 해도 어려웠다. 그만 그의 발에서 뚝 하고 꽃줄기 하나가 부러졌다. 주르르 붉은 피가 흘렀다. 갑자기 꽃밭의 꽃들이 우스스 소리를 내기 시작했다. 바람이 부는 것도 아닌데, 선들선들 술렁이는 그 기척은 뿌리 쪽 뱀 떼들이 움직이기 시작한다는 뜻이기도 했다.

삽시간에 꽃잎들이 독 오른 칼처럼 치켜 올랐다. 눈을 가진 짐승과 같이 이리저리 쏠리고 움직이며 자신들을 해친 사곤의 흔적을 쫓기 시작했다. 그건 마치 거대한 꽃바다가 거대한 해일을 일으키며 한 점 편주(片舟) 같은 사곤을 덮치려 사납게 뒤집어지는 형국이었다.

하지만 어쩔 수 없었다. 그렇다고 그 안에서 정신을 잃고 휘말려 있는 일라를 그대로 놓아둘 수도 없다. 몇 시각만 지나면 일라는 뼈만 남은 시신으로 화해 버릴 것이다. 힘들다 해도 그를 구하는 것을 포기할 수는 없다.

사곤은 일단 크락마락을 안아서는 역시 벼리 곁 개울가에 던져 두었다. 그를 향해 살기를 내뿜고 있는 꽃밭으로 다시금 날아갈 수밖에 없었다.

평상시 같으면 저딴 것, 사이한 괴물쯤이야 단번에 태워 없앴을 것이다.

하나 지금 그는 정상적인 몸이 아니었다. 밤 내내 사막을 왔다 갔다 하느라 상당히 지친 상태였다. 진기를 거의 다 사용해 버렸다. 게다가 태환영보를 가르치며, 남모르게 벼리에게도 본신의 진원지기를 제법 덜어주었다. 그렇지 않아도 힘든 몸임에도 지금 역시 급한 마음에, 진기를 과도하게 소진하는 보법을 두 번이나 계속한 터이다. 천하의 단목사곤이라 해도 이럴 때는 곤란할 수밖에 없었다.

하지만 어쩔 수 없다. 비상시국이 아닌가? 그는 어찌할 수 없이 자신의 남은 진기를 최대한 끌어 올렸다. 뇌리 속이 노랗게 변하는 것을 느끼며 입맛을 다셨다. 만독불침이라 하나, 몽혼사의 향기는 피할 도리가 없었다. 독이 아니라 꽃향기이므로, 코로 흡입하여 취해 버리면 천하의 그라 하여도 잠이 들고 만다. 하지만 태환영보를 계속하려면 내내 호흡을 끊고 있을 수는 없는 노릇이었다.

진퇴양난(進退兩難).

'곤란한데? 제대로 탈출이나 할 수 있을지 모르겠군.'

그러면서도 이내 한 마리 황금 매처럼 사곤의 몸이 푸르디푸른 몽혼사의 화해(花海)로 다시 날아들었다.

여간해서는 빼지 않는 반월도까지 빼들었다. 사방팔방에서 덤벼드는 꽃잎들의 공격을 요리조리 피하며 계속해서 움직였다.

만에 하나, 뿌리로 엉킨 뱀들에게 발목이라도 잡히면 그땐 끝장이다. 몽혼사(夢魂蛇)는 가장 지독하고 사악한 사냥꾼이었다. 먹잇감의 마지막 골즙을 빨 때까지 절대로 포기하는 법이 없었다.

거머리처럼 그의 피를 빨기 위해 덤벼드는 푸른 꽃잎들. 계속하여 허공을 날기 위하여 사곤은 잠시 숨을 들이마셨다.

혈향(血香) 같은 들큰하고 비릿한 냄새가 훅 하니 뇌리에 스며들었다. 몽혼사(夢魂絲)의 치명적인 독향이었다. 아주 조금이었지만 그것까지 흡입하고 말았다. 이미 소진되어지고 있는 유약한 육신에 그것은 치명적인 타격이 되었다.

그럼에도 사곤은 마지막 남은 한 방울의 힘까지 짜냈다. 푸른 피 범벅 같은 꽃밭 속에서 정신을 잃고 뒹굴고 있는 일라에게로 교묘하게 날아 다가갔다. 한들거리는 꽃잎 하나에 발끝을 디디고 섰다. 한 손으로는 날아오는 꽃잎들의 공격을 피하여 검으로 후려치면서, 남은 한 손으로는 그를 안아 올렸다.

"이런, 제기랄!"

낭패한 신음성이 그의 입에서 터졌다. 너무 늦었다. 이미 하얀 거머리 같은 몽혼사(夢魂蛇) 너덧 마리가 일라의 다리며 허리에 박혀 있었다. 늘 모래 속에 숨어 사는 몽혼사는 투명한 물대롱같이 생겼다. 속까지 환히 들여다보이는 그것들의 몸으로 일라의 붉은 피가 죽죽 빨려 들어가고 있었다. 그대로 보였다. 사곤의 눈에 퍼런 불길이 치솟았다.

아무리 저들 또한 생존(生存)의 몸짓이라 하나, 엄연히 삼라만상의 으뜸은 인간이거늘, 감히 미물 주제에 인간의 피를 빨아 마시느냐? 용서할 수가 없었다.

"이 더러운 악물(惡物), 물러서랏!"

벽력같이 소리치며 사곤은 오른손에 쥔 반월도를 휘둘렀다. 국선의 태궁이 익히는 절륜한 무공이 최초로 펼쳐졌다.

"멸우살황!"

콰르르, 도(刀)가 천둥처럼 울었다. 번개 같은 퍼런 빛이 수십 갈래 터져 나왔다. 일라의 몸을 감고 있는 몽혼사를 단번에 태워 버렸다. 그것으로도 모자라 한 마장 반경에 피어 있던 꽃줄기들을 다 날려 버렸다.

하지만 끝이 없었다. 잠시 주춤하던 몽혼사들이 일제히 다시 덤벼들었다. 꽃줄기가 타버린 거기, 햇살 아래 하얗게 드러나는 것들은 몽혼사(夢魂蛇)의 원형체였다. 모래 속에서만 살던 그것들이 치명적인 위험을 느끼고 일제히 우글거리며 솟구치고 있었다. 그를 향해 빳빳이 독을 피우며 달려들었다.

사곤은 연신 도를 휘둘렀다. 허공이고 땅바닥이고 할 것 없이 사방팔방에서 덤벼드는 푸른 꽃줄기들과 투명한 뱀 떼들을 잘라내며 허공으로 솟구쳤다. 하지만 늦었다. 그렇지 않아도 모자란 진기에다, 강맹한 도법을 펼친 터라 눈앞이 캄캄해졌다. 노랗게 몰려드는 현기증에 비틀거리며 아래로 푹 떨어질 수밖에 없었다.

'어쩔 수 없다. 이놈이라도 던져 버리고 시작하자.'

사곤은 허리에 끼고 있던 일라의 몸을 가능한 한 멀리 내던졌다. 어디 하나 부러진대도, 할 수 없는 노릇이다. 일단 둘 다 살고 봐야지. 그런 와중에서도 욕을 질탕하게 해주었다. 명색이 살수란 놈이 일신에 닥친 위험도 알아차리지 못하다니, 그러고도 살수 노릇해서 밥 먹고 사는 게 용하구나.

"으윽!"

강인한 입술 사이로 신음이 흘렀다. 다리 아래가 따끔했다.

어느새 뱀 떼들 수십 마리가 넝쿨처럼 그의 다리를 타고 오르고 있었던 것이다. 꿈틀거리며 족쇄처럼 친친 묶으려 하였다. 사곤은 강한 힘으로 도를 바닥에 박았다. 시뻘건 화마(火魔)를 일으켰다.

"어림없다! 자린도류, 태극제성!"

불길이 날름거리자 몽혼사들이 일제히 바삭바삭거리며 잠시 물러섰다. 하지만 사곤은 이미 완전히 기력을 잃어가는 중이었다.

아까 전 잠시 흡입한 향기에 벌써 머리가 어질어질해지는 중이었다. 무공을 펼치느라 호흡을 들이쉬는 동안 어찌할 수 없이 더 많은 독향을 마실 수밖에 없었다. 차츰차츰 그의 팔이 둔해지기 시작했다. 그의 기력이 다해가자, 따라서 그의 진기가 일으키는 불길도 슬슬 잦아지기 시작했다.

미물들이기에 오히려 본능이 강하다. 몽혼사(夢魂蛇)들도 적의 움직임이 둔해졌다는 것을 눈치챘다. 일제히 거대한 덩어리가 되어 사곤을 향해 무섭게 달려들었다.

개울물 속에 처박혔던 벼리가 간신히 몽롱한 눈을 뜬 것은 바로 그때였다. 눈앞에 펼쳐진 상황에 경악하여 목청이 터져라 절규했다.

"사곤!"

투명한 뱀 떼들에게 칭칭 휘감겨 있으면서도 그는 안간힘을 다해 도를 내려치고 있었다. 하지만 이미 그의 하반신은 독랄한 괴물들에게 공격당하고 먹히고 있었다.

이것저것 생각할 사이도 없었다. 벼리는 비틀거리며 벌떡 일어났다. 오직 본능이 시키는 대로 일월봉황검을 빼들고 미친 듯이 허공으로 솟구쳤다. 마음 깊이 담아놓은 사람을 구하려고 목숨을 다해 날아갔다.

너를 잃을 순 없다, 절대로! 너를 저런 더러운 것들에게 빼앗기지는 않을 테다! 무슨 수를 쓰더라도 널 구할 테다. 설사 내가 죽는다 해도!

"위험하다. 다가오지 맛!"

몽혼사 향에 취하여 이제 겨우 제정신을 차린 터라, 제대로 서 있기나 할까? 그녀가 구하러 온다 해도 도움이 되기는커녕 오히려 그녀 역시 당하고 말 터인데.

사곤이 바락바락 고함쳐도 소용없었다. 혼신의 힘을 다하여 기어코 날아온 벼리가 미친 듯이 사곤을 감아들고 있는 뱀 줄기를 난도질했다. 새롭게 나타난 적을 향해 몽혼사들이 잠시 물러났다 다시 모여들었다. 사방에서 뻗어온 식인 줄기가 두 사람의 몸을 함께 휘감았다. 거머리처럼 끈질기게 달라붙어 생생한 골즙과 피를 빨려 덤벼들었다.

"뱀의 상극은 불이다, 아사벼리!"

손에 쥐고 있던 반월도는 이미 몽혼사들에 의해 저 멀리 내팽개쳐진 지 오래. 다리며 몸이며 뱀들에게 감겨 피를 빨리면서도 사곤은 끝내 굴하지 않았다. 맨손으로나마 징그러운 줄기들을 비틀어 버리면서 다급하게 소리를 질렀다.

벼리는 망설이지 않았다. 그를 믿고 자신을 믿었다. 그녀 자신이 간직하고 있다 믿는 원영진기를 다시 한 번 격발했다. 단숨에 내뻗쳤다. 아직은 수련이 부족하여 십성에도 도달하지 못한 기예를 극한까지 차올렸다.

"홍예단수! 유성혼참!"

두 개의 검이 엇갈려 커다란 쌍무지개를 만들었다. 삽시간에 온 누리에 장엄한 칠채(七彩)의 빛이 가득히 어렸다.

"내 검(劍)은 사악한 요물들을 용서치 않는다! 먼지로 돌아가랏! 일월광휘!"

온 세상 사이한 것들을 정화하고 무(無)로 만드는 정결한 빛이었다. 거룩한 광휘가 꽃비처럼 떨어져 내렸다. 독하고 추악하고 사악한 것들을 단번에 가루로 만들었다.

싸울아비 아사벼리.

귀하디귀한 일월봉황검을 손에 든 이래로 오롯한 소원이 하나 있었다.

부디 천하를 평안케 하고 나라를 구하며 사람을 살리는 활검(活劍)이 되게 해주십사.

그러한 염원이 뿌리 깊더니, 목전에 맞닥뜨린 정인의 위험 앞에서 그녀의 검향(劍香)이 각성되었다. 반려 사곤과 스스로의 목숨을 구하면서. 녹림의 모든 산 것들을 위하여 악귀 몽혼사를 멸절시키면서.

검광이 만든 칠채의 무지개 안에서 모든 것이 정적에 빠졌다. 시원(始原)의 그날처럼 고요했다. 훗날 고마의 어미라 불리게 될 아사벼리의 아름다운 검이 마침내 완성되는 순간이었다.

아사벼리 2권에 계속…

부록

☯ 밝달나라의 월령

- 1월—보우하는 달
- 2월—꽃샘바람 달
- 3월—씨 뿌리는 달
- 4월—꽃풀놀이 달
- 5월—푸른 누리 달
- 6월—더위 파는 달
- 7월—해 치솟음 달
- 8월—번성하는 달
- 9월—무르익은 달
- 10월—해누리 동제 달
- 11월—찬 서리 내리는 달
- 12월—매듭 푸는 달